Laurell K. Hamilton est née en 1963 dans une petite ville de l'Arkansas. Après des études d'anglais et de biologie, elle se tourne vers l'écriture. C'est en 1993 qu'elle crée le personnage d'Anita Blake, auquel elle consacrera un roman chaque année, parallèlement à des novélisations pour séries (*Star Trek*). Portées par le bouche à oreille, les aventures de sa tueuse de vampires sont devenues aujourd'hui d'énormes best-sellers.

Du même auteur, chez Milady, en poche :

Chez Milady, en grand format :

www.milady.fr

Laurell K. Hamilton

Narcisse Enchaîné

Anita Blake – 10

Traduit de l'anglais (États-Unis) par Isabelle Troin

Milady

Milady est un label des éditions Bragelonne

Titre original : *Narcissus in Chains*
Copyright © Laurell K. Hamilton, 2001

Suivi d'un extrait de : *Cerulean Sins*
Copyright © Laurell K. Hamilton, 2003

© Bragelonne 2009, pour la présente traduction

Illustration de couverture :
Photographie : Ilia-art/iStock photo
Montage : Anne-Claire Payet

ISBN : 978-2-8112-0404-4

Bragelonne – Milady
35, rue de la Bienfaisance – 75008 Paris

E-mail : info@milady.fr
Site Internet : www.milady.fr

Celui-ci est pour J., qui m'a redonné foi en les hommes,
l'amour, et le bonheur. Merci.

Remerciements

Aux membres de mon groupe d'écriture, qui n'ont pas eu l'occasion de voir *Narcisse Enchaîné* avant qu'il parte à New York : Tom Drennan, Rett MacPherson, Deborah Millitello, Marella Sands, Sharon Shinn et Mark Sumner. Puisse ce livre être le dernier qui ne passera pas entre leurs mains à cause de contraintes de temps, ou pour tout autre raison. Merci à Joan-Marie Knappenberg d'avoir laissé Trinity venir jouer avec Melissa pendant que je réglais des bricoles de dernière minute. Merci à Darla Cook qui m'aide à rester saine d'esprit, et à Robin Bell pour plus ou moins la même raison. Merci à tous les fans pour leur enthousiasme. Anita et moi apprécions beaucoup – toutes les deux.

CHAPITRE PREMIER

Juin était arrivé, aussi chaud et poisseux qu'à son habitude, mais un front froid sorti de nulle part avait débarqué pendant la nuit, et la radio de ma bagnole ne parlait que des températures records enregistrées dans la journée. Il faisait dans les dix-sept degrés, rien de polaire, mais après des semaines passées à flirter avec les trente-cinq, ça paraissait limite glacial.

Ma meilleure amie, Ronnie Sims, et moi étions assises dans ma Jeep avec les vitres baissées pour laisser entrer cette fraîcheur hors saison. Ronnie avait eu trente ans ce jour-là. On discutait de la façon dont elle le vivait, et d'un tas d'autres trucs de filles. Si on tient compte du fait qu'elle est détective privé et que je gagne ma vie en relevant les morts, c'était une conversation assez ordinaire : le sexe, les mecs, la trentaine, les vampires, les loups-garous. Les conneries habituelles.

On aurait pu rentrer dans la maison, mais il y a dans l'intimité d'une voiture la nuit quelque chose qui donne envie de s'y attarder. Ou peut-être était-ce le parfum sucré de l'air qui flottait jusqu'à nous comme la caresse d'un amant à demi oublié ?

— D'accord, c'est un loup-garou. Personne n'est parfait, dit Ronnie. Sors avec lui, couche avec lui, épouse-le. Je vote pour Richard.

— Je sais que tu n'aimes pas Jean-Claude.

— Que je ne l'aime pas !

Elle agrippa la poignée de la portière passager si fort que je pus voir les muscles de ses épaules se crisper. Il me sembla qu'elle comptait mentalement jusqu'à dix.

— Si je tuais aussi facilement que toi, j'aurais buté ce fils de pute il y a deux ans, et ta vie serait beaucoup moins compliquée aujourd'hui.

C'était ce qu'on appelle un doux euphémisme. Mais…

— Je ne souhaite pas sa mort, Ronnie.

— C'est un vampire, Anita. Il est déjà mort.

Ronnie se tourna vers moi et me regarda dans le noir. Ses yeux gris clair et ses cheveux blonds avaient viré à l'argent presque blanc dans la lumière froide des étoiles. Les ombres et les reflets brillants découpaient son visage, lui donnant l'air d'un tableau moderne. Mais son expression – la détermination qui se lisait sur ses traits – était presque effrayante.

Si c'était moi qui avais fait cette tête-là, je me serais prévenue de ne rien faire de stupide, genre buter Jean-Claude. Mais Ronnie n'est pas une flingueuse. Elle a tué deux fois, et toujours pour me sauver la vie. J'ai une dette envers elle. Mais elle n'est pas capable de traquer quelqu'un et de le descendre de sang-froid. Pas même un vampire. Comme je le sais pertinemment, je n'eus pas besoin de la mettre en garde.

— Avant, je croyais savoir qui était mort et qui ne l'était pas, Ronnie. (Je secouai la tête.) Maintenant, la frontière n'est plus aussi nette.

— Il t'a séduite, cracha-t-elle.

Je me détournai de son visage plein de colère et regardai le cygne en papier d'alu posé sur mes genoux. *Deirdorfs et Hart*, où nous venions de dîner, fait dans le créatif avec ses doggy bags : les serveurs façonnent des animaux avec l'emballage de la bouffe qui n'a pas été consommée sur place et que les clients veulent rapporter chez eux. Je ne pouvais pas contredire Ronnie, et j'en avais marre d'essayer de la convaincre.

Finalement, je lâchai :

— On est toujours séduite par ses amants, Ronnie. C'est comme ça que ça marche.

Elle cogna le tableau de bord si violemment que ça me fit sursauter… et qu'elle dut se faire mal aux mains.

— Putain, Anita, ce n'est pas la même chose !

Je commençais à me foutre en rogne, et je ne voulais pas être en rogne… pas contre Ronnie. Je l'avais emmenée au resto pour la réconforter, pas pour me disputer avec elle. Louie Fane, son petit ami depuis un bon bout de temps, ne se trouvait pas à Saint Louis ce soir-là : il était parti donner une conférence. Je savais qu'elle avait du mal à le digérer, comme elle avait du mal à digérer ses trente ans tout neufs. Donc, j'avais essayé de lui remonter le moral… Mais elle semblait bien décidée à flinguer le mien.

— Écoute, je n'ai vu ni Richard ni Jean-Claude depuis six mois. Je ne sors avec aucun des deux, donc, tu peux m'épargner ton discours sur l'éthique vampirique.

— Ça, c'est un bel oxymore.

— Quoi donc ?

— L'éthique vampirique.

Je fronçai les sourcils.

— Tu es injuste, Ronnie.

— Et toi, tu es une exécutrice de vampires, Anita. C'est toi qui m'as appris qu'ils n'étaient pas juste des gens avec des canines pointues, mais des monstres.

J'en avais assez. J'ouvris ma portière et glissai au bord de mon siège. Ronnie m'agrippa l'épaule.

— Anita, je suis désolée. Vraiment désolée. Ne sois pas fâchée, s'il te plaît.

Je ne me retournai pas. Je restai là, les pieds pendus dans le vide, l'air frais remplaçant la tiédeur de l'habitacle de ma Jeep.

— Alors, laisse tomber, Ronnie. Je suis sérieuse.

Elle se pencha vers moi et m'étreignit brièvement par-derrière.

— Je suis désolée, répéta-t-elle. Ta vie amoureuse ne me regarde pas.

Je me laissai aller contre elle un instant.

— Exact, ça ne te regarde pas.

Puis je me dégageai et sortis de la voiture. Mes talons hauts crissèrent sur le gravier de l'allée. Ronnie avait voulu qu'on se fasse belles pour sortir, et je n'avais pas protesté : c'était son anniversaire.

Je n'avais compris son plan diabolique qu'après le dîner. Elle avait insisté pour que je mette des escarpins, une jolie petite jupe noire et, tenez-vous bien, un top moulant à bretelles. Ou aurais-je dû appeler ça une tenue de soirée hyperdécolletée dans le dos ? Quel que soit le nom qu'on lui donne, je l'avais payée foutrement cher, et ça restait une jupe très courte plus un simple débardeur.

Ronnie m'avait aidée à les choisir la semaine précédente. J'aurais dû me douter que son « Oh, on peut bien se pomponner pour une fois » était une ruse. Il y avait des tas de robes qui couvraient un peu plus de peau et descendaient un poil plus bas, mais aucune capable de camoufler le holster qui me ceignait les hanches. J'avais emporté le holster en question pour notre séance shopping, histoire de m'en assurer. Ronnie m'avait traitée de parano, mais je ne me promène jamais sans arme après la tombée de la nuit, point.

La jupe était juste assez large et assez noire pour dissimuler le fait que je portais mon holster et un Firestar 9 mm. Le tissu du top – aussi peu qu'il y en eût – était suffisamment épais pour qu'on ne distingue pas la crosse du flingue dessous. Je n'avais qu'à remonter l'ourlet pour dégainer. Autrement dit, c'était la tenue de soirée la plus pratique que j'aie jamais possédée. Je regrettais qu'elle n'existe pas dans une couleur différente pour que je puisse en acheter deux.

Ronnie avait voulu aller en boîte pour son anniversaire. Vous savez, un de ces endroits où on danse. Beurk. Je ne vais jamais en boîte, et je ne danse pas. Pourtant, je l'avais accompagnée. Et, oui, elle avait réussi à me traîner sur la piste, essentiellement parce qu'elle attirait trop d'attention masculine en se trémoussant toute seule. Le fait qu'on danse à deux avait éloigné les apprentis Casanova. Même si prétendre que je dansais était un peu exagéré. Disons que je restais plantée là en remuant vaguement les hanches.

Ronnie, elle, dansait comme si c'était sa dernière nuit sur Terre et qu'elle devait faire bon usage de chacun de ses muscles. C'était spectaculaire et un peu effrayant. Il y avait quelque chose d'un peu désespéré dans sa frénésie, comme si elle sentait la main glaciale du temps ramper vers elle de plus en plus vite. Ou peut-être était-ce juste moi qui projetais mes propres peurs. J'ai eu vingt-six ans au début de l'année, et franchement, à l'allure où je vais, je n'aurai probablement pas à me soucier de mon trentième anniversaire. La mort remédie à tous les maux. Ou du moins, à la plupart d'entre eux.

Il y avait bien eu un type qui avait jeté son dévolu sur moi plutôt que sur Ronnie. Du diable si j'avais compris pourquoi. Ronnie est grande et tout en jambes, et elle ondulait comme si elle faisait l'amour avec la musique. Pourtant, ce type m'avait offert à boire. Je ne bois pas d'alcool. Il m'avait invitée à danser un slow. J'avais refusé. Finalement, j'avais dû me montrer grossière pour me débarrasser de lui. Ronnie m'avait dit que j'aurais dû accepter son invitation… qu'au moins, il était humain. Je lui avais dit que ma compassion envers son grand âge avait des limites, et qu'elle les avait atteintes.

La dernière chose dont j'ai besoin sur la verte Terre de Dieu, c'est d'un autre homme dans ma vie. Je ne sais pas quoi faire des deux que j'ai déjà. Qu'ils soient, respectivement, un maître vampire et un Ulfric, roi d'une meute de loups-garous, ne représente qu'une partie du problème… mais suffit à indiquer la profondeur du trou que je me creuse. Ou que j'ai fini de me creuser. Je suis déjà à mi-chemin de la Chine, et je continue à jouer de la pelle.

Ça fait six mois que je suis chaste. Et eux aussi, pour ce que j'en sais. Tout le monde attend que je me décide. Que je choisisse, ou que je dise quelque chose, n'importe quoi.

Si j'ai réussi à m'abstenir pendant tout ce temps, c'est parce que je me suis tenue à l'écart d'eux. Je ne les ai pas vus… du moins, pas en face-à-face. Je ne les ai pas rappelés. J'ai pris mes jambes à mon cou aux premiers effluves d'eau de Cologne.

Pourquoi des mesures aussi draconiennes ? Parce que, pour être franche, quasiment chaque fois que je me trouve en présence de l'un d'eux, je jette ma chasteté aux orties. Ils me tiennent tous les deux par la libido, mais j'essaie de décider lequel me tient par le cœur. Tout ce temps de réflexion, et je ne le sais toujours pas.

La seule conclusion à laquelle je suis parvenue, c'est qu'il est temps que je cesse de me cacher. Je dois les voir et déterminer ce que nous allons tous faire. J'ai pris cette décision il y a deux semaines. Ce jour-là, j'ai fait renouveler l'ordonnance de ma pilule. La dernière chose dont j'ai besoin, c'est d'une grossesse surprise. Le fait que reprendre la pilule soit mon premier réflexe quand je pense à Jean-Claude et Richard en dit assez long sur l'effet qu'ils me font.

Il faut prendre la pilule depuis au moins un mois pour n'avoir aucun risque de tomber enceinte. Enfin, un risque minimum. Encore quatre semaines, cinq pour plus de sécurité, et je les appellerai. Peut-être.

J'entendis les talons de Ronnie sur le gravier derrière moi.

— Anita ! Anita, attends ! Ne sois pas fâchée !

La vérité, c'est que je n'étais pas fâchée contre elle : j'étais fâchée contre moi. Fâchée de n'être toujours pas capable de choisir entre ces deux hommes après tout ce temps.

Je m'arrêtai et attendis Ronnie, frissonnant dans ma jupe microscopique et serrant le petit cygne en papier d'alu contre moi. La nuit était assez fraîche pour me faire regretter de n'avoir pas mis de veste. Dès que Ronnie me rattrapa, je me remis à marcher.

— Je ne suis pas fâchée, Ronnie, juste fatiguée. J'en ai assez que tout le monde – toi, ma famille, Dolph, Zerbrowski – passe son temps à me juger.

Mes talons claquaient sèchement sur le sol. Une fois, Jean-Claude m'avait dit qu'il pouvait deviner si j'étais en colère rien qu'au bruit que je faisais en marchant.

— Regarde où tu mets les pieds. Tes talons sont beaucoup plus hauts que les miens.

Ronnie mesure un mètre soixante-dix ; autrement dit, en escarpins, elle frôle le mètre quatre-vingts. Moi, avec des talons de cinq centimètres, je culmine péniblement à un mètre soixante-deux. Autant vous dire que je transpire beaucoup plus que Ronnie quand on fait du jogging ensemble.

Le téléphone se mit à sonner pendant que je jonglais avec mes clés et le cygne en alu. Ronnie me prit ce dernier, et je poussai la porte avec mon épaule.

Je me mis à courir avec mes talons avant de me souvenir que j'étais en congé. Autrement dit, quelque urgence qui justifie un coup de fil à 2 heures du matin, ce n'était pas mon problème avant deux semaines au moins. Mais les vieilles habitudes ont la vie dure, et j'atteignis le téléphone avant de prendre conscience que rien ne m'obligeait à prendre cet appel. Je laissai le répondeur s'en charger tandis que je restais plantée là, le cœur battant. J'avais l'intention d'ignorer l'importun, mais je me tenais quand même prête à décrocher, au cas où.

De la musique assourdissante, et une voix d'homme. Je ne reconnus pas la première, mais j'identifiai aussitôt la seconde.

— Anita, c'est Gregory. Nathaniel est dans la merde.

Gregory est l'un des léopards-garous dont j'ai hérité après avoir tué leur alpha – leur chef de meute. En tant qu'humaine, je ne suis pas franchement qualifiée pour le poste, mais jusqu'à ce que je me trouve un remplaçant, je vaux toujours mieux que rien. Faute d'un dominant pour les protéger, les métamorphes sont à la merci de n'importe qui. Si quelqu'un s'en prenait à ceux-là et les massacrait, ce serait plus ou moins ma faute. Donc, je les protège, mais c'est encore plus compliqué que je l'imaginais.

Tout le problème vient de Nathaniel. Les autres ont refait leur vie depuis la mort de leur ancien chef, mais pas lui. Nathaniel a eu une jeunesse difficile, faite d'abus, de viols, de prostitution et de soumission. Par soumission, j'entends qu'il a servi d'esclave à quelqu'un… pour le sexe, et pour la douleur. C'est l'un des très rares véritables soumis que j'aie rencontrés… même si j'admets que mes connaissances en la matière sont limitées.

Je jurai tout bas et décrochai.

— Je suis là, Gregory. Qu'est-ce qui se passe encore ?

Ma voix était pleine de lassitude et de colère à mes propres oreilles.

— Si j'avais quelqu'un d'autre à appeler, Anita, je le ferais. Mais il n'y a que toi.

Gregory aussi semblait las et en colère. Génial.

— Où est Elizabeth ? Elle était censée veiller sur Nathaniel ce soir.

J'avais finalement accepté que Nathaniel se mette à fréquenter les clubs BDSM, à condition qu'il soit accompagné par Elizabeth et au moins un autre léopard-garou. Ce soir, c'était Gregory qui avait hérité de la place du passager, mais sans Elizabeth, il n'était pas assez dominant pour garantir la sécurité de Nathaniel.

Un soumis ordinaire n'aurait pas eu de problème avec quelqu'un à ses côtés pour dire « non, merci » en cas de besoin. Mais Nathaniel est l'un de ces rares soumis qui sont presque incapables de dire « non », et j'ai cru comprendre que sa conception du sexe et de la douleur pouvait être passablement extrême. Ce qui signifie qu'il risque d'accepter des choses très nocives pour lui. Les métamorphes peuvent encaisser de sacrés dégâts sans en garder la moindre trace, mais eux aussi ont leurs limites. Un soumis normal dit « stop » quand il en a assez ou quand il sent que ça ne va plus, mais Nathaniel n'est pas assez sain d'esprit pour ça. C'est pourquoi je lui assigne des gardiens : pour m'assurer qu'il ne lui arrive rien d'horrible.

Mais ce n'est pas la seule raison. Un bon dominant fait confiance à son dominé pour lui demander d'arrêter avant que les dégâts soient trop grands. Il part du principe que le dominé connaît son propre corps et possède assez d'instinct de préservation pour se retirer du jeu avant d'avoir franchi ses limites. Nathaniel n'est pas équipé de cette option de survie, ce qui signifie que même un dominant animé par les meilleures intentions risque de lui faire salement mal avant de comprendre que Nathaniel est incapable de se protéger lui-même.

Deux ou trois fois, j'ai accompagné Nathaniel dans ce genre d'endroits. En tant que sa Nimir-ra, c'était mon boulot de faire passer des entretiens d'embauche à ses… gardiens putatifs. Je m'étais préparée à ce que ces clubs soient l'un des cercles inférieurs de l'enfer, et j'avais été agréablement surprise. Franchement, je dois repousser plus d'avances dans un bar ordinaire un samedi soir.

Dans les clubs BDSM, tout le monde fait très attention à ne pas s'imposer aux autres et à ne pas insister en cas de refus. C'est une toute petite communauté ; si vous vous faites une réputation de lourdingue, vous vous retrouvez très vite mis à l'écart, sans personne avec qui jouer. Je me suis vite aperçue que les gens du circuit étaient très polis, et que si vous expliquiez clairement que vous n'étiez pas là pour participer, ils vous fichaient une paix royale… à l'exception des touristes.

Les touristes, ce sont les poseurs, ceux qui n'appartiennent pas vraiment au milieu mais qui aiment se déguiser et fréquenter les clubs. Ils ne connaissent pas les règles, et ils ne prennent pas la peine de se renseigner. Ceux que j'ai rencontrés pensaient sans doute qu'une femme prête à venir dans ce genre d'endroit est partante pour tout. Je les ai très vite détrompés.

Mais j'ai dû cesser d'accompagner Nathaniel : d'après les autres léopards-garous, j'émets tellement d'ondes dominantes qu'aucun autre dominant n'approchera Nathaniel tant que je serai avec lui. Même si nous avons reçu toutes les offres de ménage à trois possibles et imaginables. À un moment, j'ai rêvé d'un badge qui dirait : « Non, je ne veux pas me faire de plan bondage à trois avec vous, mais merci quand même. »

Elizabeth est censée être dominante, mais pas au point d'empêcher Nathaniel de se trouver des copains de jeux.

— Elizabeth s'est cassée, dit Gregory.

— Sans Nathaniel ?

—Oui.

—Ça, ça me défrise.

—Hein?

—Je suis en rogne contre Elizabeth, clarifiai-je.

—Il y a pire.

—Comment ça peut être pire, Gregory? Vous m'avez tous assuré que ces clubs étaient sûrs. Un peu de bondage, quelques gentilles petites gifles, des chatouilles par-ci par-là. Vous m'avez convaincue que je ne pourrais pas éternellement en tenir Nathaniel éloigné. Vous m'avez affirmé qu'il existait des manières de procéder pour que personne ne soit blessé. C'est ce que Zane, Cherry et toi n'avez cessé de me répéter. Et je l'ai constaté de mes propres yeux. Il y a des moniteurs de sécurité partout; c'est plus rassurant que certains de mes propres rencards. Alors, qu'est-ce qui a bien pu merder?

—On ne pouvait pas prévoir ça.

—Va droit au but, Gregory, s'il te plaît. Les préliminaires commencent à devenir fastidieux.

À l'autre bout de la ligne, il y eut un silence un peu trop long à mon goût – excepté la musique qui continuait à gueuler.

—Gregory, tu es toujours là?

—Gregory est indisposé, répondit une voix d'homme.

—Qui est à l'appareil?

—Je m'appelle Marco, si ça peut vous aider – bien que j'en doute.

Il avait des inflexions cultivées. Un Américain des classes supérieures.

—Vous êtes nouveau en ville? demandai-je.

—Quelque chose comme ça.

—Bienvenue à Saint Louis. Ne manquez pas d'aller visiter l'Arche pendant votre séjour; on a vraiment une belle vue d'en haut. Mais quel rapport entre votre présence ici et mon pard?

—Au début, nous n'avons pas compris que c'était votre familier que nous tenions. Ce n'était pas lui que nous traquions. Mais maintenant que nous l'avons, nous le gardons.

— Vous n'avez pas le droit de le « garder », protestai-je.

— Venez nous le reprendre, si vous le pouvez.

Cette voix étrangement calme et polie rendait la menace encore plus efficace. Je sentais bien que mon interlocuteur n'était pas en colère, que ça n'avait rien de personnel. C'était plutôt comme… une transaction commerciale, mais du diable si je comprenais laquelle.

— Repassez-moi Gregory, réclamai-je.

— Désolé. Il est occupé à prendre du bon temps avec mes amis.

— Comment puis-je être sûre qu'il est toujours vivant?

Ma voix était aussi dénuée d'émotion que la sienne. Je ne ressentais rien pour le moment : c'était trop brusque, trop inattendu, comme quand on débarque au milieu d'un film.

— Personne n'est mort, répondit le dénommé Marco. Pas encore.

— Comment puis-je en être sûre? répétai-je.

Il garda le silence une seconde.

— Avec quelle sorte de gens traitez-vous d'habitude, pour que vous nous demandiez avant toute chose si nous avons tué votre ami?

— Les derniers mois ont été mouvementés. Maintenant, repassez-moi Gregory, parce que tant que je ne saurai pas si lui et les autres sont vivants, cette négociation n'avancera pas.

— Comment savez-vous que nous sommes en train de négocier?

— Mettez ça sur le compte de mon intuition.

— Eh bien, vous êtes directe.

— Vous n'avez pas idée à quel point je peux l'être, Marco. Repassez-moi Gregory.

De nouveau le silence rempli de musique.

— Gregory? Gregory, tu es là? Il y a quelqu'un?

Et merde, pensai-je.

— Je crains que votre chaton refuse de miauler pour nous. Je crois que c'est une question de fierté.

—Approchez le combiné de son oreille et laissez-moi lui parler.

—Comme vous voudrez.

Encore cette musique tonitruante. Je parlai comme si j'étais certaine que Gregory m'écoutait.

—Gregory, j'ai besoin de savoir que tu es vivant. J'ai besoin d'être sûre que Nathaniel et les autres sont vivants. Parle-moi, Gregory.

Sa voix me parvint étranglée, comme s'il serrait les dents.

—Ouiii.

—Oui, quoi? Oui, ils sont tous vivants?

—Ouiii.

—Que sont-ils en train de te faire?

Gregory hurla dans le téléphone. Le cri hérissa les cheveux de ma nuque et tous les poils le long de mes bras. Puis il s'interrompit abruptement.

—Gregory, Gregory!

Je m'époumonai pour couvrir le beat de la techno, mais personne ne me répondit.

Marco revint en ligne.

—Ils sont tous vivants, à défaut d'être indemnes. Celui qu'ils appellent Nathaniel est un charmant jeune homme: ces longs cheveux auburn, ces extraordinaires yeux violets! Ce serait vraiment dommage de gâcher tant de beauté. Évidemment, le blondinet aux yeux bleus n'est pas mal non plus. Quelqu'un m'a dit qu'ils bossaient tous les deux comme stripteaseurs. C'est vrai?

Je n'étais plus hébétée: j'avais la trouille, et j'étais furax, et je ne comprenais toujours pas ce qui se passait. Pourtant, ma voix resta égale, presque calme.

—Oui, c'est vrai. Vous êtes nouveau ici, Marco, donc vous ne me connaissez pas. Mais faites-moi confiance. Vous n'avez pas envie de m'énerver?

—Moi, peut-être pas. Mais mon alpha, si.

Ah, la politique métamorphe. Je déteste ça.

—Pourquoi? Les léopards-garous ne menacent personne.

—Il n'y a pas de raison, il n'y a qu'à agir et mourir [1], cita-t-il. Un kidnappeur lettré. Comme c'était rafraîchissant.

—Que voulez-vous, Marco?

—Mon alpha veut que vous veniez sauver vos chatons, si vous en êtes capable.

—À quel club êtes-vous?

—Au *Narcisse Enchaîné*.

Et il raccrocha.

---

1. Extrait du poème dramatique d'Alfred Tennyson «La charge de la brigade légère». (*NdT*)

CHAPITRE 2

— **P**utain de merde !

— Que se passe-t-il ? demanda Ronnie.

Je l'avais presque oubliée. Elle n'avait pas sa place dans cette partie de ma vie, et pourtant elle était là, adossée aux placards de la cuisine, scrutant mon visage d'un air inquiet.

— Je gère.

Elle m'agrippa le bras.

— Tu m'as fait tout un discours comme quoi tu voulais retrouver tes amis, cesser de nous repousser en permanence. Tu étais sincère, ou c'était juste des paroles en l'air ?

Je pris une grande inspiration et la relâchai. Puis je lui relatai l'autre moitié de la conversation.

— Et tu ne vois pas du tout de quoi il s'agit ? demanda Ronnie.

— Non.

— C'est bizarre. D'habitude, ce genre de truc, on le voit venir de loin. Ça ne tombe pas du ciel sans raison ni avertissement préalable.

Je hochai la tête.

— Je sais.

— En faisant *69, tu peux rappeler ton interlocuteur.

— Et à quoi ça me servira ?

— Ça te permettra de savoir s'ils sont bien au *Narcisse Enchaîné* ou s'ils essaient juste de t'attirer là-bas.

— Tu n'es pas seulement jolie, pas vrai ?

Elle sourit.

—Nous, les détectives professionnels, nous savons ce genre de choses.

Son humour ne monta pas tout à fait jusqu'à ses yeux, mais elle faisait des efforts.

Je composai le *69, et le téléphone sonna pendant ce qui me parut être une éternité. Puis une autre voix masculine répondit :

—Oui ?

—Je suis bien au *Narcisse Enchaîné* ?

—Oui, qui est à l'appareil ?

—Je voudrais parler à Gregory.

—Je ne connais pas de Gregory.

—Qui êtes-vous ?

—C'est une putain de cabine téléphonique, ma p'tite dame. J'ai juste décroché.

Et le type me raccrocha au nez, lui aussi. Apparemment, c'était la mode ce soir-là.

—Ils ont appelé d'un téléphone payant, au *Narcisse Enchaîné*, rapportai-je à Ronnie.

—Au moins, tu es sûre qu'ils sont bien là-bas.

—Tu sais où se trouve ce club ?

Elle secoua la tête.

—Ce n'est pas vraiment mon genre d'endroit.

—Le mien non plus.

En fait, les seuls vrais amateurs de BDSM que je connaissais étaient tous là-bas, attendant que je les sauve.

Qui, dans mon entourage, pouvait me donner l'adresse du *Narcisse Enchaîné* et me parler de sa réputation ? Les léopards-garous m'avaient affirmé que c'était un endroit sûr, et de toute évidence, ils s'étaient trompés.

Un nom me vint immédiatement à l'esprit. Un seul de mes proches savait probablement où se trouvait le *Narcisse Enchaîné* et quel genre d'ennuis je risquais en me pointant là-bas : Jean-Claude. Puisqu'il s'agissait de politique métamorphe, il aurait peut-être été plus logique d'appeler Richard, vu que c'est un loup-garou. Mais les métamorphes fonctionnent par clans.

Les différentes espèces se rendent rarement service entre elles. C'est frustrant, mais c'est vrai.

Il existe une exception : le traité entre les loups-garous et les rats-garous. Ceci mis à part, les membres de chaque clan se débrouillent, se disputent et saignent entre eux. Certes, si un petit groupe de renégats échappait à tout contrôle et finissait par attirer l'attention de la police, les loups et les rats se chargeraient de les punir. Mais tant qu'on n'en arrive pas là, personne ne veut se mêler des affaires des autres. C'est l'une des raisons pour lesquelles je suis toujours de corvée de baby-sitting avec les léopards.

Et puis, Richard n'en sait pas plus que moi – probablement moins – sur la culture BDSM. Si vous vous interrogez sur les déviants sexuels, c'est à Jean-Claude qu'il faut vous adresser. Il ne participe peut-être pas, mais il semble toujours savoir qui fait quoi, avec qui d'autre, et où. En tout cas, je l'espérais. Si ma vie avait été la seule en jeu, je n'aurais fait appel ni à l'un ni à l'autre. Mais si je me faisais tuer pendant mon intervention, il ne resterait personne pour sauver Nathaniel et compagnie. Ça, c'était inacceptable.

Ronnie avait ôté ses escarpins.

—Je n'ai pas apporté mon flingue, mais je suis sûre que tu en as un à me prêter.

Je secouai la tête.

—Tu ne viens pas.

La colère fit virer ses yeux au gris des nuages de tempête.

—Bien sûr que si.

—Ronnie, ce sont des métamorphes, et tu es humaine.

—Toi aussi, répliqua-t-elle.

—Grâce aux marques vampiriques de Jean-Claude, je suis un petit peu plus que ça. Je peux encaisser des coups qui te tueraient.

—Tu ne peux pas y aller seule.

Ses bras étaient croisés sous ses seins, son expression butée et orageuse.

—Je n'en ai pas l'intention.

—C'est parce que je ne suis pas une flingueuse, pas vrai ?

—Tu ne tues pas facilement, Ronnie. Il n'y a pas de honte à ça, mais je ne peux pas t'emmener dans un nid de métamorphes sans être sûre que tu viseras la tête ou le cœur en cas de nécessité. (Je lui agrippai les bras. Elle resta raide et furieuse entre mes mains.) Si je te perdais, Ronnie, ça tuerait un petit bout de moi. Et si je savais que tu étais morte à cause de mes conneries, ça tuerait un gros bout de moi. Avec ces gens-là, tu ne peux pas te permettre d'hésiter. Tu ne peux pas les traiter comme s'ils étaient humains. Sinon, tu ne réussiras qu'à te faire buter.

Elle secoua la tête.

—Appelle la police.

Je m'écartai d'elle.

—Non.

—Putain, Anita, putain !

—Ronnie, il y a des règles, et une de ces règles, c'est qu'on ne cafte pas les affaires de la meute ou du pard à la police.

Principalement parce que les flics tendent à désapprouver les luttes de domination qui se terminent avec un sol jonché de cadavres… mais inutile de dire ça à Ronnie.

—C'est une règle stupide.

—Peut-être, mais c'est comme ça que ça fonctionne chez les métamorphes – de quelque espèce qu'ils soient.

Elle s'assit à la petite table pour deux personnes légèrement surélevée.

—Alors, qui va te servir de renfort ? Richard ne tue pas plus facilement que moi.

Ce n'était qu'à moitié vrai, mais je laissai courir.

—Non, ce soir, j'ai besoin de quelqu'un qui fera le nécessaire sans ciller.

La colère assombrit encore ses yeux.

—Jean-Claude.

Elle avait prononcé son nom comme un juron.

Je hochai la tête.

— Tu es sûre qu'il n'a pas organisé tout ça pour te ramener dans sa vie ? pardon – dans sa mort ?

— Il me connaît trop bien pour jouer avec les miens. Il sait comment je réagirais s'il leur faisait du mal.

De la surprise se mêla à la colère, adoucissant le regard et l'expression de Ronnie.

— Je le déteste, mais je sais que tu l'aimes. Serais-tu réellement capable de le tuer ? Pourrais-tu le viser avec le canon de ton flingue et appuyer sur la détente ?

Je la regardai sans rien dire, et je n'eus pas besoin de miroir pour savoir que mes yeux étaient devenus froids et distants. C'est difficile pour des yeux marron d'avoir l'air glacial, mais depuis quelque temps, les miens y arrivent assez bien.

Quelque chose qui ressemblait à de la peur transparut dans les prunelles de Ronnie. J'ignore si elle avait peur pour moi ou peur *de* moi. Mais j'espérais que c'était la première hypothèse.

— Tu en serais capable, souffla-t-elle. Doux Jésus, Anita. Tu connais Jean-Claude depuis plus longtemps que je connais Louie. Et jamais je ne pourrais tirer sur Louie, quoi qu'il ait fait.

Je haussai les épaules.

— Je crois que ça me détruirait. Jamais je ne pourrais être heureuse après ça – à supposer que je survive. Parce qu'il y aurait de fortes chances pour que les marques vampiriques m'entraînent dans la tombe avec lui.

— Encore une bonne raison de ne pas le tuer.

— S'il est responsable du hurlement que Gregory a poussé au téléphone, il aura besoin, pour continuer à respirer, d'une raison bien meilleure que l'amour, le désir ou ma propre mort éventuelle.

— Je ne comprends pas, Anita. Je ne comprends pas du tout.

— Je sais.

Et je pensai que c'était justement pour ça qu'on ne se voyait plus autant qu'avant, Ronnie et moi. J'en ai assez de devoir lui expliquer tout ce que je fais. Non : de devoir me justifier pour tout ce que je fais.

Tu es mon amie, ma meilleure amie. Mais moi non plus, je ne te comprends pas.

— Ronnie, je ne peux pas gagner au bras de fer contre des métamorphes et des vampires. En combat à la loyale, je perdrais forcément. La seule raison pour laquelle je survis, et mon pard avec moi, c'est parce que les autres garous me craignent. Ils croient à mes menaces. S'ils pensaient un seul instant que je bluffe, c'en serait fini de moi.

— Donc, tu vas y aller et les buter.

— Je n'ai pas dit ça.

— Mais tu vas le faire.

— J'essaierai d'éviter.

Ronnie remonta ses genoux sous son menton et enveloppa ses longues jambes de ses bras. Elle avait réussi à mailler son collant ; le petit trou brillait à cause du vernis transparent dont elle l'avait badigeonné pour ne pas qu'il file. Ronnie a toujours du vernis transparent dans son sac pour ce genre d'urgence. Moi, j'étais partie en boîte avec un flingue et même pas de sac à main.

— Si tu te fais arrêter, appelle-moi, et je te ferai libérer.

Je secouai la tête.

— Si je me fais choper en train de descendre plus de trois personnes dans un lieu public, personne ne pourra me faire libérer, même contre une énorme caution. L'aube sera passée depuis belle lurette quand les flics auront fini de m'interroger.

— Comment peux-tu en parler si calmement ?

Je commençais à me rappeler pourquoi on s'était éloignées, Ronnie et moi. J'avais eu quasiment la même conversation avec Richard la fois où un assassin avait débarqué en ville pour me buter. Alors, je lui fis la même réponse qu'à Richard.

— Céder à l'hystérie ne m'aidera pas.

— Mais tu n'es pas en pétard ?

— Oh, que si !

Elle secoua la tête.

—Je veux dire, tu n'es pas indignée et hors de toi. Tu n'as même pas l'air surprise. (Elle haussa les épaules.) Pas autant que tu le devrais.

—Ce qui signifie : pas autant que tu le serais à ma place. (Je levai une main avant qu'elle puisse répondre.) Je n'ai pas le temps de débattre de morale, Ronnie. (Je saisis le téléphone.) Il faut que j'appelle Jean-Claude.

—Je n'arrête pas de t'encourager à plaquer le vampire et à épouser Richard, mais il y a peut-être plus d'une raison pour que tu t'accroches à lui.

Je composai de mémoire le numéro du *Cirque des Damnés* tandis que Ronnie continuait à parler à mon dos.

—Tu ne peux pas renoncer à un amant qui est encore plus froid que toi.

Le téléphone se mit à sonner.

—Il y a des draps propres dans la chambre d'amis. Désolée de ne pas pouvoir rester pour bavarder entre filles jusqu'à point d'heure, dis-je sans me retourner.

Je l'entendis se lever dans un bruissement de tissu et sortir de la cuisine. Je ne bougeai pas jusqu'à ce qu'elle soit partie. Ça n'aurait servi à rien qu'elle me voie pleurer.

Chapitre 3

Jean-Claude n'était pas au *Cirque des Damnés*. La voix que j'eus à l'autre bout du fil ne me reconnut pas et ne voulut pas croire que j'étais Anita Blake, la chérie à temps partiel de son patron. Aussi en fus-je réduite à appeler ses autres établissements. J'essayai le *Plaisirs Coupables*, sa boîte de strip-tease, mais il ne s'y trouvait pas. J'essayai le *Danse Macabre*, son entreprise la plus récente, en me demandant s'il n'avait pas simplement ordonné à son personnel de répondre qu'il était absent au cas improbable où j'appellerais.

Cette pensée me perturbait bien davantage que je l'aurais voulu. Je craignais qu'après tout ce temps, Richard me dise d'aller me faire voir, qu'il en avait soupé de mon indécision. Jamais je n'avais envisagé que Jean-Claude puisse ne pas m'attendre. Si j'étais si peu certaine de mes sentiments pour lui, pourquoi une sensation de perte grandissante me tordait-elle les entrailles ? Cette réaction n'avait rien à voir avec les léopards-garous et leurs problèmes – mais tout à voir avec moi et le fait que je me sentais brusquement perdue.

Il s'avéra pourtant que Jean-Claude se trouvait bien au *Danse Macabre*, et qu'il prit mon appel. J'eus quelques secondes pour souffler un bon coup, histoire de me dénouer les tripes. Puis il fut au téléphone, et je dus lutter pour maintenir mes boucliers métaphysiques en place.

Je déteste la métaphysique. La biologie du surnaturel reste de la biologie, mais la métaphysique, c'est de la magie, et ça me met mal à l'aise. Ces six derniers mois, quand je n'étais pas en train de bosser, j'ai passé tout mon temps à méditer, à étudier avec une médium très avisée du nom de Marianne, et à apprendre la magie rituelle pour pouvoir contrôler les pouvoirs que Dieu m'a donnés. Et aussi, bloquer les marques qui me lient à Jean-Claude et à Richard.

Votre aura, c'est votre protection personnelle, votre énergie individuelle. Quand elle est saine, elle vous préserve contre les dangers extérieurs de la même façon que votre peau. Mais quand il y a un trou dedans, l'infection peut s'installer. Mon aura a deux trous, un pour chacun de ces hommes. Je soupçonne que c'est la même chose pour la leur. Ce qui nous met tous en danger.

Moi, j'ai réussi à boucher les trous de la mienne. Et puis, il y a quelques semaines, je suis tombée sur une créature redoutable, un aspirant dieu – une catégorie d'adversaire toute nouvelle, même pour moi. Son pouvoir a réduit à néant tous mes laborieux efforts, me laissant de nouveau ouverte et à vif. Seule l'intervention d'une sorcière locale m'a évité de me faire bouffer toute crue.

Je ne serai pas capable d'endurer six autres mois de chasteté et de méditation. Les trous sont là, et le seul moyen de les remplir, c'est de me rapprocher de Jean-Claude et de Richard. En tout cas, c'est ce que dit Marianne, et je lui fais confiance comme à très peu d'autres personnes.

La voix de Jean-Claude au téléphone me frappa telle une gifle de velours. Mon souffle s'étrangla dans ma gorge, et je ne pus rien faire d'autre que sentir le flot de sa voix, sa présence, pareille à une créature vivante rampant sur ma peau. Sa voix a toujours été l'un des plus grands atouts de Jean-Claude, mais là, ça devenait ridicule. Nous n'étions qu'au téléphone. Comment pourrais-je me trouver en face de lui et maintenir mes boucliers – à plus forte raison, mon stoïcisme ?

— Je sais que tu es là, ma petite. As-tu appelé seulement pour entendre le son de ma voix ?

C'était trop près de la vérité pour me rasséréner.

— Non, non.

Je n'arrivais pas à reprendre mes esprits. J'étais comme une athlète qui a négligé son entraînement. Je ne parvenais plus à soulever la même quantité de fonte, et Dieu sait qu'il fallait être costaud pour ne pas se laisser emporter par le pouvoir de Jean-Claude.

Comme je n'ajoutais rien, il reprit la parole.

—Ma petite, qu'est-ce qui me vaut cet honneur? Pourquoi daignes-tu m'appeler?

Sa voix était neutre, mais j'y décelai une pointe de quelque chose… Du reproche, peut-être.

Je suppose que je l'avais mérité. Je ralliai mes neurones et tentai de passer pour un être humain intelligent – une tâche pas toujours facile pour moi.

—Ça fait six mois…

—Je suis au courant, ma petite.

De la condescendance. Ça déteste ça. Ça m'énerva légèrement, et ma colère naissante m'éclaircit les idées.

—Si vous voulez bien cesser de m'interrompre, je vais vous expliquer la raison de mon appel.

—Mon cœur palpite d'impatience.

Je faillis raccrocher. Il me prenait de haut, et savoir que je le méritais en partie me foutait encore plus en rogne. C'est toujours quand je suis en tort que je gueule le plus fort. J'avais été lâche pendant des mois, et je continuais. J'avais peur de me trouver près de lui, peur de ce que je pourrais faire. *Putain, Anita, ressaisis-toi.*

—Le sarcasme, c'est ma juridiction.

—Et quelle est donc la mienne?

—Je suis sur le point de vous réclamer une faveur.

—Vraiment? dit-il comme s'il envisageait de ne pas me l'accorder.

—S'il vous plaît, Jean-Claude. Je vous demande de l'aide. Ça ne m'arrive pas souvent.

—Ça, c'est vrai. Qu'attends-tu de moi, ma petite ? Tu sais que tes désirs sont des ordres pour moi. Si furieux que je puisse être contre toi.

Je laissai passer ce dernier commentaire parce que je ne savais pas quoi répondre.

—Vous connaissez un club du nom de *Narcisse Enchaîné* ?

Il garda le silence une seconde ou deux.

—Oui.

—Vous pouvez m'expliquer où ça se trouve et me rejoindre là-bas ?

—Sais-tu de quel genre d'endroit il s'agit ?

—Oui.

—En es-tu bien certaine ?

—C'est un club BDSM.

—À moins que tu aies beaucoup changé ces six derniers mois, ma petite, je ne crois pas que tu sois portée sur le bondage et la soumission.

—Moi, non.

—Tes léopards-garous ont encore fait des leurs ?

—Quelque chose dans ce goût-là, oui.

Je lui racontai ce qui était arrivé.

—Je ne connais pas de Marco.

—Je ne m'attendais pas à ce que ce soit le cas.

—Mais tu pensais que je connaîtrais l'adresse du club ?

—Je l'espérais.

—Je te retrouve là-bas avec une partie de mes gens. Ou suis-je le seul autorisé à voler à ta rescousse ?

Il semblait amusé à présent – ce qui était toujours mieux que furieux, j'imagine.

—Amenez qui vous voudrez.

—Tu as confiance en mon jugement ?

—Sur ce point, oui.

—Mais pas pour tout, dit-il doucement.

—Il n'y a personne au monde en qui j'ai confiance pour tout, Jean-Claude.

Il soupira.

— Si jeune et déjà si blasée.

— Je suis cynique, pas blasée.

— Et quelle est la différence ?

— Vous, vous êtes blasé.

Alors, il éclata d'un rire dont le son me caressa comme une main et fit se contracter des choses dans mon bas-ventre.

— Ah, dit-il. Ça explique tout.

— Contentez-vous de m'indiquer comment on y va. S'il vous plaît.

J'avais ajouté le « s'il vous plaît » pour accélérer le processus.

— Je ne crois pas qu'ils feront trop de mal à tes léopards-garous. Le club est dirigé par des métamorphes. Si trop de sang coule, ils le sentiront et ils interviendront. C'est l'une des raisons pour lesquelles le *Narcisse Enchaîné* est un no man's land, un terrain neutre pour les marginaux de nos espèces. Tes léopards ont raison : en règle générale, c'est un endroit très sûr.

— Gregory ne hurlait pas parce qu'il se sentait en sécurité.

— Peut-être pas, mais je connais le propriétaire. Narcisse serait très fâché si quelqu'un outrepassait les bornes dans son club.

— Narcisse ? Ça ne me dit rien. Enfin, je connais le personnage de la mythologie grecque, mais c'est tout.

— C'est normal. Il ne met pas souvent les pieds dehors. Mais je vais l'appeler pour qu'il cherche tes félins. Il ne les délivrera pas, mais il s'assurera qu'on ne leur fasse pas davantage de mal.

— Vous avez confiance en lui pour ça ?

— Oui.

Jean-Claude a ses défauts, mais il se trompe rarement sur les gens.

— D'accord. Et merci.

—Tout le plaisir est pour moi. Vraiment. (Il prit une inspiration et ajouta tout bas:) Aurais-tu appelé si tu n'avais pas eu besoin de mon aide? Aurais-tu fini par appeler, un jour?

Depuis le début, je redoutais que Richard ou lui me pose cette question.

—Je vous répondrai de mon mieux, mais mon petit doigt me dit que la conversation risque d'être longue. J'ai besoin de savoir mes gens en sécurité avant qu'on commence à disséquer notre relation.

—Notre relation? Parce qu'on en a une? demanda-t-il sèchement.

—Jean-Claude…

—Non, non, ma petite. Je vais appeler Narcisse et sauver tes félins, mais seulement si tu me promets que nous finirons cette conversation quand je te rappellerai.

—Entendu.

—J'ai ta parole?

—Oui.

—Très bien, ma petite. À tout de suite.

Il raccrocha.

Je reposai le combiné et restai plantée là. Était-ce lâche de vouloir appeler quelqu'un d'autre, n'importe qui, pour que la ligne soit occupée et que je puisse esquiver cette conversation? Oui, c'était lâche – mais tentant. Je déteste parler de ma vie privée, surtout avec les gens concernés.

J'avais eu juste assez de temps pour enlever ma jupe et enfiler autre chose quand le téléphone sonna. Je sursautai et répondis le cœur dans la gorge. Je n'avais vraiment pas envie de discuter de ça avec Jean-Claude.

—Allô, dis-je.

—Narcisse va pourvoir à la sécurité de tes félins. À présent, où en étions-nous? (Il se tut un instant.) Ah, oui! aurais-tu fini par appeler si tu n'avais pas eu besoin de mon aide?

—La femme avec qui j'étudie…

—Marianne.

34

—Oui, Marianne. Elle dit que je ne peux pas continuer à boucher les trous de mon aura. Que le seul moyen de me protéger contre les monstres, c'est de remplir les trous avec ce qu'ils sont censés contenir. (Il y eut un silence à l'autre bout du fil. Un silence qui se prolongea au point que je finis par demander :) Jean-Claude, vous êtes toujours là ?

—Oui.

—Ça n'a pas l'air de vous plaire.

—Comprends-tu ce que tu es en train de dire, Anita ?

Quand il m'appelle par mon prénom, c'est toujours mauvais signe.

—Je crois.

—Que les choses soient claires entre nous, ma petite. Il n'est pas question que tu reviennes me voir plus tard en pleurant que tu ne te rendais pas compte combien ça nous lierait étroitement. Si tu nous autorises, Richard et moi, à remplir réellement les marques sur ton… corps, nous partagerons nos auras. Notre énergie. Notre magie.

—Nous le faisons déjà.

—En partie, ma petite. Mais c'est un effet secondaire des marques. Là, tu me parles d'une union volontaire, en toute connaissance de cause. Une fois effectuée, je ne crois pas qu'il sera possible de la briser sans nous causer de gros dégâts à tous.

Ce fut mon tour de soupirer.

—Combien de vampires ont défié votre autorité pendant que je m'étais absentée pour méditer ?

—Quelques-uns, répondit-il prudemment.

—Je parie qu'il y en a eu beaucoup plus que ça. Parce qu'ils ont senti que vos défenses étaient incomplètes. Vous avez eu du mal à les faire reculer sans les tuer, pas vrai ?

—Disons que je me réjouis qu'aucun challenger digne de ce nom ne se soit présenté au cours de la dernière année.

—Sans Richard et moi pour vous soutenir, vous auriez perdu. Et faute de pouvoir nous toucher, vous n'auriez pas pu vous protéger. Du moins, c'est comme ça que ça fonctionnait quand j'étais en ville avec vous. Le contact ou même la simple proximité physique aidait chacun de nous à se connecter au pouvoir des deux autres. Ça compensait.

—Oui, convint-il doucement.

—Je ne savais pas, Jean-Claude. Je ne suis pas certaine que ça aurait fait une différence, mais je ne savais pas. Mon Dieu, Richard doit être désespéré – il ne tue pas aussi facilement que nous. Sa capacité à bluffer est tout ce qui empêche les loups-garous de se déchiqueter entre eux, et avec deux trous béants dans ses défenses les plus intimes…

Je n'achevai pas ma phrase. Je me souvenais encore de l'horreur glaciale que j'avais ressentie en comprenant quel danger je nous avais fait courir.

—Richard a connu des difficultés, ma petite. Mais chacun de nous n'a qu'une faille réelle dans son armure, celle que tu es la seule à pouvoir combler. Il a été forcé de mélanger son énergie à la mienne. Comme tu viens de le dire, sa capacité à bluffer est primordiale pour lui.

—Je l'ignorais, et j'en suis désolée. Tout ce à quoi je pensais, c'est combien j'avais peur de me faire submerger par vous deux. Marianne m'a dit la vérité quand elle a pensé que j'étais prête à l'entendre.

—Et as-tu fini d'avoir peur de nous, ma petite ? demanda-t-il avec une grande prudence, comme s'il gravissait un escalier très long et très étroit avec un mug de thé brûlant à la main.

Je secouai la tête, me rendis compte qu'il ne pouvait pas me voir et dit :

—Je ne suis pas courageuse du tout. Plutôt complètement terrifiée. Je meurs de trouille à l'idée que si j'accepte de faire ça, il n'y aura pas de retour en arrière – que peut-être, je me leurre complètement en croyant que j'ai le choix. Que si ça se trouve, je ne l'ai plus depuis longtemps déjà. Mais de quelque façon qu'on finisse par disposer nos chambres à coucher, je ne peux plus nous laisser nous promener tous les trois avec des blessures métaphysiques béantes. Trop de créatures risquent de sentir cette faiblesse et d'en profiter.

— Comme celle que tu as rencontrée au Nouveau-Mexique, avança-t-il, toujours aussi prudemment.

— Oui.

— Es-tu en train de dire que ce soir, tu accepteras de laisser fusionner nos marques ? De refermer ce que tu appelles, de façon si imagée, nos blessures béantes ?

— Tant que ça ne met pas mes léopards en danger, oui. Il faut le faire le plus vite possible. Je détesterais qu'après avoir mis tant de temps à prendre ma décision, l'un de nous se fasse tuer avant que nous ayons pu barricader les écoutilles.

J'entendis Jean-Claude pousser un grand soupir, comme si une immense tension venait de le quitter.

— Tu ne sais pas depuis combien de temps j'attends que tu comprennes tout ceci.

— Vous auriez pu me l'expliquer.

— Tu ne m'aurais pas cru. Tu aurais pensé que c'était encore une ruse pour te lier plus étroitement à moi.

— Vous avez raison : je ne vous aurais pas cru.

— Richard nous rejoindra-t-il au club ?

Je gardai le silence l'espace d'un battement de cœur.

— Non, je n'ai pas l'intention de l'appeler.

— Pourquoi donc ? C'est un problème de métamorphes plus que de vampires.

— Vous savez bien pourquoi.

— Tu crains qu'il ait des scrupules à te laisser faire le nécessaire pour sauver tes léopards ?

— Oui.

— C'est possible, convint Jean-Claude.

— Vous n'allez pas me dire de l'appeler quand même ?

— Pourquoi te demanderais-je d'inviter mon rival à notre petit tête-à-tête ? Ce serait stupide de ma part. Or, j'ai des tas de défauts, mais la stupidité n'en fait pas partie.

Un point pour lui.

—D'accord. Expliquez-moi comment aller au *Narcisse Enchaîné*, et on se retrouve là-bas.

—D'abord, ma petite, que portes-tu en ce moment?

—Je vous demande pardon?

—Tes vêtements, ma petite. Comment es-tu habillée?

—C'est une plaisanterie? Je n'ai pas le temps de…

—Ce n'est pas une question en l'air, ma petite. Et plus vite tu répondras, plus vite nous pourrons nous mettre en route.

Je voulais protester, mais si Jean-Claude affirmait que c'était important, ça l'était sans doute. Je lui décrivis ma tenue.

—Tu me surprends, ma petite. Avec un petit effort supplémentaire, ça devrait passer.

—Quel petit effort?

—Je te suggère de rajouter des bottes. Celles que je t'ai offertes seraient parfaites.

—Pas question que je me balade avec des talons aiguilles de douze centimètres, Jean-Claude. Je me péterais une cheville.

—Celles-là, je comptais bien que tu les gardes pour moi seul, ma petite. Non, je pensais aux bottes un peu moins hautes que je t'ai achetées après que tu t'es mise en colère à cause des autres.

Oh!

—Pourquoi faut-il que je change de chaussures?

—Parce que, délicate fleur que tu es, tu as le regard d'un flic. C'est pourquoi il vaudrait mieux que tu portes des bottes en cuir plutôt que des escarpins. Souviens-toi que tu auras besoin de te déplacer à l'intérieur du club le plus rapidement possible. Personne ne t'aidera à trouver tes léopards si on te prend pour une intruse – et particulièrement pour un flic.

—Personne ne m'a jamais prise pour un flic.

—Non, mais les gens commencent à se rendre compte que tu empestes la poudre et la mort. Tâche de paraître inoffensive jusqu'à ce que le moment vienne d'être dangereuse, ma petite.

—Je pensais que votre ami Narcisse nous escorterait jusqu'à mes léopards.

— Ce n'est pas mon ami, et je t'ai déjà expliqué que le club était un terrain neutre. Narcisse veillera à ce que tes léopards ne soient pas trop abîmés, mais c'est tout. Il ne te laissera pas faire irruption sur son territoire tel un éléphant dans un magasin de porcelaine. Et il ne nous laissera pas non plus débarquer avec toute une petite armée. Il est le chef des hyènes-garous, qui sont la seule armée autorisée à l'intérieur. Entre les murs de son club, il n'y a pas d'Ulfric et pas de Maître de la Ville qui tienne. Tu ne peux compter que sur tes capacités de domination physiques et mentales.

— J'aurai un flingue.

— Un flingue ne te permettra pas d'accéder à l'étage du haut.

— Alors, quoi ?

— Fais-moi confiance, je trouverai un moyen.

Ça ne me plaisait pas du tout.

— Comment se fait-il que, chaque fois que je vous demande de l'aide, vous me répondiez que ce n'est pas le genre de cas où on peut débouler l'arme au poing et commencer à défourailler ?

— Et comment se fait-il, ma petite, que presque toutes les fois où tu ne m'invites pas, ce soit le genre de cas où tu déboules l'arme au poing et commences à défourailler ?

— Objection retenue.

— Quelles sont tes priorités pour cette nuit ? demanda-t-il.

Je savais très bien ce qu'il voulait dire.

— La sécurité des léopards.

— Et si on leur a fait du mal ?

— Alors, la vengeance.

— La vengeance avant la sécurité ?

— Non. La sécurité d'abord. La vengeance est un bonus.

— Tant mieux. Et si l'un ou plusieurs d'entre eux ont été tués ?

— Je ne veux pas que l'un de nous finisse en prison. Mais même si ce n'est pas ce soir, leurs assassins mourront.

Et en m'écoutant le dire, je sus que je le pensais.

— Il n'y a pas de pitié en toi, ma petite.

— C'est un reproche ?

— Non, juste une observation.

Je restai plantée là, le téléphone à la main, attendant d'être choquée par ma propre déclaration. Mais rien ne vint.

— Je n'ai pas l'intention de buter qui que ce soit, si je peux l'éviter.

— C'est faux, ma petite.

— D'accord, s'ils ont tué les miens, je veux leur peau. Mais au Nouveau-Mexique, j'ai décidé que je ne voulais pas devenir une sociopathe. Alors, j'essaie de me conduire comme si je n'en étais pas une. Tâchons de laisser le minimum de cadavres derrière nous ce soir, d'accord ?

— Comme tu voudras. (Puis il ajouta :) Crois-tu vraiment pouvoir changer ta nature profonde rien qu'en le souhaitant ?

— Vous me demandez si je peux cesser d'être une sociopathe, vu que j'en suis déjà une, c'est ça ?

Il y eut un moment de silence, puis :

— Oui, je crois que telle était ma question.

— Je ne sais pas. Mais si je ne m'écarte pas très vite du bord du précipice, Jean-Claude, je ne pourrai plus revenir en arrière.

— J'entends de la peur dans ta voix, ma petite.

— En effet.

— De quoi as-tu peur ?

— J'ai peur de me perdre moi-même si je vous cède. J'ai peur de perdre l'un de vous si je ne vous cède pas. J'ai peur de nous faire tuer tous les trois parce que je réfléchis trop. J'ai peur d'être déjà une sociopathe et de ne plus pouvoir revenir en arrière. Ronnie a dit qu'une des raisons pour lesquelles je ne peux pas renoncer à vous et faire ma vie avec Richard, c'est que j'ai besoin d'un petit ami qui soit encore plus froid que moi.

— Je suis désolé, ma petite.

Je ne savais pas trop pourquoi il s'excusait, au juste, mais je le laissai faire.

— Moi aussi. Dites-moi comment aller au club, et je vous retrouve là-bas.

Il m'indiqua le chemin, et je le lui répétai pour m'assurer que j'avais bien compris. Puis nous raccrochâmes. Aucun de nous ne dit «au revoir». Autrefois, nous aurions terminé notre conversation par un «je t'aime». Autrefois.

CHAPITRE 4

Le *Narcisse Enchaîné* se trouvait sur l'autre rive du fleuve, côté Illinois, comme la plupart des clubs d'un goût douteux. Les établissements dirigés par des vampires bénéficient d'une « clause grand-père » qui leur permet d'opérer dans Saint Louis même, mais ceux dirigés par des humains – et légalement, les lycanthropes sont toujours considérés comme tels – doivent s'installer dans l'État voisin pour éviter qu'on les fasse chier avec des histoires de zone.

Certaines classifications ne figurent nulle part dans les textes de loi, mais c'est fou le nombre de problèmes que les bureaucrates peuvent inventer quand ils ne veulent pas d'un établissement dans leur belle ville. Si les vampires n'attiraient pas autant de touristes, je suis sûre qu'ils auraient déjà trouvé un moyen de se débarrasser d'eux aussi.

Je finis par dégotter une place pour ma Jeep à environ deux pâtés de maisons du *Narcisse Enchaîné*. Ce qui m'obligerait à m'aventurer dans une partie de la ville où la plupart des femmes n'auraient pas voulu aller seules après la tombée de la nuit. D'un autre côté, la plupart des femmes n'étaient pas armées. Un flingue ne remédie pas à tous les maux, mais c'est un bon commencement.

Je portais également un étui à couteau autour de chaque mollet, de sorte que les manches dépassaient sur le côté de mes genoux. Ce n'était pas hyperconfortable, mais je ne voyais pas d'autre endroit où les mettre pour y accéder facilement. Il y avait de grandes chances que je me retrouve avec des bleus aux genoux demain matin. Tant pis. Par ailleurs, je suis ceinture noire de judo et je progresse petit à petit en kempo, un type de karaté qui fait moins appel à la force et davantage à l'équilibre. Donc, j'étais aussi préparée que possible à affronter la faune urbaine.

Évidemment, en temps normal, je ne me promène pas déguisée en appât. Ma jupe était si courte que même avec des bottes qui m'arrivaient à mi-cuisses, on voyait encore trois bons centimètres de peau entre les deux. J'avais mis une veste pour venir, mais je l'avais laissée dans la voiture parce que je ne voulais pas me la trimballer toute la nuit. J'ai fréquenté suffisamment de clubs, de quelque type qu'ils soient, pour savoir qu'on crèverait de chaud à l'intérieur. Donc, la chair de poule de mon dos et de mes bras nus n'était pas due à la peur, mais à la fraîcheur de l'air.

Tout en marchant, je me forçai à ne pas me frotter les bras et à faire comme si je n'étais ni gelée ni mal à l'aise. En fait, ces bottes-là n'avaient que cinq centimètres de talons, et elles étaient plutôt confortables. Pas autant que mes Nike, mais rien n'est aussi confortable que des Nike. Pour des chaussures de soirée, ces bottes faisaient l'affaire. Si j'avais pu laisser mes couteaux à la maison, elles auraient été carrément parfaites.

J'avais ajouté une autre protection à mon arsenal. Il existe toutes sortes de boucliers métaphysiques. On peut les façonner à partir de n'importe quelle substance : métal, pierre, plantes, feu, eau, vent, terre… Ils sont tous différents les uns des autres, parce que l'apparence d'un bouclier est un choix très personnel qui doit coller avec la tournure d'esprit de son propriétaire. Par exemple, deux médiums qui utilisent la pierre n'auront pas pour autant des boucliers identiques. Certaines personnes se contentent de visualiser une pierre sans lui donner de forme particulière ; elles se focalisent sur son essence minérale, et cela suffit. Si quelqu'un essaie de les attaquer, elles sont en sécurité derrière la pensée de cette pierre. Quelqu'un d'autre pourra se représenter un mur comme celui qui entourerait une vieille maison, et l'effet sera le même.

En ce qui me concerne, mon bouclier était une tour. Tous les boucliers sont pareils à des bulles qui vous entourent complètement – des cercles de pouvoir. Je le savais déjà du temps où je relevais les morts, mais pour une protection efficace, j'avais besoin d'une image mentale précise. Donc, je me représentais une tour de pierre totalement hermétique, sans fenêtres ni fissures. Lisse et sombre à l'intérieur, elle ne contenait que ce que j'y laissais entrer. Quand je parlais de ça, j'avais toujours l'impression d'être en pleine crise psychotique et de raconter mes délires comme s'ils étaient réels. Mais ça marchait, et en règle générale, il suffisait que je néglige mon bouclier pour que quelqu'un ou quelque chose tente de me faire du mal.

Puis, il y a deux semaines, Marianne a découvert que je ne pigeais rien du tout à la nature des boucliers. Je croyais que tout était dans la puissance de l'aura et dans la manière de la renforcer. Elle a répliqué que la seule raison pour laquelle je m'en étais tirée jusque-là avec cette théorie foireuse, c'est que je suis vraiment balèze. En réalité, le bouclier s'érige autour de l'aura, comme le mur d'enceinte d'un château – un rempart supplémentaire. La véritable défense intérieure, c'est une aura saine. J'espérais bien que la mienne le deviendrait, d'ici à la fin de la nuit.

Je tournai à l'angle de la rue et découvris une file d'attente qui s'étirait tout le long du pâté de maisons. Génial, juste ce dont j'avais besoin. Au lieu de me placer au bout, je continuai à marcher vers la porte en cherchant ce que je pourrais bien raconter au videur une fois que je serais devant lui. Je n'avais pas le temps d'attendre que vienne mon tour.

J'avais remonté la moitié de la file quand quelqu'un émergea de la foule et cria mon nom.

Il me fallut une seconde pour reconnaître Jason. D'abord, il avait coupé très court ses cheveux blonds, fins comme ceux d'un bébé. Ensuite, il portait un tee-shirt en résille argentée et un pantalon qui semblait plus ou moins taillé dans la même matière, avec juste une fine bande sans trous au niveau de l'entrejambe. Sa tenue était si outrancière que je mis quelques instants à comprendre combien le matériau était transparent. Ce que je voyais vraiment, ce n'était pas du tissu argenté, mais la peau de Jason à travers un voile scintillant. Des bottes grises à mi-mollets venaient compléter cette tenue qui ne laissait pas grand-chose à l'imagination.

J'étais tellement ahurie que je dus me forcer à lever les yeux vers son visage. Ces fringues n'avaient pas l'air confortables, mais Jason n'était pas du genre à s'en plaindre. C'est le petit loup-garou déguisé de Jean-Claude – et aussi son casse-croûte du matin. Parfois, il lui sert de garde du corps ou de messager. À qui d'autre Jean-Claude aurait-il pu demander de poireauter à moitié nu dans le froid ?

Sans tous ces cheveux pour détourner l'attention, les yeux de Jason paraissaient encore plus grands et plus bleus. Sa nouvelle coupe faisait ressortir la structure osseuse de son visage et lui donnait l'air plus âgé. Je pris conscience qu'il approchait dangereusement de la frontière qui sépare un jeune homme mignon d'un homme séduisant. Il avait dix-neuf ans quand on s'est rencontrés. Vingt-deux, ça lui allait mieux. Sa tenue, en revanche… Je ne pouvais rien faire d'autre qu'en sourire.

Lui aussi me sourit. Je crois que nous étions contents de nous revoir. En quittant Richard et Jean-Claude, je m'étais aussi séparée de leur entourage. Jason appartenait à la meute du premier, et il était le familier du second.

— Tu ressembles à un astronaute porno, lui dis-je en secouant la tête. Si tu portais des fringues normales, je t'aurais peut-être serré dans mes bras.

Son sourire s'élargit.

— Je suppose que ma tenue est une punition. Jean-Claude m'a dit de t'attendre dehors et de t'accompagner à l'intérieur. J'ai déjà un tampon sur la main, donc, on n'est pas obligés de faire la queue.

— Il ne fait pas un peu froid pour porter de la résille ?

—Pourquoi crois-tu que je me tenais au milieu de la foule? (Il m'offrit son bras.) Puis-je vous escorter à l'intérieur, madame?

Je pris son bras de la main gauche. Jason posa sa main libre par-dessus la mienne pour me tenir doublement. S'il ne me provo-quait pas davantage ce soir, il avait vraiment mûri. Le matériau argenté était plus rêche qu'il n'en avait l'air; il me donnait des démangeaisons à l'endroit où il frottait contre mon bras.

Alors que Jason me faisait gravir les marches, je ne pus m'empêcher de jeter un coup d'œil par-dessus mon épaule gauche. Dans le bas de son dos, le tissu se réduisait à une simple ficelle laissant ses fesses à peine recouvertes d'un léger scintillement. Son tee-shirt n'était pas rentré dans son pantalon, et j'apercevais son ventre à chacun de ses mouvements. Quand il avait pris mon bras, le vêtement assez lâche avait glissé sur le côté, révélant une épaule blanche et lisse.

Lorsque nous franchîmes la porte, la musique me frappa comme si un géant venait de me gifler. Le bruit était pareil à un mur que nous devions traverser. Je ne m'étais pas attendue que le *Narcisse Enchaîné* soit un club où l'on danse. Mais mis à part l'exotisme et la forte proportion de cuir dans les tenues des clients, ça ressemblait à beaucoup d'autres boîtes. La salle était grande, peu éclairée, sombre dans les coins, avec trop de gens entassés dans un espace trop petit qui se trémoussaient frénétiquement au son d'une musique assourdissante. Le truc habituel.

Ma main se crispa légèrement sur le bras de Jason, parce que pour être franche, je me sens toujours un peu agressée dans ce genre d'endroit. Au moins les premières minutes. C'est comme si j'avais besoin d'un sas de décompression entre l'extérieur et l'intérieur, un moment pour respirer à fond et m'adapter. Mais ces clubs ne sont pas conçus pour vous laisser de temps. On vous y bombarde de sensations jusqu'à la surcharge en se disant que vous survivrez bien.

Et en parlant de surcharge de sensations… Jean-Claude se tenait près du mur sur un côté de la piste de danse. Ses cheveux noirs bouclés tombaient sur ses épaules et le long de son dos, presque jusqu'à sa taille. Je ne me souvenais pas qu'ils étaient aussi longs. La tête légèrement détournée, il regardait les danseurs, de sorte que je ne voyais pas vraiment son visage. Mais cela me donna le temps d'inspecter le reste de sa personne.

Il portait une chemise de vinyle noir sans manches qui semblait coulée sur lui. Je pris conscience que c'était la première fois que je le voyais porter quelque chose qui dénudait ses bras. Par contraste avec le matériau noir et brillant, sa peau paraissait incroyablement blanche, comme si elle irradiait sa propre lumière intérieure. Je savais que ce n'était pas le cas – même si ça aurait pu. Jean-Claude ne serait jamais assez m'as-tu-vu pour faire étalage de son pouvoir dans un lieu public.

Son pantalon aussi était en vinyle, si bien que tout son corps longiligne semblait avoir été trempé dans du cuir vernis liquide. Des bottes en vinyle montaient jusqu'à ses genoux, brillant comme si on avait craché dessus avant de les frotter. Tout en lui étincelait : ses vêtements, sa peau… Puis, soudain, il se tourna vers moi comme s'il avait senti que je l'observais.

Le regarder en face, même à travers une pièce bondée, me coupa le souffle. Il était d'une beauté sublime, virile, mais à cheval sur la ligne très fine qui sépare le masculin du féminin. Pas exactement androgyne, mais pas loin.

Pourtant, quand il se dirigea vers moi, ce fut d'un mouvement typiquement masculin. Aussi gracieux que s'il dansait au rythme d'une musique qu'il était seul à entendre – mais cette démarche, cette façon de bouger les épaules… Aucune femme ne remuerait comme ça.

Jason me tapota la main. Je sursautai et lui jetai un coup d'œil interrogateur. Il approcha sa bouche de mon oreille pour murmurer-crier par-dessus la musique :

—Respire, Anita ! N'oublie pas de respirer !

Je rougis, parce que Jean-Claude me fait toujours cet effet – comme si j'avais quatorze ans et le béguin pour la première fois de ma vie. Jason me serra le bras un peu plus fort. Peut-être craignait-il que je tourne les talons et m'enfuie en courant ? Ce qui n'aurait pas été une si mauvaise idée, dans le fond.

Je reportai mon attention sur Jean-Claude et vis qu'il était tout près. La première fois que j'ai vu le bleu-vert de la mer des Caraïbes, j'ai pleuré tellement je trouvais ça beau. Face à Jean-Claude, c'est pareil. C'est comme si on m'offrait un authentique de Vinci, pas juste pour que je l'accroche à un mur et que je l'admire à ma guise, mais pour que je batifole avec. Ça m'a toujours semblé… contre nature.

Pourtant, je restai là, agrippant le bras de Jason, le cœur battant si fort que je n'entendais presque plus la musique. J'avais peur, mais pas comme l'héroïne d'un film d'horreur : comme un lapin pris dans les phares d'une voiture. Comme souvent avec Jean-Claude, j'étais tiraillée par deux instincts contradictoires. L'un d'eux me poussait à courir vers lui, me jeter à son cou et le laisser m'envelopper de tout son corps. L'autre aurait voulu que je m'enfuie en hurlant et en priant pour qu'il ne me suive pas.

Il se tenait devant moi mais ne faisait pas un geste pour me toucher, pour franchir le petit espace qui nous séparait encore. Il semblait aussi peu désireux de me toucher que je l'étais de le toucher. Avait-il peur de moi ? Ou percevait-il ma propre peur et craignait-il de m'effrayer ?

Nous restâmes plantés l'un en face de l'autre, à nous regarder sans rien dire. Ses yeux étaient toujours du même bleu foncé, bordés par une dentelle de longs cils noirs.

Jason m'embrassa doucement sur la joue, comme vous embrasseriez votre sœur. Je sursautai quand même.

— J'ai l'impression d'être la cinquième roue du carrosse. Soyez sages, tous les deux.

Et il s'éloigna, me laissant seule face à Jean-Claude.

J'ignore ce que nous aurions fini par nous dire, parce que trois hommes nous rejoignirent avant que nous ayons pu nous décider. Le plus petit ne mesurait qu'un mètre soixante-huit à vue de nez, et son visage triangulaire, très pâle, était plus maquillé que le mien. Même si son fard était appliqué d'une main experte, il n'essayait pas de se faire passer pour une femme. Ses cheveux noirs étaient coupés très court ; on voyait cependant qu'ils auraient bouclé s'il les avait laissé pousser.

Il portait une robe de dentelle noire à manches longues, ajustée à la taille, qui moulait sa poitrine mince mais musclée. La jupe s'étalait autour de lui d'une façon qui rappelait presque June Cleaver[1], et ses bas étaient noirs avec un délicat motif toile d'araignée. À ses pieds, des sandales à talons aiguilles, ouvertes au bout, dévoilaient ses orteils aux ongles vernis en noir – tout comme ceux de ses mains. Il était… ravissant. Mais le plus frappant chez lui, c'était le pouvoir qu'il irradiait. Il planait autour de lui comme un parfum coûteux, me disant que cet homme était un alpha quelque chose.

Jean-Claude fut le premier à parler.

—Voici Narcisse, le propriétaire de cet établissement.

Narcisse me tendit la main. Un instant, j'hésitai entre la serrer et l'embrasser. S'il avait tenté de se faire passer pour une femme, j'aurais opté pour le baiser, mais tel n'était pas le cas. Narcisse n'était pas tant travesti qu'habillé comme ça lui chantait. Aussi lui serrai-je la main. Sa poignée était forte, mais pas trop. Il n'essaya pas de tester mon endurance comme certains autres lycanthropes l'auraient fait à sa place. Ce type avait confiance en lui.

Les deux hommes qui se tenaient un peu en retrait nous surplombaient tous avec leur mètre quatre-vingts largement dépassé. Le premier avait une large poitrine musclée, dont

---

1. Héroïne de la série télé américaine *Leave it to Beaver*, June Cleaver était considérée comme l'archétype de la mère de famille provinciale des années 1950. (*NdT*)

un harnais aux lanières de cuir entrecroisées ne cachait pas grand-chose. Ses cheveux blonds étaient coupés très court sur les côtés et hérissés avec du gel sur le dessus. Il avait des yeux pâles et un regard pas franchement amical.

Le deuxième homme était plus mince, bâti comme un joueur de basket professionnel plutôt que comme un haltérophile. Mais les bras qui sortaient de son gilet en cuir étaient également couverts de muscles noueux. Sa peau semblait presque aussi foncée que ses vêtements. Ces deux-là n'avaient besoin que de deux tatouages chacun pour devenir des caricatures de malabars.

—Voici Ulysse et Ajax, les présenta Narcisse.

Ajax était le blond, et Ulysse le Black.

—C'est sympa comme thème, la mythologie grecque, lançai-je.

Narcisse me regarda en clignant de ses grands yeux sombres. Ou bien il ne me trouvait pas drôle, ou bien il s'en fichait.

La musique s'interrompit brusquement. Nous nous retrouvâmes plantés au milieu d'un silence assourdissant, choquant. Narcisse parla juste assez fort pour que je puisse l'entendre, mais pas les gens alentour. Il savait d'avance que la musique s'arrêterait à ce moment.

—Je connais votre réputation, mademoiselle Blake. Il faut me donner votre arme.

Je jetai un coup d'œil à Jean-Claude.

—Je ne lui ai rien dit, protesta-t-il.

—Allons, mademoiselle Blake, je sens un flingue malgré votre… (Narcisse renifla, la tête légèrement inclinée.)… Oscar de la Renta.

—J'ai pourtant changé d'huile de nettoyage. J'en ai pris une moins forte.

—Ce n'est pas l'huile qui vous trahit. Votre arme est neuve. Je sens l'odeur du métal, comme vous sentiriez celle d'une voiture qui sort juste du garage.

Oh.

—Jean-Claude vous a expliqué la situation?

Narcisse acquiesça.

—Oui, mais nous ne privilégions personne dans les luttes de dominance entre différents groupes. Ce club est un territoire neutre, et afin qu'il le reste, je ne peux autoriser qu'on y introduise des armes à feu. Si ça peut vous réconforter, les gens qui tiennent vos félins n'ont pas eu le droit de le faire non plus.

J'écarquillai les yeux.

—La plupart des métamorphes ne portent pas de flingues.

—En effet.

Le visage séduisant de Narcisse n'exprimait rien. Il n'était ni agacé ni inquiet. Pour lui, ce n'était que du business – comme pour Marco, le type que j'avais eu au téléphone.

Je me tournai vers Jean-Claude.

—Je ne pourrai pas entrer avec mon flingue, pas vrai?

—Je crains que non, ma petite.

Avec un soupir, je reportai mon attention sur… comment Jean-Claude les avait-il appelés? Les hyènes-garous. À ma connaissance, ils étaient les premiers spécimens de leur espèce que je rencontrais. Et en les regardant, jamais je n'aurais pu deviner ce qu'ils devenaient à la pleine lune.

—Je vais vous le remettre, mais ça ne me plaît pas du tout.

—Ce n'est pas mon problème, répliqua Narcisse.

Je soutins son regard et sentis mon visage prendre cette expression qui arrive à faire frémir même un flic – l'expression du monstre tapi en moi. Ulysse et Ajax voulurent se placer devant Narcisse, mais celui-ci leur fit signe de reculer.

—Mademoiselle Blake saura se tenir. N'est-ce pas, mademoiselle Blake?

J'opinai de la tête mais précisai :

—Si les miens se retrouvent blessés parce que je n'ai pas de flingue, je ferai en sorte que ça devienne votre problème.

—Ma petite, dit Jean-Claude sur un ton d'avertissement.

Je secouai la tête.

— Je sais, je sais, ils sont comme la Suisse : neutres. Personnellement, je pense que la neutralité est juste un moyen de sauver sa propre peau au détriment d'autrui.

Narcisse fit un pas en avant. Nous n'étions plus séparés que par quelques centimètres. Son énergie surnaturelle dansait le long de ma peau, et comme au Nouveau-Mexique lorsque j'avais été confrontée à un tout autre genre de métamorphe, j'invoquai cette part de Richard qui semble m'habiter. Le pouvoir jaillit hors de moi, bondit jusqu'à Narcisse et se mélangea au sien.

Cela me fit sursauter. Je ne pensais pas qu'une telle chose pouvait se produire quand les boucliers étaient dressés. Marianne dit que mes dons sont tournés vers les morts ; c'est pour ça que le pouvoir de Richard m'est plus difficile à contrôler que celui de Jean-Claude. Mais j'aurais dû pouvoir me protéger contre un inconnu. Ne pas en être capable m'effrayait un peu.

Au Nouveau-Mexique, j'avais eu affaire à des léopards et des jaguars-garous qui m'avaient prise pour une lycanthrope. Narcisse commit la même erreur. Je vis ses yeux s'écarquiller, puis se plisser. Il jeta un coup d'œil à Jean-Claude et éclata de rire.

— Tout le monde raconte que vous êtes humaine, Anita. (Levant une main, il caressa l'air devant mon visage, comme pour palper l'énergie qui tourbillonnait là.) Vous devriez sortir du placard avant que quelqu'un soit blessé.

— Je n'ai jamais dit que j'étais humaine, Narcisse. Mais je ne suis pas non plus une métamorphe.

Il frotta sa main sur le devant de sa robe, comme s'il essayait de se débarrasser de la sensation de mon pouvoir sur sa peau.

— Alors, qu'êtes-vous ?

— Si les choses tournent mal, vous le découvrirez bien assez tôt.

De nouveau, il plissa les yeux.

— Si vous n'êtes pas capable de protéger les vôtres sans arme à feu, vous devriez vous retirer et laisser quelqu'un d'autre prendre votre place de Nimir-ra.

— J'ai une entrevue après-demain avec un Nimir-raj potentiel.

Narcisse eut l'air sincèrement surpris.

— Vous savez que vous n'avez pas le pouvoir de les diriger ?

Je hochai la tête.

— Oh oui. J'assure juste l'intérim en attendant de trouver une personne plus qualifiée. Sans votre fichu esprit de clan, je les aurais refilés à un autre groupe. Mais aucun de vous ne veut jouer avec un animal d'une espèce différente.

— Il en est ainsi chez nous. Il en a toujours été ainsi.

Et je savais très bien que le «chez nous» ne signifiait pas «chez les hyènes-garous», mais «chez tous les métamorphes».

— Eh ben, ça craint.

Il sourit.

— Je ne sais pas si vous me plaisez, Anita, mais vous êtes différente, et c'est le genre de chose que j'apprécie. Maintenant, remettez-moi votre arme comme une petite fille obéissante, et vous pourrez pénétrer sur mon territoire.

Il tendit la main.

J'observai sa paume ouverte. Je ne voulais pas me défaire de mon Firestar. Ce que j'avais dit à Ronnie était vrai. Je ne peux pas battre des métamorphes au bras de fer, et je perdrais dans un combat à la loyale. Le flingue, c'est ma façon d'égaliser les chances. Il me resterait bien mes deux couteaux, mais franchement, je les garde pour les cas d'urgence.

— C'est toi qui vois, ma petite.

— Si ça peut vous aider à choisir, dit Narcisse, j'ai posté deux de mes gardes personnels dans la pièce où se trouvent vos léopards. Et j'ai interdit aux autres de faire davantage de dégâts à vos gens jusqu'à votre arrivée. Jusqu'à ce que vous les rejoigniez à l'étage, il ne leur arrivera rien qu'ils ne souhaitent pas.

Connaissant Nathaniel, cette promesse ne me réconfortait pas autant qu'elle l'aurait dû. Or, si quelqu'un pouvait comprendre le problème, c'était bien le propriétaire d'un club de ce genre.

—Nathaniel est un de ces soumis qui réclame plus qu'il peut endurer. Il n'a pas de limites, et il est incapable d'assurer sa propre sécurité.

Narcisse écarquilla légèrement les yeux.

—Alors, que faisait-il ici sans dominant pour le protéger?

—Je l'ai confié à quelqu'un qui était censé veiller sur lui. Mais Gregory m'a dit qu'Elizabeth avait disparu en début de soirée.

—Cette Elizabeth, c'est un de vos léopards?

—Oui.

—Elle vous défie.

—Je sais. Et le fait que Nathaniel paie pour son attitude ne semble pas la préoccuper.

Narcisse me scruta.

—Je ne vois pas de colère en vous.

—Si je me foutais en rogne chaque fois qu'Elizabeth me provoque, je n'aurais plus le temps de faire quoi que ce soit d'autre.

En vérité, j'en avais assez. Assez de devoir tirer le pard d'un mauvais pas après l'autre. Assez qu'Elizabeth ne prenne pas soin des autres alors qu'elle était leur dominante. Jusque-là, je m'étais abstenue de la punir parce que je ne pouvais pas lui filer la raclée dont elle avait besoin. La seule chose que je pouvais faire, c'était lui coller une balle dans le buffet. Je ne voulais pas en arriver là, mais cette fois, elle avait poussé le bouchon tellement loin que je risquais de ne plus avoir le choix. J'allais constater les dégâts – et si quelqu'un était mort par sa faute, elle le suivrait dans la tombe.

Je me fichais bien d'avoir à la tuer. Et je détestais m'en ficher. Je connaissais Elizabeth depuis plus de un an. Ç'aurait dû me retenir, mais ce n'était pas le cas. Je ne l'aimais pas, et elle me cherchait depuis notre première rencontre. Ma vie serait beaucoup plus simple si elle était morte. Mais il devait y avoir une meilleure raison que ça pour descendre quelqu'un, non?

—Un conseil, dit Narcisse. Tous les défis de dominance, surtout au sein de votre propre groupe, doivent être réglés rapidement. Sans quoi, le problème se propage.

—Merci. En fait, je le savais déjà.

—Et pourtant, cette femme vous défie.

—J'essaie d'éviter de la tuer.

Nous nous regardâmes en silence, et Narcisse hocha légèrement la tête.

—Votre arme, je vous prie.

Je soupirai et soulevai le devant de mon top. Le tissu était si raide que je dus le replier pour exposer la crosse de mon flingue. Je dégageai celui-ci et vérifiai la sécurité par réflexe, même si je savais bien qu'elle était mise.

Narcisse prit le Firestar. Ses deux gardes du corps s'étaient déplacés de façon à nous masquer aux yeux de la foule. La plupart des gens ne devaient même pas se douter de ce que nous venions de faire. Narcisse sourit tandis que je rabattais mon top sur mon holster désormais vide.

—Pour être franc, si je n'avais pas su qui vous étiez, je n'aurais pas senti votre flingue parce que je n'aurais pas essayé de le faire. Votre tenue ne semble pas assez ample pour dissimuler une arme de cette taille.

—La paranoïa est mère d'invention.

Il inclina la tête.

—À présent, entrez. Goûtez aux délices et aux terreurs de mon monde.

Sur cette phrase mystérieuse, ses gardes du corps et lui s'éloignèrent à travers la foule, emportant mon Firestar avec eux.

Jean-Claude fit courir ses doigts le long de mon bras, et ce petit mouvement me poussa à me tourner vers lui. Je frissonnai. La soirée s'annonçait déjà assez compliquée sans ce niveau de tension sexuelle.

—Tes félins seront en sécurité tant que tu ne pénétreras pas dans la pièce où ils t'attendent. Je suggère que nous en profitions pour procéder d'abord à la marque.

— Pourquoi ? demandai-je, le cœur brusquement dans la gorge.

— Allons nous asseoir, et je t'expliquerai.

Sans plus me toucher, il se détourna et fendit la foule. Je le suivis sans pouvoir m'empêcher d'admirer la façon dont le vinyle moulait ses fesses. J'ai toujours adoré le regarder marcher, que ce soit de face ou de dos. Avec lui, la menace est double.

Les tables étaient minuscules, peu nombreuses et alignées le long des murs. Visiblement, le personnel du club avait dégagé la piste en prévision d'un spectacle ou d'une démonstration quelconque. Des femmes et des hommes vêtus de cuir installaient un cadre de métal muni d'un tas de lanières. J'espérais vraiment me trouver ailleurs quand ils commenceraient leur numéro.

Avant d'atteindre la table autour de laquelle étaient assis Jason et trois parfaits inconnus, Jean-Claude m'entraîna sur le côté. Il s'arrêta si près de moi qu'une pensée excitante aurait suffi pour que nos corps se touchent. Je me plaquai contre le mur en essayant de ne pas respirer. Il approcha sa bouche de mon oreille et parla si bas que seul son souffle caressa ma peau.

— Nous serons tous beaucoup plus en sécurité une fois nos marques appariées, mais il existe d'autres… bénéfices. Ces derniers mois, j'ai introduit beaucoup de vampires mineurs sur mon territoire. Sans toi à mes côtés, je n'osais pas faire appel à des puissances supérieures de crainte d'être incapable de les contrôler. Désormais, tu pourras percevoir ces vampires qui m'appartiennent – à l'exception, comme d'habitude, des maîtres vampires qui peuvent dissimuler leur allégeance plus facilement que les autres. Par ailleurs, le mariage de nos marques indiquera à mes gens qui tu es, et ce qui leur arrivera s'ils outrepassent leurs droits à ton égard.

Encore plus bas que lui, parce que je savais qu'il m'entendrait quand même, je répondis en remuant à peine les lèvres :

— Vous avez dû être très prudent, n'est-ce pas ?

Un instant, Jean-Claude appuya sa joue contre la mienne.

— Ce fut une danse difficile à chorégraphier.

J'étais venue le rejoindre avec mon bouclier métaphysique bien en place. Selon Marianne, étant donné les trous de mon aura, c'était une nécessité absolue. Ce soir-là, je m'abritais derrière de la pierre, un rempart minéral à la surface parfaitement lisse et sans faille. Rien ne pouvait y entrer ou en sortir sans ma permission. Du moins, en théorie, puisque le pouvoir de Narcisse avait déjà dansé sur ma peau.

J'avais craint que toucher Jean-Claude suffise à faire voler mon bouclier en éclats, mais tel n'était pas le cas. La plupart du temps, je n'ai même pas conscience de ce bouclier. Il peut rester en place pendant mon sommeil. Je n'ai besoin de me concentrer dessus que si on m'attaque. Au début du mois, j'avais passé une semaine dans le Tennessee pour y travailler avec Marianne. Je n'étais toujours pas un crack en la matière, mais je me défendais.

Donc, mon bouclier était en place – et mes émotions se noyaient dans Jean-Claude, mais pas ma psyché. Autrement dit, Marianne avait raison. Je pouvais maintenir les morts à distance plus facilement que les vivants. Cela me donna le courage de pousser plus loin. Je pressai ma joue contre celle de Jean-Claude, et rien ne se produisit. Oh, le contact de sa peau me fit bien frissonner, mais mon bouclier ne flancha pas.

Une tension que je n'avais même pas eu conscience d'éprouver s'envola brusquement. Je voulais que Jean-Claude me prenne dans ses bras. Et ce n'était pas juste une question de sexe – sinon, j'aurais réussi à me débarrasser de lui depuis belle lurette. Il dut le sentir lui aussi, car ses mains se posèrent sur mes bras nus. Voyant que je ne protestais pas, il me caressa doucement, et ce geste suffit à m'arracher un soupir.

Je me laissai aller, passant mes bras autour de sa taille et pressant mon corps contre le sien. J'appuyai ma tête sur sa poitrine et entendis battre son cœur. Il ne battait pas toujours, mais ce soir, oui. Nous nous enlaçâmes, et notre étreinte fut presque chaste : juste de quoi établir que nous nous touchions de nouveau. J'avais suffisamment bossé sur la partie métaphysique pour pouvoir le faire sans crainte de me perdre. Et, oui : ça valait bien tous les efforts déployés ces derniers mois.

Jean-Claude fut le premier à reculer.

— Nous pouvons apparier nos marques ici ou trouver un endroit un peu plus intime, dit-il en me dévisageant.

Il ne chuchotait plus, comme s'il se fichait désormais qu'on nous entende.

— Je ne sais pas exactement en quoi consiste ce fameux mariage, avouai-je.

— Je croyais que Marianne te l'avait expliqué.

— Elle a dit que nous nous emboîterions comme les pièces d'un puzzle et que cela provoquerait une libération de pouvoir. Mais aussi que la façon de procéder est quelque chose de très personnel, qui dépend des participants.

— Tu ne fais que répéter ses propos, n'est-ce pas ?

— Oui.

Jean-Claude fronça les sourcils. Même ce mouvement imperceptible avait quelque chose de fascinant.

— Je ne veux pas que tu sois désagréablement surprise, ma petite. J'essaie d'être honnête, puisque tu attaches tant d'importance à ce trait. Je n'ai jamais fait ça auparavant, mais la nature de notre pouvoir étant sexuelle, il est probable que ceci le sera également.

— Je ne peux pas laisser mes léopards seuls le temps d'aller prendre une chambre d'hôtel.

— Personne ne leur fera de mal. Jusqu'à ce que tu montes à l'étage, ils seront en sécurité.

Je secouai la tête et m'écartai de lui.

— Je suis désolée, mais je ne ressortirai pas d'ici sans eux. Si vous voulez qu'on fasse ça après, d'accord, mais pour l'instant, les léopards sont ma priorité. Ils attendent que je vienne les sauver. Je ne peux pas aller m'envoyer métaphysiquement en l'air pendant qu'ils souffrent et qu'ils saignent.

— Non, ça ne peut pas attendre. Je veux que ce soit fait avant le début de la bagarre. Je n'aime pas que tu sois sans ton flingue.

— Ce mariage de marques me donnera-t-il plus de pouvoir ?

— Oui.

— Et vous, qu'en retirerez-vous ?

Je me tenais contre le mur, sans le toucher.

— Mes défenses s'en trouveront renforcées, tout comme mon propre pouvoir. Tu le sais.

— Y aura-t-il des effets secondaires que je devrais connaître à l'avance ?

— Comme je te l'ai dit, je n'ai jamais fait ça auparavant, et je n'ai jamais vu personne le faire non plus. Ce sera une découverte pour moi autant que pour toi.

Je regardai ses si beaux yeux bleus en souhaitant être capable de le croire.

— Je lis de la méfiance dans ton regard, ma petite. Mais ce n'est pas contre moi qu'elle est dirigée : c'est contre ton propre pouvoir. Rien ne se passe jamais comme prévu avec toi parce que ton pouvoir ne ressemble à aucun autre pouvoir connu. Tu incarnes la magie sauvage, indomptée. Tu éparpilles les plans les mieux conçus aux quatre vents.

— J'ai appris à me contrôler, Jean-Claude.

— J'espère que ça suffira.

— Vous me faites peur.

Il soupira.

— C'est bien la dernière chose que je voulais.

Je secouai la tête.

— Écoutez, Jean-Claude, tout le monde n'arrête pas de me répéter que mes léopards vont bien, mais je veux m'en assurer par moi-même. Dépêchons-nous d'en finir.

— Ça devrait être une expérience mystique, ma petite. Quelque chose de spécial.

Je regardai autour de moi.

— Alors, il nous faut un autre cadre.

— Tout à fait d'accord. C'est toi qui insistes pour ne pas bouger d'ici.

— Et c'est vous qui insistez pour que ça se fasse maintenant, avant le début du feu d'artifice.

— C'est vrai. (Il soupira et me tendit la main.) Viens, allons au moins à notre table.

J'envisageai de ne pas prendre sa main. C'est bizarre comme mon humeur passe vite de vouloir lui sauter dessus à vouloir me débarrasser de lui. Évidemment, cette fois, ce n'était pas de lui que je voulais me débarrasser, mais plutôt des complications qui l'accompagnaient. L'aspect mystique de notre relation n'est jamais facile à gérer. Il dit que c'est ma faute, et il a peut-être raison. Jean-Claude est un maître vampire assez standard, et Richard un Ulfric assez standard aussi. Ils sont merveilleusement puissants tous les deux, mais rien d'inhabituel par rapport à leur statut.

Non, ce n'est pas tout à fait exact. Jean-Claude a quelque chose d'inhabituel : son pouvoir peut se nourrir d'énergie sexuelle. En d'autres temps, on l'aurait qualifié d'incube. Il est rare qu'un maître vampire possède, outre le sang qu'il boit, un moyen secondaire de charger ses batteries. Donc, c'est quand même impressionnant. De tous les maîtres vampires que j'ai rencontrés, les seuls qui partageaient cette capacité se nourrissaient de terreur plutôt que de désir. À choisir, je préfère le désir : au moins, personne n'en souffre… en général.

Mais moi, je suis le joker : celle dont les pouvoirs ne ressemblent à rien, sinon aux légendes sur des nécromanciens morts depuis des siècles. Des légendes si anciennes que personne ne croyait qu'elles puissent contenir un fond de vérité jusqu'à ce que je débarque. C'est triste, mais vrai.

Pendant que nous chuchotions, la table s'était partiellement libérée. Il n'y restait plus que Jason et un des deux inconnus. Celui-ci était intégralement vêtu de cuir brun, pour ce que je voyais de son pantalon et de son gilet sans manches à fermeture Éclair. Il portait également une cagoule qui lui recouvrait tout le visage, avec juste des trous pour les yeux, le nez et la bouche. Franchement, ces trucs-là me font flipper. Mais bon, chacun son trip. Tant que ce type n'essaierait pas de me faire quoi que ce soit, j'arriverais à le supporter.

Puis il leva la tête vers moi, et je reconnus ses yeux bleus très pâles – le bleu glacier des yeux des husky. Je n'ai jamais rencontré d'humain qui possède des yeux comme ça.

—Asher, le saluai-je.

Il me sourit, et je reconnus aussi la courbe de ses lèvres. À présent, je comprenais pourquoi il portait cette capuche. Rien à voir avec un trip sexuel – du moins, je ne pensais pas. C'était pour dissimuler ses cicatrices.

Il y a environ deux siècles, des religieux bien intentionnés ont tenté de brûler le démon qui habitait Asher en l'aspergeant d'eau bénite, qui produit les mêmes effets que l'acide sur la chair des vampires. À sa façon, Asher était autrefois aussi merveilleusement beau que Jean-Claude. À présent, la moitié de son visage, la moitié de sa poitrine et le plus gros d'une de ses cuisses ressemblent à de la cire fondue. Ce que j'ai vu du reste de son corps est toujours aussi sublime qu'au jour de sa mort. Et je ne suis pas certaine de vouloir savoir dans quel état se trouve ce que je n'ai pas vu.

À travers les marques de Jean-Claude, j'ai des souvenirs d'Asher tel qu'il était avant. Je sais de quoi il avait l'air dans sa perfection intacte. Je connais chaque centimètre carré de sa peau. Asher et sa servante humaine, Julianna, ont formé un ménage à trois avec Jean-Claude pendant une vingtaine d'années. Jusqu'au jour où Julianna a été brûlée pour sorcellerie, et où Jean-Claude n'a réussi à sauver Asher qu'après que les dégâts eurent été faits.

Ces événements remontent à deux cents ans ; pourtant, Asher comme Jean-Claude pleurent encore Julianna – et se regrettent l'un l'autre. Asher est désormais le bras droit de Jean-Claude, son lieutenant, mais ils ne sont plus amants. Ils ont même du mal à être amis, parce qu'il reste trop de non-dits entre eux. Asher en veut encore à Jean-Claude d'être arrivé trop tard, et Jean-Claude a du mal à le contredire parce qu'il culpabilise trop.

Je me penchai et embrassai Asher sur sa joue couverte de cuir.

— Qu'as-tu fait de tes beaux cheveux ? Par pitié, dis-moi que tu ne les as pas coupés.

Il porta ma main à sa bouche et y déposa un doux baiser.

— Ils sont tressés et plus longs que jamais.

— J'ai hâte de les voir. Merci d'être venu.

— Je traverserais l'enfer pour te rejoindre, tu le sais bien.

— Vous, les Français, vous savez parler aux filles.

Il rit tout bas.

Jason nous interrompit.

— Je crois que le spectacle va commencer.

Pivotant, je vis une femme se diriger vers le cadre en métal au centre de la piste de danse. Elle était en peignoir, et je n'avais pas envie de voir ce qu'elle portait dessous.

— Quoi que vous vouliez faire, faisons-le tout de suite et allons chercher les léopards.

— Tu ne veux pas voir le spectacle ? demanda Jason.

Il avait un regard innocent mais un sourire provocateur.

Pour toute réponse, je fronçai les sourcils. Puis ses yeux se posèrent sur quelque chose derrière moi, et je sus qu'il n'aimait pas ce qu'il voyait. Je tournai la tête. Ajax s'arrêta près de nous.

— Vous avez un quart d'heure, dit-il à Jean-Claude en m'ignorant superbement. Après ça, le spectacle commencera.

Jean-Claude hocha la tête.

— Remercie Narcisse de m'avoir prévenu.

Ajax inclina légèrement la tête, comme son maître précédemment. Puis il s'éloigna entre les tables.

— Pourquoi cet avertissement ? m'enquis-je.

— Faire quelque chose de magique pendant le numéro de quelqu'un d'autre serait considéré comme très impoli. J'ai informé Narcisse que nous avions l'intention d'invoquer... un certain pouvoir.

Je ne tentai pas de dissimuler mon air soupçonneux.

— Vous commencez à me fatiguer avec vos tours de passe-passe.

— Tu es une nécromancienne, et je suis le maître vampire de Saint Louis. Crois-tu vraiment que nous puissions fusionner nos pouvoirs sans que tous les morts-vivants dans cette pièce – et bien au-delà – s'en aperçoivent ? J'ignore si les métamorphes pourront le sentir, mais c'est assez probable, étant donné que nous sommes tous deux liés à l'un d'eux. Tous les non-humains ici présents sentiront quelque chose. Je ne sais pas quoi exactement ni avec quelle intensité, mais ils sentiront quelque chose. Si nous avions interrompu son spectacle sans avertissement préalable, Narcisse aurait considéré ça comme une grave insulte.

— Loin de moi l'idée de vous bousculer, intervint Asher, mais si vous ne vous dépêchez pas, vous allez gaspiller tout le temps qui vous est imparti à bavasser.

Jean-Claude lui jeta un coup d'œil quasiment hostile. Que se passait-il donc entre eux pour justifier une telle réaction ?

Jean-Claude me tendit la main. J'hésitai une seconde, puis la pris. Il m'entraîna vers le mur le plus proche.

— Et maintenant ?

— Maintenant, tu dois baisser ton bouclier, ma petite, ce rempart si solide que tu as érigé entre moi et ton aura.

Je le regardai durement.

— Je n'ai pas envie.

— Je ne te le demanderais pas si ce n'était pas nécessaire, ma petite. Même si j'étais capable de le briser par la force, ni toi ni moi n'apprécierions que je le fasse. Et nous ne pouvons pas fusionner nos auras si quelque chose s'interpose entre elles.

Soudain, j'eus peur. Vraiment peur. J'ignorais ce qui se passerait si je baissais mon bouclier alors que Jean-Claude se tenait face à moi. En temps de crise, nos auras s'embrasent toutes deux pour ne former qu'un tout. Je ne voulais pas faire ça volontairement. Je suis assez psychorigide sur la question du contrôle de soi, et tout chez Jean-Claude ronge la partie de moi qui a le plus besoin de se maîtriser.

—Je ne suis pas certaine d'y arriver.

Jean-Claude soupira.

—À toi de voir. Je ne te forcerai pas, ma petite, mais je redoute les conséquences.

Marianne m'avait déjà fait la leçon, et il était trop tard pour changer d'avis. Ou je me jetais à l'eau, ou l'un de nous finirait par y laisser sa peau. Probablement moi.

Mon boulot consiste, entre autres choses, à affronter des créatures surnaturelles, des monstres dotés d'assez de magie pour percevoir un trou dans mes défenses. Du temps où je ne captais pas encore les auras – du moins, où je ne me rendais pas compte que je les captais –, la mienne était intacte. Conjugué à mes dons naturels, ça me suffisait pour m'en sortir.

Mais depuis quelque temps, les créatures que je croise deviennent de plus en plus hostiles et de plus en plus puissantes. Un jour ou l'autre, j'aurai le dessous. Je pourrais éventuellement me faire à cette idée. Par contre, être responsable de la mort de Jean-Claude ou de Richard… ça, je ne pourrais pas vivre avec.

Autrement dit, j'avais des tas de bonnes raisons de faire ce qu'on me demandait, et je les connaissais toutes. Pourtant, je restai plantée là, regardant Jean-Claude avec le cœur dans la gorge et le bouclier fermement dressé. La partie avant de mon cerveau savait que je devais le faire. La partie arrière n'en était pas du tout convaincue.

—Que se passera-t-il une fois que j'aurai baissé mon bouclier ?

—Nous nous toucherons, répondit Jean-Claude.

Je pris une grande inspiration et expirai comme si je m'apprêtais à courir le cent mètres aux Jeux olympiques. Puis je baissai mon bouclier.

Ce n'était pas comme si j'avais dû abattre mon rempart de pierre : je me contentai de le réabsorber dans ma psyché. Il se volatilisa soudain, et dans l'instant qui suivit, le pouvoir de Jean-Claude me submergea. Non seulement j'éprouvai la pleine force de notre attirance sexuelle, mais je sentis son pouls dans ma tête et le goût de sa peau dans ma bouche. Je sus qu'il s'était nourri ce soir-là, même si je l'avais compris dès l'instant où j'avais entendu battre son cœur. À présent, je sentais qu'il était repu, plein du sang de quelqu'un d'autre.

Sa main se tendit vers moi, et je me plaquai contre le mur. Elle continua à avancer, et je m'écartai. Parce qu'à cet instant, plus que tout au monde, je voulais que Jean-Claude me touche. Je voulais sentir ses doigts sur ma peau nue. Je voulais arracher ses fringues en vinyle et le regarder, pâle et parfait au-dessus de moi. L'image était si nette que je fermai les yeux pour m'en protéger – comme si ça pouvait servir à quelque chose.

Je le sentis se pencher vers moi. Je plongeai sous son bras et me retrouvai soudain à côté de la table alors qu'il restait près du mur. Je continuai à reculer et lui à me regarder sans rien faire.

Puis quelqu'un me toucha, et je hurlai.

Asher me tenait le bras et me dévisageait de ses yeux clairs. Lui aussi, je le sentais. Je sentais le poids de son âge, la pression de son pouvoir dans ma tête. Et je compris qu'en me barricadant contre Jean-Claude, je m'étais également coupée d'une partie de mes propres pouvoirs, comme celui de percevoir l'aura d'autrui. Les boucliers sont une chose délicate – que, de toute évidence, je ne maîtrisais pas encore.

Jean-Claude s'écarta du mur, une main fine toujours tendue vers moi. Je fis un pas en arrière, et les doigts d'Asher glissèrent le long de mon bras tandis que je secouais frénétiquement la tête.

Jean-Claude se dirigea lentement vers moi. Ses yeux étaient devenus entièrement bleus, leur pupille engloutie par la montée de son pouvoir. Alors, je compris que ce n'était pas son désir qui avait conjuré ce pouvoir : c'était le mien. Jean-Claude sentait la façon dont mon corps se crispait et se liquéfiait tandis qu'il se rapprochait. Ce n'était pas de lui que je me méfiais : c'était de moi.

Je reculai encore et tombai sur la petite marche qui descendait vers la piste de danse. Quelqu'un me rattrapa avant que je m'étale par terre. Des bras puissants entourèrent ma taille et me pressèrent contre la peau nue d'une poitrine très virile. Je n'eus pas besoin de regarder pour m'en rendre compte.

Mon sauveur me tenait sans effort, les pieds dans le vide. Je connaissais ces bras, le contact de cette poitrine, l'odeur de cette peau. Je tournai la tête vers lui afin que mes yeux confirment ce que je savais déjà.

C'était Richard.

CHAPITRE 5

J e retins mon souffle. Me retrouver contre lui après tout ce temps, c'était trop. Il pencha son visage douloureusement séduisant vers le mien, et les épaisses ondulations de ses cheveux bruns tombèrent sur ma peau. Sa bouche s'immobilisa au-dessus de la mienne, et je crois que j'aurais protesté ou me serais dégagée si deux choses ne s'étaient pas produites simultanément.

Richard resserra un de ses bras autour de ma taille, un mouvement qui me fit presque mal. Puis, de sa main libre, il me prit le menton pour immobiliser ma tête. Le contact de ses doigts, leur force me fit hésiter. Je scrutai ses yeux couleur de chocolat et, l'instant d'après, ce fut trop tard. Il m'embrassa.

J'ignore à quoi je m'attendais – un baiser chaste, je crois. Mais ce ne fut pas chaste du tout. Richard pressa ses lèvres sur les miennes assez fort pour les meurtrir et me forcer à les ouvrir. Sa langue rampa à l'intérieur de ma bouche, et je sentis remuer les muscles de sa mâchoire et de son cou tandis qu'il me serrait, m'explorait, me possédait.

J'aurais dû être furieuse, mais non. S'il ne m'avait pas tenue si fermement, j'aurais pivoté dans son étreinte pour me presser contre lui. Là, je ne pouvais que goûter sa bouche, sentir ses lèvres, essayer de le boire comme s'il était le vin le plus fin et que je mourais de soif.

Finalement, il s'écarta de moi, juste assez pour que je voie son visage. Je le scrutai en retenant mon souffle, comme si mes yeux voulaient se repaître de ces pommettes saillantes, de la fossette qui adoucissait ces traits irrémédiablement masculins. Richard n'avait rien de féminin. Il était le mâle ultime sur beaucoup de points. La lumière électrique faisait briller des fils d'or et de cuivre dans sa chevelure brun foncé.

Lentement, il me reposa à terre du haut de son mètre quatre-vingt-deux. Il avait des épaules larges avec une taille fine et un ventre plat. Une mince ligne de poils foncés partait de son nombril et disparaissait sous son pantalon en vinyle noir.

Encore du vinyle noir! Je sentais comme un thème, là. Ce qui n'empêcha pas mon regard de continuer à descendre. De suivre le contour de ses hanches étroites, de s'attarder là où il n'aurait pas dû, de remarquer des choses qu'il aurait mieux valu ignorer parce que nous étions en public et que je n'avais pas l'intention de le voir nu ce soir-là. Des bottes en cuir montant jusqu'aux genoux complétaient sa tenue. En haut, il ne portait que des bracelets en cuir cloutés et un collier assorti.

Une main toucha mon dos. Je sursautai et fis volte-face, reculant d'un pas de manière à les avoir tous les deux dans mon champ de vision. Parce que je savais très bien qui se tenait derrière moi. Jean-Claude, évidemment. Ses yeux avaient repris leur apparence normale.

Je retrouvai enfin l'usage de ma voix.

—Vous l'avez appelé.

—Nous avions un accord : le premier des deux que tu appellerais préviendrait l'autre.

—Vous auriez pu m'en parler.

Jean-Claude posa les mains sur ses hanches.

—Je refuse d'endosser le blâme. C'est lui qui voulait te faire une surprise. Moi, j'étais contre.

Je reportai mon attention sur Richard.

—C'est vrai?

—Oui.

—Pourquoi?

—Parce que si j'avais respecté les règles, tu ne m'aurais pas embrassé pour autant. Je ne supportais pas l'idée de te voir ce soir et de ne pas pouvoir te toucher.

Ce ne furent pas tant ses mots que son regard et l'expression de son visage qui me firent rougir.

— Moi, j'ai respecté les règles, et tu me punis au lieu de me récompenser, ma petite. (Jean-Claude me tendit la main.) Un baiser, pour commencer ?

Soudain, je pris conscience que nous nous tenions sur la piste de danse non loin du cadre en métal et des « acteurs » qui attendaient. Nous avions toute l'attention du public, et je n'en voulais pas.

Je me rendis compte de quelque chose qui m'avait échappé tant que mon bouclier de pierre était dressé. Presque tous les autres occupants de la pièce étaient des métamorphes. Je sentais leur énergie comme le crépitement d'une fourrure électrique, et ils pouvaient sentir la nôtre.

Je hochai la tête. Soudain, je n'aspirais plus qu'à l'intimité que Jean-Claude m'avait offerte un peu plus tôt. Mais tandis que mon regard faisait la navette entre les deux hommes de ma vie, je compris que je n'avais pas assez confiance en moi pour m'isoler avec eux. Si nous nous retrouvions seuls tous les trois, j'étais incapable de garantir que le sexe qui suivrait serait uniquement métaphysique.

Le simple fait de l'admettre en mon for intérieur me mortifiait. Même si c'était gênant de faire ce que nous avions à faire en public, ce serait toujours mieux que de le faire en privé. Ici, je savais que je dirais « stop ». Ailleurs, je n'en étais pas du tout certaine. Ma peau me paraissait si… large et si nue. Et merde.

— Un baiser, pourquoi pas ?

— On pourrait prendre une chambre, suggéra Richard à voix basse.

Je secouai la tête.

— Non, pas de chambre.

Il fit mine de me toucher, et mon regard suffit à interrompre son geste.

— Tu n'as pas confiance en nous.

—Ou en moi, répliquai-je doucement.

—Viens, ma petite, dit Jean-Claude. Nous retardons leur spectacle.

Il me tendit une main, et je l'observai quelques secondes avant de la prendre.

Je m'attendais que Jean-Claude m'attire tout contre lui, mais il n'en fit rien. Quand il me lâcha, nous étions encore à dix centimètres l'un de l'autre. Je le fixai d'un regard interrogateur. Ses doigts se posèrent très doucement sur mes joues, tels des papillons hésitants – comme s'il avait peur de me toucher. Puis il inclina la tête vers moi. Ses paumes en coupe prirent mon visage comme si j'étais infiniment fragile et qu'il ne voulait pas me briser.

Jamais je ne l'avais senti si peu sûr de lui-même avec moi. Alors que ses lèvres s'approchaient des miennes, je me demandai s'il agissait ainsi à dessein pour renforcer le contraste avec la virilité exigeante de Richard. Mais dès que nos bouches se rencontrèrent, je cessai de réfléchir.

Au début, ce fut juste un effleurement. Puis Jean-Claude m'embrassa avec une infinie retenue. Je lui rendis son baiser tout aussi prudemment. Il avait repoussé sa chevelure noire étonnamment longue par-dessus son épaule pour qu'elle ne nous gêne pas, de sorte que le côté droit de son visage était exposé à la lumière. Je fis courir une de mes mains le long de sa mâchoire, suivant le contour de son visage tandis que nous nous embrassions. Il frissonna sous cette caresse légère, et le sentir ainsi trembler sous ma main fit monter un gémissement de ma gorge.

Jean-Claude pressa sa bouche plus fort contre la mienne, et j'éprouvai la pression de ses canines contre ma lèvre supérieure. J'ouvris la bouche pour le laisser entrer en moi et glissai ma langue entre les pointes délicates. J'avais appris à embrasser un vampire à pleine bouche, mais ça restait un plaisir dangereux, à pratiquer avec précaution – or, j'avais négligé mon entraînement. Je me piquai la langue au passage.

La douleur fut vive et immédiate. Jean-Claude émit un son guttural, un battement de cœur avant que je goûte mon propre sang. Soudain, il m'enlaça et me pressa contre lui sans rompre notre baiser. Sa bouche se fit encore plus pressante, et bientôt, j'eus l'impression qu'il essayait de me boire.

Je me serais peut-être dégagée, ou peut-être pas, mais à l'instant où ma poitrine s'écrasa contre son torse, il fut trop tard. Plus question de faire marche arrière ou de refuser. Plus rien d'autre que des sensations. Le vent frais de son aura toucha la mienne. L'espace d'un instant frémissant, nous demeurâmes collés, nos énergies palpitant l'une contre l'autre comme les flancs de deux énormes bêtes haletantes. Puis les frontières qui contenaient nos auras cédèrent.

Imaginez que vous êtes en train de faire l'amour et que soudain, votre peau se déchire, vous répandant sur votre partenaire et en lui, vous imposant une intimité que vous n'aviez jamais imaginée, jamais prévue, jamais désirée.

Je hurlai, et Jean-Claude me fit écho. Je nous sentis nous affaisser, mais Richard nous rattrapa, nous cala contre lui et nous déposa doucement par terre. Le pouvoir ne bondit pas jusqu'à lui, et je ne compris pas pourquoi.

Jean-Claude était sur moi. Son corps me clouait au sol. Il remua les hanches, forçant mes jambes à s'écarter sous le matériau glissant de son pantalon. Je le voulais à l'intérieur de moi ; je voulais qu'il me chevauche pendant que le pouvoir nous chevauchait.

Il se redressa en appui sur ses bras tendus, écartant son torse de moi mais pressant son bas-ventre encore plus fort contre le mien. Et le pouvoir continua à enfler en nous picotant la peau, à enfler comme la vague d'un orgasme que vous sentez venir mais qui ne se décide jamais à vous submerger pour de bon.

Je vis Richard se pencher sur moi telle une ombre noire contre le flou de la lumière électrique. Je crois que j'essayai de dire «non, non», mais aucun son ne sortit de ma bouche. Richard m'embrassa, et le pouvoir s'embrasa sans l'englober pour autant. Il embrassa ma joue, mon menton, mon cou et continua à descendre. Soudain, je compris ce qu'il faisait. Il visait le trou au-dessus du chakra de mon cœur, le centre de mon énergie. Jean-Claude recouvrait déjà celui de ma base, situé au niveau du bas-ventre.

La poitrine de Richard me surplombait, si lisse, si ferme, si tentante. Je levai la tête pour coller ma bouche sur sa peau, et tout en poursuivant sa trajectoire vers mon cœur, il fit glisser sa poitrine nue le long de ma langue. Je dessinai une trace humide sur son torse. Il enfouit son nez sous mon top, et ses lèvres se posèrent sur mon cœur au moment où ma bouche touchait le sien.

Le pouvoir détona. J'eus l'impression de me trouver au point zéro d'une explosion nucléaire, les ondes de choc se propageant dans toute la pièce tandis que nous fusionnions au centre. L'espace d'un instant éblouissant, je les sentis tous deux à l'intérieur de moi, déferlant telle une vague d'énergie pure. La chaleur électrique de Richard vibrait et crépitait en nous ; le pouvoir de Jean-Claude nous traversait tel un vent froid ; et j'étais l'enveloppe qui contenait à la fois la chaleur des vivants et la froideur des morts. J'étais vivante et morte ; je n'étais ni l'un ni l'autre. Chacun était nous trois et aucun des trois.

J'ignore si je m'évanouis ou si je perdis juste la notion du temps pour une quelconque raison métaphysique. Tout ce dont je me souviens, c'est que je me retrouvai brusquement allongée par terre. Richard gisait près de moi, un de mes bras coincé sous lui, son corps recroquevillé autour de ma poitrine et de ma tête, ses jambes étendues de l'autre côté de moi. Jean-Claude s'était écroulé sur moi de tout son long, sa tête posée sur une des jambes de Richard. Tous deux avaient les yeux fermés et la respiration haletante – comme moi.

Je dus m'y reprendre à deux fois avant de réussir à souffler :

—Poussez-vous !

Jean-Claude roula sur le flanc sans même ouvrir les yeux. Sa chute força Richard à écarter un peu les jambes, formant un demi-cercle avec son corps au-dessus de nous.

Tout était si calme que je crus que la salle s'était vidée – comme si tous ses occupants terrifiés s'étaient enfuis en voyant ce que nous avions fait. Puis des applaudissements et des vivats tonitruants éclatèrent, accompagnés par des bruits animaux que je serais bien incapable de décrire. La clameur me martelait le corps comme si j'avais des nerfs à des endroits où il n'y en avait jamais eu auparavant.

Asher apparut soudain au-dessus de nous. Il s'agenouilla près de moi et toucha la veine dans mon cou.

— Cligne des yeux si tu m'entends, Anita.

Je clignai des yeux.

— Tu peux parler ?

— Oui.

Satisfait, Asher hocha la tête. Puis il caressa la joue de Jean-Claude. Celui-ci ouvrit les yeux. Il eut un sourire dont la signification m'échappa, mais qui fit éclater Asher de rire. Un rire très masculin, comme si tous deux partageaient une plaisanterie salace que je ne pouvais pas comprendre.

Asher se traîna ensuite jusqu'à la tête de Richard et souleva une poignée de cheveux bruns afin de voir son visage. Richard cligna des yeux, mais son regard était flou. Asher se pencha vers lui, et je l'entendis demander :

— Tu m'entends, mon ami ?

Richard déglutit, toussa et répondit :

— Oui.

— Bien, bien.

J'avais encore du mal à parler, mais je ne pus m'empêcher de faire la maligne.

— Que tous ceux qui peuvent se mettre debout lèvent la main.

Aucun de nous ne broncha. Je me sentais lointaine, comme si je flottais. Mon corps était trop lourd pour que je le bouge. Ou peut-être mon esprit était-il trop chamboulé pour le faire bouger.

— N'aie crainte, ma chérie, nous allons nous occuper de vous.

Asher se redressa. Comme s'il venait de donner un signal, plusieurs silhouettes sortirent de la foule. Je reconnus trois d'entre elles.

Les tresses africaines de Jamil se mariaient à la perfection à sa tenue de cuir noir. Jamil est le Sköll de Richard – autrement dit, son exécuteur. Shang-Da ne semblait pas très à l'aise dans ses fringues également en cuir noir, mais ce Chinois d'un mètre quatre-vingts ne semble jamais très à l'aise quand on le force à abandonner ses costards-cravate et ses souliers cirés. Il est l'autre exécuteur de Richard, son Hati.

Sylvie s'accroupit près de moi. Le vinyle lui allait bien, et des mèches bordeaux se détachaient sur ses courts cheveux bruns. C'était assez réussi, mais la connaissant, il s'agissait sans doute d'une couleur éphémère. Quand elle ne sert pas de bras droit – ou Freki – à Richard, elle bosse dans les assurances : un secteur plutôt conservateur où les gens ne se baladent pas avec des cheveux couleur de bon vin.

Sylvie me sourit. Jamais je ne l'avais vue aussi maquillée. Ça lui allait bien mais d'un autre côté, ça n'était pas vraiment elle. Pour la première fois, je me rendis compte à quel point elle était jolie, presque aussi délicate (en apparence…) que moi.

— Je te devais un sauvetage, dit-elle.

Il y a un bail de ça, une bande de vampires particulièrement vicieux a débarqué en ville pour nous donner une leçon, à Jean-Claude, à Richard et à moi. Au passage, ils ont fait des prisonniers. Sylvie se trouvait dans le lot. J'ai réussi à la délivrer, et tenu ma promesse de voir crever tous ceux qui l'avaient touchée. C'est elle qui s'est chargée des exécutions proprement dites, mais c'est moi qui lui ai livré ses bourreaux pour qu'elle les punisse. Je sais qu'elle conserve quelques os en souvenir.

Jamais Sylvie ne se plaindrait que je sois trop violente. Peut-être pourrait-elle devenir ma nouvelle meilleure amie…

Les loups-garous se mirent en position autour de nous, tournés vers l'extérieur comme de bons gardes du corps. Aucun d'eux n'était physiquement aussi imposant qu'Ulysse ou Ajax, mais je les avais déjà vus se battre. Les muscles ne font pas tout. L'habileté compte aussi – et une certaine implacabilité.

Deux vampires rejoignirent Asher et les loups. Je ne les connaissais ni l'un ni l'autre. La femme était asiatique, avec des cheveux noirs qui lui arrivaient à peine aux épaules. Ils avaient presque la même couleur et la même brillance que la combinaison en vinyle qui la moulait du cou jusqu'aux chevilles, mettant en évidence ses seins haut perchés, sa taille ultrafine et la courbe de ses hanches. Ses yeux sombres me fixèrent sans aménité ; puis elle me tourna le dos et resta plantée là, les mains sur les hanches, attendant. Attendant quoi ? Du diable si je le savais.

Le deuxième vampire était de sexe masculin, à peine plus grand que la femme, avec d'épais cheveux bruns rasés autour de la tête. Ce qui restait sur le dessus de son crâne lui tombait jusqu'au milieu du front. Il me toisa en souriant. Ses yeux avaient la couleur des pennies tout neufs, comme si leur prunelle marron contenait une infime trace de sang. Lui aussi se tourna vers l'extérieur, les bras croisés sur sa poitrine gainée de cuir noir.

À l'instar des loups-garous, les deux vampires nous protégeaient. Leur attitude disait à la foule que, même incapables de nous lever, nous n'étions pas vulnérables. Ce qui me réconforta quelque peu.

Jason rampa entre les jambes de nos gardes du corps, la tête pendante comme s'il était vidé lui aussi. Il leva ses yeux bleus vers moi. Son regard était flou, lointain. Il m'adressa une pâle imitation de sa grimace habituelle et dit :

—Alors, heureuse ?

Je commençais à me sentir un peu mieux. J'essayai de m'asseoir… et échouai lamentablement.

—Repose-toi encore quelques minutes, ma petite, suggéra Jean-Claude.

Comme je n'avais pas vraiment le choix, j'obéis. Je me rallongeai et observai le plafond. Quelqu'un avait éteint la plupart des spots, de sorte qu'il faisait presque noir à l'intérieur du club – le même genre de pénombre que quand on tire les rideaux en pleine journée.

Je sentis Jason se coucher de l'autre côté de moi et poser sa tête sur ma cuisse. Il n'y a pas si longtemps, je l'aurais chassé. Mais je venais de passer six mois à apprendre comment me sentir à l'aise avec mon pard. Apparemment, ça m'avait rendue plus tolérante envers tous les métamorphes.

—Comment se fait-il que tu sois crevé ?

Jason fit rouler sa tête sur ma cuisse pour pouvoir me regarder sans la lever de ma jambe, une main posée en travers de mon mollet comme pour se retenir.

—Tu inondes le club de magie et de désir et tu me demandes pourquoi je suis crevé ? Tu n'es vraiment qu'une allumeuse.

Je fronçai les sourcils.

—Encore un commentaire de ce genre, et tu vires.

Il frotta sa joue contre mon collant.

—Oh, je vois que tes sous-vêtements sont assortis au reste de ta tenue.

—Pousse-toi de là, Jason.

Il se laissa glisser à terre sans se le faire répéter. C'était tout lui : incapable de s'arrêter avant d'avoir franchi les limites. Il faut toujours qu'il ait le dernier mot, qu'il verse la goutte d'eau qui ferait déborder le vase. Je crains qu'un jour, quand il aura affaire à moins tolérant que moi, cette sale manie finisse par lui coûter cher.

Richard se redressa sur un coude, avec des gestes très lents comme s'il n'était pas certain que tout fonctionne encore.

—Je ne sais pas si c'était meilleur ou pire que tout ce que nous avions fait avant.

— En ce qui me concerne, on dirait un mélange de gueule de bois et de début de grippe, déclarai-je.

— Pourtant, ce n'est pas désagréable, bien au contraire, acheva Jean-Claude.

Je fis une deuxième tentative pour me relever et sentis leurs deux mains se poser sur mon dos pour me soutenir, comme s'ils avaient réagi simultanément. Au lieu d'aboyer « bas les pattes ! », je les laissai faire avec gratitude. Et d'une, je tremblais toujours ; et de deux, ce contact n'était pas déplaisant. Pendant tous ces mois, j'avais essayé de faire de mon pard une communauté soudée, et c'était moi qui avais appris à me montrer amicale avec les autres. Moi qui m'étais rendu compte que toutes les mains tendues ne constituaient pas une menace envers mon indépendance. Moi qui avais enfin accepté le fait que les propositions d'intimité physique n'étaient pas nécessairement un piège ou un leurre.

Richard s'assit le premier, prudemment, en gardant sa main dans mon dos. Puis Jean-Claude l'imita. Je les sentis échanger un regard. D'habitude, c'est le moment où je m'écarte d'eux. Métaphysiquement ou non, nous venions de faire l'amour. À présent que c'était terminé, j'aurais dû me replier sur moi-même, me cacher. D'autant que nous étions en public.

Mais cette fois, je ne m'écartai pas. Le bras de Richard remonta doucement le long de mon dos et se posa en travers de mes épaules, tandis que celui de Jean-Claude glissait jusqu'à ma taille. Tous deux m'attirèrent contre la courbe de leur corps comme s'ils avaient été un fauteuil en vinyle doté d'un pouls.

Certains prétendent qu'en cas d'orgasme simultané, les auras des deux partenaires se mélangent, que leurs énergies fusionnent temporairement. Quand on couche avec quelqu'un, on ne partage pas uniquement son corps avec lui – c'est l'une des raisons pour lesquelles mieux vaut choisir soigneusement ses camarades de jeu horizontal.

Assise par terre avec Jean-Claude et Richard, j'éprouvais exactement la même chose. Je sentais leur énergie me traverser telle une vibration basse, un bourdonnement lointain. J'étais à peu près certaine qu'avec le temps, ça deviendrait une sorte de bruit blanc, comme un bouclier psychique sur lequel je n'aurais plus besoin de me concentrer. Mais pour l'heure, j'avais l'impression que nous baignerions toujours dans cette béatitude cotonneuse pendant laquelle les partenaires sont encore connectés l'un à l'autre, pas tout à fait revenus dans leur propre peau.

Je ne les repoussai pas parce que je n'en avais pas la moindre envie. Et parce que ça n'aurait servi à rien. Désormais, le contact physique n'était plus nécessaire pour abattre les barrières entre nous. Ce qui aurait dû me foutre une trouille de tous les diables… sauf que ça n'était pas le cas.

Narcisse s'avança au centre de la piste de danse. Une douce lumière tomba sur lui, s'intensifiant au fur et à mesure qu'il parlait.

—Eh bien, mes amis, nous avons été gâtés ce soir, n'est-ce pas ?

D'autres applaudissements, d'autres vivats, d'autres cris animaux éclatèrent dans la pénombre. Narcisse leva les mains, et la foule se tut.

—Je crois que nous avons déjà eu notre jouissance. (Quelques petits rires saluèrent cette déclaration.) Rien ne pourra surpasser la scène dont nous venons d'être les témoins ; c'est pourquoi je vous propose de remettre notre spectacle à demain.

La femme en peignoir qui se tenait toujours à l'autre bout de la piste de danse admit :

—Je ne peux pas rivaliser avec ça.

Narcisse lui souffla un baiser.

—Ce n'est pas une compétition, douce Miranda. Chacun d'entre nous possède un don particulier. Certains sont juste plus rares que d'autres.

En disant cela, il se tourna vers nous. Ses yeux étaient pâles et étrangement colorés. Il me fallut un moment pour comprendre que c'étaient ceux de sa bête. Des yeux de hyène, donc. Même si, pour être honnête, je ne savais pas du tout à quoi ça pouvait ressembler. Je savais seulement que ça n'était plus des yeux humains.

Il s'agenouilla près de nous, lissant sa robe d'un geste automatique et étrange que je n'avais encore jamais vu chez un homme. Évidemment, je n'avais encore jamais vu d'autre homme que lui en robe. Ceci expliquait sans doute cela.

Narcisse baissa la voix.

—J'aimerais parler en privé avec vous.

—Volontiers, répondit Jean-Claude. Mais avant, nous avons une affaire urgente à régler.

Narcisse se pencha vers nous et dit, si bas que nous dûmes tendre l'oreille pour le comprendre :

—Dans la mesure où deux de mes gardes garantissent la sécurité temporaire de ses léopards, nous avons tout le temps de parler. Ou devrais-je dire : *vos* léopards ? Car désormais, ce qui appartient à l'un appartient sûrement aux autres.

Son visage touchait presque la joue de Jean-Claude d'un côté et la mienne de l'autre.

—Non, répliquai-je. Les léopards sont à moi.

—Vraiment ? dit Narcisse.

Il tourna son visage de quelques centimètres, et ses lèvres effleurèrent les miennes. Ce fut peut-être un accident, mais j'en doute.

—Donc, vous ne partagez pas tout ?

J'écartai mon visage, juste le nécessaire pour ne plus le toucher.

—Non.

—C'est bon à savoir, chuchota-t-il.

Puis il se pencha et pressa sa bouche sur celle de Jean-Claude. J'en fus si surprise que je restai figée un instant, me demandant comment réagir.

Jean-Claude savait exactement quoi faire, lui. Il posa un doigt sur la poitrine de Narcisse et poussa, non avec ses muscles, mais avec son pouvoir. Le pouvoir des marques, celui que nous venions de solidifier tous les trois quelques minutes plus tôt.

Jean-Claude puisa à sa source comme s'il l'avait déjà fait un millier de fois, sans effort, mais avec grâce et autorité.

Narcisse fut écarté de lui par une bourrasque invisible dont je perçus la traction sur mon corps. Et je sus que la plupart des gens dans cette pièce l'avaient sentie eux aussi. Narcisse resta accroupi par terre, regardant d'abord Jean-Claude, puis Richard et moi. Son expression était coléreuse, mais elle trahissait plus de faim inassouvie que de rage.

— Il faut que nous parlions en privé, insista-t-il.

Jean-Claude acquiesça.

— Ce serait préférable.

Dans ce bref échange transparut le poids de quelque chose d'implicite – mais quoi au juste ?

Je sentis la perplexité de Richard faire écho à la mienne. Je tournai la tête vers lui, et ce mouvement rapprocha nos visages au point que nous aurions pu nous embrasser. Son regard me suffit pour deviner que lui non plus ne savait pas de quoi il retournait. Et mon regard dut lui dire que j'avais deviné, car il ne se donna pas la peine de hausser les épaules ni de faire quelque autre geste. Ce n'était pas de la télépathie, même si un observateur extérieur aurait pu le croire. Il s'agissait plutôt d'une empathie poussée à l'extrême, comme si je pouvais lire chaque nuance de son expression, distinguer le plus petit changement sur son visage et en reconnaître la signification.

Richard et Jean-Claude me soutenaient toujours, et c'était étrange de sentir autant de peau nue se toucher – mon dos, la poitrine et le ventre de Richard, le bras de Jean-Claude. Étrange, mais incroyablement bon. Ce contact, cette proximité me semblaient curieusement naturels.

Je sus que Jean-Claude me regardait avant même de tourner la tête vers lui. Son regard, dans lequel j'aurais pu me noyer, contenait tout un monde de non-dits, de questions qu'il n'avait jamais osé poser et qui tremblaient sous la surface – proches, si proches. Parce que, pour une fois, il ne décelait pas dans mes yeux les barrières qui avaient retenu ses mots prisonniers jusqu'ici. Ce devait être le mariage des marques qui m'affectait de la sorte, mais cette nuit-là, je crois qu'il aurait pu me demander n'importe quoi, je ne suis pas sûre que j'aurais été capable de refuser.

Enfin, il lança :

— Voulez-vous bien que nous nous retirions afin de discuter affaires en privé avec Narcisse ?

Sa voix était aussi calme et plaisante que de coutume. Seul son regard trahissait son incertitude, et un besoin si immense qu'il ne savait pas comment le formuler. Nous avions tous attendu si longtemps que je capitule ! Cette expression n'était pas de moi. Ça ressemblait plutôt à du Jean-Claude, mais Richard se pressait lui aussi contre moi, et je ne pouvais pas être sûre de l'origine de cette pensée. Je savais juste qu'elle ne venait pas de moi.

Avant même que nos marques fusionnent, j'avais fait des expériences semblables. Vécu des moments où leurs pensées envahissaient mon esprit et en prenaient possession. Le pire, c'était toujours les images : des flashs cauchemardesques de dents plongeant dans des corps animaux encore chauds, de bouches buvant le sang d'inconnus. C'était cette confusion, cette perte d'identité qui m'avait terrifiée – m'avait poussée à m'enfuir et à chercher un moyen de protéger mon intégrité, de rester moi-même. Mais ce soir, ça ne semblait plus si important. Ce qui était indubitablement un effet de notre union métaphysique. En avoir conscience n'y changeait rien. La nuit s'annonçait dangereuse…

— Ça va, ma petite ? s'inquiéta Jean-Claude. Je me sens beaucoup mieux… débordant d'énergie, même. Et toi, comment te sens-tu ? Toujours malade ?

Je secouai la tête.

— Non, je suis bien.

Le mot était un peu faible. Débordante d'énergie – on pouvait dire ça comme ça. Mais ce n'était pas la seule façon.

Combien de temps faudrait-il pour sauver les léopards-garous d'un nouveau désastre ? La nuit était déjà bien avancée ;

l'aube finirait par se lever, et je voulais me trouver seule avec Jean-Claude et Richard avant le jour. Une secousse me parcourut tout le corps comme je comprenais que cette fois, ça y était. Si nous arrivions à nous isoler et si personne ne venait nous déranger, tout deviendrait brusquement possible.

Jean-Claude et Richard se levèrent, un mouvement empreint de grâce fluide pour le vampire et d'énergie pure pour le loup-garou. Je regardai les deux hommes qui me surplombaient, et soudain, je fus impatiente d'en avoir terminé avec Marco et Cie. Je n'étais plus aussi inquiète pour les léopards que je l'aurais dû, et ça me préoccupait. Ce fichu effet secondaire était en train de me distraire de mes priorités. J'étais venue ici pour sauver mes léopards – et ça faisait déjà un bon moment que je n'avais pas pensé à eux.

Je secouai la tête pour en chasser toutes les idées de sexe et de magie, et aussi pour effacer les possibilités que j'avais lues dans les yeux de Richard. Jean-Claude restait plus en retrait, mais je lui avais appris à se comporter de manière prudente envers moi.

Je leur tendis mes mains. Jusqu'ici, je n'avais jamais réclamé d'aide pour me mettre debout à moins d'avoir quelque chose de cassé ou d'être en train de me vider de mon sang. Ils échangèrent un coup d'œil, puis me tendirent leurs mains avec une synchronicité parfaite, comme des danseurs qui exécutent une chorégraphie et savent à l'avance ce que va faire l'autre.

Ils percevaient mon désir, mais mon désir avait toujours été là. Rien n'avait changé de ce côté. Je pris leurs mains et les laissai me relever. Ils semblaient tous deux hésitants, presque méfiants, comme s'ils s'attendaient que je les repousse tout à coup pour m'enfuir en courant devant cette menace d'intimité. Je ne pus m'empêcher de sourire.

—Si nous parvenons à mettre tout le monde en sécurité avant l'aube, tout sera possible.

Ils échangèrent un nouveau regard. Puis Jean-Claude fit un petit geste du menton, comme pour encourager Richard.

«Vas-y, demande-lui», semblait-il dire. En temps normal, les voir comploter dans mon dos me fout toujours en rogne. Mais ce soir, les choses étaient différentes.

—Veux-tu dire par là…?

Richard n'acheva pas sa phrase.

Je hochai la tête, et sa main serra la mienne plus fort. Celle de Jean-Claude resta étrangement inerte.

—Te rends-tu compte, ma petite, que cette soudaine… (Il hésita.) complaisance est probablement un effet secondaire du mariage de nos marques? Je ne voudrais pas que, plus tard, tu nous accuses d'avoir profité de toi.

—Je sais très bien d'où ça vient, répliquai-je, et je m'en moque.

Je n'aurais pas dû, mais je m'en moquais. J'étais comme saoule, ou droguée, et en avoir conscience n'y changeait rien.

J'étais en train de regarder Jean-Claude, et je le vis relâcher le souffle qu'il avait retenu en attendant ma réponse. Je sentis Richard faire de même. C'était comme si un grand poids venait de s'évanouir de leurs épaules. Et ce grand poids, c'était l'obstination que j'avais mise à me refuser à eux jusqu'ici. Je me jurai de ne plus jamais être un fardeau pour eux.

—Finissons-en et allons chercher les léopards.

Jean-Claude porta ma main à sa bouche et effleura mes jointures de ses lèvres.

—Et dépêchons-nous de quitter cet endroit.

J'acquiesçai.

—Et dépêchons-nous de quitter cet endroit, répétai-je.

CHAPITRE 6

Depuis des années, je me plains de la déco monochrome de Jean-Claude. Mais un coup d'œil à la chambre de Narcisse, et je sus que je devais des excuses à Jean-Claude. Tout était noir dans cette pièce ; je dis bien « tout » : les murs, le plancher de bois, les rideaux fermés, le lit… Seuls les accessoires métalliques faisaient exception à la règle, mais la teinte de l'acier semblait accentuer la noirceur ambiante au lieu de rompre sa monotonie.

Des chaînes pendaient au plafond au-dessus du lit. Celui-ci était immense – conçu pour accueillir non pas une reine ou un roi, mais carrément une orgie princière –, et taillé dans le bois le plus sombre et le plus dense que j'aie jamais vu. D'autres chaînes étaient fixées à chacun de ses quatre montants à l'aide de lourds anneaux. Si ça avait été un rencard, j'aurais tourné les talons et pris mes jambes à mon cou. Mais ce n'était pas un rencard, et nous entrâmes tous à la queue leu leu.

J'ai cru comprendre que les amateurs de BDSM séparent leur chambre et leur donjon. Le second peut se trouver tout près de la première, mais dans une pièce différente. Après tout, il faut bien dormir quelque part. La vie de Narcisse n'était peut-être que jeux et amusement.

Une porte se découpait dans le mur du fond, et les rideaux tirés occupaient le centre d'un autre mur. Le véritable lit du maître des lieux se trouvait peut-être derrière l'un ou l'autre. Du moins, je l'espérais.

L'unique fauteuil était muni de lanières, aussi Narcisse nous désigna-t-il son lit. Seule, je ne crois pas que je me serais assise. Mais Jean-Claude, puis Richard obtempérèrent sans faire de manières. Jean-Claude s'affala sur le couvre-lit noir avec sa grâce habituelle, calant son dos contre les oreillers comme s'il se sentait parfaitement à son aise. Mais ce fut Richard qui me surprit. Je m'attendais à sentir chez lui une gêne qui ferait, au moins partiellement, écho à la mienne. Raté. En fait, réalisai-je pour la première fois de la soirée, ses bracelets de cuir et son collier à pointes étaient munis d'anneaux sur le devant, de sorte qu'on puisse les attacher à un crochet ou à une laisse. Il les avait probablement mis pour mieux se fondre dans la faune du club – comme moi avec mes bottes. Mais… je sentais que cette chambre et son décor ne le perturbaient pas. Contrairement à moi.

J'observai Jean-Claude et Richard. De quelque façon que nous décidions de nous y prendre, j'étais résolu à coucher avec eux avant le lever du jour. Mais en les voyant ainsi vautrés côte à côte, l'air parfaitement détendu sur ce lit qui me filait des frissons, je faillis bien changer d'avis. Et si, même après tout ce temps, je ne me rendais pas compte où je mettais les pieds ? Sachant que les pieds, ce n'était pas le plus grave…

Asher se promenait dans la pièce en observant les choses accrochées aux murs. Je n'arrivais pas à lire en lui aussi facilement qu'en Jean-Claude et Richard, mais lui non plus ne semblait pas perturbé pour un sou, et je ne crois pas qu'il feignait le détachement.

Narcisse était entré, suivi de près par Ajax. Il avait accepté de laisser ses autres gardes dans le couloir ou au rez-de-chaussée, à condition que nous en fassions autant avec nos loups et nos autres vampires. J'imagine que, pour satisfaire à la notion d'intimité, le nombre de personnes présentes dans une même pièce doit avoir moins de deux chiffres.

Richard me tendit la main.

—Tout va bien, Anita. Tant que nous sommes dans cette pièce, rien ne peut te faire de mal sans ta permission, et tu sais bien que tu ne la donneras pas.

Ce n'était pas le commentaire réconfortant que j'espérais entendre, mais je suppose que c'était la vérité. Il fut un temps où je croyais que la vérité était une bonne chose. Mais j'ai fini par comprendre qu'elle n'est ni bonne ni mauvaise : elle est, point. La vie me paraissait beaucoup plus simple quand je voyais le monde en noir et blanc.

Je pris la main de Richard et le laissai m'attirer vers le lit, entre Jean-Claude et lui. D'accord, Narcisse avait déjà manifesté son intérêt pour Jean-Claude ; il était donc normal que nous lui envoyions des signaux pour le maintenir à distance. Mais ça me faisait quand même bizarre que Richard me place entre eux deux plutôt que seulement contre lui. La béatitude cotonneuse induite par le mariage de nos marques se dissipait à une vitesse inquiétante. La magie fait parfois ça.

Je me sentais raide et mal à l'aise sur ce lit noir, entre mes deux hommes.

— Qu'est-ce qui ne va pas, ma petite ? Je te trouve bien tendue, tout à coup.

Je regardai Jean-Claude en haussant les sourcils.

— Suis-je la seule à ne pas aimer cette pièce ?

— Jean-Claude l'aimait beaucoup autrefois, susurra Narcisse.

Je tournai la tête vers la hyène-garou qui avait ôté ses sandales et faisait les cent pas devant nous.

— Que voulez-vous dire ?

Ce fut Jean-Claude qui répondit.

— Une fois, j'ai cédé à des avances non désirées parce qu'on m'avait ordonné de le faire. Mais c'est du passé.

Je le fixai, et il refusa de soutenir mon regard. Il n'avait d'yeux que pour Narcisse qui tournait autour du lit.

— Je ne me souviens pas que tu aies beaucoup protesté, dit Narcisse en s'appuyant contre un des montants.

— J'ai appris depuis longtemps à faire de la nécessité une vertu, répliqua Jean-Claude. Et puis, c'était Nikolaos, l'ancien Maître de la Ville, qui m'avait envoyé à toi. Tu te souviens sûrement d'elle. Tu sais qu'elle ne tolérait aucune désobéissance.

J'avais eu le malheur de rencontrer Nikolaos personnellement. Elle m'avait fichu une trouille terrible.

— Donc, je fus pour toi une obligation déplaisante, dit Narcisse sur un ton coléreux.

Jean-Claude secoua la tête.

— Ton corps est plaisant, Narcisse. En revanche, ce que tu aimes faire à tes amants, s'ils sont capables d'encaisser les dégâts, n'est pas…

Il baissa les yeux comme s'il cherchait le mot juste, puis leva ses prunelles bleu marine vers Narcisse, et je vis l'effet que son regard produisait sur le métamorphe. Narcisse semblait avoir reçu un coup de marteau entre les deux yeux – un marteau charmant et désirable, mais un marteau quand même.

— N'est pas quoi? demanda-t-il d'une voix rauque.

— N'est pas à mon goût, acheva Jean-Claude. Et puis, je n'ai pas dû te satisfaire beaucoup, puisque tu n'as pas accédé au désir de ma maîtresse.

C'est à cause de moi que Nikolaos n'est plus le Maître de Saint Louis. Elle a essayé de me tuer, et j'ai eu de la chance : elle est morte, et moi pas. Du coup, Jean-Claude a pris sa place. Je n'avais pas prévu ça. Dans quelle mesure Jean-Claude l'avait-il prévu? C'est une autre question. Si j'ai moins confiance en lui qu'en Richard, ce n'est pas seulement une histoire de préjugés.

Narcisse posa un genou sur le lit, tenant toujours le montant d'une main.

— Tu m'as énormément satisfait.

Son expression était beaucoup trop intime. Ils auraient dû être seuls pour cette conversation. D'un autre côté, à voir la façon dont Narcisse regardait Jean-Claude, je n'étais pas sûre que ce soit une bonne idée. De Jean-Claude, je ne sentais émaner qu'un désir de ne pas vexer notre hôte. Mais si j'avais pu lire dans les pensées de Narcisse, je ne doute pas que j'y aurais trouvé un désir très différent.

—Nikolaos a cru que j'avais failli à ma tâche. Et elle m'a puni pour ça.

—Je ne pouvais pas m'allier avec elle, pas même pour que tu deviennes mon jouet attitré.

Jean-Claude haussa un sourcil.

—Je ne me souviens pas que ça ait fait partie du marché.

—La première fois que j'ai refusé, elle a augmenté son offre.

Narcisse grimpa sur le lit et y resta à quatre pattes, comme s'il s'attendait que quelqu'un vienne le prendre par-derrière.

—De quelle façon? demanda calmement Jean-Claude.

Narcisse se mit à ramper lentement vers nous, ses genoux se prenant dans l'ourlet de sa jupe au passage.

—Elle a proposé de te céder à moi, afin que je fasse de toi ce que je désirerais pour toute l'éternité.

Un frisson horrifié me parcourut des pieds à la tête. Je mis une seconde à me rendre compte qu'il ne venait pas de moi.

Richard et moi nous tournâmes tous deux vers Jean-Claude. Son visage ne trahissait rien. Il arborait toujours son habituel masque de politesse détachée. Mais nous sentions tous deux la terreur glaciale et hurlante dans son esprit alors qu'il comprenait qu'il était passé à un cheveu de devenir l'«invité» permanent de Narcisse.

Cette idée le remplissait d'un effroi beaucoup plus large que le métamorphe. Des images et des sensations défilèrent dans mon esprit. Enchaînée à plat ventre sur du bois rugueux; le claquement d'un fouet, le choc de sa morsure dans ma chair, la certitude que ce n'est que le premier coup... La vague de désespoir qui accompagnait ce souvenir me laissa au bord des larmes. Je me vis confusément attachée à un mur tandis qu'une main putride et verdâtre caressait mon corps. Puis les images et les sensations s'interrompirent brusquement, comme si quelqu'un avait actionné un interrupteur.

Mais le corps qu'avait palpé la main était celui d'un homme. Ces souvenirs appartenaient à Jean-Claude, pas à moi. Il les avait projetés dans mon esprit, et dès qu'il s'en était rendu compte, il avait stoppé leur flot.

Je lui jetai un coup d'œil horrifié. Le rideau de mes cheveux dissimulait mon visage à Narcisse, et je m'en réjouis car je n'aurais pas pu feindre l'indifférence après ce que je venais de voir. Jean-Claude ne me regarda pas ; il continua à fixer Narcisse. J'essayais de ne pas pleurer, et lui, il restait aussi impassible qu'une statue.

Il ne s'était pas remémoré les sévices subis des mains de Narcisse, mais d'innombrables autres abus. Ce qui subsistait en moi, ce n'était pas tant la douleur que le désespoir – l'idée qu'à l'époque, mon… non, son corps ne lui appartenait pas.

Jean-Claude ne s'est jamais prostitué ; ou plutôt, il n'a jamais échangé ses faveurs sexuelles contre de l'argent. Mais pendant des siècles, il les a échangées contre du pouvoir, contre les caprices de son maître du moment et, bizarrement, contre une protection. Je le savais depuis un moment, mais j'avais toujours pensé que c'était lui qui avait séduit ses partenaires. Or, ce que je venais de voir n'avait aucun rapport avec une quelconque séduction.

Un petit son s'échappa de la gorge de Richard. Je me tournai vers lui. Des larmes retenues brillaient dans ses yeux, et il avait la même expression horrifiée que celle que j'affichais probablement. Nous nous regardâmes un long moment, comme pétrifiés. Puis une larme coula le long de sa joue au moment même où je sentis un liquide chaud inonder les miennes. Il me tendit une main, et je la pris. Ensemble, nous nous tournâmes vers Jean-Claude.

Celui-ci continuait à regarder notre hôte – et à parler avec lui, même si je n'avais rien entendu de leur conversation. Narcisse avait rampé à travers l'immense lit et s'était immobilisé assez près pour nous toucher tous. À ceci près qu'il ne voulait toucher qu'un seul d'entre nous.

—Mon doux Jean-Claude, je croyais t'avoir oublié. Mais tout à l'heure, en te voyant par terre avec ces deux-là, je me suis souvenu.

Il tendit une main vers Jean-Claude, et Richard lui saisit le poignet.

— Ne le touchez pas. Ne le touchez plus jamais.

Le regard de Narcisse fit la navette entre Jean-Claude et Richard avant de s'arrêter sur le premier.

— Tant de possessivité! Ce doit être le grand amour.

Dans cette scène, je n'avais qu'un strapontin. Je regardai saillir les muscles du bras de Richard alors qu'il serrait ce poignet fragile un peu plus fort.

Narcisse éclata de rire.

— Tant de force, tant de passion, dit-il d'une voix qui tremblait – mais pas de douleur. Me casserait-il le poignet pour me punir d'avoir simplement touché tes cheveux?

Alors, je compris que ce qui vibrait dans sa voix, c'était de l'amusement… et de l'excitation. Il aimait que Richard le touche, le menace et lui fasse mal.

Je sentis que Richard le comprenait, lui aussi. Pourtant, il ne le lâcha pas. Au contraire, il tira sur son bras d'un coup sec, et Narcisse s'affaissa contre lui avec une petite exclamation de surprise. De sa main libre, Richard le saisit à la gorge. Il ne serra pas: simplement, il posa sa grande main bronzée sur la peau pâle de Narcisse.

Ajax s'écarta du mur, et Asher se porta à sa rencontre. Les choses pouvaient dégénérer très rapidement. D'habitude, c'est moi qui pète les plombs et qui aggrave notre cas – pas Richard.

Narcisse dut sentir plus qu'il vit le mouvement, car il tournait le dos au reste de la pièce.

— Tout va bien, Ajax, lança-t-il. Tout va bien. Richard ne me fait pas mal.

Alors, Richard fit quelque chose qui étrangla le souffle de Narcisse dans sa gorge et lui arracha un hoquet.

— Vous pouvez me broyer le poignet si ce sont des préliminaires. Mais dans le cas contraire, mes gens vous tueront tous jusqu'au dernier.

Les paroles de Narcisse étaient sensées ; son ton ne l'était pas. J'entendais la douleur dans sa voix, mais aussi une impatience avide. Quelle que puisse être la réaction de Richard, il s'en délectait d'avance.

— Ne lui fournis pas de prétexte pour nous tenir à sa merci, mon ami, intervint Jean-Claude. Ce soir, nous sommes sur son territoire. Nous lui devons la courtoisie élémentaire de tout invité envers son hôte, tant que celui-ci n'a rien fait pour être déchu de ses droits.

Je ne situais pas précisément les devoirs d'un invité envers son hôte, mais j'étais à peu près sûre qu'ils n'incluaient pas le fait de lui casser un ou plusieurs os. Je touchai l'épaule de Richard, et il sursauta. Narcisse émit un petit bruit de protestation, comme si la poigne sur sa gorge s'était involontairement resserrée.

— Jean-Claude a raison, Richard.

— Anita t'exhorte à la tempérance, Richard, et c'est l'une des personnes les moins tempérées que j'aie jamais connues. (Jean-Claude se rapprocha et posa sa main sur l'autre épaule de Richard.) Et puis, mon ami, blesser cet homme n'effacera pas le mal qui a déjà été fait. Ça n'empêchera pas une seule goutte de sang d'avoir coulé, une seule livre de chair d'avoir été prélevée, une seule humiliation d'avoir été subie. C'est du passé. Les souvenirs n'ont pas le pouvoir de nous faire du mal.

Pour la première fois, je me demandai si Richard et moi avions capté les mêmes choses dans ce flot de mémoire partagée. Ce que j'avais vu était horrible, mais de toute évidence, ça ne m'avait pas affectée autant que lui. Peut-être parce que Richard est un homme. En tant que mâle blanc anglo-saxon d'une classe moyenne supérieure, il réagit forcément plus violemment que moi à des images de sévices sexuels. Moi, je suis une femme ; j'ai toujours su que ce genre de chose pouvait m'arriver. Peut-être n'avait-il jamais pensé que ça pourrait lui arriver, à lui.

Richard parla d'une voix très basse, pareille à un grondement, comme si sa bête était tapie à l'intérieur de sa gorge.

— Ne le touchez plus jamais, Narcisse, ou je finis ce que j'ai commencé.

Puis, lentement, prudemment, il retira ses mains.

Je m'attendais que Narcisse batte en retraite, serrant son poignet contre lui. Mais je l'avais sous-estimé – ou surestimé, peut-être. S'il serra bien son poignet contre lui, en revanche, il demeura collé à Richard.

— Vous m'avez déchiré des ligaments. C'est plus long à guérir que les os.

— Je sais, dit doucement Richard.

La colère contenue dans ces deux mots me fit frémir.

— D'une simple pensée, je peux ordonner à mes hommes de laisser ses léopards-garous à la merci de leurs geôliers.

Richard jeta un coup d'œil à Jean-Claude, qui acquiesça.

— Narcisse peut communiquer télépathiquement avec ses… hommes.

Richard posa ses mains sur les épaules de Narcisse, pour le repousser me sembla-t-il, mais notre hôte lâcha :

— En me blessant contre ma volonté, vous avez révoqué votre sauf-conduit.

Richard se figea, et je vis la tension dans son dos, je perçus sa soudaine hésitation.

— Qu'est-ce que ça signifie ? demandai-je… à qui, j'aurais été bien en peine de vous le dire.

— Narcisse dispose d'une petite armée de hyènes-garous qui monte la garde à l'intérieur du club et des bâtiments voisins, expliqua Jean-Claude.

— Si les hyènes-garous sont si puissantes, pourquoi ne parle-t-on jamais d'elles en même temps que des loups et des rats ?

— Parce que Narcisse préfère être le pouvoir derrière le trône, ma petite. Ainsi, les autres métamorphes cherchent constamment à acheter ses faveurs avec des cadeaux.

— Comme Nikolaos quand elle s'est servie de vous.

Il acquiesça.

Je jetai un coup d'œil à Richard.

—Quel genre de cadeaux lui as-tu fait jusqu'ici ?

Richard s'écarta de Narcisse.

—Aucun.

Serrant toujours son poignet blessé contre sa poitrine, Narcisse se tourna vers lui.

—À partir de maintenant, ça va changer.

—Je ne crois pas, répliqua Richard.

—Marcus et Raina avaient conclu un accord avec moi. Les rats et eux avaient décrété que mes hyènes ne devaient jamais dépasser le nombre de cinquante. Pour me persuader, ils utilisaient des cadeaux, pas des menaces.

—La menace a toujours été sous-jacente. La guerre entre les rats et nous d'un côté, et vous de l'autre. Vous auriez forcément perdu.

Narcisse haussa les épaules.

—Peut-être, mais ne vous êtes-vous jamais demandé ce que je fabriquais depuis la mort de Marcus et votre accession au pouvoir ? J'attendais que les cadeaux arrivent. Au lieu de ça, ils ont complètement cessé – y compris ceux que je tenais pour acquis. (Il me regarda.) Certains de ces cadeaux devaient venir de vous, Nimir-ra.

Je dus avoir l'air aussi perplexe que je me sentais, car Jean-Claude précisa :

—Les léopards-garous.

—Oui, confirma Narcisse. Gabriel, leur ancien alpha, était un de mes amis les plus chers.

Étant donné que j'avais tué Gabriel, je n'aimais pas le tour que prenait cette conversation.

—Vous voulez dire que Gabriel vous donnait certains de ses léopards ?

Le sourire de Narcisse me fit frissonner.

—Tous les membres du pard ont été confiés à mes soins un certain temps, à l'exception de Nathaniel. (Son sourire s'estompa.) J'ai supposé que Gabriel le gardait pour lui parce que c'était son favori, mais à présent que tu m'as révélé son problème, je comprends de quoi il retournait vraiment. (À genoux, il se pencha vers moi.) Gabriel avait peur de me donner Nathaniel, peur de ce que nous pourrions faire ensemble.

Je déglutis.

— Vous avez bien maîtrisé votre réaction quand je vous en ai parlé.

— Je suis un menteur accompli, Anita. Dans votre propre intérêt, ne l'oubliez pas. (Il leva les yeux vers Richard.) Combien de temps s'est écoulé depuis la mort de Marcus, un peu plus d'un an ? Quand les cadeaux ont cessé, j'ai supposé que le pacte était rompu.

— Que voulez-vous dire ? demanda Richard.

— Qu'à présent, il y a quatre cents hyènes-garous à Saint Louis : certaines nouvellement transformées, d'autres recrutées hors de l'État. Aujourd'hui, nous pouvons rivaliser avec les loups et les rats. Vous allez devoir négocier avec nous d'égal à égal plutôt qu'en nous traitant comme des inférieurs.

— Que… ?

— Venons-en au fait, coupa Jean-Claude.

Je perçus la peur derrière le calme de sa voix – et Richard aussi. On ne demande pas à un sadique ce qu'il veut : on lui offre ce dont on est prêt à se séparer.

Narcisse dévisagea Richard.

— Vos loups sont-ils aussi ceux de Jean-Claude désormais ? Allez-vous partager votre pouvoir ? lança-t-il sur un ton moqueur.

— Je suis l'Ulfric de la meute. C'est moi qui fixerai les termes de notre accord, et personne d'autre.

Mais Richard s'était exprimé avec prudence. Il avait repris le contrôle de lui-même. Je ne l'avais jamais vu réagir ainsi, et je n'étais pas sûre d'apprécier ce changement. Il réagissait comme je l'aurais fait à sa place.

En y réfléchissant, je commençai à me poser des questions. J'avais hérité d'un peu de la bête de Richard, d'un peu de la faim de Jean-Claude… Et eux, qu'avaient-ils hérité de moi ?

— Vous savez ce que je veux, répondit Narcisse.

— Tu serais bien avisé de ne pas le réclamer, riposta Jean-Claude.

— Si je ne peux pas t'avoir, toi, vous regarder faire l'amour tous les trois sur mon lit suffira peut-être à laver l'affront que vous venez de m'infliger.

Richard et moi nous exclamâmes ensemble :

— Non !

Narcisse nous dévisagea avec quelque chose de déplaisant dans le regard.

— Alors, donnez-moi Nathaniel.

— Non, dis-je.

— Juste pour un soir.

— Non.

— Juste pour une heure.

Je secouai la tête.

— Un des autres léopards ?

— Je ne vous donnerai aucun membre de mon pard.

Narcisse se tourna vers Richard.

— Et vous, Ulfric, me donneriez-vous un de vos loups ?

— Vous savez bien que non.

— Dans ce cas, qu'avez-vous à m'offrir, Ulfric ?

— Demandez-moi quelque chose que je suis prêt à vous donner.

Narcisse sourit, et j'eus l'impression qu'Ajax et Asher se tournaient autour en sentant monter la tension dans la pièce.

— Je veux participer aux réunions de direction de la communauté métamorphe de cette ville.

Richard acquiesça.

— D'accord. Rafael et moi pensions que vous ne vous intéressiez pas à la politique, sans ça, nous vous l'aurions déjà proposé.

— Le roi des rats ne connaît pas mes aspirations, pas plus que les loups.

Richard se leva.

— Anita doit rejoindre les siens.

Narcisse sourit et secoua la tête.

—Oh non, Ulfric, ce n'est pas si facile.

Richard se rembrunit.

—Vous participerez aux prises de décision. C'est ce que vous vouliez.

—Mais je veux aussi des cadeaux.

—Les loups et les rats n'échangent pas de cadeaux entre eux. Si vous voulez devenir notre allié, nous ne vous en offrirons pas non plus – excepté notre aide quand vous en aurez besoin.

Narcisse secoua de nouveau la tête.

—Vous vous méprenez, Ulfric. Je ne veux pas être votre allié, me retrouver impliqué dans des querelles entre animaux qui ne me concernent pas. Non, je veux juste participer aux réunions qui fixent les règles, sans pour autant m'engager à quoi que ce soit.

—Alors, que demandez-vous de plus?

—Des cadeaux.

—Vous voulez dire, des pots-de-vin?

Narcisse haussa les épaules.

—Appelez ça comme vous voudrez.

—Non, dit fermement Richard.

Je sentis Jean-Claude se tendre.

—Mon ami…

—Non, répéta Richard en se tournant vers lui. Même s'il pouvait nous tuer tous, ce dont je doute, mes loups et vos vampires lui tomberaient dessus. Ils démonteraient ce club brique par brique. Il ne prendra pas ce risque. Narcisse est un chef prudent. Je l'ai compris en le voyant négocier avec Marcus. Il place sa sécurité et son confort au-dessus de tout le reste.

—Le confort et la sécurité de mon peuple par-dessus tout le reste, rectifia Narcisse. (Il me regarda.) Et vous, Nimir-ra? Si je faisais massacrer vos chatons, croyez-vous que les loups et les vampires lèveraient le petit doigt pour les venger?

—Vous oubliez, Narcisse, qu'elle est aussi ma lupa, ma partenaire. Les loups défendront qui elle leur dira de défendre.

—C'est vrai : la lupa humaine, la reine des léopards humaine. Mais elle n'est pas réellement humaine, n'est-ce pas ?

Je soutins le regard de Narcisse.

—Je dois aller chercher mes léopards. Merci pour votre hospitalité.

Je me levai du même côté que Richard.

Narcisse reporta son attention sur Jean-Claude, qui se prélassait toujours sur le lit.

—Se comportent-ils toujours comme des enfants ?

Jean-Claude haussa gracieusement les épaules.

—Ils ne sont pas comme nous, Narcisse. Ils croient encore au bien et au mal. Et aux règles.

—Alors, laisse-moi leur en enseigner une nouvelle.

Toujours agenouillé sur le lit, toujours vêtu de sa robe en dentelle noire, Narcisse leva les yeux vers nous. Soudain, son pouvoir jaillit de lui sous forme de lances de chaleur. Il me percuta comme une main géante et me fit tituber. Richard voulut me retenir, et à l'instant où nos peaux se touchèrent, sa bête bondit entre nous.

Tel un flot tiède, elle s'engouffra en moi, hérissant tous mes poils et me faisant frissonner sur son passage. Richard frémit, et je sentis son souffle, notre souffle, s'étrangler. Ce pouvoir surnaturel était lové entre nous, et pour la première fois, je pris conscience qu'il venait de nous deux. J'avais cru que la bête en moi était un simple écho de celle de Richard, mais je m'étais trompée. Elle était bien plus que ça.

Peut-être en aurait-il été autrement si je n'étais pas restée loin de lui aussi longtemps. Mais à présent, le pouvoir qui avait jadis été sien m'appartenait. Le flot de tiédeur se répandit entre nous telles deux rivières convergeant pour former un fleuve, un fleuve brûlant qui se déversa sur moi – si chaud que je crus que ma peau allait tomber en lambeaux, révélant la bête en dessous.

—Si elle se transforme, mes hommes auront le droit de se joindre au combat.

La voix de Narcisse me choqua. J'avais oublié qu'il était là, oublié tout ce qui n'était pas le pouvoir bouillant qui coulait entre Richard et moi. Le visage de Narcisse commença à s'allonger. J'eus l'impression de voir des bâtons remuer sous de la glaise molle.

Richard passa une main devant mon corps, caressant le pouvoir que j'irradiais. Son visage trahissait un doux émerveillement.

— Elle ne se transformera pas, affirma-t-il. Vous avez ma parole.

— Ça me suffit. Vous tenez toujours parole. Je suis peut-être un sadique et un masochiste, mais je reste l'Oba de ce clan. (La voix de Narcisse était devenue un étrange grognement aigu.) Vous m'avez insulté, et à travers moi, tout ce qui est mien.

Des griffes glissèrent hors de ses doigts délicats, et il leva des pattes menaçantes qui ne ressemblaient plus du tout à des mains.

Jean-Claude nous rejoignit.

— Viens, ma petite, laisse-leur la place de manœuvrer.

Il me toucha la main, et ce pouvoir bouillant se déversa de mon corps dans le sien. Il tomba à genoux sans me lâcher, comme si la chaleur avait fait fusionner nos deux mains.

Je m'agenouillai près de lui, et il leva vers moi son regard de noyé aux pupilles englouties par le pouvoir... Un pouvoir qui, pour une fois, n'était pas le sien. Il ouvrit la bouche pour parler, mais aucun son n'en sortit. Il me regarda fixement. À en juger son expression, il se sentait complètement désorienté, submergé.

— Qu'est-ce qui ne va pas ? lança Asher, toujours planté face à Ajax de l'autre côté de la pièce.

— Je n'en suis pas certaine, répondis-je.

— Il a l'air de souffrir, constata Narcisse.

Je lui jetai un coup d'œil. À l'exception de son visage et de ses mains, il était toujours sous sa forme humaine. Les alphas vraiment puissants sont capables de ne se métamorphoser qu'en partie.

— Le pouvoir l'éclabousse, dit Richard d'une voix au bord du grondement.

Le collier de cuir dissimulait sa gorge, mais je savais que si je pouvais la voir, la peau à cet endroit serait lisse et parfaite. Richard peut gronder comme un chien sans modifier son apparence d'un poil.

— Mais c'est un vampire, protesta Narcisse. Le pouvoir des loups devrait lui être fermé.

— Le loup est son animal, celui qu'il peut appeler, expliqua Richard.

Je scrutai le visage de Jean-Claude dont quelques centimètres à peine me séparaient. Je le regardai se débattre au milieu du torrent bouillant et compris pourquoi il ne parvenait pas à surnager. Ce pouvoir était une énergie primaire, le pouls de la terre sous nos pieds, le souffle du vent dans les arbres, la manifestation de la vie. Et même s'il marchait, parlait et flirtait, Jean-Claude n'était plus vivant depuis des siècles.

Richard s'agenouilla près de nous, et Jean-Claude laissa échapper un faible gémissement en s'effondrant à demi contre moi.

— Jean-Claude !

Richard le fit rouler dans ses bras, et la colonne vertébrale de Jean-Claude s'arqua tandis que son souffle se changeait en hoquets haletants.

Narcisse nous surplombait sur le lit.

— C'est quoi, son problème ?

— Je n'en sais rien, répondit Richard.

Je posai une main sur la gorge de Jean-Claude. Son pouls n'était pas juste rapide, mais frénétique comme une créature emprisonnée. Je tentai d'utiliser ma capacité de perception des vampires et ne sentis que la chaleur de la bête. Il ne restait rien de froid ni de mort dans le cercle de nos bras.

— Pose-le par terre, Richard.

Richard me dévisagea.

— Fais-le !

Il allongea prudemment Jean-Claude sur le sol, une main toujours posée sur son épaule.

— Écarte-toi de lui.

Je fis également ce que j'exigeais de Richard : je me levai et contournai le vampire, repoussant Richard avec mon corps pour faire de la place autour de Jean-Claude.

Narcisse s'était transformé de nouveau en l'homme gracieux que nous avions rencontré au rez-de-chaussée. Il s'était levé sans que j'aie besoin de le lui dire, mais avait contourné le lit de manière à pouvoir observer la suite.

Jean-Claude bascula lentement sur le côté et bougea la tête pour nous regarder. Il s'humecta les lèvres et dut s'y reprendre à deux fois pour articuler :

— Que m'avez-vous fait ?

Richard et moi étions toujours enveloppés par ce cocon de chaleur. Ses mains caressèrent mes bras, et je frissonnai contre lui. Il m'enlaça étroitement. Plus nos corps se touchaient, plus la température montait autour de nous. Je crus que l'air allait se mettre à onduler comme au-dessus du bitume par un jour de canicule estivale.

— Nous avons partagé le pouvoir de Richard avec vous, répondis-je.

— Non, contra Jean-Claude. (S'appuyant sur ses bras, il se redressa lentement en position assise.) Pas juste celui de Richard, mais le tien, ma petite – le tien. Richard et moi avons déjà partagé beaucoup de choses, et jamais ça ne m'a mis dans cet état. Tu es le pont entre les deux mondes.

— Elle relie la vie et la mort, lança Asher.

Jean-Claude sursauta et leva les yeux vers lui.

— Exactement.

— Je savais que Marcus et Raina pouvaient partager leur pouvoir, leurs bêtes, mais Anita n'est pas une louve, fit remarquer Narcisse. Vous ne devriez pas pouvoir partager vos bêtes, entre loup et léopard.

— Je ne suis pas non plus un léopard, affirmai-je.

— Il me semble que la dame proteste trop, grimaça Narcisse.

— Ou entre garou et vampire, rectifia Asher.

Je le regardai durement.

— Ne commence pas.

Il me sourit.

— Je sais que tu n'es pas vraiment une métamorphe, mais ta… magie t'a transformée à cause de l'addiction de Richard. Il y a quelque chose en toi qui, si je ne te connaissais pas aussi bien, me ferait dire que tu es l'une d'entre eux.

— D'après Richard, le loup est l'animal de Jean-Claude, rappela Narcisse.

— Ça n'explique pas ce qui vient de se passer.

Asher s'agenouilla près de Jean-Claude et tendit la main vers lui. Jean-Claude lui saisit le poignet avant qu'il puisse lui toucher le visage, et Asher eut un mouvement de recul.

— Tu es chaud. Pas juste tiède : chaud.

— C'est comme la vague après que nous nous sommes nourris, mais en plus… plus vivant. (Jean-Claude leva la tête vers nous ; ses yeux étaient toujours entièrement bleus.) Va sauver tes léopards, ma petite, afin que nous puissions nous retirer avant l'aube. Je veux savoir jusqu'à quel degré de chaleur… (Il prit une grande inspiration, et je sus qu'il respirait notre odeur.)… peut monter ce pouvoir.

— Tout cela est très impressionnant, concéda Narcisse, mais je veux ma livre de chair.

— Vous commencez à me gonfler, dis-je.

Il sourit.

— Possible, mais j'ai quand même le droit de demander réparation pour l'insulte que j'ai subie.

Je jetai un coup d'œil à Richard, qui acquiesça. Je soupirai.

— D'habitude, c'est moi qui nous fourre dans ce genre de pétrin, fis-je remarquer.

— Nous ne sommes pas encore dans le pétrin, répliqua Richard. Narcisse fait dans le théâtral. Pourquoi crois-tu que je ne me suis pas transformé ?

Il regarda l'homme fluet en robe de dentelle noire. Celui-ci sourit.

— Et moi qui croyais que vous n'étiez qu'un pot de fleurs musclé derrière Marcus.

— Vous ne vous battrez pas à moins de n'avoir aucune autre solution. Alors, fini de jouer !

Dans la voix de Richard, j'entendis une froideur, une fermeté qui n'admettait aucune réplique. Et de nouveau, je songeai que ça me ressemblait plus qu'à lui. Les derniers mois avaient dû être vraiment difficiles pour lui et ses loups.

Il existe peu de chose capable de vous endurcir aussi vite. Le décès d'un ou plusieurs proches, bosser dans la police, ou participer à un combat qui fait des victimes. Dans le civil, Richard est prof de biologie ; on pouvait donc écarter la deuxième hypothèse. Si un de ses parents était mort, quelqu'un l'aurait mentionné. Ce qui ne laissait que la troisième solution. Combien de prétendants au poste d'Ulfric avait-il dû affronter ? Combien en avait-il tués ? Et lesquels ?

Je secouai la tête pour chasser ces pensées de mon esprit. Un seul problème à la fois.

— Narcisse, vous ne pouvez pas avoir un de nous trois, ni aucun de nos gens. Et vous n'allez pas déclencher une guerre parce que nous vous avons refusé cette compensation. Alors, quel argument vous reste-t-il ?

— Je peux faire sortir mes hommes de la pièce dans laquelle se trouvent vos félins, Anita. J'en suis capable.

Narcisse vint se planter devant moi, dos à l'un des montants du lit, jouant d'une main avec les chaînes qui y étaient attachées.

— Les… personnes qui les retiennent prisonniers ne sont pas terriblement créatives, mais elles sont assez douées pour infliger de la douleur brute.

Il me fixa de ses yeux redevenus humains.

— Que voulez-vous, Narcisse ? demanda Richard.

Narcisse s'enroula une chaîne autour du poignet, plusieurs fois.

— Quelque chose de précieux, Richard. Quelque chose de précieux.

— Vous voulez seulement quelqu'un à dominer, ou vous avez envie qu'on vous domine ? interrogea Asher.

Narcisse lui jeta un coup d'œil.

— Pourquoi cette question ?

— Réponds sincèrement, dit Jean-Claude. Tu verras : ça en vaudra peut-être la peine.

Le regard de Narcisse fit la navette entre les deux vampires et s'arrêta sur Asher dans sa tenue de cuir brun.

— Je préfère dominer, mais avec la bonne personne, je peux m'autoriser à jouer les soumis.

Asher se dirigea vers nous en faisant onduler son grand corps mince.

— Je vais vous dominer.

— Tu n'es pas obligé de faire ça, protesta Jean-Claude.

— Ne le fais pas, Asher, renchéris-je.

— On trouvera un autre moyen, ajouta Richard.

Asher nous fixa de ses yeux bleus si pâles.

— Je croyais que ça te ferait plaisir, Jean-Claude. J'accepte enfin de prendre un amant : n'est-ce pas ce que tu désirais ?

Sa voix était mesurée, mais son amertume moqueuse transparaissait quand même.

— Je t'ai offert presque tous ceux que je gouverne, et tu les as repoussés systématiquement. Pourquoi lui ? Pourquoi maintenant ?

Jean-Claude se dressa sur ses genoux, et je lui tendis ma main pour l'aider à se relever – même si je n'étais pas certaine que ce soit une bonne idée.

Il observa ma main tendue.

— Si vous pensez que ça ne craint rien, dis-je.

Il enveloppa mes doigts avec les siens. Tel un torrent brûlant, le pouvoir s'engouffra dans sa main et dévala son bras. Je le sentis percuter son cœur. Jean-Claude ferma les yeux, vacilla un instant puis me fixa calmement.

— La première fois, je me suis laissé surprendre.

Il fit mine de se relever. Richard se plaça de l'autre côté de lui afin que nous le soutenions entre nous.

—J'ignore si c'est bon pour vous ou pas.

—Tu me remplis de vie, ma petite. Richard aussi. Comment cela pourrait-il être mauvais ?

Je me gardai bien de poser la question qui me brûlait les lèvres. S'il était possible d'insuffler la vie à des morts, serait-il judicieux de le faire ? Qu'adviendrait-il de ces morts-vivants ?

Niveau magie, une grande partie de ce que nous faisions tous les trois n'avait jamais été fait auparavant – ou une seule fois. Malheureusement, nous avions dû éliminer l'autre triumvirat composé d'un vampire, d'un métamorphe et d'un nécromancien. Nous n'avions pas eu le choix, puisqu'ils nous avaient attaqués les premiers ; néanmoins, eux seuls auraient pu répondre à certaines de nos questions. À présent, nous tâtonnions dans le noir en espérant ne pas nous blesser les uns les autres.

—Regarde-toi, Jean-Claude. Entre eux, tu ressembles à une bougie à deux mèches. Si tu continues comme ça, tu te consumeras entièrement, dit Asher.

—C'est mon problème.

—Oui, et ce que je fais est le mien. Tu demandes : « Pourquoi lui ? Pourquoi maintenant ? » D'abord, tu as besoin de moi. Lequel de vous trois serait prêt à faire ça ? (Asher contourna Narcisse comme s'il n'était pas là, le regard rivé sur Jean-Claude – sur nous.) Oh, je sais que tu pourrais le dominer. Tu peux le faire quand tu y es obligé, et changer une nécessité en vertu. Mais tu as été son soumis, et rien d'autre ne le satisfera à présent.

Il se tenait si près de nous que notre énergie s'écrasa sur lui telle une lame de fond brûlante. Le choc expulsa l'air de ses poumons en un soupir tremblant.

—Mon Dieu !

Il recula jusqu'à ce que ses jambes touchent le lit et se laissa tomber assis sur les draps noirs. Ses vêtements de cuir brun n'allaient pas aussi bien avec le décor que les nôtres.

— Tant de pouvoir, et aucun d'entre vous n'est prêt à payer le prix de l'accès de colère de Richard. Mais moi, oui.

— Tu connais ma règle, Asher : je ne demande jamais aux autres ce que je refuse de faire moi-même, dis-je.

Il me dévisagea avec curiosité.

— Tu te portes volontaire ?

Je secouai la tête.

— Non. Mais tu n'es pas obligé de faire ça. On trouvera un autre moyen.

— Et si j'en ai envie ?

Je le regardai une seconde et haussai les épaules.

— Je ne sais pas quoi répondre à ça.

— Ça te perturbe que je puisse en avoir envie, pas vrai ?

Son regard était intense.

— Oui.

Il tourna ce regard intense vers Jean-Claude.

— Ça le perturbe aussi. Il se demande si je suis vraiment brisé, s'il ne me reste que la douleur.

— Une fois, tu m'as dit que tout fonctionnait encore. Que tu étais plein de cicatrices mais… en état de marche.

Asher cligna des yeux.

— Ah bon ? Il est vrai qu'un homme répugne à admettre ce genre de choses à une jolie femme. Ou à un homme séduisant. (Il nous fixait tous les trois, mais la seule personne qu'il regardait vraiment, c'était Jean-Claude.) Je paierai le prix de la petite démonstration de force du séduisant monsieur Zeeman. Mais je ne recevrai pas le fouet. Pas cette fois.

Les mots « plus jamais » restèrent lourdement suspendus dans l'air, même s'il ne les avait pas prononcés. Asher a passé deux siècles à la merci des gens qui ont donné à Jean-Claude les souvenirs que Richard et moi venions d'entrevoir. Deux siècles à subir ce genre de sévices. Quand j'ai rencontré Asher, il lui arrivait d'être cruel. Je pensais que nous l'avions guéri de ce penchant. Mais son regard en cet instant m'apprit que je m'étais trompée.

—Et tu sais le meilleur dans tout ça ? lança Asher.

Jean-Claude secoua la tête en silence.

—Ça te fera souffrir de me savoir avec Narcisse. Et même quand nous en aurons terminé, il ne répondra pas à la question dont tu souhaites si désespérément connaître la réponse.

Jean-Claude se raidit, et sa main se crispa sur la mienne. Je le sentis dresser brutalement son propre bouclier pour nous empêcher de partager ce qu'il pensait et ressentait en cet instant. Le pouvoir tiède qui bouillonnait entre nous commença à se dissiper. Jean-Claude s'était intégré à notre circuit, et à présent, il nous éteignait tous – même s'il ne le faisait pas exprès, à mon avis. Il ne pouvait simplement pas faire autrement s'il voulait se protéger.

—Comment peux-tu être si sûr qu'il ne dira rien ? demanda-t-il avec sa voix habituelle, raffinée mais à la limite de l'ennui.

—Je contrôle ce que je fais. Je ne lui donnerai pas la réponse.

—Quelle réponse ? intervins-je. De quoi parlez-vous ?

Les deux vampires se regardèrent fixement.

—Demande à Jean-Claude, dit Asher.

Je regardai Jean-Claude, mais il regardait Asher. D'une certaine façon, moi et les autres personnes présentes dans la pièce étions superflues, spectatrices d'une scène qui n'avait pas besoin de public.

—Je te trouve mesquin, Asher, dit Richard.

Le regard du vampire se tourna vers le métamorphe, et la colère que contenaient ses yeux fit déborder le bleu sur ses pupilles telle une pellicule de givre scintillant, lui donnant l'air aveugle.

—N'ai-je pas gagné le droit d'être mesquin, Richard ?

Richard secoua la tête.

—Dis-lui la vérité une bonne fois pour toutes.

—Il a en son pouvoir trois personnes pour lesquelles je me déshabillerais, trois personnes que j'autoriserais à me toucher et qui pourraient répondre à cette fameuse question.

Asher se leva d'un mouvement gracieux, telle une marionnette liquide dont on a actionné les fils. Il se rapprocha suffisamment pour que le pouvoir se déverse sur lui et le fasse soupirer. Le pouvoir le reconnut et flamboya plus fort, comme si Asher pouvait devenir notre troisième. Notre triumvirat avait-il simplement besoin d'un vampire, et pas spécifiquement de Jean-Claude ? Richard éteignit son côté du pouvoir, abattant autour de lui un bouclier inflexible et impénétrable qui me fit penser à du métal.

Asher caressa l'air au-dessus du bras de Richard et dut reculer en se frottant les bras.

— Le pouvoir s'estompe. (Il s'ébroua tel un chien qui sort de l'eau.) Il suffirait que tu dises « oui » pour mettre fin à ses tourments.

Je fronçai les sourcils. Je n'arrivais pas à suivre la conversation, et je n'étais pas certaine de le vouloir.

Asher tourna vers moi ses yeux pâles de noyé.

— Toi, ou notre douce Anita. (Il secoua la tête.) Mais non, je ne suis pas assez stupide pour demander. Ça m'amuse de choquer un hétéro avec mes avances. Anita n'est pas si facile à provoquer. (Il vint se planter face à Jean-Claude.) Et évidemment, s'il voulait la réponse à ce point, il pourrait venir la chercher lui-même.

Jean-Claude affichait son expression la plus arrogante – la plus masquée.

— Tu sais très bien pourquoi je ne le fais pas.

Asher recula jusqu'à moi.

— Il refuse de partager mon lit, me dit-il, parce qu'il craint que tu le… quel est le mot dans votre langue, déjà ? Que tu le plaques si tu apprenais qu'il couche avec un homme. Le ferais-tu ?

Je dus déglutir avant de pouvoir articuler :

— Oui.

Asher sourit – pas comme s'il était satisfait, mais comme s'il s'était attendu à cette réponse.

— Dans ce cas, je prendrai mon plaisir avec Narcisse ici présent, et Jean-Claude ne saura pas si je le fais parce que je suis devenu amateur de ce genre de distractions, ou parce qu'il ne reste pas d'autre plaisir à ma portée.

— Je n'ai pas encore accepté, intervint Narcisse. Avant de me résoudre à mon deuxième… non, mon quatrième choix, je voudrais voir ce que j'achète.

Asher pivota, présentant son côté gauche à la hyène-garou. Il défit la fermeture Éclair de sa cagoule et la souleva au-dessus de sa tête. De là où je me trouvais, je pouvais voir son profil intact. Ses cheveux dorés – vraiment dorés – étaient tressés à l'arrière de sa tête de sorte que rien n'interférait avec la vue. J'avais l'habitude de regarder Asher à travers un rideau de cheveux. Sans cela, les lignes de son visage étaient pareilles à une sculpture, si lisses et si parfaites que ça me donnait envie de le toucher, de suivre leurs contours avec mes doigts, de les couvrir de baisers. Même après la petite démonstration dont il venait de nous gratifier, il était toujours aussi beau. Rien ne pouvait changer ma vision de lui.

— Joli, approuva Narcisse. Très joli. Mais j'ai beaucoup d'hommes séduisants à ma disposition. Peut-être pas tout à fait autant, mais…

Asher lui fit face, et quoi que Narcisse ait été sur le point de dire, la fin de sa phrase s'étrangla dans sa gorge.

Le côté droit du visage d'Asher ressemble à de la cire fondue. Les cicatrices ne commencent que bien après sa ligne médiane, comme si ceux qui l'ont torturé il y a des siècles avaient voulu lui laisser le souvenir de sa perfection d'antan. Ses yeux sont toujours bordés de cils dorés ; l'arête de son nez demeure intacte et sa bouche pleine, une invitation au baiser. Mais tout le reste est scarifié. Pas ruiné, pas abîmé : scarifié.

Je me souviens de la perfection lisse d'Asher, du contact de ce corps sublime contre le mien. Ce ne sont pas mes souvenirs : je ne l'ai jamais vu nu, je ne l'ai jamais touché de cette façon. Mais Jean-Claude l'a fait, il y a environ deux cents ans. Du coup, je ne peux pas regarder Asher objectivement. Je me souviens d'avoir été amoureuse de lui – d'être toujours un peu amoureuse de lui, en fait. Ce qui signifie que Jean-Claude est toujours un peu amoureux de lui. Ma vie privée aurait du mal à devenir plus compliquée.

Narcisse prit une inspiration sifflante et, les yeux écarquillés, lâcha d'une voix rauque :

— Ça alors…

Asher jeta sa cagoule sur le lit et, très lentement, commença à descendre la fermeture Éclair de son gilet de cuir. J'avais déjà vu sa poitrine nue, et je savais qu'elle était en bien plus sale état que son visage. Tout le côté droit est creusé de sillons profonds, la peau durcie au toucher. Le côté gauche, en revanche, conserve cette beauté angélique qui a jadis attiré les vampires vers lui.

Lorsque la fermeture Éclair fut à moitié baissée, révélant sa poitrine et le haut de son ventre, Narcisse dut s'asseoir sur le lit comme si ses jambes refusaient de le porter plus longtemps.

— Je crois qu'après cette nuit, tu nous devras une faveur, Narcisse, dit Jean-Claude sur un ton vacant – celui qu'il employait quand il était d'humeur particulièrement prudente ou particulièrement chagrine.

D'une voix froide, contrastant avec le strip-tease qu'il était en train de faire, Asher demanda :

— Quel niveau de douleur Narcisse apprécie-t-il… comment dit-on… d'entrée de jeu ?

— Élevé, répondit Jean-Claude. Il est capable de contrôler ses désirs et de ne pas franchir les limites de son soumis, mais si c'est lui qui se fait dominer, il faut que ce soit brutal – très brutal. Pas besoin de période d'échauffement avec lui.

Asher baissa les yeux vers Narcisse.

— C'est vrai ? Vous aimez les démarrages en fanfare ?

Il eut une grimace à la fois moqueuse et pleine de promesses.

Narcisse acquiesça lentement.

— Tu peux commencer au sang, si tu en as les couilles.

— La plupart des gens doivent y être amenés progressivement pour prendre du plaisir, fit remarquer Asher.

— Pas moi, répliqua Narcisse.

Asher finit de tirer sa fermeture Éclair et fit glisser son gilet le long de ses bras. Il le tint dans ses mains un moment, puis frappa d'un geste si vif qu'il ne laissa qu'une traînée floue en travers de ma vision. La lourde fermeture Éclair gifla Narcisse en pleine figure une fois, deux fois, trois fois, jusqu'à ce que du sang fleurisse au coin de ses lèvres et que son regard se fasse trouble.

Je fus si surprise que j'en oubliai de respirer. Je ne pouvais qu'observer la scène, bouche bée.

Jean-Claude s'était figé entre Richard et moi. Ce n'était pas l'immobilité absolue dont il était capable, à l'instar de tous les maîtres vampires assez vieux, et je compris pourquoi. Il ne pouvait pas s'abîmer dans la fixité de la mort parce que des traces de la vie que nous lui avions insufflée s'attardaient encore en lui.

Du bout de la langue, Narcisse goûta le sang qui maculait sa bouche.

— Je suis un menteur accompli, mais avec moi, c'est toujours donnant-donnant.

Il était archisérieux tout à coup, comme si son attitude capricieuse du début n'avait été qu'un masque servant à dissimuler quelqu'un de beaucoup plus solennel et réfléchi. Quand il leva les yeux vers nous, j'entrevis dans ses prunelles une personne véritablement dangereuse. Une personne qui aimait bel et bien flirter, mais se servait de cela comme d'un camouflage pour que les autres le sous-estiment. Et je devinai que sous-estimer Narcisse eût été une grave erreur.

Il tourna ces yeux devenus si sérieux vers Asher.

— Pour cela, je te devrai une faveur – mais une, pas trois.

Asher leva une main et défit sa tresse, laissant les lourdes ondulations dorées de sa chevelure se répandre autour de son visage. Il toisa l'homme qu'il dépassait d'une tête, et même si je ne vis pas le regard qu'il lui lança, je vis l'expression éperdue qui se peignit sur les traits de Narcisse.

— Je ne vaudrais qu'une seule faveur ? lâcha Asher. Ça m'étonnerait.

Narcisse dut déglutir deux fois avant de pouvoir répondre :

— Peut-être plus. (Il tourna la tête vers nous. Son regard était toujours à vif, sans fard.) Allez sauver vos léopards-garous – peu m'importe auquel d'entre vous ils appartiennent. Mais sachez que ceux qui les détiennent sont nouveaux dans notre communauté. Ils ne connaissent pas nos règles, et les leurs semblent bien brutales en comparaison.

— Merci pour l'avertissement, dit Jean-Claude.

— Quel que soit le ressentiment qu'il nourrit à ton égard, je ne crois pas que ton ami apprécierait qu'il t'arrive malheur. Or, je suis sur le point de le laisser m'attacher à ce lit, ou au mur, pour me faire tout ce qu'il voudra.

— Tout ce que je voudrai ? répéta Asher.

Narcisse tourna son regard vers lui.

— Jusqu'à ce que je prononce le mot d'arrêt, oui.

Il y avait quelque chose de presque enfantin dans la façon dont il énonça le dernier mot, comme s'il pensait déjà à ce qui allait suivre et ne se préoccupait plus de nous.

— Mot d'arrêt ? demandai-je.

Narcisse me jeta un coup d'œil.

— Si la douleur devient trop forte, ou si le dominé propose quelque chose qui répugne au soumis, celui-ci prononce un mot convenu d'avance, et le maître doit s'arrêter.

— Mais vous serez attaché. Vous ne pourrez pas le forcer à s'arrêter, objectai-je.

Les yeux de Narcisse étaient ceux d'un noyé, noyé dans des perspectives que je ne comprenais pas et n'avais aucun désir de comprendre.

— C'est le mélange de confiance et d'incertitude qui donne son piquant à la chose, Anita.

— Vous lui faites confiance pour s'arrêter quand vous le lui demanderez, mais vous aimez l'idée qu'il ne vous écoutera peut-être pas, résuma Richard.

Du coup, je me tournai vers lui, mais vis Narcisse acquiescer du coin de l'œil.

— Suis-je la seule personne dans cette pièce qui ignore comment on joue à ce jeu?

— Souviens-toi, Anita. J'étais puceau quand Raina m'a mis le grappin dessus. Elle fut ma première maîtresse, et elle avait des goûts plutôt… exotiques.

Narcisse éclata de rire.

— Un puceau entre les mains de Raina, quelle idée effrayante! Je ne l'ai jamais laissé me dominer, parce que ça se voyait dans ses yeux.

— Qu'est-ce qui se voyait? demandai-je.

— Qu'elle ne s'arrêterait pas.

Ayant failli devenir la star d'une de ses productions maison, et n'ayant dû mon salut qu'au fait de l'avoir tuée la première, je ne pus qu'approuver.

— Raina préférait que ses partenaires n'aient pas envie, ajouta Richard. C'était une sadique, pas une dominante. J'ai mis un long moment à comprendre qu'il y a une différence énorme entre les deux.

Je le dévisageai, mais il était à l'abri derrière son bouclier. Impossible de savoir ce qu'il pensait. Jean-Claude et lui avaient plus d'expérience que moi en matière de dissimulation. Mais franchement, je n'avais pas envie de savoir ce qui se cachait derrière cet air paumé.

Je sursautai en me rendant compte que je partageais les souvenirs de Jean-Claude, mais pas ceux de Richard. Jamais je ne m'étais demandé comment ça se faisait. Mais plus tard. Pour le moment, je voulais juste sortir de cette pièce.

Jean-Claude se dégagea doucement de notre étreinte pour tenir debout seul.

—Oui, la nuit file à toute allure, et nous avons beaucoup à faire.

Je ne le regardai pas – et Richard non plus. J'avais plus ou moins promis que si l'aube ne se levait pas trop vite, nous coucherions ensemble ce soir. Mais la vision du dos nu d'Asher et de Narcisse qui le contemplait d'en dessous avec un mélange d'adoration et de terreur me coupait toute envie.

CHAPITRE 7

L e couloir de l'étage s'étendait devant nous, blanc et vide. Une frise de papier peint argenté courait très haut le long des murs, et de fines rayures de la même teinte se détachaient en dessous. Cette décoration opulente mais de bon goût donnait l'impression d'être dans un hall d'hôtel quatre étoiles. J'ignore si Narcisse aimait ça ou s'il s'agissait juste d'un camouflage. Après l'ambiance techno-punk du rez-de-chaussée et sa chambre façon marquis de Sade, le contraste avait de quoi surprendre. C'était comme si nous venions d'émerger d'un ténébreux cauchemar dans un rêve plus calme et plus serein.

Pour le coup, c'est nous qui ne semblions pas à notre place – tous vêtus de noir, avec trop de peau exposée. Jamil avait monté l'escalier le premier, les lanières de cuir noir de son harnais laissant entrevoir son torse musclé de façon plutôt appétissante. Son pantalon moulait ses hanches étroites comme une seconde peau, et pour avoir regardé Jean-Claude se déshabiller, je savais depuis longtemps qu'il est impossible d'obtenir une ligne aussi parfaitement fluide si un sous-vêtement s'interpose entre les deux. Quand Jamil pivota, ses tresses africaines se déployèrent dans son dos. Entre le noir du cuir et la teinte sombre de sa peau, il se déplaçait telle une ombre dans le couloir blanc.

Faust le suivait. C'était le nouveau vampire mâle que j'avais rencontré au rez-de-chaussée. Vus dans une meilleure lumière, ses cheveux paraissaient teints en bordeaux, une sorte d'acajou qui aurait viré, mais la couleur lui allait bien. Son pantalon de cuir possédait plus de fermetures Éclair que nécessaire pour le mettre et l'enlever, et son gilet noir était fermé de la même façon. La couleur exceptée, on aurait dit celui d'Asher. J'essayais de ne pas trop penser à ce que ce dernier pouvait bien être en train de faire. Je ne savais toujours pas s'il se prostituait pour nous rendre service ou s'il voulait vraiment être avec Narcisse. Curieusement, l'idée du sacrifice me plaisait davantage.

Je me trouvais au milieu de notre petite colonne, précédant les deux autres femmes. J'avais toujours du mal à reconnaître Sylvie. Sa jupe noire était si courte que toute personne marchant derrière elle ne pouvait manquer de voir ce qu'elle portait dessous. Son collant soulignait les courbes de ses jambes et les faisait paraître démesurément longues, même si elle ne mesure que sept ou huit centimètres de plus que moi – une illusion renforcée par ses talons aiguilles noirs. Son top en cuir révélait une discrète ligne de chair nue depuis son cou jusqu'à sa taille étranglée par une large ceinture. Ses seins semblaient tenir par enchantement des deux côtés de cette ligne, comme s'ils étaient maintenus par autre chose qu'un soutif tout bête. Quand je me tournai vers elle, elle me sourit, mais ses yeux avaient déjà pris leur couleur animale, une teinte pâle qui ne s'accordait pas avec son maquillage soigné et ses courts cheveux bruns.

Meng Die fermait la marche. Le peu de chair blanche que révélait sa combinaison en vinyle était couvert de paillettes incolores. D'autres paillettes scintillaient au coin de ses yeux bridés, faisant ressortir son fard à paupières clair et son grand trait d'eyeliner noir. Elle était plus petite que moi, avec une ossature plus frêle, des seins plus menus et une taille plus fine. Elle ressemblait à un oiseau délicat, mais le regard qu'elle me jetait de temps en temps évoquait un vautour plutôt qu'un canari. Cette fille ne m'aimait pas, et du diable si je savais pourquoi. Mais Jean-Claude m'avait assuré qu'elle ferait le boulot, et jamais il n'aurait pris le moindre risque avec ma sécurité – ou du moins, pas de cette façon.

Faust avait l'air de bien s'amuser. Tout le faisait sourire. La plupart des vampires recourent à l'arrogance pour masquer leurs véritables sentiments ; Faust, lui, utilisait la bonne humeur et l'affabilité. Ou peut-être était-il naturellement enjoué, et moi bien trop cynique ?

Vous vous demandez peut-être pourquoi Jean-Claude et Richard ne m'accompagnaient pas ? Parce que les léopards-garous m'appartenaient. Si j'emmenais d'autres dominants, ce serait interprété comme de la faiblesse. Je voulais faire passer des entretiens à d'autres alphas pour leur céder le pard, mais jusqu'à ce que je trouve un candidat valable, j'étais seule responsable de Gregory et des autres. Si on commençait à me percevoir comme faible, ils deviendraient des cibles. Plus seulement pour les métamorphes extérieurs à Saint Louis qui voudraient essayer de me les prendre, mais pour tous ceux qui habitaient en ville. C'est fou la quantité de salopards qu'on rencontre parmi les garous quand on n'est pas assez balèze pour les tenir en respect.

C'était moi qui devais sauver les léopards, pas Richard ou Jean-Claude. Mais pour ça, il fallait que je reste en vie. Voilà pourquoi j'amenais des renforts. Je suis têtue, pas idiote. Même si je connais un certain nombre de gens prêts à contester ce dernier point.

Chaque porte blanche s'ornait d'un numéro argenté – de nouveau, comme dans un hôtel haut de gamme. Nous cherchions la 9. Aucun bruit ne filtrait de derrière les battants. Les seuls sons qui nous parvenaient étaient le beat distant de la musique au rez-de-chaussée et le bruissement du cuir et du vinyle qui frottaient à chacun de nos mouvements.

Jamais je n'avais eu autant conscience de la force avec laquelle peuvent résonner les bruits les plus légers. Peut-être était-ce l'étrange silence du couloir, ou peut-être le mariage des marques avait-il affûté mes perceptions ? Une ouïe plus développée, ça ne pouvait pas me faire de mal, pas vrai ? Je me méfiais quand même, parce que la plupart des dons conférés par les marques vampiriques sont à double tranchant dans le meilleur des cas.

M'arrachant à ces pensées peu riantes, je continuai à longer le couloir blanc avec mon quatuor de gardes du corps. J'avais confiance en les deux loups pour mourir à ma place si nécessaire

– car tel est le boulot d'un garde du corps. L'été dernier, Jamil a pris deux coups de fusil à pompe qui m'étaient destinés. Les balles n'étaient pas en argent, donc il a guéri, mais il ne le savait pas au moment où il s'est interposé entre moi et le canon du fusil. Quant à Sylvie, elle a une dette envers moi, et une femme de son gabarit n'accède pas au rang de numéro deux de sa meute sans être une sacrée dure à cuire.

Je ne pensais pas vraiment que les vampires se sacrifieraient pour moi. D'après mon expérience, plus les créatures semi-immortelles ont d'années sous la ceinture, plus elles s'accrochent férocement à leur existence. Donc, je comptais sur les loups et savais que je pourrais composer avec les vampires. Peu importait que Jean-Claude leur fasse confiance, puisque moi je n'y arrivais pas. J'aurais préféré me passer d'eux et emmener plus de loups-garous. Mais ce serait revenu à dire que je ne pouvais pas me passer de la meute de Richard, ce qui aurait été faux. Ou du moins, partiellement faux. Nous verrions bien jusqu'où nous étions dans la merde une fois que la porte s'ouvrirait.

La chambre 9 se trouvait pratiquement au bout du hall. Le bâtiment avait jadis été un entrepôt, et l'étage avait simplement été divisé en longs couloirs bordés de pièces. Jamil se plaça d'un côté de la porte. Faust se planta devant, ce qui n'était pas malin du tout. Je me plaquai contre le mur de l'autre côté et dit :

— Faust, les hyènes-garous ont dû confisquer des flingues à ces types.

Le vampire haussa un sourcil.

— Ils ne les ont peut-être pas tous trouvés, insistai-je.

Il continua à me regarder sans répondre.

Je soupirai. Plus de cent ans d'existence, assez de pouvoir pour être un maître vampire, et Faust restait un amateur.

— Ce serait dommage de se trouver devant la porte au moment où quelqu'un tirera avec un shotgun de l'intérieur de la pièce.

Il cligna des yeux, et un peu de sa bonne humeur s'évapora, cédant la place à l'arrogance habituelle de ses congénères.

— Je ne vois pas comment un shotgun aurait pu échapper à l'attention de Narcisse.

Je pivotai vers lui, une épaule appuyée contre le mur, et lui souris.

— Tu sais ce qu'est une tueuse de flics ?

Cette fois, Faust haussa ses deux sourcils.

— Une nana qui bute des policiers ?

— Non, c'est un type de munition conçu pour traverser les gilets pare-balles. Les flics n'ont aucune protection contre ça. Et on peut les utiliser avec une arme de poing. J'ai pris un shotgun comme exemple, mais ça pourrait être un tas d'autres choses. Et ces balles emporteraient ton cœur, le plus gros de ta colonne vertébrale ou l'intégralité de ta tête, selon la hauteur à laquelle le tireur aurait visé.

— Écarte-toi de cette putain de porte, dit Meng Die.

Faust pivota et lui jeta un regard qui n'avait rien d'amical.

— Tu n'es pas mon maître.

— Ni toi le mien.

— Deux gamins, commentai-je. (Ils se tournèrent tous deux vers moi.) Faust, si tu n'as pas l'intention de te rendre utile, tu peux redescendre.

— Qu'est-ce que j'ai fait ?

Je jetai un coup d'œil à Meng Die, haussai les épaules et dis :

— Écarte-toi de cette putain de porte.

Je vis les épaules de Faust se contracter, mais il esquissa une courbette gracieuse qui cadrait mal avec ses cheveux bordeaux et sa tenue de cuir.

— Les désirs de la dame de Jean-Claude sont des ordres.

Il fit un pas de mon côté. Sylvie se rapprocha de moi, sans se mettre tout à fait entre nous. Cela me rassura. User d'autorité sur des vampires, c'est toujours un peu délicat. On ne sait jamais quand ils vont se rebiffer. J'aurais vraiment, vraiment voulu récupérer mon flingue.

— Et maintenant ? demanda Jamil.

Il surveillait les vampires comme si leur présence ne l'enchantait pas plus que moi. Tous les bons gardes du corps sont paranoïaques : déformation professionnelle.

— Je suppose qu'on frappe.

Restant plaquée contre le mur, je tendis le bras juste ce qu'il fallait pour toquer à la porte – trois coups décidés. S'ils tiraient à travers le battant, ils me rateraient sans doute.

Mais personne ne tira. En fait, il ne se passa rien. Nous attendîmes quelques secondes, mais la patience n'a jamais été mon fort. Je voulus toquer de nouveau. Jamil me retint.

— Je peux ?

J'acquiesçai. Il frappa assez fort pour ébranler le battant, qui paraissait épais et solide. Si la porte ne s'ouvrait pas cette fois, c'est que les occupants de la pièce nous ignoraient délibérément.

La porte s'ouvrit, révélant un homme brun aussi musclé qu'Ajax, mais plus grand. Où Narcisse recrutait-il ses gens ? dans les clubs de body-building ?

L'homme nous dévisagea, les sourcils froncés.

— Oui ?

— Je suis la Nimir-ra des léopards-garous. Je crois que vous m'attendez.

— Eh ben, il était temps.

Il ouvrit la porte tout grand, la plaquant contre le mur. Puis il s'y adossa, les bras croisés sur la poitrine. Finalement, il ne devait pas être si musclé que ça – sinon, ses biceps l'auraient empêché de faire ce geste. Du moins me démontra-t-il ainsi qu'il n'y avait personne de caché derrière la porte. C'était bon à savoir.

La pièce était entièrement blanche, comme taillée dans un bloc de neige gelée. Des lames étaient accrochées aux murs : minuscules poignards à la lame scintillante, couteaux, dagues, épées de la taille d'un homme adulte. Le garde du corps près de la porte lança :

— Bienvenue dans la chambre des épées.

Il s'était exprimé sur un ton formel, comme s'il s'agissait d'un salut convenu.

Depuis le seuil, je ne voyais personne. Je pris une grande inspiration, expirai lentement et entrai. Jamil me suivit, un pas derrière mon épaule droite. Faust l'imita de l'autre côté de moi. Comme précédemment, Sylvie et Meng Di fermèrent la marche.

Quelqu'un s'avança au centre de la pièce. Au premier regard, je crus que c'était un homme ; au second, je me ravisai. Il mesurait presque un mètre quatre-vingts, et il avait de larges épaules musclées, mais ce que j'avais d'abord pris pour de la peau bronzée était en réalité une fourrure dorée très fine qui couvrait tout son corps. Son visage était presque humain, mais avec une structure osseuse un peu étrange. Des joues larges, une bouche dépourvue de lèvres qui évoquait un museau rond. Et des yeux orange foncé avec une pointe de bleu à l'intérieur, comme si, à l'instar du reste de son corps, ils se trouvaient à mi-transformation.

On aurait dit que le métamorphe s'était figé juste avant de reprendre son apparence humaine. Je n'avais jamais rien vu de semblable. Sa peau pâle transparaissait par endroits – sur sa poitrine et son ventre nu. Je ne pouvais pas dire si les cheveux et la barbe blond foncé qui entouraient son visage étaient vraiment des cheveux et une barbe ou les vestiges d'une crinière. Plus je le détaillais, plus il ressemblait à un lion, et au bout d'un moment, je cessai de voir l'homme qui m'était d'abord apparu sous la fine pellicule de bête qui le recouvrait.

Il m'adressa un sourire grimaçant.

— Vous aimez ce que vous voyez ?

— Je n'ai jamais rien vu de semblable, répondis-je d'une voix calme et polie, presque vide.

Mon absence de réaction lui déplut. Son sourire s'évanouit, ne laissant que des babines retroussées sur des dents très blanches et très pointues.

— Bienvenue, Nimir-ra. Je suis Marco. Nous vous attendions.

De ses mains humaines pourvues de griffes, il fit un large geste des deux côtés. Je jetai un coup d'œil au reste du « nous ».

C'était des hommes de taille petite à moyenne, avec de courts cheveux noirs et une peau sombre. La plupart des meutes, pards ou autres groupes de métamorphes mélangent des membres aux origines ethniques diverses. Mais ces hommes-là affichaient une ressemblance presque familiale. Deux de chaque côté portaient une cape à la capuche rejetée en arrière et aux pans largement écartés comme des rideaux. Sur la gauche, j'aperçus des cheveux blonds derrière tout ce noir. Je ne vis pas Nathaniel, mais sans doute se trouvait-il sur la droite.

Il y avait du sang sur le sol, du sang qui se rassemblait dans une petite dépression au centre de la pièce. Celle-ci était munie d'un trou d'évacuation, de manière que les occupants puissent tout nettoyer au jet d'eau une fois les réjouissances terminées. Un autre garde du corps à l'air mécontent se tenait dans le coin le plus éloigné. Trois femmes que je ne connaissais pas étaient enchaînées au mur de chaque côté de la porte : deux blondes à droite, une brune à gauche. Ce n'était pas des léopards-garous, ou du moins, elles ne faisaient pas partie de mon pard.

— Laissez-moi voir mes gens, réclamai-je.

— Ne nous saluerez-vous pas selon les règles ?

— Vous n'êtes l'alpha de rien du tout, Marco. Amenez-moi votre lion en chef, et je le saluerai. Mais vous, rien ne m'y oblige.

Marco s'inclina légèrement sans que ses yeux fauves se détachent de mon visage – comme on s'incline quand on pratique les arts martiaux, de peur que l'adversaire profite du moindre défaut d'attention pour frapper.

Jamil s'était arrêté à mon niveau, sans me dépasser, mais assez près pour que nos épaules s'effleurent. Je ne lui ordonnai pas de reculer. Il m'avait déjà sauvé la vie une fois ; j'allais le laisser faire son boulot.

— Alors, saluez-moi, Nimir-ra, lança une autre voix masculine.

Une silhouette émergea de derrière les capes de gauche. Puis celles-ci retombèrent, et je pus voir Gregory.

Il était tourné vers le mur, nu à l'exception de son pantalon baissé jusqu'à ses genoux. Il portait toujours ses bottes. Des chaînes immobilisaient ses poignets au-dessus de sa tête, et ses jambes étaient largement écartées. Ses cheveux blonds bouclés lui tombaient un peu en dessous des épaules. Son corps était mince mais musclé, avec des fesses pommelées. Quand on veut gagner sa vie comme strip-teaseur, on prend soin de soi. Je ne voyais aucune marque sur sa peau, mais du sang avait coulé sur le sol devant lui, formant une flaque sombre déjà en train de sécher. Ses bourreaux n'avaient pas touché à son dos. Mes entrailles se nouèrent, et mon souffle s'étrangla dans ma gorge.

— Gregory, appelai-je doucement.

— Il est bâillonné, m'informa l'homme.

Je finis par détacher mon regard de Gregory, et à la vue de cet homme – de l'alpha –, mes yeux s'écarquillèrent.

Ce n'était pas un lion, mais un serpent. Sa tête était plus large que mes épaules, couverte d'écailles vert olive marquées de grosses taches noires. Un de ses bras était nu et semblait très humain à l'exception des écailles et de sa main terminée par des griffes tordues qui auraient fait la fierté de n'importe quel prédateur. Il tourna la tête pour me fixer d'un gros œil cuivré. Une épaisse bande noire s'étendait du coin de son œil jusqu'à sa tempe. Ses mouvements avaient quelque chose d'avien.

D'autres silhouettes enveloppées de capes s'écartèrent des murs, repoussant leur capuche de leurs mains griffues pour révéler des visages identiques. En réaction, mes gardes du corps se déployèrent autour de moi – deux de chaque côté.

— Qui êtes-vous ?

— Je suis Coronus du clan de l'Eau Noire, même si je doute que ça vous dise quelque chose.

— Marco a mentionné que vous étiez nouveau en ville. Je suis Anita Blake, Nimir-ra du clan des Buveurs de Sang. De quel droit vous attaquez-vous à mes gens ?

J'aurais voulu lui hurler dessus, mais c'eût été contraire aux règles. Or, si je ne peux pas me faire pousser de poils ni d'écailles, je peux et je dois respecter les règles.

Coronus se dirigea vers la brune enchaînée au mur. Comme il tendait la main vers elle, la malheureuse émit de petits bruits paniqués. Sylvie fit un pas en avant comme si elle n'attendait qu'une excuse pour bondir. Coronus fit courir un doigt le long de la joue de la fille. Il la toucha à peine ; pourtant, elle ferma les yeux et frissonna.

— Je suis venu ici chercher des panaches, et j'en ai trouvé trois. Ils avaient déjà attaché le mâle. Nous avons cru que c'était leur chef, leur roi – sans ça, nous ne lui aurions pas fait de mal. Le temps de nous apercevoir que nous tenions le mauvais animal, la partie était déjà trop bien engagée.

Je jetai un coup d'œil aux hommes en cape qui n'avaient pas encore bougé, leur visage aussi impassible et leur expression aussi impossible à déchiffrer que s'ils s'étaient déjà changés en serpents. Je remarquai que l'une des silhouettes avait des seins, visibles par l'encolure de son tee-shirt. De ce côté, je voyais les chaînes qui descendaient jusqu'au sol et montaient jusqu'au plafond. Il y avait du sang par terre – beaucoup plus de sang qu'à gauche.

— Laissez-moi voir Nathaniel.

— Ne voulez-vous pas d'abord aller voir de près dans quel état se trouve votre léopard blond ?

J'ouvris la bouche afin de demander pourquoi. Sa répugnance à me laisser voir Nathaniel ne me disait rien qui vaille.

— Vous voulez que j'examine d'abord Gregory ?

Coronus parut réfléchir, la tête penchée sur le côté en une attitude animale – bien que pas tout à fait reptilienne.

— En détail. Oui, oui, je le veux.

Je n'aimais pas la façon dont il avait dit « en détail », mais je laissai passer.

— Vous venez donc de m'adresser une requête. Si je la satisfais, je peux vous en adresser une en retour.

Parfois, les règles sont bien utiles. Pas toujours, mais parfois.

— Que voulez-vous de moi ?

— Que vous le détachiez.

— Mes gens n'ont pas eu de mal à s'emparer de lui tout à l'heure. Ils n'auront pas de mal à recommencer. Entendu. Approchez-vous, touchez-le, examinez-le, et nous le détacherons.

Jamil resta à mes côtés tandis que je me dirigeais vers Gregory, les entrailles nouées. Que lui avaient-ils fait ? Je me souvenais encore de son hurlement au téléphone.

Un coup d'œil de Jamil fit dégager les hommes-serpents. Ils se réfugièrent sur les côtés, aussi loin que les confins de la pièce les y autorisaient.

Je dus enjamber les chaînes sur le plancher et me baisser pour passer en dessous de celles qui immobilisaient les poignets de Gregory. Je le contournai pour voir sa figure. Un bâillon-boule noir était fourré dans sa bouche, la lanière planquée sous ses cheveux de sorte que je ne l'avais pas vue de derrière. La panique écarquillait ses yeux bleus. Son visage était intact, et je baissai les yeux presque contre ma volonté, comme si je savais déjà ce que j'allais découvrir.

Son entrejambe était une masse de chair ravagée, couverte de sang séché – et déjà en train de guérir. Ils lui avaient lacéré les parties génitales. S'il avait été humain, il ne s'en serait jamais remis. Et même avec son pouvoir de régénération, je n'étais pas cent pour cent sûre qu'il s'en remette. Saisie par une bouffée de chaleur, je dus fermer les yeux une seconde.

À la vue de ce que ses bourreaux avaient fait à Gregory, Jamil avait poussé un sifflement furieux. Son énergie brûlante dansait sur ma peau, alimentée par la colère et par l'horreur. Les émotions fortes tendent à provoquer des fuites chez les métamorphes.

— Il guérira ? demandai-je dans un murmure étranglé.

Jamil s'était rapproché pour examiner la blessure. Il la toucha à contrecœur, et même s'il n'avait fait que l'effleurer, Gregory se tordit de douleur.

— Je crois que oui, s'ils l'autorisent à changer de forme rapidement.

Je voulus ôter la boule en caoutchouc de la bouche de Gregory et n'y parvins pas – la lanière était trop serrée. J'arrachai le bâillon et le jetai par terre.

Gregory prit une inspiration sanglotante.

— Anita, j'ai cru que tu ne viendrais pas.

Des larmes contenues brillaient dans ses yeux bleus.

Gregory et moi, on fait presque la même taille. Je pus donc appuyer mon front contre le sien et poser mes mains de chaque côté de son visage. Je ne supportais pas de voir les larmes dans ses yeux, et je ne pouvais pas me permettre de pleurer devant les méchants.

— Je viendrais toujours te chercher, Gregory, toujours.

Et en le voyant dans cet état, je le pensais. Il fallait que je trouve un vrai léopard-garou pour les protéger, lui et les autres. Mais comment pourrais-je me résoudre à les refiler à un inconnu, telle une portée de chiots indésirables ? C'était un problème qui devrait attendre un autre soir.

— Détachez-le, réclamai-je.

Jamil se saisit des menottes. Il semblait savoir exactement comment elles fonctionnaient. Nulle clé n'était nécessaire. Génial.

Gregory s'affaissa dès que la première chaîne lui fut retirée. Je le rattrapai en le tenant sous les aisselles. Mais lorsque la deuxième menotte s'ouvrit, son corps heurta ma jambe, et il hurla. Jamil ouvrit les fers de ses chevilles, et je déposai Gregory par terre le plus doucement possible. J'étais en train de lui caresser les cheveux, berçant dans mes bras le haut de son corps posé en travers de mes cuisses, lorsque je perçus un mouvement de chaque côté de nous.

Jamil ne pouvait pas être en même temps à gauche et à droite. Les couteaux planqués dans mes bottes étaient coincés sous Gregory. Le moment n'aurait pu être mieux choisi. Je roulai par-dessus le corps de Gregory et sentis une cape me frôler tandis que des griffes lacéraient l'air à l'endroit où je m'étais trouvée l'instant précédent. Je voulus sortir un de mes couteaux mais n'en eus pas la possibilité.

Je vis la main griffue se tendre vers moi. Tout ralentit, comme des images figées dans du cristal dont vous pouvez voir les moindres détails. Il me semblait avoir tout le temps du monde pour dégainer ou tenter d'esquiver les griffes menaçantes ; pourtant, une partie de mon cerveau me hurlait que je n'y parviendrais pas. Je me rejetai en arrière et sentis un déplacement d'air au-dessus de moi alors que l'homme-serpent trébuchait, si certain d'atteindre sa cible que mon mouvement l'avait déséquilibré.

Mon instinct prit le dessus. D'un coup de pied, je balayai les jambes de mon agresseur qui se retrouva subitement sur le dos. Je réussis à empoigner un couteau de la main droite, mais déjà, l'homme-serpent se redressait d'un bond, comme s'il avait un ressort à la place de la colonne vertébrale.

Je sentis plus que je vis une grosse masse sombre sauter par-dessus moi et atterrir dans mon dos. Mon attention ne fut détournée qu'une fraction de seconde, mais cela suffit. L'homme-serpent se jeta sur moi en un mouvement si rapide que mes yeux ne purent le suivre. Je levai mon bras gauche pour le bloquer et tentai de frapper avec le droit. Mon bras gauche s'engourdit comme s'il venait de recevoir un coup de batte de base-ball.

J'aurais pu lui planter mon couteau dans le ventre, mais j'aperçus un mouvement du coin de l'œil et plongeai sur le côté. Une seconde patte griffue me manqua d'un cheveu. Je frappai dans les jambes de mon adversaire et réussis à le blesser à travers ses bottes. Il hurla et s'éloigna en claudiquant.

Le deuxième homme-serpent s'avança, griffes tendues. Je n'avais pas le temps de me relever, ni de faire quoi que ce soit d'autre avec mon bras gauche partiellement inutilisable. Alors, je continuai à brandir mon couteau devant moi et regardai la créature s'abattre sur moi tel un cauchemar irisé.

Puis une masse sombre plus petite le percuta par le côté, et tous deux s'écrasèrent contre le mur. C'était Meng Die. Les griffes de l'homme-serpent lacérèrent sa chair pâle.

Je ne pus en voir davantage, parce que Coronus me toisait, du sang dégoulinant de son cou et de son épaule, sa chemise à moitié déchirée. Derrière lui, Sylvie luttait contre Marco pour tenter de franchir son barrage. Ses mains délicates s'étaient changées en griffes, même si le reste de son corps demeurait humain. Vous ai-je déjà dit que les métamorphes les plus puissants peuvent se transformer partiellement à volonté ?

Dans le coin du fond, Jamil se battait contre deux des hommes-serpents. De la fourrure ondulait sur le corps de Gregory, qui ne pourrait rien faire avant de s'être complètement changé en léopard. Je n'eus pas le temps de regarder de l'autre côté de la pièce. Coronus était presque sur moi ; je devais réagir. Je fis la seule chose qui me vint à l'esprit : empoignant mon couteau par la lame, je le projetai vers lui.

Sans attendre de voir si j'avais touché ma cible, je m'élançai vers le mur le plus proche et la collection d'armes blanches qui y était accrochée. Je venais d'empoigner une épée lorsque Coronus me lacéra le dos. Je tombai à genoux en hurlant, mais ma main droite ne lâcha pas prise, et je dégageai l'épée de son support dans ma chute. Je roulai sur moi-même, présentant mon flanc gauche à Coronus. Celui-ci m'entailla l'épaule, mais ça ne me fit pas aussi mal que le dos. Ou la blessure était moins profonde, ou j'étais en train de perdre mes sensations dans ce bras.

Je mis à profit les quelques secondes dont je disposais – celles que Coronus avait utilisées pour me blesser une seconde fois. De la main droite, je frappai derrière moi avec l'épée, sans pivoter pour regarder où se trouvait mon adversaire. Je n'en avais pas besoin. C'était comme si je pouvais le sentir, le localiser très précisément.

Je sentis la lame mordre dans de la chair. Je poussai vers le haut, me relevai dans l'élan et continuai à pousser – vers le haut, vers l'arrière, à travers Coronus de toutes mes forces.

Je n'avais jamais rien fait de tel auparavant ; pourtant, le mouvement semblait inscrit dans ma mémoire comme un souvenir très ancien. Un souvenir qui ne m'appartenait pas. Ce n'était pas mon corps qui se souvenait de la rotation à imprimer à la lame tandis que je pivotais pour faire un maximum de dégâts, bousillais quelques organes internes en dégageant l'épée et, de ma main valide, brandissais celle-ci au-dessus de la silhouette à genoux.

La suite, par contre, je savais faire. J'ai des années d'entraînement en matière de décapitation. J'abattais déjà ma lame lorsque Coronus hurla :

—Assez !

Je n'arrêtai pas mon mouvement. Je n'hésitai même pas.

Jamil plongea sur moi par-dessus la tête inclinée de Coronus. Il me cloua au mur, me tenant le poignet droit d'une main, tandis que je luttais pour me dégager.

—Anita, Anita !

Je levai les yeux vers lui, et ce fut comme si je comprenais à peine qui il était ou ce qu'il faisait. Je n'avais su que théoriquement que mon corps était sur le point de décapiter Coronus. Je me détendis sous la poigne de Jamil, qui ne me lâcha pas pour autant.

—Parle-moi, Anita.

—Je vais bien.

—Il cède. Nous avons gagné. Tu peux récupérer tes léopards. (Son autre main se tendit pour me délester de mon arme.) Calme-toi, tu as gagné.

Je ne voulais pas renoncer à l'épée, mais Jamil ne fut content que lorsque je consentis à la lâcher. Alors, il s'écarta lentement de moi, et je vis Coronus toujours agenouillé par terre, les griffes plaquées contre son flanc ensanglanté. Il leva les yeux vers moi et toussa. Un peu de sang maculait ses lèvres. Il le lécha.

—Vous m'avez crevé un poumon.

—Ce n'est pas de l'argent. Vous vous en remettrez.

Il rit, mais cela parut lui faire mal.

— Nous nous en remettrons tous, dit-il.

— En tout cas, vous feriez bien d'espérer que Gregory guérisse.

Ses yeux noirs me fixèrent d'une façon qui ne me plut guère.

— Pourquoi tant d'appréhension, Coronus?

Je m'accroupis devant lui. Mon bras gauche pendait contre mon flanc, quasi inutilisable mais plus engourdi. Une douleur brûlante se répandait depuis les blessures de mon épaule et du bas de mon dos. J'évitais délibérément de les regarder. Je sentais le sang couler sur ma peau en me chatouillant, mais je continuai à dévisager Coronus.

Celui-ci soutint mon regard pendant une minute tandis que Jamil nous toisait. Puis il glissa légèrement sur le côté. Je tournai la tête dans la même direction, et pour la première fois depuis notre entrée dans la chambre des épées, je vis clairement Nathaniel à l'autre bout de la grande pièce.

Le monde se troubla et se mit à tanguer. Je serais tombée par terre si je ne m'étais pas rattrapée avec mon bras droit. Mon malaise était en partie dû au choc et à la perte de sang, mais pas seulement. À travers ma nausée et mon vertige, j'entendis la voix de Coronus dire précipitamment :

— Souvenez-vous que ce sont les hyènes-garous qui nous ont forcés à arrêter – qui ont décrété que nous ne devions rien faire de plus jusqu'à votre arrivée. Jamais nous ne nous serions montrés aussi cruels si nous n'avions pas eu l'intention de le tuer.

Ma vision s'éclaircit, et je ne pus que fixer sans réagir le spectacle épouvantable qui s'offrait à moi.

Nathaniel était nu, suspendu par les poignets, les chevilles attachées comme Gregory avant que nous le délivrions. Mais contrairement à Gregory, il faisait face à la pièce. Des couteaux transperçaient chacun de ses biceps. Des lames plus petites avaient été plantées dans ses mains de façon qu'il ne puisse pas refermer les doigts dessus. Le manche de plusieurs stylets à lame fine dépassait des muscles de ses épaules. Puis les épées commençaient.

Des pointes de lames ressortaient juste en dessous de ses clavicules. Du sang séché maculait le métal argenté. Contrairement aux couteaux, les épées avaient été enfoncées par-derrière, de sorte que je ne voyais pas leur poignée.

Un large cimeterre saillait de son flanc droit, à travers sa chair. D'autres lames trop grosses pour être des dagues et trop petites pour être qualifiées d'épées traversaient ses cuisses et ses mollets.

J'étais debout et je ne me souvenais pas de m'être levée. Je me dirigeai vers Nathaniel, le bras gauche inerte, du sang coulant de mes doigts. La seule chose à laquelle je ne m'étais pas attendue en voyant les dégâts, c'était ses yeux. Ses yeux lilas qui étaient grands ouverts et qui me regardaient, débordant d'horreurs que je ne voulais pas comprendre. Un bâillon-boule emplissait sa bouche et barrait sa longue chevelure auburn.

Il me regarda approcher. Je me plantai devant lui et tentai d'enlever la boule en caoutchouc de sa bouche, mais je ne pouvais pas y arriver avec une seule main. Soudain, Faust fut à côté de moi. Il cassa la lanière et m'aida à retirer doucement le bâillon. Je touchai la bouche de Nathaniel pour l'empêcher d'émettre le moindre son. Puis je baissai les yeux vers son corps.

Tout ce sang! Tout ce sang poisseux, à moitié séché sur sa peau! Je ne pouvais pas ne pas regarder les lames, et maintenant que j'étais tout près de lui, je vis quelque chose qui ne pouvait pas être vrai. Ma main droite s'abaissa de sa bouche à la pointe d'épée qui dépassait de sa poitrine. Je touchai le sang séché et le frottai du bout de mes doigts. Nathaniel poussa un petit gémissement. Je ne m'arrêtai pas: je devais être sûre.

Je continuai à nettoyer le sang, juste assez pour voir, juste assez pour sentir que sa chair s'était refermée autour des lames. Durant les deux heures qu'il m'avait fallu pour le rejoindre, son corps avait régénéré avec les lames toujours plantées à l'intérieur.

Je tombai à genoux comme si j'avais reçu un coup de massue entre les deux yeux. J'essayai de dire quelque chose, mais aucun son ne sortit de ma bouche. Jamil s'agenouilla près de moi.

J'agrippai les lanières de son harnais. Il était couvert de sang frais, provenant des blessures reçues aux bras et à la poitrine.

—Comment… comment réparer ça? réussis-je enfin à articuler.

Jamil leva les yeux vers Nathaniel.

—Il faut sortir les lames.

Je secouai la tête.

—Aide-moi à me lever.

La perte de sang et le choc menaçaient d'avoir raison de moi. Je me sentais faible, étourdie et nauséeuse. Jamil m'aida à me remettre debout devant Nathaniel.

—Comprends-tu ce que nous allons devoir faire?

Nathaniel me fixa de ses yeux violets.

—Oui, souffla-t-il si bas que je devinai le mot plus que je l'entendis.

Je saisis le couteau planté dans son quadriceps et enveloppai le manche de mes doigts. Ma lèvre inférieure tremblait, et j'avais chaud aux yeux. J'observai Nathaniel sans ciller ni détourner le regard. Puis je pris une grande inspiration et tirai. Avec une expiration sifflante, Nathaniel rejeta la tête en arrière. Sa chair s'accrochait à la lame autour de laquelle elle s'était refermée. Ce n'était pas aussi facile et aussi propre que de retirer un couteau à viande d'un rôti.

L'arme ensanglantée m'échappa et heurta le sol en ciment avec un bruit mat. Nathaniel hurla. Jamil se tenait derrière lui, et une des épées avait disparu de la poitrine du métamorphe. L'autre se retira sous mes yeux tandis que Nathaniel hurlait de nouveau.

Je pivotai vers Coronus. Il était toujours à genoux sur le sol, entouré par deux de ses hommes-serpents. Quelque chose dans mon expression dut l'effrayer, car il écarquilla les yeux, et je vis une peur très humaine passer sur son visage reptilien.

—Nous aurions enlevé les lames nous-mêmes, mais les hyènes nous ont ordonné de ne plus les toucher, ni l'un ni l'autre, jusqu'à votre arrivée.

À travers la pièce, je jetai un coup d'œil au garde le plus proche de Nathaniel, celui qui semblait mal à l'aise depuis le début. Il frémit sous mon regard.

— J'obéissais aux ordres.

— C'est une excuse ou une défense ?

— Nous ne vous devons pas d'excuse, déclara l'autre garde, le brun qui nous avait fait entrer.

Il se tenait près de la porte fermée dans une attitude pleine d'arrogance et de défi. Mais je goûtais sa peur comme un bonbon sur ma langue. Il craignait ma réaction.

Gregory me rejoignit sous une forme mi-léopard, mi-humaine. Jamais je ne l'avais vu ainsi, couvert de fourrure tachetée, plus grand et plus musclé que d'habitude. Ses parties génitales guéries pendaient pesamment entre ses jambes.

Un des hommes-serpents se traînait par terre. Sa colonne vertébrale était brisée, mais il guérirait lui aussi. Un autre hurlement s'éleva derrière moi – de la gorge de Nathaniel. Un second homme-serpent était pelotonné contre le mur près de la prisonnière brune, un bras presque arraché à hauteur de l'épaule. La robe déchirée de Sylvie exposait sa poitrine nue, mais la métamorphe ne semblait pas s'en soucier. Ses mains étaient toujours des griffes recourbées, et ses yeux pâles de loup me regardaient fixement.

— Emmenez vos léopards et allez en paix, dit Coronus.

Un nouveau hurlement ponctua la fin de sa phrase.

— En paix, hein ?

Je me sentais étrangement engourdie, comme si une partie de moi s'était retirée de cette pièce. Je ne pouvais pas rester là et écouter Nathaniel s'époumoner en m'autorisant à ressentir quoi que ce soit. Pas si je voulais rester saine d'esprit. Le calme froid dans lequel je m'abîme chaque fois que je tue me submergea. C'est tellement meilleur ! Il existe des choses bien pires que le vide.

— Qui sont ces femmes ?

— Des panaches. Des cygnes-garous, répondit Coronus. Leur sort ne vous concerne pas, Nimir-ra.

Je le regardai et sentis un sourire déplaisant retrousser mes lèvres.

—Que leur arrivera-t-il après notre départ ?

—Elles guériront. Nous ne souhaitons pas leur mort.

Mon sourire s'élargit. Je ne pus l'en empêcher. J'émis un petit rire qui résonna de façon inquiétante à mes propres oreilles.

—Vous croyez vraiment que je vais les laisser à votre merci ?

—Ce sont des cygnes, pas des léopards. Pourquoi vous soucieriez-vous d'elles ?

—Ne les laisse pas. (La voix de Nathaniel était enrouée, et quand je me tournai vers lui, je vis des larmes couler sur son visage.) Je t'en supplie, ne les laisse pas ici.

Jamil retira une autre lame. Plus que trois. Cette fois, Nathaniel ne hurla pas : il se contenta de fermer les yeux et de frissonner.

—Je t'en prie, Anita. Elles ne seraient jamais venues si je ne le leur avais pas demandé.

Je regardai les trois femmes enchaînées nues au mur, bâillonnées, entourées par des dizaines de lames propres qui n'avaient pas encore servi. Elles me rendirent mon regard, les yeux écarquillés, le souffle haletant. Leur peur coula dans ma gorge tel un vin frais et capiteux. Comme le vin, la peur relève la saveur de la nourriture. Et je n'avais qu'à regarder ces malheureuses pour savoir qu'elles étaient justes ça : de la nourriture. Les cygnes ne sont pas des prédateurs – contrairement à nous.

À présent, c'était Richard qui déteignait sur moi. Les garçons n'arrêtaient pas de projeter leurs pensées et leurs sentiments sur moi, ce soir. Mais un de ces sentiments m'appartenait en propre : la rage. Pas la rage brûlante dont les loups-garous se servent pour tuer, mais quelque chose de plus froid et de plus contrôlé. Une rage qui n'avait rien à voir avec le sang et tout à voir avec… la mort. Je voulais tous les tuer pour ce qu'ils avaient fait à Gregory et à Nathaniel. Je voulais tous les tuer. Selon les règles, je ne pouvais pas aller jusque-là. Mais j'allais faire tout ce que je pourrais : à savoir, les priver de leurs autres victimes.

Je n'aurais de toute façon pas pu abandonner ces trois femmes. Je n'aurais pas pu, point.

— Ne t'en fais pas, Nathaniel : nous ne les laisserons pas.

— Vous n'avez aucun droit sur elles, protesta Coronus.

Gregory gronda. Je touchai son bras poilu.

— Tout va bien. (Je regardai Coronus entouré par ses serpents.) À votre place, j'éviterais de me dire ce que j'ai le droit de faire ou pas. À votre place, je la fermerais et je nous laisserais sortir d'ici avec qui nous déciderons d'emmener.

— Non. Elles sont à nous jusqu'à ce que leur roi-cygne vienne les délivrer.

— Il n'est pas là. Mais moi, j'y suis. Et je vous dis que je vais emmener ces femmes avec moi, Coronus du clan de l'Eau Noire. Je ne les laisserai pas entre vos pattes.

— Pourquoi ? Qu'est-ce que ça peut vous faire ?

— Pourquoi ? En partie parce que je ne vous aime pas. En partie parce que je voudrais vous tuer et que la loi lycanthrope ne m'autorise pas à le faire ce soir. Donc, je vais vous priver de votre butin. Il faudra bien que ça suffise. Mais ne vous retrouvez plus jamais, jamais sur mon chemin, Coronus. Sans ça, je vous tuerai. N'en doutez pas une seconde. Je crois même que j'y prendrai beaucoup de plaisir.

Et je pris conscience que c'était vrai. J'avais souvent tué de sang-froid, parce que j'y étais forcée. Mais ce soir, je voulais voir quelqu'un mort indépendamment de la menace qu'il constituait pour moi et les miens. Par esprit de vengeance, peut-être ? Je ne me posai pas la question : je le laissai juste transparaître dans mes yeux. Je laissai le métamorphe le voir parce que je savais qu'il comprendrait. Il n'était pas humain ; il devait pouvoir reconnaître la mort quand elle le regardait en face.

Et de fait, il pouvait. Je le vis dans ses yeux ; je goûtai la peur toute fraîche qui s'engouffra dans mes veines telle une excitation chimique. Soudain, Coronus me parut las.

— Je vous les céderais si je le pouvais, mais je ne peux pas. Je dois garder quelque chose pour justifier mes activités de cette nuit. J'espérais que ce serait les léopards et les cygnes, mais si vous m'enlevez les uns, il me faut au moins conserver les autres.

—Que vous importent les cygnes comme les léopards ? Ils ne sont rien pour vous. Vous ne pouvez pas les incorporer à votre clan.

Ce fut comme si un rideau se fermait devant ses yeux, les rendant indéchiffrables. Mais sa peur enfla, se répandant avec une odeur âcre de transpiration. Il avait une trouille bleue, et ce n'était pas de moi – pas exactement – mais plutôt de ce qui se passerait s'il ne gardait pas les panaches.

—Je dois les garder, Anita Blake.

—Dites-moi pourquoi.

—Je ne peux pas.

La peur le quittait. Jusque-là, je ne m'étais jamais rendu compte que la résignation avait une odeur, mais je sentais sur lui la calme amertume de la défaite. Celle-ci déferla en moi telle une lame de fond, et je sus que nous avions gagné.

Coronus fit un signe de dénégation.

—Je ne peux pas vous céder les panaches.

—Vous les avez déjà perdus. Je sens votre défaite.

Il inclina la tête.

—Je vous les céderais si je pouvais, mais s'il vous plaît, croyez-moi quand je vous dis que je ne peux pas. Je ne peux pas.

—Vous ne pouvez pas, ou vous ne voulez pas ? demandai-je.

Il eut un sourire aussi amer que le parfum qui émanait de sa peau.

—Je ne peux pas.

Sa voix était pleine de regret, comme s'il aurait vraiment voulu acquiescer.

—Faites ce qui vaut mieux pour vos gens, Coronus. Laissez tomber.

Je savais d'une façon indéfinissable que nous gagnerions, parce que ma détermination était supérieure à la sienne. Cette nuit s'achèverait pour nous par une victoire. Certains des serpents mourraient parce que leur chef s'était découragé. Sans sa volonté pour les porter, ils perdraient forcément.

Je les dévisageai tour à tour, et ils reniflèrent l'air alors que je les regardais. La défaite les enveloppait ainsi que de la fumée. Ils n'avaient pas vraiment envie de gagner. Ils n'avaient même pas envie d'être là. Alors, pourquoi y étaient-ils ? Parce que leur alpha y était, et que sa volonté était la leur. Mais pourquoi étaient-ils si faibles, comme si quelque chose ou quelqu'un manquait à leur groupe et que son absence sapait leur force de frappe ?

Je sursautai en comprenant que c'était ce que les léopards avaient dégagé eux aussi avant que je les prenne en charge – cette odeur de défaite. À la base, Nathaniel était faible. Mais à présent, ma volonté était la sienne, et je n'étais pas faible. Je pivotai pour observer son visage, ses yeux, et à travers toute la douleur des tortures subies, je vis qu'il n'était pas désespéré. Quand je l'ai rencontré, il était la personne la plus résignée du monde. Ce soir, pourtant, il avait su que je viendrais. Il avait su avec une certitude absolue que je ne le laisserais pas aux mains de ces gens. Gregory pouvait douter parce qu'il réfléchissait avec cette partie de lui qui était humaine. Mais Nathaniel avait foi en moi, une foi qui ne devait rien à la logique et tout à la liberté.

Je reportai mon attention sur Coronus.

— Si vous ne vous barrez pas d'ici, certains d'entre vous ne verront pas le jour se lever.

Il poussa un gros soupir.

— Qu'il en soit ainsi.

Puis il fit ce qu'il n'aurait pas dû faire. Une chose illogique d'un point de vue non humain. Il allait perdre, et il le savait. Pourtant, il eut une réaction très humaine. Il nous attaqua quand même. Seuls les humains gaspillent leur énergie de cette façon alors qu'on leur a offert une échappatoire.

Les deux hommes-serpents qui gardaient Coronus se jetèrent soudain sur moi. Je me tenais trop près pour leur échapper. À cause de mes nouvelles perceptions de lycanthrope, je me sentais si sûre qu'ils ne se battraient pas ! Du coup, j'avais été imprudente. J'avais oublié qu'au final, nous ne sommes qu'à moitié animaux. Et que c'est notre moitié humaine qui nous fout dans la merde chaque fois.

Ils furent si rapides que j'eus à peine le temps de me pencher pour saisir mon autre couteau – sachant pertinemment que je ne l'atteindrais pas assez vite.

Gregory bondit telle une traînée de fourrure blonde. Il cueillit un de mes agresseurs dans les airs et roula avec lui sur le sol. Mais l'autre s'abattit sur moi, et ses griffes me lacérèrent avant que je heurte le sol sous lui. Ça ne me fit même pas mal : l'engourdissement me gagnait déjà. Ses griffes déchirèrent mon top et la chair de mon ventre en dessous. Je les sentis tâtonner en quête de mon cœur. Je levai la main droite pour tenter de lui saisir le poignet, mais j'avais l'impression de bouger au ralenti. Mon bras me semblait peser une tonne, et je sentais confusément que j'étais bien amochée – que le premier coup de patte avait fait de vilains dégâts.

Soudain, Gregory jaillit, trait de fourrure pâle parmi les serpents multicolores, et retomba sur moi. Une créature accrochée à son dos le taillait en pièces. Il n'essaya même pas de se défendre tant qu'il n'eut pas délogé mon agresseur. Puis tous trois commencèrent à se battre sur moi. À un moment, les yeux et la bouche grimaçante de Gregory se retrouvèrent à quelques centimètres de mon visage. Nous étions plaqués l'un contre l'autre comme des amants, et je savais que les griffes plantées dans ma chair étaient les siennes. Quelque chose ou quelqu'un l'avait cloué sur moi.

D'autres mains nous séparèrent. J'aperçus le visage de Jamil et vis remuer ses lèvres, mais aucun son ne me parvint. Des ténèbres tourbillonnèrent en travers de ma vision et dévorèrent tout à l'exception d'un minuscule point de lumière. Puis même ce point disparut, et il ne resta rien que l'obscurité.

Chapitre 8

J e rêvais que je fuyais – qu'on me pourchassait dans les bois
en pleine nuit. J'entendais mes poursuivants se rapprocher,
et je savais qu'ils n'étaient pas humains.

Puis je tombai par terre et m'élançai à quatre pattes, courant
après la créature pâle qui venait de détaler devant moi. Elle n'avait
pas de griffes, pas de dents, et elle dégageait un merveilleux
parfum de peur. Elle s'écroula en poussant un cri aigu qui me
fit mal aux oreilles et m'excita. Mes crocs se plantèrent dans sa
chair et en arrachèrent une bouchée. Du sang brûlant dégoulina
dans ma gorge, et le rêve se dissipa.

J'étais allongée sur le lit noir dans la chambre de Narcisse.
Jean-Claude était attaché, debout entre les montants du bas.
Sa poitrine nue était couverte de marques de griffes ; du sang
dégoulinait sur sa peau. Je rampai jusqu'à lui. Je n'avais pas
peur : tout ce que je sentais, c'était l'odeur cuivrée de son sang.
Il me fixa de ses yeux entièrement bleus.

— Embrasse-moi, ma petite.

Je me dressai sur les genoux et approchai ma bouche de la
sienne sans la toucher. Il se tendit vers moi, mais je restai hors
de portée de ses lèvres si tentantes. Puis je baissai la tête vers sa
poitrine et les blessures fraîches qui lacéraient sa peau.

— Oui, ma petite, oui, soupira-t-il.

Je pressai ma bouche sur une plaie et bus.

Je me réveillai en sursaut, les yeux grands ouverts, le cœur
battant la chamade. Richard était penché sur moi. Il portait
toujours son collier de cuir à pointes. Je voulus lever les bras
pour l'enlacer, mais mon bras gauche était immobilisé… et relié

à une perfusion. En scrutant la pièce plongée dans la pénombre, je compris que je ne me trouvais pas dans un hôpital. Je tendis mon bras droit vers le visage de Richard, mais il était lourd, si lourd…

Comme le bout de mes doigts effleurait sa peau, l'obscurité m'éclaboussa le visage ainsi qu'un torrent d'eau tiède. Je l'entendis dire :

— Ne t'agite pas, Anita. Repose-toi.

Il me semble qu'il m'embrassa doucement. Puis plus rien.

J'avançais dans de l'eau qui m'arrivait jusqu'à la taille, de l'eau limpide et glaciale. Je savais que je devais sortir de là avant que le froid me tue. Au loin, j'apercevais le rivage, des arbres morts et de la neige. Je m'élançai vers eux, luttant contre l'eau glacée.

Puis le sol se déroba sous mes pieds, et je tombai dans un trou profond. L'eau se referma au-dessus de ma tête, et le choc du froid me frappa tel un poing géant. Je ne pouvais ni bouger ni respirer. La lumière s'estompa à travers l'eau cristalline. Je me mis à couler vers des profondeurs noires. J'aurais dû avoir peur, mais ce n'était pas le cas. J'étais si fatiguée…

Des mains pâles venues de la lumière se tendirent vers moi. Les manches d'une chemise blanche ondulaient autour de leurs poignets. Je levai faiblement les bras vers elles. Une des mains de Jean-Claude saisit la mienne et me tira vers la surface.

J'étais de retour dans la chambre obscure, mais ma peau était mouillée, et j'avais tellement froid ! Jean-Claude me berçait dans son giron. Il portait toujours sa tenue en vinyle noir. Puis je me souvins du combat. J'avais été blessée. Jean-Claude se pencha, déposa un baiser sur mon front et pressa sa joue contre la mienne. Sa peau était aussi froide qu'il me semblait l'être, pareille à de la glace. Je tremblais de tout mon corps parcouru de petits spasmes involontaires.

— F-froid, balbutiai-je.

— Je sais, ma petite. Moi aussi.

Je fronçai les sourcils parce que je ne comprenais pas. Jean-Claude leva les yeux vers quelqu'un d'autre.

— Je l'ai ramenée, mais je ne peux pas lui donner la chaleur dont elle a besoin pour survivre.

Je réussis à tourner la tête dans la direction de son regard. Richard se tenait au fond de la pièce avec Jamil, Shang-Da et Gregory. Il s'approcha du lit et me toucha la figure. Sa main était chaude sur ma peau. Trop chaude, et je tentai de me dérober.

— Anita, tu m'entends ?

Mes dents claquaient si fort que j'eus du mal à bredouiller :

— Oui.

— Tu as de la fièvre, beaucoup de fièvre. On t'a plongée dans une baignoire remplie de glace pour la faire baisser. Mais ton corps a réagi comme celui d'un métamorphe. Une température si basse pendant que tu étais en train de régénérer a failli te tuer.

Je me rembrunis davantage.

— … comprends pas, parvins-je à articuler.

Les spasmes s'amplifiaient ; ils devenaient si violents qu'ils tiraient sur mes plaies. Je commençais à être juste assez réveillée pour sentir combien j'étais blessée. J'avais mal dans des endroits où je ne me souvenais pas d'avoir été touchée. Et mes muscles palpitaient de douleur.

— Tu as besoin d'une température élevée pour guérir, comme nous.

La signification du « nous » m'échappait.

— Qui… ? commençai-je.

Puis un spasme me parcourut, m'arrachant un cri. Je fus saisie de convulsions et percutée de plein fouet par une douleur écrasante. Si j'avais pu respirer, j'aurais crié plus fort. De grosses taches grises commencèrent à oblitérer ma vision.

— Allez chercher le docteur ! aboya Richard.

— Tu sais ce qu'il faut faire, mon ami.

— Si ça marche, je l'aurai perdue.

Ma vision s'éclaircit un instant. Richard ôtait son pantalon moulant. Ce fut la dernière chose que je vis avant que le gris me submerge et m'entraîne par le fond.

CHAPITRE 9

I l me semblait que je rêvais, mais je n'en étais pas sûre. Je distinguais des gens dans le noir – certains que je connaissais, d'autres non. Cherry avec ses courts cheveux blonds et son visage pas maquillé qui lui donnait l'air beaucoup plus jeune que nous l'étions toutes deux en réalité. Gregory qui me touchait le visage. Jamil allongé près de moi, lové sur lui-même tel un songe ténébreux. Je flottais de l'un à l'autre parce que je les sentais tous pressés contre moi, peau nue contre peau nue. Ça n'avait rien de sexuel, ou du moins, pas ouvertement.

Je me réveillai – si je me réveillais – juste assez pour comprendre que c'était les bras de Richard qui m'entouraient, son corps qui faisait la cuiller avec le mien, ses cheveux qui me chatouillaient la joue. Je me rendormis, sachant que j'étais en sécurité.

J'émergeai lentement, dans un cocon de chaleur corporelle et un souffle de cette énergie lycanthrope qui donne des picotements. Je tentai de basculer sur le dos et en fus empêchée par la pression d'un corps. J'ouvris les yeux.

La pièce était plongée dans le noir, avec juste une petite lumière près du mur, comme une veilleuse d'enfant. Ma vision nocturne était assez bonne pour qu'elle me permette de distinguer les couleurs.

Un inconnu était recroquevillé contre le devant de mon corps, le visage enfoui dans le creux de mon épaule juste au-dessus de mes seins. Je sentais son souffle chaud sur ma peau. En temps normal, j'aurais paniqué et pris mes jambes à mon cou, mais je n'avais pas envie de paniquer. Je me sentais au chaud, en sécurité et… mieux que je l'avais été depuis très longtemps, comme si je portais mon pyjama en flanelle préféré et m'étais drapée dans une immense couverture toute douce. C'était aussi réconfortant que ça.

Même la vision du bras passé autour de ma taille par quelqu'un qui se trouvait derrière moi ne parvint pas à me perturber. Le docteur Lillian m'avait peut-être filé un médoc qui détend. Tout ce que je savais, c'est que je ne voulais pas bouger. Un peu comme quand on se réveille le matin sans endroit où aller ni rien à faire de précis, et qu'on peut se laisser flotter béatement dans cet état de demi-sommeil.

Le bras autour de ma taille était musclé, définitivement masculin, mais plutôt petit. Sa peau bronzée semblait plus sombre qu'elle l'aurait dû contre la pâleur de la mienne. Je me laissai aller dans la tiédeur du corps qui épousait le mien. Le fait que je me sente bien prise en sandwich entre deux hommes nus laissait à penser que j'étais, sans l'ombre d'un doute, sous l'influence d'une drogue quelconque. Je m'étais déjà réveillée beaucoup plus habillée et beaucoup plus embarrassée que ça.

Je supposai que les deux types étaient des loups-garous. La meute de Saint Louis est grande, et je ne connais pas tous ses membres de vue. Je baignais dans leur énergie comme si de l'eau chaude et invisible flottait autour de nous trois. Je me souvenais d'avoir été blessée, d'avoir senti des griffes s'enfoncer sous mon sternum. Je baissai les yeux et découvris un cercle de tissu cicatriciel rosâtre à l'endroit où le serpent avait essayé d'atteindre mon cœur. Ça me faisait encore vaguement mal, mais la cicatrice était déjà rose, brillante et plate sur ma peau. Combien de temps étais-je restée dans les choux ?

J'attendis que la panique monte, que la gêne me submerge. Comme rien ne venait, je détaillai le premier des deux hommes. Il avait des cheveux bruns coupés très court derrière mais longs sur le dessus, de sorte que ses boucles me chatouillaient à chaque infime mouvement qu'il faisait dans son sommeil. Son bronzage était si prononcé que la teinte de sa peau avoisinait celle de ses cheveux. Le sourcil que je pouvais voir était percé par un anneau minuscule. Un de ses genoux immobilisait mon mollet ; une de ses mains reposait mollement sur ma cuisse nue. Seules sa jambe repliée et l'orientation de ses hanches m'empêchaient de voir la totale, et le peu de pudeur qui me restait leur en était reconnaissant. Quelle que soit la raison de ma décontraction, je sentais qu'elle commençait à s'estomper. Peut-être parce que j'étais de mieux en mieux réveillée.

Pour le reste, l'homme était lové si étroitement contre moi que je ne voyais pas grand-chose de son côté face. La ligne de son dos et de ses fesses, en revanche, était d'une fluidité parfaite. Pas de marque de maillot. Il bronzait à poil ? Son corps paraissait jeune – disons, vingt-cinq ans à tout casser. Il était plus grand que moi, mais pas de beaucoup. Un mètre soixante-huit, peut-être moins.

Il s'agita ; la main posée sur ma cuisse se crispa comme s'il rêvait, et soudain, je sus qu'il était réveillé. Une tension absente quelques secondes plus tôt parcourut son corps. Mon cœur se mit à battre la chamade. Je disposais d'environ deux secondes pour me demander ce qu'on dit à quelqu'un qu'on ne connaît ni d'Adam ni d'Ève quand on se réveille à poil contre lui.

Il ouvrit la paupière que je pouvais voir et déplaça sa tête juste assez pour me regarder en clignant de ses grands yeux marron. Encore à moitié endormi, il m'adressa un sourire paresseux.

— Je ne vous avais encore jamais vue réveillée.

Je dis la seule chose qui me passa par la tête.

— Je ne me souviens pas de vous avoir déjà vu tout court. Qui êtes-vous ?

— Caleb. Je m'appelle Caleb.

Je hochai la tête et fis mine de me redresser. Je voulais sortir de ce lit. La chaleur réconfortante était toujours là, mais ma gêne avait pris le dessus. Je n'étais pas assez détachée pour converser avec un inconnu alors que nous étions tous deux nus comme des vers. Ou pas assez sophistiquée, peut-être.

Mais le bras passé autour de ma taille se raidit, me maintenant allongée sur le lit et contre Caleb. Le genou de celui-ci se fit plus lourd et glissa un peu plus loin entre mes jambes. Soudain, je sentis des parties de son corps qui m'étaient dissimulées. Finalement, j'aurais préféré voir la totale que la savoir pressée contre le haut de ma cuisse. Ou plus exactement, contre mon entrejambe – pas tout à fait au bon endroit pour que je commence à lui faire mal, mais pas loin. La main qui, jusque-là, était restée mollement posée sur ma cuisse l'empoigna fermement. Mon pouls s'accéléra. Je me sentais coincée, limite prisonnière.

— Inutile de vous exciter. Il faut absolument que je me lève et que je sorte de ce lit. Tout de suite.

Le deuxième homme remua. Je ne pouvais pas le voir, mais je sentis qu'il se dressait sur un coude et resserrait encore son étreinte. Je me retrouvai étroitement pressée contre lui, et je pris conscience de plusieurs choses. Un : il faisait à peu près ma taille, parce que nous nous emboîtions parfaitement. Deux, il était mince, musclé et très satisfait de notre proximité. Huuuuu !

Je me tournai à demi vers lui, comme pour regarder en direction d'un bruit étrange dans un film d'horreur : au ralenti, avec une sourde appréhension. Il leva la tête au-dessus de mon épaule, ses longs cheveux cascadant sur le côté en une masse si emmêlée que je n'aurais su dire s'ils étaient bouclés ou juste ondulés. Je voyais seulement qu'ils étaient d'un brun très foncé, presque noir. Son visage paraissait un peu trop triangulaire, un peu trop délicat, un peu trop androgyne avec son nez retroussé et sa bouche large dont l'épaisse lèvre inférieure s'avançait en une moue boudeuse.

Mais c'étaient ses yeux qui gâchaient l'effet d'ensemble – ou le rendaient plus saisissant encore. Je crus d'abord qu'ils étaient jaunes. Puis je distinguai un épais anneau gris-vert autour de la pupille. Ce n'étaient pas des yeux humains – ne me demandez pas comment je le savais – mais ce n'étaient pas non plus des yeux de loup.

Je me dégageai tant bien que mal. Mon bras gauche protesta contre le mouvement, mais ne me fit pas assez mal pour surpasser mon embarras. Ma sortie ne fut pas gracieuse ; néanmoins, je me retrouvai debout au pied du lit, toisant les deux hommes plutôt que prise en sandwich entre eux. Merde pour la grâce. Il me fallait des vêtements.

—N'ayez pas peur, Anita. Nous ne vous voulons pas de mal, me dit le deuxième homme.

Je tentai de garder un œil sur eux tout en scrutant la pénombre en quête de fringues. Je n'en vis aucune. Le seul bout de tissu dans la pièce, c'était le drap sur lequel ils étaient allongés. J'avais terriblement envie de me couvrir, mais mes deux mains n'y suffiraient pas, et rester plantée là avec les mains croisées devant mon entrejambe me semblait encore plus gênant que rester plantée là les bras ballants. Le gauche me faisait mal de l'épaule jusqu'au poignet, et j'aperçus une ligne de petites cicatrices roses et pâles sur ma chair.

—Qui êtes-vous ? demandai-je d'une voix un peu essoufflée.

—Micah Callahan, se présenta-t-il sur un ton calme, presque désinvolte, alors qu'il était toujours allongé sur le flanc et complètement nu.

Personne ne se sent aussi bien à poil que les métamorphes.

Micah avait des épaules étroites. Tout en lui était d'une finesse presque féminine. Mais même au repos, des muscles se devinaient sous sa peau : des muscles longs plutôt que gonflés. Un regard suffisait pour voir qu'il était costaud, ce qui n'aurait peut-être pas été évident s'il avait porté des fringues. Tout comme le fait que, malgré sa délicatesse générale, certaines parties de lui n'avaient rien de mince ni de petit. Le contraste semblait assez incongru, comme si Mère Nature avait voulu compenser son aspect androgyne en le dotant d'attributs plus que généreux par ailleurs. Si généreux, en fait, que je m'empourprai brusquement. Je dus détourner les yeux en essayant de garder un œil sur les deux hommes au cas où ils se lèveraient. C'est dur de ne pas regarder et de regarder en même temps, mais j'y parvins plus ou moins.

—Et voici Caleb, dit Micah.

Caleb roula sur le dos et s'étira comme un gros chat, s'assurant que je voie bien qu'il était nu lui aussi – au cas où je n'aurais pas déjà remarqué. Il avait un piercing au nombril, une sorte de minuscule grelot argenté. Ça, par contre, je ne l'avais pas remarqué.

—Je me suis déjà présenté, dit Caleb.

C'était une phrase très innocente, mais quelque chose dans le ton qu'il utilisa tout en se tortillant sur le drap et en me faisant coucou la rendit purement obscène. Mon petit doigt me disait que je n'allais pas beaucoup aimer Caleb.

—Super, ravie de faire votre connaissance à tous les deux. (Je ne savais toujours pas quoi faire de mes mains.) Qu'est-ce que vous fichez ici ?

—Ben, on couche avec vous, répondit Caleb.

Le rouge qui s'était presque dissipé enflamma de nouveau mes joues. Caleb éclata de rire. Pas Micah. Un bon point pour lui.

Micah s'assit, pliant un genou pour se couvrir, ce qui lui valut un deuxième bon point. Caleb resta sur le dos à s'exhiber.

—Il y a un peignoir dans le coin, là-bas, dit Micah.

Je jetai un coup d'œil dans la direction qu'il indiquait, et de fait, il y avait un peignoir. Le mien, en épais tissu bordeaux avec des bordures satinées – très masculin, comme une veste d'intérieur victorienne. Quand je m'en saisis, je sentis quelque chose de lourd dans une des poches. Je me retins de tourner le dos aux deux hommes pour l'enfiler : ils avaient déjà vu tout ce qu'il y avait à voir. Trop tard pour exprimer ma pudeur.

Lorsque j'eus noué la ceinture, je glissai mes mains dans les poches, et la droite se referma sur mon Derringer. Du moins, je supposai que c'était mon Derringer, puisque c'était mon peignoir. La seule personne de mon entourage qui aurait pensé à me laisser un flingue, c'était Edward, et à ma connaissance, il ne se trouvait pas dans le Missouri. Mais quelqu'un y avait pensé, et je m'en réjouissais. J'avais des fringues, une arme, la vie était belle.

—Micah Callahan, hein ? Ce nom ne me dit rien.

— Je suis le Nimir-raj du clan des Mangeurs d'Homme.

Je clignai des yeux, essayant de digérer cette révélation. Je n'étais plus embarrassée. Surprise, oui. Tendant vers la colère, peut-être.

— Je suis la Nimir-ra du clan des Buveurs de Sang, et je ne me souviens pas de vous avoir invité sur mon territoire, monsieur Callahan.

— Vous ne l'avez pas fait.

— Dans ce cas, vous pouvez m'expliquer ce que vous fabriquez ici sans ma permission ?

Un premier frémissement de colère transparut dans ma voix, et je fus ravie de l'entendre. La colère me rend toujours les choses plus faciles à gérer – même une conversation avec deux inconnus à poil.

— Elizabeth m'a invité, répondit Micah.

La colère s'engouffra en moi comme un vent chaud, réveillant la bête que je croyais celle de Richard. Mais au *Narcisse Enchaîné*, Dieu sait combien de nuits auparavant, j'avais découvert qu'elle résidait désormais en moi de façon permanente. Cette bête enfla à l'intérieur de mon corps et se répandit sur ma peau telle une pellicule de sueur invisible.

Les deux hommes réagirent à la flambée de pouvoir. Caleb s'assit brusquement, le regard rivé sur moi, toute provocation envolée. Micah renifla l'air ; ses narines frémirent, et il passa la langue sur ses lèvres comme s'il pouvait goûter l'énergie qui émanait de moi.

Les émotions fortes amplifient toujours le pouvoir, et j'étais carrément furieuse. J'en voulais déjà à Elizabeth d'avoir abandonné Nathaniel au club. Mais cette fois… elle avait enfin commis une erreur que je ne pouvais pas laisser passer.

Une partie de moi en était presque soulagée, parce que la disparition d'Elizabeth me faciliterait bien la vie. Une autre partie – minuscule, celle-là – espérait encore ne pas être obligée de la tuer. Mais je ne voyais plus comment l'éviter.

Cela dut se lire sur mon visage, car Micah précisa :

— J'ignorais que son pard avait déjà une Nimir-ra quand je suis venu ici. Elizabeth était le second de leur ancien alpha. Elle avait le droit de chercher un nouveau chef, pour elle et pour les autres.

— Elle a juste oublié de mentionner que le pard avait déjà une Nimir-ra, c'est ça?

— C'est ça.

— Vraiment? dis-je sur mon ton le plus sarcastique.

Micah se leva. Je continuai à le regarder dans les yeux, mais ce fut plus difficile que ça aurait dû l'être.

— Je n'ai appris votre existence qu'il y a trois nuits, quand Cherry est venue frapper à la porte d'Elizabeth pour lui demander de venir vous aider.

— Foutaises.

— Je vous donne ma parole.

Ma main se referma sur le Derringer et éprouva son poids réconfortant. Je me demandai avec quoi il était chargé: du calibre .38, ou du .22? J'espérais que c'était du .38 – ça fait de plus gros trous.

Mon bras gauche m'élança comme si le muscle tentait de se désolidariser du reste. À cause de la tension? Ou m'étais-je infligé des dommages permanents? Je m'en soucierais plus tard, quand je ne serais plus seule face à deux léopards-garous qui pouvaient être mes copains – ou pas.

— Vous dites que vous ignoriez mon existence avant d'arriver en ville. Soit. Mais alors, pourquoi êtes-vous toujours là?

— Quand j'ai découvert qu'Elizabeth m'avait menti, je suis venu ici et j'ai tenté de vous aider, pour me faire pardonner d'avoir pénétré sur votre territoire sans autorisation. Tous mes léopards se sont succédé dans votre lit pour accélérer votre guérison.

— Dommage pour vous.

Micah leva les mains, paumes vers le haut: le geste traditionnel pour montrer que vous n'êtes pas armé et que vous ne nourrissez aucune mauvaise intention. C'est cela, oui.

— Que puis-je faire pour arranger les choses entre nous, Anita ? Je ne veux pas de guerre entre nos pards, et j'ai appris que vous cherchiez un alpha pour prendre votre place. Je suis un Nimir-raj ; vous rendez-vous compte à quel point c'est rare chez les léopards-garous ? Le mieux que vous pourrez trouver ailleurs, c'est un léopard lionné : un protecteur, mais pas un vrai roi.

— Vous postulez pour la place ?

Il fit un pas vers moi, et la pièce n'était pas si grande.

— Je serais honoré que vous preniez ma candidature en considération.

Je voulus lever la main gauche, mais un spasme m'empêcha d'achever mon geste. Micah comprit pourtant l'idée et s'immobilisa.

— Pour commencer, restez où vous êtes. J'ai déjà eu plus que ma dose d'intimité avec vous deux.

Il obtempéra, les mains toujours levées.

— Nous vous avons surprise. Je comprends.

J'en doutais fort, mais c'était poli de sa part de faire semblant. Je n'ai encore jamais rencontré de métamorphe à qui ça pose problème de dormir avec ses congénères, tous entassés à poil comme des chiots. Évidemment, je n'ai encore jamais rencontré de métamorphe fraîchement contaminé. Il doit falloir du temps pour atteindre ce niveau de décontraction.

Mon bras gauche se convulsait si fort que je lâchai mon flingue, sortis ma main droite de ma poche et tentai de calmer les mouvements involontaires.

— Vous êtes blessée, dit Micah.

Chaque spasme de mes muscles projetait un élan de douleur aiguë le long de mon bras.

— C'est généralement ce qui arrive quand on se prend un coup de griffes.

— Laissez-moi m'occuper de vous ; vous vous sentirez beaucoup mieux ensuite.

Je levai les yeux au ciel.

— Je parie que vous dites ça à toutes les filles.

Il n'eut même pas l'air embarrassé.

— Je vous l'ai dit : je suis un Nimir-raj. Je peux appeler la chair.

Mon incompréhension dut se lire sur mon visage, car il expliqua :

— Je peux guérir les blessures au toucher.

Je le regardai sans répondre.

— Que dois-je faire pour vous prouver que c'est la vérité ?

— Si quelqu'un de ma connaissance pouvait se porter garant de vous, ce serait déjà un bon début.

— Facile, dit-il.

Une seconde plus tard, la porte s'ouvrit.

C'était un autre inconnu. Il mesurait dans les un mètre quatre-vingts. Il était bien bâti, musclé, large d'épaules et nu comme un ver, ce qui me permit de voir que tout en lui était convenablement proportionné. Du moins ne bandait-il pas – ça me changeait un peu.

Contrairement à Micah et à Caleb, il avait la peau pâle, pas du tout bronzée. Des cheveux blancs striés de mèches grises tombaient sur ses épaules. Il avait une moustache grise et un filet de barbe à la Van Dyke. Il devait avoir plus de cinquante ans, mais son corps ne paraissait ni âgé, ni faible. On aurait plutôt dit un mercenaire professionnel, capable de vous arracher le cœur et de le rapporter à son commanditaire si la prime était à la hauteur.

Une cicatrice verticale aux bords déchiquetés barrait sa poitrine et son ventre, dessinant une demi-lune autour de son nombril avant de se perdre dans la pilosité de son entrejambe. Elle était blanche, probablement assez ancienne. Ou bien il l'avait reçue avant de devenir un lycanthrope, ou bien… je ne sais pas. Les métamorphes chopent parfois des cicatrices, mais c'est rare. Il faut vraiment faire une connerie avec la plaie pour qu'elle se referme aussi mal.

— Je ne le connais pas, dis-je.

— Anita Blake, voici Merle.

Ce ne fut qu'après m'avoir été présenté que le nouveau venu tourna son regard vers moi. Ses yeux gris pâle semblaient humains. Il reporta presque aussitôt son attention sur le Nimir-raj, tel un chien obéissant qui tient à surveiller l'expression de son maître.

—Salut, Merle.

Il hocha la tête.

—Laisse entrer ses gens, dit Micah.

Merle s'agita, et je sus aussitôt qu'il ne voulait pas le faire.

—Une partie de ses gens?

C'était une question. Micah me jeta un coup d'œil.

—Pourquoi pas tous? demandai-je.

Merle tourna ses yeux pâles vers moi, et son regard me donna envie de me dérober. Il me regarda comme s'il pouvait voir de l'autre côté de ma tête et lire tout ce qu'il y avait à l'intérieur. Je savais que c'était impossible, mais franchement, il était impressionnant. Je réussis tout de même à ne pas frémir.

—Dis-lui, ordonna Micah.

—Trop de gens dans une pièce trop petite. Je ne peux pas garantir la sécurité de Micah au milieu d'une foule d'inconnus.

—Vous devez être son Sköll.

Le dégoût retroussa les lèvres de Merle.

—Nous ne sommes pas des loups. Nous n'utilisons pas leurs termes.

—D'accord, mais à ma connaissance, il n'existe pas d'équivalent chez les léopards. Donc, vous êtes le garde du corps en chef de Micah.

Il inclina brièvement la tête.

—Bien. Considérez-vous mes gens comme une menace envers lui?

—C'est mon boulot de les considérer comme une menace.

Un point pour lui.

—Soit. Combien de personnes accepteriez-vous de laisser entrer?

Il cligna des yeux, et l'espace d'un instant, la dureté de son regard se voila d'incertitude.

— Vous n'allez pas insister ?

— Pourquoi le ferais-je ?

— La plupart des alphas insistent pour imposer leur volonté afin de ne pas paraître faible.

Cela me fit sourire.

— Je ne manque pas à ce point de confiance en moi.

Merle sourit à son tour.

— Il est vrai que ceux qui thésaurisent leur pouvoir manquent souvent de confiance en eux.

— C'est aussi ce que j'ai constaté.

Il acquiesça de nouveau, l'air pensif.

— Deux.

— D'accord.

— Vous avez une préférence ?

Je haussai les épaules.

— Cherry et quelqu'un d'autre, peu importe qui.

J'avais choisi Cherry parce que c'est toujours elle qui me fait les meilleurs rapports. Elle a la tête froide, à défaut de savoir vraiment bien se battre. Mais là tout de suite, j'avais besoin d'informations, pas de quelqu'un pour protéger mes arrières.

Merle esquissa une courbette, puis jeta un coup d'œil à Micah, toujours debout près du lit. Micah lui fit signe d'y aller. Le garde du corps rouvrit la porte et dit quelque chose à voix basse.

Cherry fut la première à entrer. Elle était grande et mince ; sa poitrine généreuse surplombait une taille fine, des hanches voluptueuses et une preuve que sa blondeur ne sortait pas d'un flacon. Les vêtements étaient passés de mode pendant que je récupérais, ou quoi ?

Franchement, j'étais ravie de voir une autre femme. En temps normal, être la seule ne me dérange pas – ça m'arrive souvent dans le cadre de mon boulot avec la police. Mais quand tout le monde est à poil autour de moi, je trouve sympa que tout le monde n'ait pas un pénis.

Cherry sourit en me voyant. Il y avait tant de soulagement dans son regard et dans son expression que j'en fus presque embarrassée. Elle m'étreignit, et je la laissai faire, mais je me dégageai la première. Elle me toucha le visage comme si elle n'en croyait pas vraiment ses yeux.

—Comment te sens-tu ?

Je haussai les épaules, et ce petit mouvement crispa les muscles de mon bras gauche, me forçant à le presser contre mon flanc pour l'empêcher de se convulser. Les dents serrées sur la douleur, je répondis :

—Mon bras me joue encore des tours, mais à part ça, ça va.

Cherry me toucha doucement, faisant courir sa main sur la manche de mon peignoir.

—C'est la rapidité de ta guérison qui te file des crampes. Ça ira mieux dans quelques jours.

—Tu veux dire que je ne vais pas pouvoir me servir de mon bras gauche pendant plusieurs jours ?

—Les spasmes se manifesteront par crises. Les massages peuvent aider. Les compresses chaudes aussi. Tes muscles ont dû être salement amochés pour que les convulsions soient aussi violentes.

Je vous ai dit que Cherry était infirmière dans le civil – autrement dit, quand elle ne court pas avec la meute ?

—Je peux vous rendre l'usage de votre bras dès maintenant, offrit Micah.

Nous pivotâmes toutes deux vers lui.

—Comment ? demanda Cherry.

—Je peux appeler la chair, répéta-t-il.

La tête de Cherry m'indiqua qu'elle savait de quoi il parlait, et qu'elle était impressionnée. Mais une seconde plus tard, son expression se fit dubitative, soupçonneuse. Je l'ai bien éduquée. Même si, en vérité, Cherry a eu la vie assez dure avant notre rencontre pour développer une saine méfiance. Je ne peux pas m'en attribuer tout le mérite.

J'essayais de deviner en quoi pouvait bien consister le fait d'« appeler la chair » lorsque Nathaniel entra à son tour. La dernière fois que je l'avais vu, il était transpercé par une bonne dizaine de lames, et sa chair avait repoussé autour du métal. À présent, son corps était redevenu intact et parfait, sans la moindre cicatrice.

Ma stupéfaction et mon ravissement durent se lire sur mon visage, car Nathaniel m'adressa un grand sourire et tourna sur lui-même pour me montrer que son dos aussi était guéri. Je touchai le haut de sa poitrine, à l'endroit où j'avais retiré une des lames. La peau était aussi lisse que si j'avais rêvé toute l'horrible scène.

— J'ai beau savoir que vous pouvez vous remettre des pires dégâts, votre capacité de régénération me surprend chaque fois.

— Vous finirez par vous y habituer, dit Merle.

Quelque chose dans sa voix me fit tourner mon regard vers lui. Les sourires de Cherry et de Nathaniel s'estompèrent, cédant la place à un air grave.

— Qu'est-ce qui ne va pas ? demandai-je.

Cherry et Nathaniel échangèrent un coup d'œil, mais ce fut Micah qui parla.

— Puis-je guérir votre bras ?

Je voulus l'envoyer promener jusqu'à ce que je sache exactement de quoi il retournait, mais mon bras gauche choisit ce moment pour se recroqueviller de l'épaule jusqu'au bout des doigts, une vague de secousse douloureuse qui me coupa les jambes. Si Cherry ne m'avait pas retenue, je serais tombée. Avec ses doigts recourbés comme des griffes, ma main ressemblait à celle de quelqu'un qui a avalé une dose massive de strychnine. J'avais l'impression que mon bras essayait de se retourner sur l'envers à la façon d'un long gant de soirée. Cherry dut soutenir presque tout mon poids tandis que je me retenais de hurler.

— Anita, laisse-le soigner ton bras s'il en est capable, me pressa-t-elle.

Les muscles de mon bras se détendirent millimètre par millimètre jusqu'à ce que l'envie de hurler ne soit plus qu'un écho lointain dans ma tête.

— C'est quoi, appeler la chair ? demandai-je d'une voix essoufflée par l'effort, mais ni geignarde ni gémissante.

Je m'appuyais si lourdement sur Cherry que seule la politesse l'empêchait de me soulever dans ses bras. Elle portait tout mon poids.

Micah s'approcha de nous. Merle se planta derrière lui telle une infirmière anxieuse.

— Je peux soigner les dégâts subis par mon pard avec mon corps.

Je levai les yeux vers Cherry et vit que Nathaniel se tenait près d'elle. Tous deux hochèrent la tête en même temps, comme s'ils avaient entendu ma question muette.

— Je n'ai jamais vu de Nimir-raj faire ça, mais j'en ai entendu parler, dit Cherry. C'est possible.

— Tu n'as pas l'air de croire Micah, fis-je remarquer.

Elle m'adressa un bref sourire qui ne monta pas jusqu'à ses yeux fatigués.

— Je ne crois pas grand monde. Toi exceptée.

Je me redressai en continuant à m'appuyer quand même un peu sur elle. Lui pressant le bras de ma main droite, je tentai de mettre du sentiment dans mon regard.

— Je ferai toujours de mon mieux pour vous, Cherry.

Cette fois, elle sourit pour de vrai, et ses yeux s'éclaircirent – sans toutefois se départir de la pointe de cynisme qui ne les quittait jamais.

— Je sais.

— Nous le savons tous, ajouta Nathaniel.

Je lui souris et, par-devers moi, répétai la prière que je fais chaque jour depuis que j'ai hérité du pard : *Mon Dieu, empêchez-moi de les décevoir.*

Sans lâcher le bras de Cherry, je me tournai vers Micah.

— Pourquoi n'y a-t-il que mon bras qui me fasse mal ?

—Vous n'avez mal nulle part ailleurs ?

J'ouvris la bouche pour dire « non », puis m'accordai quelques instants de réflexion.

—Si, mais la douleur pâlit en comparaison de celle de mon bras.

Micah acquiesça comme s'il s'était attendu à cette réponse.

—Votre corps et notre énergie ont guéri d'abord les blessures qui mettaient votre vie en danger, puis les plus petites comme les marques dans votre dos.

—Je ne pensais pas que la régénération pouvait être aussi sélective.

—Elle le peut, quand quelqu'un la dirige.

—Et qui l'a dirigée ?

Il planta son regard dans le mien.

—Moi.

Je jetai un coup d'œil à Cherry, qui opina de la tête.

—C'est un Nimir-raj. Il est notre dominant à tous. Lui et Merle.

Je me tournai vers le garde du corps.

—On dirait que je vous dois des remerciements.

Merle secoua la tête.

—Vous ne nous devez rien du tout.

—Rien, répéta Micah. C'est nous qui avons pénétré sur votre territoire sans permission. C'est nous qui avons commis une transgression.

Je les dévisageai tour à tour.

—D'accord, et maintenant ?

—Vous arrivez à tenir debout seule ?

Je n'en étais pas certaine, aussi lâchai-je Cherry progressivement. Et je ne me cassai pas la figure. Génial.

—Apparemment, oui.

—J'ai besoin de toucher les blessures pour les guérir.

—Je sais, je sais : entre lycanthropes, la peau nue, c'est toujours mieux.

Micah fronça légèrement les sourcils.

—En effet.

De la main droite, je fis glisser le peignoir sur mon épaule gauche. Je réalisai que ça ne dénudait pas suffisamment mon bras. Je me tortillai pour le sortir de la manche, et un nouveau spasme frappa. Cette fois, ce fut Micah qui me rattrapa tandis que mon bras tentait de s'arracher au reste de mon corps et que ma main agrippait une chose que je ne pouvais ni voir ni sentir. Le problème, ce n'était pas seulement la douleur brutale : c'était l'impression d'avoir totalement perdu le contrôle d'un de mes membres.

—Criez. Il n'y a pas de honte à ça, me chuchota Micah.

Craignant d'ouvrir la bouche et de hurler, je me contentai de secouer la tête. Il me déposa par terre. Ses mains saisirent la ceinture de mon peignoir. De nouveau, la crampe s'estompa progressivement, me laissant haletante sur le sol tandis que Micah dénudait mon côté gauche.

Dès qu'il eut dégagé mon bras et mon épaule, il rabattit le peignoir sur moi, couvrant tout ce que je préférais garder couvert à l'exception de mon sein gauche. J'appréciai le geste. Vu que j'étais allongée sous lui, j'appréciai également le fait qu'il ait cessé de bander. Ainsi, la situation me paraissait moins menaçante.

À genoux, il fit passer sa main au-dessus de mon bras. Il ne touchait pas ma peau, mais l'énergie surnaturelle qui s'en déversait. Son énergie à lui coulait de sa paume et de ses doigts, se mêlant à la mienne en un crépitement électrique qui hérissa tous mes poils. Pour la première fois, je songeai à demander :

—Ça va faire mal ?

—En principe, non.

J'entendis un rire masculin. Tous les hommes présents dans la pièce se trouvaient dans mon champ de vision, à l'exception d'un. Je tournai la tête vers Caleb, toujours assis sur le lit.

—Qu'y a-t-il de si drôle ?

—Ignorez-le, m'enjoignit Merle.

Je scrutai leurs yeux si sérieux tandis que le rire de Caleb continuait à résonner telle une musique de fond.

—Vous êtes sûrs de ne rien avoir à me dire sur ce fameux appel de chair ?

Micah secoua la tête, et ses boucles glissèrent autour de son visage. Je me rendis compte que nous étions toujours plongés dans la pénombre de la veilleuse.

—Quelqu'un pourrait allumer ?

Il y eut un échange de coups d'œil rapides dans tous les sens, comme si les métamorphes tentaient de se refiler du regard une bombe sur le point d'exploser.

—C'est quoi, le problème ?

—Qu'est-ce qui vous fait penser qu'il y a un problème ? demanda Micah.

—Ne vous foutez pas de moi. Personne ne veut allumer. Pourquoi ?

—Il se peut que la rapidité de ta guérison t'ait rendue photosensible, répondit Cherry.

Je la regardai et sentis la méfiance se peindre sur mon visage.

—C'est tout ?

—La façon dont ton corps… réagit à ses blessures nous inquiète. (Elle s'agenouilla près de moi, du côté opposé à Micah, et me caressa les cheveux comme elle aurait caressé un chien afin de le calmer.) Nous nous faisons du souci pour toi.

—Je comprends. (Difficile de rester sur la défensive alors qu'elle vibrait de sincérité. Je grimaçai.) Je suppose qu'on peut se passer de lumière jusqu'à ce qu'il ait fini de me soigner.

Cherry eut un sourire qui ne monta pas jusqu'à ses yeux.

—Super.

—Il vaudrait mieux nous laisser un peu de place, intervint Micah. Sinon, l'énergie risque de se répandre.

Cherry me donna une dernière caresse, puis se redressa et recula en entraînant Nathaniel. Micah leva les yeux vers Merle.

—Toi aussi.

Le garde du corps se rembrunit mais obtempéra. Tous les métamorphes se retrouvèrent près du lit. Curieusement, je m'étais éloignée de celui-ci autant que je le pouvais sans sortir de la pièce. Je vous jure que c'était tout à fait inconscient de ma part.

Micah resta à genoux mais s'assit sur ses talons, les mains ouvertes sur ses cuisses, les yeux fermés, et je le sentis s'ouvrir. Son énergie tourbillonna au-dessus de moi comme un souffle d'air chaud qui noua ma gorge et m'empêcha de respirer. Puis il rouvrit ses yeux étranges et me regarda, le visage inerte comme s'il était en train de méditer ou de rêver.

Je m'attendais qu'il pose ses mains sur moi, mais elles restèrent sur ses cuisses. Au lieu de ça, il se pencha vers mon épaule gauche.

Je lui touchai le bras de ma main droite, et à l'instant où nos peaux entrèrent en contact, sa bête se faufila en moi. Ce fut comme si un gros chat invisible entrait et sortait de mon corps, s'entortillant non pas autour de mes jambes ainsi que le font beaucoup de matous, mais dans des endroits que même un amant n'aurait pas pu toucher.

Mes mots s'étranglèrent dans ma gorge, et l'expression de Micah me dit qu'il éprouvait la même chose. Il semblait aussi profondément choqué que moi. Pourtant, il continua à se pencher. Ma main resta sur son bras sans réussir à l'arrêter, et mon esprit pédalait trop dans la semoule pour formuler la moindre question.

Les lèvres de Micah effleurèrent mon cou à l'endroit où commençaient les cicatrices, et je poussai un soupir tremblant. Le Nimir-raj pressa sa bouche sur ma gorge, projetant en moi ce pouvoir vivant et tourbillonnant. Je me tortillai sous lui ; pourtant, ça ne faisait pas mal. En fait, c'était tellement bon que je le repoussai.

— Attendez un peu, couinai-je faiblement. Pourquoi la bouche ? Je croyais que vous alliez me soigner avec vos mains.

— J'ai dit que je pouvais vous soigner avec mon corps, rectifia Micah.

Le pouvoir s'étirait entre nous comme du caramel entre les doigts poisseux d'un enfant. Il me semblait que si nous nous touchions, nous fondrions l'un dans l'autre.

Je retirai ma main, et ce fut comme si mon avant-bras fendait quelque chose de réel, de presque solide.

— Je croyais que ça voulait dire avec vos mains, réussis-je à articuler d'une voix qui ne tremblait pas – ce dont je fus la première impressionnée.

— Si ça voulait dire avec mes mains, j'aurais dit avec mes mains.

Micah inclina son visage vers moi à travers le pouvoir, et cela fit comme des ondulations dans l'eau quand quelqu'un nage vers vous. Je saisis une poignée de ses boucles emmêlées.

— Définissez ce que vous entendez par « corps ».

Il eut un sourire à la fois doux, condescendant et un peu triste. Il resta penché sur moi, assez près pour m'embrasser tandis que le pouvoir palpitait et enflait autour de nous.

— La bouche, la langue – les mains, un peu. Mais pour ce genre de blessure, elles ne suffiront pas. On m'a dit que vous aussi, vous pouviez soigner avec votre corps.

Je lâchai ses cheveux et tentai de mettre un peu de distance entre nous, mais comme il ne se redressa pas et ne recula pas non plus, ce fut un peu raté. La vérité, c'est que je peux soigner à travers le sexe, ou quelque chose de si proche du sexe que je n'ose pas le faire en public.

— Plus ou moins, convins-je. (Je me tordis le cou pour regarder derrière lui et aperçus Cherry.) Appeler la chair, c'est comme ce que je fais quand j'appelle un munin ?

Les munins sont, en quelque sorte, les souvenirs ancestraux des loups-garous. Mais ils ressemblent plutôt à des fantômes, aux esprits des défunts. Qui possède la capacité d'entrer en contact avec eux peut acquérir leur savoir, leurs compétences… et leurs mauvaises habitudes.

Je suis une nécromancienne ; tous les morts m'apprécient. Le munin qui m'aime le plus est celui de Raina, l'ancienne lupa de la meute de Richard. C'est moi qui l'ai tuée – en état de légitime défense – et au début, elle se délectait de pouvoir me contrôler. J'ai réussi à la contrôler en retour à partir du moment où je l'ai acceptée avec tous ses défauts, si nombreux et si épouvantables soient-ils. Maintenant, quand je l'appelle, je ne lutte plus contre elle. Nous avons conclu une sorte de trêve. Mais du coup, appeler un munin pour soigner quelqu'un est presque toujours un acte sexuel pour moi, parce que c'en était un pour Raina de son vivant.

—Ce n'est pas sexuel, me détrompa Cherry. Sensuel, oui, mais pas sexuel.

J'avais confiance en son jugement sur ce point.

—D'accord ; allez-y.

Micah me fixa de ses étranges yeux vert-jaune, si près de moi qu'ils me faisaient presque loucher.

—Allez-y, répétai-je.

De nouveau, il m'adressa ce sourire condescendant et triste, comme s'il riait de nous et pleurait à la fois. Ce sourire me rendait nerveuse. Puis il posa sa bouche sur mon cou et sur la première des cicatrices.

Son baiser fut d'abord très doux ; il souffla son pouvoir sur ma gorge, et j'eus soudain du mal à respirer tandis que son pouvoir recouvrait ma peau tel le tissu d'un vêtement. La pointe de sa langue glissa le long de mon cou, traçant une ligne brûlante et humide en direction de mon épaule. Son pouvoir suivit le mouvement, s'enfonçant sous ma peau comme il me léchait.

Mais ce fut lorsqu'il plaqua sa bouche sur le creux de mon épaule, se ventousant à ma peau et aspirant ma chair entre ses dents, que je sentis son pouvoir forcer mes cicatrices pour se déverser en moi. Micah soufflait littéralement la guérison dans mon corps. Et pendant ce temps, j'esquissais de petits gestes d'impuissance sans pouvoir m'en empêcher. Chacun de nous possède ses zones érogènes personnelles en plus des autres ; si on nous touche à ces endroits-là, notre corps réagit, qu'on le veuille ou non. Mon cou et mes épaules font partie des miennes.

Micah s'écarta juste assez pour chuchoter :

— Ça va ?

Son souffle était chaud contre ma peau.

La tête tournée de l'autre côté, j'acquiesçai.

Aussitôt, il se remit à m'embrasser. Cette fois, sans préambule, il me mordit assez fort pour m'arracher un hoquet. Mon estomac se noua ; je me recroquevillai instinctivement, m'arrachant à son baiser.

— Anita, qu'est-ce qui ne va pas ?

— Mon ventre, répondis-je.

Micah écarta mon peignoir et passa une main sur le léger renflement de mon abdomen.

— Vous n'êtes pas blessée à cet endroit.

Une nouvelle vague de douleur me tordit les entrailles. Je me pliai en deux et me tordis sur le sol. Le besoin me déchirait de l'intérieur telle une créature tentant de se frayer un chemin hors de mon corps.

Micah repoussa mes cheveux en arrière. Le pouvoir qui enflait entre nous me traversait le corps tel un chat faisant des allers et retours entre ma tête et mes pieds. Le Nimir-raj me prit dans ses bras, sur ses cuisses, et pressa mon visage contre sa poitrine.

— Allez chercher le docteur.

Sa poitrine était tiède et lisse. J'entendais les battements de son cœur ; je les sentais contre ma joue. Je humais le sang sous sa peau comme un bonbon exotique qui fondrait sur ma langue et glisserait le long de ma gorge.

Je me redressai tant bien que mal jusqu'à ce que mon nez soit au niveau de la grosse veine dans son cou. Je la regardai palpiter comme si je mourais de soif. Le besoin me brûlait la gorge, asséchait et craquelait mes lèvres. Je devais me nourrir. Et à peine cette pensée formulée, je sus qu'elle ne venait pas de moi.

J'étendis cette partie de moi qui était sous l'emprise de Jean-Claude, et je le trouvai. Il était assis dans une petite pièce sans fenêtre. Il leva les yeux comme s'il pouvait me voir debout devant lui.

— Ma petite, chuchota-t-il.

Et je sus où il se trouvait. Je ne sus pas pourquoi, mais je sus où. Il était dans la prison municipale de Saint Louis, dans une des cellules réservées aux prisonniers qui ne supportent pas la lumière du jour. Je plongeai mon regard dans le sien et vis ses yeux se remplir de flamme bleue, jusqu'à ce qu'ils trouent la pénombre de leur lumière.

Jean-Claude tendit une main vers moi comme s'il pouvait me toucher, et ce fut le pouvoir de Micah, la bête de Micah se vautrant en moi qui m'arracha au vampire.

J'ouvris les yeux et m'aperçus que mes bras étaient passés autour du cou de Micah, mon visage pressé contre son épaule, ma bouche toute proche de la grosse veine palpitante. Il y avait du mouvement dans la pièce, et je compris vaguement que quelqu'un partait chercher un docteur. Mais un docteur ne pouvait pas me donner ce dont j'avais besoin.

La peau de Micah avait une odeur propre et jeune. C'était comme si je pouvais deviner son âge avec mon nez. Je percevais son sang ainsi qu'un glaçage sous la tendre tiédeur de sa peau. La partie de moi qui considérait Micah comme de la viande n'appartenait pas à Jean-Claude, mais à Richard.

Je ne savais pas comment exprimer mon besoin avec des mots. Micah tourna la tête et plongea son regard dans le mien. Je sentis quelque chose s'ouvrir tout grand en moi : une porte dont j'avais ignoré l'existence jusque-là. Une bourrasque s'y engouffra – un vent fait d'obscurité et de calme mortuaire. Un vent porteur d'un léger crépitement électrique, comme le frottement de la fourrure sur de la peau nue. Un vent qui avait le goût de mes deux hommes. Mais j'étais le centre, le calice capable de les contenir tous les deux sans me briser. La vie et la mort, le désir et l'amour.

— Vous êtes *quoi* ? demanda Micah dans un chuchotement surpris.

J'ai toujours cru que les vampires ravissaient leurs victimes – qu'ils leur dérobaient leur volonté et les prenaient. Une sorte de viol magique, si vous préférez. Mais à cet instant, je compris que c'était à la fois plus compliqué et plus simple que ça.

Je voyais avec les yeux de Jean-Claude, à travers son pouvoir. Je scrutais Micah à quelques centimètres, et je percevais son propre besoin : un désir affreusement insatisfait, et depuis longtemps. Mais sous ce désir se tapissait un besoin supérieur, un besoin de pouvoir et de la sécurité qu'offrait celui-ci. C'était comme si je humais les besoins du métamorphe, les goûtais sur ma langue. Je détaillai ses yeux vert-jaune dans son visage si humain, et Jean-Claude me fournit les clés de son âme.

— Je suis le pouvoir, Nimir-raj. Assez de pouvoir pour te réchauffer durant la plus glaciale des nuits.

Le pouvoir de Micah soufflait sur sa peau tel un vent brûlant et se mêlait avec le mien à l'intérieur de mon corps. Entortillés l'un à l'autre, ils s'enfoncèrent dans mes entrailles comme un couteau. La douleur m'arracha un hoquet auquel Micah fit écho. Puis le pouvoir se changea en quelque chose de plus doux, quelque chose qui caressait au lieu de poignarder, quelque chose qu'on pouvait passer toute une vie à attendre. Je vis la sensation se refléter sur le visage de Micah et sus qu'il l'éprouvait lui aussi.

Un vent invisible agitait les cheveux du métamorphe. Il se déplaçait entre nous comme le point où se rencontrent le froid et le chaud pour former quelque chose de supérieur à la somme de ses parties, quelque chose d'énorme et de tourbillonnant – un souffle capable de raser des maisons et de planter des brins de paille dans des poteaux téléphoniques.

Micah me serra plus fort dans ses bras.

— Je suis un Nimir-raj. Les tours de l'esprit ne fonctionnent pas sur moi.

Je me mis à genoux sans me dégager de son étreinte et pressai mon corps contre le devant du sien. Nous faisions presque la même taille, et le contact visuel était terriblement intime. La pression du pouvoir ressemblait à celle d'une main gigantesque qui nous aurait tenus tous les deux dans sa paume. Le corps de Micah réagit, redevenant gonflé et dur contre mon bas-ventre.

C'était mon signal pour rougir et paniquer ; pourtant, je n'en fis rien. Je savais que Jean-Claude se nourrissait de désir autant que de sang, mais je n'avais pas vraiment compris ce que ça signifiait jusqu'à ce que la chair de Micah touche la mienne. Ce n'était pas juste la turgescence pressée contre moi qui me faisait frissonner : c'était le besoin qui irradiait de son corps. Je sentais la faim frissonner sous sa peau, comme si je pouvais déchiffrer des parties de lui trop primitives pour le langage humain, des besoins purement charnels impossibles à exprimer avec des mots.

Micah ferma les yeux, et un doux gémissement s'échappa de sa gorge.

— Ce que je t'offre n'est pas une illusion, Nimir-raj. C'est réel.

Il secoua la tête.

— Le sexe ne suffit pas.

— Je ne t'offre pas de sexe. Pas pour l'instant.

Et tout en le disant, je pressai mon corps contre le sien. Un tremblement le parcourut, et il poussa un son plaintif.

— Je t'offre un avant-goût du pouvoir, Nimir-raj, un petit aperçu de tout ce que je pourrais te donner.

Ma tête savait que c'était un mensonge, mais mon cœur savait que c'était la vérité. Je pouvais lui offrir le pouvoir et la chair, les deux choses qu'il convoitait par-dessus tout. C'était l'appât parfait, et c'était mal.

Je voulus reculer et ravaler le pouvoir, mais Jean-Claude résista. Il poussa son pouvoir en moi comme un écho de sa virilité, et il me chevaucha. Il était trop tard pour que je me nourrisse à la façon des humains et que je lui rende son énergie. Il m'évitait depuis plusieurs nuits parce que j'étais trop faible. À présent, j'étais redevenue forte tandis que lui s'était affaibli, et nous avions des ennemis en ville. Nous ne pouvions pas nous permettre la moindre faiblesse.

Tout cela, je le compris en un battement de cœur, de son esprit au mien. Et ce fut cette graine de doute – pourrions-nous nous permettre la moindre faiblesse ? – qui me rendit incapable de le repousser.

— Que veux-tu en retour ? chuchota Micah avec une pointe de désespoir dans la voix, comme si nous savions déjà tous deux que quoi que je réclame, il me le donnerait.

— Je veux boire le flot tiède de ton corps, sentir ma bouche se remplir du liquide chaud qui palpite juste ici.

Et je frottai ma bouche sur la veine de son cou. L'odeur du sang si près de la surface me tordit l'estomac, mais nous y étions presque, presque. Je ne voulais pas l'apeurer ou le faire fuir. J'étais comme un pêcheur qui a tendu son filet et qui attend que le poisson pris dedans cesse de se débattre pour le remonter.

Mes lèvres effleuraient la peau de son cou lorsque Micah répondit :

— Montre-moi que tu as assez de pouvoir pour que ça en vaille la peine, et je te donnerai tous les fluides corporels que tu voudras.

Je repoussai ses cheveux par-dessus son épaule, et ils glissè-rent de nouveau en avant. Alors, je les empoignai à pleine main pour les tenir à l'écart, et ce simple mouvement fit gémir Micah. Je dénudai la courbe lisse de sa gorge. Il tourna légèrement la tête comme s'il savait ce que je m'apprêtais à faire. Je vis la grosse veine palpiter sous sa peau comme une chose séparée de lui, une créature vivante que je me devais de libérer.

Je léchai ce frémissement. Je voulais être douce ; je voulais des tas de choses, mais sa peau était satinée et sans défaut contre ma bouche ; son odeur me faisait tourner la tête comme le plus capiteux des parfums. Son pouls battait contre ma langue, et je mordis dans cette palpitation frénétique. Je déchirai sa peau, plantai mes dents dans la chair en dessous et dans son pouvoir – dans sa bête.

Je sentis ma propre bête se dresser en moi telle une créature monstrueuse jaillissant des profondeurs de l'océan, un léviathan qui grandit jusqu'à ce que ma peau ne puisse plus le contenir. Puis elle toucha la bête de Micah et s'arrêta, flottant dans l'eau noire de mon corps.

Les deux pouvoirs se croisèrent, se frottant l'un contre l'autre de toute la longueur de leur flanc lisse. La sensation était pareille à une caresse de velours, à ceci près que ce velours avait des muscles, de la chair, et qu'il était dur même quand il n'était pas censé l'être. L'image qui s'imposa à mon esprit était celle d'un gigantesque félin se vautrant en moi. À travers les yeux de Richard, j'avais déjà vu sa bête bouger telle une forme massive à demi aperçue dans l'eau, et elle m'avait paru tout aussi énorme.

Je buvais le pouvoir de Micah, mais pas seulement avec ma bouche et ma gorge. Partout où je le touchais, je me nourrissais de lui. Je sentais son cœur battre contre mes seins nus, son sang s'engouffrer dans ses veines pour alimenter la raideur pressée contre moi. Je sentais son besoin, son désir, et je le dévorais. Je me repaissais de son cou comme si son pouls était le centre crémeux d'un gros gâteau, et sa chair, la pâte que je devais grignoter pour l'atteindre.

Lorsqu'un goût à la fois doux et métallique s'épanouit sur ma langue, tout semblant de retenue fut emporté, balayé par l'odeur du sang frais, le contact de la chair déchiquetée, la sensation de viande fraîche dans ma bouche. Les mains de Micah me serrant contre lui ; mes jambes enroulées autour de sa taille tandis que je le chevauchais. J'avais vaguement conscience qu'il n'était pas en moi, que cette raideur palpitante restait coincée entre nos deux corps – si dure, si avide qu'elle vibrait contre mon ventre. Micah respirait de plus en plus vite. Quelqu'un émettait de petits bruits animaux, et ce quelqu'un, c'était moi.

Ses ongles se plantèrent dans ma chair. L'instant d'après, il se déversa sur moi en une vague brûlante. De sa bouche s'élevèrent des bruits trop primitifs pour qu'on puisse les décrire, et pas assez forts pour être qualifiés de hurlements.

Je sentis Jean-Claude le long de ce cordon métaphysique qui nous reliait l'un à l'autre. Il était repu. J'écartai ma bouche de la gorge déchiquetée de Micah et, l'enveloppant toujours de mes jambes et de mes bras, je posai la tête sur son épaule nue. Il me serrait toujours aussi fort contre lui. Ma poitrine était couverte de sang, qui coulait en filets épais le long de mon ventre et de mes cuisses.

Micah resta là, nous soutenant tous les deux tandis que nos souffles s'apaisaient et que notre pouls assourdissant cédait la place au silence. Un silence dans lequel ne demeurèrent que le contact de sa chair, l'odeur crue du sexe et, dans le lointain, la satisfaction du vampire.

CHAPITRE 10

L a douche était une de ces douches collectives comme on
en trouve dans les clubs de gym. Mais il n'y avait que moi
dedans. J'avais beau m'être frottée avec acharnement, je me
sentais comme Lady Macbeth quand elle hurle : « Va-t'en,
maudite tache ; va-t'en, te dis-je ! » Comme si je devais ne plus
jamais être vraiment propre.

Je m'assis sur le carrelage, sous le jet brûlant, et je remontai
mes genoux contre ma poitrine. À la base, je n'avais pas
l'intention de pleurer, mais je ne pouvais pas m'en empêcher.
Mes larmes coulaient lentement, et elles paraissaient fraîches
comparées à l'eau qui me cinglait la peau.

Je ne savais pas trop pourquoi je pleurais. Mon esprit était
vide. D'habitude, quand j'essaie de ne penser à rien, je n'y arrive
pas. Mais pour une fois, il n'y avait que l'eau, la vapeur, le
carrelage et la petite voix dans ma tête qui pédalait comme un
hamster dans sa roue. Je n'entendais pas ce qu'elle disait – et je
préférais ça. Tout ce que je savais, c'est qu'elle hurlait.

Un bruit derrière moi me fit pivoter. C'était Cherry, toujours
en tenue d'Ève. Aucun des léopards ne s'habille jamais à moins
que je le lui ordonne. Je détournai la tête. Je ne voulais pas
qu'elle me voie pleurer. J'étais sa Nimir-ra, son roc. Les rocs
ne pleurent pas.

Je sus qu'elle se tenait devant moi, je le sentis avant même
que le bruit de l'eau change. Elle s'agenouilla sur le carrelage,
bloquant le jet de la douche avec son corps, me laissant frissonner
au contact de l'air frais. Je m'obstinai à ne pas la regarder. Elle
toucha mes cheveux dégoulinants, et je ne réagis pas. Alors, elle

m'enveloppa lentement de ses bras, m'étreignant avec prudence comme si elle s'attendait que je proteste.

J'étais toute raide. Cherry se contenta de me tenir, le menton posé sur ma tête, son corps me protégeant contre l'eau brûlante et plaquant sa tiédeur sur ma peau mouillée. Centimètre par centimètre, je me détendis douloureusement contre elle et continuai à pleurer tandis qu'elle me serrait sans un mot.

Mes larmes ne coulèrent ni plus vite ni plus fort. Lorsqu'elles se tarirent enfin, il ne resta que le crépitement de l'eau, la vapeur et la sensation du corps de Cherry contre le mien. Le contact charnel procure un réconfort qui va bien au-delà du sexe. Je me dégageai, me levai et coupai l'eau. Le silence fut aussi brusque que total.

Dehors, je sentis le poids de la nuit. Je n'eus pas besoin de fenêtre pour savoir que nous étions au tout début d'un nouveau jour : 2 heures du matin, peut-être trois. L'aube se lèverait dans quelques courtes heures. Je devais découvrir pourquoi Jean-Claude était en prison. Tout le reste pouvait attendre. Nous avions des ennemis en ville ; il fallait que je sache qui ils étaient et ce qu'ils voulaient. Après ça, je réfléchirais à ce qui venait de se passer. Mais pas maintenant, pas encore. L'esquive, c'est l'un de mes talents les plus développés.

Cherry me tendit une serviette et en garda une pour elle. J'entortillai la mienne autour de mes cheveux et allai en chercher une deuxième. Nous nous séchâmes en silence, sans nous regarder. Ce n'était pas une question de protocole ; les filles ne sont pas aussi coincées sur ce point que les gars. Simplement, je ne voulais pas parler de ce qui venait de se passer. Pas pour le moment.

J'enroulai le drap de bain autour de moi et demandai :

— Pourquoi Jean-Claude est-il en prison ?

— Pour t'avoir assassinée, répondit Cherry.

Je la fixai quelques secondes, et après avoir recouvré l'usage de la parole, j'articulai :

— Tu peux me la refaire ?

—Quelqu'un a pris des photos de Jean-Claude quand il est sorti du club en te portant dans ses bras. Tu étais couverte de sang, Anita. Il était couvert de ton sang.

Cherry haussa les épaules et finit de sécher une de ses longues jambes.

—Mais je suis vivante, protestai-je, me sentant vraiment stupide d'avoir à le préciser.

—Et comment expliquerais-tu le fait de t'être remise, en moins de une semaine, de blessures qui auraient dû te tuer?

Elle se redressa, jetant la serviette mouillée par-dessus son épaule sans prendre la peine de se couvrir avec.

—Mais je ne veux pas que Jean-Claude croupisse en prison pour un meurtre qu'il n'a pas commis!

—Si tu vas voir les flics ce soir, ils voudront savoir comment tu as fait pour guérir aussi vite. Que leur répondras-tu?

Son regard était très direct, si direct qu'il me donna envie de me tortiller pour lui échapper.

—Tu me traites comme une lycanthrope qui n'est pas encore sortie du placard, Cherry. Pourtant, tu sais bien que je n'en suis pas une.

Alors, ce fut elle qui baissa les yeux. Cela me rappela les coups d'œil gênés que les métamorphes avaient échangés dans la chambre un peu plus tôt. Je dus lever la main pour lui prendre le menton.

—Qu'est-ce que vous me cachez?

Une voix d'homme résonna à l'extérieur de la douche.

—Je peux entrer pour me nettoyer?

C'était Micah. J'avais prévu de prendre mes jambes à mon cou la prochaine fois que je me retrouverais en sa présence, mais quelque chose dans les yeux de Cherry me cloua sur place. De la crainte. Et aussi, autre chose que je ne parvenais pas à identifier.

Je criai:

—Une minute! (Puis je reportai mon attention sur Cherry.) Dis-moi. De quoi qu'il s'agisse, je veux savoir.

Elle secoua la tête. Elle avait peur, mais de quoi?

—Tu as peur de moi ? demandai-je sur un ton surpris.

Cherry acquiesça et, de nouveau, baissa le nez pour ne pas soutenir mon regard.

—Jamais je ne ferais de mal à aucun d'entre vous.

—Pour ça, peut-être que si, chuchota-t-elle.

Je lui agrippai le bras.

—Merde, Cherry, parle-moi.

Elle ouvrit la bouche, la referma et se tourna vers la porte une seconde avant que Micah Callahan entre, comme si elle l'avait entendu avant moi. Il était toujours nu. Je m'attendais à me sentir gênée, mais ce ne fut pas le cas. Je commençais à avoir un mauvais pressentiment au sujet de la chose que Cherry ne voulait pas me dire.

Micah s'était coiffé. Ses cheveux étaient bien bouclés, pas seulement ondulés. De ce brun soutenu, presque noir, des gens qui étaient blonds enfants et ont foncé ensuite. Ils lui arrivaient juste au-dessous des épaules, ne dissimulant rien de sa poitrine glabre. Je me forçai à lever les yeux vers son visage. Nos regards se croisèrent, et le déclic se produisit. L'embarras me gagna.

—Je t'ai dit qu'on sortirait dans une minute, grommelai-je en serrant mon drap de bain contre moi.

—J'ai entendu, répondit Micah.

Son expression et sa voix étaient neutres. Pas aussi ternes que celles d'un vampire – Jean-Claude et ses congénères sont les champions toutes catégories de l'impassibilité. Mais Micah ne se débrouillait pas trop mal.

—Alors, attends dehors qu'on ait terminé, aboyai-je.

—Cherry a peur de toi.

Je fronçai les sourcils.

—Pourquoi, pour l'amour de Dieu ?

Cherry jeta un coup d'œil à Micah, qui hocha la tête. Elle se rapprocha de la porte, mettant entre nous le plus de distance qu'il était possible de mettre sans sortir de la pièce.

—Que diable se passe-t-il ?

Micah se tenait à un mètre de moi, près mais pas trop. Je voyais mieux ses yeux à présent, et ils n'étaient définitivement pas humains. Un regard me suffit pour savoir qu'ils n'avaient pas leur place dans ce visage.

— Elle craint que tu te retournes contre le messager, dit-il doucement.

— Écoutez, tous les deux, ce petit numéro de claquettes commence à me fatiguer. Expliquez-vous.

Micah opina et frémit comme si le mouvement lui avait fait mal.

— Les médecins semblent croire que tu as été infectée par la lycanthropie.

Je secouai la tête.

— La lycanthropie reptilienne ne fonctionne pas comme les autres. Elle n'est pas contagieuse. Pour l'attraper, il faut soit avoir été maudit par une sorcière, soit en avoir hérité, comme chez les cygnes. (Ce qui me fit penser aux trois femmes enchaînées au mur dans la salle des épées.) Au fait, que sont devenus les trois panaches du club ?

Micah fronça les sourcils.

— J'ignore de quoi tu parles.

Sans crier gare, Nathaniel entra dans la douche. Je commençais à me sentir insuffisamment habillée avec mon pauvre drap de bain.

— Nous les avons délivrés.

— Le chef des serpents a changé d'avis après que j'ai été blessée ?

— Non : il a changé d'avis après que Sylvie et Jamil ont failli le tuer.

Ah.

— Donc, elles vont bien ?

Nathaniel acquiesça, mais son expression demeura grave et son regard navré, comme s'il était sur le point de m'annoncer une très mauvaise nouvelle.

— Ne commence pas, toi aussi. Je ne peux pas choper la lycanthropie reptilienne. Ça ne marche pas comme ça.

— Gregory n'a pas la lycanthropie reptilienne, répondit-il très doucement.

Je clignai des yeux.

— De quoi parles-tu?

Il fit mine de s'avancer dans la pièce, mais Cherry lui saisit le bras et le retint près de la porte, prête à détaler avec lui – je crois. Zane apparut sur le seuil derrière eux. Il était toujours ce type pâle, à la fois maigre et musclé, que j'avais rencontré alors qu'il mettait un service d'urgences hospitalières sens dessus dessous. Mais ses cheveux étaient coupés très court, hérissés avec du gel et teints en vert fluo. Le fait qu'il soit habillé me parut presque étrange. Évidemment, son idée d'une tenue normale, c'était pantalon et gilet de cuir sans chemise dessous, mais je n'étais pas en position de me plaindre.

Je détaillai les trois métamorphes plantés près de la porte. Ils étaient si solennels! Je me souvins de la bagarre durant laquelle j'avais été blessée. À un moment, Gregory était tombé sur moi, et ses griffes s'étaient plantées dans ma chair.

— J'ai déjà été bien plus amochée que ça par un léopard-garou, et je n'ai rien attrapé, fis-je valoir.

— Le docteur Lillian pense que c'est peut-être parce que cette fois, il ne s'agit pas de plaies ouvertes en surface, mais d'une blessure transperçante profonde, expliqua Cherry d'une voix qui tremblait presque.

Elle avait peur de la façon dont je réagirais à la nouvelle, ou d'autre chose… mais quoi?

— Je ne vais pas devenir Nimir-ra pour de bon. Je ne peux pas attraper la lycanthropie, répétai-je patiemment. Dans le cas contraire, ce serait déjà fait. Dieu sait que les occasions n'ont pas manqué.

Cherry, Nathaniel et Zane continuèrent à me regarder sans rien dire, les yeux écarquillés. Je me tournai vers Micah. Son expression était toujours prudemment neutre, mais dans ses yeux, je décelai… de la pitié ? Non. La pitié, ce n'est pas mon truc. Du moins, pas en tant que destinataire.

— Vous êtes sérieux, dis-je.

— Tu présentes tous les symptômes secondaires, déclara Micah. Une régénération si rapide que ça te donne des crampes musculaires. Une température assez élevée pour faire bouillir la cervelle d'un humain. Et pourtant, quand on l'a baissée de force, tu as failli crever. Tu avais besoin de te vautrer dans cette chaleur, dans la chaleur de ton pard pour guérir. Voilà comment nous t'avons soignée. Ça n'aurait pas marché si tu n'étais pas l'une d'entre nous.

Je secouai la tête.

— Je ne te crois pas.

— Ce n'est pas grave. Il te reste deux semaines avant la pleine lune. Tu ne te transformeras pas avant. Ça te laisse le temps.

— Le temps de quoi ?

— Le temps d'accepter, répondit Micah.

Je me détournai de la compassion dans son regard – cette insupportable pitié. Et merde. Je n'y croyais toujours pas.

— Pourquoi ne pas me faire une analyse de sang, histoire de trancher dans un sens ou dans l'autre ?

Ce fut Cherry qui me répondit.

— La lycanthropie lupine n'est détectable qu'au bout de vingt-quatre à quarante-huit heures, voire soixante-douze. La plupart des lycanthropies félines mettent entre trois et dix jours à apparaître dans le sang. Une analyse faite aujourd'hui ne prouverait rien.

Je regardai les métamorphes en essayant de digérer leur révélation, mais décidément, ça ne passait pas. Je secouai la tête.

— Je ne peux pas m'occuper de ça pour le moment.

— Il va pourtant bien falloir, répliqua Micah.

— Non. Ce soir, la seule chose que je dois faire, c'est tirer Jean-Claude de prison. Je dois montrer aux flics qu'il ne m'a pas tuée.

— Ton pard m'a dit que tu ne voudrais pas être révélée comme métamorphe, que tu ne voudrais pas que les amis de la police soient au courant.

— Je ne suis pas un léopard-garou, m'obstinai-je.

Micah me sourit gentiment, ce qui eut le don de m'énerver.

— Ne me regarde pas comme ça.

— Comme quoi ? demanda-t-il.

— Comme si j'étais une pauvre gamine qui se berce d'illusions. Il y a des tas de choses que tu ignores à mon sujet, notamment l'origine de mes pouvoirs.

— Tu veux parler des marques vampiriques ?

Par-dessus son épaule, je regardai les trois léopards-garous debout près de la porte, et quelque chose dans mon expression les fit frémir.

— Je trouve ça sympa qu'on soit une grande famille où personne n'a de secrets pour les autres, raillai-je.

Micah vola au secours de Cherry, de Nathaniel et de Zane.

— J'étais là pendant la discussion avec les médecins, quand nous nous sommes demandé si la rapidité de ta guérison pouvait n'être qu'un effet secondaire des marques vampiriques.

— Bien sûr qu'elle l'est, affirmai-je avec véhémence.

Mais un soupçon de doute commençait à s'insinuer dans mes entrailles.

Micah ne broncha pas.

— Si ça peut te réconforter…

Je détaillai son visage plein de compassion et sentis la colère me submerger telle une vague de chaleur, faisant rejaillir cette énergie tremblante. La bête de Richard… ou la mienne ?

Pour la première fois, je m'autorisai à envisager la seconde hypothèse. Était-ce ma propre bête que j'avais sentie quand j'étais avec Micah ? Était-ce à cause d'elle que je n'avais pas su où Richard se trouvait et ce qu'il faisait ? J'avais pensé à lui plusieurs fois pendant tout le pataquès, mais à aucun moment la marque ne s'était ouverte complètement entre nous. J'avais supposé que l'énergie qui émanait de moi provenait de Richard, parce que c'était de l'énergie lycanthropique. Mais si je m'étais trompée? Si c'était la mienne?

Quelqu'un me toucha le bras, et je sursautai. C'était Micah. Ses doigts m'effleuraient à peine.

—Tu es toute pâle. Tu veux t'asseoir?

Je fis un pas en arrière et trébuchai. Micah dut m'agripper le bras pour m'empêcher de m'étaler sur le carrelage trempé. Je voulus me dégager, mais la tête me tournait comme si le monde avait perdu sa consistance. Micah me posa doucement par terre.

—Mets ta tête entre tes genoux.

Je m'assis à l'indienne, dos au mur, la tête inclinée au-dessus de mes jambes repliées contre ma poitrine en attendant que passe mon vertige. Je ne tombe jamais dans les pommes. Il m'est arrivé de m'évanouir parce que j'avais perdu trop de sang, mais juste parce que j'ai reçu un choc? Jamais.

Lorsque je fus de nouveau capable de réfléchir, je me relevai lentement la tête. Micah était agenouillé près de moi, attentif et plein de compassion. Je le détestais. J'appuyais ma tête enturbannée d'éponge contre le mur et fermai les yeux.

—Où sont Elizabeth et Gregory?

—Elizabeth n'a pas voulu venir nous aider, répondit Micah.

Alors, je rouvris les yeux et tournai la tête juste le nécessaire pour croiser son regard.

—Elle vous a donné une raison pour ça?

—Elle te déteste.

—Je sais. Elle était amoureuse de Gabriel, leur ancien alpha, et je l'ai tué. Difficile de copiner après ça.

—Ce n'est pas pour ça qu'elle te déteste.

Je scrutai le visage de Micah.

—Que veux-tu dire?

—Elle est furieuse qu'en tant qu'humaine, tu sois un meilleur alpha qu'elle. Ça lui donne l'impression d'être faible.

—Elle l'est.

Micah sourit, avec une trace d'amusement véritable cette fois.

— Effectivement.

— Et Gregory, où est-il?

— Tu comptes le punir pour t'avoir contaminée?

Je jetai un coup d'œil aux trois léopards-garous qui attendaient en silence près de la porte. Et soudain, je compris la signification de notre dynamique de groupe. Ils traitaient Micah comme leur Nimir-raj; ils le laissaient se charger de moi comme on appelle un mari quand sa femme a bu un verre de trop. Ça ne me plaisait pas beaucoup. Mais si je me concentrais sur le moment, sur le problème en cours, sans faire de spéculation ni chercher à prévoir l'avenir, peut-être survivrais-je.

— Si Gregory n'était pas intervenu, je serais morte. Les hommes-serpents m'auraient arraché le cœur. C'était un accident qu'il tombe sur moi pendant la bagarre.

Je regardais le visage de Micah, mais je sentis le soulagement submerger les autres à plusieurs mètres de distance. Je levai les yeux vers eux. Tout dans leur posture criait que la tension les avait quittés.

— Alors, où est-il?

De nouveau, Cherry, Nathaniel et Zane s'entre-regardèrent comme s'ils se refilaient une bombe allumée.

— A-t-il refusé de venir m'aider, comme Elizabeth?

— Non, bien sûr que non, dit très vite Cherry.

Mais elle n'ajouta aucune explication.

Je dévisageai Nathaniel. Il soutint mon regard sans frémir, mais ce que je vis dans ses yeux ne me plut pas. Lui et les autres gardaient encore de mauvaises nouvelles en réserve, je le sentais.

Je me tournai vers Micah.

— D'accord, je t'écoute.

— Quand ton Ulfric a découvert que Gregory avait fait de toi leur Nimir-ra pour de bon, il…

Micah écarta les mains.

—Il a pété les plombs, acheva Zane.

Je les regardai tour à tour.

—Comment ça, pété les plombs?

—Il a emmené Gregory.

—C'est-à-dire?

—Il l'a traité comme un ennemi de votre meute, clarifia Micah.

Je le regardai fixement.

—Continue.

—Si quelqu'un blesse la lupa d'une meute, l'Ulfric a le droit de déclarer que cette personne est un ennemi et un criminel.

—Qu'est-ce que ça signifie exactement?

—Ça signifie que les loups tiennent ton léopard, et qu'ils vont le juger pour le mal qu'il t'a fait.

—Mais c'est n'importe quoi! Je veux dire… même si j'étais devenue un léopard-garou, ce qui n'est pas le cas… ça ne menace pas ma vie. Simplement, à partir de la prochaine pleine lune, je me transformerai comme eux.

—Pas comme eux, rectifia Micah. Comme nous.

Je scrutai ses yeux vert-jaune et son visage, tentant de déchiffrer son expression, mais je ne le connaissais pas encore assez bien.

—Où veux-tu en venir? Alors, grouille-toi.

—Tu ne peux pas être à la fois la lupa des loups et la Nimir-ra des léopards.

—Je cumule déjà les mandats depuis un bail.

Micah secoua la tête, et de nouveau, il frémit comme si son cou lui faisait mal.

—Non. Jusqu'ici, tu étais une humaine qui sortait avec leur Ulfric, et celui-ci t'avait accordé le statut de lupa. Tu étais une humaine qui s'occupait des léopards jusqu'à ce que tu trouves un véritable alpha pour prendre le relais. Mais maintenant, tu es une vraie Nimir-ra, et la meute locale ne t'acceptera plus dans ses rangs.

—Tu veux dire que Richard m'a plantée parce que je vais devenir un léopard-garou ?

—Non, je veux dire que sa meute te rejette comme lupa. (Micah baissa les yeux et les releva. Je voyais bien qu'il cherchait ses mots.) D'après ce que j'ai compris, ton Ulfric a changé les règles de la meute. D'une monarchie où sa parole faisait loi, il a fait une démocratie gouvernée par la majorité. Il a un vote décisif, mais pas toujours le dernier mot.

Je hochai la tête. Ça ressemblait bien à la façon dont Richard avait toujours voulu diriger la meute.

—Ça ne m'étonne pas de sa part. Nous… n'avons pas eu beaucoup de contacts ces derniers mois.

—Il a trop bien réussi son coup. La meute a voté contre lui, contre toi. Elle refuse de t'accepter comme lupa si tu es un léopard-garou plutôt qu'une louve-garou.

Je regardai les autres par-dessus son épaule.

—C'est vrai ?

Ils acquiescèrent d'un même mouvement.

—Je suis désolée, Anita, ajouta Cherry.

Je secouai la tête, tentai de me concentrer… et échouai lamentablement.

—D'accord, d'accord. Richard ne peut pas faire de moi sa véritable lupa. Personnellement, je m'en fous : je n'ai jamais voulu être sa lupa – juste sa petite amie. Que les loups aillent se faire foutre. Mais qu'ont-ils fait à Gregory ?

—Quand il a appris ce qui s'était passé, Richard a grimpé au plafond, grimaça Zane. Il a cru que Gregory l'avait fait exprès, parce que nous craignions de te perdre en tant que Nimir-ra.

—Il a accusé Gregory d'avoir agi sciemment ?

—Oui. Et ils l'ont emmené.

—Qui ça, « ils » ?

—Jamil, Sylvie et les autres.

Zane refusait de soutenir mon regard.

—Quelqu'un a essayé de l'en dissuader ?

— Sylvie lui a dit que ce n'était pas juste, que ça ne te plairait pas. Il l'a frappée en lui ordonnant de ne plus jamais discuter ses instructions – parce que l'Ulfric, c'était lui, pas elle.

— Merde.

— N'en veux pas à tes léopards de ne pas avoir combattu les loups, intervint Micah. Ils n'étaient pas assez nombreux.

— Ils se seraient fait laminer, je sais. Et puis, c'est mon boulot de gérer Richard, pas le leur.

— Parce que tu es leur Nimir-ra, acquiesça Micah.

— Parce que je suis la petite amie de Richard, en quelque sorte, le détrompai-je.

— Bien entendu.

J'agitai la main.

— Écoute, je n'ai pas le temps de m'occuper de ça pour le moment. Alors, je vais juste me concentrer sur les choses importantes. Je veux dire, sur les choses importantes qui ne peuvent pas attendre. Où est Gregory, et comment je fais pour le récupérer ?

Micah sourit.

— Du pragmatisme. Ça me plaît.

Je le fixai froidement.

— Si tu savais jusqu'où je peux pousser le concept, ça te plairait sans doute moins.

Quelque chose passa dans son regard – pas de la peur, mais plutôt de l'intérêt, comme si ma réaction l'intriguait.

— La situation est compliquée, parce que tu es la lupa blessée. Pour intervenir en faveur de Gregory, tu dois te persuader qu'il n'avait pas l'intention de te porter préjudice.

— Trop facile. J'en suis déjà persuadée. Alors, pourquoi ai-je l'impression que je ne peux pas me contenter d'appeler Richard et de lui dire : « Je passe chercher Gregory » ?

— Parce que tu devras convaincre non seulement Richard, mais tout le reste de la meute, que tu as des droits sur Gregory.

—C'est pourtant évident, non ? Gregory appartient à mon pard. Donc, à moi – pas à eux.

Micah sourit et baissa ses longs cils, comme s'il ne voulait pas que je puisse voir ses yeux.

—L'Ulfric a déclaré que Gregory était devenu un renégat à l'instant où il a tué leur lupa.

—Mais je suis vivante ! Que… ?

Micah leva un doigt, et je le laissai finir.

—D'un point de vue pratique, tu es morte pour la meute – en tant que léopard-garou, tu ne peux plus être lupa. Tu peux encore partager le lit de l'Ulfric, mais ça s'arrête là. Les loups ont voté, et Richard a si bien sapé son propre pouvoir qu'il ne peut plus faire passer de décision en force.

—Si je comprends bien, il reste Ulfric mais il ne gouverne plus.

Micah parut réfléchir une seconde ou deux, fit mine d'acquiescer, se ravisa et finit par lâcher :

—Oui. En fait, c'est exactement ça.

—Je vois. (Une pensée me traversa l'esprit, et je lui agrippai le bras.) Ils ne vont pas tuer Gregory, pas vrai ? (Quelque chose passa sur son visage qui me fit crisper la main et lui planter mes ongles dans la peau.) Ils l'ont déjà tué ?

—Non.

Je lâchai Micah et m'adossai au mur.

—Que lui ont-ils fait, ou qu'ont-ils l'intention de lui faire ?

—La sentence pour le meurtre d'une lupa, c'est la mort – dans n'importe quelle meute. Mais les circonstances sont tellement particulières qu'à mon avis, on te laissera une chance de le racheter.

—Le racheter, comment ?

—Pour ça, tu devras demander à l'Ulfric.

—Tout de suite. (Je levai les yeux.) Que quelqu'un aille chercher mon portable dans ma Jeep.

Nathaniel sortit sans un mot.

—Que comptes-tu faire ? s'enquit Micah.

— M'assurer que Gregory n'est pas blessé. S'il est indemne pour le moment, j'irai délivrer Jean-Claude. Dans le cas contraire, je m'occuperai d'abord de lui.

— Tu as des priorités, murmura-t-il.

— Ouais, et elles sont bien dans l'ordre.

Il me sourit.

— Très impressionnant. Tu as subi plusieurs chocs en l'espace de très peu de temps, mais tu gardes la tête froide et tu attaques les problèmes les uns après les autres.

— Je ne peux en résoudre qu'un seul à la fois.

— La plupart des gens se laissent distraire.

— Je ne suis pas la plupart des gens.

De nouveau, Micah baissa ses longs cils.

— J'avais remarqué, dit-il avec un petit sourire.

Quelque chose dans le ton de sa voix me fit soudain prendre conscience qu'il était nu et que je ne portais qu'un drap de bain. Il était temps de me relever et de m'habiller. Je me mis debout en ignorant sa main tendue.

— Ça va, Micah. Merci quand même. (Je jetai un coup d'œil à Cherry et à Zane, toujours plantés sur le seuil.) J'ai des vêtements ici ?

Cherry opina.

— Nathaniel est passé prendre des affaires chez toi. Je vais les chercher.

Elle se détourna.

— Des armes aussi, si possible, criai-je tandis qu'elle sortait.

Elle repassa la tête par la porte.

— Je sais, grimaça-t-elle.

Puis elle disparut, laissant Zane seul avec nous.

— Tu as une mission pour moi ?

— Pas pour le moment.

Il m'adressa un sourire assez large pour révéler ses petites dents pointues – des crocs de chaton. Zane passe tellement de temps sous sa forme animale qu'il n'arrive plus à redevenir complètement humain.

—Alors, je vais aider Cherry. (Il marqua une pause sur le seuil.) Je suis content que tu ne sois pas morte.

—Et moi donc!

Zane grimaça et s'en fut.

Je me retrouvai seule avec Micah. Et scrutant ses yeux vert-jaune, je sus que lui aussi passait trop de temps sous sa forme animale. Comme nous ne nous étions pas embrassés, j'ignorais si lui aussi avait de petites dents pointues. J'espérais que non, et du diable si je savais pourquoi.

—Ça te dérange que je me nettoie? demanda-t-il.

Je secouai la tête.

—Fais-toi plaisir. Je vais chercher mes fringues.

Mais à cet instant, Nathaniel revint avec mon portable.

Je baissai les yeux vers le minuscule appareil noir. Je ne l'avais que depuis quelques mois. J'avais essayé de ne pas en acheter un. Avec un portable et un bipeur, on n'est jamais vraiment sorti du bureau. Mais en ce moment, j'étais en vacances – même si, jusque-là, ça n'avait pas été très reposant.

J'ouvris mon téléphone et composai le numéro de Richard de mémoire. Personne ne décrocha, et je tombai sur son répondeur. Je laissai un message, mais je savais déjà ce que j'allais faire. Je devais découvrir ce qui était arrivé à Gregory.

Je pensai à Richard, à ses bras autour de moi, à l'odeur de son cou, au frôlement de ses cheveux, et de l'énergie picotante se déversa sur ma peau. Je me projetai le long de la marque qui me liait à lui et le trouvai debout sur une estrade. Il se disputait avec quelqu'un, mais je ne voyais pas qui. Mes visions de Richard ne sont jamais aussi claires que celles de Jean-Claude.

Richard pivota vers moi comme s'il m'avait aperçue du coin de l'œil, puis me repoussa brutalement, érigeant entre nous un bouclier si solide que je ne pouvais plus rien sentir au travers.

Nathaniel me saisit par le bras pour me retenir.

—Anita, tu vas bien?

J'acquiesçai. On est toujours un peu désorienté après s'être fait éjecter de la sorte. Et Richard le sait pertinemment. Connard.

—Ça va.

Je me dégageai et dus appeler les renseignements pour obtenir le numéro du *Lunatic Café*.

Richard se trouvait dans la salle de réunion au fond du restaurant. Raina en était autrefois propriétaire, et selon la loi de la meute, j'aurais pu en hériter si je n'avais pas utilisé un flingue pour la tuer. Il aurait fallu que j'y aille à mains nues, ou à griffes nues, ou au pire avec un couteau pour récupérer tout ce qui lui appartenait. Tous ses biens matériels, du moins. On ne s'approprie pas le pouvoir de quelqu'un en le butant ; ça ne marche pas comme ça. Et de toute façon, qui le voudrait ? Bref. Utiliser un flingue, c'est considéré comme de la tricherie. Donc, le *Lunatic Café* ne m'appartient pas.

Richard décrocha à la deuxième sonnerie, comme s'il avait attendu mon appel.

—Richard, c'est Anita.

—Je sais.

Sa voix était coléreuse et sur la défensive.

—Il faut qu'on parle.

—Je suis occupé.

D'accord, s'il voulait se la jouer brusque et hostile, je pouvais jouer aussi.

—Où est Gregory ?

—Je ne peux pas te le dire.

—Pourquoi ?

—Parce que tu essaierais probablement de le sauver. Or, tu n'es plus ma lupa. La meute se défendrait, et je ne veux pas que tu tires sur mes loups.

—Fiche la paix à mes léopards et je fiche la paix à tes loups.

—Anita, ce n'est pas aussi simple.

—J'ai pigé, Richard. Tu as pété les plombs en découvrant que Gregory m'avait peut-être contaminée. Tu as ordonné à tes gardes du corps de t'emparer de lui, et tu l'as inculpé du meurtre de ta lupa. Ce qui est idiot, puisque je ne suis pas morte.

— Tu sais pourquoi ma meute est en train de voter en ce moment même ?

— Aucune idée.

— Pour déterminer si je dois choisir une autre lupa au sein de la meute avant la prochaine pleine lune.

— Je suppose qu'il t'en faudra une.

Et le seul fait de m'entendre le dire me noua l'estomac.

— Une maîtresse, Anita. Ils veulent me forcer à prendre une maîtresse au sein de la meute.

— Tu veux dire qu'on ne pourra plus sortir ensemble ?

— C'est bien le sujet de leur vote.

— Stephen, un de tes loups, vit avec Vivian, un de mes léopards. Personne ne semble s'en préoccuper.

— Stephen est l'un des moindres d'entre nous. Ils ne toléreraient pas ce genre de mélange de la part d'un dominant – et encore moins de leur Ulfric.

— Donc, tu as le droit de baiser une humaine, mais pas un léopard.

— Nous sommes humains, Anita. Mais nous ne sommes pas des félins, nous sommes des loups.

— Bref, tu ne pourras plus sortir avec moi à partir de maintenant ?

— Pas si je veux rester Ulfric.

— Que deviendra le triumvirat ?

— Je l'ignore.

— Tu vas renoncer à moi juste comme ça ?

Soudain, j'étais glacée. Mon estomac formait une boule dure dans mon ventre.

— Tu t'es exclue de ma vie pendant plus de six mois. Comment puis-je savoir que tu ne recommenceras pas à la première alerte ?

— Je comptais sortir avec vous deux, Richard. Être votre maîtresse à tous les deux.

Et à peine les mots sortis de ma bouche, je pris conscience que je le pensais – que j'avais pris une décision sans m'en rendre compte.

—Et dans une semaine? dans un mois, ou dans un an? Qu'est-ce qui te foutra la trouille et te poussera à t'enfuir la prochaine fois?

—Je n'ai plus l'intention de m'enfuir, Richard.

—C'est bon à savoir.

Je sentais sa colère comme quelque chose de chaud et de palpable à l'autre bout du fil. Ou son bouclier fuyait, ou il l'avait baissé.

—Tu ne veux plus être avec moi? demandai-je d'une voix douce, blessée.

Et je détestai ça.

—Bien sûr que si. Tu le sais. Tu me rends dingue, mais je veux quand même être avec toi.

—Pourtant, tu es prêt à me laisser tomber.

Ma voix s'était un peu raffermie, mais pas beaucoup. Richard était en train de me plaquer. D'accord, il avait le droit. Je sais bien que je suis une emmerdeuse. Mais ça faisait quand même mal, bordel.

—Je n'en ai pas envie, Anita, mais je ferai ce qu'il faudra. C'est toi qui me l'as appris.

Mes yeux me brûlaient. C'est moi qui lui avais appris. Génial. Si nous devions vraiment rompre, il était hors de question que je pleure ou que je supplie. Hors de question que je me montre faible.

—Tu es l'Ulfric, le roi-loup. Ta parole fait loi au sein de la meute.

Ma voix reprenait de l'assurance. J'avais toujours l'estomac noué, mais ça ne s'entendait pas. Et l'effort que ça me réclamait me comprimait la poitrine.

—J'ai bossé dur pour instaurer l'égalité entre les loups. Je ne peux pas leur imposer ma volonté maintenant. Ça détruirait tout ce que je me suis donné tant de mal à construire.

— Richard… les idéaux, c'est magnifique en théorie. Mais en pratique, ça ne fonctionne pas très bien.

— Je ne suis pas d'accord.

Sa colère s'estompait. À présent, il semblait juste las.

— Je ne vais pas m'acharner à discuter de choses dont nous discutons depuis notre première rencontre. Je préfère me concentrer sur celles que je peux changer. Et pour autant que nous le voulions, Richard, nous ne pouvons pas nous changer mutuellement. Nous sommes ce que nous sommes. (Ma voix recommençait à dérailler sous l'effet de mes émotions.) Alors, est-ce que Gregory va bien ?

— Il est indemne.

— Je veux le récupérer, tu le sais.

— Évidemment.

Sa colère faisait un retour en force.

— Maintenant que je ne suis plus lupa, que je ne fais plus partie de la meute, comment dois-je m'y prendre ?

— Il faudra que tu viennes au lupanar demain soir et que tu présentes ta requête.

— Mais encore ?

— Tu devras prouver que tu es digne qu'on t'écoute. Il y aura un test.

— Quel genre ? Un QCM, une dissert' ?

— Je ne sais pas encore. Il faut qu'on vote.

— Et merde, Richard. Si ce pays est une démocratie représentative plutôt qu'une démocratie pure, c'est pour une bonne raison. Une personne est égale à une voix, en direct, ça ne peut pas marcher. On ne peut jamais rien décider de cette façon.

— Oh, la meute décide. Simplement, tu n'aimes pas les décisions qu'elle prend.

— Comment as-tu pu emmener Gregory ? Comment as-tu pu faire ça ?

— Dès que j'ai compris ce qui s'était passé, j'ai su que la meute allait t'expulser. La plupart des loups étaient mécontents de ta présence même avant ça. Tu n'es pas l'une d'entre nous, et ça ne leur plaisait pas. Le fait que tu les aies évités pendant plus de six mois n'a rien arrangé.

—Il fallait que je mette de l'ordre dans mes affaires avant de revenir.

—Et pendant que tu mettais de l'ordre dans les tiennes, les miennes partaient en couille.

—Je suis désolée, Richard. Vraiment. Mais je ne savais pas.

—Demain soir au lupanar, une heure après la tombée de la nuit. Tu peux amener tous tes léopards et tous les autres métamorphes que tu voudras pour te soutenir. Si c'était moi, en tant qu'Ulfric, j'amènerais les rats.

—Je ne suis plus ta lupa, donc, les rats ne sont plus mes alliés, pas vrai ?

—Non, dit-il, toute colère de nouveau envolée.

Richard n'a jamais été du genre rancunier.

—Que se passera-t-il si je ne parviens pas à convaincre la meute ? (Il n'y eut pas de réponse, juste le bruit de sa respiration à l'autre bout de la ligne.) Richard, qu'arrivera-t-il à Gregory ?

—La meute le jugera.

—Et ?

—S'il est déclaré coupable du meurtre de notre lupa, le châtiment sera la mort.

—Mais je suis là, Richard ! Je ne suis pas morte ! Vous ne pouvez pas exécuter Gregory pour le punir de m'avoir tuée alors que je suis toujours vivante !

—J'ai repoussé le procès jusqu'à ce que tu sois suffisamment rétablie pour y assister. C'est tout ce que j'ai pu faire.

—Tu sais, Richard, parfois, être roi, ça a du bon. Un roi peut accorder son pardon à qui il veut et baiser avec qui il veut.

—Je sais.

—Alors, comporte-toi comme un roi, Richard ! Sois leur Ulfric, pas leur président !

—Je fais ce que j'estime le mieux pour eux tous.

—Richard, tu ne peux pas faire ça.

—C'est déjà fait.

—Richard, si j'échoue à votre petit test, je ne vous laisserai pas exécuter Gregory. Tu comprends ?

—Tu ne seras pas autorisée à introduire des armes à feu dans le lupanar, seulement des couteaux, dit-il d'une voix tout à coup très prudente.

—Je me souviens de cette règle. Mais Richard, tu m'écoutes vraiment ? Tu comprends ce que je suis en train de te dire ?

—Si nous tentons d'exécuter Gregory demain soir, tu te battras contre nous. Mais tu dois savoir une chose, Anita : tes léopards ne font pas le poids face à nous, pas même avec Micah et son pard. Nous sommes cinq fois plus nombreux que vous, si ce n'est davantage.

—Peu importe, Richard. Je ne resterai pas les bras ballants à regarder mourir Gregory – pas pour une raison aussi stupide.

—Risqueras-tu la vie de tous tes félins pour en sauver un seul ? Veux-tu vraiment voir ce qui se passera s'ils tentent de forcer la sortie du lupanar ? Moi, je n'en ai aucune envie.

—Tu… Merde, Richard, ne me pousse pas dans mes retranchements, ou tu le regretteras.

—C'est une menace ?

—Richard…

Je dus m'interrompre et compter lentement dans ma tête. Mais jusqu'à dix, ça ne suffisait pas. Jusqu'à un million, peut-être ?

—Richard, repris-je un peu plus calmement. Je sauverai Gregory quoi qu'il advienne. Je ne laisserai pas les loups massacrer les léopards, quel que soit le prix à payer. Tu t'es emporté et tu as emmené un de mes léopards. Tu as fait de ta meute une putain de démocratie, où tu ne t'es même pas réservé un droit de veto présidentiel. Tu comptes vraiment entériner tes erreurs en déclenchant une guerre entre ta meute et mon pard ?

—Je pense toujours que donner une voix à chacun, c'était une bonne idée.

—C'est une belle idée, mais ça ne marche pas, pas vrai ? (Il garda le silence.) Richard, ne fais pas ça.

—Ça ne dépend plus de moi. Je suis désolé, Anita. Tu ne peux pas savoir à quel point.

—Richard, tu ne vas pas réellement les laisser exécuter Gregory. Pas pour de vrai. (Nouveau silence.) Richard, parle-moi.

—Je ferai ce que je pourrai, mais j'ai perdu aux voix. Je ne peux pas changer le résultat du vote.

—Mais tu peux regarder quelqu'un mourir pour un crime qu'il n'a pas commis ?

—Comment sais-tu qu'il ne t'a pas infectée volontairement ?

—J'étais là. Il est tombé sur moi avec deux hommes-serpents sur le dos. C'était un accident. Il les a empêchés de m'arracher le cœur. Il m'a sauvé la vie, Richard, et ta façon de le remercier est vraiment nulle.

—Il n'aurait pas pu détourner ses griffes au dernier moment ?

—Non, tout s'est passé trop vite.

Richard éclata d'un rire amer.

—Tu nous fréquentes depuis une éternité, et tu ne comprends toujours pas ce que nous sommes. J'aurais pu détourner mes griffes en moins de temps qu'il en faut pour cligner des yeux. Gregory n'est pas plus lent que moi. Au contraire : en tant que léopard, il est plus rapide, plus agile.

—Es-tu en train de dire qu'il a fait exprès ?

—Je dis qu'il a eu une fraction de seconde pour décider quoi faire, et qu'il a décidé de te garder comme Nimir-ra. Il a fait le choix de t'enlever à moi.

—Et tu vas le lui faire payer. C'est bien ça ?

—Oui, c'est bien ça.

—Au prix de sa vie ?

Richard soupira.

—Je ne souhaite pas sa mort, Anita. Mais quand j'ai découvert ce qu'il avait fait, j'ai eu envie de le tuer de mes propres mains. J'en ai eu tellement envie que j'ai préféré ne pas rester en sa présence. Je l'ai fait mettre en lieu sûr le temps que je me calme. Mais Jacob en a eu vent, et il a imposé un vote.

—Qui est Jacob?

—Mon nouveau Geri. Le troisième dans la hiérarchie de la meute après Sylvie.

—C'est la première fois que j'entends parler de lui.

—Il vient d'arriver.

—Il vient d'arriver, et il est déjà troisième dans la hiérarchie? dis donc… Il est soit très bon combattant, soit extrêmement vicieux pour avoir remporté autant de duels en moins de six mois.

—Il est bon *et* vicieux.

—Et ambitieux?

—Pourquoi cette question?

—S'il n'avait pas imposé un vote, m'aurais-tu rendu Gregory? (Richard garda le silence si longtemps que je finis par demander :) Tu es toujours là?

—Oui, je suis toujours là. Et oui, je te l'aurais rendu. Je ne peux pas le tuer, même pour ce qu'il a fait.

—Donc, Jacob a déclenché une chaîne d'événements qui te prive d'une puissante alliée – moi – et te force à déclarer la guerre à un autre groupe de métamorphes – les léopards. Il n'a pas perdu de temps.

—Il fait ce qu'il pense juste, c'est tout.

—Doux Jésus, Richard, comment peux-tu être aussi naïf?

—Tu crois qu'il veut ma place?

—Tu *sais* qu'il veut ta place. Je l'entends dans ta voix.

—Si je ne suis pas assez fort pour tenir la meute, il a le droit de me défier. Mais il doit d'abord vaincre Sylvie, qui est aussi bonne que lui – et aussi vicieuse.

—Ce Jacob, il fait quelle taille?

—Comme moi. Mais il est moins musclé.

— Sylvie est peut-être aussi bonne que lui, mais elle mesure un mètre soixante-cinq, et c'est une femme. Et même si je déteste l'admettre, ça fait une différence. À poids équivalent, un homme a plus de force qu'une femme dans la moitié supérieure du corps. À compétences égales, c'est toujours le plus grand qui bat le plus petit.

— Ne sous-estime pas Sylvie.

— Et toi, ne la surestime pas. C'est mon amie, et je ne veux pas qu'elle meure parce que tu refuses de gérer tes affaires correctement.

— Qu'est-ce que c'est censé signifier ?

— Ça signifie que jusqu'à ce qu'il vainque Sylvie et devienne Freki, tu peux tuer Jacob autrement qu'en duel. Tu peux le faire exécuter.

— Si Marcus avait pensé ça de moi, je serais mort à l'heure actuelle.

— Et Marcus serait vivant. Tu ferais un très mauvais avocat de la défense, Richard.

— Nous ne sommes pas des animaux, Anita. Je ne peux pas tuer Jacob pour la seule raison qu'il veut ma place.

— Les Ulfric ne démissionnent pas, Richard. Ils se battent jusqu'à la mort pour conserver leur position. Je sais que théoriquement, si les deux combattants se mettent d'accord, le perdant peut être épargné. Mais je me suis renseignée, et aucun des loups-garous auxquels j'ai parlé ne se souvient d'un duel pour le poste d'Ulfric qui n'ait pas fait de victime. Jacob ne veut pas ta place, Richard : il veut ta mort.

— Je ne peux pas contrôler ce que fait Jacob – seulement ce que je fais, moi.

Je commençais à me rappeler pourquoi Richard et moi n'avons pas tenu la distance en tant que couple. Oh, il y a eu tout un tas de raisons. Je l'ai vu bouffer Marcus, et ça m'a fait prendre mes jambes à mon cou. Puis nous nous sommes remis ensemble, et les marques nous ont submergés. Mais il y a d'autres raisons. Des raisons pour lesquelles je me sentais tout à coup lasse et beaucoup plus vieille que Richard – alors qu'en fait, il a deux ans de plus que moi.

—Tu es stupide, Richard.

—Ce ne sont plus vraiment tes affaires, Anita. Tu n'es plus ma lupa.

—Si tu meurs, les marques risquent de nous entraîner dans la mort avec toi, Jean-Claude et moi. Donc, j'estime que ça me regarde quand même un peu.

—Ne risques-tu pas ta vie chaque fois que tu pars à la chasse aux vampires ou aux créatures surnaturelles avec la police ? Tu as failli crever au Nouveau-Mexique le mois dernier. Tu nous as tous mis en danger.

—J'essayais de sauver des vies, Richard. Toi, tu essaies de réformer un système politique. L'idéologie, c'est très bien dans une salle de classe ou pendant un débat, mais au final, la chair et le sang priment. C'est de vie et de mort dont nous parlons là, pas de la vision archaïque du monde meilleur que tu veux créer pour ta meute.

—Si les idéaux ne signifient rien, nous ne sommes que des animaux.

—Richard, si Gregory meurt à cause de ça, je te jure que je tuerai Jacob et quiconque d'autre se dressera sur mon chemin. Je détruirai ton lupanar et je salerai le sol derrière moi. Alors, aide-moi. Préviens Jacob et tous ceux qui en douteraient encore que s'ils se dressent contre moi, ils mourront.

—Tu ne peux pas combattre toute la meute et gagner, Anita.

—Si tu crois que la victoire est la seule chose qui m'importe, tu ne me connais pas du tout en fin de compte. Je sauverai Gregory parce que j'ai dit que je le ferais.

—Si tu échoues au test, tu ne pourras pas le sauver.

—De quelle sorte de test parlons-nous ?

—Du genre que seule une métamorphe pourrait réussir.

—Richard, Richard…, soupirai-je. (Je voulais lui hurler dessus, mais j'étais plus lasse que furieuse, plus découragée que folle de rage.) Écoute-moi bien, Richard : si je ne parviens pas à sauver Gregory, je changerai le paradis en enfer pour le venger. Explique ça à Jacob, et fais en sorte qu'il te comprenne.

— Explique-lui toi-même.

Il y eut un silence et un frôlement. Puis une autre voix d'homme résonna dans mon téléphone, une voix que j'entendais pour la première fois. Agréable et plutôt jeune, mais pas trop.

— Bonsoir, je suis Jacob, et j'ai beaucoup entendu parler de vous.

Le ton de sa voix disait assez clairement que ce qu'il avait entendu ne lui plaisait pas.

— Écoutez, Jacob, nous ne nous connaissons pas, mais je ne peux pas vous laisser tuer Gregory pour un crime qu'il n'a pas commis.

— Le seul moyen de nous en empêcher, c'est de le récupérer.

— Richard m'a dit que je devrais passer un test pour ça. Et que si j'échouais, vous exécuteriez Gregory.

— Telle est la loi de la meute.

— Jacob, vous ne voulez pas de moi comme ennemie.

— Vous êtes la Nimir-ra d'un petit pard. Nous sommes le clan de Thronnos Rokke. Nous sommes les lukoi, et vous n'êtes rien pour nous.

— Je viendrai demain soir en tant que Nimir-ra du pard des Buveurs de Sang. Mais avant toute chose, je suis Anita Blake. Interrogez les vampires et les métamorphes de Saint Louis à mon sujet. Écoutez ce qu'ils diront. Vous n'avez pas envie de me mettre en rogne, Jacob, croyez-moi.

— Je me suis déjà renseigné. Je connais votre réputation.

— Alors, pourquoi insistez-vous ?

— C'est mon problème.

— D'accord. Si vous tenez à le faire, allons-y. Mais si vous provoquez la mort de Gregory par votre vote ou vos manigances politiques, je vous enterrerai.

— Encore faudra-t-il que vous en soyez capable. Vous venez juste d'être contaminée. Vous ne vous transformerez même pas avant la prochaine pleine lune. Vous n'êtes pas de taille contre moi.

— Vous supposez que je vais vous proposer un duel à la loyale. Ce qui ne sera pas le cas. Si Gregory meurt, vous mourrez avec lui. C'est aussi simple que ça.

— Si vous me descendez, vous ne retrouverez pas votre place au sein de la meute pour autant. Si vous étiez capable de me vaincre en combat singulier, les autres voteraient peut-être votre réintégration. Mais si vous vous contentez de me tirer dessus, vous ne serez plus jamais notre lupa.

— Jacob, je vais vous le dire gentiment et lentement pour que ce soit bien clair. Être votre lupa, je m'en balance. Je me soucie uniquement de mes amis et des gens que j'ai juré de protéger. Gregory en fait partie. Donc, s'il meurt, vous mourrez avec lui.

— Je ne vais pas le tuer, Anita. J'ai juste initié le vote à son sujet.

— Vous aimez les films de John Wayne, Jacob ?

Il mit quelques instants à répondre.

— Comme tout le monde. Quel rapport avec cette conversation ?

— Que ce soit votre faute, la mienne ou celle de personne, si Gregory meurt, vous mourrez aussi.

— Suis-je censé saisir la référence ? demanda-t-il avec une pointe de colère dans la voix.

— Je suppose que non, alors je vais être très claire. S'il arrive quelque chose à Gregory, pour quelque raison que ce soit, je vous tiendrai pour personnellement responsable. S'il est blessé, vous le serez aussi. S'il saigne, vous saignerez aussi. S'il meurt…

— Ça va, ça va, j'ai compris. Mais ce n'est pas moi qui décide en la matière. Je n'ai qu'une voix, comme tous les autres.

— Alors, vous feriez bien de trouver une solution, Jacob. Parce que je vous donne ma parole que je fais toujours ce que je dis.

— C'est ce qu'on m'a raconté, en effet. (Il se tut, et nous restâmes silencieux chacun à un bout de la ligne jusqu'à ce qu'il demande :) Et Richard ?

— Quoi, Richard ?

— S'il lui arrive quelque chose, que ferez-vous ?

— Si je réponds que je vous tuerai s'il meurt par votre faute, je sape son autorité d'Ulfric. Mais je vais quand même vous dire ceci : si vous le battez, que ce soit en combat à la loyale dans un cercle prévu à cet effet ! Parce que si vous commettez la moindre tricherie, même minuscule, je vous tuerai.

Je voulais étendre ma protection à Richard, mais je ne pouvais pas. Ça affaiblirait sa position, qui n'était déjà pas des plus solides.

— Mais si c'est un combat à la loyale, vous ne vous en mêlerez pas ?

Je m'appuyai contre le mur et réfléchis.

— Je vais être honnête, Jacob : j'aime Richard. Je ne le comprends pas toujours, et je suis rarement d'accord avec lui, mais je l'aime. Je suis prête à vous tuer pour quelqu'un qui n'a jamais été mon amant et qui n'est même pas un ami proche. Donc, oui : si vous tuez Richard, je vais vraiment avoir envie de vous rendre la pareille.

— Mais vous ne le ferez pas.

Je n'aimais pas sa façon d'insister. Ça me rendait nerveuse.

— Je vous propose un marché. Vous ne défiez pas Richard pour la position d'Ulfric avant la prochaine pleine lune, et quoi qu'il arrive par la suite, je me tiendrai à l'écart, du moment que le combat se sera déroulé à la loyale.

— Et si je le défie plus tôt ?

— Dans ce cas, je ferai pleuvoir sur votre défilé de victoire.

— Vous sapez l'autorité de Richard.

— Non, Jacob. Vraiment pas. Je ne vous tuerai pas parce que je suis la lupa de Richard ou pour quelque raison en rapport avec la meute. Je vous tuerai parce que je suis vindicative.

Laissez-moi quelques semaines, et après la prochaine pleine lune, vous pourrez agir à votre guise sur ce point… si vous avez les *cojones* de finir le boulot.

— Vous pensez que Richard me tuera ?

— Il a tué l'Ulfric précédent, Jacob. C'est comme ça qu'il a obtenu sa place.

— Et si je refuse vos conditions, vous me descendrez purement et simplement ?

— Depuis une distance raisonnable, sans la moindre hésitation.

— Je peux vous promettre que je ne défierai pas Richard avant la prochaine pleine lune, mais je ne peux pas vous promettre que la meute ne se prononcera pas contre Gregory. Raina, l'ancienne lupa, se servait de lui pour punir certains membres de la meute. Il a aidé à violer plus d'une femme ici.

— Je sais.

— Alors, comment pouvez-vous le défendre ?

— Il a fait ce que son ancien alpha lui disait de faire et ce que Raina, la méchante sorcière de l'Ouest, lui ordonnait de faire. Gregory n'est pas un dominant. C'est un inférieur, et il obéit aux ordres comme un bon métamorphe soumis. Depuis que je suis devenue son alpha, il refuse de violer et de torturer. Dès qu'il a eu le choix, il a arrêté. Demandez à Sylvie. Gregory s'est laissé torturer plutôt que d'aider à la violer.

— Elle nous a raconté cette histoire.

— Vous n'avez pas l'air impressionné.

— Ce n'est pas moi qu'il faut impressionner, Anita : c'est toute la meute.

— Alors, aidez-moi à trouver un moyen.

— Vous êtes sérieuse ? Vous voulez que je vous aide à sauver le léopard ?

— Oui.

— C'est ridicule. Je suis le Geri du clan de Thronnos Rokke. Je ne vais pas aider un léopard dont vous-même admettez qu'il n'est pas un dominant.

— Pitié, ne me faites pas le coup de la lutte des classes. Vous vous souvenez du début de la conversation, quand j'ai promis de vous tuer si certaines conditions étaient remplies ? Je vous tiens pour responsable de ce merdier. Et vous allez m'aider à le nettoyer – sans ça, j'éclabousse les murs avec votre cervelle.

— Vous ne pouvez pas introduire de flingues dans le lupanar.

J'éclatai d'un rire dont la tonalité me perturba.

— Vous comptez passer le reste de votre vie à l'intérieur du lupanar ?

— Doux Jésus, souffla-t-il. Vous parlez de m'assassiner.

Je ris de nouveau. Dans ma tête, une petite voix hurlait que je faisais une très bonne sociopathe. Mais Mary Ingalls n'avait aucune chance face à Jacob. Plus tard, peut-être, je pourrais me permettre d'être magnanime.

— Je crois que nous nous comprenons enfin. Vous avez mon numéro de portable. Rappelez-moi avant demain soir pour me communiquer votre plan.

— Et si je n'en trouve pas ?

— Ce n'est pas mon problème.

— Vous me tuerez même si j'essaie de le sauver – si j'essaie vraiment et que j'échoue.

— Oui.

— Sale chienne.

— Techniquement, je serais plutôt une chatte. Et les injures ne m'atteignent pas ; par contre, un échec vous tuera. Rappelez-moi, Jacob. Le plus tôt sera le mieux.

Et je raccrochai.

CHAPITRE 11

—Je vois ce que tu voulais dire à propos de ton pragmatisme, commenta Micah.

Il m'observait sans bouger, avec une expression soigneusement neutre, mais il ne parvenait pas tout à fait à dissimuler ce qu'il éprouvait. Il était content. Content de moi, me sembla-t-il.

—Tu ne vas pas t'enfuir en hurlant parce que je suis une sociopathe assoiffée de sang?

Il me sourit, et de nouveau, ses longs cils descendirent devant ses yeux.

—Je ne pense pas que tu sois une sociopathe, Anita. Je pense que tu fais le nécessaire pour protéger ton pard. (Il leva son regard vert-jaune vers moi.) Je trouve que c'est une chose admirable, pas une raison de te critiquer.

Je soupirai.

—C'est bien que quelqu'un m'approuve, pour changer un peu.

Son sourire se chargea de ce mélange de satisfaction, de condescendance et de tristesse qui m'avait irritée un peu plus tôt.

—L'Ulfric est plein de bonnes intentions.

—Tu sais ce qu'on raconte au sujet des bonnes intentions, Micah. Si Richard veut aller en enfer, soit. Mais il n'a pas le droit de nous y entraîner avec lui.

—Je suis d'accord.

Toute cette approbation commençait à me fatiguer. Je n'étais pas amoureuse de Micah. Pourquoi n'était-ce pas Richard qui disait « amen » à tout ce que je faisais? Évidemment, il y avait quelqu'un d'autre. Je devais rejoindre Jean-Claude avant le lever du jour.

— J'ai dû repousser ma douche, d'abord pour être un gentleman et te laisser y aller la première, puis pour que le bruit ne te gêne pas pendant que tu téléphonais. Mais maintenant, il faut vraiment que je me lave, si ça ne te dérange pas.

— Je vais te laisser tranquille.

Je me dirigeai vers la porte.

— Je ne te demandais pas de partir ; je t'expliquais juste pourquoi j'allais faire couler l'eau pendant notre conversation.

Je m'arrêtai sur le seuil.

— Quelle conversation ?

Micah actionna le mélangeur, testa l'eau avec sa main et ajusta la température tout en me parlant par-dessus son épaule.

— Je n'avais jamais rencontré de Nimir-ra qui émette autant de pouvoir. C'était stupéfiant.

— Ravie que ça t'ait plu, mais il faut vraiment que j'y aille.

Il me fit face, reculant sous le jet et renversant la tête en arrière pour se mouiller les cheveux. Quand l'eau toucha son cou, il lâcha une expiration sifflante et courba le dos comme si ça lui faisait vraiment mal.

Je fis un pas vers lui.

— Tu vas bien ?

Il acquiesça et se redressa.

— Ça va passer.

Quand il releva la tête, je distinguai les gouttes d'eau sur son visage, s'accrochant à ses cils comme de grosses perles transparentes. Je me tenais sur le côté, juste assez près pour que l'eau m'éclabousse très légèrement. Et pour la première fois, je pus voir le cou de Micah à l'endroit où je l'avais mordu.

— Merde.

Je tendis la main sous le jet pour toucher son visage et lui faire tourner la tête.

L'empreinte de mes dents se détachait nettement sur le côté droit de son cou. La blessure suintait toujours, de sorte que le cercle de marques était rouge et sanglant. Sa chair bronzée affichait déjà une ecchymose, des couleurs sombres qui tourbillonnaient sous la surface.

—Mon Dieu, Micah, je suis désolée.

—Inutile. Ce n'est qu'un suçon un peu enthousiaste.

Je laissai retomber ma main.

—On dirait que j'ai essayé de te bouffer la gorge, oui ! (Je fronçai les sourcils.) Pourquoi n'as-tu pas déjà commencé à régénérer ?

—Les blessures infligées par les dents et les griffes d'un métamorphe guérissent plus lentement que les autres, pas aussi lentement que celles causées par de l'argent, mais plus lentement que, disons, celles causées par de l'acier.

—Je suis désolée.

—Tu l'as déjà dit ; et je t'ai déjà dit que c'était inutile.

—Le dernier Ulfric que j'ai mordu – et ce n'était pas si grave, je n'ai même pas troué sa peau – a vu ça comme une insulte. D'après lui, ça signifiait que je me considérais comme plus haut placée que lui dans la meute.

—Nous ne sommes pas des loups. Pour le pard, une blessure au cou infligée par une Nimir-ra signifie juste que le sexe a été bon. (Cela me fit rougir.) Je ne voulais pas te gêner, juste t'expliquer pourquoi tu ne me dois pas d'excuses. J'ai aimé ça. (Je rougis encore plus fort.) Ensemble, nous pourrions faire de grandes choses pour notre pard.

Je secouai la tête.

—Nous ne pourrons être certains que je suis bien une Nimir-ra que dans quelques jours. Jusque-là, ne commençons pas à tirer des plans sur la comète.

—Comme tu veux.

Son regard était trop direct, et je me rendis soudain compte qu'il était nu sous la douche. Je fais des progrès pour ce qui est d'ignorer la nudité, ou du moins, pour ne pas la laisser m'embarrasser outre mesure. Mais il y a des moments où vous ne pouvez pas faire autrement que de la remarquer – par exemple, quand le regard de l'autre vous y force.

— Je veux.

Micah me tourna le dos, baissant la tête pour que l'eau frappe ses épaules, son dos et ses… régions inférieures. Comme il bougeait au travers du jet, celui-ci s'élargit, éclaboussant mon visage, mes bras, mes jambes et ma serviette. Il était grand temps que je file.

Je me trouvais de nouveau sur le seuil quand Micah me rappela.

— Anita.

Je me retournai vers lui.

Il se tenait face à moi, se frictionnant les bras et la poitrine avec le savon liquide pris à l'un des distributeurs muraux.

— Si tu veux que nous t'accompagnions demain soir, nous en serions honorés.

— Je ne peux pas te laisser entraîner ton pard dans le bordel que nous avons créé.

Ses mains descendirent le long de son torse, laissant des traînées de mousse blanche sur son ventre et ses hanches avant de se glisser entre ses jambes. Pour avoir souvent dû me récurer après un bain de sang, je sais d'expérience qu'il faut frotter fort pour tout faire partir. Mais les mains de Micah s'attardèrent sur la zone critique jusqu'à ce que celle-ci soit couverte de bulles et partiellement en érection. Alors seulement, elles passèrent à ses cuisses.

J'avais la bouche sèche, et je pris conscience que nous n'avions rien dit depuis plusieurs minutes. J'avais passé tout ce temps à regarder Micah se savonner. Mes joues redevinrent brûlantes tandis qu'il se lavait les jambes, faisant durer chaque geste bien plus longtemps que nécessaire. À n'en pas douter, il se donnait en spectacle. Il fallait vraiment que je m'en aille.

— Si tu es ma Nimir-ra, ton bordel est mon bordel, dit-il enfin, la tête baissée vers son ouvrage.

Je ne voyais pas sa figure, juste la ligne de son corps courbé un peu à l'écart du jet pour que l'eau n'emporte pas le savon avant qu'il ait fini de se laver.

Je dus m'éclaircir la voix pour répondre :

— Je ne veux pas que tu me passes la bague au doigt, Micah.

— Le pouvoir entre nous est bien suffisant pour que j'accepte tout arrangement à ta convenance.

Alors, il se redressa et leva les bras pour se frictionner les épaules. Cela étira tout le devant de son corps, mettant en évidence des choses que j'aurais préféré ignorer. Je me détournai, bien décidée à sortir de là cette fois.

— Anita.

Je m'arrêtai sur le seuil, mais là, je ne me retournai pas.

— Quoi ? grommelai-je.

— C'est normal que tu aies envie de moi. Tu ne peux pas t'en empêcher.

Cela me fit éclater de rire – un bon gros rire normal.

— Tu as une très haute opinion de toi-même, n'est-ce pas ?

Mais je continuai à lui tourner le dos.

— Ça n'a rien à voir avec de la prétention. Tu es une Nimir-ra, et je suis le premier Nimir-raj que tu rencontres. Nos pouvoirs s'appellent, nos bêtes sont attirées l'une par l'autre. C'est la nature qui veut ça.

Alors, je pivotai lentement avec l'intention de le regarder dans les yeux. Raté. Micah continuait à se savonner les épaules en me tournant le dos. La mousse glissait lentement vers sa taille mince.

— Nous ne sommes pas encore certains que je sois une lycanthrope, soufflai-je.

Micah réussit à se frictionner tout le dos, ses bras se tordant sans effort, ses mains glissant le long de sa peau jusqu'à ses fesses pommelées.

— Tu entends l'appel de mon corps comme j'entends l'appel du tien.

Mon pouls battait beaucoup trop vite.

—Tu es un homme séduisant, nu et couvert de savon. Je ne suis pas de bois. Fais-moi un procès si ça te chante.

Il se tourna vers moi, dégoulinant… et énorme.

Ma bouche s'assécha. Mon corps se crispa si fort et si brusquement que cela me fit presque mal. Mon souffle se fit rauque, et je dus déglutir.

—Justement, tu n'es pas humaine. C'est pour ça que tu continues à mater malgré toi.

Micah se dirigea vers moi – lentement, avec la grâce fluide dont tous les léopards peuvent faire preuve quand ils le veulent. Comme s'il avait des muscles dans des endroits où les humains n'en ont pas. Il glissait comme un grand chat, son corps nu dégoulinant d'eau et de savon, ses cheveux trempés pendant sur ses épaules. À présent, ses yeux vert-jaune semblaient parfaitement à leur place dans son visage.

—Tu ne comprends pas combien il est rare que deux lycanthropes partagent leurs bêtes de la façon dont nous l'avons fait. Elles coulaient en nous et hors de nous. (Il s'arrêta devant moi sans me toucher tout à fait – pas encore.) Elles étaient pareilles à deux grands félins qui frottent leurs flancs poilus l'un contre l'autre.

Et tout en disant cela, il passa ses mains couvertes de savon sur mes bras nus. Je dus fermer les yeux. Il décrivait exactement ce que j'avais ressenti, comme s'il avait lu dans mes pensées… ou éprouvé la même chose.

Ses mains remontèrent jusqu'à mes épaules et à mon cou, laissant des traînées humides et glissantes sur ma peau. Puis elles me prirent le visage, et je sentis Micah avancer la tête vers moi avant que ses lèvres se posent sur les miennes. Il me donna un baiser très doux, gardant son corps à l'écart du mien.

Ses doigts s'insinuèrent sous le bord de mon drap de bain et me tirèrent vers lui. Cela me fit rouvrir les yeux. Je fis quelques pas avant de me rendre compte qu'il m'entraînait vers le jet d'eau.

—Il faut que tu nettoies ce savon, dit-il.

Je secouai la tête et m'arrêtai. Micah continua à tirer sur ma serviette jusqu'à ce que celle-ci se défasse et commence à glisser vers le bas. Je la rattrapai et la plaquai sous mes seins brusquement nus.

— Non, protestai-je. (Ma voix était étranglée, mais je répétai :) Non.

Micah se colla contre moi ; je sentis la pression de sa chair dure et glissante sur mon bras. Il tenta de déplier mes doigts pour me faire lâcher prise, mais je m'accrochai à ce foutu drap de bain comme si ma vie en dépendait.

— Touche-moi, Anita. Prends-moi dans tes mains.

J'en avais envie. Je voulais le sentir entre mes doigts – à tel point que ma peau me démangeait.

— Je sais que tu en as envie. Je le sens. (Et il remua doucement son visage au-dessus du mien, inspirant et expirant sur ma peau humide.) Je le sens avec mon nez, avec mes mains… (De nouveau, il frotta mes bras jusqu'à mes épaules, puis descendit vers ma poitrine mais sans la toucher.)… avec ma langue.

Lentement, il me lécha la joue, et je frissonnai. Je voulais reculer, mais j'étais comme paralysée, incapable de bouger.

Je retrouvai l'usage de ma voix – tremblante, mais audible. Mes mains continuaient à agripper désespérément ma serviette : je savais que si je le touchais, j'étais foutue.

— Ça ne me ressemble pas, Micah. Je ne suis pas ce genre de fille. Tu es un inconnu. Je ne couche pas avec des inconnus.

— Je ne suis pas un inconnu. Je suis ton Nimir-raj, et tu es ma Nimir-ra. Nous ne sommes pas des étrangers l'un envers l'autre.

Il traça une ligne de baisers depuis mon visage jusqu'à mon cou, en me mordillant au passage. Mes genoux mollirent. Puis il remonta jusqu'à ma bouche, et quand il m'embrassa, je goûtai le savon que ses lèvres avaient récupéré sur ma peau.

Je sentais son membre raide contre ma hanche ; il aurait suffi que j'ouvre une main pour le saisir, et cette pensée me bouleversait. Je compris que ce n'était pas juste sexuel. Je voulais de nouveau me nourrir de lui, non pas avec mes dents mais avec tout mon corps. J'en avais tellement envie…

Ses mains glissèrent sur mes seins, les recouvrant de savon. Mes mamelons étaient déjà durcis. Mes bras lui entourèrent la taille tandis que j'utilisais la pression de son corps pour maintenir la serviette en place. Il se frotta contre moi, sa poitrine humide et lisse contre la mienne.

Il se mit à reculer sans me lâcher, m'entraînant vers la douche. Mes mains descendirent le long de son dos ferme et glissant – bas, dangereusement bas. Je brûlais de me presser contre lui aussi étroitement que possible, de m'envelopper de son corps comme d'un drap, de le boire par tous les pores de ma peau.

J'ouvris mon lien avec Jean-Claude et le découvris assis, en train d'attendre patiemment. Je l'appelai à l'aide, et j'entendis sa voix lointaine dans ma tête.

— *Tout ce que je peux faire, ma petite, c'est contrôler mes appétits. À toi de contrôler les tiens.*

— *Que m'arrive-t-il?*

À peine avais-je posé la question que Micah s'écarta juste le nécessaire pour permettre au drap de bain de tomber. Puis, très vite, il se colla de nouveau à moi, pressant son entrejambe contre le mien, et l'impression de déjà-vu suffit à m'arracher un gémissement.

Jean-Claude leva les yeux, et je sus qu'il voyait ce qui se passait entre Micah et moi, qu'il sentait tout comme si c'étaient ses propres mains qui frottaient de la peau savonneuse. Ma main glissa le long de l'épaisse turgescence de Micah. Il s'affaissa à demi sous ma caresse, et je sus que l'idée ne venait pas de moi – que c'était Jean-Claude qui avait voulu le toucher pour voir ce que ça ferait. Le vampire se retira suffisamment pour que je puisse ôter ma main, mais le mal était fait. Micah m'entraîna sous l'eau, désormais certain de mon consentement.

La voix de Jean-Claude résonna dans ma tête.

— *Tu peux te nourrir de son désir, mais en retour, tu auras soif de ce désir – de sexe avec lui. C'est le revers de la médaille pour tous les incubes. Le tranchant de l'épée sur lequel je marche en équilibre depuis des siècles.*

— *Aidez-moi !*

— *Je ne peux pas. Tu dois gérer ce problème par tes propres moyens. Ou tu vaincras, ou tu seras vaincue par lui. Tu as senti ce qui s'est passé quand je suis intervenu, à l'instant. Parce que je me suis refusé le droit de me nourrir à travers mon propre corps – je savais que tu n'approuverais pas. Et être en toi pendant que tu le touches, pendant que tu te nourris, m'anéantirait. Je te désire plus que tu désireras jamais cet homme. J'ai toujours eu envie de prendre ton corps de la façon dont moi seul pourrais le prendre. De me nourrir de tes appétits sexuels et non du sang qui coule dans tes veines. Mais je sais que ça t'aurait fait encore plus peur.*

Micah me tourna vers le mur, posant mes mains sur le carrelage et se pressant contre mon dos. La voix de Jean-Claude était douce dans ma tête, beaucoup plus intime que le contact du lycanthrope.

— *J'ignorais que je te transmettrais ce démon, ma petite. Mais rien de ce que je pourrais dire ne suffira à t'en convaincre, je le sais. Je t'attendrai ici jusqu'à ce que tu aies combattu ce démon… quelle que soit l'issue de votre affrontement.*

Et il dressa son bouclier pour se protéger de moi, se retrancha derrière ce rempart afin de ne pas sentir ce qui allait suivre. Il me laissa seule pour faire mon choix, comme si j'en étais encore capable.

— Micah, s'il te plaît, réussis-je à articuler.

Mais je ne savais même plus ce que je lui demandais.

Il me lécha la nuque et je frémis, pressée contre le carrelage mouillé.

— S'il te plaît, Micah. Je ne prends pas la pilule.

Une pensée intelligente, enfin !

Il me mordit doucement le cou.

— Je me suis fait stériliser il y a deux ans. Tu n'as rien à craindre avec moi, Anita.

— S'il te plaît, Micah, ne fais pas ça. Si on couche ensemble, je me nourrirai de toi comme une sorte de vampire.

— Et alors ? Nourris-toi si c'est ce dont tu as besoin, ce que tu désires.

Il me mordit plus fort, à un cheveu de faire couler mon sang, et un calme passif envahit tout mon corps. Ce fut comme s'il avait actionné un interrupteur dont j'ignorais l'existence jusque-là.

Lorsqu'il s'introduisit en moi, il glissa si facilement que je compris que durant ma conversation mentale avec Jean-Claude, il avait dû s'enduire de nouveau de savon pour faciliter le mouvement. Il me cloua au mur et s'enfonça à l'intérieur de moi centimètre par centimètre. Ce n'était pas tant un problème de longueur que de largeur : son membre était si épais que, malgré le savon, il me faisait presque mal. Il poussa jusqu'au point d'arrêt, sans réussir à me pénétrer entièrement. Puis il commença à se retirer très, très lentement. Et il revint, toujours aussi lentement, toujours aussi laborieusement.

Je restai immobile contre le mur, passive. Ça ne me ressemblait pas. D'habitude, je bouge pendant que je baise. Mais là, je n'en avais pas envie. Je ne voulais pas que ça s'arrête. Je ne pensais à rien ; j'étais tout entière concentrée sur la sensation des allées et venues de Micah. Je n'étais plus aussi serrée à présent, et le savon avait cédé la place à ma propre humidité, de sorte que Micah pouvait bouger plus facilement.

Il était doux, mais si gros que même sa douceur me faisait limite mal. Il atteignait le fond avant d'avoir pu s'introduire en moi tout entier. À la fin de chaque poussée, je le sentais buter contre le col de mon utérus. La plupart des femmes trouvent ça douloureux, mais certaines y prennent du plaisir. La taille de Micah était intimidante ; pourtant, je me rendis compte que je ne souffrais pas. Au contraire : je trouvais ça bon.

Alors, la partie de moi qui était restée rationnelle jusque-là, celle qui s'était raccrochée à certaines mesures de sécurité, se détendit et se mit en veille. Mes derniers vestiges de contrôle s'évanouirent.

Je ne voulais pas coucher avec Micah. Le sexe n'était qu'un moyen pour arriver à mes fins. Je voulais me nourrir. Je voulais me repaître de son désir, boire sa chaleur, me vautrer dans son énergie. Cette pensée m'arracha un gémissement.

Micah se cala contre le mur, son corps emprisonnant le mien, et commença à trouver son rythme – toujours doux, mais plus rapide. Il faisait très attention à moi, et je ne voulais pas de sa prudence. J'entendis une voix qui ne ressemblait pas tout à fait à la mienne réclamer :

— Plus fort.

— Si j'y vais plus fort, je vais te faire mal, répondit-il au prix d'un effort audible.

— Essaie.

— Non.

— Micah, fais-le, s'il te plaît. Si j'ai mal, je te le dirai. S'il te plaît.

Il s'était beaucoup moins retenu dans la chambre voisine, et je compris soudain pourquoi. Il avait vraiment peur de me faire mal parce qu'il me pénétrait. Tant qu'il s'était contenté de se frotter contre moi, il n'avait pas eu à craindre de me blesser. Maintenant, si. Et sa retenue m'empêchait de me nourrir. En tant que Nimir-raj, il avait assez de pouvoir pour me tenir à distance. À moins qu'il baisse sa garde – et pour ça, il fallait qu'il relâche davantage son contrôle.

Alors même que je tenais ce raisonnement, une petite partie de moi remonta à la surface. Je pouvais de nouveau réfléchir – un peu. Je ne voulais pas faire ça. Je ne voulais pas me nourrir de lui. C'était mal de tant de façons… J'ouvris la bouche pour dire : « Micah, arrête, je ne veux pas ! » et n'allai pas plus loin que « Micah… ».

Le Nimir-raj me prit au mot. Il poussa si vite et si fort que je hurlai, et que cette nouvelle partie de moi qui était la faim de Jean-Claude se déversa le long de ma peau en une vague brûlante.

Micah s'interrompit.

— Tu vas bien ? s'inquiéta-t-il.

— Ne t'arrête pas ! Ne t'arrête pas !

Après ça, il ne me posa plus la question.

Il allait et venait si puissamment que je haletais, incapable de reprendre mon souffle. De petits bruits éperdus s'échappaient de mes lèvres, entrecoupés de «Oh mon Dieu, oui, oui, Micah !». Chaque fois qu'il me pénétrait le plus loin possible, s'écrasant au fond de moi, je titubais à la frontière de la douleur et du plaisir. Chaque fois que le plaisir penchait vers la douleur, il se retirait, et je pouvais de nouveau respirer. Puis il revenait à l'assaut, et tout recommençait.

J'avais l'impression qu'il me remplissait tel un calice. Au bout d'un moment, il ne resta plus rien en moi sinon la sensation de sa chair martelant la mienne, contractée autour de lui comme s'il avait bouché un trou avec son corps et ne devait plus jamais se retirer. Cette sensation de plénitude enfla en moi et se déversa telle une lame de fond, sur moi, à travers moi, en moi. Des cris haletants et frénétiques jaillirent de ma gorge tandis que des spasmes s'emparaient de mon bas-ventre.

Alors seulement, Micah perdit le contrôle, et je me rendis compte qu'il n'y avait pas vraiment été fort jusque-là. Sa retenue s'en fut lorsqu'il vint, et je le bus à travers sa poitrine pressée contre mon dos, tandis que ses hanches butaient contre mes fesses. Je le bus pendant qu'il explosait en moi. Je me nourris de lui, l'absorbai par tous mes pores jusqu'à ce qu'il me semble que nos deux peaux cèdent. L'espace d'une seconde éblouissante, nous nous déversâmes l'un dans l'autre et ne fîmes plus qu'une seule bête. Je sentis la sienne à l'intérieur de la mienne, comme si elles s'accouplaient dans nos corps et en même temps qu'eux. En cet instant, je ne doutai pas d'être réellement une Nimir-ra.

Après avoir fini, nous glissâmes sur le sol, emboîtés. Les bras de Micah me serrant toujours contre sa poitrine, je me mis à pleurer. Il eut peur de m'avoir fait mal, mais ce n'était pas ça. Je ne pouvais pas lui expliquer mes larmes parce que je ne voulais pas en formuler la raison à voix haute. Mais je la connaissais.

Pendant très longtemps, j'avais essayé de ne pas devenir un monstre. Et d'un coup d'un seul, j'en étais devenue deux à la fois.

En principe, on ne peut pas être un vampire *et* un lycanthrope : les deux s'annulent comme des forces antagonistes. Pourtant, j'avais senti ma bête se lover autour de celle de Micah. Je l'avais sentie comme un embryon tapi au chaud dans un endroit sûr – attendant l'heure de venir au monde. Et je m'étais nourrie de Micah comme un vampire. J'avais toujours cru qu'il fallait boire du sang pour être l'une d'eux. Mais je m'étais trompée, je m'étais trompée sur tant de choses !

Je laissai Micah me serrer contre lui. Je sentis son cœur battre contre mon dos, et je pleurai.

CHAPITRE 12

Nathaniel conduisait parce que j'étais trop choquée pour me concentrer. J'étais fonctionnelle, capable d'avancer et de résoudre les problèmes l'un après l'autre, mais on aurait dit que le sol même sur lequel je marchais, l'air que je respirais étaient nouveaux et inconsistants. Comme si tout avait changé en même temps que moi. Je savais que ça n'était pas le cas. Quelque catastrophe qui vous arrive, la Terre continue à tourner imperturbablement. Les gens autour de vous ne comprennent même pas que les monstres sont en train de vous bouffer le cœur.

Quand j'étais plus jeune, ça me perturbait de pouvoir souffrir autant sans que personne s'en aperçoive ou s'en soucie. Le monde, la création en tant que tout, est conçu pour avancer quoi qu'il arrive à un individu donné. C'est foutrement impersonnel, mais c'est comme ça. Et puis, si la Terre s'arrêtait de tourner juste parce l'un d'entre nous passe un sale moment, nous flotterions tous dans l'espace.

Pelotonnée dans le siège passager de ma Jeep aux petites heures du jour, je savais donc que j'étais la seule à avoir changé. Mais c'était un changement si énorme qu'il me semblait que la planète aurait dû modifier son orbite, même un tout petit peu.

Juin était redevenu chaud et poisseux comme à son habitude. Nathaniel portait un débardeur côtelé et un short de jogging satiné. Il avait attaché ses cheveux qui lui arrivaient presque aux chevilles en une tresse lâche qu'il avait posée sur le siège, près de sa cuisse. Il s'était aperçu que quand il la laissait tomber sur le plancher, parfois, elle s'emmêlait dans les pédales. Il devait également faire attention au levier de vitesse entre les sièges. Jamais je n'ai eu les cheveux aussi longs que lui.

Bien qu'âgé de vingt ans, Nathaniel ne possède un permis de conduire que depuis quelques mois. Gabriel, l'ancien alpha des léopards, ne les encourageait pas à être indépendants. Moi, je l'exige plus ou moins – dans la limite de leurs capacités. Au début, Nathaniel était paumé quand je lui demandais de prendre des décisions. Mais depuis quelque temps, il commence à se débrouiller. Ça me donne un peu d'espoir… et Dieu sait si j'en ai besoin en ce moment.

Il avait choisi lui-même les vêtements qu'il m'avait apportés à l'hosto improvisé. Un jean noir, un top bleu roi à col plongeant, un soutif noir adapté au décolleté du top en question, une culotte assortie, des chaussettes de sport noires, des Nike noires, et une chemisette noire à manches courtes pour planquer le holster d'épaule de mon Browning Hi-Power.

Tout le monde me pousse à m'acheter un nouveau flingue principal. Et tout le monde a probablement raison. Il existe sûrement une arme plus adaptée à ma main que ce Browning. Mais je résiste parce que le Hi-Power fait partie de moi. Sans lui, je me sens incomplète, comme s'il me manquait un bras. Il faudra un meilleur argument qu'une crosse plus petite pour me convaincre d'en changer. Donc, pour le moment, ça reste entre moi et mon Browning.

Nathaniel avait également apporté mes fourreaux de poignet et les couteaux en argent qui allaient dedans. Je comptais les laisser dans la voiture, vu que la chemisette avait des manches courtes. Et puis, ils étaient un peu trop voyants pour que je les introduise dans un commissariat.

Je venais juste de remplacer le fourreau de dos que j'avais bousillé au Nouveau-Mexique. C'était une commande spéciale, et ça m'avait coûté *mucho dinero* pour l'obtenir assez rapidement, mais ça en valait la peine. Il n'y a pas vraiment d'autre endroit de mon corps où je puisse porter une arme blanche de bonne taille et m'asseoir sans que le manche dépasse.

Nous roulions en silence. Nathaniel n'avait même pas allumé la radio, ce qu'il fait toujours d'habitude. Il aime avoir de la musique en bruit de fond. Mais ce soir-là, il laissa le silence s'installer dans la Jeep.

Je finis par poser une question qui me turlupinait depuis un petit moment.

— Qui a mis le Derringer dans la poche de mon peignoir ?

En montant dans la voiture, je l'avais fourré dans la boîte à gants.

— Moi.

— Merci.

— Les deux choses que tu fais toujours en premier, c'est t'habiller et prendre une arme. (Un lampadaire éclaira brièvement son sourire.) Je ne sais pas lequel des deux est ta priorité numéro un.

Je fus forcée de sourire aussi.

— Très franchement, moi non plus.

— Comment vas-tu ? demanda-t-il sur un ton prudent.

— Je n'ai pas envie d'en parler.

— D'accord.

Nathaniel est l'une des rares personnes qui prend ce que je dis pour argent comptant et qui n'insiste jamais. Je lui avais dit que je ne voulais pas parler, et nous ne parlâmes pas. Mais le silence entre nous n'était plus tendu. En fait, c'était l'une des choses les plus relaxantes que j'aie entendues depuis mon réveil.

Nathaniel gara la Jeep, et nous descendîmes. J'avais ma licence d'exécutrice sur moi, et la plupart des gens ici me connaissaient de vue. Je compris tout à coup qu'ils me croyaient morte et que j'aurais peut-être dû appeler pour les prévenir du contraire, avant de me pointer comme une fleur. Mais il était trop tard maintenant. Un mètre à peine me séparait de l'entrée ; je n'allais pas dégainer mon portable pour si peu.

Comme je suis une habituée des lieux, généralement, je me contente d'agiter la main en longeant le comptoir de l'accueil. Mais ce soir-là, les yeux de l'agent de service devinrent aussi grands que des soucoupes tandis qu'il me faisait machinalement signe de passer sur la gauche pour éviter le détecteur de métal. Je le vis décrocher son téléphone, sûrement pour avertir ses supérieurs. Ce n'est pas tous les jours qu'on voit des morts se relever. Enfin, si, quand on fait mon boulot. Mais pour la plupart des flics, c'est assez rare.

J'étais en train de monter l'escalier qui conduit au QG de la BRIS quand l'inspecteur Clive Perry ouvrit la porte, sortit et commença à descendre. Perry est grand, séduisant, afro-américain et d'une politesse sans faille. À ma vue, il rata une marche et dut se rattraper à la rambarde. Puis il appuya son épaule contre le mur comme si ses jambes refusaient de le porter plus longtemps. Il avait l'air choqué – non, effrayé.

—Anita, souffla-t-il.

Depuis le temps que je le connais, ça devait être la deuxième fois qu'il m'appelait par mon prénom. D'habitude, il me donne du « mademoiselle Blake ».

Je lui souris.

—Clive, c'est sympa de vous voir.

Il jeta un coup d'œil à Nathaniel avant de reporter son attention sur moi.

—Vous êtes censée être… (Il se redressa.) On nous a dit que…

Je le regardai essayer de se ressaisir. Le temps que nous atteignions la marche sur laquelle il se tenait, il avait repris une contenance presque normale. Mais sa question suivante fut tout sauf normale.

—Vous êtes morte?

Je lui souris et sentis mon sourire s'estomper comme je scrutais ses yeux. Il était sérieux. Évidemment, je gagne ma vie en relevant des morts, donc la question n'était pas aussi incongrue qu'elle le paraissait, mais je compris que s'il était choqué, ce n'était pas seulement de me voir toujours debout. Il avait peur de ce que je pouvais être devenue. Il me prenait pour une morte-vivante. Sur certains points, il n'avait pas aussi tort que je l'aurais voulu, et sur d'autres, il était totalement à côté de la plaque.

—Non, Clive, je ne suis pas morte.

Il hocha la tête, mais une légère crispation de la peau autour de ses yeux me poussa à m'interroger. Si je lui touchais le bras, frémirait-il ? Je ne voulais pas le découvrir. Aussi passai-je devant lui avec Nathaniel, le laissant seul dans l'escalier.

J'entrai dans la salle de la brigade, avec ses bureaux encombrés et son brouhaha constant. C'est toujours après 3 heures du matin que la BRIS est la plus occupée. Mais alors que je m'avançais dans la pièce, le bruit mourut comme de l'eau qui se retire, et bientôt, ce fut en silence que je louvoyai entre les bureaux et les visages à l'expression stupéfaite. Nathaniel resta derrière moi, me suivant comme une ombre diablement séduisante.

Pour détendre l'atmosphère, je finis par lancer d'une voix forte :

—Les rumeurs de ma mort ont été grandement exagérées.

Alors, il y eut comme une explosion de bruit. Je me retrouvai tout à coup entourée d'hommes – et de quelques femmes – qui m'étreignirent avec enthousiasme, me tapèrent dans le dos ou me serrèrent vigoureusement la main. Des visages souriants, des regards soulagés. Personne d'autre ne manifesta la réserve dont Clive Perry avait fait preuve dans l'escalier, et cela me poussa à m'interroger sur ses convictions religieuses ou métaphysiques. Il n'est pas sensible à la magie, mais ça ne signifie pas qu'il n'a pas grandi entouré de gens qui l'étaient.

Ce fut Zerbrowski qui me souleva de terre en me broyant les côtes à la façon d'un ours. Il ne mesure qu'un mètre soixante-dix, et il n'est pas si costaud que ça, mais il me fit faire un tour complet avant de me reposer. Je vacillai en riant.

—Putain, Anita, putain ! J'ai cru qu'on ne te verrait plus jamais franchir le seuil de cette pièce.

Il repoussa quelques boucles noires striées de gris qui lui tombaient sur le front. Il avait bien besoin d'aller chez le coiffeur, mais pas plus que d'habitude. Ses fringues étaient épouvantablement mal assorties, comme s'il avait choisi sa chemise et sa cravate dans le noir. Zerbrowski s'habille toujours comme s'il était daltonien ou qu'il n'en avait rien à foutre. Je penche plutôt pour la deuxième hypothèse.

—C'est bon de vous revoir aussi, les gars. J'ai entendu dire que vous déteniez quelqu'un que vous soupçonnez de mon meurtre.

Le sourire de Zerbrowski se flétrit sur les bords.

—Ouais, le comte Dracula est au frais dans une cellule.

—Vous pourriez le faire sortir ? Comme vous pouvez le constater, je suis bien vivante.

Il plissa les yeux.

—J'ai vu les photos, Anita. Tu étais couverte de sang.

Je haussai les épaules. Le regard de Zerbrowski se fit froid et soupçonneux – un regard de flic.

—Ça fait quoi, quatre jours ? Tu m'as l'air bien guillerette pour quelqu'un qui a subi une telle hémorragie.

Je sentis mon expression se faire neutre, distante, aussi indéchiffrable que celle de n'importe quel flic.

—Vous pourriez faire sortir Jean-Claude et me le préparer pour que je l'emmène ? Je voudrais le ramener à la maison avant le lever du soleil.

—Dolph voudra te parler avant que tu t'en ailles.

—Je m'en doutais un peu. Tu veux bien démarrer la paperasse pendant que je discute avec lui ?

—Tu vas ramener le comte Dracula chez toi ?

—Je vais le déposer chez lui – non que ça te regarde. Tu es mon ami, Zerbrowski, pas mon père.

—Je ne me suis jamais pris pour ton père, Anita. C'est la spécialité de Dolph, pas la mienne.

Je soupirai.

—Exact. Alors, tu veux bien t'occuper des formalités de sortie ?

Il me regarda une seconde ou deux avant d'acquiescer.

—D'accord. (Par-dessus mon épaule, il observa Nathaniel qui était resté un peu en retrait pour ne pas perturber nos retrouvailles.) Qui est-ce?

—Nathaniel, un ami.

Zerbrowski reporta son attention sur moi.

—Il est un peu jeune, non?

—Il n'a que six ans de moins que moi. Et il m'a servi de chauffeur ce soir parce que je n'étais pas en état de conduire.

Son expression se fit inquiète.

—Tu vas bien?

—Je suis encore un peu secouée, mais ça passera.

Il me toucha la joue et plongea ses yeux dans les miens comme pour tenter de lire dans mes pensées.

—J'aimerais bien savoir ce qui t'arrive.

Je soutins son regard sans ciller.

—Moi aussi.

Cela dut le surprendre, car il cligna des yeux et laissa retomber sa main.

—D'accord: je vais sortir le comte Dracula de son cachot, et tu vas parler à Dolph.

Instinctivement, je rentrai la tête dans les épaules, et je dus faire un effort conscient pour redresser le dos. Je n'avais aucune envie de parler à Dolph. Mais Zerbrowski partit délivrer Jean-Claude; je laissai Nathaniel en train de discuter avec une gentille fliquette et me dirigeai vers le bureau de Dolph.

Il se tenait sur le seuil, pareil à une petite montagne. Dolph mesure deux mètres, et il est bâti comme un lutteur professionnel. Il coupe ses cheveux noirs très court, ce qui met ses oreilles bien en évidence. Ce soir, son costume avait l'air de sortir du pressing, et sa cravate était impeccablement nouée. Il devait être au boulot depuis près de huit heures, et pourtant, il semblait fraîchement sorti de sa boîte.

Il posa sur moi un regard très prudent.

—Je suis content que tu sois toujours vivante.

—Merci. Moi aussi.

D'un signe de la main, il m'invita à le suivre dans le couloir, loin des bureaux et en direction des salles d'interrogatoire. Je suppose qu'il voulait qu'on soit tranquilles, et que la baie vitrée de son bureau ne nous aurait pas laissé assez d'intimité selon lui.

À cette idée, mon estomac se noua, et je sentis un petit frisson me parcourir. Dolph ne me fait pas peur comme un lycanthrope renégat ou un vampire que je devrais tuer. Je sais qu'il ne me ferait jamais de mal physiquement. Mais la crispation de ses épaules, la froideur de ses yeux quand il regardait par-dessus son épaule pour s'assurer que je le suivais me remplissaient d'appréhension. Je percevais sa colère, presque aussi forte que l'énergie émise par un métamorphe. Qu'avais-je fait pour provoquer ça ?

Dolph me tint la porte, et je passai devant lui.

—Assieds-toi, dit-il en refermant derrière moi.

—Je préfère rester debout, merci. Je voudrais faire sortir Jean-Claude d'ici avant l'aube.

—J'ai entendu dire que tu ne sortais plus avec lui.

—Vous le gardez en détention provisoire parce que vous le soupçonnez de m'avoir tuée. Je ne suis pas morte, donc, je voudrais le faire sortir d'ici.

Dolph se contenta de me considérer d'un regard aussi froid et indéchiffrable que si j'étais un témoin – non, un suspect – particulièrement antipathique.

—Jean-Claude a un putain de bon avocat. Comment avez-vous réussi à le garder plus de soixante-douze heures sans l'inculper ? demandai-je.

—Tu es un trésor de cette ville. J'ai raconté à tout le monde qu'il t'avait tuée, et l'Administration s'est montrée très coopérative.

—Tu as eu du bol qu'un agent trop zélé ne l'ait pas fourré dans une cellule avec fenêtre.

—Oui, c'est vraiment dommage.

Je le regardai sans savoir quoi répondre.

—Je suis vivante, Dolph. Il ne m'a pas fait de mal.

—Alors, qui était-ce?

Ce fut mon tour de lui faire le coup du regard de flic.

Dolph se rapprocha de moi, me surplombant de toute sa hauteur. Il n'essayait pas de m'intimider; de toute façon, il savait que ça ne marcherait pas. Mais il est immense, il n'y peut rien. Il me toucha le menton et voulut tourner ma tête sur le côté. J'eus un mouvement de recul.

—Tu as des cicatrices sur le cou qui n'étaient pas là il y a une semaine. Elles sont toutes fraîches et encore brillantes. Comment les as-tu récoltées?

—Tu me croirais si je te disais que je n'en suis pas sûre?

—Non.

—Comme tu voudras.

—Montre-moi ça.

Je rabattis mes cheveux sur une épaule et le laissai suivre le tracé des cicatrices de son grand index.

—Je veux voir le reste de tes blessures.

—La présence d'un agent de sexe féminin n'est-elle pas obligatoire dans ces cas-là?

—Tu veux vraiment que quelqu'un d'autre voie ça?

Là, il marquait un point.

—Pourquoi veux-tu les voir, Dolph?

—Je ne peux pas te forcer à me les montrer, mais j'ai besoin de les voir.

—Pourquoi?

—Je ne sais pas, dit-il.

Et pour la première fois, je perçus de la tension dans sa voix.

J'ôtai la chemisette et la posai sur la table. Puis je tendis mon bras gauche à Dolph en remontant la manche de mon tee-shirt. Il toucha les marques du doigt.

—Tu peux m'expliquer pourquoi c'est toujours ce bras-là qui se fait amocher?

— Je crois que c'est parce que je suis droitière. J'ai tendance à laisser les monstres me bouffer le bras gauche pendant que j'attrape une arme avec la main droite.

— Tu as tué la chose qui t'a fait ça?

— Non.

Il me regarda, et l'espace d'une seconde, la colère transparut sur son visage.

— J'aimerais te croire.

— Et j'aimerais que tu me croies, d'autant que c'est la vérité.

— Qui t'a fait ça, Anita?

Je secouai la tête.

— Le problème a déjà été réglé.

— Et merde, Anita! Comment veux-tu que je te fasse confiance si tu refuses de me parler?

Je haussai les épaules.

— À part le bras, il y a autre chose?

— Presque rien.

— Je veux tout voir.

J'aurais accusé la plupart des hommes dans ma vie de vouloir juste me reluquer, mais Dolph n'en fait pas partie. Il n'y a jamais eu ce genre de tension entre nous. Je le regardai quand même d'un air désapprobateur, espérant qu'il renoncerait, mais il ne broncha pas. J'aurais dû m'en douter.

Je sortis le bas du tee-shirt de mon jean et le remontai, exposant mon soutien-gorge. Je dus soulever la baleine du bonnet gauche pour montrer le petit trou rond qui avait cicatrisé en dessous. Dolph le toucha comme il avait touché les autres et secoua la tête.

— On dirait que quelque chose a essayé de t'arracher le cœur. (Il leva les yeux vers mon visage.) Comment as-tu fait pour guérir aussi vite, Anita?

— Je peux me rhabiller?

Quelqu'un toqua à la porte, et Zerbrowski entra sans attendre qu'on l'y invite, pendant que je me débattais pour faire réintégrer le bonnet du soutif à mon nichon. Il écarquilla les yeux.

— Je tombe mal ?

— On avait fini, répondis-je.

— Je croyais Dolph plus endurant.

Dolph et moi le foudroyâmes tous deux du regard. Zerbrowski grimaça.

— Le comte Dracula est emballé et prêt pour l'enlèvement marchandise.

— Il s'appelle Jean-Claude.

— Si tu le dis.

Je dus me baisser pour réajuster convenablement mon soutif. Les armatures font mal si tout n'est pas bien rangé dedans. Les deux hommes me regardèrent faire – Zerbrowski parce que c'est un joyeux voyeur, Dolph parce qu'il était furax – et par pur esprit de contradiction, je ne me détournai pas.

— Tu accepterais de te soumettre à une analyse sanguine ? demanda Dolph.

— Non.

— On pourrait obtenir une injonction de justice.

— Sous quel prétexte ? Je n'ai rien fait de mal, sinon me pointer ici vivante. Pour un peu, je croirais que tu es déçu.

— Je suis content que tu sois vivante.

— Mais navré de ne pas pouvoir faire condamner Jean-Claude, c'est ça ?

Il détourna les yeux. J'avais mis dans le mille.

— C'est ça, hein ? Tu regrettes de ne pas pouvoir l'arrêter et le faire exécuter. Il ne m'a pas tuée, Dolph. Alors, pourquoi souhaites-tu sa mort ?

— Il est déjà mort, Anita. Simplement, il n'a pas le bon sens de le rester.

— C'est une menace ?

Dolph émit un grognement exaspéré.

— Anita, c'est un cadavre ambulant.

— Je sais ce qu'il est – probablement bien mieux que toi.

—C'est ce que je me suis laissé dire.

—Quoi, tu es en rogne parce que je sors avec lui? Tu n'es pas mon père, Dolph. J'ai le droit de fréquenter qui je veux. Vivant ou non.

—Comment peux-tu le laisser te toucher? explosa-t-il.

—Attends, tu veux sa mort parce que j'ai couché avec lui? demandai-je sans pouvoir dissimuler ma surprise.

Dolph refusa de soutenir mon regard.

—Tu n'as pas de vues sur moi, j'en suis certaine, raisonnai-je à voix haute. Donc, ce n'est pas de la jalousie. Simplement, tu ne supportes pas que Jean-Claude ne soit pas humain.

—C'est un vampire, Anita. (Alors, il me regarda dans les yeux.) Comment peux-tu baiser avec un cadavre?

Son animosité devenait trop personnelle, trop intime. Alors, la lumière se fit dans mon esprit.

—Quelle femme de ton entourage proche couche avec un mort-vivant, Dolph?

Il fit un pas vers moi, tremblant de tout son corps massif, les poings serrés. La rage lui monta au visage comme une vague pourpre.

—Sors d'ici, cracha-t-il entre ses dents.

Je voulus dire quelque chose pour arranger ça, mais il n'y avait rien à dire. Je le dépassai prudemment, sans le quitter des yeux de peur qu'il cherche à m'attraper. Mais il resta planté là, s'efforçant de se ressaisir. Zerbrowski m'emboîta le pas et referma la porte derrière nous.

Si j'avais été avec une autre femme, nous aurions parlé de ce qui venait de se passer. Si j'avais été avec un homme qui faisait un autre boulot, nous en aurions parlé aussi. Mais Zerbrowski est flic. Ce qui signifie qu'il ne discute jamais de choses personnelles. Quand un flic découvre accidentellement un truc très privé et très douloureux, il fait comme si de rien n'était – à moins que l'autre personne manifeste l'envie d'en parler.

Et puis, je ne savais pas quoi dire. Si la femme de Dolph le trompait avec un mort-vivant, je ne voulais pas le savoir.

Dolph a deux fils et pas de fille, alors qui d'autre cela aurait-il bien pu être ?

Zerbrowski me fit traverser la salle de la brigade en silence. Un homme pivota comme nous entrions dans la pièce. Il était grand et brun, avec les tempes grisonnantes. Les lignes fortes de son visage commençaient à s'adoucir avec l'âge, mais il était toujours séduisant à la façon virile d'un cow-boy Marlboro. Il me semblait vaguement familier. Mais je ne le reconnus que lorsqu'il tourna la tête, révélant les marques de griffes dans son cou.

Orlando King fut l'un des meilleurs chasseurs de primes du pays… jusqu'à ce qu'un lycanthrope renégat manque de le tuer. Les histoires divergent sur la race du responsable : certaines disent que c'était un loup ; d'autres, un ours ou un léopard. Elles ont été tellement amplifiées et déformées qu'à mon avis, seul King en personne connaît encore la vérité. Ou du moins, King et les métamorphes qui l'ont attaqué, s'ils n'ont pas tous péri dans la bagarre. Du temps de sa gloire, il avait la réputation de ne jamais laisser filer une prime, de ne jamais s'arrêter avant que sa cible soit morte.

Aujourd'hui, il gagne très bien sa vie en donnant des conférences à travers tous les États-Unis et dans d'autre pays. En guise de final, il enlève sa chemise pour montrer ses cicatrices. Ça fait un peu trop monstre de foire à mon goût, mais bon : c'est son corps, pas le mien. Il intervient aussi auprès de la police en tant que consultant.

— Anita Blake, voici Orlando King, dit Zerbrowski. Nous l'avons fait venir pour nous aider à inculper le comte Dracula de ton meurtre.

Je foudroyai Zerbrowski du regard. Son sourire s'élargit. Il continuerait à appeler Jean-Claude par ce surnom ridicule jusqu'à ce que je cesse de réagir. Plus vite je me déciderais à l'ignorer, plus vite ça lui passerait.

— Mademoiselle Blake, dit Orlando King avec la belle voix de basse dont je me souvenais. C'est bon de vous revoir vivante.

— C'est bon d'*être* vivante, monsieur King. Aux dernières nouvelles, vous donniez des conférences sur la côte ouest. J'espère que vous n'avez pas interrompu votre tournée pour venir résoudre l'énigme de mon meurtre.

Il haussa les épaules, et quelque chose dans ce mouvement le fit paraître plus grand, plus massif qu'il l'était.

— Nous sommes si peu nombreux à nous dresser réellement contre les monstres. Comment aurais-je pu ne pas venir ?

— Je suis flattée. J'ai assisté à certaines de vos conférences.

— Oui, et vous êtes venue me parler à la fin.

— Je suis encore plus flattée que vous vous en souveniez. Vous devez rencontrer des milliers de personnes chaque année.

Il sourit et toucha légèrement mon bras gauche.

— Mais très peu dont les cicatrices peuvent rivaliser avec les miennes. Et aucune moitié aussi jolie dans notre métier.

— Merci.

Il avait l'âge d'être mon grand-père, aussi décidai-je que le compliment était désintéressé. Mais Zerbrowski grimaça comme s'il pensait le contraire. J'ai découvert que quand une femme fait semblant de ne pas se rendre compte qu'un type essaie de flirter avec elle, la plupart d'entre eux finissent par se lasser et par laisser tomber.

— C'est bon de vous revoir, mademoiselle Blake, répéta King. Et d'autant plus que vous êtes vivante. Mais vous n'avez pas de temps à perdre si vous voulez délivrer votre petit ami vampire avant l'aube. Aussi ne vais-je pas vous retenir.

— Merci pour votre compréhension.

— En revanche, j'aimerais vous parler avant de quitter la ville.

Je me demandai s'il n'essayait pas de flirter avec moi malgré les deux générations qui nous séparaient. Alors, je répondis la seule chose qui me passa par la tête.

— Pour comparer nos notes ?

— Exactement.

Je ne comprends pas l'effet que je produis sur les hommes. Je ne suis pas si renversante… à moins que je ne m'en rende pas compte. Nous nous serrâmes la main, et King ne garda pas la mienne plus longtemps que nécessaire ; il ne la pressa pas d'un air entendu et ne la chatouilla pas comme le font certains pour indiquer qu'ils sont intéressés. Je dois être en train de virer parano vis-à-vis des mecs.

Zerbrowski m'entraîna à travers la forêt de bureaux jusqu'à Nathaniel, qui discutait toujours avec la fliquette. L'inspecteur Jessica Arnet, une des dernières recrues de la brigade, regardait ses yeux lilas comme si elle était hypnotisée. Nathaniel ne possède pas ce genre de pouvoir, mais il sait écouter : une qualité assez rare chez les mâles de l'espèce pour lui valoir encore plus de points que son physique spectaculaire.

— Tu viens, Nathaniel ? On y va.

Il se leva aussitôt du bureau sur lequel il s'était assis, non sans jeter à l'inspecteur Arnet un sourire qui fit pétiller ses yeux. Dans la vraie vie, Nathaniel est strip-teaseur. Flirter, c'est une seconde nature chez lui. Et il ne semble pas tout à fait conscient de l'effet qu'il fait aux femmes. Quand il essaie volontairement de séduire l'une d'elles, il voit bien que ça marche. Mais quand il entre dans une pièce et que toutes les têtes se tournent vers lui, il ne s'en rend même pas compte.

Je lui touchai le bras.

— Dis au revoir aux gentils inspecteurs. Il faut nous dépêcher.

— Au revoir, gentils inspecteurs.

Je le poussai vers la porte.

Zerbrowski nous suivit dans le couloir. Si Nathaniel n'avait pas été là, il aurait sûrement posé plus de questions. Mais il ne connaissait pas Nathaniel et ne savait pas ce qu'il pouvait se permettre ou non devant lui. Aussi, ce fut en silence que nous nous rendîmes au bureau d'enregistrement, où Jean-Claude nous attendait assis sur l'une des trois chaises.

En temps normal, ce bureau est toujours plein de gens qui entrent et sortent, et comme il fait à peu près la taille d'un placard, on s'y sent vite à l'étroit. Ce soir-là, les deux distributeurs automatiques prenaient toujours autant de place, mais à l'exception du préposé au registre – le nouveau titre politiquement correct des anciens gardes-chiourme –, l'endroit était désert. D'un autre côté, il était trois heures et demie du matin.

Quand il me vit, Jean-Claude se leva. Sa chemise blanche était tachée, et déchirée au niveau d'une manche. Il ne semblait pas avoir été rossé. Mais d'habitude, il est maniaque avec ses fringues. Seul un événement exceptionnel avait pu le mettre dans cet état. S'était-il battu avec les flics ?

Je ne me jetai pas dans ses bras, mais je l'enlaçai avec soulagement, pressai mon oreille contre sa poitrine et m'accrochai à lui comme s'il était la dernière chose solide au monde. Il me caressa les cheveux et me murmura à l'oreille en français. Je compris juste qu'il était content de me voir et qu'il me trouvait très belle. Pour le reste, les mots qui sortaient de sa bouche n'étaient que des bruits agréables.

Je ne m'écartai de lui qu'en sentant Zerbrowski juste derrière moi. Mais quand la main de Jean-Claude chercha la mienne, je la pris avec gratitude.

Zerbrowski me regardait comme s'il me voyait pour la première fois.

—Quoi ? demandai-je sur un ton hostile.

—Je ne t'avais jamais vue si… affectueuse avec quelqu'un auparavant.

Cela me surprit.

—Tu m'as déjà vue embrasser Richard.

Il hocha la tête.

—C'était du désir. Ça… (Il secoua la tête, jeta un coup d'œil à Jean-Claude et reporta son attention sur moi.) Tu te sens en sécurité avec lui.

Je compris dans un sursaut qu'il avait raison.

—Tu es plus malin que tu en as l'air, Zerbrowski.

—Katie me lit des bouquins de psychologie à voix haute. Moi, je regarde juste les images. (Il me toucha la main droite.) Je parlerai à Dolph.

—Je ne crois pas que ça aidera.

Il haussa les épaules.

—Si Orlando King peut avoir une épiphanie au sujet des monstres, n'importe qui en est capable.

—Que veux-tu dire? demandai-je, intriguée.

—Tu as lu ou vu une de ses interviews datées d'avant l'accident?

Zerbrowski fit des guillemets avec les doigts en prononçant le dernier mot.

—Non. À l'époque, je ne m'intéressais pas encore à la question, je pense.

Il fronça les sourcils.

—J'oubliais: tu portais encore des couches en ce temps-là.

Je secouai la tête.

—Raconte.

—King fut l'un des premiers à militer pour que les lycanthropes soient déclarés non humains, afin qu'on puisse les exécuter sans jugement pour le seul crime d'exister. Puis il s'est fait tailler en pièces, et du jour au lendemain, il est devenu un autre homme.

—Frôler la mort, ça te change quelqu'un, Zerbrowski.

Il grimaça.

—En tout cas, ça ne m'a pas rendu meilleur.

» J'ai appuyé sur le ventre de Zerbrowski avec mes mains pour empêcher ses boyaux de foutre le camp pendant que nous attendions une ambulance. C'est arrivé en décembre, il y a deux ans. Qu'il survive et qu'il s'en remette, c'est le seul cadeau que j'ai réclamé au Papa Noël cette année-là.

—Si Katie n'a pas réussi à faire de toi un homme meilleur, rien ni personne n'y arrivera, répliquai-je.

La grimace de Zerbrowski s'élargit. Puis il redevint sérieux.

229

— Je parlerai au chef pour toi. J'essaierai de voir si je peux l'adoucir sans lui faire frôler la mort.

Je le dévisageai.

— Juste parce que tu m'as vue serrer Jean-Claude dans mes bras ?

— Ouais.

Je l'étreignis brièvement.

— Merci.

Zerbrowski me repoussa vers Jean-Claude.

— Dépêche-toi d'aller le remettre au placard avant le lever du soleil. (Par-dessus son épaule, il jeta un coup d'œil au vampire.) Prenez soin d'elle.

Jean-Claude inclina légèrement la tête.

— Autant qu'elle m'y autorisera.

Zerbrowski éclata de rire.

— Apparemment, il te connaît bien.

Nous laissâmes Zerbrowski en train de s'esclaffer tandis que le préposé au registre roulait des yeux effarés derrière son guichet. L'aube approchait, et je me posai des tas de questions. Nathaniel reprit le volant. Jean-Claude et moi montâmes à l'arrière.

CHAPITRE 13

J e bouclai ma ceinture de sécurité par habitude, mais Jean-Claude resta pressé contre moi, un bras autour de mes épaules. Je m'étais mise à trembler et je ne pouvais apparemment plus m'arrêter. C'était comme si je l'avais attendu pour pouvoir enfin m'écrouler. Je ne pleurais pas ; simplement, je le laissais me tenir pendant que je tremblais.

— Tout va bien, ma petite. Nous sommes tous les deux en sécurité à présent.

Je secouai la tête contre le devant de sa chemise tachée.

— Ce n'est pas ça.

Il toucha mon menton et leva mon visage vers lui dans la pénombre de la voiture.

— Alors, qu'est-ce que c'est ?

— J'ai couché avec Micah.

Je le regardai, attendant que de la colère ou de la jalousie étincelle dans ses yeux. Mais je ne vis que de la compassion.

— Tu es pareille à un vampire nouveau-né, m'expliqua-t-il. Même ceux d'entre nous qui sont destinés à devenir des maîtres ne peuvent pas contrôler leur faim la première nuit, ou les premières nuits. Elle est trop forte ; elle les submerge. C'est pourquoi beaucoup de vampires nouveau-nés se nourrissent d'abord de leurs proches – des personnes auxquelles ils pensent quand ils reviennent à eux, des personnes vers lesquelles leur cœur les guide. Seule l'aide d'un maître vampire peut leur permettre de rediriger leur faim vers une autre source de nutrition.

— Vous ne m'en voulez pas ?

Il rit et me serra contre lui.

— Je pensais que c'était toi qui m'en voudrais de t'avoir transmis l'ardeur, cette faim brûlante.

Je m'écartai suffisamment de lui pour voir son visage.

— Pourquoi ne m'avez-vous pas prévenue que je ne pourrais pas la contrôler ?

— Je ne te sous-estime jamais, ma petite. Si, pendant tous ces siècles, j'ai rencontré une personne qui aurait pu triompher de cette épreuve, c'est bien toi. Je ne t'ai pas dit que tu échouerais parce que je suis incapable de prédire de quelle façon le pouvoir agira sur toi ou à travers toi. La plupart du temps, tu es une loi à toi toute seule.

— J'étais… impuissante. Je ne… je n'avais même pas envie de me contrôler.

— Bien sûr que non.

Je secouai la tête.

— Cette ardeur, c'est permanent ?

— Je l'ignore.

— Combien de temps avant que je puisse la maîtriser ?

— Quelques semaines. Mais même après ça, tu devras faire attention quand tu te trouveras en présence de ceux que tu désires le plus. Ils embraseront la faim ; ce sera comme si du feu coulait dans tes veines. Il n'y a pas de honte à ça.

— C'est vous qui le dites.

Jean-Claude prit mon visage entre ses mains.

— Ma petite, ça fait plus de quatre siècles que je me suis réveillé en proie à l'ardeur pour la première fois. Mais je me souviens. Toutes ces années, et je me souviens que l'appel de la chair était presque plus assourdissant que celui du sang.

Je lui pris les poignets et pressai ses paumes sur mon visage.

— J'ai peur.

— Évidemment. C'est normal et nécessaire. Mais je vais t'aider à surmonter cette épreuve. Je serai ton guide. L'ardeur passera peut-être dans quelques jours. Il se peut aussi qu'elle aille et vienne, je n'en sais rien. Mais quoi qu'il advienne, je t'aiderai à la surmonter.

Nathaniel se gara sur le parking du *Cirque des Damnés*, près de l'entrée de derrière. Il faisait encore noir lorsque nous descendîmes de voiture, mais l'air avait cette douceur qui précède l'aube. Je sentais l'imminence du jour sur le bout de ma langue.

Jason ouvrit la porte extérieure comme s'il nous avait attendus derrière. Ce qui était sans doute le cas. Jean-Claude le dépassa d'un pas vif et se dirigea vers la porte en haut de l'escalier. Nous lui emboîtâmes le pas, mais il lança par-dessus son épaule :

— Je dois me laver avant le lever du jour.

Et il s'élança si vite que sa silhouette devint floue. Les garçons et moi descendîmes à une allure plus modérée, côte à côte – aucun de nous trois n'est très large d'épaules.

— Comment te sens-tu ? s'enquit Jason sur ma gauche.

Je haussai les épaules.

— Je suis pratiquement guérie.

— Tu as l'air secouée.

Nouveau haussement d'épaules.

— OK, pigé. Tu ne veux pas en parler.

— En effet.

Jason se tordit le cou pour regarder Nathaniel, qui marchait à ma droite.

— Tu dors ici ?

— Je ne sais pas. Je dors ici ?

La question m'était destinée. Je ne réfléchis pas longtemps.

— Oui. Il se peut que tu doives me ramener chez moi demain… ou plutôt, tout à l'heure.

— Oui, je dors ici.

— D'accord. Tu n'auras qu'à partager mon lit. Dieu sait qu'il est assez grand et qu'il ne reçoit pas beaucoup de visiteurs.

Je jetai un coup d'œil à Jason.

— Jean-Claude limiterait-il tes activités sociales ?

Le métamorphe éclata de rire.

— Non, pas exactement. Mais les filles qui descendent ici sont des toquées de vampires. Elles veulent juste dormir dans les souterrains du *Cirque des Damnés*. Ce n'est pas moi qu'elles désirent : c'est le toutou de Jean-Claude.

— Je ne te croyais pas…

Je m'interrompis en comprenant ce que ma phrase pouvait avoir d'insultant.

— Vas-y, dis-le.

— Je ne te croyais pas aussi regardant.

— Je ne l'étais pas quand je suis arrivé ici. Mais ces derniers temps, je n'ai plus envie de me taper des nanas qui veulent seulement pouvoir se vanter auprès de leurs copines de s'être fait sauter par un loup-garou ou d'avoir dormi dans l'antre d'un vampire. C'est bon pendant quelques minutes… parfois très bon, même. Mais à la fin, ça me donne toujours l'impression d'être un monstre de foire.

Je glissai mon bras sous le sien et lui donnai une pression affectueuse.

— Tu ne dois pas penser ça, Jason. Tu n'es pas un monstre.

Il me tapota la main.

— Venant de toi, ça me touche beaucoup.

Je m'écartai de lui.

— Qu'est-ce que c'est censé signifier ?

— Rien du tout. Désolé. Je n'aurais pas dû dire ça.

— Non, je veux que tu t'expliques.

Jason soupira et pressa le pas. Mais j'étais en Nike, et je pouvais galoper si nécessaire. Nathaniel continua à nous suivre quelques pas en arrière sans un mot.

— Explique-toi, Jason.

— Tu détestes les monstres. Tu détestes être différente.

— Ce n'est pas vrai.

— Tu acceptes ta différence, mais elle te perturbe.

J'ouvris la bouche pour protester et fus forcée de m'interrompre pour réfléchir. Jason avait-il vu juste ? Détestais-je être différente ? Détestais-je les monstres parce qu'ils étaient différents ?

—Tu as peut-être raison.

Il me regarda, les yeux écarquillés.

—Anita Blake admettant qu'elle a peut-être tort ? Ouah !

Je tentai de froncer les sourcils, mais une esquisse de sourire gâcha mon effet.

—Apparemment, il vaudrait mieux que je m'habitue à faire partie des monstres.

Jason redevint sérieux.

—Tu vas vraiment devenir un léopard-garou ?

—Nous le découvrirons bien assez tôt, pas vrai ?

—Ça ne te dérange pas ?

Ce fut mon tour de rire, mais amèrement.

—Si. Si, bien sûr que ça me dérange. Mais le mal est fait. Je ne peux rien y changer.

—Du fatalisme, approuva-t-il.

—Du pragmatisme, rectifiai-je.

—C'est la même chose.

—Non, pas tout à fait.

Par-dessus mon épaule, Jason regarda Nathaniel qui descendait discrètement quelques marches derrière moi.

—Que penses-tu du fait qu'elle soit peut-être un léopard-garou ?

—Je crois que je vais garder mon opinion pour moi.

—Tu es content, pas vrai ?

Il y avait une pointe d'hostilité dans la voix de Jason.

—Non, pas du tout.

—Maintenant, tu vas pouvoir la garder comme Nimir-ra.

—Peut-être, lâcha Nathaniel sur un ton neutre.

—Et ça ne te rend pas heureux ?

—Arrête, Jason, aboyai-je. Richard m'a déjà exposé sa petite théorie selon laquelle Gregory l'aurait fait exprès.

—Tu as parlé à Richard ?

— Malheureusement, oui.

— Donc, tu sais ce qui s'est passé?

— Je sais que vous détenez Gregory, oui. J'ai même eu Jacob au téléphone.

Jason eut l'air surpris.

— Que lui as-tu dit?

— Que si Gregory mourait, il mourrait aussi.

— Jacob veut devenir Ulfric.

— Nous avons également évoqué ce sujet.

— Et qu'a-t-il dit?

— Il ne défiera pas Richard avant la prochaine pleine lune. Tu ferais bien d'avertir Sylvie, parce que ça signifie que Jacob doit l'avoir vaincue d'ici deux semaines.

— Pourquoi veut-il attendre la pleine lune?

— Parce que j'ai promis de le tuer dans le cas contraire.

— Tu ne peux pas saper l'autorité de Richard comme ça.

— Je n'en ai pas besoin, Jason : il se débrouille très bien tout seul.

Nous avions atteint le bas de l'escalier. La lourde porte était restée ouverte après le passage en trombe de Jean-Claude.

— Richard est mon Ulfric.

— Je ne te demande pas de lui casser du sucre sur le dos, Jason. Il a détruit sa structure de pouvoir au sein de la meute. Ce n'est pas un sujet de débat, juste la vérité.

Jason m'arrêta sur le seuil.

— Si tu avais été là, tu aurais peut-être pu le dissuader.

La moutarde me monta au nez.

— Un, tu n'as pas à critiquer ce que je fais ou ne fais pas. Deux, Richard est un grand garçon qui prend ses propres décisions. Trois, ne t'avise plus jamais de me critiquer – jamais.

— Tu n'es plus ma lupa, Anita.

La colère me submergea telle une vague brûlante, crispant mes épaules, mes bras et se déversant dans mes mains. Jamais la rage ne m'avait gagnée aussi vite et aussi totalement. Je dus fermer les yeux et me concentrer pour ne pas coller ma main dans la figure de Jason. Qu'est-ce qui clochait chez moi ?

Je sentis Nathaniel dans mon dos.

— Tu vas bien ?

Je secouai la tête.

— Je crois que non.

— Écoute, dit Jason. Je suis désolé, mais je ne veux pas que Jacob prenne la tête de la meute. Je n'ai pas confiance en lui. Richard est peut-être un putain de gauchiste sentimental, mais c'est aussi quelqu'un de juste, qui fait toujours passer l'intérêt de la meute avant le sien. Je ne veux pas perdre ça.

Je le regardai en m'efforçant de ravaler ma colère.

— Tu as peur de ce que vous deviendrez tous si Jacob s'empare du pouvoir, dis-je d'une voix étranglée.

Jason acquiesça.

— Oui.

— Moi aussi, avouai-je.

Il m'étudia soigneusement.

— Si Jacob tue Richard en combat à la loyale, comment réagiras-tu ?

— Richard n'est plus mon petit ami, et je ne suis plus votre lupa. Si c'est un combat à la loyale, je ne pourrai pas interférer. J'ai dit à Jacob que s'il attendait la prochaine pleine lune et se conformait aux règles, je ne me vengerais pas de lui.

— Tu ne vengerais pas la mort de Richard ?

— Si je tue Jacob et que Richard et Sylvie sont déjà morts, qui prendra le commandement ? J'ai vu ce qui arrive à un groupe de métamorphes sans alpha pour les protéger. Je ne permettrai pas que les loups subissent le même sort que les léopards.

— Si Jacob mourait avant d'affronter Sylvie, tu n'aurais pas à t'en soucier, insinua Jason.

La colère qui avait commencé à s'estomper fit un retour en force.

— Tu ne peux pas avoir le beurre et l'argent du beurre, Jason. Ou bien je ne suis pas ta lupa – pas ta dominante – et je ne peux donc pas t'aider à régler ce problème ; ou bien je suis toujours ta lupa, toujours ta dominante, toujours la personne à qui tu t'adresses pour régler ce genre de problèmes. Décide-toi avant que je recommence à m'énerver.

— Tu ne peux pas rester notre lupa ; la meute a voté contre. Mais tu as raison : ce n'est pas ta faute. Tu devais t'occuper de toi avant de pouvoir t'occuper de quiconque d'autre. Je suis désolé de t'avoir critiquée.

— Excuse acceptée.

Je voulus le contourner pour entrer, mais Jason me saisit le bras.

— Je ne te demande pas de tuer Jacob parce que tu es ma lupa ou ma dominante. Je te le demande parce que je sais que tu y as déjà pensé. Je te le demande parce que je sais que tu le feras si tu penses que c'est préférable pour la meute.

— Vos affaires ne me concernent plus. En tout cas, c'est ce qu'on n'arrête pas de me répéter.

— « On » ne te connaît pas aussi bien que moi.

Je me dégageai doucement.

— Qu'est-ce que c'est censé signifier ?

— Ça signifie qu'une fois que tu as accordé ton amitié et ta protection à quelqu'un, tu continues à veiller sur lui, que ça lui plaise ou non.

— Si je tue Jacob, Richard ne me le pardonnera jamais.

— Il t'a plaquée, non ? Qu'as-tu à perdre en tuant Jacob ? Rien. Mais si tu ne le tues pas, tu perdras Sylvie et Richard.

Je dépassai Jason.

— Je commence à en avoir marre de faire le sale boulot de tout le monde.

— Personne n'est plus doué pour le sale boulot que toi, Anita.

Je m'arrêtai net et fis volte-face.

— Et ça, c'est censé vouloir dire quoi ?

— Rien du tout. C'est juste la vérité.

Le regard de Jason était archisolennel. J'aurais voulu protester, mais il avait raison.

J'avais cru que je ne pourrais pas me sentir plus mal ce soir. Je m'étais trompée. En voyant l'expression de Jason, en l'entendant parler de moi ainsi, je me sentis plus bas que terre. Cette nuit n'avait décidément pas fini de me déprimer.

CHAPITRE 14

Quelques minutes avant l'aube, Jean-Claude apparut sur le seuil en robe de chambre.

— Tu peux prendre le lit, ma petite. Je dormirai dans mon cercueil. Tes nerfs sont déjà suffisamment à vif sans que je meure contre toi au lever du soleil.

J'aurais voulu protester, parce que j'avais affreusement envie qu'il me tienne dans ses bras, mais il avait raison. J'avais déjà été assez choquée pour la nuit.

— Nathaniel restera avec moi, dis-je.

Quelque chose passa sur le visage de Jean-Claude.

— Jason aussi.

— Pourquoi ?

— Je n'ai pas le temps de t'expliquer, ma petite. Mais s'il te plaît, fais-moi confiance quand je te dis qu'il faut que Jason dorme avec vous. C'est mieux ainsi.

Même à cette profondeur sous terre, je percevais le tremblement de l'aube imminente.

— D'accord, il peut rester aussi.

Jean-Claude battait déjà en retraite.

— Je le lui dirai en chemin. Je suis désolé de te laisser ainsi, ma petite.

— Dépêchez-vous d'y aller.

Il me souffla un baiser et s'en fut, laissant la porte entrouverte.

Nathaniel était assis sur un coin du lit, le visage neutre, le regard neutre – la posture neutre, même. Il est très doué pour avoir l'air inoffensif, presque apaisant.

Je venais de passer quatre jours à dormir, fût-ce d'un sommeil entrecoupé. Pourtant, je me sentais crevée, incroyablement fatiguée. Je n'étais pas sûre que ce soit physique ; il me semblait plutôt avoir abusé de mon esprit et de mes émotions. J'étais lessivée.

—Allez, au dodo.

Nathaniel ôta son débardeur sans faire de commentaires. Il se débarrassa de ses chaussures et entreprit de défaire sa tresse. Je savais que ça lui prendrait un moment, aussi en profitai-je pour passer à la salle de bains.

Je n'étais pas entrée dans la salle de bains de Jean-Claude depuis un bon moment, mais je me souvenais bien de sa somptueuse baignoire noire assez grande pour abriter une petite orgie. Le cygne en argent qui faisait office de robinet me rappelait toujours une fontaine. Mais pas de bain pour moi ce soir : je voulais juste dormir et oublier. Tout oublier.

Évidemment, je n'avais pas de pyjama, et le tee-shirt choisi par Nathaniel, bien que joli et confortable, n'était pas assez long pour me servir de chemise de nuit. Je ne pouvais quand même pas dormir en jean ! Miséricorde, pourquoi les petites contrariétés me semblaient-elles si importantes une nuit où tout ce qui comptait vraiment pour moi était parti en couille ?

On frappa à la porte de la salle de bains.

—Je sors dans une minute, Nathaniel.

—C'est Jason.

—Que veux-tu ?

—Jean-Claude ne t'a pas dit que je dormais avec vous ?

—Si, il m'en a parlé.

—Il m'a donné un pyjama pour toi. Il s'est dit que tu n'avais pas eu le temps de préparer un baise-en-ville.

Du coup, je rouvris la porte. Jason se tenait sur le seuil, vêtu d'un caleçon en soie bleue assez large pour faire une tenue de nuit acceptable. Acceptable pour partager un lit avec moi, devrais-je ajouter. Livré à lui-même, Jason dort avec un slip microscopique… voire rien du tout.

Il me tendit un vêtement de soie rouge plié. Je le pris et le laissai glisser entre mes mains. En fait, ce n'était pas un vêtement mais deux : un caraco et un petit short. Un ensemble de lingerie.

—Jean-Claude a dit que, de tout ce qu'il avait sous la main, c'était ce qui te couvrirait le plus, fin de la citation, précisa Jason.

Je soupirai.

—Merci, Jason. J'arrive tout de suite.

Je refermai la porte sans attendre de réponse.

Le caraco, qui m'avait paru assez large, moulait pas mal ma poitrine en réalité. Disons que si j'avais eu froid, ça se serait vu tout de suite. Le short était fendu si haut sur les côtés que l'ourlet rejoignait presque la ceinture. Il réussissait à couvrir l'essentiel sans laisser grand-chose à l'imagination. La lingerie à son niveau le plus raffiné, j'imagine.

J'ouvris la porte et éteignis la lumière de la salle de bains en sortant. Jason s'était déjà fourré sous les couvertures du côté droit du lit. Nathaniel était toujours assis de l'autre côté. Il se leva en me voyant, et ses cheveux détachés ondulèrent autour de lui comme un rideau.

—À moi, dit-il doucement, avant de rallumer la lumière de la salle de bains et de fermer la porte derrière lui.

—Tu es splendide, commenta Jason.

—Pitié, pas de compliments. Je suis déjà assez mal à l'aise dans cet ensemble.

—Alors, n'hésite surtout pas à l'enlever.

Je fronçai les sourcils. Il tapota le lit près de lui en grimaçant.

—Viens te coucher.

—Gonfle-moi suffisamment et je te renvoie dans ta chambre.

—Jean-Claude m'a dit de dormir ici cette nuit.

—Je pourrais insister.

Mon flingue était posé sur mes vêtements pliés, que j'avais coincés sous mon bras.

— Si tu étais capable de me tirer dessus juste pour me punir de t'avoir provoquée, je serais mort depuis longtemps.

— S'il te plaît, Jason, j'ai eu une nuit difficile. Tiens-toi correctement, pour une fois.

Il leva la main et fit le salut des scouts.

— Je promets de ne pas te mordre.

Cela me fit penser à Micah, et je m'empourprai. Jason écarquilla les yeux.

— Jamais encore je n'avais obtenu une telle réaction de ta part, se félicita-t-il. Il faudra que je me souvienne de cette phrase.

— Tu viens de me rappeler quelque chose d'embarrassant, c'est tout.

Sa grimace réjouie s'abaissa sur les bords.

— Je me doutais bien que tu ne rougissais pas à cause de moi.

— Je ne vais pas baby-sitter ton ego en plus du reste, Jason. Tu devras t'en occuper toi-même.

— Comme toujours.

Son sourire avait totalement disparu, laissant place à une expression sérieuse. Avec ses cheveux blonds et ses yeux bleus, il semblait presque déplacé au milieu de toute cette soie noire, comme s'il avait besoin d'une couleur plus appropriée pour le mettre en valeur. Évidemment, ce lit n'était censé mettre qu'une seule personne en valeur : Jean-Claude.

Une pensée me suffit pour le sentir dans son cercueil – pour sentir qu'il était de nouveau mort, parti là où vont tous les vampires quand le soleil se lève. Le savoir si loin, si incapable de me prendre dans ses bras ou de m'aider, me fit froid partout et me donna l'impression d'être encore plus paumée.

Je posai une main sur le lourd montant en bois de cerisier. Mes doigts n'étaient pas assez longs pour en faire le tour. Le lit de Jean-Claude est grand – plus de deux mètres de large, à vue de nez.

—Qu'est-ce qui cloche, Anita?

Je secouai la tête.

—Je ne veux pas en parler.

—Je suis désolé. Je me tiendrai à carreau, c'est promis.

—Tu ne me provoqueras plus?

Jason tenta de garder son sérieux mais ne put retenir un petit sourire.

—Je te promettrais que non si je pensais en être capable, mais tout ce que je peux t'offrir, c'est essayer de ne plus te provoquer ce soir. Qu'en dis-tu?

Je fus bien forcée de grimacer.

—C'est une proposition honnête.

Je m'assis sur le bord du lit.

—Tu as l'air un peu perdue ce soir, fit remarquer Jason.

Je pivotai et le dévisageai.

—Ça se voit tant que ça?

—Seulement si on te connaît bien.

—Et tu me connais bien, Jason?

—Sur certains points, oui. Sur d'autres, tu restes un mystère pour moi.

Je rabattis les couvertures et rampai sous le drap, repoussant le lourd couvre-lit de satin. J'avais laissé pas mal de distance entre Jason et moi. À titre de précaution, je glissai mon flingue sous l'oreiller voisin, cran de sûreté mis. Et à titre de précaution supplémentaire, comme je dormais avec des gens qui n'y connaissaient rien en armes à feu, je ne chambrai pas de balle au préalable.

—Tu peux te rapprocher, Anita. Je te jure que je serai sage.

—Je sais.

—Et pas seulement parce que Jean-Claude et Richard n'aimeraient pas que je me frotte à toi.

—Richard a rompu avec moi, Jason. Nous ne sommes plus ensemble.

Le seul fait de le dire à voix haute me noua l'estomac et glaça ma peau.

—C'est ce qu'il raconte, mais s'il découvrait que j'ai tenté ma chance avec toi, il me le ferait payer, j'en suis certain.

—Que veux-tu dire ?

—Il ne sort peut-être plus avec toi, mais je te parie mon appendice préféré qu'il ne supporterait pas que tu te mettes avec un autre loup-garou. Ce n'est pas parce qu'il ne peut pas t'avoir qu'il n'a pas *envie* de t'avoir.

Je dévisageai Jason, le drap plaqué contre ma poitrine.

—Quand es-tu devenu aussi malin ?

—J'ai mes bons moments.

Je fus forcée de sourire.

—C'est vrai.

Nathaniel ressortit de la salle de bains. Je lui demandai d'éteindre, et il obtempéra en silence. La lumière était reliée à une minuterie ; elle se rallumerait progressivement dans quelques heures. En attendant, l'obscurité était si complète que j'avais l'impression de baigner dans de l'encre. D'habitude, le noir ne me dérange pas, mais ce soir, il me rendait claustrophobe, comme si une main géante me comprimait la poitrine.

Je sentis Nathaniel debout près du lit.

—Va rallumer dans la salle de bains et laisse la porte entrouverte, s'il te plaît.

De nouveau, il s'exécuta en silence. C'est l'une de ses grandes qualités : Nathaniel ne discute jamais les ordres. Avant, ça m'irritait. Maintenant, il m'arrive de compter là-dessus. Il laissa la porte entrebâillée, juste de quoi permettre à un doigt de lumière de tomber sur le lit. Puis il souleva le drap et se glissa dessous.

Ce qui signifie que je dus me rapprocher de Jason. Je récupérai mon flingue et le déplaçai en même temps que moi, sous l'oreiller voisin. Nathaniel ne se colla pas à moi. Lorsque nous fûmes couchés tous les trois, il restait encore un peu de place de chaque côté de moi. Pas autant que je l'aurais souhaité, mais un peu. Je réussis même à rouler sur le flanc sans toucher personne.

Évidemment, ce n'est pas comme ça que je dors chez moi. À la maison, Nathaniel et le reste des léopards-garous forment un gros tas. Ces six derniers mois, j'ai passé le plus clair de mes nuits avec eux. Au point que maintenant, je me sens mal à l'aise quand je dois dormir seule.

Nathaniel m'avait automatiquement présenté son dos. Il attendait que je vienne me coller contre lui. Il avait déjà rabattu ses cheveux sur le côté comme une couverture gênante, dénudant sa nuque et son dos lisse. Je restai immobile une seconde ou deux, puis pensai « *Et merde* ». Je me rapprochai de lui et me plaquai contre son corps tiède, glissant un bras autour de sa taille. Comme il est un peu plus grand que moi, je me retrouvai le visage enfoui entre ses omoplates. Nous dormons dans cette position depuis un bon moment déjà.

—Je me sens exclu, commenta Jason.

Je soupirai, et mon bras se crispa autour de Nathaniel.

—Tu promets de ne rien tenter ?

—Je promets d'être gentil.

—Ce n'est pas ce que je t'ai demandé.

Il rit tout bas.

—Tu deviens fortiche à ce jeu. D'accord, je promets de ne rien tenter.

—Alors, tu peux te rapprocher, si tu veux.

—Tu sais bien que je veux, dit-il.

Je le sentis se traîner jusqu'à nous sur le lit.

—Je sais aussi que tu as promis d'être gentil.

—Oh, tu ne sais pas à quel point je peux l'être, souffla-t-il quasiment dans mon oreille.

—Tu me cherches, Jason.

—Désolé.

Mais il n'en avait pas l'air. Il se lova contre mon dos en cuiller, ses genoux pliés derrière les miens. Comme nous faisons la même taille à deux ou trois centimètres près, nous nous emboîtons parfaitement dans cette position. Ce qui met certaines parties de son anatomie en contact avec mon séant. Difficile, du coup, de ne pas remarquer sa joie d'être là.

Il n'y a pas si longtemps, j'aurais demandé à Jason de se pousser. Mais je viens de passer des mois à apprendre l'étiquette lycanthrope. Les hommes s'efforcent de ne pas bander, et de ne pas se servir de leur érection quand ils bandent quand même. De leur côté, les femmes tentent d'ignorer qu'ils bandent. C'est la règle. Ainsi, tout le monde peut faire comme si nous n'étions qu'une portée de chiots qui dorment gentiment en tas. Nier l'évidence permet au système de fonctionner.

Je pris soudain conscience que ça ne me dérangeait pas. Au fil des mois, j'ai appris que c'est une réaction involontaire, rien de vraiment personnel. Par contre, je crois que Jason fut déçu par mon absence de réaction. Du coup, il écarta légèrement ses hanches de moi mais plaqua plus étroitement sa poitrine contre mon dos.

Je me retrouvai prise en sandwich entre les deux métamorphes, et cela me rappela le moment où je m'étais réveillée entre Caleb et Micah – un souvenir fort malvenu. Mais l'odeur de la peau de Nathaniel m'était familière. Le parfum vanillé de ses cheveux qui me chatouillaient la figure me réconfortait. Je m'enveloppai de son odeur comme d'une couverture, me plaquai contre lui aussi étroitement que possible sans lui passer au travers et m'accrochai à sa chaleur. Je ne l'aurais jamais admis à voix haute, mais je le savais : ce soir-là, j'étais un vrai crampon. Je m'accrochai à Nathaniel comme s'il était la dernière chose solide au monde, comme j'aurais voulu m'accrocher à Jean-Claude et ne le pouvais pas.

Jason caressa ma hanche, mais en me collant contre Nathaniel, je l'avais forcé à ôter sa main de ma taille ; il n'avait pas vraiment d'autre endroit où la mettre. Sa main s'immobilisa en haut de ma cuisse nue, et je le sentis se raidir comme s'il s'attendait que je proteste. Voyant que ça n'arrivait pas, il se détendit et se plaqua de nouveau tout entier contre moi. Il avait réussi à se calmer entre-temps. Tant mieux pour lui.

Franchement, c'était bon de le sentir dans mon dos. En principe, c'est moi qui me mets derrière Nathaniel, moi qui adopte la position du dominant en protégeant son corps avec le mien, mon dos exposé tourné vers le reste de la pièce. Mais ce soir-là, je ne me sentais pas particulièrement dominante. Je voulais que quelqu'un protège mes arrières. Et puisque ça ne pouvait être ni Jean-Claude ni Richard, Jason n'était pas une mauvaise solution de rechange. Malgré sa fâcheuse tendance à me provoquer, c'est mon ami.

Nathaniel s'endormit le premier ; en général, il s'assoupit avant moi. D'une façon ou d'une autre, je sus que Jason était toujours réveillé dans mon dos, sa main posée sur ma cuisse. Je sentis la tension de son corps tandis que le sommeil m'emportait, et elle m'apaisa étrangement. Il protégeait mes arrières au sens littéral. Autrement dit, je pouvais dormir, et si quelqu'un ou quelque chose faisait irruption dans la chambre, à nous trois, nous parviendrions probablement à lui tenir tête. Probablement.

CHAPITRE 15

J e rêvais. C'était assez confus : des corps, une course éperdue, une sonnerie qui faisait accélérer tout le monde…

Une sonnerie ?

Je me réveillai juste assez pour sentir Nathaniel bouger contre moi. Tâtonnant de l'autre côté du lit, il sortit mon portable de ma pile de vêtements et me le tendit.

— C'est pour toi.

— Misère, quelle heure il est ? marmonna Jason.

Sans lui répondre, j'ouvris mon téléphone et le portai à mon oreille.

— Oui, c'est moi, dis-je d'une voix ensommeillée.

— Anita ?

— Oui, qui est à l'appareil ?

— C'est Rafael.

Cela acheva de me réveiller. Je m'assis dans le lit. Rafael est le roi des rats-garous, leur équivalent d'un Ulfric. C'est aussi l'allié de Richard.

— Je suis là. Que se passe-t-il ?

— D'abord, toutes mes condoléances. J'ai entendu dire que tu pourrais devenir Nimir-ra pour de bon à la prochaine pleine lune.

— Eh ben, les bonnes nouvelles voyagent vite, dis-je en essayant de ne pas paraître amère – et en échouant lamentablement.

— Ensuite, je sais que la meute détient un de tes léopards et que tu dois essayer de le racheter ce soir. Tu es autorisée à emmener des alliés, et je serais honoré si tu autorisais les rats-garous à t'accompagner.

—J'apprécie le geste, Rafael ; tu ne peux pas savoir à quel point. Mais je ne suis plus lupa. Ton alliance est avec la meute, et je n'en fais plus partie.

—Possible, mais une fois, tu as risqué ta vie pour me sauver de la torture, et peut-être de la mort. Je t'avais dit que les rats-garous n'oublieraient pas le service que tu nous avais rendu.

—Et ton alliance avec la meute ?

—… a été conclue avec Richard, et seulement Richard.

—Te pointer avec moi ce soir constituerait quand même un conflit d'intérêts, tu ne trouves pas ?

—Non, je ne trouve pas. Au contraire, ça fera bien passer le message que si Richard n'est plus Ulfric, les rats-garous ne sont plus les alliés des loups.

—Tu m'accompagneras pour informer la meute que sans Richard, tu ne veux plus rien avoir à faire avec elle ?

Intrigué, Jason s'assit dans le lit.

—Oui.

—Petit malin.

—Merci.

—J'en déduis que tu n'aimes pas beaucoup Jacob ?

Jason se rapprocha de moi, comme s'il pouvait entendre l'autre moitié de la conversation à travers le téléphone. Ce qui était peut-être le cas.

—Non.

—Moi non plus.

—Très bien. Je passe te prendre chez toi ce soir, et on va en bagnole au lupanar.

—Tu seras seul ?

—Oh, non. Nous viendrons en force, pour nous assurer que les partisans de Jacob pigent bien le message.

—J'aime ta façon de réfléchir.

—Et moi, j'aimerais que Richard partage ton avis.

—As-tu tenté de le convaincre d'exécuter Jacob, toi aussi ?

—Je savais que tu comprendrais à la fois le problème et la solution qui s'impose, Anita.

—Oh, je comprends tout à fait. Je voudrais juste pouvoir en dire autant de Richard.

—Exact. Jacob est loin de le valoir, mais il possède certaines qualités dont j'investirais bien Richard si c'était en mon pouvoir.

—Et moi donc…

—Je passe te prendre chez toi à la tombée de la nuit.

—Je serai prête. Et, Rafael…

—Oui ?

—Merci.

—Inutile de me remercier. Les rats ont une dette envers toi, et nous payons toujours nos dettes.

—Surtout si ça vous permet de menacer Jacob et ses partisans sans rien faire qui puisse déclencher une guerre, hein ?

—Comme je l'ai déjà dit, Anita, tu comprends certaines choses mieux que Richard. À ce soir.

—À ce soir.

Il raccrocha. Je fis de même et refermai mon téléphone. Jason était pratiquement penché par-dessus mon épaule.

—Je viens bien d'entendre que Rafael et les rats-garous t'accompagneraient ce soir au lupanar ?

—Tu comptes rapporter à Richard ? demandai-je, regardant son visage à quelques centimètres du mien tandis que sa poitrine touchait mon dos.

—Non.

Mes yeux s'écarquillèrent.

—À moins que Richard me demande spécifiquement : « Rafael va-t-il venir ce soir en tant qu'allié d'Anita ? », je ne suis pas obligé de le lui dire. Et je n'en ai pas l'intention.

—C'est quand même flirter avec les limites de ton serment d'obéissance, non ?

—Je suis loyal envers Richard. La présence des rats ce soir ne lui nuira pas : au contraire, elle le servira.

Je hochai la tête.

— Parfois, il faut faire des cachotteries à Richard dans son propre intérêt.

— Malheureusement, acquiesça Jason.

Je tendis mon téléphone à Nathaniel, qui le reposa par terre avec mes vêtements. Je consultai ma montre. Dix heures du matin ; nous avions dormi un peu plus de six heures. Il était donc temps de commencer notre journée. Youpi. Et Jean-Claude ne se réveillerait pas avant la fin de l'après-midi…

Je me recouchai sur le dos en tirant les couvertures sous mon menton. Nathaniel roula sur le côté, posa une main sur mon ventre et glissa une jambe entre les miennes. C'est sa deuxième position préférée, même si, la plupart du temps, je dois le pousser pour pouvoir m'endormir. Mais là, je n'avais plus sommeil. Je réfléchissais, donc, ça ne me dérangeait pas.

Nathaniel frotta sa joue contre mon épaule, et un petit mouvement du bas de son corps le plaqua contre moi. Il était dur sous son short en satin. Rien d'anormal pour un homme qui vient juste de se réveiller. D'habitude, j'arrive assez bien à l'ignorer. Mais ce jour-là… le sentir pressé contre ma cuisse contracta quelque chose dans mon bas-ventre. Le besoin s'empara de moi comme un feu se déversant à travers moi, sur moi, en moi.

Nathaniel se figea. Jason s'assit en frottant ses bras nus.

— C'était quoi, ça ?

Je tentai de ne pas bouger, de ne pas respirer, de rester aussi immobile que Nathaniel. J'essayai de penser à autre chose que la tiédeur de son corps lové contre le mien, à sa raideur prête à consommer sous le satin de son short de jogging.

Saisissant le drap, je le repoussai d'un geste brusque. Puis je baissai les yeux. Le short moulait le dos de Nathaniel telle une seconde peau. De nouveau, l'ardeur m'envahit, pareille à un deuxième pouls, et ma bête émergea des profondeurs en même temps qu'elle – comme si elles étaient liées l'une à l'autre. J'avais faim et ma bête se réveillait, roulant en moi tel un chat paresseux, s'étirant et guettant la souris du coin de l'œil. À ceci près que ce que ce chat voulait faire à la souris était non seulement contre nature, mais physiquement impossible. Le hic, c'est que cette souris sentait la vanille et la fourrure, qu'elle était tiède contre moi et ultraconsentante.

Je voulais faire basculer Nathaniel sur le dos, lui arracher son short et voir ce que je ressentais. Je voulais lécher sa poitrine, descendre vers son ventre et… L'image était si forte que je dus fermer les yeux pour ne plus le voir allongé là. Mais la vision n'était pas mon seul problème. L'odeur sucrée de sa peau me faisait tourner la tête. J'avais envie de me vautrer sur lui, pas tellement pour faire l'amour, mais pour m'envelopper de son parfum et le porter comme une robe.

—Anita. (C'était Jason.) Que se passe-t-il ?

Je rouvris les yeux et le trouvai penché sur moi, en appui sur un coude. Alors, mon ardeur s'élargit pour l'inclure. Elle ne faisait pas de discrimination. Je touchai son visage, fis courir mes doigts le long de sa mâchoire, caressai ses lèvres pleines avec mon pouce. Il recula la tête juste assez pour parler.

—Jean-Claude m'a dit que tu avais hérité de son besoin, de son incube. Sur le coup, je ne l'ai pas vraiment cru. (Ma main descendit le long de son cou, de sa poitrine.) Mais maintenant…

Ma main s'arrêta au-dessus de son cœur. Je sentais celui-ci battre sous ma paume, et mon propre pouls battre en retour contre sa peau, comme si mon cœur avait remonté le long de mon bras pour aller se coller à lui.

—Demande-moi pourquoi Jean-Claude a insisté pour que je dorme avec vous.

Je regardai Jason sans répondre. Je n'arrivais ni à réfléchir ni à parler. Je sentais son cœur ; je pouvais presque le caresser. Il se mit à battre plus vite et plus fort. Mon cœur accéléra pour le rattraper jusqu'à ce qu'ils battent de nouveau à l'unisson, et qu'il soit impossible de dire où s'arrêtait son pouls et où commençait le mien. Son cœur palpitait dans ma bouche, caressant mon palais comme si je l'avais déjà arraché avec mes dents.

Je fermai les yeux et tentai de me dissocier du flux et du reflux de son corps, de sa tiédeur, de son besoin.

— Jean-Claude craignait que tu tentes de te nourrir de Nathaniel. Je suis censé t'en empêcher.

Je me redressai, et les bras de Nathaniel se contractèrent autour de ma taille, pressant son visage contre mon flanc. Je m'assis dans le lit à côté de Jason, Nathaniel toujours agrippé à moi tel un poids tentateur. Ma main demeura sur la poitrine de Jason, au-dessus de son cœur. Jason aurait dû s'écarter, mais il ne le fit pas.

Je percevais son désir, son besoin. C'était un désir pur, un désir non de pouvoir ou d'autre chose, mais juste de moi. Rien à voir avec de l'amour : simplement, Jason avait envie de moi. Je plongeai mon regard dans ses yeux bleus et n'y décelai nulle duplicité, nulle intention cachée. Il ne voulait pas sécuriser sa base de pouvoir ou gagner de l'énergie mystique : il avait juste envie de coucher avec moi et de me tenir dans ses bras.

Jusque-là, j'avais toujours traité Jason comme moins qu'un ami, un jeune type amusant mais pas très sérieux. L'ardeur de Jean-Claude me permettait de voir dans son cœur. Et son cœur était le plus pur de tous ceux que j'avais contemplés depuis une éternité.

Je baissai les yeux vers Nathaniel qui s'accrochait toujours à moi. Lui aussi, je voyais son cœur. Il me voulait physiquement, mais plus que tout, il voulait que je le veuille. Il voulait m'appartenir de toutes les façons possibles. Il avait soif de sécurité, d'un foyer, de quelqu'un pour prendre soin de lui et sur qui veiller en retour. En moi, il voyait toutes les choses qu'il avait perdues au fil des ans. Mais ce n'était pas vraiment moi qu'il voyait : c'était une incarnation de ses idéaux.

Je laissai courir ma main le long de son bras, et il se pelotonna contre moi. Je reportai mon attention sur Jason et retirai mon autre main de sa poitrine, mais ce fut comme si j'emportais quelque chose avec moi. Son cœur continua à battre à l'intérieur de mon corps. Un contact physique n'était plus nécessaire.

Le fait que Jason ait envie de moi pour moi, sans mobile ultérieur, me donnait envie de le récompenser. M'inspirait un peu d'amour pour lui. Et cet amour surpassa ma faim, apaisa ma bête, m'aida à réfléchir.

—Sortez d'ici, tous les deux. Sortez.

—Anita, c'est toi?

—Fiche le camp, Jason. Et emmène-le avec toi.

—Je ne veux pas partir, protesta Nathaniel.

Je saisis son épaisse chevelure à pleine main et le forçai à se dresser sur les genoux. Je m'attendais à lire de la peur dans ses yeux, ou un sentiment de trahison. Mais je ne vis que de l'avidité. Je l'attirai vers moi jusqu'à ce que nos visages se touchent presque. Je sentis son cœur accélérer, et un frisson de plaisir parcourir son corps. Nathaniel ne me dirait jamais « non ».

Si quelqu'un n'est pas capable de dire « non », c'est du viol, ou quelque chose de très approchant. L'ardeur se déversa en moi, me faisant expulser tout l'air de mes poumons en une expiration tremblante. Je voulais embrasser Nathaniel, remplir sa bouche avec ma langue. Et je savais que si je cédais à cette envie, il n'y aurait plus de retour en arrière possible.

—Quand je vous dis de sortir, vous sortez! m'exclamai-je d'une voix étranglée. Tout de suite!

Je lâchai Nathaniel si brusquement qu'il retomba sur le drap.

Debout de l'autre côté du lit, Jason le saisit par le bras et l'entraîna vers la porte. Voir les deux métamorphes s'éloigner de moi me donna envie de pleurer ou de hurler. Ils étaient parfaits pour que je me nourrisse d'eux. Notre désir mutuel planait lourdement dans l'air de la chambre, et moi, je les renvoyais. Je sentais encore leur pouls dans ma bouche comme un bonbon délicieux, un double écho de mon propre pouls.

Je plaquai mes mains sur mes yeux et poussai un cri inintelligible, déchirant. La faim en moi venait de réaliser que j'allais réellement les laisser partir. Elle tempêtait à l'intérieur de mon corps, m'arrachant hurlement sur hurlement aussi vite que je parvenais à inspirer. Je me tordais sur les draps de soie en vociférant comme une damnée.

Un souvenir s'imposa brusquement à moi – un souvenir qui ne m'appartenait pas. Un souvenir dans lequel ce besoin était né, enfermé dans le noir là où personne ne pouvait l'apaiser. Je perçus la folie qui avait gagné Jean-Claude à l'issue de cette punition si cruelle. Il avait guéri, mais le souvenir douloureux subsistait.

Des mains m'empoignèrent et m'immobilisèrent. J'ouvris les yeux. Jason et Nathaniel me tenaient chacun un poignet et une cheville. Ils étaient capables de soulever un éléphanteau en développé-couché, mais je me débattis si fort qu'ils durent lutter pour ne pas lâcher prise.

—Anita, tu te fais du mal, dit Jason.

Baissant les yeux, je vis les balafres sanglantes sur mes bras et mes jambes. J'avais dû me griffer, mais je ne m'en rappelais pas. La vue des égratignures me calma. Je cessai de me débattre.

—Je vais chercher quelque chose pour t'attacher jusqu'au lever de Jean-Claude, dit Jason.

Je hochai la tête sans oser répondre – j'avais trop peur de ce que je pourrais dire.

Jason demanda à Nathaniel de me tenir en attendant son retour, mais la seule façon dont une personne seule pouvait le faire, c'était en se mettant à califourchon sur mes cuisses et en me tenant les mains au-dessus de la tête. Ainsi, elle ne m'immobiliserait pas totalement, mais elle m'empêcherait de me faire du mal.

Les cheveux de Nathaniel tombèrent autour de ma tête avec un léger bruissement, formant un rideau entre nous et le reste du monde. Son odeur était pareille à une pression tiède entre sa poitrine et la mienne. Je humais aussi une odeur de sang frais. Et ma bête voulait lécher mes plaies, voulait se nourrir sur ma propre peau – ou mieux encore, déchirer celle de Nathaniel et se nourrir de lui.

Cette seule idée contracta quelque chose en moi. Je me tortillai jusqu'à ce que j'aie libéré mes jambes. Nathaniel glissa contre moi. Seuls nos vêtements nous séparaient encore. Il émit un petit son, moitié protestation, moitié gémissement.

Je poussai sur ses bras pour lever les miens, et sentis ses muscles se tendre afin de me maintenir en place. Il n'aurait pas dû avoir à faire tant d'efforts pour me contenir. Autrement dit, la faim et la bête n'étaient pas les seules choses que j'avais acquises à travers les marques. Nathaniel était toujours plus fort que moi, je le voyais bien. Mais quand vous vous débattez, il n'y a pas que la force qui compte. De nouveau, je parvins à soulever mes mains de quelques centimètres, et de nouveau, Nathaniel me plaqua les bras sur le lit. Mais dès que possible, je fis pivoter mon poignet droit contre son pouce et utilisai mon avant-bras comme levier pour dégager ma main.

Je me redressai juste assez pour embrasser la poitrine de Nathaniel, qui se figea au-dessus de moi. À cet instant, je sus qu'il ne tenterait pas de reprendre le contrôle de mon bras. Je le mordis doucement, et il poussa un soupir hoquetant. Ma langue remonta le long de sa poitrine tandis qu'il continuait à tenir mon bras gauche et à plaquer son bas-ventre contre le mien.

Je léchai son mamelon et sentis mon souffle accélérer. Plaquant ma bouche sur son sein à la façon d'une ventouse, je le mordis un peu plus fort. Il frissonna au-dessus de moi, et je dus faire attention à ce que le mouvement ne me fasse pas déchirer sa peau. Mais je m'accrochai à lui pendant qu'il gémissait, et quand je me laissai retomber, je vis qu'une empreinte parfaite de mes dents se détachait autour de son mamelon.

Allongée sur le lit, je regardai la trace de morsure sur la poitrine de Nathaniel, et à cette vue, un frisson me parcourut – une vague de plaisir, un sentiment de… possession. Je l'avais marqué.

Je dégageai mon poignet gauche, et Nathaniel ne résista pas. Il resta penché au-dessus de moi, en appui sur ses bras tendus, les hanches pressées contre les miennes et ses cheveux cascadant autour de nos deux têtes. Il me contemplait avec un désir évident, et je n'eus besoin de rien d'autre pour savoir combien il voulait que je finisse ce que j'avais commencé.

Je me redressai de nouveau pour l'embrasser, et ses lèvres tremblèrent contre les miennes. Le baiser fut long et profond. Un grondement monta de la gorge de Nathaniel. Soudain, il s'écroula sur moi, son poids me clouant au lit, nos bouches, nos bras, nos corps pressés les uns contre les autres dans un nid de cheveux parfumés à la vanille et pareils à du satin tiède. Il m'embrassa comme s'il voulait se couler en moi et je m'ouvris tout grand pour lui, le laissai m'explorer, me goûter, me toucher.

Ce ne furent pas ses mains se glissant sous mon caraco pour pétrir mes seins qui me firent recouvrer mes esprits : ce furent mes mains se faufilant à l'intérieur de son short pour lui malaxer les fesses. Cette sensation m'aida à reprendre le contrôle, à réprimer mon désir et ma faim. Que diable fichait Jason ? Je cessai d'embrasser et de caresser Nathaniel pendant que ses mains et sa bouche continuaient à explorer mon corps. Son besoin était si impérieux ! Je ne pouvais pas me lever et quitter le lit. Je n'étais pas assez forte.

—Nathaniel, arrête.

Sa bouche était posée sur mon sein par-dessus la soie du caraco. Il ne parut pas m'entendre.

—Nathaniel, arrête !

Je saisis une poignée de ses cheveux et l'écartai de moi. La soie du caraco était mouillée à l'endroit où il avait posé sa bouche. Son regard était vitreux, comme s'il ne me voyait pas.

—Nathaniel, tu m'entends ?

Il finit par acquiescer.

—Oui.

N'importe qui d'autre aurait protesté que je l'aie interrompu, mais Nathaniel se contenta de me fixer du regard. Son visage n'exprimait ni ressentiment ni colère. Il faisait ce que je lui disais et attendait la suite de mes instructions. Je ne comprends pas Nathaniel, et le fait de connaître les désirs de son cœur n'y change rien. Nous sommes trop différents. Mais pour une fois, cette différence allait peut-être nous aider.

Je ne coucherais pas, je ne pouvais pas coucher avec Nathaniel. Mais je ne pouvais pas m'arrêter complètement non plus. Je devais me nourrir. Je devais planter mes dents dans sa chair et me vautrer dans son désir. Je le devais.

— Pousse-toi de là.

Nathaniel roula sur le dos et leva les yeux vers moi, allongé dans une mare de ses cheveux. Je voulais le voir tout entier dans ce cadre auburn soyeux, et pour ça, il me suffisait de faire glisser son short le long de ses jambes. L'image était si forte que je dus fermer les yeux et respirer à fond. Le besoin de le toucher tempêtait en moi presque douloureusement, comme si l'ardeur pouvait me forcer à le faire. Et peut-être était-ce le cas. Mais à défaut d'autre chose, je contrôlerais au moins la façon dont je m'y prendrais.

Je rouvris les yeux et vis que Nathaniel me regardait avec ses incroyables yeux couleur de lilas.

— Tourne-toi sur le ventre, ordonnai-je d'une voix rauque.

Il obtempéra sans poser de questions, et je me souvins combien il était docile face à un dominant. Quoi que je lui demande, il le ferait. Savoir que je devais être vigilante pour deux m'aida à me concentrer. Je devais garder le contrôle, parce que Nathaniel n'en avait aucun.

Je saisis son épaisse chevelure à pleines mains et la poussai sur le côté telle une bête lovée sur elle-même, dénudant le dos lisse du métamorphe. Celui-ci tourna la tête sur le côté pour me regarder. Il n'y avait pas de peur en lui : juste une patience, une avidité et un besoin immenses.

Je me mis à quatre pattes au-dessus de lui et baissai la tête vers sa nuque. Je léchai ses épaules, mais ça ne me suffit pas. Je le mordis doucement, et il remua un peu. Je le mordis plus fort, et un faible gémissement s'échappa de ses lèvres. Je sentis sa chair emplir ma bouche, mes dents presser sur sa peau. Je voulais lui en arracher un morceau, me nourrir de lui au sens littéral. Ce désir me submergeait presque.

Je m'écroulai sur lui, ma joue contre son dos, et restai là en attendant de me ressaisir. Mais l'odeur de sa peau si douce sous ma joue, le mouvement de son corps qui s'abaissait et se soulevait au rythme de sa respiration… c'était trop. Je n'allais pas le bouffer, mais je devais me nourrir.

De nouveau, je lui mordis le dos – et cette fois, je ne m'arrêtai pas avant de sentir le goût métallique du sang sur ma langue. Cela ne suffit pas à la bête, qui voulut continuer. Mais je m'écartai de la plaie et posai ma bouche un peu plus loin.

Je marquai le dos de Nathaniel avec des empreintes très nettes de ma dentition, des incisions de plus en plus profondes et sanglantes – comme si mon contrôle se délitait petit à petit. L'odeur du sang frais me contractait les entrailles, me remplissait d'une chaleur et d'une soif plus alimentaires que sexuelles. À califourchon sur le dos de Nathaniel, je détaillai mon œuvre. Un filet de sang coulait de certaines des plaies, mais l'ensemble était plutôt propre. Et ça ne me suffisait toujours pas.

J'introduisis mes mains sous son short et fis délicatement courir mes ongles le long de ses fesses. Nathaniel se tortilla et fit mine de se redresser. Je le repoussai à plat ventre.

—Non, non, dis-je, et il s'immobilisa sous mes mains.

Je baissai son short jusqu'à ce qu'il soit nu sous moi. Puis je lui écartai les jambes et m'agenouillai entre elles. Inclinant la tête vers cette peau lisse et intouchée, je la marquai avec délice. À cet endroit, je pouvais prendre plus de chair ferme entre mes dents. Je m'en remplis la bouche et la couvris de cercles rouges brûlants jusqu'à ce que j'entende Nathaniel émettre de petits bruits affolés. Des bruits qui n'étaient pas des gémissements de douleur, je le savais.

Je me redressai sur mes genoux, contemplant les blessures dont j'avais constellé son dos et ses fesses. J'en voulais encore.

J'ôtai mon caraco en soie et me tortillai pour enlever le short assorti. Entièrement nue, je m'allongeai sur Nathaniel et me frottai contre son dos, me vautrai dans le sang de ses plaies et en maculai ma propre peau.

—Oui, oui, oui, soufflait Nathaniel en continu sous moi.

Son besoin était pareil à un nuage oppressant qui planait au-dessus de nous et nous faisait suffoquer. Il avait tellement envie de ça! Pas de sexe – de ce que j'étais en train de faire. Il avait attendu si longtemps que je le prenne, que je le domine…

Micah me désirait, mais ce n'était qu'un étranger pour moi, un homme à la recherche d'une partenaire attirante et puissante. Avec Nathaniel, c'était différent. Son désir s'était construit au fil des années, sur un millier de situations intimes et autant de refus. Il avait enflé jusqu'à devenir une pression immense dans son corps, dans son esprit. C'était un fardeau qui l'accablait, qui le remplissait et dont il ne pouvait se libérer.

À présent, je comprenais pourquoi Jean-Claude avait dit que nous nous nourrissions de ceux qui nous attiraient déjà avant. Il y avait tellement plus à consommer chez Nathaniel! Notre histoire commune faisait que ça n'était pas un simple repas, mais un festin.

Je me remis à descendre le long de son corps, mordant sa chair sans plus faire couler son sang. La joue pressée contre la courbe de ses fesses, je luttai contre moi-même pour ne pas glisser une main sous lui. Je combattis le besoin qui ne cessait de grandir. Je ne toucherais pas Nathaniel, pas de cette façon.

Lorsque je me fus un peu ressaisie, j'écartai ses jambes le plus possible et recommençai à mordre dans des endroits encore intacts, me rapprochant de l'objet de mon désir jusqu'à ce que je l'aperçoive coincé entre le corps de Nathaniel et le lit. Je voulais le lécher, prendre ses testicules dans ma bouche. Mais je n'avais pas confiance en moi. Je ne pouvais pas garantir ma réaction.

Je relevai légèrement la tête. La pression de nos besoins combinés enflait dans l'air comme un orage estival sur le point d'éclater. Nous y étions presque, presque. Je fis courir ma langue le long du pli de peau derrière ses testicules, et Nathaniel poussa un cri.

J'aspirai ce pli entre mes lèvres, le massai de la langue et des dents. Alors, l'orage éclata en un monstrueux coup de tonnerre.

Le nuage s'ouvrit, évacuant toute la pression. Nathaniel hurla mon nom tandis que je griffais ses cuisses de mes ongles et luttais contre deux faims différentes pour ne pas lui arracher ce délicat bout de peau.

Lorsque ce fut terminé et que je m'écartai, je vis que je ne l'avais pas marqué – je n'avais même pas laissé l'empreinte de mes dents. Je gisais sur le lit, entre les jambes de Nathaniel, un bras sur sa cuisse, l'autre replié sous moi, écoutant les battements assourdissants de mon cœur.

Nathaniel ne bougeait pas ; il n'émettait pas le moindre son à l'exception de son souffle frénétique. Mais un petit bruit me poussa à lever la tête pour regarder par-dessus sa jambe, en prenant appui sur la chair blessée de ses fesses.

Jason se tenait au milieu de la chambre, avec ce qui ressemblait à des fers dans ses mains. Il avait les yeux écarquillés et respirait un peu trop vite.

J'aurais dû rougir, mais l'ardeur était rassasiée, et ma bête s'était roulée en boule à l'intérieur de moi tel un chat repu. Je me sentais trop contente de moi pour être embarrassée.

— Depuis combien de temps nous observes-tu ?

Même ma voix était languissante.

Jason dut se racler la gorge deux fois avant de pouvoir répondre :

— Assez longtemps.

Je rampai le long du corps du Nathaniel jusqu'à être allongée sur lui. Appuyant ma joue contre la sienne, je chuchotai :

— Ça va ?

— Oui, répondit-il dans un murmure.

— Je ne t'ai pas fait mal ?

— C'était… merveilleux. Oh mon Dieu, c'était… encore meilleur que je l'avais imaginé.

Je me redressai en caressant ses cheveux et pivotai vers Jason, toujours planté au milieu de la pièce.

— Pourquoi n'as-tu pas essayé de m'arrêter ?

— Jean-Claude avait peur que tu arraches la gorge de Nathaniel ou un truc crade dans le genre. (La voix de Jason redevenait normale, avec juste une pointe d'inquiétude résiduelle.) Mais je t'ai regardée. Chaque fois que j'ai cru devoir intervenir, tu t'es interrompue de toi-même. Chaque fois que j'ai cru que tu allais perdre le contrôle, tu t'es ressaisie. Tu as dompté la faim, tu l'as chevauchée.

Je sentis Jean-Claude se réveiller, le sentis prendre sa première inspiration du jour. Lui aussi me sentit, toujours nue contre Nathaniel ; il huma l'odeur du sang frais et comprit que je m'étais nourrie. Attiré par l'odeur du sang, de la chair tiède, du sexe et par mon propre parfum, il se leva et se hâta en direction de sa chambre.

Chapitre 16

— Jean-Claude arrive, annonça Jason.

— Je sais, répondis-je.

Il s'approcha du pied du lit et nous détailla. Son regard s'attarda sur moi. Ma position contre Nathaniel dissimulait le devant de mon corps, mais Jason dévora des yeux tout ce qui restait visible. Si je n'avais pas entrevu le fond de son cœur, je me serais mise en rogne et lui aurais ordonné d'arrêter.

À présent, je ne savais pas quoi dire. Jason avait envie de moi, juste de moi. Pas pour la vie, mais pour une nuit, un jour, une semaine, de temps en temps. Ses sentiments pour moi étaient peut-être les moins compliqués de tous les hommes dans ma vie. Et la simplicité avait ses charmes, même si l'ardeur s'était envolée.

À peine avais-je formulé cette pensée que je pris conscience que je me trompais. L'ardeur n'avait pas disparu ; elle restait tapie sous la surface comme de l'eau qui frémit dans une casserole, et dont il faut contrôler la température pour ne pas qu'elle se mette à bouillir. J'avais eu mon compte de trucs brûlants pour la journée.

Jason et moi nous regardâmes. J'ignore ce qu'il aurait dit si la porte ne s'était pas ouverte à ce moment-là.

Asher entra. Sa chambre se trouvait plus près de celle de Jean-Claude que la pièce du cercueil, mais je ne m'étais pas attendue qu'il vienne. Ses mèches dorées tombaient en ondulations parfaites sur les épaules de sa robe de chambre. Les vampires ne bougent pas dans leur sommeil, donc, leurs cheveux ne ressemblent jamais à une botte de foin au réveil. La robe de chambre était brun chocolat, ouverte sur un bas de pyjama assorti. Elle flottait dans le dos d'Asher comme une cape, révélant sa poitrine nue.

Asher s'immobilisa au pied du lit, mais ce fut sur le corps de Nathaniel – le sang de Nathaniel – que se posa d'abord son regard.

—J'ai senti… (Il leva les yeux vers moi, et je le regardai par-dessus le corps de Nathaniel.) J'ai senti l'appel.

—Je ne t'ai pas appelé, répliquai-je.

—Le pouvoir s'en est chargé. (Il se laissa tomber à genoux près du lit.) C'est toi qui as fait ça ?

Je hochai la tête.

Asher tendit la main vers mon visage, puis la retira très vite, comme s'il avait touché quelque chose dans l'air devant moi. Il porta sa main à son nez, la renifla et la lécha.

—Puis-je goûter ta pomme de sang ?

Cette expression désigne le donneur régulier d'un vampire. Une partie de moi voulait la réfuter, mais je m'étais nourrie de Nathaniel ; j'avais même bu son sang. La différence était trop mince pour que ma conscience s'échine à couper les cheveux en quatre. Autant appeler un chat un chat.

—Définis « goûter », réclamai-je.

—Lécher ses blessures.

Cette suggestion aurait dû me perturber, mais ce ne fut pas le cas. Je baissai les yeux vers Nathaniel.

—Ça ne te dérange pas ?

Il secoua la tête, le visage toujours enfoui dans les draps.

—Sers-toi.

Asher se pencha vers le dos de Nathaniel, visant une plaie juste au-dessus de sa taille. Il garda ses yeux bleu glacier rivés sur moi, comme on observe un adversaire sur un tatami de judo – pour ne pas qu'il passe à l'attaque dès qu'on détourne le regard. Cela me rappela la façon dont les lions boivent dans les mares, les yeux levés pour guetter un danger éventuel.

Nathaniel émit un petit son tandis qu'Asher léchait sa blessure. Celle-ci ne saignait plus, mais comme la langue d'Asher en suivait le contour, je vis le sang remonter à la surface. La salive des vampires contient un anticoagulant ; c'était la première fois que je le voyais vraiment en action. Cela me poussa à m'interroger.

Je me lovai contre Nathaniel, une jambe passée entre les siennes. Je ne lui demandai pas la permission, parce qu'il m'appartenait et que je le connaissais assez bien pour savoir que non seulement ça ne le gênerait pas, mais qu'il adorerait ça. J'approchai ma bouche d'une autre des blessures qui avaient presque arrêté de saigner et la léchai. De nouveau, je sentis le goût cuivré du sang, celui du musc de la peau de Nathaniel et aussi… celui de sa chair. Comme si je m'imaginais déjà en train de le dévorer une bouchée après l'autre.

La bête se répandit sur ma peau comme quelque chose de tremblant et de vivant. La bête de Nathaniel réagit, s'embrasant à son tour, roulant en lui, et il me sembla que je pouvais la voir sous sa peau, sous ses côtes, la sentir se mouvoir à l'intérieur de son corps. À cet instant, je compris que je pouvais l'appeler, que je pouvais obliger Nathaniel à se transformer même quand la lune n'était pas pleine. J'étais sa Nimir-ra – beaucoup plus que simplement sa dominante.

Un feu bleu pâle avait dévoré les pupilles d'Asher qui, l'air aveugle, continuait à lécher la plaie. Il me regardait par-dessus le corps de Nathaniel, nos visages au même niveau tandis que nous nous nourrissions du métamorphe. Ma blessure avait recommencé à saigner un peu, mais pas autant que celle d'Asher. Je n'étais pas vraiment une buveuse de sang – je me nourrissais d'autres choses. Et comme le souffle de Nathaniel s'accélérait tandis que nous le goûtions tous deux, je sus que ces autres choses étaient également à ma disposition si je voulais les prendre.

La main d'Asher glissa sur le corps de Nathaniel et vint toucher ma cuisse qui reposait en travers des jambes du métamorphe. À cet instant, quelque chose se précipita entre nous. Ce fut comme si mon ardeur le reconnaissait, comme si elle l'avait déjà touché. Du coup, je me redressai légèrement et repris quelque peu mes esprits. Mon expression poussa Asher à retirer immédiatement sa main.

Puis Jean-Claude entra. Il portait une robe de chambre noire avec un col, des revers et des manches en fourrure noire. Ses cheveux noirs se mélangeaient à cette dernière de sorte qu'il était impossible de dire où s'arrêtaient les premiers et où commençait la seconde. La dernière fois que je l'avais vu dans cette tenue, je lui avais dit que j'espérais bien qu'il portait autre chose que de la peau en dessous. Ce jour-là, j'espérais le contraire.

Le voir raviva mon ardeur, me coupa le souffle et contracta suffisamment mon bas-ventre pour m'arracher un gémissement.

— Elle a hérité de ton incube, commenta Asher.

Et sa voix me fit reporter mon attention sur lui.

— Oui.

D'un pas glissant, Jean-Claude contourna le lit et alla se placer du côté opposé à celui où Asher était agenouillé.

— Elle a le goût de toi et de Belle Morte.

— Oui.

Je m'écartai de Nathaniel pour regarder marcher Jean-Claude. Le mouvement exposa le devant de mon corps, et il me restait encore assez de retenue pour que je roule instinctivement sur le ventre.

— Ooooh, protesta Jason.

Je l'ignorai.

Jean-Claude souleva le bas de sa robe de chambre pour pouvoir ramper sur le lit. Sa position penchée révéla une longue ligne de peau pâle depuis ses épaules jusqu'à son ventre. Apercevoir cette chair blanche entre les revers de fourrure noire me donna envie de défaire sa ceinture et d'exposer tout son corps. Mais je restai où j'étais, à demi vautrée contre Nathaniel, parce que j'avais peur de bouger – peur de m'approcher de Jean-Claude. Je n'avais pas suffisamment confiance en moi.

Il me restait juste assez de retenue pour ne pas vouloir faire l'amour avec Jean-Claude devant les autres. Mais cette retenue était aussi mince que le fil d'un rasoir ; elle scintillait dans le noir et ne croyait pas réellement en elle.

— La faim reconnaît Asher. Parce que c'est la vôtre, ou la sienne ? demandai-je.

— Celle de qui ?

— De Belle Morte.

— Je ne sais pas, avoua Jean-Claude.

À présent, il était assez près de moi pour que l'ourlet de sa robe de chambre m'effleure. J'entrevis une autre ligne de peau pâle sous sa taille, à l'endroit où la robe de chambre bâillait. Une ligne très mince, mais qui suffit à m'informer que Jean-Claude ne portait rien en dessous.

Je voulais ouvrir cette foutue robe de chambre et le voir tout entier. Sans réfléchir, je réclamai :

— Défaites votre ceinture.

Je sursautai comme si je n'avais pas reconnu ma propre voix. Je fermai les yeux et tentai de me ressaisir.

— C'est normal, ma petite. Une fois bu, le sang remplit ton estomac, mais le désir... (De la fourrure me chatouilla le bras en une caresse évocatrice.) Le désir reste là. Il n'est jamais vraiment surmonté, jamais vraiment rassasié.

Du poignet de sa robe de chambre, Jean-Claude caressa ma taille, ma hanche, ma cuisse, mon mollet. Arrivé à mon pied, il commença à remonter, mais par-derrière cette fois, frôlant mes fesses, mon dos et mes épaules. Je restai allongée sans rien dire, retenant mon souffle. Quand il atteignit mon visage, je saisis les revers de sa robe de chambre et le tins à distance.

— Faites sortir les autres, dis-je dans un murmure.

— Je ne peux rien faire tant que je ne me suis pas nourri, ma petite – tu le sais.

— Je sais. C'est une question de pression sanguine. (J'avais du mal à réfléchir.) Alors, allez-y, mais...

— ... vite, acheva-t-il doucement.

Je hochai la tête.

Il se dégagea et tourna la tête vers Jason qui, planté au pied du lit, continuait à savourer le spectacle.

—Viens là, pomme de sang. Viens récolter les fruits de ton sacrifice.

C'était une tournure étrangement formelle, que j'entendais pour la première fois.

Je m'attendais que Jason contourne le lit pour se mettre du même côté que Jean-Claude, mais je me trompais. Il roula par-dessus le pied du lit d'un mouvement si liquide que j'eus l'impression de voir couler de l'eau, comme si sa peau peinait à contenir quelque énergie élémentale sans rapport aucun avec le corps de chair et d'os que j'avais sous les yeux. Il finit à genoux face à Jean-Claude, de l'autre côté de moi.

Je sentais les mouvements de son corps dans ma bouche – pas seulement son cœur. On aurait dit que chaque palpitation de son être tentait de glisser sur ma langue et dans ma gorge. Je percevais son avidité, son désir non seulement de moi, mais de ce que Jean-Claude avait à lui offrir. Il se donnait au vampire avec une excitation d'ordinaire réservée au sexe. Tous deux se regardèrent par-dessus mon corps.

—Je vais vous laisser seuls avec vos pommes de sang.

Asher s'était redressé; il nouait la ceinture de sa robe de chambre autour de sa taille. Il se tenait très droit, dans cette posture parfaite des nobles d'antan, et pourtant blotti à l'intérieur de sa robe de chambre.

Je roulai sur le ventre sans le quitter du regard, essayant de déchiffrer son expression. Je percevais de la gêne en lui, et aussi de la souffrance. Cela dut se lire sur mon visage, car il baissa les yeux. Ses magnifiques cheveux dorés glissèrent devant le côté scarifié de son visage, de sorte que quand il releva la tête, je ne pus voir que sa moitié parfaite.

Soudain, je fus assaillie par un souvenir. J'étais allongée sur un autre lit entouré de bougies allumées, dans une immense chambre noire. À chaque mouvement d'un bras pâle, chaque inspiration minuscule, les ombres dansaient et ondulaient. Dans cette pénombre dorée et tremblante, je me blottissais contre une femme à la peau pâle et aux cheveux noirs.

Je levai la tête vers elle. Son visage semblait taillé dans de l'albâtre. Elle avait des lèvres rouges et parfaites, des cheveux pareils à des ténèbres soyeuses qui drapaient la perfection de sa nudité ainsi qu'un voile. Ses yeux marron clair avaient la couleur d'un miel sombre. Je savais que c'était Belle Morte ; je le savais comme si je l'avais toujours connue.

La porte s'ouvrit, et Asher entra, vêtu d'une robe de chambre plus sophistiquée, plus lourde que celle qu'il portait maintenant. Mais là aussi, il se recroquevillait à l'intérieur, la serrait autour de son corps en un geste effrayé. Je vis les cicatrices sur son visage, encore roses et fraîches, et… ce fut douloureux. Ma poitrine se contracta devant le spectacle de sa ruine. Je me mis à genoux et tendis la main vers lui, bougeant un corps que je n'avais jamais occupé.

Des siècles auparavant, Jean-Claude tendait la main à Asher. Mais Belle Morte demeura allongée dans la perfection de sa nudité, la lumière des bougies éclairant chaque repli secret de son corps, et elle repoussa Asher. Je ne me souvins pas des mots qu'elle employa : seulement de son expression, de son arrogance, de son dégoût. De l'expression douloureuse d'Asher quand il se tourna vers Jean-Claude – vers moi. De la façon dont il laissa sa glorieuse chevelure tomber en avant. C'était la première fois que nous le voyions faire ça, se dissimuler à notre regard.

Je sentis les mains de Belle Morte sur notre corps lorsqu'elle reporta son attention sur nous comme si Asher n'était plus là. Mais nous n'oubliâmes pas l'expression d'Asher, sa posture vaincue tandis qu'il sortait de la chambre.

Je clignai des yeux et me retrouvai sur le lit de Jean-Claude, observant Asher qui se dirigeait vers la porte dans sa robe de chambre en soie chocolat. Et la ligne de ses épaules, la façon dont il se tenait, me comprima la poitrine, me serra la gorge et me brûla les yeux. Tant de choses jamais dites, de larmes jamais versées…

—Ne pars pas.

Je m'entendis le dire, et je levai les yeux vers Jean-Claude. Son expression était prudente, indéchiffrable, mais dans ses prunelles, je vis une douleur dont la mienne n'était que l'écho.

Asher s'arrêta près de la porte et pivota, ses cheveux tombant devant sa figure et sa robe de chambre recouvrant tout le reste. Il ne dit rien, se contentant de me regarder – de nous regarder.

Je répétai :

—Ne pars pas, Asher. Ne pars pas.

—Pourquoi donc ? demanda-t-il sur le ton le plus neutre qu'il put employer.

Je ne pouvais pas lui parler du souvenir partagé. Ça ressemblerait à de la pitié, et ce n'était pas ça – pas exactement. Je n'arrivais pas à trouver de mensonge crédible. Mais de toute façon, l'heure n'était pas aux mensonges. Seule la vérité pourrait guérir cette blessure.

—Je ne supporte pas de te voir t'en aller ainsi.

Il tourna son regard vers Jean-Claude, et ce fut d'une voix vibrante de colère qu'il lança :

—Tu n'avais pas le droit de partager ce souvenir avec elle.

—Je ne choisis pas ce que ma petite voit ou non.

—Très bien. (Asher reporta son attention sur moi.) Maintenant, tu sais comment elle m'a jeté hors de son lit. Hors de leur lit.

—C'était ton choix, répliqua Jean-Claude.

—Comment aurais-tu pu supporter de me toucher ? Je ne supportais pas de me toucher moi-même.

Asher resta près de la porte, la tête tournée sur le côté, de sorte que je ne voyais qu'une cascade de cheveux dorés. Sa voix débordait d'une amertume aussi difficile à avaler que du verre pilé comme elle déborde parfois d'une joie éclatante. La voix et le rire d'Asher ne valent pas tout à fait ceux de Jean-Claude, mais Asher est plus doué pour exprimer son chagrin et son regret.

—Pourquoi? demandai-je, même si je connaissais déjà la réponse.

—Pourquoi quoi?

—Pourquoi Belle Morte t'a-t-elle jeté hors de son lit?

Jean-Claude bougea près de moi, et je compris deux choses. Un, il avait dressé son bouclier pour se protéger contre moi, contre nous tous, de sorte que je ne le sentais plus; deux, à lui seul, son mouvement me disait qu'il n'était pas content.

Asher saisit ses cheveux et les tira en arrière, exposant ses cicatrices à la lumière.

—À cause de ça. Notre maîtresse était une collectionneuse de beauté, et j'étais devenu hideux. Ma vue blessait son regard.

—Tu es toujours beau, Asher. Ce n'est pas ta faute si Belle Morte était incapable de le voir.

Il laissa retomber ses cheveux, qui glissèrent de nouveau par-dessus ses cicatrices. Il avait presque cessé de se cacher derrière eux lorsqu'il se trouvait ici, au *Cirque*. Quand il était arrivé à Saint Louis, il le faisait automatiquement dès que quelqu'un le regardait en face. J'avais presque oublié la façon dont il utilisait les ombres et la lumière pour dissimuler ses cicatrices et souligner sa beauté intacte. Au fil du temps, il avait compris que ce n'était pas la peine de le faire avec moi. Ça me brisait le cœur de le voir recommencer.

Je rampai vers le bord du lit en essayant de garder le drap plaqué contre moi, mais il était coincé sous Jason et Jean-Claude. Oh et puis merde, tout le monde ici avait déjà vu la totale. Je voulais effacer cette expression blessée du visage d'Asher bien plus que je tenais à préserver ma pudeur.

Jason s'écarta de mon chemin sans même me provoquer. Une grande première. Je descendis du lit et me dirigeai vers Asher. D'autres souvenirs s'abattirent en pluie sur moi, telles des cartes à jouer lancées en l'air. Combien de fois avait-il regardé Jean-Claude, Belle Morte, Julianna et tant d'autres s'approcher de lui, nus et impatients? Et même Jean-Claude l'avait trahi. L'ombre de la culpabilité voilait ses yeux: culpabilité de n'avoir pu sauver Julianna, de n'être pas arrivé à temps pour empêcher que l'on torture Asher.

Mais Asher avait pris cette ombre pour du dégoût et supposé que Jean-Claude ne le touchait plus que par pitié. Or, ça n'était pas de la pitié – je m'en souvenais parfaitement – mais de la douleur. Les deux hommes étaient devenus l'un pour l'autre un rappel constant de leur échec, de la femme qu'ils avaient tous deux aimée et perdue. Au bout d'un moment, il n'était plus resté que la douleur. Asher l'avait transformée en haine, et Jean-Claude s'était simplement détourné.

Je marchais au travers de leurs souvenirs comme au travers de toiles d'araignées, des choses qui me frôlaient et s'accrochaient à moi sans réussir à m'arrêter. Asher avait coincé ses mains derrière son dos, entre la porte et son corps. Je savais pourquoi. Grâce au «don» de Jean-Claude, je savais qu'il voulait le toucher et ne pensait pas pouvoir s'en empêcher s'il gardait ses mains devant lui. Mais ce n'était pas vraiment moi qu'il voulait toucher ; comme Nathaniel, il voyait en moi ce qu'il avait besoin de voir, et non ce qui s'y trouvait réellement.

Je touchai le rideau de cheveux qui dissimulait son visage. Il frémit. J'écartai ses cheveux de sa figure, me dressant sur la pointe des pieds pour l'atteindre et posant doucement une main sur sa poitrine afin de me stabiliser. Asher fit un pas vers le lit. Je saisis sa robe de chambre, mais il ne voulut pas se tourner vers moi et le haut du vêtement s'ouvrit, révélant la moitié intacte de sa poitrine.

— Regarde-moi, Asher, s'il te plaît.

Il ne réagit pas, et je fus obligée de le rejoindre. Je suis assez petite pour pouvoir regarder sous ses cheveux quand je me tiens face à lui. Il voulut se détourner de nouveau ; en équilibre sur la pointe des pieds, je levai les mains, lui pris le visage et le forçai à me regarder. Cela m'obligea à m'appuyer contre lui, et je perçus sa réticence, son besoin de s'écarter de moi. Pourtant, il demeura immobile, ses mains toujours derrière le dos comme si je les y avais attachées.

Sa peau était lisse sous une de mes mains et rugueuse sous l'autre. Il aurait pu se dégager facilement, mais il n'en fit rien. Il me laissa tourner sa tête vers moi. Je plongeai mes mains dans l'épaisseur soyeuse de sa chevelure et la soulevai. Puis je scrutai son visage. Ses yeux d'un bleu incroyablement pâle ressemblaient à ceux d'un husky. Ses lèvres étaient toujours pleines et sensuelles, son nez toujours parfait de profil. Même les cicatrices qui commençaient du côté droit de sa figure faisaient partie de lui, et je les aimais aussi. Jusque-là, j'avais toujours supposé que les émotions que j'éprouvais pour Asher me venaient de Jean-Claude, du temps où ils étaient amants. À présent, je compris que ça n'était que partiellement vrai.

J'avais des souvenirs de son corps intact et parfait. Mais ce n'était pas à eux que je pensais quand je pensais à Asher. Je me le représentais tel qu'il était aujourd'hui, et je l'aimais quand même. Pas comme j'aimais Jean-Claude ou Richard, certes. Mes sentiments n'en étaient pas moins réels, pas moins personnels. Peut-être ne se seraient-ils pas développés sans les souvenirs et les émotions de Jean-Claude pour leur servir de fondations. Mais quelle qu'en soit l'origine, j'avais pour Asher des sentiments qui n'appartenaient qu'à moi.

Je fus choquée de constater que désormais, je ne voyais pas seulement dans le cœur des autres. Je pivotai vers Jean-Claude, tentant de lui poser du regard la question qui venait de me traverser l'esprit.

— Pour connaître le cœur d'autrui, il faut d'abord connaître le tien, ma petite.

Sa voix était douce, exempte de reproche.

Je reportai mon attention sur Asher, et dans ses yeux, je vis un mélange de perplexité et de chagrin, comme s'il s'attendait que je le blesse d'une façon ou d'une autre. Il avait sans doute raison. Mais si je venais à lui faire mal, ce serait bien involontairement. Parfois, les pires souffrances sont celles que nous tentons de ne pas infliger.

Je laissai cette pensée transparaître dans mes yeux et sur mon visage. C'était tout ce que j'avais à lui donner. Son expression s'adoucit ; son regard se fit à la fois magnifique et douloureux. Il se laissa tomber à genoux, une larme solitaire coulant sur sa joue parfaite. Tant de choses se lisaient sur ses traits…

— Ta façon de me regarder guérit une partie de mon cœur et en blesse une autre, ma chérie.

— L'amour est vraiment une saloperie, commentai-je.

Asher éclata de rire et, passant ses bras autour de ma taille, se serra contre moi. La rugosité de sa joue droite était pressée contre mon ventre, et ce geste m'était plus précieux que tout ce qu'il aurait pu faire d'autre. Je lui caressai les cheveux et, de mon bras libre, lui rendis la moitié d'une étreinte.

Je levai les yeux vers Jean-Claude. À l'autre bout de la chambre, il affichait une expression de noyé, un désir si immense qu'il n'existait pas de mots capables de le contenir. Il nous voulait, Asher et moi. Il voulait ce qu'il avait eu des siècles auparavant. Un jour, il a dit à Asher qu'il avait presque été heureux à une époque, et que c'était quand il se trouvait dans les bras de Julianna et d'Asher – avant que la première meure et que le second soit sauvé, mais trop abîmé pour rester l'ange doré de Belle Morte.

Jean-Claude a dû emmener Asher au Conseil vampirique pour le faire soigner. Il a troqué deux ans de sa propre liberté contre la survie d'Asher. Puis il s'est enfui. Asher est resté, et il a continué à le tenir pour responsable de la mort de Julianna et de sa propre déchéance. Ainsi, en l'espace de quelques jours, Jean-Claude a perdu une des deux personnes qui l'aimait et qu'il aimait en retour, et il s'est fait un ennemi juré de l'autre.

Nous nous dévisageâmes. Son regard était à vif, comme une plaie encore sanguinolente. Il voulait sécuriser sa base de pouvoir avec le triumvirat. Il le voulait, et il en avait besoin. Mais il voulait et avait besoin de beaucoup d'autres choses. Et l'une de ces choses, c'était me tenir par la taille et presser son visage contre mon ventre.

Jean-Claude baissa les yeux comme s'il ne pouvait pas contrôler ce qu'ils exprimaient. Pourtant, il est le maître de l'impassibilité. Le fait que ses sentiments soient trop forts pour qu'il les dissimule en disait plus long que tout le reste. Pour le moment, il ne pouvait pas dresser de bouclier afin de masquer ses émotions. Trop intenses, celles-ci faisaient voler en éclats sa maîtrise de lui-même. Et une partie de moi s'en réjouissait.

À cet instant, je voulus lui donner ce qu'il désirait le plus au monde. Je voulus le faire parce que je l'aimais, mais ce n'était pas la seule raison. Soudain, je m'aperçus que l'éloignement de Richard rendait tout un tas de choses possibles. Je reportai mon attention sur Asher, observant le sommet de sa tête, et je sus qu'être enlacé par Jean-Claude et par moi guérirait en lui une plaie qui ne se refermerait jamais autrement.

L'ardeur s'embrasa en moi, et ma peau devint brûlante, fiévreuse. Asher s'écarta et laissa lentement retomber ses bras. Il leva les yeux vers moi, et son regard me suffit pour savoir que lui aussi éprouvait cette faim.

— C'est chaud, m'étonnai-je. Jusqu'ici, ton pouvoir m'apparaissait toujours comme froid, voire glacial. En principe, c'est la bête de Richard qui détient la chaleur.

— Le désir, c'est de la chaleur, ma petite, lança Jean-Claude depuis l'autre bout de la pièce. Même chez les créatures à sang froid comme nous.

Je pivotai vers le lit et me sentis tout à coup affreusement consciente de ma nudité. Il fallait vraiment que j'aille chercher un peignoir. Ce n'était pas le regard de Jean-Claude et d'Asher qui faisait resurgir ma pudeur : c'était celui de Nathaniel et de Jason. Tous les hommes présents dans cette pièce réagissaient à ma présence, chacun à sa façon et chacun pour une raison qui lui était propre. Mais le besoin en moi les considérait tous comme… de la nourriture.

Asher fit un petit mouvement qui ramena mon attention vers lui. Je voulais tendre les mains vers lui, faire glisser sa robe de chambre sur ses épaules et la regarder tomber par terre. Alors, je m'enveloppai de mes bras comme si j'avais froid – ce qui n'était pas le cas. Comme Asher quelques instants plus tôt, je ne me sentais pas capable de contrôler mes mains. La tentation était si forte partout où se portait mon regard qu'il ne restait aucun endroit sûr où me réfugier. J'étais coincée : prisonnière, non pas de cette pièce, mais de mon propre désir.

Lorsque je fus certaine de pouvoir parler sans que ma voix trahisse ma confusion, je demandai :

—C'est permanent, ou ça disparaîtra quand nous nous serons tous habitués au mariage des marques ?

—Je l'ignore, ma petite. J'aimerais pouvoir être plus affirmatif. Si tu étais vraiment de mon engeance, vraiment un vampire, je te dirais : « Oui, c'est permanent ». Mais tu es ma servante humaine. Par le passé, tu as manifesté différents pouvoirs. Certains ont disparu depuis ; d'autres sont restés. (Jean-Claude leva les mains.) Je ne peux pas savoir.

—Et la faim est toujours aussi dévorante ? On ne se sent jamais rassasié ?

—Si, mais il en faut beaucoup. D'ordinaire, je me contente du strict nécessaire pour empêcher le désir de me submerger.

—Et vous ne vous êtes pas nourri de la sorte depuis des mois, parce que vous pensiez que je désapprouverais ?

—Des années, rectifia-t-il. Oui.

Je le regardai à travers la pièce, Asher toujours agenouillé devant moi. J'ai toujours pensé que des membres de notre triumvirat, Jean-Claude était celui qui avait le moins de volonté. À présent, je me tenais là ; j'avais peur de bouger, peur de ne pas bouger, et je voulais faire des choses qui ne venaient pas de moi… ni même de lui. Je sais depuis un bail que les lycanthropes parlent de l'animal en eux comme d'une entité distincte : leur bête. Mais jusque-là, je ne m'étais jamais rendu compte qu'il en allait de même pour les vampires et certains de leurs pouvoirs – des désirs, des appétits si intenses qu'ils étaient pareils à des créatures enfermées dans leur tête, leur corps, leur sang.

Asher remua à genoux devant moi. Instinctivement, ma main se tendit pour lui caresser la tête avant que j'aie fini de pivoter vers lui, comme si mon cerveau ne pilotait plus mon corps. Ses cheveux étaient aussi épais que les miens, pas doux et fins comme ceux de Jean-Claude ou de Jason ni soyeux comme ceux de Nathaniel. J'y enfouis mes doigts comme pour mémoriser leur texture. Ils me faisaient presque penser à ceux de Richard – la tiédeur exceptée. Asher ne s'était pas nourri ce jour-là, et il ne dégageait aucune chaleur. Lorsque je lui caressai la joue, je la trouvai froide.

—Comment avez-vous pu le supporter ? demandai-je sans regarder Jean-Claude. Comment avez-vous pu réprimer votre besoin pendant tout ce temps ?

—Tu es pareille à un nouveau-né, ma petite. Ton contrôle ne sera jamais plus ténu que maintenant. J'ai eu des siècles pour perfectionner le mien.

Je me forçai à cesser de caresser Asher comme un toutou. Mais alors que je retirais ma main, il la prit et déposa un baiser sur mes jointures. Ce léger contact suffit à me couper le souffle.

—Donc, il est possible de ne pas nourrir ce désir.

—Non, ma petite.

Je pivotai vers Jean-Claude tandis qu'Asher frottait son pouce contre ma paume en décrivant de petits cercles. Je savais que c'était une habitude, un geste machinal et affectueux qu'il faisait chaque fois qu'il tenait la main de l'un d'entre nous.

—Vous venez de dire que vous ne vous étiez pas nourri de la sorte depuis des années.

—Je n'ai pas couché avec quelqu'un, ni touché quelqu'un aussi complètement que tu viens de le faire avec Nathaniel. Mais de la même façon que je dois boire du sang, je dois nourrir le désir en moi.

—Qu'adviendrait-il si vous ne le faisiez pas ?

—Te souviens-tu de ce qui est arrivé à Sabin quand il a cessé de boire du sang humain ?

Je hochai la tête. Le pouce d'Asher continuait à masser doucement ma paume, et je sentais des choses se contracter dans mon bas-ventre.

— Il a commencé à pourrir sur pied. (Je scrutai le visage parfait de Jean-Claude.) Vous arriverait-il la même chose ?

Il s'assit sur le lit dans sa robe de chambre noire. Jason s'était adossé à la tête de lit pour savourer le spectacle, et Nathaniel gisait toujours sur le ventre là où je l'avais laissé, nous observant de ses yeux pâles.

— Jadis, un vampire de la lignée de Belle décida lui aussi de nier son désir et de ne plus se nourrir que d'animaux. Je pense qu'il aurait fini par pourrir lui aussi, mais il n'en eut pas le temps. En l'espace de quelques jours, il se mit à vieillir. Lorsqu'il fut trop décrépit, Belle le fit mettre à mort.

— Mais vous n'avez pas vieilli. Comment avez-vous fait ?

Ce n'était pas une accusation. Simplement, je voulais savoir, parce que je sentais Asher au bout de mon bras comme quelque chose d'énorme sans lequel je ne pouvais plus vivre. Je désirais Nathaniel, et Jason, et Micah – mais pas de cette façon. Sans doute à cause des sentiments de Jean-Claude qui amplifiaient les miens.

— Il est possible de se nourrir à distance, sans contact physique.

— C'est pour ça que comme première affaire, vous avez ouvert un club de strip-tease. Pour pouvoir vous nourrir du désir ambiant.

— Oui, ma petite.

— Apprenez-moi à faire pareil.

Je n'avais pas terminé ma phrase qu'Asher porta ma main à son visage et frotta sa joue dessus comme un chat. Je dus fermer les yeux une seconde, mais je ne lui demandai pas d'arrêter.

— Se nourrir à distance est bien peu satisfaisant, dit Jean-Claude.

Je rouvris les yeux et le regardai à travers la pièce. À présent, je le sentais. Je percevais son besoin de sang, de sexe, d'amour, et le contact de notre peau sur la sienne. Il s'enveloppa de ses bras comme s'il avait froid ou comme s'il craignait de ne pouvoir s'empêcher de venir à nous.

—Apprenez-moi quand même, insistai-je.

—Je ne peux pas. Il est trop tôt. D'ici quelques nuits, je te montrerai. Mais pour l'instant, ton contrôle est encore insuffisant.

Je voulus dire : « Essayons, pour voir », mais Asher prit un de mes doigts dans sa bouche, et une brusque sensation d'humidité m'empêcha de réfléchir.

—Viens te coucher, ma petite, dit Jean-Claude. Si tu te nourris ici, il y aura une chance que tu sois assez rassasiée pour ne pas te jeter sur notre si obstiné M. Zeeman.

Cette pensée suffit à étouffer mon désir une seconde ou deux. Je retirai ma main, et Asher ne protesta pas. M'imaginer me comportant ainsi en présence de Richard m'horrifia suffisamment pour m'aider à me ressaisir. En temps normal, j'ai toujours envie de lui, mais là…

—Mon Dieu, j'aurai de la chance si je ne me dessape pas pour lui faire sa fête devant tout le reste de la meute, compris-je. (Je regardai Jean-Claude.) Que dois-je faire ?

—Je te le répète, ma petite : si tu te gorges de mets aussi riches maintenant, il se peut que tu n'éprouves pas le besoin de te nourrir de nouveau ce soir. C'est tout ce que je puis t'offrir pour le moment. Mais tu peux aussi reporter ton rendez-vous à la semaine prochaine.

Je secouai la tête.

—Ils tueront Gregory. Je dois le libérer ce soir.

—Alors viens te nourrir.

—Définissez « nourrir ».

—Boire leur désir.

Je jetai un coup d'œil à Jason et à Nathaniel. Ils ne tentaient même pas de feindre l'indifférence. Mes joues s'empourprèrent. Je fis un signe de dénégation.

—Comme tu viens de t'en apercevoir, tu n'as pas besoin d'avoir de relations sexuelles avec eux pour te nourrir de leur désir, précisa Jean-Claude.

—Ooooh, grimaça Jason.

Mais son expression ne collait pas avec le ton taquin de sa voix. Nathaniel et lui répondaient à mon besoin de la même façon que, depuis des années, je réponds à celui de Jean-Claude – comme des papillons attirés par une flamme. Même en sachant qu'ils allaient se brûler, ils ne pouvaient s'empêcher de vouloir la toucher. De vouloir me toucher, moi.

Asher se releva.

—Je vais vous laisser. Mais avec ta permission, Anita, j'aimerais que Nathaniel soit ma pomme de sang pour la journée.

—Non.

Ses yeux s'écarquillèrent légèrement, puis se firent aussi vides et froids qu'un ciel printanier. Son visage se changea en un masque impassible, et je le sentis se couper émotionnellement de moi.

—Comme tu voudras.

Il se tourna vers la porte.

Je saisis sa main et entrelaçai mes doigts avec les siens.

—Viens te coucher, Asher.

Je croyais qu'il ne pouvait pas être plus inexpressif. Je me trompais.

—Que veux-tu dire? demanda-t-il d'une voix parfaitement neutre.

—Je ne peux pas te rendre ce que tu as perdu. Je ne peux même pas te donner… (Je m'interrompis et fis une nouvelle tentative.) Mais je peux vous laisser vous nourrir de nouveau ensemble.

—Comment?

—Si Nathaniel accepte, tu pourras boire son sang pendant que Jean-Claude boira celui de Jason. Vous pourrez vous nourrir ensemble.

—Sais-tu combien c'est intime de se nourrir à deux sur la même pomme de sang? Ce n'est pas du tout comme avec un

281

calice ordinaire. C'est une expérience qu'on ne partage qu'avec quelqu'un de très proche.

Je serrai ses doigts plus fort.

—Je sais. (Puis je fis un pas vers le lit, l'entraînant avec moi.) Laisse-nous nous repaître de ton désir, Asher. Comme au bon vieux temps.

Par-dessus ma tête, Asher regarda Jean-Claude.

—La dernière fois que deux personnes se sont nourries de mon désir, c'était Belle et toi.

—Je m'en souviens, dit doucement Jean-Claude.

Il tendit sa main à Asher depuis l'autre bout de la pièce, et je le revis faire le même geste des siècles plus tôt.

—Ce sera comme avant, mais en mieux. Anita t'aime tel que tu es aujourd'hui, pas comme un magnifique papillon épinglé qu'elle jettera si une de ses ailes tombe. Viens à nous, Asher. Viens te nourrir avec nous deux.

Asher sourit et fit un pas pour se mettre à mon niveau. Puis il m'offrit son bras en un geste très Vieille France. Je voulus le prendre afin d'avoir une excuse pour me frotter contre son corps tandis que nous marchions, et cela me poussa à demander :

—Pourrais-tu également me prêter ta robe de chambre ?

Il s'inclina si bas que ses cheveux touchèrent presque le sol.

—Que tu aies dû me le demander prouve définitivement que je ne suis pas un gentilhomme.

Il ôta sa robe de chambre en se redressant et me la présenta ainsi qu'un manteau. Comme il mesure un mètre quatre-vingts, les manches me recouvraient entièrement les mains, et l'ourlet traînait par terre. Je remontai les manches et nouai la ceinture. Pour le reste, je ne pus que saisir le bas du vêtement comme je l'aurais fait avec la jupe d'une robe trop longue. L'avantage, c'est que j'étais ainsi couverte de la tête aux pieds – et cela me réconfortait.

Le tissu sentait l'eau de Cologne d'Asher, et cette douce odeur masculine me poussa à me tourner vers lui. À le scruter. Le voir torse nu ne m'aida pas à me sentir mieux. Je brûlais d'envie de caresser sa peau, de lécher ses cicatrices. Je n'avais jamais fait une telle fixation orale auparavant, et je me demandai si c'était la bête ou le vampire en moi qui s'exprimait ainsi. Mais poser la question à Jean-Claude m'aurait forcée à révéler mes pulsions. La réponse ne m'intéressait pas à ce point.

Je posai ma main dans celle d'Asher, en partie parce qu'il me la tendait, en partie parce que même ce contact physique limité avait quelque chose de satisfaisant. Je voulais le toucher; je voulais me draper autour de lui et découvrir la réponse à la question qui tourmentait Jean-Claude depuis tout ce temps. Toute cette beauté, tout ce désir étaient-ils ruinés à jamais? Asher était-il désormais impuissant?

Je dus fermer les yeux pendant qu'il me guidait vers le lit, tant les images étaient fortes. À travers les souvenirs de Jean-Claude, je savais exactement à quoi Asher ressemblait, nu, avant qu'on lui inflige toutes ces cicatrices. Je revoyais son corps baigné par la lueur d'un feu, alangui sur un tapis de fourrure dans une chambre que je ne connaissais pas, un pays où je n'étais jamais allée. J'admirais le jeu du clair de lune sur la peau lisse de son dos tandis que je le caressais.

Je me pris les pieds dans l'ourlet de la robe de chambre, et Asher dut me rattraper pour m'empêcher de tomber. Soudain, je me retrouvai pressée contre sa poitrine, ses deux avant-bras plaqués contre mon dos, mon visage levé vers lui comme si j'attendais un baiser. Ce fut l'un de ces moments où chacun a une conscience aiguë, presque douloureuse, de l'autre et des possibilités contenues dans les secondes à venir.

Puis Asher me souleva dans ses bras et m'emporta vers le lit sans le moindre effort. Je lui aurais bien dit de me poser, mais j'avais le cœur dans la gorge, et ça m'empêchait de prononcer le moindre mot.

Chapitre 17

Asher se dirigea vers le lit à grandes enjambées et m'y déposa. Pour cela, il dut se pencher par-dessus le corps nu de Nathaniel. À peine allongée sur le dos, je sentis bouger de tous les côtés. Jean-Claude rampa jusqu'à moi, tandis que Jason descendait près de lui depuis la tête du lit. Nathaniel roula sur le flanc et se retrouva pressé contre moi. Son regard ne me disait rien, sinon qu'il ne refuserait pas, mais je lui demandai quand même :

— Veux-tu bien qu'Asher se nourrisse de toi ?

— Oh, oui, répondit-il.

Et dans sa voix, j'entendis quelque chose qu'il exprimait très rarement : de l'assurance. Pour une fois, il savait ce qu'il voulait. Il n'y avait pas la moindre trace de doute en lui, et l'intensité de son désir le rendait… plus fort.

Asher se coula contre le dos de Nathaniel, en position de cuiller. Je me retournai juste à temps pour voir Jean-Claude faire de même avec Jason. Celui-ci tendit la main pour me toucher le bras, et ce fut comme si une porte s'ouvrait à la volée. Avant, j'avais cru éprouver du désir, mais ça n'avait été qu'un écho étouffé. Un gigantesque rideau de feu s'abattit sur moi en rugissant ; et au lieu de me brûler, il me remplit d'énergie, comme si je n'étais pas le bois qui l'alimentait mais la flamme produite – la chose qui se nourrissait, consumait et grandissait.

Je trouvai la bouche de Jason et l'embrassai en y mettant les lèvres, la langue et les dents. Je lui mordis la bouche ; je l'aspirai en moi. Soudain, son corps se pressa contre le mien, et ses bras me serrèrent à me broyer les côtes tandis que Nathaniel se frottait contre mon dos. J'étais prise en sandwich entre eux, et je m'en fichais.

Écartant les pans de ma robe de chambre, ma jambe glissa par-dessus la hanche de Jason, et mon mollet toucha Jean-Claude de l'autre côté de lui. Nos deux bas-ventres se retrouvèrent plaqués l'un contre l'autre, séparés seulement par la soie bleue de son caleçon. Ça aurait dû suffire pour m'arrêter, mais non. J'avais besoin de lui.

Nathaniel souleva mes cheveux et me mordilla la nuque. Un gémissement monta de ma gorge. Les deux métamorphes me tombèrent dessus – mains, bouche, corps – comme s'ils étaient le feu de mon bois, mais ce bois les attirait à lui, les buvait presque. Jason poussa son bassin contre moi, et son caleçon était si large, la soie si fine qu'il me pénétra. Oh, juste un peu. Mais ce fut suffisamment pour me ramener à moi. Je me rejetai en arrière.

— Désolé, chuchota Jason en s'écartant légèrement.

— Je ne prends pas la pilule, expliquai-je, le souffle aussi court que lui.

Tout le monde se figea. Jean-Claude me regarda par-dessus l'épaule de Jason.

— Qu'as-tu dit, ma petite ?

— J'ai arrêté la pilule il y a six mois. Je n'ai recommencé à la prendre qu'il y a quinze jours. Elle ne sera vraiment efficace que d'ici deux à quatre semaines.

— Tu as couché avec le Nimir-raj.

— Il est stérilisé.

— Elle a fait quoi ? s'exclama Asher.

Jean-Claude le regarda depuis l'autre côté du lit.

— Sa faim s'est réveillée pour la première fois pendant qu'elle était avec le nouveau Nimir-raj. Tu ne l'as pas encore rencontré.

— Mais toi, oui ?

— Oui.

Jason m'observait, et je dus me couvrir les yeux d'une main tellement j'étais embarrassée. Cela m'aida à me ressaisir, mais mon ardeur ne reflua que momentanément, telle une vague qui ne se retire du rivage que pour mieux revenir à la charge l'instant d'après. Jean-Claude avait raison : chaque fois que je résistais, l'assaut suivant devenait un petit peu plus difficile à endurer.

Jean-Claude roula sur lui-même et se leva. J'entendis un tiroir s'ouvrir. Il revint dans mon champ de vision avec des carrés de papier métallisé qu'il tendit à Jason et à Nathaniel sans un mot. Ce fut la goutte d'eau proverbiale. Je rampais entre les deux métamorphes pour me réfugier contre la tête du lit.

— Non, non, non. On avait dit «pas de relations sexuelles».

— J'ai dit que tu n'en avais pas besoin pour te nourrir.

— Exact – donc, non.

Je resserrai la robe de chambre autour de mes jambes et couvris tout ce que je pus avec, jusqu'au bout de mes orteils.

— Nous n'avons pas l'intention de te pousser à coucher avec eux, ma petite. Mais je me suis nourri du désir d'autrui, et j'ai aussi nourri le désir de Belle Morte. Durant le… festin, vient toujours un moment où tu perds la tête et où tu ne réfléchis plus très clairement. Le cas échéant, je ne veux pas que nous regrettions de nous être laissé emporter.

— Je ne coucherai ni avec Jason, ni avec Nathaniel. Continuez à insister, et vous finirez sur la même liste qu'eux.

— Je préfère que tu sois en colère et que tu te refuses à moi plutôt que tu tombes enceinte de l'un d'entre eux.

— Je crois pouvoir me retenir de les baiser.

Ma voix était cassante, mais ce n'était pas de la colère que j'éprouvais : c'était du doute. Et mon doute fit jaillir ma colère – l'émotion derrière laquelle je finis par me dissimuler chaque fois que c'est possible.

— Et avant ce matin, tu aurais juré avec encore plus de véhémence que tu ne baiserais pas un homme dont tu venais juste de faire la connaissance.

Mes joues me brûlaient si fort que c'en était presque douloureux.

—Je n'en avais pas l'intention. (Quelle excuse pathétique!) Je n'ai pas pu…

—Tu n'as pas pu te retenir, ma petite. Je sais. C'est pour ça qu'il vaut mieux prendre toutes les précautions au cas où tu perdrais de nouveau le contrôle.

Je secouai la tête.

—Si je ne me maîtrise pas mieux que ça, je refuse de continuer.

—Et si tu ne te nourris pas du désir qui flotte dans cette pièce, comment te domineras-tu ce soir au lupanar? Comment pourras-tu rester impassible près de ton amant léopard-garou quand il t'accompagnera là-bas? Comment supporteras-tu de côtoyer notre Richard sans t'offrir à lui? Ma petite, tu as couché avec un inconnu!

—C'est son Nimir-raj, intervint Nathaniel. Ils sont censés s'accoupler.

—C'est une bien jolie idée, mais j'ai été à la place de ma petite. Cette faim me tourmente depuis des siècles, et je peux lui dire d'expérience qu'elle ne réussira pas à tenir au milieu des métamorphes sans être rassasiée au préalable. Ma petite, je te le demande une fois de plus: peux-tu reporter ce rendez-vous à un soir ultérieur?

—Demain, peut-être, dis-je avec une grimace dubitative.

Jean-Claude secoua la tête.

—Non, ma petite. Une journée ne suffira pas. Tu étais déjà attirée par Richard, et à présent, tu l'es aussi par le Nimir-raj. Tu ne parviendras pas à réfléchir en leur présence à moins de t'être nourrie. La vie de ton léopard-garou est en jeu. Peux-tu te permettre d'être distraite à ce point? Supportes-tu l'idée d'être aussi incontrôlable dans un lieu public, parmi des ennemis potentiels?

—Soyez maudit, crachai-je.

Il acquiesça.

—Je le suis peut-être déjà, mais ai-je énoncé un seul mensonge?

—Pas cette fois, non. Je déteste l'admettre, mais non.

—Alors, prenons toutes les précautions nécessaires, ma petite. Seule la chance a voulu que tu ne craignes rien avec le Nimir-raj. Nos vies sont déjà bien assez compliquées sans ça.

« Ça », c'était donc une grossesse non désirée. À cette seule pensée, mon sang se glaça dans mes veines. J'enfouis mon visage dans mes mains.

—Je ne peux pas faire ça.

—Alors, tu dois appeler Richard et lui dire que tu ne viendras pas ce soir. Tu ne peux pas y aller dans l'état où tu es, ma petite. Plus tu résisteras au désir, plus il croîtra.

Je relevai la tête et le regardai.

—Jusqu'où ira-t-il ?

Jean-Claude baissa les yeux.

—Assez loin.

Je rampai vers lui et le forçai à me regarder en face.

—Jusqu'où ?

Jean-Claude persista à se dérober. Il avait de nouveau dressé son bouclier, et je ne pouvais pas dire ce qu'il ressentait.

—Jusqu'au point où tu seras attirée par tous les hommes sans exception. Où tu… Je ne peux pas garantir ce que tu feras, ma petite, ni avec qui tu le feras.

—Non, protestai-je. Non, jamais je ne…

Il posa un index sur ma bouche.

—Ma petite, si tu n'as pas encore trouvé les souvenirs des premiers jours où l'ardeur s'est emparée de mon corps, j'en remercie le ciel. J'étais un débauché avant de devenir un vampire. Et c'est la soif de sang qui s'est manifestée la première. Mais une fois qu'elle a été étanchée et que ce désir m'a submergé… (Il prit mes mains dans les siennes et les pressa contre la chair froide de sa poitrine.) J'ai fait des choses, ma petite, des choses humiliantes même pour le libertin endurci que j'étais alors. Un regard, un simple coup d'œil suffisait pour que je me jette sur eux.

—Belle Morte n'a pas tenté de vous protéger ?

— Je ne l'ai rencontrée que cinq ans environ après ma mort.

Je le regardai, incrédule.

— Je croyais que Belle était votre… je ne sais pas comment on dit. Que c'était elle qui avait fait de vous un vampire.

— Non. C'est Lisette qui m'a créé. Elle appartenait à la lignée de Belle, mais elle n'était pas un maître vampire, loin s'en fallait. En France, la coutume veut que chaque baiser de vampires – notre équivalent d'une meute – compte au moins un membre de chacune des lignées du Conseil. Lisette était la seule de son genre dans un nid peuplé, pour l'essentiel, par des vampires beaucoup moins plaisants. Julian était son Maître de la Ville, et il fut mon premier véritable maître. Il m'amena des gens pour que je puisse me nourrir, mais ce n'était pas ceux que j'aurais choisis.

Jean-Claude secoua la tête.

— Il s'amusait à mes dépens. Il savait que je prendrais tout ce qu'il m'offrirait parce que je n'avais pas le choix. Je croyais que rien ne pouvait plus me faire honte, mais Julian m'a enseigné qu'il restait encore des choses que je n'avais pas envie de faire, et que j'étais capable de faire quand même.

Si son bouclier n'avait pas été aussi solide, j'aurais sans doute vu ce dont Jean-Claude se souvenait, mais de toute évidence, il ne voulait pas que je le voie.

— Laisse-moi t'épargner de telles dégradations, ma petite. Tu n'es pas comme moi. Tu ne t'es jamais donnée librement. Je crains ce que tu ferais, ou ce que tu penserais de toi-même, si tu te laissais aller à ces actes. Je ne crois pas que ton estime personnelle en réchapperait.

— Vous me faites peur.

— C'est une bonne chose. Asher m'a rencontré avant que j'aie maîtrisé l'ardeur. Il peut t'expliquer comment j'étais à l'époque.

Je me contentai de tourner la tête vers Asher.

—J'avais vu l'ardeur à l'œuvre chez d'autres avant Jean-Claude, et je l'ai vue à l'œuvre chez d'autres depuis, mais jamais je n'ai vu de vampire si affolé par elle, confirma gravement Asher.

—Donc, tu l'as aidé à en prendre le contrôle.

—Non. Lisette a envoyé un message à Belle Morte pour lui parler de la beauté de Jean-Claude. Et Belle Morte m'a ordonné d'aller, disons, l'examiner pour elle. Je lui ai conseillé de ne pas adjoindre Jean-Claude et son maître à notre Cour.

—Pourquoi ?

—Parce que j'étais jaloux de sa beauté et de ses prouesses. J'étais avec Belle Morte depuis dix ans déjà, et elle commençait à se lasser de moi. Je craignais la concurrence.

Jean-Claude reprit la parole.

—J'ai appris à contrôler l'ardeur sans l'aide de personne qui en ait également fait l'expérience. Pendant cinq ans, je me suis nourri de chair comme je me nourrissais de sang. Alors seulement, j'ai développé la capacité de me nourrir à distance.

—Cinq ans ! m'exclamai-je.

—C'est Belle qui m'a enseigné le véritable contrôle de l'ardeur. Et je ne suis devenu sien qu'au bout de ce laps de temps. Mais je serai là pour toi depuis le commencement. Tu ne le vivras pas comme moi. (Jean-Claude me serra contre lui, et cela m'effraya plus encore.) Jamais je n'aurais apparié nos marques si j'avais pensé que tu puisses hériter de mon incube. Je ne t'aurais pas fait ça sciemment.

Je m'écartai de lui et vis qu'il pleurait. Ma bouche se remplit d'un goût métallique. J'avais tellement la trouille que mon corps se mit en veille. Au lieu d'accélérer, mon cœur et mon souffle ralentirent comme si je n'étais plus qu'un calice inerte pour cette peur atroce.

—Que m'avez-vous fait ?

—Au début, j'ai cru que tu n'étais pas un vampire, et que tu n'aurais pas véritablement faim. Mais en te regardant aujourd'hui, j'ai compris : c'est la même chose pour toi que ça l'a été pour moi. Tu *dois* te nourrir. Tu ne dois pas résister à tes pulsions. Ce serait courtiser la folie, ou pire.

—Non.

—Si tu avais repoussé les avances du Nimir-raj, je dirais que ta volonté est peut-être capable de tenir la faim en respect. Si tu avais surmonté ton désir de te nourrir de Nathaniel, je dirais qu'avec le temps, tu parviendras sans doute à dompter l'ardeur. Mais tu t'es nourrie de lui.

—Je n'ai pas couché avec Nathaniel.

—Et ce que tu lui as fait ne t'a-t-il pas davantage satisfaite qu'une vulgaire relation sexuelle?

Je voulus dire « non » et me ravisai. Je sentais encore la chair de Nathaniel dans ma bouche, sa peau sous mes mains, son sang sur ma langue. Ce souvenir fit rejaillir la faim en moi. Pas seulement le désir, mais la soif de sang de Jean-Claude et la bête de Richard – ou la mienne – réclamant que j'inflige l'ultime morsure et que je déchire de la chair pour de vrai, sans faire semblant ni me retenir.

Une idée atroce me vint à l'esprit.

—Si je résiste à un type d'appétit, ils grandissent tous, n'est-ce pas?

—Si je n'alimente pas mon désir, j'ai besoin de boire plus de sang, et réciproquement.

—Je n'ai pas seulement hérité de votre soif de sang, Jean-Claude. J'ai aussi hérité de la bête de Richard – ou développé la mienne. Tout à l'heure, j'avais envie de déchiqueter Nathaniel. De me nourrir de lui pour de bon, à la façon d'un animal. Cela va-t-il empirer également?

—Je n'ai aucun moyen d'en être sûr.

—Cessez de jouer avec moi! Cela va-t-il empirer?

—Je le pense, répondit-il d'une voix très douce.

Je me dégageai et me pelotonnai contre la tête de lit en le regardant. J'attendais qu'il dise « Désolé, je plaisantais », mais il se contenta de soutenir mon regard en silence. Et je continuai à le regarder parce que je ne voulais pas voir la tête des autres.

La moindre trace de pitié m'aurait fait éclater en sanglots. Et la moindre trace de désir m'aurait foutue dans une rogne noire.

Je finis par articuler :

— Que vais-je faire ?

Ma voix était dénuée d'inflexions, mais lourde de lassitude.

— Tu vas te nourrir, et nous allons t'aider. Nous te garderons en sécurité.

Enfin, je jetai un coup d'œil aux autres. Tous arboraient une expression soigneusement neutre – à l'exception de Nathaniel qui contemplait le matelas comme s'il ne voulait pas que je voie ses yeux. Ce qui était un bon réflexe.

— D'accord, mais on peut faire mieux que des préservatifs.

— Que veux-tu dire, ma petite ?

— Nathaniel va remettre son short et moi mon pyjama.

— Je pense quand même…

Je levai une main, et Jean-Claude se tut.

— Ils peuvent les enfiler sous leurs fringues, au cas où, mais je sais que si je dis à Nathaniel de ne pas… il ne le fera pas.

Je dévisageai Jason en fronçant les sourcils.

— Je serai sage, promit-il.

— Je n'ai pas peur que Nathaniel te désobéisse, ma petite.

Le ton de Jean-Claude me fit tourner la tête vers lui.

— Mais encore ?

— Je crains au contraire qu'il fasse exactement tout ce que tu lui diras.

Nous nous regardâmes pendant quelques longs battements de cœur. À présent, je comprenais ce qu'il voulait dire. Il ne doutait pas de la retenue des garçons, mais de la mienne. J'aurais voulu dire : « Jamais je ne leur demanderai de me faire ça », mais quelque chose dans ses yeux – une certitude, un chagrin – m'en empêcha.

— Quelle part de contrôle vais-je perdre au juste ? demandai-je finalement.

— Je l'ignore.

— Ça commence à me fatiguer de vous entendre dire ça.

— Et ça commence à me fatiguer de le dire.

Je capitulai.

— Très bien. Que faisons-nous maintenant?

— Nos pommes de sang vont chercher leurs vêtements et les tiens, et une fois tout le monde rhabillé, nous nous nourrissons.

Et j'avais beau détester ça, j'avais beau vouloir le nier de toutes mes forces, je me rendais compte que Jean-Claude avait raison. J'avais essayé de ne pas devenir une sociopathe parce que ça aurait fait de moi un monstre. Simplement, je n'avais pas su de quoi je parlais. À présent, j'avais besoin de me nourrir d'humains – de leur désir plutôt que de leur chair et de leur sang, mais de me nourrir d'eux quand même. Au final, peut-être aurait-il mieux valu que je devienne une sociopathe.

Chapitre 18

Pendant le rhabillage général, je repris mes esprits. Je restai debout contre la tête du lit, la robe de chambre d'Asher solidement ceinturée par-dessus l'ensemble de lingerie rouge, le visage détourné et le front pressé contre le bois. Le contrôle était au cœur de ce que je croyais être. Je pouvais faire ça, ou plutôt, ne pas le faire. Je devais essayer de me contenir, parce que dans le cas contraire… je ne le supporterais pas.

Le matelas bougea, et le simple fait de sentir les hommes se mouvoir sur le lit suffit à contracter mon bas-ventre et à accélérer mon pouls. Mon Dieu, aidez-moi. Tout ceci ne pouvait pas être réel. J'ai toujours craint de finir vampire. Et des tas de fois, je suis passée à un cheveu d'en devenir un. Mais jamais je n'ai envisagé que ça se passerait ainsi.

J'étais toujours vivante, toujours humaine ; pourtant, la faim se dressait en moi telle une bête énorme tentant de se frayer un chemin hors de mon corps. Tout ce qui l'en empêchait, c'était mes ongles plantés dans la tête de lit, mon front pressé contre les motifs sculptés dans le bois. Je ne savais pas quelle faim je combattais au juste. Mais l'ardeur colorait tout. Que je veuille me nourrir de chair ou de sang, le sexe se mêlait aux deux. Je ne pouvais pas les séparer, et cela seul aurait suffi à m'effrayer.

Je sentis quelqu'un ramper vers moi, et je n'eus pas besoin de regarder pour savoir que c'était Jean-Claude.

—Ma petite, tout est prêt. Nous n'attendons plus que toi.

Je parlai le visage toujours pressé contre la tête du lit, les ongles toujours enfoncés dans le bois.

—Alors, vous devrez faire sans.

Je sentis sa main se tendre vers mon épaule et j'aboyai :

— Ne me touchez pas !

— Ma petite, ma petite, j'effacerais tout ça si je le pouvais, mais je ne peux pas. Nous devons faire de notre mieux avec ce dont nous disposons.

Alors, je tournai la tête vers lui. Son visage était trop près du mien, ses yeux d'un bleu toujours aussi intense, ses cheveux pareils à une auréole ténébreuse autour de son visage pâle.

Un autre visage s'imposa à mon esprit, tout aussi parfait. Ses cheveux étaient noirs eux aussi, mais ses iris avaient le brun chaud de l'ambre. Ils grandirent jusqu'à ce que le monde se noie en eux, comme si ce miel sombre se déversait sur mes yeux, sur ma peau, sur mon corps afin de me remplir complètement.

Quand je parvins à focaliser mon regard sur Jean-Claude, il avait posé une main inquiète sur mon bras, et dans ses yeux, je vis quelque chose qui ressemblait à de la terreur. Il recula précipitamment. Lorsque je pivotai vers Asher, celui-ci se leva d'un bond et resta planté près du lit, tremblant de la tête aux pieds. Jason et Nathaniel restèrent allongés parce qu'ils ne savaient pas ce qui se passait.

— Qu'est-ce qui ne va pas ? demanda Jason.

— Ses yeux, chuchota Nathaniel.

Je m'aperçus dans la psyché du coin. Mes prunelles s'étaient remplies d'un feu brun qui n'était pas le noir de mes propres yeux, mais la couleur des siens.

— Non, m'étranglai-je.

Je la sentais à des milliers de kilomètres de là. Le plaisir que lui inspirait ma terreur déferla à travers mon corps, aiguillonna ma bête et me fit m'écrouler sur le lit. Mes mains cherchèrent quelque chose à agripper, quelqu'un à qui se raccrocher. Mais il n'y avait rien à combattre. C'était du pouvoir, et il était en moi.

Elle m'explora, faisant remonter ma bête juste sous la surface de ma peau. Elle toucha cette partie de Richard qui était toujours en moi et réveilla également sa bête, jusqu'à ce que leurs deux énergies se mélangent et que je commence à convulser.

J'entendis hurler :

— Elle va se transformer !

Des mains me plaquèrent sur le lit.

Mais Belle avait appris ce qu'elle voulait savoir, et elle laissa les bêtes retomber à l'intérieur de mon corps. Elle sépara les pouvoirs en moi comme elle aurait trié un jeu de cartes. Elle toucha le lien qui m'unissait à Jean-Claude, et je sentis sa perplexité. Jusque-là, elle avait supposé que j'étais un vampire ; à présent, elle savait que je n'en étais pas un. Elle laissa le lien qui l'intriguait s'enfoncer en moi. Puis elle appela l'ardeur, l'incube, et à peine avais-je pensé ce mot que je me rendis compte que ce n'était pas le bon.

« Succube, chuchota-t-elle dans ma tête. Succube. »

Les mains qui, jusque-là, s'étaient contentées de me tenir glissèrent le long de mon corps en réaction à l'ardeur. Je me sentais couverte de désir à l'état brut, saupoudrée et roulée dedans ainsi qu'un morceau de viande dans de la farine avant la cuisson.

Des mains caressaient ma peau. Une bouche se posa sur la mienne, et je ne pus voir qui se tenait au-dessus de moi, qui m'embrassait. Je sentais le poids d'un corps, une deuxième paire de mains, mais je ne voyais rien à l'exception d'une radieuse lumière ambrée.

Belle maintenait l'ardeur à la surface parce que ça l'amusait. Je ne savais pas qui me faisait quoi. Je sentais les quatre hommes autour de moi – le frôlement de la soie, la pression de la chair, un rideau de cheveux, une odeur de vanille –, mais je ne les voyais pas. Belle Morte employait mes yeux à un autre usage. Elle touchait la partie de moi qui me permettait de relever les morts. Elle caressait ma nécromancie, essayait de la réveiller comme elle l'avait déjà fait avec ma bête et mon ardeur. Mais elle avait le pouvoir de conjurer ce qu'elle avait déjà appelé parce que, d'une certaine manière, cela lui appartenait. C'était lié à elle par le sang. La nécromancie, en revanche, était mienne et seulement mienne.

Ma magie jaillit en moi pour la repousser, mais le pouvoir brut ne suffit pas à l'éjecter de mon esprit et de mon corps. C'était comme si elle flottait près de la surface d'un bassin obscur tandis que, assise au fond, j'essayais de la projeter à l'extérieur. Je n'y parvins pas, mais je pus voir et réfléchir de nouveau.

J'étais torse nu. La bouche de Nathaniel se posa sur un de mes mamelons et l'aspira. Je criai, et Jason inclina la tête vers mon autre sein. Un instant, je contemplai les deux métamorphes pressés contre moi : une tête blonde et une tête auburn, deux bouches suçant goulûment mes seins, la courbe de leur dos, les marques de mes dents encore visibles dans la chair de Nathaniel. Ce fut alors que l'ardeur, que Belle Morte se déversa de nouveau sur moi. La main de Jason glissa le long du short de soie rouge, et ses doigts s'arrêtèrent pile au bon endroit, comme s'il avait toujours su où me toucher. Je me tordis sous sa caresse. Je lui saisis le poignet et voulus écarter sa main, mais il résista, et la zone était un peu délicate pour qu'on s'y batte physiquement. Je hurlai :

— Jean-Claude ! Asher !

— Ma petite ?

Jean-Claude avait prononcé mon surnom comme une question, comme s'il n'était pas certain que ce soit vraiment moi. Je vis que les deux vampires étaient debout près du lit : ils ne participaient pas, ils ne faisaient pas obstacle. Simplement, ils observaient. Mais je comprenais. L'ardeur les appelait eux aussi. Ils avaient peur de nous toucher.

— Nourrissez-vous, dis-je.

— Non, ma petite.

— Je ne peux pas à la fois combattre Belle Morte et résister à la faim. Nourrissez-vous et laissez-moi me nourrir.

— Tu ne peux pas te débarrasser d'elle, ma petite.

— Aidez-moi !

Par-dessus le lit, Jean-Claude regarda Asher, et je vis quelque chose passer entre eux, quelque chose fait de chagrin et de regrets très anciens.

—Elle a raison, mon ami. Elle ne peut pas à la fois lutter contre Belle et contre l'ardeur.

—Elle ne comprend pas ce qu'elle nous demande, protesta Jean-Claude.

—Non, mais elle nous le demande, et si nous ne le faisons pas, nous nous demanderons toujours ce qui se serait passé. Je préfère essayer et échouer plutôt que regretter de ne pas avoir essayé du tout.

Ils se regardèrent une seconde ou deux. Puis Asher grimpa à quatre pattes sur le lit, et Jean-Claude l'imita.

Asher s'étendit près de Nathaniel tandis que Jean-Claude faisait de même près de Jason. La joie de Belle Morte flamboya en moi, emplissant mes yeux de flammes couleur de miel, et je lâchai le poignet de Jason. Sa main se reposa aussitôt sur mon entrejambe, mais quand je tournai la tête pour regarder, je pus voir Jean-Claude d'un côté et Asher de l'autre à travers le filtre sombre des yeux de Belle. Et je sus qu'à l'instant où ils toucheraient leur pomme de sang, ils se retrouveraient prisonniers de leur désir et ne pourraient plus se dégager. C'était un piège.

J'ouvris la bouche pour dire : « Ne faites pas ça », mais trois choses se produisirent simultanément. Chacun des deux vampires mordit le cou du métamorphe auquel il était collé, avec une synchronisation aussi parfaite que s'ils avaient su exactement ce que l'autre s'apprêtait à faire. Et Jason me fit basculer dans le gouffre étincelant de l'orgasme.

Je hurlai et me cabrai sur le matelas. Seul le poids des deux hommes collés à moi m'empêcha de m'asseoir et de griffer l'air, parce que ce n'était pas seulement mon propre plaisir que je sentais. Je sentais les crocs d'Asher plantés dans le cou de Nathaniel et la pression enfler dans le corps de ce dernier – enfler jusqu'à une explosion qui lui fit mordre mon sein et me fit labourer non pas son dos, mais celui d'Asher avec mes ongles. Jason redressa la tête et hurla. Les vampires chevauchaient les métamorphes, et je savais à travers la conscience de Belle Morte que la seule raison pour laquelle ils ne jouissaient pas avec nous, c'est qu'ils n'avaient pas encore atteint la pression sanguine nécessaire. Mais le plaisir était bel et bien là.

Nous étions entraînés tous les cinq par une vague après l'autre. Comme la chaleur qui lui donnait son nom, l'ardeur passait et repassait sur nous, à travers nous. J'avais l'impression de flotter, sans peau, sans corps et sans forme, juste au-dessus du lit, tandis que le pouls des quatre hommes résonnait en moi.

Soudain, je sentis le cœur de Jean-Claude et celui d'Asher donner une poussée énorme. Le flot de la vie jaillit d'eux et se répandit en une longue ligne brûlante qui parut s'arracher depuis la plante de leurs pieds jusqu'au sommet de leur tête, comme si chaque fibre de leur être, chaque atome de leur corps explosait simultanément de plaisir. Nathaniel, Jason et moi criâmes pour eux, parce que leur bouche était toujours verrouillée sur les plaies, toujours en train de boire le sang.

Puis ce fut terminé. Nous restâmes immobiles à l'exception de notre poitrine qui se soulevait et s'abaissait frénétiquement, essayant de respirer, essayant de nous souvenir de ce que c'était d'être chacun dans son propre corps, avec un seul cœur en soi au lieu de cinq. Nous nous coulâmes de nouveau dans nos peaux respectives, ne partageant plus que la rosée de notre sueur et le tonnerre affolé de notre pouls.

Jean-Claude et Asher s'écartèrent de Jason et de Nathaniel comme ils les avaient mordus : ensemble, avec une synchronisation aussi parfaite que deux siècles auparavant. Belle Morte remplit mon esprit de souvenirs ; elle me les montra faisant tous deux l'amour avec elle avant qu'Asher soit défiguré, du temps où ils étaient son parfait duo d'amants. Les images étaient imprécises, mais je les sentais s'introduire en elle, chacun d'eux parfaitement conscient des mouvements et des intentions de l'autre.

Ils lui manquaient, et c'était en partie mon amour pour Asher, la beauté que je voyais en lui, qui lui inspirait ces regrets. Le partage n'était pas à sens unique : Belle Morte percevait aussi mes sentiments. Mais j'étais redevenue moi-même. J'avais alimenté mon désir, et à présent qu'il était repu, je pouvais m'adonner à ma spécialité.

Je conjurai ma magie et m'en drapai comme d'une brise fraîche soufflant sur ma peau en sueur. Le regard encore dans le vague, Nathaniel et Jason s'écartèrent de moi. Jean-Claude et Asher se redressèrent au-dessus des métamorphes, les yeux aussi flous que les leurs.

— Ma petite, que… ? commença Jean-Claude.

— Prenez ma main, dis-je en la lui tendant.

— Ma petite…

— Tout de suite !

Le pouvoir de Belle me cingla tel un fouet manié par une main experte. Jusqu'ici, elle s'en était servie pour me chatouiller la peau ; à présent, elle voulait me faire mal. Je me tordis sur le lit. Seul le poids de Jason et de Nathaniel m'empêcha de rouler dans tous les sens. Des flammes brunes consumaient ma vision.

Puis une main à la chair froide se saisit de la mienne, et à l'instant où Jean-Claude me toucha, je pus voir de nouveau. Je suis sa servante humaine, il est mon maître, nous appartenons au même triumvirat de pouvoir. Si Richard avait été là, nous aurions pu réexpédier Belle dans l'enfer dont elle était sortie pour me tourmenter. Je l'appelai dans ma tête, poussai un cri psychique. Mais ce fut sur ma peau que la réponse se manifesta.

Jason me regarda, perplexe.

— Anita…

En lui, je sentis le pouvoir de Richard. Jason était le lien de ce dernier avec la meute. Le pouvoir du triumvirat bondit entre la main de Jean-Claude, la mienne et le corps de Jason. Ça pouvait marcher – ça *devait* marcher, parce que Belle Morte recommençait à se dresser en moi, et je n'étais pas certaine de réussir à la repousser cette fois.

Je concentrai ma nécromancie ainsi qu'un gros nuage sombre aux entrailles chargées de tonnerre, qui emplit la pièce du crépitement de la magie. Nathaniel eut un mouvement de recul et chuchota :

—Nimir-ra…

Le pouvoir enflait comme de la foudre contenue dans une bouteille, mais la bouteille, c'était mon corps, et pour qu'elle s'en échappe, une chose encore était nécessaire… Du sang.

La dernière fois que nous avions utilisé la magie du triumvirat, j'avais demandé aux garçons de me donner du sang; j'avais regardé Jean-Claude plonger ses canines dans la chair de Richard pour la première fois. Mais pas aujourd'hui. Aujourd'hui, c'était moi qui avais besoin de sang, moi qui en avais envie. Je ne partagerais pas.

De ma main libre, j'attirai le visage de Jason vers le mien. Mais au lieu de l'embrasser, je frôlai sa joue de la mienne et lui chuchotai à l'oreille :

—J'ai besoin de sang, Jason. Dis «oui».

Jusque-là, il était resté en appui sur ses bras tendus.

—Oui, souffla-t-il.

Et il s'écroula sur moi, m'écrasant les seins de son torse tandis que sa main glissait le long de mon ventre comme s'il avait l'intention de recommencer ses caresses intimes.

Je humai le sang juste sous la surface de son cou, je goûtai son pouls comme un bonbon sur ma langue, et je le mordis. Je n'étais pas un vampire; je ne disposais pas de tours de passe-passe mentaux pour lui rendre l'expérience plus plaisante. Nous ne faisions plus l'amour. Il n'y avait aucune distraction : juste mes dents qui déchiraient sa chair et son sang qui coulait dans ma bouche. Alors, ma nécromancie s'embrasa, et je la projetai vers le pouvoir couleur de miel.

Belle rit de mes efforts. Puis elle se tut, parce qu'elle avait senti la poussée de mon pouvoir. Je suis une nécromancienne, et elle n'était jamais qu'un vampire plus puissant que la moyenne. Ma magie ne faisait pas de différence entre elle et un autre cadavre. Je l'expulsai et l'enfermai à l'extérieur de nous. J'avais passé l'essentiel des mois précédents à m'entraîner ; cela me permit de la bloquer, de dresser une barrière qui l'empêcherait de nous contacter à travers son pouvoir.

Ma dernière pensée pour elle fut : « Si vous voulez vraiment savoir ce qui se passe, vous n'avez qu'à prendre votre téléphone. » Puis je tirai le rideau.

CHAPITRE 19

J'étais de nouveau à poil. Ça commençait à devenir une habitude. Nous étions entassés tous les cinq, haletants. Dans son sillage, la magie avait laissé un picotement sur notre peau, une sensation de fatigue et de jubilation conjuguée comme on en éprouve généralement après l'amour.

Asher et Nathaniel gisaient hors de ma portée. J'avais la bouche et le menton couverts du sang de Jason. Celui-ci avait la tête posée sur ma poitrine, tournée de telle sorte que je voyais la plaie dans son cou. Je m'étais contentée de marquer Micah et Nathaniel, mais j'avais arraché un morceau de chair à Jason. Pas un gros morceau, mais quand même.

Je déglutis et me forçai à prendre de grandes inspirations. Je ne gerberai pas. Je ne gerberai pas. Je ne gerberai pas. J'allais gerber.

Repoussant tout le monde, je me précipitai vers la salle de bains. Je vomis, et le bout de chair – de la taille d'une pièce de cinquante cents – remonta tel que je l'avais avalé : entier. Le voir confirma mes pires craintes, et une nausée brûlante m'assaillit. Je continuai à vomir jusqu'à ce que plus rien ne sorte de ma bouche et qu'il me semble que ma tête allait exploser.

Quelqu'un frappa à la porte.

— Ma petite, puis-je entrer ?

Il ne m'avait pas demandé si j'allais bien. Petit malin. Je ne lui répondis pas. À genoux sur le sol, la tête contre le bord agréablement frais de la baignoire, je me demandai si j'allais me remettre à gerber ou si ma tête tomberait avant. Elle me faisait plus mal que mon ventre.

J'entendis la porte s'ouvrir.

—Ma petite?

—Je suis là, dis-je d'une voix enrouée comme si j'avais pleuré.

Je gardai la tête baissée. Je ne voulais pas voir Jean-Claude – ni personne d'autre.

J'aperçus le bas de sa robe de chambre noire tandis qu'il s'approchait et s'agenouillait devant moi.

—Puis-je t'apporter quelque chose?

Une dizaine de réponses, sarcastiques pour la plupart, me traversèrent l'esprit. J'optai pour un simple :

—De l'aspirine et une brosse à dents.

—À cet instant, si tu me demandais de m'arracher le cœur, je le ferais peut-être. Et tout ce que tu veux, c'est de l'aspirine et une brosse à dents. (Il se pencha et déposa le plus tendre des baisers sur ma tête.) Je te donne ça tout de suite.

Il se leva. J'entendis un tiroir s'ouvrir et se refermer.

Levant les yeux, je le vis s'affairer dans la salle de bains. Il sortit un tube d'aspirine, une brosse à dents et tout un assortiment de dentifrices. C'était une scène étrangement domestique, avec laquelle sa robe de chambre noire brodée de fourrure ne collait pas du tout. Jean-Claude a l'air de quelqu'un qui emploie du personnel pour se charger des basses besognes – ce qui est le cas. En mon absence, il se fait probablement servir par une cinquantaine de danseuses nues. Mais quand il est avec moi, il fait les choses lui-même.

Il m'apporta l'aspirine et un verre d'eau. Je les pris et avalai le comprimé. Un instant, je ne fus pas certaine que mon estomac le garderait. Mais la nausée passa. Jean-Claude m'aida à me relever, et je ne protestai pas. Mes jambes tremblaient, et elles n'étaient pas les seules. Je me sentais ébranlée jusqu'au plus profond de mon être.

Je me mis à frissonner sans pouvoir m'arrêter. Jean-Claude me prit dans ses bras. Le frottement contre le tissu de sa robe de chambre me meurtrit le sein. Je m'écartai juste assez pour examiner mon corps. Une empreinte parfaite des dents de

Nathaniel encerclait mon mamelon. Elle ne saignait qu'en de rares endroits, mais toute la zone était rouge violacé. Si mon corps ne guérissait pas ça très vite, j'allais avoir un putain de bleu.

Jean-Claude caressa la morsure du bout d'un doigt, et je frémis.

— Pourquoi ces choses-là ne font-elles jamais mal sur le coup ?

— Ta question contient sa propre réponse, ma petite.

Bizarrement, je compris ce qu'il voulait dire.

— C'est presque la copie exacte de ce que j'ai fait à Nathaniel.

— Je pense que notre jeune ami est prudent.

— Mais encore ?

— Il a pris garde de ne rien te faire que tu ne lui aies fait d'abord.

— Je croyais que Jason et lui étaient submergés par l'ardeur et par Belle Morte.

— L'appel de Belle est puissant. Il fait perdre la tête à ceux qui l'entendent pour la première fois. Mais le fait que Jason ait fait quelque chose qu'il savait que tu ne lui permettrais pas et que Nathaniel se soit abstenu signifie peut-être que Nathaniel se contrôle mieux que Jason.

— J'aurais cru que c'était l'inverse.

— Je sais.

Et le ton sur lequel Jean-Claude avait dit ça me poussa à le dévisager.

— Qu'est-ce que c'est censé vouloir dire ?

— Ça veut dire, ma petite, qu'à mon avis, même si tu connais les désirs de son cœur, tu ne connais pas véritablement Nathaniel.

— Il ne se connaît pas lui-même.

— C'est partiellement vrai. Mais tu pourrais bien être surprise.

— Me cacheriez-vous quelque chose ?

— Au sujet de Nathaniel ? Non.

Je soupirai.

— Un autre jour, je vous forcerais à m'expliquer cette remarque sibylline. Mais pour l'instant, j'ai juste envie d'un peu de réconfort, et je suppose que je dois me contenter de vous.

Il haussa les sourcils.

— C'est demandé de façon si flatteuse – comment pourrais-je refuser ?

— Pitié, Jean-Claude, pas de vannes. Serrez-moi et fermez-la.

Il me prit de nouveau dans ses bras, et je rectifiai ma position pour que la morsure ne me fasse pas mal – ou en tout cas, pas plus mal qu'elle me faisait déjà. La douleur s'était muée en pulsation sourde qui s'avivait quand on la touchait. Mais une petite partie de moi y trouvait une certaine satisfaction. C'était une confirmation de ce que nous venions de faire, un souvenir lancinant d'un moment incroyable. Si ma morale ne s'était pas interposée, j'aurais été carrément euphorique.

— Pourquoi suis-je contente que Nathaniel m'ait marquée ? demandai-je d'une petite voix, parce que je n'étais pas cent pour cent certaine que Jean-Claude n'avait aucune raison d'en être jaloux.

Il me caressa les cheveux d'une main.

— À cela, je vois beaucoup de raisons possibles.

Sa voix vibrait à travers sa poitrine contre mon oreille, se mêlant aux battements de son cœur.

— Une seule me suffirait, du moment que je peux la comprendre.

— Ah, une raison que tu puisses comprendre, c'est une requête tout à fait différente.

Je passai mes bras autour de sa taille.

— Ne me taquinez pas. Je ne suis pas d'humeur à jouer. Dites-moi.

— Il se peut que tu sois réellement devenue sa Nimir-ra. Je perçois quelque chose de différent en toi, ma petite, une sauvagerie qui n'était pas là avant. Elle ressemble à la bête de Richard, mais ce n'est pas la bête de Richard. Il se peut simplement qu'en tant que Nimir-ra de Nathaniel, tu recherches un contact plus poussé avec lui.

Ça paraissait logique. Pourtant, j'aurais voulu protester.

—Quelles pourraient être les autres raisons?

—Belle Morte t'a traitée comme une de ses descendantes. Si tu possèdes certains pouvoirs vampiriques, que ce soit à travers les marques ou grâce à ta nécromancie, il se peut que tu en possèdes d'autres. Et que le léopard soit ton animal comme le loup est le mien. La première hypothèse me semble plus probable, mais la seconde est possible également.

Je me penchai en arrière, juste assez pour voir son visage.

—Êtes-vous attiré par les loups?

—J'aime les avoir autour de moi. Je trouve ça réconfortant de les caresser, comme je le ferais avec un animal familier ou une maîtresse.

Je n'étais pas sûre d'apprécier qu'il place les deux choses au même niveau, mais je laissai courir.

—Donc, vous avez envie de coucher avec les loups-garous?

—As-tu envie de coucher avec Nathaniel?

—Non… Pas exactement.

—Mais tu veux le toucher et qu'il te touche en retour?

Je dus y réfléchir quelques secondes.

—Je suppose que oui.

—Un véritable lien entre animal et vampire implique effectivement un désir mutuel de se toucher – ainsi qu'une envie, pour l'un de servir l'autre, et pour l'autre de prendre soin de l'un.

—Padma, le Maître des Bêtes, traitait ses animaux comme de la merde.

—Une des nombreuses raisons pour lesquelles Padma sera toujours une puissance secondaire au sein du Conseil, c'est sa conviction que tout pouvoir doit être conquis par la force et concédé dans la peur. Alors que le véritable pouvoir, c'est celui qu'autrui t'offre de son plein gré et que tu te contentes d'accepter.

— Donc, le fait que vous traitiez mieux vos animaux que la plupart des vampires est juste une décision politique?

Jean-Claude haussa les épaules, un de ses bras me serrant toujours contre lui.

— J'ignore ce que ressentent les autres vampires. Je sais seulement que Belle Morte était attirée par ses félins et que j'éprouve la même chose pour mes loups. Il se peut que le lien entre animal et vampire s'apparente à un lien amoureux seulement chez ses descendants – parce que son pouvoir se nourrit de sexe, ou du moins, de désir. Si tel est le cas, j'imagine que ça ne se passe pas ainsi pour les membres des autres lignées. (Il fronça les sourcils.) Je n'y avais jamais vraiment réfléchi. Le fait que la plupart de mes pouvoirs se teintent de sexualité vient peut-être du sang de Belle.

— Asher éprouve-t-il la même chose pour ses animaux?

— Il ne peut en appeler aucun.

J'écarquillai les yeux.

— Je croyais que tous les maîtres vampires d'un certain âge pouvaient appeler une race donnée.

— La plupart d'entre eux, mais pas tous. De la même façon, la morsure d'Asher procure une véritable jouissance sexuelle, et la mienne non. Chacun de nous possède des pouvoirs différents.

— Mais ne pas avoir d'animal à appeler…

— … signifie qu'Asher est plus faible que moi, oui.

— Il pourrait quand même devenir le maître d'une autre ville. Je veux dire, j'ai déjà rencontré des Maîtres de la Ville incapables d'appeler le moindre animal.

— S'il se trouvait un territoire vacant dans ce pays, et s'il était prêt à nous quitter, alors, oui, Asher pourrait peut-être accéder à ce statut.

Je voulus demander: «Alors pourquoi reste-t-il ici?» Mais j'étais à peu près certaine de connaître la réponse, et comme elle était plutôt du genre douloureux, je la gardai pour moi. Peut-être étais-je enfin en train de m'assagir. Désormais, toutes les pensées qui me traversaient l'esprit ne fusaient pas automatiquement par ma bouche.

— Il se peut aussi, tout simplement, que tu désires Nathaniel depuis longtemps. Et que céder enfin à ton désir te procure une intense satisfaction.

Je le repoussai.

— Vous n'êtes pas très doué pour réconforter les gens.

— Tu as dit que tu n'étais pas d'humeur à jouer. Raconter des mensonges, c'est une façon de jouer, non ?

Je fronçai les sourcils.

— Je n'ai pas couché avec Nathaniel.

— Allons, ma petite. Il n'y a pas eu de rapports sexuels au sens strict du terme, mais de là à dire que vous n'avez pas couché ensemble… c'est un peu hypocrite, non ?

Je le foudroyai du regard. J'aurais voulu l'engueuler, mais quelque chose de plus proche de la panique que de la colère faisait accélérer les battements de mon cœur.

— Êtes-vous en train de dire que ce que nous venons de faire rentre dans la catégorie « sexe » ?

— Es-tu en train de prétendre le contraire ?

Je détournai la tête et m'enveloppai de mes bras. Au bout d'un moment, je lui fis de nouveau face. Je tentai de m'appuyer contre le mur, mais le carrelage était froid et j'étais toujours nue. J'avais besoin de mes fringues, mais elles se trouvaient dans la pièce voisine, et je n'étais pas encore prête à affronter les autres hommes.

— Donc, selon vous, nous avons fait l'amour… tous les cinq.

Jean-Claude prit une grande inspiration.

— Quelle réponse veux-tu que je te donne, ma petite ?

— La vérité, ce serait bien.

— Non, tu ne veux pas de la vérité. Je croyais que oui ; sans ça, j'aurais fait plus attention à ce que je racontais. (Il semblait las tout à coup.) Je t'aime telle que tu es, mais je voudrais vraiment que tu arrives à apprécier les choses sans être poursuivie après coup par ta morale et ta culpabilité. Ce que nous avons fait ce soir… c'était un partage glorieux. Une communion. Un souvenir que tu devrais chérir au lieu d'en avoir honte.

— Je m'en accommodais mieux avant que vous me disiez que ça comptait comme du sexe.

— Et le fait que j'aie besoin de te dire que ça compte comme du sexe signifie que tu continues à te mentir bien davantage que je ne t'ai jamais menti.

— Qu'est-ce que c'est censé signifier ?

Jean-Claude leva une main.

— Je n'en dirai pas plus sur le sujet. Tu ne veux pas de la vérité, et tu m'as demandé de ne pas te mentir. Je suis à court d'options.

Resserrant mes bras autour de moi, je regardai le plancher d'un air morne. J'essayais de digérer ce qu'il venait de dire, ce que nous venions de faire, et je n'y arrivais pas. J'avais besoin de changer de sujet, et vite.

— Jason a servi de substitut de pouvoir à Richard.

Jean-Claude me laissa faire sans la moindre remarque.

— Oui.

— J'ignorais que c'était possible.

— Moi aussi. (Il fit quelques pas glissants qui l'amenèrent de nouveau près de moi.) Si c'est de réconfort que tu as besoin, je peux t'en donner. (Il me prit le menton et le leva doucement pour plonger son regard dans le mien.) Mais tu dois me dire quand tu ne veux pas de la vérité, parce que d'habitude, c'est ce que tu me réclames en priorité.

Je détaillai son beau visage et compris ce qu'il m'offrait. Du soutien, mais pas de l'honnêteté, parce que j'étais incapable de l'encaisser. Je poussai un soupir.

— Je ne veux pas que vous me mentiez, mais j'ai atteint mon quota de vérités pénibles pour la journée. N'en jetez plus, la cour est pleine.

Jean-Claude acquiesça.

—Tu as besoin d'un peu de calme pour réfléchir à tout ça. Je comprends. Et je peux même te l'offrir pendant quelques heures. Mais ce soir, tu as rendez-vous avec Richard au lupanar, et je crains que d'autres vérités pénibles t'y attendent.

J'appuyai ma joue contre sa poitrine et me blottis contre sa peau lisse, entre les revers en fourrure de sa robe de chambre.

—Ce n'est pas en ramenant Richard sur le tapis que vous allez réussir à me réconforter.

—Toutes mes excuses.

Il me frottait le dos d'un geste répétitif, et à cause du mouvement, la fourrure qui garnissait ses manches me caressait des fesses jusqu'aux épaules. D'un côté, c'était apaisant, et de l'autre, ça ne l'était pas du tout. Je levai les yeux vers lui sans savoir si je devais pleurer ou hurler.

—Je croyais que l'ardeur était repue.

Ses mains s'immobilisèrent dans mon dos.

—Tu l'as nourrie, et bien nourrie, mais elle reste toujours sous la surface. De la même façon qu'après un énorme repas, un bon dessert peut encore te faire saliver.

L'analogie ne me plaisait guère, mais je n'en voyais pas de meilleure. Je me pressai contre sa robe de chambre et le laissai me bercer en écoutant les battements réguliers de son cœur.

—Pourquoi ne m'avez-vous pas prévenue que Belle pouvait faire ça? demandai-je, le visage enfoui contre sa poitrine, la fourrure me chatouillant les lèvres.

—Si tu étais un vampire de ma lignée, je t'aurais prévenue. Mais tu n'es pas un vampire : tu es humaine. Ça ne devrait pas t'affecter.

Je reculai légèrement la tête.

—Peut-elle voir à travers n'importe lequel de ses… enfants?

—Non, sa capacité à posséder les vampires qu'elle a créés ne dure que quelques nuits. Dès que le nouveau-né est assez fort pour contrôler sa propre faim, elle n'a plus accès à son esprit, comme si une porte ouverte jusque-là s'était refermée devant elle.

—Elle a appelé ma bête… ou mes bêtes, puisque j'ignore toujours ce qui se passe en moi. Elle l'a fait remonter à la surface comme si elle savait exactement ce qu'elle faisait.

—Elle est capable d'appeler tous les grands félins.

—Les léopards, donc.

Jean-Claude opina.

—Entre autres.

—Je croyais que seul Padma pouvait appeler plusieurs races différentes.

—C'est la capacité qui s'est manifestée chez lui dès le départ. Mais beaucoup de vampires très anciens développent tout un éventail de pouvoirs. Au début, Belle Morte ne pouvait appeler que les léopards. Puis, un par un, les autres grands félins se sont mis à lui répondre.

—Si je suis vraiment un léopard-garou, pourra-t-elle me contrôler – dans le cas où nous nous rencontrerions face à face ?

—Tu l'as expulsée, ma petite. Tu es donc en mesure de répondre à ta propre question.

—Selon vous, si je lui ai botté le cul une fois, je peux le refaire.

—Quelque chose dans ce goût-là, oui.

Je m'écartai de lui, et mes bras glissèrent le long des manches de sa robe de chambre jusqu'à ce que nos doigts se touchent.

—Faites-moi confiance, Jean-Claude : une victoire ne signifie pas qu'on remportera la guerre.

—Ce n'était pas une petite victoire. En deux mille années d'existence, aucun membre de sa lignée n'a jamais défié Belle comme tu viens de le faire.

Il s'inclina très légèrement pour m'embrasser les mains, révélant un fin triangle de poitrine et d'abdominaux. Mon regard suivit cette ligne de chair pâle jusqu'à l'ombre qui dissimulait le reste de lui. Pour une fois, je n'avais pas envie de défaire sa ceinture. En partie parce que j'étais… repue, et en partie – surtout – parce que je venais de coucher avec quatre hommes en même temps, et que je me sentais trop gênée pour recommencer avant un bon moment.

— Je savais que les vampires pouvaient rendre leur morsure plaisante, mais jamais je n'aurais rêvé que ce soit aussi bon, avouai-je.

Jean-Claude hocha la tête.

— C'est l'un des dons d'Asher, cette morsure orgasmique.

Je le regardai, et il sourit.

— Oui, ma petite. La mienne est plaisante, mais pas à ce point.

— Asher m'a mordue une fois, et je n'ai pas joui!

— Il s'est retiré en comprenant qu'il avait roulé ton esprit sans le vouloir. Il… s'est retenu.

Je haussai les sourcils. Si sa morsure pouvait systématiquement produire le même effet que ce soir, il avait fait plus que se retenir.

— Vous vous en êtes nourri, et Belle Morte aussi.

— C'était un vrai festin, n'est-ce pas? (Et quelque chose dans la façon dont il l'avait dit me fit rougir.) Je ne veux pas t'embarrasser, ma petite, mais c'était vraiment merveilleux. Je n'avais pas partagé le don d'Asher depuis plus de deux siècles. J'avais presque réussi à oublier comment c'était.

— Donc, vous ne pouvez pas faire ça sans Belle Morte.

— Un de ses dons est de servir de pont, de connexion, entre ses enfants. C'est ce qui permet le partage de pouvoirs.

— Je l'ai expulsée, Jean-Claude. Ça ne se reproduira pas.

— Et Asher et moi en sommes tous deux ravis. Je ne crois pas que tu te rendes compte du risque que nous avons tous pris. Si tu n'avais pas réussi à la repousser, Belle Morte nous aurait fait des choses, même à distance. Nous sommes les deux seuls membres de sa lignée qui l'aient jamais quittée volontairement. Elle en a exilé certains, mais avant nous, nul ne l'avait abandonnée de son propre chef, et elle n'est pas femme à bien supporter d'être rejetée.

C'était un doux euphémisme.

— Elle a vu Asher à travers mes yeux. J'ai senti son regret de l'avoir laissé partir, de ne pas avoir pu le regarder de la même façon que moi.

Jean-Claude détourna la tête.

— Dans ce cas, peut-être est-il possible d'apprendre de nouvelles grimaces à un très vieux singe.

Je déglutis et pris conscience du goût de sang et de bile dans ma bouche. Il fallait vraiment que je me lave.

Je m'approchai du lavabo et me scrutai dans le miroir. Je savais que j'étais nue, mais je ne le réalisai vraiment qu'en me voyant. J'avais réussi à essuyer avec du papier toilette le plus gros du sang qui maculait le bas de mon visage, mais j'en avais encore plein le cou et la poitrine.

— J'ai vraiment besoin d'une robe de chambre.

— Je peux t'offrir la mienne.

Je secouai la tête et saisis la brosse à dents. En temps normal, j'aurais commencé par nettoyer le sang, mais je voulais d'abord me débarrasser de ce goût affreux dans ma bouche.

— Je préfère que vous ne vous baladiez pas nu devant moi.

— Je vais envoyer… (Jean-Claude hésita.)… Asher te chercher une robe de chambre.

— Vous alliez dire Jason, n'est-ce pas ? (Il me regarda dans le miroir.) Je sais qu'il guérira, mais… j'aurais vraiment pu lui faire mal.

— Tu ne l'as pas fait. C'est tout ce qui compte.

— C'est très rassurant de le croire, en tout cas.

Il eut un sourire sans joie.

— Je vais transmettre le message à Asher.

— Génial. Merci.

Je mis du dentifrice sur la brosse pendant que Jean-Claude se dirigeait vers la porte. Il s'arrêta, la main sur la poignée.

— En temps normal, tu devrais un cadeau ou une marque de reconnaissance à tes pommes de sang pour le service qu'elles viennent de te rendre.

— Jason et Nathaniel ont déjà eu toutes les marques de reconnaissance que j'étais prête à leur accorder aujourd'hui, et même un peu plus.

Jean-Claude éclata d'un rire qui me caressa la peau comme de la soie.

— Certes, ma petite, et je pense qu'ils seraient d'accord avec toi. C'est pour plus tard que je te le dis. Tu dois récompenser tes pommes de sang.

— De l'argent, ça irait ?

Son expression me dit qu'il était blessé – outré, même – par ma suggestion.

— Tu viens de partager avec eux une expérience plus intime que la plupart des gens n'en connaîtront jamais. Ils nous ont offert quelque chose de précieux aujourd'hui, et ce ne sont pas des prostitués, Anita. (Oh oh. Mon vrai prénom. Je l'avais foutu en rogne.) Ce sont des pommes de sang. Considère-les comme des maîtresses tendrement chéries.

Je fronçai les sourcils.

— Aujourd'hui, le plaisir partagé était une récompense suffisante. Mais tu devras nourrir ton ardeur chaque jour, et au moins d'un festin comme celui de tout à l'heure, plusieurs fois par jour pendant quelques semaines.

— Où voulez-vous en venir ?

— Mieux vaudrait que tu choisisses une pomme de sang attitrée et que tu la gardes près de toi. Car en vérité, tu n'as pas encore pris la mesure de l'ampleur de ta faim. Elle sera peut-être légère et facile à rassasier, mais peut-être pas.

— Vous voulez dire que je devrai faire ça tous les jours ?

— Oui.

— Putain…

Jean-Claude secoua la tête.

— Était-ce si horrible, ma petite ? Y as-tu pris si peu de plaisir ?

—Ce n'est pas ça. C'était fantastique, et vous le savez. Mais jamais nous ne parviendrons à le reproduire, pas sans Belle Morte, et je ne veux pas l'inviter à revenir.

—Moi non plus. Mais tu peux faire beaucoup d'autres choses pour te nourrir. Et dès que tu te contrôleras un minimum, je t'apprendrai à te nourrir à distance.

—Quand?

—Dans quelques semaines.

—Merde. (Je reportai mon attention sur le miroir et demandai:) Comment choisit-on une pomme de sang?

—Je crois que tu l'as déjà fait.

—Vous voulez parler de Nathaniel?

Il acquiesça.

—Non. J'ai peur de perdre les pédales et de… Vous voyez ce que je veux dire.

—Il est agréable à regarder, et tu comptes beaucoup pour lui. Serait-ce si mal?

—Oui. Oui! Ce serait comme de la pédophilie. Nathaniel ne peut pas dire «non». Si la personne n'est pas en mesure de refuser, ça équivaut à un viol.

—Tu ne sembles pas vouloir accepter, ma petite, que Nathaniel sait exactement ce qu'il veut – et que ce qu'il veut, c'est toi.

—Il veut que je le domine dans tous les sens du terme.

—C'est toujours mieux qu'une pomme de sang soit soumise au vampire qui se nourrit d'elle. (Je secouai la tête.) Alors, avec qui d'autre veux-tu prendre le risque de te laisser emporter? Ton Nimir-raj?

Je décelai quelque chose d'inhabituel dans sa voix.

—Vous êtes jaloux.

—Le Nimir-raj n'est pas une pomme de sang, une maîtresse ou un dessert, même délectable. C'est un plat principal – très principal – et je veux être le seul plat principal à ta table.

—Il n'y a pas si longtemps, vous me partagiez avec Richard, qui n'a rien d'un simple dessert.

— C'est tout à fait exact. Mais lui aussi est lié à moi. Il est mon loup ; je peux l'appeler. Alors que ton Nimir-raj est un étranger.

— Je sais que c'était la faute de l'ardeur, mais je n'ai jamais…

— Tu n'es pas une femme légère, ma petite. Tu n'as pas pour habitude de céder à des pulsions passagères, je le sais. C'est justement ce qui me fait craindre l'importance que pourrait prendre ta relation avec ce Nimir-raj, dit-il d'un air grave, presque solennel.

— Que voulez-vous dire ?

— Si tu es vraiment sa Nimir-ra, tu seras irrésistiblement attirée par lui. Tu ne pourras pas t'en empêcher. Et en vérité, je ne peux pas critiquer tes goûts. Bien que son visage ne soit pas aussi séduisant que celui de notre Richard, le Nimir-raj possède certaines… compensations.

Son expression me fit rougir de nouveau. Je me tournai vers le lavabo et commençai à me brosser les dents. Jean-Claude en déduisit que je lui donnais congé. Il sortit en riant.

Quand la porte se referma derrière lui, je passai un long moment à m'examiner dans le miroir. Je me ressemblais toujours, mais je sentais le goût du sang de Jason sous celui du dentifrice. J'ouvris le robinet : je préférais écouter le bruit de l'eau qui coulait plutôt que les hurlements dans ma tête. Puis je me mis à frotter et à cracher.

Lorsque Jean-Claude revint, j'étais en train de rincer le sang de l'essuie-main dont je m'étais servi, et trois flacons de bain de bouche différents reposaient sur le bord du lavabo. J'avais utilisé les trois, et le seul goût qui subsistait sur ma langue était celui de la menthe. Mais vous avez beau vous nettoyer le corps et vous débarrasser du goût, les taches qui comptent vraiment sont celles qu'aucune quantité d'eau et de savon ne parviendra jamais à effacer.

J'aurais bien dit que les choses ne pouvaient plus empirer, mais je savais qu'elles risquaient de le faire dans les heures à venir. Si je m'enfermais pendant quelques jours, le temps de maîtriser l'ardeur, les loups-garous voteraient en mon absence, et ils exécuteraient Gregory. S'ils exécutaient Gregory, je ne me contenterais pas de descendre Jacob. Ce serait la guerre entre moi, mon pard et la meute de Richard. Or, Richard a un côté boy-scout qui le pousserait à se mettre en travers de son chemin et me forcerait peut-être à le tuer. Si Richard mourait, un bout de moi mourrait avec lui, et si c'était moi qui appuyais sur la détente… Il est des choses dont on ne se remet pas. Tuer Richard en ferait partie.

— Tu vas bien, ma petite ? demanda doucement Jean-Claude.

Je secouai la tête mais répondis :

— Ça ira.

Il me tendit un paquet de satin bleu marine.

— Alors, habille-toi, et je t'escorterai dehors.

Je le regardai.

— N'est-il pas évident que je ne veux pas ressortir d'ici ?

— Jason s'est retiré dans sa chambre. Il guérira. Mais nous avons pensé que ça te perturberait de le voir. Nathaniel attend ton bon plaisir, puisqu'il te tient lieu de chauffeur.

— Et Asher ?

— Il a raccompagné Jason.

— Vous tenez enfin la réponse à la question qui vous tourmentait.

— J'ai senti sa jouissance, ma petite. Je sais maintenant qu'il m'a laissé croire qu'il était devenu impuissant pour le seul plaisir de me tourmenter. Mais nous ignorons toujours l'étendue exacte de ses cicatrices, qui sont une mutilation en elles-mêmes.

— Parce qu'il se sent peut-être hideux au point de refuser qu'on le voie nu, ou qu'on le touche ?

— Oui.

— L'ardeur ne s'est communiquée à vous deux que lorsque vous avez mordu les garçons. Le pouvoir de Belle Morte est comme une maladie.

— Une maladie très particulière que j'ai vue à l'œuvre dans une salle de la taille d'un terrain de football américain. Elle s'est propagée jusqu'à ce que toutes les personnes présentes se jettent les unes sur les autres pour se livrer à… une orgie serait encore un terme en dessous de la vérité.

— Qu'est-ce que Belle Morte avait à gagner en faisant perdre le contrôle à une si grande quantité d'humains ?

— Son pouvoir s'accroît chaque fois que quelqu'un se nourrit à proximité d'elle. Mais ce n'était pas la seule raison. Elle voulait voir s'il y avait une limite au nombre de personnes qu'elle pouvait affecter avec son désir.

— A-t-elle trouvé cette limite ?

— Non.

— Donc, des centaines de gens au minimum…

Jean-Claude acquiesça.

— Et elle s'est nourrie de leur désir à tous ?

— Oui.

— Qu'a-t-elle fait de tout ce pouvoir ?

— Elle a aidé un marquis à séduire un roi et modifié les alliances et les routes commerciales de trois pays.

J'écarquillai les yeux.

— Au moins, ça ne s'est pas gaspillé…

— Belle a beaucoup de défauts, mais le gaspillage de ses atouts n'en fait pas partie.

— Que lui ont rapporté toutes ces manœuvres politiques ?

— Des terres, des titres, et l'adoration d'un roi. Souviens-toi, ma petite, que c'était à une époque où les souverains régnaient en monarques absolus sur leur peuple. Leur parole avait pouvoir de vie ou de mort, et Belle Morte gouvernait celui-ci grâce aux doux secrets de son corps.

— Personne ne peut être si bon au lit. (Quelque chose passa sur le visage de Jean-Claude – un petit sourire qu'il tenta de dissimuler.) Admettons. Si elle était si merveilleuse, pourquoi avez-vous fini par la quitter, Asher et vous ?

— Asher avait déjà passé de nombreuses années au côté de Belle lorsque je les rejoignis. Lui et moi faisions partie du cercle interne de pouvoir, celui pour lequel la plupart des vampires luttent vainement pendant des siècles. Nous étions les favoris de Belle jusqu'à ce qu'Asher découvre Julianna. Il m'a fallu plusieurs décennies pour me rendre compte que Belle avait dû être jalouse, d'une certaine façon. Elle couchait avec d'autres hommes, d'autres vampires, et ça ne la dérangeait pas qu'Asher et moi partagions notre lit – ou des amants et des maîtresses choisis par ses soins. Mais une autre femme que nous avions choisie nous-mêmes... c'était différent.

» Pourtant, une de nos lois les plus sacrées nous interdit de nuire au serviteur humain d'un de nos congénères. Aussi Belle se garda-t-elle d'intervenir. Puis Asher m'offrit Julianna, et nous devînmes un ménage à trois – ce qui souleva la question des rapports de Julianna avec d'autres vampires.

Il baissa les yeux et les releva.

—Arturo était, lui aussi, un des favoris de Belle Morte. Il désirait Julianna, mais Asher lui refusa le droit de coucher avec elle.

—Asher? Pas Julianna elle-même? m'étonnai-je.

—Elle était sa servante. S'il avait consenti, elle n'aurait pas pu se dérober.

—Charmant.

Jean-Claude haussa les épaules.

—C'était un autre siècle, ma petite, et Julianna était un autre genre de femme que toi.

—Alors, pourquoi Asher refusa-t-il?

—Il craignait pour l'intégrité physique de Julianna. Tout comme moi, d'ailleurs.

—Arturo était violent?

—Mère Nature avait fait en sorte que les rapports sexuels avec lui le soient forcément.

Je fronçai les sourcils.

—Que voulez-vous dire?

De nouveau, Jean-Claude haussa gracieusement les épaules.

—À ce jour, Arturo reste l'homme le plus gâté par la nature que j'aie connu.

—Et alors ?

Il secoua la tête.

—Tu ne comprends pas, ma petite. Il était extrêmement bien outillé… comment dit-on, déjà ?… monté comme un âne.

Je voulus lui faire remarquer que Richard ne se défendait pas trop mal non plus de ce côté-là, mais il me sembla que signaler au petit ami n° 1 que le petit ami n° 2 en avait une plus grosse aurait manqué de tact. Micah était encore mieux membré que Richard, mais là encore, je jugeai préférable de garder ce… détail pour moi. Aussi me contentai-je de répondre :

—J'ai eu l'occasion de voir deux hommes montés comme des ânes, pour reprendre votre expression, et c'était intimidant, mais… vous avez dit que vous craigniez pour l'intégrité physique de Julianna.

—C'est bien ça.

—Personne n'est gros à ce point.

—À côté d'Arturo, même Richard et ton Nimir-raj ont l'air riquiqui.

Je rougis et le regrettai aussitôt.

—Ce n'était pas à eux que je pensais.

Jean-Claude haussa un sourcil.

—Vraiment ?

La façon dont il l'avait dit me fit rougir encore plus fort.

—Je parlais de deux types que j'ai rencontrés au Nouveau-Mexique. Un des renforts d'Edward et un des méchants.

—Et comment se fait-il que tu aies eu l'occasion de contempler leur équipement, ma petite ?

Dans sa voix, je décelai un frémissement, pareil à un soupçon de colère.

—Je n'ai couché avec aucun des deux. Ni avec personne d'autre, d'ailleurs.

—Alors, comment se fait-il que tu les aies vus nus? insista Jean-Claude sur un ton qui n'était pas encore brûlant, mais dont la température montait sensiblement.

Et je ne pouvais pas l'en blâmer.

—Bernardo, le renfort d'Edward, m'a accompagnée dans le repaire d'un gang de motards du coin. Ils n'ont pas voulu croire qu'on sortait ensemble. Ils m'ont demandé si Bernardo était circoncis, et j'ai répondu «oui» en me disant que dans ce pays, j'avais plus d'une chance sur deux d'avoir raison. Ils lui ont fait baisser son pantalon pour vérifier.

—Sous la menace, j'imagine.

À présent, Jean-Claude semblait plus amusé qu'irrité.

—Oui.

—Et l'autre homme?

—Il a tenté de me violer.

Ses yeux s'écarquillèrent.

—Qu'est-il devenu?

—Je l'ai tué.

Il toucha doucement mon visage.

—Cela fait peu de temps que j'ai compris pourquoi tu m'attirais tellement, depuis la première fois où je t'ai entendue parler avec la police.

—Un coup de foudre auditif… ma voix n'est pourtant pas si ensorcelante.

—Ne sous-estime pas ton charme, ma petite. Cela dit, ce ne sont pas ses douces modulations qui m'ont fasciné: ce sont les mots qu'elle prononçait. À l'instant où je t'ai entendue parler, où j'ai vu ton flingue et compris que cette petite femme menue était la fameuse exécutrice, j'ai su que jamais tu ne mourrais en attendant que je te sauve – que tu te sauverais toute seule.

Je posai ma main sur la sienne et la pressai contre ma joue. Plongeant mon regard dans le sien, j'y vis ce chagrin et cette culpabilité de n'avoir pas réussi à sauver Julianna qui ne le quittaient jamais complètement.

—Si je comprends bien, ce qui vous a séduit chez moi, c'est mon côté dur à cuire?

Il eut un sourire qui ne monta pas tout à fait jusqu'à ses yeux.

—Oui, ma petite.

D'une voix douce, je repris:

—Donc, Arturo voulait Julianna.

Jean-Claude retira lentement sa main.

—Et elle avait peur de lui, et nous avions peur pour elle. C'était il y a un peu plus de deux cents ans. Asher n'était pas aussi puissant que maintenant, et nous craignions que sa servante humaine ne survive pas aux assauts d'Arturo.

—Il faut quand même que je demande: ce type faisait quelle taille, au juste?

Jean-Claude écarta ses mains comme pour décrire un poisson. De quinze centimètres environ.

—Ce n'est pas si long, m'étonnai-je.

—Ça, c'était la largeur.

J'en restai bouche bée.

—Vous exagérez.

—Non, ma petite. Crois-moi, je m'en souviens très bien.

—Et en longueur, ça donnait quoi?

Il fit un autre geste, et j'éclatai d'un rire incrédule.

—Pitié. D'après vous, il mesurait… quinze centimètres de large et plus de trente centimètres de long? Impossible.

—Très possible, ma petite.

—Vous dites qu'Arturo était l'un des favoris de Belle. Cela signifie-t-il qu'elle…?

—Couchait avec lui, oui.

Je fronçai les sourcils. Ne trouvant pas de façon plus élégante de le dire, je lâchai:

—Et il ne déchirait pas tout sur son passage?

—Belle était une femme très accueillante envers les hommes, de toutes les façons possibles.

Quelle délicatesse!

— La plupart des femmes manqueraient de la place nécessaire pour y fourrer un engin pareil, fis-je remarquer, renonçant à toute velléité de distinction.

— En effet, acquiesça Jean-Claude.

— Belle Morte voulait-elle tuer Julianna?

— Non, elle pensait qu'Arturo ne lui ferait pas de mal.

— Pourquoi?

Jean-Claude s'humecta les lèvres, ce qu'il fait rarement, et parut mal à l'aise, ce qui lui arrive encore moins souvent.

— Disons que Belle Morte nous avait appris à prendre plaisir à une certaine pratique, à laquelle nous nous adonnions également avec Julianna.

Je fronçai les sourcils, perplexe.

— Je ne vois pas du tout à quoi vous faites allusion.

— Je préfère ne pas en parler maintenant. Plus tard, peut-être.

— Que me cachez-vous?

Il secoua la tête.

— Je pense, ma petite, que tu préfères ne pas le savoir.

Je le regardais d'un air dur.

— Vous savez, Jean-Claude, il fut un temps pas si lointain où j'aurais fait une scène et exigé que vous me racontiez tout. Mais aujourd'hui, si vous me dites que je ne veux pas savoir, je vous crois. Je ne suis vraiment pas en état d'écouter des détails intimes et choquants sur votre vie sexuelle de vampire. J'ai déjà été assez secouée comme ça pour la journée.

— Tu grandis enfin, ma petite.

— Évitez de vous moquer de moi, merci. Et je ne grandis pas: je fatigue.

— Comme nous tous, ma petite. Comme nous tous.

Je laissai le ballot de satin bleu cascader depuis mes mains. C'était un peignoir doté de larges manches en dentelle et de revers assortis, garni de fleurs le long des flancs. Il était très beau et m'allait parfaitement. La plupart des peignoirs sont trop longs pour moi. Jean-Claude l'avait probablement acheté exprès. Je l'enfilai et nouai la ceinture.

Je n'avais aucune envie de poser davantage de questions sur l'ardeur, le sexe et les spécialités vampiriques. Mais certaines choses devaient être clarifiées.

—Jean-Claude, j'ai besoin de comprendre.

—Oui, ma petite ?

—Vous dites que ce que nous venons de faire, c'était du sexe. Donc, en gros, j'ai couché avec quatre hommes ? (Il se contenta de hocher la tête.) Vous n'avez pourtant pas l'air jaloux.

—J'ai participé, ma petite. Pourquoi serais-je jaloux ?

Sa réponse ne fit qu'augmenter ma confusion. Je fronçai les sourcils.

—Reprenons depuis le début. Vous dites qu'il faudra sans doute que je me nourrisse plusieurs fois par jour dans un premier temps. Et je ne peux pas compter sur vous pour accourir sur un simple claquement de doigts. Je pourrais dormir au *Cirque*, mais…

—Il se peut que tu aies besoin de te nourrir pendant mon sommeil, acheva-t-il à ma place. C'est non seulement possible, mais très probable.

—D'accord. Alors, quelles sont les règles ?

Ce fut à son tour de se rembrunir.

—Qu'entends-tu par là, ma petite ?

—Les règles. De qui serez-vous jaloux ? De qui dois-je me tenir éloignée pour ne pas provoquer votre colère ?

Il esquissa un sourire mais n'alla pas jusqu'au bout.

—Tu es l'une des personnes les plus cyniques que j'aie jamais rencontrées, celle qui fait preuve du plus de sens pratique dans un contexte de vie ou de mort. Et si tu connaissais certains des gens que j'ai rencontrés, tu mesurerais l'ampleur du compliment. Mais tu es aussi très directe, comme une enfant. C'est une forme d'innocence qui ne te quittera jamais, je crois. Et que j'ai du mal à gérer.

—Ma question est pourtant bien compréhensible.

—De fait. Mais la plupart des gens n'auraient pas besoin de la poser si brutalement. Ou bien ils la passeraient sous silence et feraient de leur mieux quand la situation se présenterait, ou bien ils me demanderaient avec quelles personnes de mon entourage je les autorise à coucher.

Cela me fit frémir de l'entendre dire ça.

—Je préfère ma façon à moi.

—Je sais. Malgré ton côté direct, la plupart du temps, tu nages en plein déni.

—Je n'aime pas du tout la tournure que prend cette conversation.

—D'accord, mais je vais répondre à ma propre question, parce que c'est la plus simple des deux. Si Nathaniel est ta pomme de sang, tu peux être intime avec lui. En tant que ma pomme de sang, Jason a le droit de faire l'amour avec toi. Partager sa servante humaine avec un autre est considéré comme une grande faveur, et Jason l'a bien mérité. Il me sert fidèlement depuis des années.

—Je ne suis pas une récompense pour bons toutous !

Jean-Claude leva une main.

—Chut, ma petite. Je vais répondre à la question, et je vais tenter de te dire la vérité, même si tu n'as pas envie de l'entendre aujourd'hui. Ce qui est regrettable, car j'aurais eu beaucoup de choses à te raconter. Mais tu as raison : nous devons au moins régler ce point-là. Personnellement, j'aurais juste insisté pour que tu gardes Nathaniel près de toi et laissé le reste se faire naturellement ; mais si tu insistes pour que je te donne une liste, je vais te la donner. Cependant, je te fournirai aussi les raisons qui la motivent. Parce que je tiens à ce qu'une chose soit claire : je ne te partage pas volontiers, et il est des hommes avec lesquels je ne te partagerai pas du tout.

Sa voix s'était faite cinglante, et ses yeux s'étaient changés en flammes couleur de saphir. Le reste de son corps était parfaitement immobile, mais son regard le trahissait. Il était en proie à une émotion violente, probablement de la colère, mais je n'en étais pas sûre. Et il avait dressé un bouclier psychique de malade – donc, il ne voulait pas partager avec moi ce qu'il pensait ou éprouvait.

— Asher, c'est acceptable.

Cette fois, il ne me donna pas de raison, et je n'en demandai pas – parce qu'il y en avait trop et que la plupart étaient douloureuses.

— Si Richard reprend ses esprits, bien entendu, tu peux coucher avec lui.

Jean-Claude lissa le devant de sa robe de chambre. Il arrange souvent ses fringues quand il est nerveux.

— Pour le Nimir-raj, je suis obligé de laisser faire étant donné qu'il t'appelle. La bête de Richard t'appelle à travers mes marques, le lien qui me rattache à lui. Mais le Nimir-raj… c'est toi qu'il appelle, Anita. (De nouveau mon vrai prénom. Il n'était pas content du tout.) Ou du moins, quelque chose en toi – ton pouvoir, peut-être. Il se peut que tu sois vraiment devenue une Nimir-ra ; la pleine lune nous le confirmera. Il se peut aussi que tu aies trouvé ton animal et que Nathaniel en soit une incarnation. Si tu es plus fortement attirée par les léopards dans leur ensemble, ça peut être pour l'une ou l'autre raison. Si ma seconde hypothèse s'avère exacte, sois très prudente : Nathaniel et le Nimir-raj ne seront sans doute pas les seuls à te faire cet effet.

— Pitié, ne me dites pas que je vais devenir nympho.

Il sourit.

— Je ne pense pas que tu aies de souci à te faire de ce côté-là. Tu as suffisamment de volonté.

— Vous venez de dire que je pourrais être tentée par les autres léopards-garous, non ?

— Si Nathaniel ou le Nimir-raj ne sont pas près de toi quand l'ardeur se manifeste, je te conseille d'y céder immédiatement.

J'écarquillai les yeux.

— Si tu résistes, ma petite, elle ne fera que grandir. Et si elle grandit suffisamment, alors, tu deviendras peut-être une nympho. Mais si tu cèdes et te nourris sur-le-champ, tu coucheras avec une seule personne au lieu de plusieurs, et tu pourras la choisir.

— Donc, vous me conseillez de garder mes favoris à portée de main.

— À ta place, je ne ferais plus un pas sans Nathaniel, ou un autre compagnon de ton choix.

Je déglutis péniblement et scrutai son visage, mais il arborait une expression de plaisante neutralité – celle qu'il affiche toujours quand il ne veut pas que je sache à quoi il pense. Ses yeux étaient redevenus normaux.

Une idée me traversa l'esprit.

— Je n'ai pas vu Damian ces derniers temps.

— Je parle de sexe, et tu penses à Damian.

Sa voix était toujours agréable, mais ses paroles avaient quelque chose de dur.

— Vous me dressez une liste des gens avec lesquels je peux coucher ou non, mais vous ne le mentionnez pas. Il n'était pas au *Narcisse Enchaîné*, et il n'est pas venu nous rejoindre dans la chambre, attiré comme Asher par le pouvoir que nous dégagions. Où est-il ?

Jean-Claude se frotta le visage.

— J'allais t'en parler quand tu as décidé que tu avais eu ton comptant de vérités pénibles pour la journée.

Il baissa les mains et me regarda.

— Il est vivant, protestai-je. S'il ne l'était plus, je le saurais.

— Oui, je pense que oui. Il fut un temps où Lisette pouvait faire battre mon cœur. Son pouvoir m'imprégnait et me donnait vie. Mais il lui venait du Maître de la Ville local, donc en réalité, c'était le pouvoir du Maître de la Ville qui m'animait. Chaque maître vampire auquel j'ai appartenu a exigé de moi un serment de sang, et en retour, chacun d'eux a fait battre mon cœur et circuler mon sang dans mes veines. Puis Belle en personne, l'origine de ma lignée, m'a fait venir à elle, et elle m'a rempli.

Elle était comme le ressac de l'océan, et tous les autres avant elle, de simples rivières qui venaient se noyer dans son étreinte.

» Petit à petit, j'ai développé mon propre pouvoir. Mais aujourd'hui encore, je vis parce que j'appartiens à la lignée de Belle. Le pouvoir qui m'anime est celui qui l'a créée. Damian descend également de Belle – pas d'elle directement, mais d'un de ses enfants, comme moi. Je suis le Maître de Saint Louis et le pouvoir qui m'anime est aussi celui qui anime Damian. À partir du moment où Damian a prêté le serment qui le lie à moi, c'est mon pouvoir qui l'a rempli et a fait battre son cœur. Et j'ai brisé son lien avec celle qui l'avait créé.

— Vous donnez vie à tous les vampires que vous gouvernez ?

— Le pouvoir leur parvient à travers moi, oui, mais seulement s'ils appartiennent à ma lignée. S'ils ont été créés par un vampire qui ne descend pas de Belle, leur serment ne les lie pas de manière aussi étroite.

— Et Asher ? Ce n'est pas vous qui faites battre son cœur.

Jean-Claude acquiesça.

— Bien vu, ma petite. En effet, ce n'est pas moi. Un maître vampire est un vampire qui a acquis suffisamment de pouvoir pour se remplir lui-même. C'est l'un des éléments qui nous définissent, et une des raisons pour lesquelles beaucoup des maîtres vampires les plus vieux continuent à tuer leurs enfants lorsqu'ils sentent ce lien se rompre.

— Vous me bombardez d'informations, mais sans vouloir paraître ingrate – parce que tout ça est fascinant –, je ne vois pas le rapport avec Damian.

— Une fois, tu as relevé Damian de son cercueil en le remplissant de ta nécromancie comme un zombie. À deux reprises, tu lui as sauvé la vie avec ta magie. Tu as forgé un lien entre lui et toi.

Je hochai la tête. J'étais déjà au courant.

— Il m'a dit qu'il ne pourrait plus me désobéir si je lui donnais un ordre direct. Qu'il avait envie de me servir, et que ça l'effrayait.

—C'est bien normal.

—Je ne voulais pas faire ça, Jean-Claude. Je ne savais même pas que c'était possible.

—Les légendes parlent de nécromanciens capables de contrôler tous les types de morts-vivants, pas juste les zombies. À une époque, le Conseil avait pour politique de tuer tous les nécromanciens à vue.

—Eh ben, je suis drôlement contente qu'ils soient revenus sur leur position.

—Certes. Il n'en reste pas moins que tu as brisé mon lien avec Damian. Je ne m'en suis pas rendu compte immédiatement, mais quand il est rentré du Tennessee, ce n'était plus mon pouvoir qui faisait battre son cœur : c'était le tien.

Je me souvenais d'avoir, effectivement, senti ce lien entre Damian et moi dans le Tennessee.

—Je n'ai pas fait exprès.

—Je le sais. Mais en t'absentant six mois, tu m'as laissé avec un sacré problème sur les bras. Damian a plus de mille ans. Bien qu'il ne soit pas un maître vampire, il reste très puissant. Et il n'avait plus de lien avec aucune hiérarchie vampirique. Il était libéré de tous ses serments de sang, toutes ses allégeances mystiques. Il t'appartenait, mais tu n'es pas venue le chercher.

—Vous auriez dû me prévenir.

—Et qu'aurais-tu fait ? Tu l'aurais emmené chez toi pour le loger dans ta cave ? Il y a six mois, tu ne disposais ni du pouvoir, ni du contrôle nécessaire pour gérer Damian.

—Mais à présent, les choses ont changé. C'est ça que vous voulez dire ?

—Tu as expulsé Belle Morte. Un des membres les plus puissants du Conseil. Si tu peux faire ça, ma petite, tu peux gérer Damian.

—Tout cela est bien beau, mais je ne sais toujours pas où il se trouve.

—Je ne pouvais plus compter sur sa loyauté. Comprends-tu, ma petite ? J'avais sur les bras un vampire deux fois plus vieux que moi, et je ne pouvais pas le contrôler. Sa présence me faisait paraître faible à un moment où je ne pouvais pas me le permettre, et elle était dangereuse, parce que lorsque tu as guéri ton aura et dressé autour de toi un bouclier quasi impénétrable, Damian l'a senti. Richard et moi ne sommes pas les seuls à avoir durement éprouvé ta perte. Du jour au lendemain, tu t'es coupée de Damian, et… ça l'a rendu fou.

À présent, j'avais la trouille et le cœur dans la gorge.

— Où est Damian ?

— D'abord, ma petite, tu dois comprendre que tu ne peux pas l'emmener avec toi ce soir, parce que veiller sur lui sera un travail à plein-temps pendant les premières heures.

— Dites-moi.

— J'ai dû l'enfermer, ma petite.

Je regardai Jean-Claude.

— L'enfermer, comment ?

Il soutint mon regard sans rien dire, mais son silence fut assez éloquent.

— Damian est enfermé dans un cercueil bardé de croix depuis six mois ?

— À peu près, oui.

— Espèce de salaud.

— J'aurais pu le tuer, ma petite. C'est ce que beaucoup d'autres auraient fait à ma place.

— Pourquoi vous êtes-vous abstenu ?

— Parce que c'est à cause de moi qu'il t'avait rencontrée. Il m'appartenait de le protéger, et j'avais échoué.

— Maintenant, c'est à moi qu'il appartient. C'est à moi de le protéger.

— Pourtant, tu l'as abandonné.

— Je ne savais pas. Vous auriez dû me dire.

— Il y a six mois, m'aurais-tu crue ? Ou aurais-tu pensé que c'était une ruse pour te faire revenir dans ma vie ?

Je voulus répondre : « Bien sûr que je vous aurais cru ! », mais je me ravisai et réfléchis.

— Je ne sais pas trop, finis-je par avouer.

— J'espérais trouver un moyen de rétablir ma dominance sur lui, mais il m'est fermé.

Je déglutis péniblement.

— Si Damian m'appartient, pourquoi ne l'ai-je pas senti quand mon bouclier a volé en éclats au Nouveau-Mexique ?

— Je faisais du blocage pour t'empêcher de le sentir. Et ce n'était pas facile tous les jours.

Je fermai les yeux et comptai jusqu'à dix, mais ça ne m'aida pas. J'étais tellement furieuse que j'avais chaud partout.

— Vous n'aviez pas le droit de faire ça.

— Avant le mariage des marques, je pense que Damian t'aurait séduite. Parce que tu aurais été attirée par lui de la même manière qu'aujourd'hui tu es attirée par Nathaniel – voire par le Nimir-raj.

— Sans l'ardeur pour m'y pousser, je n'aurais pas baisé avec Damian.

— Tu récupéreras ton vampire demain soir. Et je t'aiderai à le remettre sur pied.

— Je reviendrai le chercher ce soir.

— Parle avec Asher, ma petite. Demande-lui ce qu'il faudra pour faire reprendre ses esprits à un vampire de mille ans qui vient de passer six mois dans un cercueil. Damian n'est pas un maître ; il n'avait aucun moyen de se nourrir ou de gagner de l'énergie à distance. Quand il sortira de là, la soif l'aura rendu fou. Il ne restera pas grand-chose de lui dans un premier temps.

Je ne sus pas quoi répondre. Je voulais frapper Jean-Claude, mais ça n'aurait rien changé. Je n'étais même pas sûre que ça m'aurait soulagée.

— Je veux le récupérer ce soir, à mon retour du lupanar.

— Tu ne pourras pas à la fois t'occuper de Damian et de ton léopard-garou blessé. Demande à Asher, il t'expliquera la somme de travail que ça représente. Une nuit de plus ne fera pas de différence pour Damian, et ce soir, tu dois empêcher une guerre entre les léopards et les loups. Plus important encore, tu dois faire une démonstration de force assez impressionnante pour convaincre les ennemis de Richard qu'ils ne peuvent pas le tuer et se mettre ses alliés à dos. C'est sur ces choses que tu dois te concentrer pour le moment, ma petite.

—Je ne vous crois pas.

Jean-Claude haussa les épaules.

—Crois ce que tu veux, mais il faudra des heures de soins constants pour faire revenir Damian à la raison. Et il faudra des jours entiers de soins, de sang et de chaleur pour qu'il redevienne lui-même.

—Sachant cela, comment avez-vous pu lui infliger une torture pareille?

Ma voix n'était même pas furieuse: juste lasse.

—J'ai appris personnellement la leçon du cercueil bardé de croix, ma petite. Je n'ai rien fait à Damian que je n'aie subi le premier.

—Vous n'y avez passé que quelques jours, jusqu'à ce que je tue l'ancien Maître de la Ville. La belle affaire…

Il fit un signe de dénégation.

—Quand je suis allé voir le Conseil avec Asher et que j'ai négocié pour qu'ils lui sauvent la vie, ils ont exigé deux années de ma liberté en échange. J'ai donc passé deux ans à l'intérieur d'un cercueil, incapable de me nourrir, incapable de m'asseoir, incapable… (Il s'enveloppa de ses bras comme s'il avait froid.) Je sais que ce que j'ai fait à Damian est terrible, mais la seule autre solution, c'était de le tuer. Aurais-tu préféré ça?

—Non.

—Pourtant, je lis une accusation dans tes yeux. Tu me considères comme un monstre à cause de ce que je lui ai fait. Mais ce serait pire si je l'avais tué. Ou peut-être aurais-tu préféré que je le lâche dans les rues de Saint Louis et le laisse massacrer des innocents?

—Damian ne ferait jamais ça.

—Il était devenu fou, ma petite. Étranger à lui-même. Te souviens-tu du couple qui a été assassiné il y a environ six mois?

—J'ai vu un paquet de couples assassinés cette année. Il va falloir être plus précis.

La moutarde commençait à monter au nez de Jean-Claude. Très bien, nous allions pouvoir être en rogne tous les deux.

—Ils étaient dans leur voiture, arrêtés à un feu rouge. Le capot de la voiture était enfoncé comme s'ils avaient percuté un corps, mais on n'a jamais retrouvé de cadavre.

—Oui, je me souviens d'eux. Ils avaient la gorge arrachée. La femme avait tenté de se défendre ; elle avait des marques de griffes sur les bras.

—Asher a trouvé Damian en train d'errer quelques pâtés de maisons plus loin. Il était couvert de sang. Il s'est débattu, et il a fallu qu'une demi-douzaine d'entre nous viennent en renfort pour le maîtriser et le ramener à la maison. Étais-je censé le laisser en liberté après ça ?

—Vous auriez dû m'appeler.

—Et ensuite ? Tu l'aurais exécuté ? Si la folie est une clause d'irresponsabilité dans votre système pénal, Damian ne peut être tenu pour responsable de ses actes. Mais votre système pénal ne nous accorde pas les mêmes droits qu'aux humains. Nous ne pouvons pas plaider la folie et nous en tirer vivants.

—J'ai vu cette scène de crime. Ça ne ressemblait pas à l'œuvre d'un vampire. On aurait plutôt dit celle d'un métamorphe, sauf que… les marques ne collaient pas. (Je secouai la tête.) C'était un animal enragé et vicieux.

—Oui. Voilà pourquoi je l'ai enfermé en espérant que tu nous reviendrais, ou que tu sentirais ce qui lui arrivait. Au début, je n'ai rien fait pour l'empêcher de t'atteindre. Mais tu n'es pas venue.

—Je ne savais pas.

—Tu savais que Damian t'appartenait, et pourtant, tu n'as pas pris de ses nouvelles. Tu l'as abandonné.

—Je ne savais pas, répétai-je, chaque mot de plus en plus chargé de colère.

—Et je n'avais pas le choix, Anita. Je devais le mettre hors d'état de nuire.

—Pensez-vous que sa folie soit irrémédiable ?

Les bras toujours serrés autour de lui, Jean-Claude haussa les épaules.

—Si tu étais un vampire et Damian ton descendant, je dirais non. Mais tu n'es pas un vampire, tu es une nécromancienne. Donc, je l'ignore.

—S'il ne revient pas à lui…

—Il faudra le détruire, dit doucement Jean-Claude.

—Je n'ai jamais voulu ça.

—Moi non plus.

Nous gardâmes le silence un moment pendant que je réfléchissais à la situation et que Jean-Claude y réfléchissait aussi ou jouait juste les statues vivantes.

—Si tout ce que vous dites est vrai, vous n'avez pas eu le choix, finis-je par concéder.

—Pourtant, tu es quand même furieuse contre moi. Tu vas quand même me le faire payer.

Je levai les yeux vers lui et le foudroyai du regard.

—Que voulez-vous que je vous dise ? Que savoir que vous avez gardé Damian dans une boîte pendant six mois ternit quelque peu l'éclat de notre relation ? Parce que oui, c'est le cas.

—En temps normal, tu irais délivrer Damian et tu m'éviterais jusqu'à ce que ta colère soit retombée.

Je hochai la tête.

—Exact.

—Mais tu vas avoir besoin de moi pendant les premières nuits, ma petite. Tu auras besoin d'un autre vampire possédant les mêmes appétits pour t'aider à les contrôler.

—Je ne peux vivre ni avec vous, ni sans vous, c'est ça ?

—J'espère que ta colère retombera avant que tu aies de nouveau besoin de mon aide, mais je crains que ça ne soit pas le cas. Souviens-toi, ma petite, que l'ardeur n'est limitée ni par la morale, ni même par tes préférences. Si tu résistes assez longtemps et assez farouchement, tu finiras quand même par céder, et tu n'auras plus le choix de l'objet de tes attentions. Alors, fais au moins une chose pour moi : garde toujours, soit Nathaniel, soit le Nimir-raj près de toi. Non dans mon intérêt, mais dans le tien. Car de nous deux, je pense que celui qui te pardonnerait le plus facilement d'avoir couché avec un inconnu, c'est moi.

La conversation en resta plus ou moins là. J'allai trouver Asher, qui me confirma les dires de Jean-Claude. J'attendis même que Willie McCoy sorte de son cercueil pour lui demander de me raconter toute l'histoire. Apparemment, Damian avait pété les plombs et massacré ce couple qui venait de le percuter en voiture. L'homme était descendu pour voir s'il était encore en vie. Il lui avait fait du mal, alors, Damian l'avait tué. Mais la femme… Il était monté dans la voiture pour l'égorger elle aussi. Nous serions peut-être forcés de l'exécuter parce que jusque-là, je n'avais pas compris ce que ma magie signifiait pour Damian. Et ce n'était pas la seule chose qui m'avait échappé.

Je repartis dans un doux crépuscule estival, moi au volant et Nathaniel assis à côté de moi. La journée avait été très longue. Je devais rentrer chez moi, puisque j'avais rendez-vous avec Rafael et les rats-garous, ainsi qu'avec Micah et son pard. Il avait laissé un numéro à l'hôpital des métamorphes, et je l'avais appelé. J'avais failli ne pas le faire, mais nous avions sérieusement besoin de renforts ce soir. Ma gêne était un bien faible prix à payer.

Si j'étais restée en contact avec Jean-Claude et Richard ces six derniers mois, j'aurais probablement pu persuader Richard de ne pas faire autant de conneries avec sa meute. J'étais revenue pour tenter de renouer avec eux, mais je passais mon temps à réparer les dégâts causés par mon absence. À la prochaine pleine lune, Richard serait peut-être mort et remplacé par Jacob. Damian s'avérerait peut-être irrémédiablement fou, et il faudrait le détruire. Les gens qui l'avaient renversé seraient toujours en vie si je m'étais rendu compte de l'effet produit par ma magie.

J'avais évité une bonne partie des enseignements de Marianne parce que ça ressemblait trop à de la sorcellerie pure pour la monothéiste que je suis, mais je savais maintenant que je devais comprendre le fonctionnement de mes pouvoirs. Je ne pouvais pas me permettre de détourner pudiquement les yeux. Dieu n'arrêtait pas de me répéter que je ne faisais rien de mal selon Lui. Que je n'étais pas damnée. Mais au fond de moi, j'avais du mal à y croire. Il me semblait que la nécromancie, le fait de relever les morts, n'avait pas grand-chose de chrétien.

Pourtant, si Dieu n'y voyait pas d'objection, où était le problème ? J'avais prié maintes fois, et Il m'avait répondu assez clairement à plus d'une reprise. Il m'avait signifié que je devais le faire, que c'était ma destinée. Si Dieu était d'accord, qui étais-je pour protester ? Regardez où mon arrogance nous avait conduits. Deux morts, un cinglé, et si Richard perdait la meute… il y aurait un paquet d'autres victimes.

Tandis que je conduisais, je sentis un calme très particulier s'installer en moi. D'habitude, la caresse de Dieu est tiède et dorée, mais parfois, quand je suis vraiment lente à réagir et que je ne pige pas ce qu'Il attend de moi, je suis saisie par une sorte de tristesse résignée, comme un parent qui regarde son enfant apprendre une leçon douloureuse mais nécessaire. Pas une seule fois je n'ai prié Dieu de m'éclairer sur le sujet de Jean-Claude et de Richard – du moins, je ne lui ai jamais demandé de m'aider à choisir entre les deux. Ça ne me paraît pas très approprié comme question, d'autant que je pense savoir qui Il choisirait. Après tout, les vampires sont maléfiques, non ?

Mais alors que, roulant dans l'obscurité grandissante, je sentais Sa douce présence envahir la voiture, je compris que la véritable raison pour laquelle je ne lui avais pas demandé, c'est parce que j'avais peur de la réponse. Je continuai à conduire et à prier, et Il ne se manifesta pas, mais je sus qu'Il m'avait entendue.

Chapitre 20

La nuit était tombée quand nous arrivâmes chez moi. Presque toutes les lumières étaient allumées, comme si je donnais une soirée et que personne n'avait pris la peine de m'en avertir. L'allée était pleine à craquer de voitures qui débordaient sur la chaussée.

Une des raisons pour lesquelles j'ai loué cette maison, c'est qu'il n'y avait pas de voisins à proximité. Quand j'ai des problèmes, ça se termine souvent en fusillade, et je ne voulais pas qu'un témoin innocent risque de se faire abattre. Du coup, personne ne me mate jamais par sa fenêtre en se demandant ce qui peut bien se passer chez moi et quelle est la cause de tout ce vacarme. Il n'y a que des arbres et une route solitaire, qui se fichent pas mal de ce qui m'arrive. Du moins, je ne crois pas que les arbres s'en soucient, mais Marianne me détromperait peut-être.

Je dus me garer à bonne distance de la maison, le long de la route. Je coupai le contact et Nathaniel et moi restâmes assis dans le noir à écouter mourir le ronronnement du moteur. Il n'avait pas dit grand-chose depuis que j'étais ressortie de la salle de bains de Jean-Claude – et pas un mot pendant les quarante-cinq minutes qu'il nous avait fallu pour rentrer chez moi. Mais je n'avais pas moufté non plus.

J'étais partie en pétard, promettant à Jean-Claude de revenir le lendemain soir pour sortir Damian de sa prison. Si je ne voulais pas rester avec lui, ce n'était pas seulement parce qu'il avait gardé Damian enfermé tous ces mois : c'était parce qu'il avait finalement réussi à faire de moi un monstre.

Je savais déjà que coucher avec lui renforçait nos marques, mais à présent qu'elles étaient appariées… Quelles conséquences auraient nos relations sexuelles ? Pouvions-nous être liés encore plus étroitement ? Cette évolution ne concernait-elle que Jean-Claude, ou pouvais-je également m'attendre à des surprises mystiques du côté de Richard ? Ça semblait assez probable, et Jean-Claude était incapable de me dire en quoi lesdites surprises risquaient de consister.

Il ne savait pas ce qu'il faisait ; il n'en savait rien du tout. Vu que je ne le savais pas non plus, et qu'il ne fallait pas compter sur Richard pour ce genre de choses… nous étions dans la panade. J'avais décidé d'appeler Marianne le lendemain, dans l'espoir que toutes les magies se ressemblaient et qu'elle pourrait éclairer ma lanterne. En attendant, je devrais me débrouiller seule – pour changer un peu.

Évidemment, je n'étais pas tout à fait seule. Je tournai la tête vers Nathaniel. Il me rendit tranquillement mon regard, les mains posées sur ses cuisses et sa ceinture de sécurité toujours attachée. Il s'était fait une longue tresse qui laissait son visage à nu. Dans le clair de lune, ses yeux paraissaient gris clair plutôt que violets. Du coup, il avait l'air bien plus normal que d'habitude.

Brusquement, il m'apparaissait juste comme le jeune homme assis à côté de moi, et je fus choquée de me rendre compte que je ne le considérais pas comme une personne. Du moins, pas comme une personne adulte et indépendante. À mes yeux, il était plutôt un fardeau. Quelqu'un qu'il fallait sans cesse protéger et sauver. Une cause, une bonne œuvre, mais pas une personne.

La chaleur commençait à presser sur la Jeep. Si nous restions assis là beaucoup plus longtemps, je devrais rallumer la clim. À supposer que Jean-Claude ait raison, j'avais couché avec Nathaniel un peu plus tôt. Mais j'espérais que Jean-Claude se trompait, parce que je considérais toujours Nathaniel comme un enfant martyr. Or, les enfants martyrs, on en prend soin. On ne couche pas avec eux, même s'ils en manifestent l'envie.

Mon sein me faisait encore un peu mal à l'endroit où Nathaniel m'avait mordue. Nous avions partagé un lit si souvent que ça me faisait bizarre de dormir sans lui. Mais je ne le voyais toujours pas comme un adulte. C'était peut-être triste, mais c'était la vérité.

— Jean-Claude est à peu près certain que l'ardeur est suffisamment rassasiée pour ne pas me poser problème jusqu'à la fin de la nuit, dis-je.

Nathaniel acquiesça.

— Tu n'auras pas besoin de te nourrir avant d'avoir dormi quelques heures. Jean-Claude m'a expliqué.

Cela m'irrita.

— Vraiment?

— Un peu. (Nathaniel secoua la tête.) Anita, il s'inquiète pour toi.

— Ben voyons.

— Tu n'as pas l'intention de passer la nuit au *Cirque*, n'est-ce pas?

— Non.

Je m'étais adossée au siège, les bras croisés sur le ventre et l'air buté.

— Et quand tu te réveilleras demain – que feras-tu?

Sa voix était très douce dans la chaude pénombre de l'habitacle.

— Je ne vois pas ce que tu veux dire.

— Bien sûr que si.

Je soupirai.

— Je n'ai pas envie de le faire, Nathaniel. Je ne veux pas être habitée par l'incube de Jean-Claude. Je préférerais encore être Nimir-ra pour de vrai que devoir me nourrir d'autrui.

— Et si tu es les deux? demanda-t-il encore plus doucement.

Je haussai les épaules, les bras toujours croisés – mais pour me réconforter plutôt que pour exprimer mon entêtement, à présent.

— Je ne sais pas.

—Je serai là pour toi, Anita.

Je tournai la tête vers lui.

—Tu seras où ?

—Près de toi. Demain, quand tu te réveilleras.

—Qu'est-ce que Jean-Claude t'a raconté d'autre pendant que j'essayais de me renseigner sur Damian ?

Nathaniel ne cilla ni ne frémit. Cette conversation ne l'embarrassait pas le moins du monde.

—Qu'il ne nous en voudrait pas si tu couchais avec moi pour de bon.

Je scrutai son visage.

—Tu ne considères pas ce qu'on a fait tout à l'heure comme du sexe ?

—Non.

—Moi non plus, mais… (Je me réjouis qu'il fasse noir, parce que l'obscurité dissimulait la rougeur de mes joues. Par Dieu, je voulais vraiment que quelqu'un d'autre réponde à cette question.) Je sais pourquoi je ne considère pas ça comme du sexe, mais – et toi ?

Nathaniel sourit et détourna enfin les yeux. Il me répondit en regardant le plancher.

—Pour moi, ce que tu m'as fait la première fois, quand tu m'as marqué le dos, se rapprochait davantage du sexe.

—À cause du côté dominant / dominé ?

—Non, me détrompa-t-il, les yeux toujours baissés. Si nous avions vraiment eu besoin des capotes, alors oui, ça aurait été du sexe.

—Donc, c'est une question de pénétration, résumai-je.

Il hocha la tête sans me regarder.

—C'est aussi ce que je pense. Jean-Claude dit que je nage en plein déni.

Nathaniel m'adressa un bref sourire.

—Moi, il m'a dit que j'étais décidément très américain, très mâle et très jeune.

—En même temps, tu es américain, tu es un mâle et tu as vingt ans. Que voudrait-il que tu sois d'autre ?

Il me dévisagea un moment, puis détourna de nouveau les yeux. Cette fois, j'avais réussi à le mettre mal à l'aise.

—Et à part ça, qu'est-ce que Jean-Claude t'a dit ?

—Ça va t'énerver.

—Crache le morceau, Nathaniel.

Il haussa les épaules, faisant saillir ses muscles sous les bretelles de son débardeur.

—Il espère que tu me choisiras comme pomme de sang. Il m'a dit qu'il t'en avait parlé.

—Effectivement.

—Je peux défaire ma ceinture ?

—Je t'en prie.

Il laissa glisser la ceinture sur le côté puis pivota vers moi, une jambe repliée sur son siège, sa tresse rabattue par-dessus une épaule.

—Jean-Claude dit que plus tu lutteras contre l'ardeur, plus elle grandira, mais que si tu te nourris dès qu'elle se manifeste, ça ne sera pas si terrible.

—Il m'a dit la même chose.

—Il craint que tu essaies de résister demain sans lui. Que tu te battes toute la journée et ne cèdes que lorsque tu n'auras plus le choix.

—C'est bien mon intention.

Nathaniel secoua la tête.

—Ne joue pas les dures sur ce coup-là, Anita. J'ai peur de ce qui arrivera si tu résistes.

—Tu voudrais quoi, que je me réveille demain matin et que je te tombe direct dans tes bras ?

Le sarcasme dans ma voix blessa visiblement Nathaniel. Je regrettai aussitôt.

—Ça n'a rien de personnel, dis-je plus gentiment. Ce n'est pas toi qui me répugnes, c'est d'être obligée de coucher avec quelqu'un, que ça me plaise ou non.

— Je sais. (De nouveau, il baissa la tête.) Promets-moi juste que quand la faim montera demain, tu te tourneras vers moi – ou vers quelqu'un d'autre – sans attendre. Que tu ne… que tu n'essaieras pas de faire la maligne.

— Qu'est-ce que tu allais dire avant de te raviser ?

Il sourit.

— Que tu ne t'obstineras pas bêtement.

Je fus forcée de lui rendre son sourire.

— Je ne crois pas pouvoir me coucher sur le flanc dès l'instant où l'ardeur frappera. Je ne peux pas céder si vite, Nathaniel. Tu comprends ?

— Tu veux prouver que tu es plus forte qu'elle, suggéra-t-il.

— Non. Simplement, je suis ce que je suis. Et ce que je suis ne cède devant rien ni personne.

Il grimaça.

— C'est ce qu'on appelle un doux euphémisme.

— Tu te moques de moi.

— Un petit peu.

— Tu as vu ce que j'ai fait au cou de Jason, Nathaniel. Et si je te blessais ? Si je te blessais pour de bon ?

— Jason guérira, Anita. Et il ne se plaignait pas quand Asher l'a emmené.

Les coins de la bouche de Nathaniel frémirent, et il détourna les yeux comme s'il s'efforçait de ne pas rire.

— Quoi ?

Il secoua la tête.

— Ça va t'énerver, alors que ce n'était pas méchant à la base.

— Qu'a-t-il dit, Nathaniel ?

— Demande-lui toi-même. Chaque fois qu'il balance un truc osé, tu trouves ça marrant. Quand c'est moi, tu te fous en rogne.

— Et si je t'ordonnais de me le dire ?

Il hésita une seconde, puis m'adressa un nouveau sourire. Un sourire jeune, détendu et sincère. À l'époque où je l'ai rencontré,

Nathaniel ne savait plus sourire comme ça. La vie le lui avait fait oublier.

—Désolé, ça ne marcherait pas.

—Tu parles d'un soumis, ronchonnai-je.

Son sourire s'élargit.

—Tu n'aimes pas que je sois soumis. Ça te met mal à l'aise.

—Donc, tu changes pour me faire plaisir ?

Son sourire s'évanouit, mais pas comme si je l'avais blessé – plutôt comme s'il réfléchissait.

—Au début, oui, admit-il. Mais depuis quelque temps, je le fais aussi pour moi.

Cela me fit sourire à mon tour.

—C'est la meilleure nouvelle que j'aie entendue de toute la nuit.

—Tant mieux.

Je défis ma ceinture de sécurité.

—Sortons de cette bagnole avant de fondre.

Nous descendîmes de la Jeep et claquâmes les portières derrière nous. J'appuyai sur le bouton de fermeture automatique accroché à mon porte-clés. Celui-ci émit un petit « bip ». Je contournai la voiture pour marcher sur la chaussée, bien plus praticable que le bord de la route. Nathaniel et moi nous dirigeâmes vers ma maison. Sa tresse ondulait le long de son dos au rythme de ses pas, telle une longue queue épaisse.

Cherry et Zane émergèrent entre les voitures, juste devant nous.

—On pensait que vous vous étiez perdus, me lança Cherry en souriant.

—Vous avez fait entrer tout le monde ?

Son sourire se flétrit.

—Oui. J'espère que ça ne te dérange pas.

—Non, au contraire, la rassurai-je. J'aurais dû y penser et faire en sorte que quelqu'un soit là pour leur ouvrir.

Cherry se détendit visiblement et se laissa tomber à genoux devant moi. Je lui tendis ma main gauche, me réservant la droite au cas où j'aurais eu besoin de dégainer. C'était peu probable, mais on ne sait jamais.

Cherry agrippa ma main dans les deux siennes et y frotta son visage comme un chat qui marque son territoire. L'autre salut formel du pard implique des léchouilles, mais j'ai fini par convaincre tous mes léopards qu'avec le frotti-frotta, mon seuil de tolérance était déjà atteint.

Zane s'agenouilla à côté de Cherry mais n'essaya pas de me prendre la main droite : il attendit qu'elle en ait fini avec la gauche. Je leur ai également fait passer l'habitude de mobiliser la main avec laquelle je tire. Zane se frotta donc la figure sur le dos de ma main gauche, et je sentis une légère rugosité le long de sa mâchoire, comme s'il avait oublié un petit coin en se rasant.

Pendant qu'il me saluait de la sorte, Cherry se frotta contre mes jambes tel un énorme chat – à ceci près qu'elle était toujours sous sa forme humaine. Les premières fois que c'est arrivé, ça m'a foutu les jetons. Maintenant, je ne trouve plus ça si bizarre. J'ignore si c'est une bonne ou une mauvaise chose.

Les salutations terminées, Zane annonça :

— On avait ta deuxième clé, alors, on s'est occupés des invités.

Ils s'étaient tous deux relevés et se tenaient devant moi comme de braves petits humains – d'accord, de braves grands humains. Bref.

— Vous avez bien fait. Je ne me doutais pas qu'il y aurait autant de monde.

Nathaniel et moi nous remîmes en route, encadrés par les deux autres léopards. Je sentais Cherry sur ma droite, sentais son énergie surnaturelle vibrer le long de ma peau. C'était la première fois que je la percevais si nettement. Un argument supplémentaire du mauvais côté de la balance. Ils commençaient à s'accumuler.

Si je n'avais pas été aussi foutrement douée pour nier l'évidence, j'aurais dû admettre que j'étais bel et bien devenue Nimir-ra. Mais comme je venais de le dire à Jean-Claude, j'avais eu mon compte de vérités pénibles pour la journée. Aussi fis-je comme si de rien n'était, et si Cherry sentit quelque chose de son côté, elle se garda bien de me le faire remarquer.

Tandis que nous marchions, Zane approcha son visage de celui de Nathaniel et renifla.

—Tu sens les plaies fraîches.

Il lui toucha le dos au-dessus du haut de son débardeur. Je savais que Nathaniel avait des traces de morsures sur les épaules et dans la nuque. Et j'aurais dû me douter que nous ne pourrions pas les dissimuler. Même si ses fringues les avaient couvertes, les autres léopards-garous les auraient senties.

—Qu'as-tu fait? demanda Zane. Ou devrais-je plutôt dire: qui t'es-tu fait?

Nathaniel ne me jeta même pas un coup d'œil. Il allait me laisser l'initiative de la réponse. C'était malin de sa part. Ou peut-être ne savait-il tout simplement pas quoi dire.

Je cherchai un mensonge plausible, et tous ceux qui me vinrent à l'esprit faisaient passer Nathaniel pour un garçon facile. Ou bien il avait couché avec une inconnue, ou bien… quoi? La vérité? Je ne voulais pas en parler jusqu'à ce que j'aie fait le tri dans mes pensées et mes sentiments. Ce qui, me connaissant, risquait de prendre plusieurs jours.

Cherry et Zane se mirent à tourner autour de Nathaniel en décrivant des cercles de plus en plus serrés, jusqu'à le frôler de leur corps au passage. Ils le bousculaient doucement mais répétitivement, comme des requins qui essaient de déterminer si une proie est comestible ou non.

—Laissez tomber. Nous n'avons pas le temps à perdre avec ces petits jeux. Nous devons nous rendre au lupanar pour délivrer Gregory.

Zane se laissa tomber à genoux devant Nathaniel et fit courir ses mains le long du corps de celui-ci. Il les glissa sous son débardeur.

—Relève-toi, Zane, ordonnai-je.

Cherry se planta à côté de Zane, toisant Nathaniel. Elle lui prit le menton et leva son visage vers elle comme si elle avait l'intention de l'embrasser.

—Qui était-ce?

—Ça ne regarde que Nathaniel, dis-je.

L'intéressé me jeta un coup d'œil en biais. Cela me suffit pour comprendre combien je me conduisais lâchement. Mon pouls battait beaucoup trop fort dans mon cou, comme si j'avais avalé quelque chose qui essayait encore de s'échapper.

—Si c'était Zane ou moi, oui, dit Cherry. Mais pendant que tu étais à l'hôpital ces derniers jours, nous avons décidé que Nathaniel devrait présenter toutes ses copines au pard avant de faire quoi que ce soit d'intime avec elles.

—En tant que Nimir-ra, n'ai-je pas droit à un genre de veto présidentiel?

Cherry me regarda.

—Bien sûr que si. Mais tu dois nous laisser valider les partenaires de Nathaniel. Il a encore failli te faire tuer.

J'étais d'accord sur le principe, mais pas ce soir. Ce soir, je voulais que les gens se mêlent de leurs oignons. Jusqu'ici, tout le monde dans le pard s'était toujours fichu de qui couchait avec qui. C'était bien ma veine qu'ils commencent à s'y intéresser maintenant. Je venais de commettre ma première… indiscrétion avec l'un d'eux, et j'allais être obligée d'avouer alors que je ne savais toujours pas quoi en penser moi-même.

J'ouvris la bouche pour dire: «C'était moi» et m'interrompis en voyant une autre métamorphe descendre la rue dans notre direction. De tous les membres du pard, c'était devant elle que j'avais le moins envie de parler de choses intimes.

Elizabeth a une démarche glissante et très déhanchée qui ne lui donne pas tant l'allure d'un mannequin que d'une pute. Elle se faufilait entre les voitures au bras de Caleb, qu'elle dépassait de douze bons centimètres. Son sourire éminemment satisfait m'apprit que soit elle ignorait que j'étais furieuse contre elle, soit elle pensait que je ne pourrais rien y faire. Ses cheveux bouclés, d'un brun si foncé qu'on pourrait les qualifier de noirs sans les miens comme point de comparaison, lui descendent jusqu'à la taille. Elizabeth est jolie dans le genre boudeur et vénéneux, comme une plante tropicale aux feuilles charnues et aux fleurs luxuriantes mais meurtrières.

Ce soir, elle portait une jupe si courte qu'on voyait le haut de ses bas noirs et les attaches de son porte-jarretelles. Ses sandales noires n'étaient pas aussi hautes que ses chaussures habituelles. Mais nous avions prévu de crapahuter dans les bois. La lumière des étoiles suffisait à révéler qu'elle était nue sous son chemisier transparent – alors que, comme moi, c'est le genre de femme qui peut difficilement se passer de soutien-gorge.

Caleb portait un jean pattes d'eph', mais ni tee-shirt ni chaussures. Le jean était suffisamment taille basse pour révéler son anneau au nombril. Je suis trop jeune pour avoir eu des pattes d'eph', mais je me souviens que mes cousines plus âgées faisaient un concours pour savoir laquelle dégotterait les bas de jambes les plus larges. Gamine, déjà, je trouvais ça supermoche. Les années écoulées depuis lors n'ont pas modifié mon opinion.

Caleb aussi semblait plutôt content de lui. J'aurais parié que ces deux-là avaient couché ensemble, mais leur vie privée ne me regardait pas. Sincèrement.

— Ravie de voir que tu passes une bonne soirée, Elizabeth, lançai-je.

L'interpellée pressa le bras de Caleb.

— Une très, très bonne soirée, même, ronronna-t-elle.

— Tant mieux pour toi, parce qu'elle ne va pas tarder à devenir très, très mauvaise.

Elle esquissa une moue moqueuse.

— Oh, notre petite Nimir-ra serait-elle vexée parce que j'ai refusé de venir dormir nue à côté d'elle ?

Je fus forcée de rire.

— Qu'y a-t-il de si drôle ? demanda Elizabeth.

Caleb dégagea son bras et s'écarta d'elle.

—Qu'est-ce qui te fait croire que je ne vais pas te tuer, Elizabeth?

—Me tuer? Pour quoi?

—Voyons… peut-être pour avoir abandonné Nathaniel et permis que les méchants le capturent, ce qui a failli me faire tuer et m'a peut-être changée en Nimir-ra pour de bon.

—J'en ai marre de jouer les baby-sitters. Nathaniel a changé. Il est devenu rasoir. Il ne veut plus faire n'importe quoi.

—Autrement dit, il ne veut plus baiser avec toi.

Pour la première fois, de la colère transparut sur le visage d'Elizabeth.

—Avant ton arrivée, on s'amusait bien, lui et moi.

—Pas assez bien, apparemment, répliquai-je.

Elle vint se planter à côté de Cherry, soit très près de moi. Je ne lui faisais pas peur, et je savais pourquoi – ou du moins, je croyais le savoir.

Depuis que j'ai pris la direction du pard, Elizabeth est insupportablement arrogante; elle n'arrête pas de m'insulter et de m'emmerder de toutes les façons possibles, et je ne réagis pas. Je ne peux pas réagir parce que, comme elle ne se prive jamais de me le faire remarquer, je pourrais lui tirer dessus, mais pas la punir pour de bon. Pour punir un métamorphe, il faut soit lui flanquer une raclée, soit lui faire une connerie mystique terrifiante. Et je ne suis pas équipée pour les conneries mystiques.

J'ai mis un moment à comprendre pourquoi je faisais preuve de tant d'indulgence envers Elizabeth. J'ai tué son chéri. Du coup, je culpabilise. Gabriel méritait de crever dix fois, mais Elizabeth l'aimait, et je compatissais à sa douleur. Malheureusement pour elle, ma compassion s'était évaporée quand j'avais vu Nathaniel suspendu à ses chaînes avec des épées plantées dans tout le corps. Les règles avaient changé, et Elizabeth ne le savait pas. Pas encore.

Les autres léopards-garous émergèrent entre les arbres ou descendirent la route de leur pas glissant. Les cheveux blancs de Merle luisaient dans l'obscurité; le clair de lune parait sa barbe et sa moustache de reflets argentés. Il portait un jean droit et des santiags à pointe métallique. Un blouson de cuir encadrait sa poitrine plus qu'il la protégeait.

Une femme l'accompagnait. Elle était grande : un mètre quatre-vingts, voire un peu plus. Elle faisait limite négligée avec ses baskets, son jean et son ample tee-shirt qui lui descendait jusqu'à mi-cuisses. Cette tenue ne parvenait pourtant pas à dissimuler qu'elle était bien bâtie et tout en jambes. Elle avait des cheveux presque noirs, raides, épais et coupés juste au-dessus des épaules, des yeux clairs et des lèvres fines. L'ossature de son visage lui donnait l'air d'une statue aux angles durs. Elle aurait été très belle avec un tout petit peu de maquillage, mais même sans, son visage restait frappant – le genre qu'on n'oublie pas et qu'on ne se lasse jamais d'admirer. Merle lui tenait la main, non comme s'ils étaient en couple, mais de la façon réconfortante dont un père tient la main de sa fille.

Elle vibrait de cette énergie surnaturelle que tous les léopards-garous possèdent à un certain degré. Mais la sienne me picota la peau à plusieurs mètres de distance. Lorsque Merle et elle arrivèrent assez près pour que je distingue la couleur de ses yeux, je vis aussi qu'elle avait peur. Ses traits frémissaient au moindre geste comme ceux d'une personne qui a reçu une torgnole une fois de trop.

Merle me la présenta.

— Voici Gina.

— Salut, Gina, dis-je poliment.

La métamorphe me toisa, et dans ses yeux, la peur fut remplacée par du mépris.

— Elle est un peu petite pour une Nimir-ra.

— Je fais la même taille que Micah, répliquai-je.

Elle haussa les épaules.

— C'est bien ce que je dis.

Sa provocation sonnait faux, un peu comme quand vous sifflez dans le noir pour vous rassurer. Mais je laissai courir. Gina n'était pas mon problème ce soir.

Vivian, la dernière de mes léopards, descendit la rue seule. C'est l'une des rares femmes qui m'inspire des pulsions protectrices et me donne envie d'utiliser les mots « poupée » et « délicate » pour la décrire. Sa tenue décontractée – short, débardeur rayé et sandales – ne la mettait guère en valeur, mais elle restait une des plus belles femmes que j'aie jamais rencontrées. Vivian est afro-américaine avec une pointe de sang irlandais, un mélange très particulier seul capable de donner à la peau cette sublime teinte de chocolat avec beaucoup de lait.

Elle semblait un peu paumée, et je compris brusquement pourquoi. Je ne l'avais pas vue sans Stephen depuis plus de un an. Stephen est le jumeau de Gregory, et il bosse aussi comme strip-teaseur au *Plaisirs Coupables*. Vivian vit avec lui ; ils ont l'air heureux ensemble. Mais ce soir, Stephen était au lupanar comme un bon petit loup-garou, et Vivian était ici avec le reste du pard. Pauvre Vivian, pauvre Stephen. Jusque-là, je n'avais pas vraiment réfléchi au fait que Stephen risquait de perdre son frère ce soir. *Et merde.*

Vivian tomba à genoux devant moi, et je lui offris ma main. Elle la prit dans les siennes et frotta son visage dessus comme l'avaient fait Zane et Cherry. Elizabeth ne m'avait pas saluée, ce qui constituait une insulte. Les autres n'appartenaient pas à mon pard ; elle, si. Et elle m'avait délibérément ignorée. C'était la première fois qu'elle s'y risquait devant des étrangers. D'habitude, je laisse courir parce que je n'ai pas tellement envie qu'Elizabeth me touche de toute façon. Mais je surpris l'expression de Caleb comme Vivian se relevait. Il avait remarqué l'omission.

— Comment vas-tu, Vivian ?

— Une véritable Nimir-ra n'aurait pas besoin de le demander, lança Elizabeth.

Je pressai les mains de Vivian et l'aidai à se relever.

— Tu vas nous aider à délivrer Gregory, ou tu es juste venue pour nous faire chier ? demandai-je à Elizabeth.

— Je veux sauver Gregory.

— Alors, ferme-la.

Elle ouvrit la bouche pour dire quelque chose, mais Cherry lui agrippa le bras.

—Ça suffit.

—Tu n'es pas ma dominante, répliqua Elizabeth.

—Mais j'essaie d'être ton amie.

—Tu veux que je lui fiche la paix ?

—S'il te plaît.

—Soit. (Elizabeth se tourna vers Nathaniel.) Je sens une odeur de sang frais sur toi, mon chou. (Elle lui passa les bras autour du cou et se colla contre lui, forçant Cherry à s'écarter.) Tu as enfin trouvé quelqu'un pour te dominer ?

—Oui, répondit Nathaniel sur un ton neutre.

—Qui ?

—Nous n'avons pas de temps à perdre, coupai-je. Il faut aller au lupanar.

Merle se sentit obligé d'intervenir.

—La seule raison pour laquelle Elizabeth se comporte ainsi, c'est que vous la laissez faire. Toute désobéissance doit être châtiée immédiatement ; sans quoi, la structure de pouvoir ne peut subsister – comme nous l'avons vu avec votre Ulfric local et sa meute.

—Je contrôle mes léopards.

Elizabeth rit et déposa un gros baiser sur le front de Nathaniel, y laissant une belle marque de rouge à lèvres.

—Il a baisé quelqu'un ce soir alors qu'on lui avait interdit de le faire sans l'approbation du pard. Et tu vas aussi laisser passer ça. Tu es tellement faible !

Je pris une grande inspiration et la relâchai.

—Nathaniel n'a baisé personne ce soir.

Caleb s'était joint au petit groupe qui se massait autour de Nathaniel. Il s'agenouilla et enfouit son visage dans l'entrejambe de celui-ci. Elizabeth s'écarta pour le laisser faire.

—Il sent le sperme, mais pas la chatte.

Or, je savais que Nathaniel s'était nettoyé scrupuleusement.

Caleb se redressa, et Elizabeth fit encore un pas en arrière. Il prit Nathaniel par la nuque et rapprocha leurs visages comme s'il voulait l'embrasser, mais s'arrêta juste avant que leurs lèvres se touchent.

—Là non plus, il ne sent pas la chatte. Je ne crois pas qu'il ait couché avec une fille.

Zane souleva le débardeur de Nathaniel aussi haut que possible en étant à genoux, puis se releva pour le rabattre sous le cou de Nathaniel. Dans la lumière des étoiles, les traces de morsures étaient presque noires. Nathaniel en avait partout sur le dos ; les bords ne se touchaient pas, mais je n'avais pas laissé grand-chose d'intact. Cela me fit rougir.

Vivian me regarda, et je me rendis compte qu'elle pouvait sans doute sentir le sang qui m'était monté aux joues.

—Il n'a peut-être pas couché avec une fille, mais il a fait quelque chose, commenta Zane.

Caleb contourna Nathaniel pour voir son dos.

—Ou du moins, quelqu'un lui a fait quelque chose, rectifia-t-il. Et il a bien dû se marrer.

—Regardez-moi ça, dit Elizabeth.

Elle leur fit signe de revenir devant et leur montra la trace de dents autour du mamelon de Nathaniel. Ils passèrent tous les doigts dessus. Zane ôta son débardeur à Nathaniel et le jeta sur le capot de la voiture la plus proche. À l'exception de Merle, de Gina et de Vivian, les léopards se pressèrent tous autour de Nathaniel pour palper, caresser ou lécher ses blessures. Nathaniel ferma les yeux et renversa la tête en arrière. Je savais qu'il ne passait pas un mauvais moment, mais…

—Ça suffit, dis-je.

Elizabeth tira le short de Nathaniel vers le bas, et je pus constater à quel point il ne passait pas du tout un mauvais moment.

—Ça suffit ! glapis-je.

Elizabeth pivota sur ses genoux sans lâcher les fesses de Nathaniel.

—La personne qui lui a fait ça aurait pu lui infliger bien plus de dégâts. Elle aurait pu le découper en morceaux sans qu'il dise rien. N'est-ce pas, Nathaniel ?

—Je l'aurais laissé faire tout ce qu'elle voulait.

Et merde.

—Tu ne peux pas accepter ça, dit Cherry en se levant et en revenant vers moi. Tu ne peux pas accepter qu'il se conduise ainsi, Anita. Sinon, la prochaine fois, sa copine risque de le tuer.

—Jamais elle ne ferait une chose pareille.

—Tu sais qui c'est ?

J'acquiesçai.

—Pourquoi ne l'avez-vous pas dit plus tôt ? demanda Merle.

Je pris une grande inspiration et soufflai bruyamment.

—Parce que j'étais gênée. Mais c'est mon problème, pas celui de Nathaniel. (Je lui tendis la main.) Nathaniel.

Il remonta son short pour pouvoir me rejoindre et pressa ma main en la prenant. Je le fis passer derrière moi, son torse et son ventre touchant mon dos. Le contact physique était un moyen de signifier qu'il était sous ma protection.

—C'est moi qui l'ai marqué.

Toujours à genoux, Elizabeth s'esclaffa.

—Je sais que c'est ton chouchou, mais jamais je n'aurais cru que tu mentirais de la sorte pour le couvrir.

—Certains d'entre vous peuvent sentir si je mens. Les traces que vous avez vues sur son corps sont celles de mes dents.

—Votre niveau d'anxiété est très élevé depuis notre arrivée, lança Merle. Je suis incapable de dire si vous mentez. Et il n'y a pas ici d'alpha qui me soit supérieur.

—Depuis quelque temps, ton odeur ne change plus quand tu mens, ajouta Cherry.

J'avais entendu dire qu'on pouvait mentir avec les yeux, mais ça, c'était une première.

—J'ignorais qu'on pouvait mentir avec son odeur.

—C'est parce que mentir ne t'angoisse plus, expliqua-t-elle.

Oh.

—Être une sociopathe a des avantages, concédai-je.

Caleb nous contourna, moitié rampant moitié glissant à la façon de tous les grands félins. C'était d'une grâce inhumaine. Il s'approcha suffisamment pour poser sa joue contre ma jambe. Je le laissai faire, parce que je me doutais bien que les léopards finiraient par me renifler si j'affirmais avoir fricoté avec Nathaniel. Mais je ne m'étais pas attendue que ce soit un de ceux de Micah qui s'y colle le premier.

—C'est bien son odeur qu'il a sur la peau.

—Ils dorment dans le même lit la plupart du temps, dit Elizabeth.

Elle s'était relevée. Elle n'avait même pas filé ses bas.

Caleb frotta son visage contre ma jambe.

—Elle sent le loup… et le vampire. (Il leva les yeux vers moi.) Vous vous êtes tapé votre Ulfric et votre maître hier soir ? C'est pour ça que Nathaniel ne sent pas la chatte : parce qu'il ne restait pas de trou pour lui ?

J'avais essayé de garder l'esprit aussi ouvert qu'il m'était possible, mais je décidai sur-le-champ que je n'aimais pas Caleb.

—Le pard a le droit de savoir avec qui couche Nathaniel parce qu'il n'a pas un bon jugement. Mais aucun de vous n'a le droit de m'interroger.

Caleb bougea avec cette célérité qui empêche l'œil humain de suivre le mouvement et enfouit son visage dans mon entre-jambe, si brutalement qu'il me fit presque mal. Sans réfléchir, je dégainai mon Browning et le pressai contre son crâne avant même de comprendre ce que je faisais. C'était beaucoup plus rapide que la normale, même pour moi.

Caleb leva la tête de sorte que son front se retrouva contre l'extrémité du canon. Il me dévisagea.

—Vous ne sentez pas la queue. Ne me dites pas que vous avez couché avec au moins trois mecs et qu'aucun d'eux n'a eu le droit de vous enfiler.

—Caleb, je commence vraiment à vous trouver détestable.

Il grimaça.

—Mais vous ne me tirerez pas dessus, parce que Micah serait furieux.

—Vous avez raison, je n'aurais pas dû sortir mon flingue. Simplement, je n'ai pas l'habitude de réussir à dégainer avant même de penser à le faire.

—Je ne t'avais jamais vue bouger si vite, acquiesça Zane.

Je haussai les épaules.

—Un des avantages de la transformation, j'imagine.

Je rengainai mon Browning. Je n'allais pas descendre Caleb juste parce qu'il était casse-couilles. Il posa sa joue sur ma cuisse, et je le laissai faire. Mes protestations ne réussiraient qu'à l'amuser, et il ne se comportait pas si mal que ça, sinon verbalement parlant.

Vivian me toucha le bras.

—Tu vas vraiment devenir l'une d'entre nous ?

—Nous le saurons dans deux semaines environ.

—Je suis désolée.

Je lui souris.

—Merci.

—Tu n'as pas dominé Nathaniel. (C'était Elizabeth qui revenait à la charge.) Tu es trop chochotte pour le marquer comme ça.

Je la regardai et laissai l'obscurité qui est ma version de la bête emplir mes yeux. Mon regard disait clairement à quelle profondeur j'étais tombée.

—Je ne suis plus aussi chochotte que j'ai pu l'être autrefois. Tu ferais bien de t'en rappeler.

—Non, s'obstina Elizabeth. Non. Tu le protèges. C'est ton chouchou depuis le premier jour. Tu as juste peur de la réaction de Micah. Peur de ce que lui fera un véritable Nimir-raj en découvrant qu'il a désobéi à un ordre direct. (Elle se dirigea vers nous à grandes enjambées.) Et tu as bien raison d'avoir peur, Anita, parce que Micah est fort – aussi fort que l'était Gabriel. Il n'hésite jamais à faire le nécessaire.

—J'ai suffisamment entendu parler de Gabriel pour me demander si c'est bien un compliment.

Micah sortit des bois, flanqué d'un homme de haute taille. Avant lui, jamais je n'avais couché avec quelqu'un que je venais juste de rencontrer. Avec quelqu'un dont la vue ne me donnait pas des palpitations et des picotements de partout. Je le regardai approcher. Il était séduisant et gracieux, mais je n'étais pas amoureuse de lui, et mon corps ne réagissait pas comme si je l'étais. J'en fus à la fois soulagée et un peu honteuse.

Il portait un short coupé et effiloché dans le bas, ainsi qu'un débardeur blanc qui semblait briller dans le noir, faisant paraître sa peau bronzée encore plus sombre. Une large ceinture de cuir entourait sa taille mince. Il avait attaché ses cheveux en queue-de-cheval, mais ils étaient si bouclés qu'ils ne donnaient pas l'illusion d'être courts. Même vus de devant, on devinait qu'il y en avait beaucoup plus derrière.

Il paraissait plus délicat habillé que nu. Peut-être n'avais-je pas prêté attention à la finesse de son squelette, à la délicatesse de sa peau. Il y avait en lui quelque chose de très… raffiné, surtout pour un homme. Jean-Claude est plus beau, mais trop grand pour qu'on le qualifie de délicat. La seule chose qui empêchait Micah d'avoir l'air fragile, c'était le roulement des muscles de ses bras, sa façon de marcher comme si le monde lui appartenait – comme s'il était le centre de l'univers. Il ne s'agissait pas tant de confiance en soi que d'une certitude inébranlable. Tant de potentiel dans un si petit paquet… Il me rappelait quelqu'un.

L'homme qui l'accompagnait avait des cheveux coupés très court et le teint foncé – d'une couleur qui, même au clair de lune, ne pouvait pas passer pour un vulgaire bronzage. Il était séduisant dans le genre jeune et propre sur lui, mais néanmoins musclé et vigilant. Voilà pourquoi Merle n'était pas collé aux basques de Micah. La relève de la garde avait eu lieu. Micah présenta le nouveau venu sous le nom de Noah.

J'avais angoissé à l'idée de revoir Micah. Je m'étais demandé ce que je dirais, ce que j'éprouverais. Je ne me sentais pas aussi mal à l'aise que je le craignais. Peut-être l'aurais-je été davantage si je n'avais pas essayé de défendre l'honneur de Nathaniel. Bref. Je fis comme s'il ne s'était rien passé entre nous, et Micah ne moufta pas non plus. Peut-être calquait-il son comportement sur le mien ? Peut-être était-il aussi perplexe que moi ? Ou peut-être se comporte-t-on toujours ainsi après un coup d'un soir ? Franchement, je n'en savais rien.

— Pourquoi êtes-vous tous aussi tendus ? interrogea Micah.

— Montre-lui, Nathaniel.

Nathaniel ne discuta pas ; il se contenta de s'écarter de moi pour présenter son dos aux nouveaux venus.

Le garde du corps émit un sifflement surpris. Micah écarquilla les yeux et me regarda par-dessus l'épaule de Nathaniel.

— C'est toi qui as fait ça ?

Je hochai la tête.

— Non, ce n'est pas elle, ricana Elizabeth.

Caleb s'était dressé sur ses genoux et me reniflait le ventre, le visage baissé vers mon entrejambe qu'il prenait grand soin de ne pas toucher. À mon avis, il n'osait pas le faire devant Micah. Elizabeth avait raison sur un point : les léopards n'avaient pas aussi peur de moi que du Nimir-raj.

— Elle sent aussi le sang, lança Caleb.

— Écartez-vous de moi, ordonnai-je.

Il grimaça mais obtempéra.

— Veux-tu dire qu'elle a une blessure semblable à celles que Nathaniel a sur le dos ? s'enquit Elizabeth.

Caleb acquiesça en continuant à s'éloigner à quatre pattes.

— Alors, elle ment. C'est la même personne qui les a mordus tous les deux.

Je soupirai.

— Va-t-il vraiment falloir que je vous fournisse des preuves ?

— Je me contenterai de ta parole, répondit Micah. Mais apparemment, ce n'est pas le cas de ton pard.

—C'est juste que… ça fait si longtemps que nous attendons que tu prennes l'un d'entre nous de cette façon, dit Cherry sur un ton d'excuse. Si tu disais que tu avais couché avec lui, je pense que nous te croirions, mais là… Je suis d'accord avec Elizabeth sur un point : Nathaniel est ton chouchou, et tu le protèges tout le temps.

Génial. Tout le monde me prenait pour une grosse menteuse.

—D'accord. Puisque vous y tenez tant…

Je dégageai mon bras de la lanière de mon holster d'épaule, que je laissai pendre dans mon dos. Sortir mon tee-shirt de mon jean ne fut pas un problème. L'enlever et le poser sur le capot de la voiture avec le débardeur de Nathaniel n'en fut pas un non plus. Je portais un très joli soutien-gorge noir, le genre qui est conçu pour être montré. Jean-Claude a une très mauvaise influence vestimentaire sur moi. Le problème, c'était de tomber le soutif. Je n'avais vraiment pas envie de le faire. Je dégrafai le dos mais maintins le devant plaqué sur ma poitrine.

—Que se passera-t-il une fois que vous aurez vu la morsure ?

—Si tu nous montres une morsure sans trace de crocs, je voudrai bien croire que c'était Nathaniel, répondit Micah.

Les léopards s'étaient tous rapprochés. Je déteste être au centre de l'attention générale, surtout dans ce genre de circonstances.

—Laissez-moi respirer, s'il vous plaît.

Ils reculèrent d'une fraction de pas, et je me dis : « *Et puis merde !* » Tout le monde ici, à l'exception d'Elizabeth et du nouveau garde du corps, m'avait déjà vue à poil. Tant pis pour ma pudeur. J'ôtai le soutien-gorge et le posai près de mon tee-shirt, en évitant soigneusement de croiser le regard de quiconque.

Une main entra dans mon champ de vision. Je saisis le poignet auquel elle était attachée. Il appartenait à Caleb.

—Nathaniel a le droit de mordre, et je ne peux même pas toucher ?

— Non, vous ne pouvez pas.

Micah ne s'approcha pas davantage.

— Pourquoi l'as-tu marqué ?

Je levai les yeux vers lui, m'attendant à lire une accusation, du mépris ou une autre émotion négative sur son visage. Mais son expression était parfaitement neutre.

— J'avais besoin de planter mes dents dans quelque chose. J'avais besoin de… (Je secouai la tête et détournai le regard.) Je ne voulais pas coucher avec lui. Je voulais me nourrir.

— Non. (Elizabeth se tendit en avant.) Non, tu ne peux pas être Nimir-ra pour de vrai.

Sur son visage passa quelque chose qui ressemblait à de la panique. Je sentis sa peur. Elle était si près de moi que nos corps se touchaient presque et que j'entendais son cœur battre la chamade.

— Tu fais bien d'avoir peur, Elizabeth. Tu peux même avoir très peur.

Elle se détourna à demi, et Micah dit quelque chose au même moment. C'est ma seule excuse pour ne pas avoir vu fuser son poing. Je partis en arrière et heurtai le flanc de ma Jeep tandis que ma bouche se remplissait de sang et que mes genoux flageolaient. Si Cherry ne m'avait pas ceinturée pour me retenir, je serais tombée.

L'espace de quelques secondes, le monde se changea en rubans noirs et blancs qui ondulèrent devant mes yeux. Lorsque ma vision s'éclaircit, Micah et Noah avaient immobilisé Elizabeth.

Je me redressai et m'écartai de Cherry. Celle-ci continua à me tenir le bras, et je la laissai faire le temps que les derniers lambeaux de vertige se dissipent. Je portai une main à ma bouche et la retirai couverte de sang.

Merle s'avança pour prendre le bras d'Elizabeth, et Micah vint se planter devant moi.

— Ça va ?

— Ça ira.

Il toucha mes bras nus. Ses doigts m'effleurèrent à peine, mais ils me firent frissonner. Mes mamelons durcirent, et je ne pus rien faire pour dissimuler cette brusque réaction.

Je regardai Micah, et je n'eus pas besoin de lever les yeux pour ça, pas même de quelques centimètres.

— Je ne te connais pas, alors pourquoi… ?

Ses bras glissèrent derrière mon dos, pressant nos corps l'un contre l'autre, et soudain, je me trouvai incapable de respirer.

— Je suis ton Nimir-raj, Anita. Il n'y a pas de honte à ça.

— Tu dis « Nimir-raj » comme d'autres diraient « mari ».

Il passa une main dans mes cheveux et les repoussa en arrière, les doigts plaqués sur mon crâne, tandis que son autre main restait fermement posée dans le creux de mes reins.

— Nos âmes résonnent comme le son de deux cloches en parfaite harmonie, chuchota-t-il, la bouche tout près de la mienne.

C'était d'un romantisme presque grotesque. J'aurais dû rire, mais je n'en avais pas la moindre envie.

Micah m'embrassa – une simple pression des lèvres. Puis sa langue se glissa dans ma bouche. À l'instant où il goûta mon sang, je sentis ses mains se crisper et son corps réagir contre le mien. Il était trop bien membré pour que je ne le sente pas durcir entre nous.

Je fis courir mes mains sur ses bras, sur son débardeur. Ça ne me suffisait pas. Je voulais toucher sa peau nue avec la mienne, boire chaque centimètre de lui et l'aspirer en moi.

Il m'embrassa comme s'il éprouvait la même envie, et je sus qu'une partie de son excitation provenait du sang frais. Je sortis son débardeur de son short et fis remonter mes mains le long de son dos. Ça ne me suffisait toujours pas.

Il s'écarta légèrement de moi, interrompant notre baiser, et je tirai son débardeur par-dessus sa tête. Presser nos poitrines nues l'une contre l'autre, c'était beaucoup mieux. On aurait dit que ma peau avait soif de la sienne. Jamais je n'avais rien éprouvé de pareil.

Nous restâmes enlacés, le souffle court, chacun pressant son visage contre l'épaule de l'autre et lui soufflant son haleine chaude dans le cou.

— Nous n'avons pas le temps de faire mieux, chuchota Micah.

La tête toujours enfouie dans le creux de son épaule, j'acquiesçai. Ce n'était pas comme si j'avais l'intention d'aller plus loin, mais…

— Il fallait que je touche ta peau nue. Pourquoi ?

— Je te l'ai déjà dit : tu es ma Nimir-ra, et je suis ton Nimir-raj.

Je m'écartai suffisamment pour voir son visage.

— Ça ne m'explique rien.

Il posa ses mains sur mes joues et plongea son regard dans le mien.

— Nous sommes destinés l'un à l'autre, Anita. Selon une légende des léopards, il est possible de trouver son autre moitié, son partenaire idéal. Et du moment où les deux couchent ensemble pour la première fois, ils se retrouvent liés plus étroitement que par le mariage ou par n'importe quelle loi. Nous aurons toujours envie l'un de l'autre. Nos âmes s'appelleront toujours l'une l'autre. Nos bêtes chasseront toujours ensemble.

Ça aurait dû me faire peur, mais ce n'était pas le cas. Ça aurait dû me foutre en rogne, mais ce n'était pas le cas. Ça aurait dû me faire tout un tas de choses, mais tout ce que je sentais, tout ce que je savais, c'est que Micah avait raison. Je ne voulais même pas me donner la peine de le contredire.

— Richard va adorer ça, gloussa Elizabeth.

Merle et Noah la forcèrent à se mettre à genoux, d'un geste abrupt qui dut lui faire un peu mal. Je la regardai.

— Merci de me rappeler ce que j'étais sur le point de faire, Elizabeth. Je me suis laissé distraire.

Je m'écartai de Micah, mes doigts courant le long de ses bras comme si je ne pouvais me décider à rompre le contact entre nous.

—Lâchez-la, les garçons. C'est à moi de m'occuper d'elle.

Les deux gardes du corps jetèrent un coup d'œil à Micah, qui acquiesça. Elizabeth resta à genoux comme si elle ne savait pas trop quoi faire. Elle fit signe à Merle et Noah de l'aider à se relever, mais ils l'ignorèrent et la laissèrent se débrouiller seule.

Je pris le temps de remettre mon soutien-gorge tandis que je rebroussais chemin vers ma Jeep, le holster d'épaule pendant toujours autour de ma taille. Je glissai la bretelle sur ma peau nue. Ce n'était pas agréable, mais je ne voulais pas prendre le temps de renfiler mon tee-shirt. Je savais ce que j'étais sur le point de faire.

Tout le monde attendit dans l'obscurité pendant que je déverrouillais la Jeep, me hissais sur le siège passager, ouvrais la boîte à gants et en sortais un chargeur de rechange avec des balles en plomb. J'en ai toujours un dans ma bagnole depuis que je suis tombée sur des frairies renégates. Vous pourriez passer la journée à cribler ces créatures de balles en argent sans qu'elles bronchent. Mais pour une raison qui m'échappe, elles détestent le plomb. Celui-ci a d'autres usages, notamment parce qu'au contraire de l'argent, il ne tue pas les métamorphes.

Je revins vers les léopards tout en éjectant le chargeur qui se trouvait déjà dans mon flingue. Je le fourrai dans ma poche, où il fit une bosse peu seyante, et poussai l'autre chargeur dans le compartiment jusqu'à ce qu'un cliquetis m'annonce qu'il était en place.

Elizabeth commença à manifester de l'inquiétude quand je ne fus plus qu'à deux voitures d'elle. N'importe qui d'autre se serait probablement enfui à toutes jambes, mais le bon sens n'est pas son point fort. Je continuai à marcher très calmement vers elle, et ce ne fut que lorsque je braquai le Browning sur sa poitrine qu'elle lâcha :

—Tu n'oserais pas.

Je la visai avec le canon sans rien ressentir. En moi, il n'y avait qu'un vide froid, presque serein. Et au centre de celui-ci, un minuscule noyau de satisfaction. J'avais envie de faire ça depuis un bail.

Je tirai deux fois pendant qu'elle me répétait que je n'oserais pas. Elle partit en arrière, le dos arqué, les mains griffant la route, les jambes agitées de spasmes.

Les autres s'étaient largement écartés d'elle. Je la toisai tandis qu'elle haletait et que son cœur luttait pour continuer à battre autour du trou que je venais de faire dedans.

— Tu n'arrêtes pas de répéter que je ne peux pas te tuer comme une vraie Nimir-ra, en t'arrachant la gorge ou en t'étripant. Ça changera peut-être très bientôt, mais en attendant, je peux te descendre, et tu seras tout aussi morte.

Ses yeux roulèrent désespérément dans leur orbite pendant que son corps tentait de réparer les dommages. Du sang coula de sa bouche.

— Cette fois, ce n'était pas des balles en argent. Mais provoque-moi encore, Elizabeth, même un tout petit peu ; manque à tes devoirs envers n'importe quel membre de ce pard, et je te tuerai.

Elle réussit enfin à aspirer suffisamment d'air pour parler.

— Salope, cracha-t-elle avec un peu de sang noir. Tu n'as même pas le courage (nouvelle giclée de sang) de me flinguer pour de bon.

En détaillant la métamorphe qui gisait à mes pieds, je compris une chose qui m'avait échappé jusque-là. Elizabeth voulait que je la tue. Elle voulait que je l'envoie rejoindre Gabriel, où qu'il puisse se trouver. Elle ne s'en rendait pas forcément compte, mais elle était quasi suicidaire.

Elle resta allongée là, cicatrisant à vue d'œil, me maudissant et me répétant combien j'étais faible. Je lui tirai de nouveau dans la poitrine. Elle s'arc-bouta et se tordit tandis que la flaque de sang s'élargissait sous elle.

J'éjectai le chargeur de balles en plomb, le fourrai dans mon autre poche et remis mon chargeur principal en place.

—Maintenant, c'est de l'argent. Tu as autre chose à me dire, Elizabeth ? (J'attendis qu'elle ait suffisamment récupéré pour pouvoir parler.) Réponds-moi.

Elle me regarda par en dessous, et quelque chose passa dans ses yeux, quelque chose qui me dit qu'elle avait enfin pigé. Elle avait peur de moi, et parfois, c'est le seul sentiment que vous pouvez inspirer aux gens. J'avais successivement visé la gentillesse, l'amitié et le respect. Mais quand tout le reste a échoué, la peur, ça le fait bien.

—Très bien. Je suis ravie qu'on se comprenne.

Je me tournai vers les autres. Ils me regardaient comme s'il venait de me pousser une deuxième tête – une moche, par-dessus le marché. Micah me tendit mon tee-shirt. J'ôtai de nouveau la bretelle de mon holster et me rhabillai dans un silence général.

Lorsque j'eus terminé, je lançai :

—Et si nous allions à la maison maintenant ?

Caleb semblait au bord de la nausée. Micah avait l'air plutôt content – tout comme Merle, Gina et l'ensemble de mes léopards.

—Vous n'aurez pas le droit d'introduire de flingue dans le lupanar, fit néanmoins remarquer Merle.

—D'où les couteaux, répliquai-je.

Il me regarda comme s'il avait du mal à dire si j'étais sérieuse.

—Souriez, Merle. Elle guérira.

—Je commence à être d'accord avec les rats-garous.

—Que vous ont-ils dit ?

—Que même sans être Nimir-ra, vous étiez déjà passablement effrayante.

—Et vous n'avez encore rien vu, susurrai-je.

Merle haussa les sourcils.

—Vraiment ?

Ce fut Nathaniel qui répondit « Vraiment ». Et mes autres léopards lui firent écho.

—Alors, pourquoi n'avez-vous pas peur d'elle? s'enquit Gina, curieuse.

—Parce qu'elle n'essaie pas de nous faire peur. (Zane baissa les yeux vers Elizabeth qui gisait toujours sur le sol, plus ou moins incapable de bouger.) Évidemment, il se peut que les règles aient changé.

—Seulement pour les vilains petits léopards, le rassurai-je. Allons chercher les rats et rendre visite aux loups.

—Les rats et les cygnes, dit Micah.

—Les cygnes?

Il me sourit.

—Tu ne cesses d'accumuler les conquêtes, Anita, même sans le faire exprès.

Il me tendit la main. J'hésitai puis, lentement, je la pris. Nos doigts s'entrelacèrent, et nous nous dirigeâmes vers la maison main dans la main. C'était bon, et ça me paraissait tout à fait normal, comme si je venais de retrouver une partie manquante de moi.

Je laissai Zane sur place pour s'assurer qu'Elizabeth ne se fasse pas rouler dessus par une voiture. Nous lui enverrions le docteur Lillian. Les autres léopards-garous nous emboîtèrent le pas, et pour la première fois depuis que j'avais hérité d'eux, j'eus vraiment l'impression d'être leur Nimir-ra. Et, peut-être, capable d'assurer leur sécurité.

CHAPITRE 21

Rafael, le roi des rats, était venu avec une limousine noire. Je n'aurais jamais cru que ce soit son style, et je ne me privai pas de le lui faire remarquer. Il me répondit :

— Marcus et Raina faisaient toujours un cirque de ce genre d'événement. Mes rats et moi ne sommes pas prêts à nous donner en spectacle, d'où la limousine.

J'acquiesçai.

— Moi, je me suis maquillée.

Cela le fit sourire.

Nous étions assis à l'arrière. Un des rats-garous conduisait. Merle et Zane étaient montés devant avec lui : Merle, parce que ça ne lui avait pas plu qu'on se mélange à des gens qu'il ne connaissait pas, et Zane, parce que je n'avais pas encore totalement confiance en Merle. Même si je ne me faisais pas d'illusion sur l'identité du vainqueur au cas où ils en seraient venus à se battre.

Il y avait bien, dans la meute de Richard, un ou deux loups sur lesquels j'aurais parié en combat singulier contre Merle, mais le garde du corps en chef de Micah avait quelque chose d'effrayant qui faisait défaut à tous mes léopards. Pas l'implacabilité, disons plutôt… un sens pratique poussé à l'extrême. Rien qu'à le voir, on devinait qu'il ferait ce qui devait être fait, sans compassion ni haine. Quand vous fonctionnez ainsi vous-même, vous reconnaissez ce trait chez les autres, et vous les gardez à l'œil.

Tous les chefs avaient eu le droit de monter à l'arrière de la limousine, ce qui empestait l'élitisme selon moi. Mais ça nous permettait de discuter ensemble, et ça n'avait l'air de poser problème à personne. Sinon à moi – et du diable si je savais pourquoi.

Rafael est grand, brun, séduisant et d'origine mexicaine. Il parle sans accent, ou du moins, sans autre accent que celui du Missouri. Il était assis face à nous. Oui, « nous ». Micah avait pris place à côté de moi sur la banquette. Nous ne nous tenions pas la main ; nous ne nous lancions pas d'œillades énamourées. En fait, curieusement, sa proximité me mettait mal à l'aise en l'absence des autres léopards. Peut-être parce que je suis toujours mal à l'aise après avoir couché avec quelqu'un. Mais je ne crois pas. C'était un sentiment différent.

Peut-être étais-je en train de baliser à l'approche de la confrontation avec Richard. Je me demandais bien comment j'allais gérer la situation. Allais-je lui annoncer que j'avais pris un autre amant – un métamorphe, de surcroît ? Nous nous étions déjà rabibochés après une rupture, mais s'il apprenait que j'avais un amant régulier en plus de Jean-Claude, cette fois, ce serait vraiment fini entre nous. Et je ne voulais pas que ce soit fini, même si une partie de moi n'était pas certaine que sortir avec Richard soit une bonne idée. Malgré tout l'amour que nous nous portons, nous ne sommes vraiment pas faits l'un pour l'autre. Chienne de vie.

Repoussant ces considérations déprimantes dans un coin de mon esprit, je m'intéressai au dernier membre de notre petit groupe. Donovan Reece était le nouveau roi des cygnes. Il mesurait environ un mètre quatre-vingts, même si c'est toujours difficile d'estimer la taille d'une personne assise. Sa peau avait cette parfaite couleur de lait et de crème que les marques de cosmétiques vous promettent les années où le bronzage n'est pas à la mode, mais chez lui, c'était naturel. Il était plus pâle que moi, aussi blanc que Jean-Claude, avec juste un peu de rose sur les joues comme s'il s'était mis du blush. On voyait presque le sang couler sous sa peau translucide. Il avait l'air plus vivant que la moyenne, presque chaud au toucher.

Ses yeux étaient d'un bleu-gris assez clair qui virait au gré de ses humeurs, à la façon d'un ciel estival incapable de décider s'il veut vous envoyer de jolis nuages blancs moutonneux ou un bon orage des familles. Il était séduisant dans un genre propret, comme si sa place se trouvait plutôt sur le campus d'une université quelconque, au milieu d'une fraternité de buveurs de bière. Au lieu de ça, il allait s'aventurer dans une réunion de métamorphes où il serait le seul non-prédateur. Ça ne me paraissait pas une très bonne idée.

—Vous avez sauvé mes panaches, mademoiselle Blake, et vous avez failli y laisser la vie. Je ne pouvais pas prendre le risque d'emmener les filles, elles ne sont pas… (Il baissa le nez vers ses mains croisées, puis leva vers moi ses yeux changeants.) Elles sont comme votre Nathaniel – des victimes.

—Nathaniel conduit la Jeep dans laquelle ont pris place mes autres léopards, objectai-je.

Reece acquiesça.

—Oui, mais sa bête est un prédateur. Contrairement à mes filles. Si elles perdaient le contrôle et se transformaient pendant la réunion, elles se feraient dévorer toutes crues.

—Je suis d'accord, monsieur Reece, mais cette logique ne s'applique-t-elle pas également à vous ?

—Je suis un roi-cygne, mademoiselle Blake. Je ne me transformerai pas sans en avoir la volonté.

« *Sans en avoir la volonté.* » Je n'avais jamais entendu personne utiliser cette tournure de phrase. Donovan Reece devait être salement arrogant. Je ne réussirais pas à le dissuader : Rafael avait déjà essayé avant mon arrivée. Quant à Micah, il n'était pas intervenu. Il prenait bien garde à me laisser parler – une qualité que j'apprécie chez un homme.

—Êtes-vous capable de vous battre ? demandai-je.

—Je ne serai pas un fardeau, mademoiselle Blake. Ne vous inquiétez pas.

J'étais inquiète parce que je sentais le sang affleurer sous sa peau. Je le voyais presque couler dans ses veines. Reece exhalait une odeur de viande chaude, une odeur diantrement appétissante. J'avais déjà côtoyé des métamorphes qui étaient des proies, mais je n'avais jamais réalisé qu'on pouvait les repérer à l'odeur. La douceur de celle de Reece me disait que sa bête était un animal vulnérable, facile à tuer. Quelque chose qui se débattrait mais ne pourrait pas me faire de mal.

Je dus déglutir pour tenter de ralentir mon pouls ; en vain. J'avais envie de me laisser tomber à genoux devant Reece pour le renifler, de frotter mon visage contre ses avant-bras nus. Il portait une chemise rayée bleu et blanc à manches courtes, par le col de laquelle j'apercevais le haut d'un maillot de corps blanc. Je voulais lui arracher cette chemise, faire voler les boutons, sortir un de mes couteaux, fendre le maillot de corps pour exposer la poitrine et le ventre de Reece. Mais cette fois, ce n'était pas l'ardeur qui me motivait. Je n'avais pas envie de sexe. Je voulais sentir sa chair tendre dans ma bouche, planter mes dents dans…

Je me couvris les yeux de mes mains et secouai la tête. Que m'arrivait-il ?

Micah me toucha gentiment le bras.

— Anita, qu'est-ce qui ne va pas ?

Je baissai mes mains pour le regarder.

— Il sent la bouffe.

Micah acquiesça.

— En effet.

— Tu ne comprends pas. J'ai des pensées… effrayantes.

Je ne pouvais pas dire à voix haute que je voulais me nourrir de Reece, ou du moins, planter mes dents dans sa chair. Je pensais être capable de me retenir, mais l'envie de marquer sa peau immaculée était si forte que j'en doutais presque.

— Quand tu m'as dit que tu avais marqué Nathaniel, j'ai su que c'était la faim. (Micah avait prononcé ce dernier mot comme s'il était tout en majuscules.) Généralement, elle ne devient un problème qu'au bout de quelques jours, voire quelques semaines. Mais c'est normal d'avoir des images de festin dans ta tête.

—Normal. (J'éclatai d'un rire dur.) Nous n'avons pas les mêmes valeurs.

—Que veux-tu faire à Reece ? interrogea Rafael.

Je le regardai fixement par-delà l'espace qui séparait les deux banquettes. J'ouvris la bouche pour répondre, puis jetai un coup d'œil à Reece et me ravisai.

—Non, ce serait comme raconter un fantasme sexuel devant l'inconnu qui tient le premier rôle dedans. Je trouve ça trop intime.

—Ça l'est, acquiesça Rafael.

Je reportai mon attention sur lui, et il soutint mon regard sans ciller.

—Si tu dis à M. Reece ce que tu as envie de lui faire, peut-être rentrera-t-il chez lui à tire-d'aile.

—Les rats aussi sont des proies, objecta Reece.

—Tous les petits animaux sont des proies. Mais les rats sont omnivores. Faute de pouvoir s'échapper, ils bouffent tout ce qui se dresse sur leur chemin, y compris les humains. Et contrairement aux rats ordinaires, nous sommes assez gros pour agir comme des prédateurs.

À présent, Reece fronçait les sourcils. Il était en colère contre nous tous. Secouant la tête, il se pencha vers moi et me fourra son poignet sous le nez.

—Respirez un bon coup, puisque vous semblez tous trouver ça excitant.

—À votre place, je ne ferai pas ça, dit Rafael.

—Écoutez-le, Reece, renchérit Micah.

Je ne dis rien parce qu'à cette distance, l'odeur du roi-cygne me faisait tourner la tête. C'était comme le plus exotique des parfums répandu sur des draps de soie, avec un arôme sous-jacent de pain encore chaud et de confiture. Je n'avais pas de mots pour le décrire, mais ça sentait meilleur que tout ce que j'avais jamais senti de ma vie.

Avant de comprendre ce que je faisais, je saisis son poignet et le pressai contre mes lèvres. Sa chair était si tendre ! Je humais son sang sous sa peau fine comme du papier. Je voulais faire bien plus que ça : je voulais le goûter, sentir sa chair céder sous mes dents et son sang chaud gicler dans ma bouche.

Brusquement, je me rejetai en arrière et, rampant par-dessus les genoux de Micah, allai me pelotonner dans le coin opposé, aussi loin que possible de Reece sans ouvrir la portière et sauter dehors. Quelque chose dans mon expression, dans mon regard, dut l'effrayer, car il écarquilla les yeux et entrouvrit ses lèvres pleines.

— Mon Dieu, vous avez tant de peine que ça à vous contrôler...

— Désolée, parvins-je à articuler.

— Voulez-vous vraiment vous retrouver au milieu d'une centaine d'entre nous ? demanda Rafael.

— N'essayez pas de bluffer avec moi. Je sais que vous ne me ferez pas de mal. D'après tout ce que j'ai entendu dire, Anita et vous, Rafael, êtes les gentils. (Reece jeta un coup d'œil à Micah.) Vous, je n'en sais rien, mais je sais que les cygnes n'ont jamais prêté allégeance à personne. Jusqu'ici, nous sommes toujours restés autonomes. Le fait que je soutienne Anita et son pard devrait signifier quelque chose pour les loups. Nous ne valons pas grand-chose en situation de combat, mais symboliquement, le fait que d'autres animaux soient prêts à s'allier avec elle devrait impressionner leur Ulfric.

Je restai pelotonnée dans un coin de la banquette, mes bras serrant mes genoux repliés contre ma poitrine, une position pas vraiment appropriée pour qui porte un holster d'épaule. Mais je m'accrochais littéralement à moi-même pour ne pas perdre le contrôle. Comment allais-je finir cette nuit sans rien faire d'embarrassant ou de potentiellement mortel ? Jusqu'à quel point ma maîtrise de moi pouvait-elle encore dégénérer ?

— Votre dernier roi-cygne obéissait à feue leur lupa, fit remarquer Rafael.

— C'est ce que j'ai entendu dire. Même si techniquement, c'était un prince-cygne et non un roi. J'ignore quelle dette il avait envers l'ancienne lupa, mais elle devait le faire chanter, parce que j'ai trouvé des Polaroïd qui vous feraient rougir.

Je dus me racler la gorge deux fois avant de réussir à dire :

— Kaspar refusait de participer aux films pornos de Raina, mais en contrepartie, il l'aidait à faire passer des auditions.

Reece me dévisagea.

— Des auditions ? Comment ça ?

— Kaspar pouvait changer de forme à volonté. Raina se servait de lui pour vérifier si les non-métamorphes paniquaient quand il se transformait en pleine séance de baise.

Je parlais par-dessus le martèlement du pouls dans ma tête, le grondement du sang dans mes veines. Je voulais me jeter sur Reece et le mordre.

Même si nous ne nous touchions pas, je perçus la réaction de Micah. Reece parut horrifié.

— Vous l'avez vu faire ?

— Non, mais Raina a pris plaisir à me décrire le processus en détail. Elle voulait que j'assiste à une de ses auditions, mais je n'étais pas intéressée.

— Et il faisait ça de son plein gré ?

— Non. Certainement pas. Il avait l'air de détester ça.

— Nous considérons le fait de pouvoir nous transformer à volonté comme un don précieux. Nous sommes l'une des rares espèces de métamorphes à le posséder.

— Est-ce parce que vous naissez cygnes-garous ou le devenez suite à une malédiction plutôt que par contamination infectieuse ?

— Nous le pensons.

— Kaspar était maudit.

— Et vous vous demandez ce qu'il en est de moi.

En fait, j'observais la façon dont sa pomme d'Adam jouait au Yo-Yo quand il parlait, et je me demandais ce que ça ferait de la lui arracher avec les dents, mais il valait sans doute mieux que je garde ça pour moi. Micah et Rafael devaient sentir combien mon contrôle était ténu. Pourtant, je continuai à serrer mes genoux et à parler, parce que le silence remplissait ma tête d'images horribles et de désirs insoutenables.

—Oui, je me le demande.

—Je suis né roi-cygne.

—Roi-cygne, pas panache, relevai-je. Parce que vous êtes un mâle? «Panache» est-il un qualificatif réservé à vos femelles?

Reece me dévisagea.

—Je suis né pour gouverner le reste de mon espèce. Le premier roi-cygne depuis plus d'un siècle.

—Chez les autres animaux, les chefs sont élus ou se battent pour accéder à leur rang, fis-je remarquer. Mais à vous écouter, les cygnes sont dirigés par une monarchie héréditaire.

—En effet. À ceci près que ce n'est pas une question de lignée, même si le fait d'être un panache ou non dépend de vos gènes. Je n'ai pas hérité de mon titre.

—Alors, comment avez-vous su?

Ses prunelles s'étaient voilées, virant au gris sombre des nuages de tempête.

—C'est très indiscret.

—Désolée, je ne savais pas.

—Je vais tout de même vous répondre, à condition que vous répondiez à une question délicate en échange.

Nous nous dévisageâmes. Les battements de mon cœur avaient plus ou moins retrouvé leur rythme normal. Je pouvais de nouveau le regarder sans humer le sang sous sa peau. Parler, écouter, faire comme si de rien n'était m'avait aidée à me ressaisir. Reece était une personne, douée d'intelligence et de plein d'autres capacités supérieures – pas un animal. Je pouvais y arriver. Vraiment. Je me dépliai petit à petit.

—D'accord, allez-y.

—Avez-vous tué Kaspar Gunderson, le précédent roi-cygne?

Je clignai des yeux. Je ne m'attendais pas à ça. La surprise seule fit réaccélérer mon pouls un tantinet.

—Non. Non, je ne l'ai pas tué.

—Savez-vous qui l'a fait ?

J'hésitai, me demandant si Reece serait capable de sentir un mensonge. Et finalement, j'optai pour la vérité.

—Oui.

—Qui ?

Je secouai la tête.

—Je ne vous le dirai pas.

—Pourquoi donc ?

—Parce que j'aurais tué Kaspar moi-même s'il n'avait pas réussi à s'enfuir.

—Je sais qu'il était responsable de plusieurs morts, et qu'il a tenté de vous tuer, vous et certains de vos amis.

—C'était un petit peu plus diabolique que ça. Il se faisait payer par des chasseurs pour leur fournir des métamorphes.

Reece acquiesça.

—Il abusait également des panaches sous sa responsabilité. C'était une chose qu'il partageait avec l'ancienne lupa : le sadisme sexuel.

—C'est pour ça que vos filles, comme vous dites, se trouvaient au club avec Nathaniel.

—Oui. Je ne pratique pas ce genre de jeux, et elles en sont venues à les apprécier.

Je hochai la tête.

—Je compatis.

—Vous avez répondu à mes questions sincèrement. Je me dois de vous retourner la politesse.

Reece se mit à déboutonner sa chemise.

Je jetai un coup d'œil à Micah, qui haussa les épaules. Je jetai un coup d'œil à Rafael, qui secoua la tête. Aucun de nous ne savait pourquoi il se dessapait. Cool.

Reece ne sortit pas le bas de sa chemise de son pantalon, mais il tira sur son maillot de corps. Il était sur le point de nous dévoiler son ventre, et je n'étais pas cent pour cent certaine que mon contrôle y résiste. Mon cœur bondit de nouveau dans ma gorge. Comme ni l'un ni l'autre de mes compagnons ne semblait décidé à poser la question, je demandai :

— Pourquoi vous déshabillez-vous ?

— Pour vous montrer le symbole de ma royauté.

Je le regardai sans comprendre.

— Je vous demande pardon ?

— Ne vous inquiétez pas, mademoiselle Blake, je ne vais pas baisser mon pantalon.

— Ce n'est pas ça que je crains, Reece, c'est…

Mais je n'achevai pas ma phrase, car il venait de dénuder la peau blanche – si blanche ! – de son ventre. Dans la pénombre de la limousine, je distinguais presque le frémissement d'une veine derrière son nombril. Je goûtais presque son sang dans ma bouche, comme si j'avais déjà planté mes dents dans cette chair tendre et me frayais un chemin jusqu'à ses organes vitaux.

Les poils de sa poitrine avaient quelque chose de bizarre. Trop fins, trop délicats, ils formaient une ligne blanche qui descendait au milieu de son torse, se changeait en triangle sous son nombril et disparaissait à l'intérieur de son pantalon.

Je me retrouvai à quatre pattes sur le plancher, en train de ramper vers lui, sans avoir eu conscience de quitter mon siège. Je m'arrêtai et me collai contre les jambes de Micah.

— Je ne me souviens pas d'être descendue de la banquette. Je perds des bouts de temps.

Micah posa ses mains sur mes épaules.

— Ça arrive au début, quand ta bête prend le contrôle. Tes premières pleines lunes ressembleront à des trous noirs ; il te faudra du travail pour pouvoir accéder à tes souvenirs de ces jours-là.

Reece s'était affalé sur la banquette et avait commencé à défaire sa ceinture. J'étais assez près pour voir les poils de son torse et pour me rendre compte de ce qui clochait. Je voulus m'avancer vers lui, mais les mains de Micah se crispèrent sur mes épaules pour me retenir. Je tendis la main et effleurai le ventre nu de Reece. Au contact de mes doigts, celui-ci cessa de lutter contre la boucle de sa ceinture et leva les yeux.

Ce n'était pas des poils.

—Des plumes, dis-je tout bas. Aussi douces que le duvet d'un poussin.

Je voulais les caresser, me rouler sur leur texture surprenante et dans la chaleur de la peau de Reece. J'entendais le cœur du roi-cygne cogner dans sa poitrine. Je plantai mon regard dans le sien. Son pouls était pareil à une créature affolée, prisonnière de sa gorge, et je humais sa peur. Le léger contact de ma main, l'intonation rêveuse de ma voix l'avaient effrayé.

Micah passa ses bras autour de mon cou. Il m'attira contre lui et me coinça entre ses jambes écartées. Puis il se pencha vers moi et, une joue collée contre la mienne, souffla :

—Chut, Anita, chut.

Il n'essayait pas juste de m'apaiser avec sa voix. Je sentais sa bête appeler la mienne, comme s'il avait passé sa main au travers de mon corps. Tout mon corps se crispa tandis que mon bas-ventre s'humidifiait et que mon cœur remontait dans ma gorge.

—Qu'as-tu fait ? haletai-je.

—La faim peut être changée en désir.

—Je n'allais pas me nourrir.

—Ta peau est devenue chaude. Notre température monte juste avant la métamorphose, comme celle d'un humain avant une crise cardiaque.

Je pivotai à demi dans son étreinte.

—Tu as cru que j'allais me transformer ?

—D'habitude, ça prend des semaines – ou au moins jusqu'à la première pleine lune. Mais tu as l'air de changer plus vite que la normale. Si tu te transformais maintenant, je ne crois pas que Rafael et moi parviendrions à t'empêcher de tailler Reece en pièces.

—La première métamorphose est très violente, acquiesça Rafael. Et même une limousine n'offre pas beaucoup de cachettes ou de possibilités de fuite.

Reece m'observait à quelques centimètres à peine. Micah me tenait avec ses bras, ses jambes et tout le reste de son corps, mais ça n'avait rien de romantique. Il me tenait au cas où mes pulsions sexuelles ne constitueraient pas une diversion suffisante.

—Elle est Nimir-ra depuis plus de un an, protesta Reece.

—Mais elle était encore humaine il y a quelques jours, révéla Rafael.

Reece me regarda une seconde ou deux avant de dire :

—Très bien. J'ai une marque de naissance en forme de cygne. Mes parents ont su à quoi j'étais destiné dès que je suis venu au monde.

—J'ai entendu parler de ce genre de choses, mais je croyais que c'était une légende, déclara Micah.

Reece secoua la tête.

—C'est tout à fait vrai.

Il s'adossa à la banquette, rentrant son maillot de corps dans son pantalon.

—Kaspar avait des plumes à la place des cheveux, me souvins-je.

—J'ai cru comprendre que si je vivais assez longtemps, c'est aussi ce qui m'arriverait.

Quelque chose dans le ton de sa voix me dit qu'il n'avait pas hâte.

—Cette perspective ne semble guère vous enchanter.

Il reboutonna sa chemise, les sourcils froncés.

—Vous étiez humaine jusqu'à récemment, mademoiselle Blake. Moi, je ne l'ai jamais été. Je suis né roi-cygne. D'aussi loin que remontent mes souvenirs, j'ai été élevé pour régner sur mon espèce. Vous ne pouvez pas savoir ce que c'est. J'ai insisté pour aller à l'université et pour obtenir un diplôme, mais je ne pourrai probablement jamais l'utiliser, parce que je suis trop occupé à voyager pour prendre soin des autres cygnes.

Je restais dans la cage formée par le corps de Micah, mais ma tension retombait peu à peu.

—J'ai vu ma première âme à l'âge de dix ans, et mon premier fantôme bien avant ça. À treize ans, j'ai accidentellement relevé mon chien qui venait de mourir. Je n'ai jamais été humaine, Reece, croyez-moi.

—Cela semble vous inspirer de l'amertume.

Je hochai la tête.

—Oh que oui.

—Vous devez accepter ce que vous êtes tous les deux, lança Rafael ; sans quoi, votre vie sera un enfer.

Nous lui jetâmes un regard peu amène.

—Laisse-moi une semaine ou deux pour me faire à l'idée d'être devenue un chaton.

—Je ne parle pas de ta possible transformation en léopard, me détrompa Rafael. Depuis le jour de notre première rencontre, tu détestes ce que tu es. De la même façon que Richard fuit sa bête, tu fuis tes propres dons.

—Je n'ai pas besoin d'un cours de philo.

—Je pense que si. Et pas qu'un peu. Mais si ça t'embête à ce point, je me tais.

—N'essayez même pas de me faire la leçon, dit Reece. Toute ma vie, on m'a répété que j'étais béni et non maudit. Si ma famille entière n'a pas réussi à me convaincre, vous n'y parviendrez pas non plus.

Rafael haussa les épaules et reporta son attention sur moi.

—Passons à un autre sujet, parce que nous ne sommes plus qu'à quelques minutes du lupanar, et je viens de voir la bête de Micah te traverser, et ta propre bête réagir.

—Tu l'as vu ? m'étonnai-je.

Il acquiesça.

—Son énergie est très bleue, la tienne est très rouge, et elles se sont mélangées.

—Et ça a donné quoi, du violet ?

Micah me serra un peu plus fort, à titre d'avertissement me sembla-t-il. Rafael fut plus direct.

—Il n'y a vraiment pas de quoi plaisanter, Anita. Si je l'ai vu, Richard le verra aussi.

—Micah est mon Nimir-raj.

—Tu ne comprends pas. Micah a dit qu'il croyait que les marques de naissance ayant la forme de ton animal étaient une légende. Jusqu'à aujourd'hui, je croyais que cette histoire de partenaire parfait en était une aussi – un fantasme romantique, comme le concept d'«autre moitié». (L'expression déjà sérieuse de Rafael se fit encore plus grave.) Les histoires racontent que le lien est perceptible dès le début, mais que vos bêtes ne peuvent rouler dans vos corps respectifs qu'après que vous avez couché ensemble – parce que seule l'intimité physique peut induire une telle intimité métaphysique.

Je baissai les yeux sous son regard si dur, puis me forçai à les relever.

—Quelle est ta question, Rafael?

—Je n'ai rien à te demander. Je dis simplement que je sais que tu as couché avec Micah, et que même si Richard a publiquement déclaré que vous n'étiez plus ensemble, ça ne va pas lui plaire du tout.

C'était l'euphémisme du siècle. Je m'écartai de Micah, et il me laissa faire sans chercher à me retenir ou à maintenir le contact entre nous. Un bon point de plus pour lui.

—C'est Richard qui a rompu, Rafael, pas l'inverse. Ma vie privée ne le regarde plus.

—S'il l'a plaquée, elle est libre de faire ce qu'elle veut, renchérit Reece. L'Ulfric ne peut s'en prendre qu'à lui.

—D'un point de vue logique, vous avez raison. Mais depuis quand la logique gouverne-t-elle les réactions d'un homme qui voit l'amour de sa vie dans les bras d'un autre?

L'amertume perceptible dans la voix de Rafael me poussa à le dévisager. On aurait dit qu'il savait de quoi il parlait.

—Il est Ulfric et moi Nimir-ra. Il n'a aucune autorité sur moi.

—Cette rencontre sera suffisamment dangereuse, Anita. Inutile de mettre Richard en colère par-dessus le marché.

—Je n'ai pas l'intention d'envenimer la situation. Dieu sait qu'elle est déjà assez pourrie.

—Tu lui en veux de t'avoir plaquée.

Je faillis dire « non », puis réalisai que Rafael avait peut-être raison.

—Possible.

—Tu veux lui faire du mal.

Là encore, je faillis dire « non », puis me ravisai et réfléchis. J'essayai de déterminer ce que je ressentais vraiment. Oui, j'étais blessée et furieuse que Richard ait pu me rejeter aussi facilement. Bon d'accord, ça n'avait peut-être pas été si facile, mais quand même…

—Oui, je suis blessée, admis-je, et une partie de moi veut punir Richard. Mais ce n'est pas seulement à cause de notre rupture. C'est à cause de la merde qu'il a foutue au sein de la meute. Il a mis en danger des gens qui comptent pour moi, et maintenant, il me sert son numéro de boy-scout qui ne fonctionne déjà pas si bien avec les humains – à plus forte raison avec un paquet de loups-garous. J'en ai marre, Rafael. Marre de son comportement et marre de lui.

—On dirait que tu aurais fini par le plaquer la première s'il ne t'avait pas prise de vitesse.

—Je suis revenue pour tenter d'arranger les choses entre nous, pour voir si nous pourrions trouver un mode de fonctionnement acceptable. Mais pour ça, il faudrait qu'il renonce à son foutu code moral qui n'a jamais servi ni ses intérêts, ni ceux de personne autour de lui.

—Renoncer à son code moral, ce serait renoncer à ce qu'il est.

J'acquiesçai.

—Je sais. (Et le seul fait de le dire m'attrista encore davantage.) Il ne peut pas changer, et s'il reste ce qu'il est, il finira par en crever.

—Et Jean-Claude et toi avec.

—Tout le monde est au courant de ce détail, ou quoi ?

—Il est de notoriété publique que si tu tues le serviteur humain d'un vampire, ce dernier risque de ne pas survivre. Et que si tu tues un vampire, ses serviteurs humains meurent ou sombrent dans la folie. En toute logique, la disparition de n'importe lequel d'entre vous met les deux autres en danger.

Ça ne me plaisait toujours pas que tout le monde sache que tuer l'un d'entre nous revenait probablement à se débarrasser des trois. Je trouvais que ça facilitait trop le boulot des assassins.

—Que veux-tu que je te dise, Rafael ? Que Richard et moi avons des positions philosophiques opposées sur presque tous les sujets fondamentaux ? Si nous n'avons pas pu nous marier et vivre très heureux jusqu'à la fin de nos jours, c'est pour une bonne raison, et même plusieurs. Qu'il va peut-être être obligé de choisir entre sa survie et sa morale ? Que j'ai peur qu'il se laisse tuer plutôt que de renoncer à ses idéaux ? Eh bien, oui, j'ai peur. Ça va lui faire un mal de chien de me voir avec Micah. Je lui épargnerais ça si je le pouvais, mais je n'ai pas choisi ce qui m'arrive.

—Tu ne te sens pas du tout responsable ?

Je soupirai.

—Si je n'avais pas disparu pendant six mois, peut-être aurais-je pu le dissuader de changer la meute en démocratie. Des tas de choses seraient peut-être différentes, mais je n'étais pas là, et je ne peux pas revenir en arrière. Tout ce que je peux faire, c'est tenter de réparer les dégâts.

—Tu penses en être capable, n'est-ce pas ?

Je haussai les épaules.

—Repose-moi la question quand j'aurai rencontré Jacob et vu comment Richard gère sa meute ces jours-ci. J'ai besoin d'évaluer la situation avant de dire si elle est rattrapable ou non.

—De quelle façon te proposes-tu de réparer les dégâts ? interrogea Micah.

Je tournai la tête pour lui jeter un coup d'œil.

— Si le problème vient de Jacob et de quelques autres, il sera facile à régler.

— Buter les opposants de Richard ne résoudra rien, Anita, dit Rafael. Cette démocratie expérimentale doit prendre fin. Richard doit recommencer à punir ceux qui se dressent contre lui. S'il ne leur fait pas suffisamment peur, un autre Jacob se manifestera, et un autre après lui.

Je hochai la tête.

— Tu prêches une convertie.

— Si tu n'es ni sa petite amie ni sa maîtresse, je crains que tu n'aies plus beaucoup d'influence sur lui.

— Je n'en avais déjà pas beaucoup à l'époque où nous sortions ensemble.

— Si tu n'arrives pas à le raisonner, Richard finira par se faire tuer, et quelqu'un d'autre – sans doute Jacob – prendra sa place. La première chose que fait un bon conquérant, c'est d'éliminer les partisans les plus loyaux de son prédécesseur.

— Crois-tu que Jacob possède autant de sens pratique ?

— Oui.

— Très bien. Que veux-tu que je fasse ?

— Je veux que tu dissimules le fait que Micah et toi êtes amants.

Je me tournai vers le Nimir-raj, qui haussa les épaules.

— Je t'ai dit que je te prendrais à tes conditions, Anita. Que dois-je faire pour te convaincre de ma sincérité ?

Je scrutai son visage, tentant d'y déceler une quelconque trace de duplicité. En vain. Peut-être était-il très bon menteur ? Peut-être étais-je juste parano ?

— Quand nous étions avec les léopards et seulement les léopards, je me sentais complètement à l'aise avec toi. Ça me semblait tout naturel. Pourquoi n'est-ce plus le cas maintenant ?

— Parce que vous avez eu le temps de réfléchir, suggéra Reece.

— Non, dit Rafael.

Micah et lui se regardèrent un long moment sans rien dire et sans qu'aucun des deux baisse les yeux. Si longtemps, en fait, que je finis par perdre patience.

— Que quelqu'un m'explique ce qui se passe !

Rafael fit un signe du menton à Micah. Je fixai mon attention sur le Nimir-raj.

— D'accord, dit-il lentement, comme s'il choisissait ses mots avec soin. Chaque pard, chaque clan de métamorphes sain possède un esprit de groupe.

Cette conversation prenait une tournure qui n'allait pas me plaire, je le sentais.

— Tu veux dire, une identité collective ?

— Pas exactement. C'est plutôt… (il fronça les sourcils) comme les membres d'un chapitre qui font de la magie ensemble depuis un bail. Quand il s'agit de lancer un sort ou de guérir quelqu'un, ils deviennent les composantes d'un tout qui est supérieur à la somme de ses parties.

— Admettons, mais quel rapport avec le fait que je me sentais plus à l'aise quand il n'y avait pas d'autres métamorphes autour de nous ?

— Si tu te sens bien entourée de nos léopards, c'est que nous avons déjà développé ce fameux esprit de groupe. D'habitude, il faut plusieurs mois pour forger un lien de ce type entre métamorphes. Cela ne concerne peut-être que ton propre pard, parce que ta transformation imminente signifie que tu vas bientôt devenir sa Nimir-ra pour de bon.

— Mais tu penses qu'il y a autre chose, n'est-ce pas ?

Micah opina.

— Je pense que tu as également forgé un lien avec mes léopards, et que la décision de fusionner nos deux pards est déjà effective.

— Je n'ai encore rien décidé, protestai-je.

— Vraiment ?

Il avait l'air si raisonnable, assis avec les mains croisées devant lui, légèrement penché vers moi. Si calme et si sincère…

—Écoute, quand on a couché ensemble… c'était super. Mais je ne suis pas encore prête à choisir un service de table, d'accord ?

Dans mon ventre s'agitait quelque chose qui ressemblait beaucoup à de la panique.

—Parfois, ta bête décide pour toi, intervint Rafael.

Je lui jetai un coup d'œil.

—Que veux-tu dire ?

—Si tu as déjà développé un esprit de groupe avec le pard de Micah, c'est que ta bête a décidé pour toi. C'est un lien plus intime que si tu étais simplement sa maîtresse, parce qu'il ne t'engage pas seulement vis-à-vis de lui.

J'écarquillai les yeux.

—Veux-tu dire qu'à partir de maintenant, je vais me sentir responsable du bien-être et de la sécurité de ses léopards-garous en plus des miens ?

Rafael acquiesça.

—Probablement.

Je reportai mon attention sur Micah.

—Et toi ? Tu te sens responsable de mes léopards ?

Il poussa un gros soupir.

—Je ne m'attendais pas qu'un lien se crée aussi rapidement. Jamais encore je n'ai vu un esprit de groupe se développer à cette vitesse.

—Et ?

Sa bouche esquissa l'ombre d'un sourire.

—Et si c'est bien ce qui s'est passé, oui, je me sentirai responsable pour tes léopards.

—Ça n'a pas l'air de t'enchanter.

—Ne le prends pas mal, mais tes léopards sont pas mal perturbés.

—Parce que les tiens sont des modèles d'équilibre, raillai-je. Gina a l'air de s'être fait taper dessus une fois de trop.

Le regard de Micah se durcit. Il scruta mon visage.

—Personne ne t'a rien dit. Ils n'auraient pas osé.

— Personne n'a cafté, Micah. Mais je le vois à son attitude. Elle empeste la défaite. Quelqu'un a bien failli la briser, et c'est récent – ou encore en cours. Elle sort avec un sale type ?

Son expression se ferma. Il n'aimait pas que j'aie deviné.

— Plus ou moins.

Mais son pouls avait accéléré, et je sus qu'il me cachait quelque chose, quelque chose qui l'effrayait.

— Qu'est-ce que tu ne me dis pas, Micah ?

Par-dessus ma tête, il jeta un coup d'œil à Rafael.

— Sera-t-elle capable de lire de mieux en mieux en mes léopards au fil du temps ?

Le roi des rats acquiesça.

— Et vous dans les siens.

— Les siens sont déjà assez transparents.

J'observais le visage de Micah. Il contrôlait son corps en maintenant la tension à distance, mais je sentais la rapidité de son pouls, l'odeur de sa peur. Et ce n'était pas une petite peur. L'idée que je puisse lire complètement en ses léopards le terrifiait.

Je posai ma main sur ses doigts entrelacés, et il tourna vers moi un regard prudent.

— Pourquoi cela t'effraie-t-il que je sache que Gina est victime d'abus ?

Il se raidit sous ma main et se dégagea – sans brutalité, mais comme s'il n'avait vraiment pas envie que je le touche.

— Elle ne voudrait pas que je t'en parle.

— En tant que Nimir-raj, n'es-tu pas censé la protéger contre les salauds ?

— J'ai fait de mon mieux, répliqua-t-il, sur la défensive.

— Botte le cul de ce type et interdis-lui de le revoir. À moins qu'elle soit amoureuse de lui ?

Micah secoua la tête, les yeux baissés, ses doigts crispés si fort que leur peau se marbra. Quand il parla, ce fut d'une voix calme et normale, mais une tension terrible faisait trembler ses mains.

— Non, elle n'est pas amoureuse de lui.

—Alors, où est le problème ?

—C'est plus compliqué que tu peux l'imaginer.

Il leva les yeux vers moi, et je vis de la colère dans ses prunelles.

—Si nous ne formons réellement plus qu'un seul pard, je suis la Nimir-ra de Gina, et personne n'a le droit de lui faire du mal. Personne n'a le droit de faire de mal aux miens.

—Les loups ont capturé ton Gregory, répliqua-t-il, les mains toujours tremblantes.

—Et nous allons le récupérer.

—Je sais que tu as eu une vie difficile. J'ai entendu ce qu'on raconte. Mais tu parles comme si tu étais encore une gamine naïve. Parfois, si forte que tu sois, tu ne peux pas sauver tout le monde.

Ce fut mon tour de baisser le regard.

—J'ai perdu des gens. Je n'ai pas su les protéger, et ils ont été blessés, ou tués. (Je relevai les yeux vers lui.) Mais ceux qui leur ont fait du mal sont morts eux aussi. Je ne peux peut-être pas sauver tout le monde, mais je suis foutrement douée pour la vengeance.

—Ça n'efface pas le mal qui a été fait. Les morts ne se relèvent jamais vraiment. Les zombies ne sont que des cadavres, Anita – pas les gens que tu as perdus.

—Je le sais bien mieux que toi.

Micah acquiesça. Une partie de sa tension s'était dissipée, mais ses yeux demeuraient hantés par quelque chose de doulou-reux – quelque chose d'ancien et pourtant toujours vivace.

—J'ai fait tout ce que je pouvais pour Gina et les autres, et ça ne suffit pas. Ça ne suffira jamais.

Je touchai ses mains, et cette fois, il ne se déroba pas.

—Ensemble, peut-être pourrons-nous leur suffire à tous.

Il me dévisagea.

—Tu le penses vraiment, pas vrai ?

—Anita dit rarement des choses qu'elle ne pense pas, intervint Rafael. Mais à sa place, je m'enquerrais de la nature des problèmes avant de promettre de les résoudre.

Je fus forcée de sourire.

—J'allais justement poser la question. Dans quoi Gina s'est-elle fourrée qui te terrifie à ce point ?

Micah retourna ses mains pour saisir les miennes et les serrer très fort. Il plongea son regard dans le mien – un regard qui ne contenait ni amour, ni désir : juste une gravité infinie.

—Commençons par sauver ton léopard. Repose-moi la question ensuite, et je te raconterai tout.

La limousine ralentit et tourna. Du gravier crissa sous les pneus. Nous venions de nous engager dans le chemin conduisant à la ferme voisine du lupanar.

—Dis-moi au moins de quoi il s'agit en gros. J'ai besoin de savoir maintenant.

Micah soupira, baissa les yeux vers nos mains et les releva lentement pour soutenir mon regard.

—Une fois, nous avons été capturés par un très méchant homme. Il nous veut toujours, et je cherche un foyer assez sûr pour que nous n'ayons plus à le craindre.

—Pourquoi avais-tu peur de m'en parler ?

Ses yeux s'écarquillèrent légèrement.

—La plupart des pards ne veulent pas de ce genre de problèmes.

Je souris.

—Problème, c'est mon deuxième prénom.

Il eut l'air un peu perplexe. Suis-je donc la seule à aimer les films noirs ?

—Je ne vais pas vous jeter dehors à cause d'un salopard d'alpha. Dis-moi de quel côté vient le danger, et je m'en occuperai.

—J'aimerais avoir ton assurance.

Son regard avait le poids d'un chagrin si horrible qu'il me fit frissonner. Il me lâcha et s'écarta de moi juste avant que Merle ouvre la portière et lui offre sa main pour l'aider à descendre. Ignorant son garde du corps, il se coula dans l'obscurité.

Reece le suivit, non sans un dernier coup d'œil à Rafael, comme si le roi des rats lui avait demandé de sortir pour nous laisser en tête à tête.

—Tu as quelque chose à me dire ?

—Méfie-toi de lui, Anita. Personne ne les connaît, lui et ses léopards.

—C'est marrant, je me disais exactement la même chose.

—Bien qu'il puisse faire rouler ta bête à l'intérieur de ton corps ?

Je soutins le regard si noir de Rafael.

—Peut-être justement à cause de ça.

Il sourit.

—Depuis le temps, je devrais savoir que tu n'es pas le genre de personne qui laisse ses sentiments affecter son jugement.

—Oh, mon jugement est parfois affecté, mais ça ne dure jamais longtemps.

—Tu sembles le regretter.

—Parfois, je me demande ce que ça ferait d'être capable de tomber amoureuse sans soupeser d'abord les risques.

—Quand ça marche, c'est la plus belle chose du monde. Quand ça ne marche pas, c'est comme si on t'arrachait le cœur et qu'on l'éminçait sous tes yeux. Ça laisse un trou béant qui ne se rebouche jamais.

Je le dévisageai sans trop savoir quoi dire.

—Apparemment, tu sais de quoi tu parles, finis-je par lâcher.

—J'ai une ex-femme et un fils. Ils vivent dans un autre État, aussi loin de moi qu'elle a pu l'emmener.

—Qu'est-ce qui s'est passé, si ce n'est pas indiscret ?

—Elle n'était pas assez forte pour supporter ce que j'étais. Je ne lui avais rien caché. Elle savait déjà tout avant notre mariage. Si je n'avais pas été si amoureux d'elle, j'aurais vu qu'elle était faible. En tant que roi, c'est mon boulot de savoir qui est capable d'endurer quoi. Mais elle n'a pu me berner que parce que je voulais l'être. Elle est ce qu'elle est – ce n'est pas sa faute. Je ne regrette même pas qu'elle soit tombée enceinte tout de suite. J'adore mon fils.

— Tu arrives à le voir de temps en temps ?

Il secoua la tête.

— J'ai le droit de lui rendre des visites supervisées deux fois par an, pas plus. Elle a réussi à lui foutre la trouille de moi.

Je voulus faire un geste vers lui, hésitai et me dis « *Et puis merde* ». Je lui pris la main. Il eut d'abord l'air étonné. Puis il me sourit.

— Je suis désolée, Rafael ; tu ne peux pas savoir à quel point.

Il me pressa la main et se dégagea.

— Je pensais juste que tu devais savoir que l'amour aveugle ne ressemble pas du tout à ce que décrivent les poèmes et les chansons. Ça fait un mal de chien.

— Je suis tombée amoureuse comme ça, une fois.

Il haussa les sourcils.

— Pas depuis que je te connais.

— Non, à la fac. J'étais fiancée, et je croyais que c'était l'homme de ma vie.

— Que s'est-il passé ?

— Sa mère a découvert que la mienne était mexicaine, et elle n'a pas voulu que son joli petit arbre généalogique de blonds aux yeux bleus soit contaminé par mes gènes.

— Tu t'étais fiancée avant que vos familles se rencontrent ?

— Ses parents avaient rencontré mon père et sa seconde femme, mais ils sont tous les deux typés nordiques – de bons petits Aryens. Ma belle-mère n'aime pas avoir des photos de ma mère sous le nez, donc elle les avait toutes mises dans ma chambre. Ma future belle-maman a cru que je les cachais. Mais le plus drôle, c'est que son fils était au courant. Je lui avais tout raconté. Ça n'avait jamais eu l'air de le gêner jusqu'à ce que sa mère menace de le déshériter.

—Maintenant, c'est moi qui suis désolé pour toi.

—Non, ton histoire est bien plus triste.

Rafael eut un sourire grimaçant.

—Ça ne me réconforte pas.

Je lui rendis un sourire à peine moins amer que le sien.

—L'amour, c'est formidable, pas vrai ?

—Tu pourras répondre à ta propre question après avoir assisté au face-à-face entre Richard et Micah.

Je secouai la tête.

—Je ne suis pas amoureuse de Micah. Pas vraiment, pas encore.

—Mais…

Je soupirai.

—Mais je le regrette presque. Ça rendrait les retrouvailles moins douloureuses. Je ne sais pas comment je vais me sentir en voyant Richard et en sachant qu'il ne m'appartient plus.

—Probablement aussi mal que lui.

—C'est censé me réconforter ?

—Non, c'est juste la vérité. Souviens-toi qu'il a été forcé de rompre avec toi. Il t'aime, Anita, pour le meilleur ou pour le pire.

—Et je l'aime aussi, mais je ne le laisserai pas tuer Gregory ni provoquer la mort de Sylvie. Je ne le laisserai pas détruire la meute à cause d'idéaux en lesquels il est le seul à croire.

—Si tu abats Jacob et ses partisans sans la permission de Richard, il se peut qu'il lance la meute à ta poursuite et à celle du pard. Puisque tu n'es pas lukoi et plus lupa, laisser leur mort impunie le ferait paraître tellement faible que tu pourrais aussi bien laisser Jacob le tuer.

—Alors, que suis-je censée faire ?

—Je n'en ai pas la moindre idée.

Merle passa la tête à l'intérieur de la limousine.

—Les loups sont là. Vos rats les retiennent, mais ils s'impatientent.

—On arrive, dit Rafael. (Il me regarda.) Tu viens ?

J'opinai.

—Ce serait stupide d'être venue ici pour rester dans la voiture.

Il glissa jusqu'au bord de la banquette, puis hésita et m'offrit son bras. En temps normal, je ne l'aurais pas pris. Mais ce soir, nous voulions faire une démonstration de solidarité et de style. Aussi descendis-je de la limousine au bras du roi des rats, telle la potiche moyenne – à l'exception des couteaux planqués sous mes fringues.

En règle générale, je pense que les potiches sont plus maquillées et moins armées. Mais bon, je n'en ai encore jamais rencontré. Peut-être savent-elles que le véritable chemin vers le cœur d'un homme passe par quinze centimètres de métal enfoncé entre ses côtes. Quinze suffisent, en principe, mais je préfère vingt pour être vraiment sûre. C'est marrant comme plus les objets phalliques sont gros, plus ils sont efficaces. Toute personne qui prétend que la taille ne compte pas a vu trop de couteaux de cuisine.

CHAPITRE 22

La clairière était immense, mais pas encore assez. Voitures et camionnettes occupaient le plus gros de l'espace au sol ; certaines étaient garées si loin sous les arbres que leur peinture devait être rayée de partout. Il n'y avait plus de place pour les rats-garous, alors, ils se rangèrent dans l'allée de gravier jusqu'à ce qu'elle soit transformée en parking annexe. Certains durent abandonner leur bagnole sur le bord de la route, comme ils nous en informèrent en arrivant à pied entre les arbres.

Rafael avait amené tous ses gens – et ils étaient deux cents. Le traité entre rats et loups stipulait que leur population ne devait pas dépasser ce nombre. Rafael avait accepté cette clause sous réserve que la meute, qui comptait dans les six cents loups, viendrait à son aide en cas de besoin, sans poser de questions, en partant du principe que « Mes ennemis sont tes ennemis ». Il m'avait expliqué ça pendant que nous marchions vers la clairière, et ça signifiait qu'il prenait de grands risques ce soir. Du coup, je me sentais coupable. Je regrettais de ne pas avoir trouvé un moyen d'introduire un flingue en douce dans le lupanar. En vérité, je n'avais même pas essayé. Excès de confiance ou de lassitude ?

La plus grande femme que j'aie jamais vue se dirigea vers nous. Elle faisait au moins un mètre quatre-vingt-quinze, avec des épaules larges et le genre de muscles qu'on ne développe qu'en soulevant beaucoup de fonte. Elle portait une brassière de sport noire sur sa poitrine bronzée et un jean noir délavé. Ses cheveux bruns étaient attachés en une queue-de-cheval sévère, qui dégageait son visage dépourvu de la moindre trace de fard.

—Voici Claudia, me la présenta Rafael. Elle sera l'un de tes exécuteurs pour la soirée.

J'ouvris la bouche pour protester, mais il me fit taire du regard. Son expression était si sérieuse…

—Tu as tes léopards-garous, mais seul Micah a des gardes du corps. Nous ne pouvons pas nous permettre de te perdre, Anita. Surtout pas aussi bêtement.

—Si je ne peux pas me débrouiller seule, que valent mes menaces ?

—Richard aura son Sköll et son Hati. J'aurai mes gardes et Micah les siens. Tu es la seule sans escorte. Raina avait annexé le pard à la meute. Du coup, tes léopards n'ont jamais développé aucune cohésion de groupe, et encore moins d'autonomie. Et même en leur adjoignant ceux de Micah, ils ne forment toujours pas un pard fonctionnel. Vous avez trop de soumis et pas assez de dominants. Donc, pour ce soir, je te prête Claudia et Igor.

—On peut prendre soin d'Anita, intervint Zane.

—Non, on ne peut pas, répliqua Nathaniel.

Je le regardai d'un air peu amène. Il me toucha le bras.

—Accepte leur aide, Anita, s'il te plaît.

—Nous pouvons la protéger, déclara Micah.

Merle lui fit écho.

—Si vous devez choisir entre sauver Micah et sauver Anita, lequel choisirez-vous ? lança Rafael.

Merle détourna les yeux, mais Noah répondit :

—Micah.

—Exactement.

—Vos rats ne se sentiront-ils pas tout aussi partagés entre vous et Anita que mes léopards le seraient à leur place ? interrogea Micah.

—Non, parce que j'aurai mes propres gardes du corps. Mon rodere, mon clan, compte une grande proportion de mercenaires et de militaires professionnels. Pourquoi croyez-vous que Raina et Marcus aient accepté de valider le traité quand Richard le leur a soumis ? Jamais ils ne se seraient alliés avec nous si nous n'étions pas plus forts que notre nombre le laisse supposer.

— Je ne…

Rafael posa un index sur ma bouche.

— Non, Anita. Quand ce sera terminé et que tu seras vraiment devenue Nimir-ra, tu te chercheras des gardes du corps bien à toi. Jusque-là, je partagerai.

J'écartai sa main.

— Je ne pense pas que ce soit nécessaire.

— Moi, si.

— Je suis pour, déclara Cherry.

Enfin, Micah lâcha :

— D'accord.

Merle et Noah le regardèrent bizarrement, puis échangèrent un coup d'œil.

— Je n'ai pas accepté, protestai-je.

Nathaniel se pencha vers moi.

— Si tu ne cèdes pas sur ce point, nous serons encore plantés ici à discuter dans une heure.

Je fronçai les sourcils. Il me sourit et haussa les épaules.

Je pivotai vers la fameuse Claudia. Elle me regarda d'un air impassible, comme si elle se fichait bien que j'accepte ou non. Un homme la rejoignit. Il faisait environ cinq centimètres de moins qu'elle, mais il était plus large d'épaules et tellement couvert de tatouages qu'un instant, je crus qu'il portait un tee-shirt à manches longues extrêmement coloré. Un minuscule débardeur était tendu sur ses pectoraux saillants. Un jean et des bottes de chantier complétaient sa tenue. Il était chauve, avec un dragon tatoué à l'arrière du crâne et autour des oreilles. La lumière des étoiles suffisait pour voir qu'il s'agissait d'un motif oriental très bien exécuté.

— Ça ne vous dérange pas de risquer votre vie pour quelqu'un que vous venez juste de rencontrer ?

— Vous avez sauvé la vie de notre roi, répondit l'homme. Nous vous devons une vie.

—Même si c'est la vôtre?

—C'est comme ça que ça fonctionne.

Je levai les yeux vers la femme.

—Vous êtes d'accord avec lui?

—Igor vient de le dire: nous avons une dette envers vous.

Ça me met toujours mal à l'aise que des gens soient prêts à placer ma sécurité avant la leur. Je n'aime pas trop le concept de gardes du corps, mais au point où j'en étais…

Je leur tendis la main. Ils échangèrent un regard, puis la prirent et la serrèrent chacun à leur tour: Igor, comme s'il avait peur de me casser quelque chose, Claudia, en serrant assez fort pour me faire appeler ma mère. Mais je me contentai de lui sourire poliment, parce que je savais qu'elle ne me ferait pas vraiment de mal. Elle voulait juste voir ma réaction. Mon sourire lui fit froncer les sourcils, et elle me lâcha. Si mon pouvoir de régénération n'était pas à la hauteur, j'aurais la main toute bleue le lendemain. *Ouille.*

Rafael se tourna vers quelques-uns de ses rats pour leur donner des instructions, me laissant seule avec mes deux gardes du corps.

—Igor, c'est votre vrai nom? demandai-je.

—Non, c'est un surnom.

—Et quel est votre vrai nom?

Il sourit et secoua la tête.

—Qu'est-ce qui peut bien être pire qu'Igor? grimaçai-je.

Son sourire s'élargit.

—Vous voudriez bien le savoir, hein?

Cela me fit sourire, et l'étau qui me comprimait la poitrine se desserra quelque peu. On aurait presque pu croire que j'étais soulagée d'avoir mes propres gardes du corps, alors qu'en fait… je n'avais pas besoin d'eux. Je n'aurais probablement pas besoin d'eux, mais ils étaient comme le chargeur de rechange qu'on emporte par précaution. Si on en a besoin, on est bien content de l'avoir, et si on n'en a pas besoin, on peut toujours le remettre dans sa boîte.

Pour dire la vérité, je me sentais plus protectrice envers les léopards que protégée par eux. Triste mais vrai. Et je n'avais pas entièrement confiance en Merle, en Noah ou même en Micah. Il me cachait des choses, et ça ne me plaisait pas. Je suppose que je suis une de ces femmes impossibles à satisfaire.

Rafael passa dans les rangs des rats-garous en leur distribuant des instructions à voix basse. Micah fit un pas vers moi tandis que Merle et Noah demeuraient à distance, mais très attentifs. Je compris soudain que je ne pouvais pas être aussi près de lui sans le toucher. Je lui tendis la main, et il écarquilla les yeux, mais il la prit.

Ses doigts s'entrelacèrent aux miens en une caresse chaude et palpitante qui me coupa presque le souffle. Je vis passer une expression similaire sur son visage. *Quoi encore ?* Je retirai ma main de la sienne, et j'eus l'impression qu'elle traversait du caramel mou.

Je levai les yeux. À l'exception de Claudia et d'Igor, nous n'étions entourés que par nos léopards. À l'instant où je croisai le regard de Nathaniel, le pouvoir me traversa comme une secousse électrique. Je me tournai vers Cherry, dont les yeux pâles s'écarquillèrent. Le pouvoir était si dense que j'avais l'impression de respirer du liquide, et que l'air me brûlait en descendant vers mes poumons. Il bondit entre moi et Zane, Vivian, puis Caleb qui était le suivant dans le cercle. Caleb que je n'appréciais pas particulièrement. Mais dès que mon regard se posa sur lui, le pouvoir jaillit entre nous ainsi qu'il venait de le faire entre moi et les autres. Caleb hoqueta et porta une main à sa poitrine comme s'il venait de recevoir un coup de poing.

— Que faites-vous ? demanda-t-il d'une voix étranglée.

— La Nimir-ra, répondit Micah à ma place.

Je reportai mon attention sur lui, mais en pivotant, je croisai d'abord le regard de Noah. Le pouvoir fusa entre moi et cet inconnu, et la peur se lut sur son visage. Moi, je me sentais étrangement calme, comme si tout était normal. Gina se rapprocha de Merle, et cela attira mon attention. Le pouvoir se connecta à elle et la traversa à son tour.

Nous formions une sorte de circuit d'énergie qui ne cessait de s'étendre. Des larmes coulèrent sur le visage de Gina qui, pleurant tout bas, s'accrocha au bras de Merle. Celui-ci fut le dernier à y passer, comme si j'étais censée le garder pour la fin. Il tenta de se détourner, mais apparemment, il n'était pas nécessaire que nos regards se croisent : juste que je porte mon attention sur lui. Que ma bête le remarque.

Parce qu'il résistait, le pouvoir le cingla tel un coup de fouet. Il dressa son bouclier, mais cela ne suffit pas à le protéger. Pas parce que j'étais assez forte pour enfoncer ses défenses métaphysiques ; d'ailleurs, je n'essayais même pas. Mais d'une façon ou d'une autre, mon pouvoir reconnaissait Merle et résonnait en lui, ou en sa bête. Il pivota lentement vers moi, avec une expression chagrinée. Pourtant, ça ne faisait pas mal. Au contraire, c'était drôlement bon… et un peu effrayant, je l'admets.

Le pouvoir enfla et s'intensifia jusqu'à remplir l'air autour de nous.

— Qu'est-ce que vous fichez ? demanda Claudia.

— Ils fusionnent, répondit Rafael, entraînant ses deux rats-garous un peu plus loin.

Dès l'instant où ils se retirèrent, le circuit se referma complètement. La pression de l'air augmenta comme avant un orage, et mes oreilles se bouchèrent.

Micah vint se placer devant moi. Les autres se disposèrent en cercle autour de nous comme s'ils exécutaient une chorégraphie répétée à l'avance. Nous nous regardâmes l'un l'autre et tendîmes une main simultanément. Bouger était difficile ; il me semblait que l'air était devenu solide et que nous devions nous frayer un passage au travers.

Le bout de nos doigts se toucha, et nos mains glissèrent très vite l'une dans l'autre, tels deux poissons qui viennent de crever la surface de l'eau pour jaillir à l'air libre. Nous nous déversâmes l'un sur l'autre, nos bras, nos corps se touchant complètement, comme si je pouvais le traverser ainsi qu'une porte ouverte et réciproquement.

Nos bouches se frôlaient presque, et le pouvoir palpitait contre mes lèvres. J'essayai de conjurer la peur. J'essayai de me dégager – mais je n'en avais pas envie. C'était comme si une partie de moi dont j'ignorais l'existence avait pris le contrôle et que ni le bon sens ni les doutes ne pouvaient l'arrêter.

Ce ne fut pas un baiser mais, comme l'avait dit Rafael, une fusion. Le pouvoir se déversa de sa bouche dans la mienne en une vague brûlante. Je sentais les autres autour de nous, lignes de chaleur pareilles aux rayons d'une roue dont Micah et moi étions le moyeu. Le pouvoir circulait entre nous tous ; il allait et venait, liquide, grandissant de seconde en seconde, faisant fondre les barrières qui nous délimitaient en tant qu'individus.

Micah et moi étions l'un en l'autre, chair et cœurs superposés. Sa bête et la mienne roulaient en nous et nous enveloppaient, nous liant ainsi qu'une corde qui traverserait nos corps et nos esprits. Elles jaillirent le long des lignes de pouvoir et percutèrent les autres léopards. Ce fut comme si j'avais reçu un coup. Je sentis chacun des membres du cercle tituber tandis que nos bêtes jumelées caressaient les leurs. Puis elles revinrent vers nous en un torrent de chaleur qui me donna l'impression d'être debout au milieu d'un brasier – un torrent glorieux, une jubilation telle que je n'en avais jamais éprouvé. Et qui me bombarda d'images prélevées dans l'esprit des autres.

Je vis Gina attachée sur le lit et un homme qui la toisait telle une ombre maléfique que le pouvoir ne restituait pas clairement. Je vis Merle blessé, recroquevillé contre un mur et sanglotant. Je vis Caleb debout, seul, couvert de sang et le regard hanté. Je vis Noah courir dans un couloir, poursuivi par des hurlements qui le faisaient accélérer. Je vis Cherry vautrée au milieu d'un tas de corps tièdes ; Zane assis à la table de ma cuisine, riant avec Nathaniel ; Vivian allongée contre Stephen dans leur lit. Je vis Nathaniel immobile sous moi pendant que je lui marquais le dos, et la sérénité qui accompagnait ce souvenir dépassait de beaucoup la sensation de plaisir sexuel, comme si un poids énorme venait de lui être ôté.

Enfin, je vis Gregory, chevilles et poignets attachés ensemble dans son dos, un bâillon sur les yeux et un autre dans la bouche, terrifié. Il gisait nu sur un lit d'ossements. Et je savais que ce n'était pas un souvenir mais ce qui lui arrivait en ce moment même. Je le voyais, je percevais sa terreur, et rien de tout ça ne me disait où il était.

Le pouvoir explosa au-dessus de nous en une vague de satisfaction intense, pareille à une caresse, comme si nous venions tous d'entrer dans une pièce inconnue et de comprendre que chaque chose en elle nous était familière, que chacun de ses coins recélait une clé capable d'ouvrir notre cœur. Le mot qui me vint à l'esprit était « foyer ».

Micah fut le premier à se retirer, tremblant de tout son corps. Je pleurais, et je ne savais même pas depuis quand. J'entendis d'autres personnes renifler dans le noir, et en regardant au-delà de notre cercle, je vis que nous n'étions pas les seuls à sangloter. Des larmes coulaient sur les joues de certains rats-garous qui nous observaient avec des yeux pleins d'émerveillement – ou de peur.

Quelque chose me poussa à regarder au-delà des métamorphes massés autour de nous, en direction de la lisière des bois. Richard se tenait là, torse nu, simplement vêtu d'un jean et, supposai-je, de chaussures. Le voir ainsi peint d'ombres et de clair de lune me coupa le souffle, non parce qu'il était beau ou parce que je le désirais (ça allait toujours sans dire, avec lui), mais parce que pour la première fois, il dégageait quelque chose de sauvage – et pas juste de la colère. Ainsi planté sous les arbres, il m'apparaissait comme un animal sauvage sur lequel vous tombez sans vous y attendre : un cerf brièvement aperçu dans la lumière déclinante du crépuscule, un éclair de fourrure trop gros pour être un renard devant les phares de votre voiture.

Richard se tenait immobile, et quand nos regards se croisèrent, une décharge me parcourut du sommet de mon crâne jusqu'à la plante de mes pieds avant de s'enfoncer dans le sol. Quoi qu'il ait pu faire pour bousiller la structure de pouvoir de sa meute, il avait au moins réussi une chose : accepter sa bête. Je le voyais comme un manteau qu'il aurait enfin décidé d'endosser et qui se serait avéré parfaitement taillé pour lui.

Marcus, l'ancien Ulfric, insistait pour être toujours bien habillé afin que tout le monde sache au premier coup d'œil qu'il était le chef. Richard ne portait pas de vêtements pour se distinguer, et pourtant, tout en lui criait qu'il était le roi des loups. C'est le pouvoir qui fait la souveraineté. Sans lui, toutes les robes d'hermine du monde ne servent à rien.

Nous nous regardâmes de part et d'autre de la clairière. Sous son vernis d'aisance tout neuf, son expression me serra douloureusement le cœur. Si j'avais pu dire quelque chose pour atténuer sa souffrance, je l'aurais dit. Mais je ne trouvais pas de mots adéquats.

Jamil et Shang-Da s'avancèrent entre les arbres pour encadrer Richard. Shang-Da paraissait furieux – contre moi, j'imagine. Jamil regardait Richard comme s'il souhaitait pouvoir le protéger contre tout ça en plus de le protéger contre les griffes et les balles. Mais il est des coups que même le meilleur des gardes du corps ne peut encaisser à votre place. Celui-ci en faisait partie.

La voix de Richard me parvint claire et forte, nullement affectée par les sentiments que je lisais sur son visage.

— Bienvenue, roi des rats du clan de la Couronne Noire. Bienvenue, Nimir-ra et Nimir-raj du clan des Buveurs de Sang. Bienvenue sur le territoire du clan de Thronnos Rokke. Ce soir, les léopards nous ont montré ce que ça signifiait de former un clan, que l'on soit pard, lukoi ou rodere. Ils nous ont montré ce à quoi nous aspirons tous : une véritable fusion.

Un peu d'amertume transparut dans ce dernier mot, mais globalement, c'était un beau discours, et on sentait qu'il venait du cœur plutôt que de la tête.

— À présent, rejoignez-nous dans notre lupanar, et voyons si vous pouvez racheter votre félin perdu.

J'entendis de la colère dans sa voix, et je me demandai si Gregory allait payer à ma place.

Micah se pencha vers moi et chuchota :

— Toutes mes excuses. Je suis navré que ton Ulfric nous ait vus faire ça.

— Et moi donc.

— Je t'ai dit que tes léopards étaient perturbés, mais je me trompais. Tu leur as donné un foyer, tandis que les miens n'ont nulle part où se cacher.

— C'est quoi, votre problème ?

Ce n'était sans doute pas la plus diplomatique des questions, mais elle avait le mérite d'être suffisamment générale pour tout englober.

— C'est une très longue histoire.

Merle se rapprocha de nous et dit, si bas que je l'entendis à peine :

— Soyez très prudents, dans notre intérêt à tous.

Micah et lui se dévisagèrent gravement.

— Que se passe-t-il ? demandai-je.

Micah porta ma main à ses lèvres et y déposa un rapide baiser.

— Allons sauver ton Gregory. C'est notre priorité ce soir, n'est-ce pas ?

Il me sourit, comme si son charme pouvait lui suffire pour dissiper la sévérité de mon regard. Je ne bronchai ni ne cillai jusqu'à ce que son sourire s'efface et qu'il lâche ma main.

— Oui, c'est notre priorité. Mais je veux quand même savoir ce qui se passe.

— Un seul problème à la fois, dit Micah sur un ton apaisant.

Je commençais à avoir l'impression que s'ils avaient pu me mentir jusqu'à la fin des temps, ils l'auraient fait. En réalité, ce n'était pas tant du mensonge que de la dissimulation. Ils me cachaient des choses sanglantes et douloureuses, et malgré toute leur puissance, leur pard n'était pas une famille. Contrairement au mien. Si perturbés que nous soyons, mes léopards et moi, nous formions une famille. Plus encore que Richard et sa meute : il était tellement occupé à livrer ses batailles morales et à tenter de résoudre ses problèmes politiques qu'il n'avait pas de temps à consacrer à autre chose.

—Donne-moi la version *Reader's Digest*, Micah.

—Gregory attend que tu viennes le sauver.

—Alors limite-toi à deux phrases, mais débrouille-toi pour qu'elles soient vraies.

—Micah, dit Merle sans hausser la voix, mais sur un ton très ferme.

C'était un avertissement. Je levai les yeux vers lui.

—Qu'est-ce que vous me cachez, Merle ?

Micah me toucha le bras, et je reportai mon attention sur lui.

—Je t'ai dit qu'un jour, nous avions été capturés par un très méchant homme qui continue à nous poursuivre. Je cherche un endroit où nous serons en sécurité.

—Veux-tu dire que ce type risque de venir vous chercher ici, à Saint Louis ?

—Oui.

—La plupart des alphas savent renoncer quand ils s'aperçoivent qu'ils n'ont aucune chance de gagner.

Micah secoua la tête.

—Celui-ci n'abandonnera jamais. (Il m'agrippa le bras.) Si tu nous recueilles, à un moment ou à un autre, tu devras l'affronter.

—Il est immunisé contre les balles ?

La question parut le prendre au dépourvu, car il fronça les sourcils.

—Non. Enfin, je ne crois pas.

Je haussai les épaules.

—Alors, il n'y a pas de problème.

Micah me regarda.

—Que veux-tu dire ? Que tu l'abattras à vue ?

—Donne-moi une seule raison de m'abstenir, réclamai-je calmement.

Il faillit sourire, se ravisa et se rembrunit de nouveau.

—Tu le tuerais purement et simplement

On aurait dit qu'il réfléchissait, comme s'il n'avait jamais envisagé ça.

—Il est du genre coriace, intervint Merle.

—À moins qu'il soit plus rapide qu'une balle en argent, je finirai quand même par l'avoir.

Rafael se fraya un chemin parmi les léopards, Claudia et Igor sur ses talons.

—Nous pensions tous que tes léopards nous étaient inférieurs. Mais après ce que je viens de voir, je vous envie.

—Je sais comment fonctionne la meute. Et je sais que les loups n'ont pas le sens de la communauté. D'abord, Raina et Marcus ont tout fait pour qu'ils aient peur les uns des autres, et maintenant, les idéaux de Richard les empêchent de se sentir en sécurité. Mais toi et tes rats, vous formez un groupe assez soudé. Qu'est-ce qui vous empêche de faire ce que je viens de faire avec mes léopards ?

—J'ai personnellement bénéficié de ta loyauté et de ton obstination. Mais jusqu'à ce soir, je n'avais pas compris que si tu m'as sauvé, ce n'était pas seulement par amitié ou par sens de la justice. Tu n'as pas risqué ta vie et celle des tiens pour me soustraire à la torture à cause du genre de rectitude morale dont se targue Richard. Tu l'as fait parce que tu ne supportais pas l'idée de m'abandonner. (Rafael toucha ma joue très doucement.) Pas parce que c'était bien, mais parce que tu as le cœur tendre.

Je le regardai.

—On m'a déjà accusée de beaucoup de choses, mais celle-là, c'est la première fois qu'on me la fait.

Il me donna une pichenette sous le menton, comme on le fait avec un enfant.

— Ne dévalorise pas une de tes plus grandes qualités. Tu aimes tes léopards comme une mère est censée aimer ses enfants. Tu veux le meilleur pour eux, même quand ça te met mal à l'aise, même quand tu n'approuves pas leurs choix.

Je dus détourner le regard de son expression émerveillée. J'avais l'impression qu'il contemplait quelqu'un d'autre, quelqu'un qui ne pouvait pas être moi.

— Tu n'as jamais été physiquement leur reine léopard, mais ce soir, tu nous fais honte à tous. Ce n'est pas de te voir si proche de Micah qui tourmentera Richard – même si ça lui fera mal. C'est d'avoir aperçu en toi et en tes léopards ce que chacun de nous désire pour son clan. Richard pense que sa rectitude morale le conduira là où tu es déjà parvenue.

Je levai les yeux vers Rafael.

— Mon pard n'est pas une démocratie, et en matière de décisions, j'ai bien plus qu'un foutu veto présidentiel.

— Richard le sait, probablement mieux que personne. Et ça va le ronger, Anita. Ça le fera douter de lui.

Je secouai la tête.

— Richard doute toujours de lui quand il s'agit des lukoi. Il ne sera jamais sûr d'eux tant qu'il ne sera pas sûr de ce qu'il est.

— D'abord, je dois me faire à l'idée que tu as le cœur tendre. Et maintenant, je dois accepter l'idée que tu es lucide par-dessus le marché. Je savais déjà que tu étais puissante, impitoyable et jolie. Mais il va me falloir du temps pour accepter qu'en plus de tout ça, tu as un cerveau et un cœur.

— Ma parole, mais tout le monde est persuadé que je suis juste une sociopathe dotée de pouvoirs magiques, ou quoi ?

— C'est tout ce que tu as toujours laissé voir aux gens. Jusqu'à ce soir.

Rafael balaya du regard le cercle des métamorphes qui continuaient à nous observer. Sur leur visage, je vis une sorte de faim très particulière, et je sus qu'ils avaient éprouvé la même chose que moi : l'impression d'appartenir à un tout, d'être chez eux à l'intérieur du cercle. D'avoir trouvé un foyer non de brique et de ciment, mais de chair tiède, de mains à saisir, de bras à tenir, de sourires à partager. Une chose si simple et si rare à la fois.

Depuis des mois, je craignais de manquer à mes devoirs envers les léopards. Je craignais de ne pas être à la hauteur, et qu'ils se fassent blesser ou tuer à cause de moi. Soudain, je compris que le véritable échec eût été de ne pas me soucier d'eux. On peut toujours panser une plaie ou réparer une fracture, mais l'indifférence… elle ne guérit pas, et on ne s'en remet jamais.

CHAPITRE 23

L e lupanar est une vaste clairière de cent cinquante mètres
sur cent. À première vue, le terrain semble plat ; en fait, il
est niché dans une large vallée entre plusieurs collines. Ça ne
se voit pas la nuit, mais je sais que juste derrière les arbres qui
bordent le côté opposé à celui par lequel on arrive se dressent
des pentes abruptes. Il m'a fallu plus d'une visite pour découvrir
ce que cachait la lisière de la forêt.

Mais ce soir-là, impossible de voir quoi que ce soit au-delà des
arbres qui délimitaient le lupanar. Des torches aussi hautes qu'un
homme étaient plantées dans le sol, encadrant le trône de pierre :
un fauteuil monstrueux, si ancien que les bras d'innombrables
générations d'Ulfric avaient usé ses accoudoirs par endroits.
J'imagine que le siège et le dossier devaient être usés eux aussi,
mais ils étaient recouverts par un bouillonnement de soie
pourpre, royale à souhait. Dans la lumière dorée et vacillante
des torches, l'énorme trône drapé de tissu avait quelque chose
de très primitif ; il semblait destiné à un roi barbare de jadis,
vêtu de peau de bête et portant une couronne de fer.

Des loups-garous, la plupart – mais pas tous – sous leur
forme humaine, se tenaient debout ou accroupis en un immense
cercle. Ils avaient laissé une seule ouverture que nous emprun-
tâmes. Après quoi, ils refermèrent la brèche telle une porte de
chair animée. Les rats-garous se déployèrent derrière nous et sur
nos flancs, mais nous savions tous que si une bagarre éclatait,
nous serions en infériorité numérique… et cernés.

Rafael et deux rats-garous massifs se tenaient sur ma droite.
Donovan Reece, le roi-cygne, avait pris place sur ma gauche.

Rafael lui avait aimablement attribué un quatuor de gardes du corps. Micah restait un poil en retrait derrière moi ; Claudia et Igor veillaient au grain juste derrière lui. Nos léopards venaient ensuite, formant une sorte de cordon sanitaire avant le reste des rats.

Sur un côté du trône, quelqu'un avait suspendu une sorte de rideau noir. Je ne le remarquai que lorsqu'il ondula sous le souffle du vent. Puis une main l'écarta et Sylvie apparut, suivie par un homme de haute taille que je ne connaissais pas. Sans maquillage, elle paraissait moins sophistiquée, plus dure. Ses cheveux courts formaient des boucles bien définies mais pas coiffées. Elle portait le premier jean que je lui aie jamais vu, avec un débardeur bleu clair et des chaussures de sport blanches.

Son compagnon était mince à la façon des joueurs de basket : tout en bras, en jambes et en muscles longilignes, qu'il exhibait sans complexe dans un jean coupé à mi-cuisses. Il était torse nu, mais comme Richard, il n'avait pas besoin de beaux atours. Nimbé par sa grâce et son pouvoir, il se déplaçait ainsi qu'un tigre en chasse. Mais il n'y avait pas de barreaux derrière lesquels m'abriter, et j'avais dû laisser mon flingue à la maison.

Ses courts cheveux bruns bouclaient un peu plus serré que ceux de Sylvie. Son visage était du genre qui hésite entre le séduisant et l'ordinaire : ossature forte, lignes longues, bouche large aux lèvres minces. Je venais de trancher en faveur d'« ordinaire » quand il tourna son regard vers moi. À l'instant où je vis ses yeux noirs, je sus que je m'étais trompée. Dans ses prunelles brûlait une vive intelligence, et aussi quelque chose de plus sombre. Il laissa sa colère transparaître sur son visage, et je compris que la force de sa personnalité le rendait beau – même si c'était le genre de beauté qu'une photo ne pourrait jamais rendre parce qu'elle avait besoin de mouvement, de son énergie vibrante pour se manifester.

Sans qu'on me présente le nouveau venu, je sus que c'était le fameux Jacob. Et que nous étions dans la merde.

Richard franchit le rideau à la suite des deux autres. Lui aussi se déplaçait dans le torrent de son propre pouvoir, d'une démarche aussi glissante, aussi coléreuse que celle de son Geri. Mais il lui manquait quelque chose, un avantage que possédait l'autre homme. Une pointe de ténèbres, peut-être. Tout ce dont j'étais certaine, c'est qu'il n'y avait pas de pitié en Jacob. Je pouvais presque humer son implacabilité – cette absence de scrupules qui, pour le meilleur ou pour le pire, faisait toujours défaut à Richard.

Je soupirai. J'avais cru que si Richard parvenait à étreindre sa bête une seule fois, il serait tiré d'affaire. Il s'assit sur le trône, la lumière des flammes se reflétant sur les ondulations de sa chevelure et la parant de reflets dorés et cuivrés, les ombres du feu dansant sur les muscles de sa poitrine, de ses épaules et de ses bras. Il avait bel et bien l'apparence d'un roi barbare, mais en lui demeurait quelque chose de tendre… de faible. Et si je le sentais, Jacob devait le sentir aussi.

J'eus un de ces moments d'extrême lucidité qui se produisent parfois. Aucun de nous ne pouvait faire quoi que ce soit pour rendre Richard vraiment impitoyable. Il pouvait agir sous le coup de la colère, comme lorsqu'il avait capturé Gregory, mais quoi que le monde lui inflige, une petite part de lui continuerait à frémir et à hésiter. Son seul espoir de survie, c'était de s'entourer de gens loyaux qui ne frémiraient ni n'hésiteraient, eux.

Jamil et Shang-Da se tenaient ensemble d'un côté du trône, pas trop près, mais pas trop loin non plus. Shang-Da était de nouveau sapé avec sa classe et sa monochromie habituelles : pantalon noir, chemise noire, veste de costard noire, chaussures noires cirées. Même pour passer la nuit dans les bois, il se fringue comme un mannequin de *GQ*.

Jamil aussi a beaucoup de gueule quand il se met sur son trente et un, mais il essaie généralement d'adapter sa tenue aux circonstances. Ce soir, il portait un jean qu'on aurait dit tout juste sorti du pressing, et un débardeur rouge qui contrastait superbement avec sa peau sombre. Il avait changé les perles de ses tresses africaines qui lui descendaient jusqu'à la taille pour les remplacer par des rouges et noires. Elles luisaient doucement dans la lumière des torches, comme si elles avaient été taillées dans des pierres semi-précieuses.

Jamil surprit mon regard. Il ne hocha pas la tête, mais cligna des yeux comme pour me saluer. Shang-Da scrutait la foule en faisant exprès de m'ignorer. À mon avis, si Richard les y avait autorisés, ces deux-là auraient fait n'importe quoi pour s'assurer qu'il conserve son trône. Mais Richard ne leur donnerait jamais carte blanche, et ils étaient forcés d'agir dans les limites du piège d'honorabilité qu'il leur imposait.

Sylvie et moi nous dévisageâmes pendant plusieurs battements de cœur. J'ai vu sa collection d'os prélevés sur le corps de ses ennemis. De temps en temps, elle les sort pour jouer avec. Elle dit que ça la réconforte de les toucher. Personnellement, je préfère un pingouin en peluche et une tasse de bon café, mais du moment que ça marche pour elle… Sylvie aussi ferait le nécessaire si seulement Richard le lui permettait.

Et si j'avais encore été lupa, nous, les gens sans scrupules, aurions été largement assez nombreux pour régler définitivement le problème, pour peu que Richard ne se soit pas interposé. Nous étions si près et si loin de la solution à la fois… c'était plus que frustrant. J'avais l'impression que nous regardions un train foncer vers Richard, et que nous lui criions tous : « Écarte-toi des rails, écarte-toi des rails ! », mais qu'il ne nous écoutait pas. Pire, nous tentions de l'entraîner à l'écart, et il refusait de se laisser faire.

Si Jacob était le train, je pourrais le tuer et mettre Richard en sécurité. Mais Rafael a raison. Si ce n'est pas Jacob, ce sera quelqu'un d'autre. Jacob n'est pas le train lancé à toute allure qui va écraser Richard. Ce train, c'est Richard lui-même.

Sa voix résonna à travers la clairière.

—Nous sommes rassemblés ici ce soir pour dire adieu à notre lupa et pour choisir sa remplaçante.

La moitié de la meute applaudit et hurla son approbation. Mais des dizaines de lukoi demeurèrent silencieux et attentifs. Ça ne signifiait pas qu'ils étaient de mon côté. Peut-être étaient-ils neutres ; néanmoins, ça me faisait plaisir de voir que mon expulsion ne les réjouissait pas.

— Nous sommes également ici pour châtier celui qui a nui à la meute en nous prenant notre lupa.

Cette fois, il y eut moins d'applaudissements, moins de hurlements. On aurait dit que le vote pour condamner Gregory s'était joué à un cheveu. Ce qui me rasséréna un peu – pas beaucoup, mais un peu. D'un autre côté, si Gregory était exécuté, peu m'importerait le nombre de voix par lequel les partisans de Jacob l'avaient emporté.

— Enfin, nous sommes ici pour donner à la Nimir-ra des léopards une dernière chance de récupérer son félin.

Les manifestations d'enthousiasme et les silences expectatifs restèrent de l'ordre de cinquante-cinquante, mais je notai un rafraîchissement palpable de l'atmosphère. La meute n'était pas perdue, et certainement pas tout entière gagnée à la cause de Jacob. Je récitai mentalement une petite prière pour qu'on me guide de là-haut, parce qu'il s'agissait sans aucun doute d'un problème politique, et que la négociation politique n'a jamais été un de mes points forts.

— Cette affaire concerne la meute et le pard. Pourquoi le rodere se trouve-t-il ici, Rafael ? demanda Richard sur un ton distant et formel, comme s'il ne nous connaissait pas.

— La Nimir-ra m'a sauvé la vie, une fois. Le rodere a une dette envers elle.

— Dois-je en déduire que le traité qui nous lie est nul et non avenu ?

— J'ai conclu un traité avec toi, Richard, et je m'y tiendrai parce que tu es quelqu'un qui honore ses obligations et n'oublie jamais ses devoirs envers ses alliés. Mais j'ai une dette personnelle envers Anita, et l'honneur m'oblige à m'en acquitter aussi.

— Si nous en venons aux mains, dans quel camp te battras-tu : avec la meute ou avec le pard ?

— J'espère très sincèrement que nous n'en arriverons pas là, mais nous sommes venus avec les léopards et nous repartirons avec eux, quelles que soient les circonstances exactes dans lesquelles nous prendrons congé.

— Vous condamnez votre peuple, lança Jacob.

Richard se tourna vers lui.

— C'est moi l'Ulfric, Jacob, pas toi. C'est à moi qu'il appartient de décider qui est condamné et qui ne l'est pas.

— Je ne voulais pas t'offenser, Ulfric. (Mais la voix de Jacob trahissait son hypocrisie.) Je voulais seulement dire que si nous en venons aux mains, les rats ne pourront pas nous battre. Et que leur roi devrait peut-être s'interroger sur la validité de cette prétendue dette d'honneur.

— Une dette d'honneur existe que cela vous arrange ou pas, répliqua Rafael. Richard comprend ces choses-là. C'est pourquoi je sais qu'il respectera notre traité. En revanche, je n'ai aucune certitude concernant les autres membres de sa meute.

Voilà, il l'avait dit. Il aurait aussi bien pu balancer : « Je n'ai aucune confiance en vous, Jacob. » Le silence se fit dans la clairière. Plus personne ne pipait mot ; du coup, les bruissements de tissu ou de fourrure résonnaient inhabituellement fort.

Les mains de Richard se crispèrent sur les accoudoirs de son trône. Il avait dressé autour de lui un bouclier si impénétrable que je ne pouvais pas le sentir, mais je pouvais l'observer et en déduire ce qu'il pensait.

— Veux-tu dire que si je cesse d'être Ulfric, le traité sautera ?

— C'est exactement ce que je veux dire.

Richard et Rafael se regardèrent longuement. Puis le plus léger des sourires passa sur les lèvres de Richard.

— Je n'ai pas l'intention d'abdiquer, de sorte que le traité devrait perdurer encore un bon moment… À moins que Jacob ait d'autres plans.

Cette déclaration provoqua une onde de malaise parmi les lukoi rassemblés. Je la sentis se répandre comme si la meute venait juste de flairer un piège.

Jacob parut surpris – choqué, même. Je ne le connaissais ni d'Adam ni d'Ève, mais je vis la confusion se répandre sur ses traits tandis qu'il cherchait quoi répondre. Il ne pouvait pas prétendre n'avoir pas de vues sur le trône et revenir sur sa parole par la suite : les loups-garous sont un poil chatouilleux sur ce genre de choses. Donc, il allait être obligé de renoncer pour de bon ou de déclarer immédiatement ses intentions, et son expression disait qu'il n'était pas prêt à le faire.

Une voix de femme s'éleva sur la droite, aussi claire et forte que si elle avait l'habitude de faire de la scène.

— Ne sommes-nous pas en train de nous laisser distraire de l'ordre du jour ? Pour ma part, j'ai hâte que nous passions au choix de la nouvelle lupa.

Elle était grande et tout en courbes, voluptueuse à la façon des stars de cinéma des années cinquante. Elle semblait douce et féminine ; pourtant, sa démarche était glissante et chaloupée à la fois, mi-prédatrice mi-appel au sexe. Comme si elle était du style à attirer les hommes en jouant les victimes, à les baiser jusqu'à ce qu'ils demandent grâce et à leur arracher la tête en guise de remerciement.

Elle portait une robe moulante et profondément décolletée. Je ne voyais pas où elle planquait son soutif, mais elle devait forcément en avoir un : des nichons de cette taille ne peuvent pas tenir tout seuls. Elle marchait pieds nus, ses cheveux d'un rouge sombre brillants et parfaitement coiffés se balançant juste au-dessus de ses épaules.

— Nous y viendrons plus tard, répondit Richard.

La femme se laissa tomber à genoux devant le trône, lissant sa robe sous ses cuisses en un geste très délicat, mais prenant garde à se pencher suffisamment vers Richard pour qu'il jouisse d'une vue imprenable sur son décolleté. Elle ne me plaisait pas beaucoup.

— Tu ne peux pas nous reprocher notre impatience, Ulfric. L'une d'entre nous (elle marqua une pause pour bien signifier qu'elle n'avait employé ce pluriel que par politesse) deviendra ta lupa et ta partenaire en cette glorieuse nuit.

Sa voix s'était changée en un murmure suggestif, mais néanmoins assez fort pour que je l'entende.

Non : décidément, elle ne me plaisait pas. J'étais mal placée pour protester vu que Micah se tenait près de moi, mais je m'en fichais. La logique n'avait rien à voir là-dedans. Je voulais saisir une poignée de ses cheveux chimiquement colorés et tirer très fort.

Micah dut me toucher le bras pour que je comprenne que j'étais en train de caresser un de mes couteaux dans son fourreau de poignet. Parfois, je touche mes armes quand je suis nerveuse ; parfois, mon corps trahit mes intentions. Je forçai ma main à se détendre, mais je n'étais pas contente du tout.

— Retourne avec les autres candidates, Paris, dit Richard en prenant bien soin de ne pas la regarder, comme s'il avait peur de le faire – ce qui ne me consola pas, bien au contraire.

La femme se pencha en avant et lui posa une main sur le genou. Il sursauta.

— Tu ne peux pas nous reprocher notre impatience, répéta-t-elle. Nous te désirons toutes depuis si longtemps.

La colère pinçait les lèvres de Richard.

— Sylvie, appela-t-il.

Sylvie eut un sourire mauvais. Saisissant le poignet de Paris, elle la força à se relever sans douceur. Paris mesurait bien cinq centimètres de plus qu'elle, mais le pouvoir de Sylvie, sa bête, lui donnait l'air de faire trois mètres de haut.

— L'Ulfric t'a dit de retourner avec les autres candidates. Obéis.

Elle poussa Paris vers la foule. La rouquine trébucha mais se ressaisit très vite, lissant sa robe moulante sur ses cuisses.

Sylvie venait de se détourner pour reprendre sa place près de Richard quand Paris lança :

—Alors, c'est vrai ce qu'on raconte : tu aimes quand c'est brutal ?

Sylvie se figea, et je n'eus pas besoin de voir son visage pour sentir la rage qui émana brusquement d'elle. Avant qu'elle pivote lentement, les muscles tendus comme des ressorts, je sus que ses yeux avaient pris la couleur ambrée des yeux de loup.

—Qu'est-ce que tu viens de dire ?

—Sylvie, appela Richard d'une voix douce.

Ce n'était pas un ordre, mais une requête. Si ça avait été un ordre, Sylvie se serait peut-être rebellée ; elle aurait peut-être réclamé une forme de compensation. Mais puisque Richard ne la contraignait en rien… Elle se tourna vers lui.

—Oui, Ulfric.

—Reprends ta place, s'il te plaît.

Et elle obtempéra, revenant se poster sur sa droite ainsi qu'il convenait au Freki de la meute. Mais sa colère ondulait autour d'elle comme la chaleur au-dessus d'une route de bitume en été.

Richard reporta son attention sur notre petit groupe.

—Je m'excuse auprès du roi-cygne de ne pas l'avoir reconnu plus tôt, mais nous ne nous sommes rencontrés qu'une seule fois avant ce soir.

—Oui, acquiesça Reece. Je m'en souviens.

—Bienvenue dans notre lupanar. Pour vous accorder un sauf-conduit en ce lieu, j'ai besoin de connaître vos intentions.

—Je suis ici ce soir parce que la Nimir-ra a sauvé trois de mes panaches des griffes des gens qui ont failli les tuer. Elle a risqué sa vie pour elles. Aussi, c'est en tant que son allié que je me présente devant vous.

—Dans ce cas, je ne puis vous accorder de sauf-conduit. Si les choses tournent mal, il y aura une bagarre – et en tant qu'allié d'Anita, vous devrez vous battre contre nous.

—Elle a risqué sa vie pour mes panaches. Je ne puis faire moins.

Richard acquiesça, et je vis que Reece et lui se comprenaient. Entre esprits chevaleresques...

— Vole-t-elle au secours de tous les métamorphes en danger qu'elle rencontre ? lança Jacob sur le ton de la dérision.

Richard ouvrit la bouche pour répondre quelque chose, mais Sylvie fit un pas en avant et lui toucha le bras. Il hocha légèrement la tête et la laissa parler.

— Combien d'entre nous Anita a-t-elle sauvés de la torture ou de la mort ?

Elle leva la main.

Jamil contourna le trône et leva la sienne. Tous mes léopards l'imitèrent – une forêt de gratitude à la croissance instantanée. Rafael leva la main. Je repérai Louie, son lieutenant et le petit ami de Ronnie. Il me salua du menton et leva lui aussi la main.

Richard se mit debout et leva la main. J'aperçus d'autres mains levées çà et là dans la foule. Puis Irving Griswold, journaliste affable et loup-garou dans le civil, fit un pas en avant. Ses lunettes reflétaient la lumière des torches, de sorte qu'il paraissait aveugle. Il ressemblait à un grand chérubin au crâne à moitié chauve et aux yeux de flammes.

— Que serait-il arrivé si Anita n'avait pas sauvé Sylvie quand le Conseil vampirique la torturait ? Sylvie est costaud, mais elle aurait peut-être fini par craquer. Et elle est assez dominante pour appeler la plupart d'entre nous. Elle aurait pu nous forcer à nous soumettre à ses bourreaux. (Irving leva la main.) Donc, Anita nous a tous sauvés.

D'autres mains se levèrent jusqu'à ce que la moitié de la meute ait un bras en l'air. Ma gorge se serra, et mes yeux me picotèrent. Je n'allais pas pleurer, mais si quelqu'un me serrait dans ses bras, je ne répondais plus de rien.

Louie s'avança, petit, mince, bronzé et séduisant avec ses courts cheveux noirs.

— Rafael est un roi puissant – si puissant que si le Conseil vampirique avait réussi à le briser, aucun de nous n'aurait pu ignorer son appel. Nous nous serions tous retrouvés à leur merci.

Vous avez vu ce qu'ils lui ont fait et combien de temps il lui a fallu pour guérir. Anita a sauvé l'ensemble du rodere de Saint Louis.

Les rats levèrent la main – tous autant qu'ils étaient.

— Regardez autour de vous, reprit Sylvie avec chaleur. Voulez-vous vraiment perdre Anita en tant que lupa ? La plupart d'entre vous se souviennent de Raina. Voulez-vous vraiment que les choses redeviennent comme du temps où c'était elle, notre lupa ?

— La Nimir-ra n'est pas lukoi, protesta Jacob.

Quelques loups-garous lui firent écho. Mais ils ne furent pas nombreux.

— Si c'est ta seule objection, dit Sylvie, je la trouve bien insuffisante pour justifier la perte d'Anita.

— Sa perte ? C'est la première fois que je la vois. J'appartiens à cette meute depuis cinq mois, et c'est la première fois que je pose les yeux sur votre précieuse lupa. Nous ne pouvons pas perdre quelque chose que nous n'avons jamais eu.

Cette fois, Jacob reçut beaucoup plus de soutien de la part de la meute, des tas de cris, de hurlements et même d'applaudissements. Sur ce coup-là, je ne pouvais pas blâmer les lukoi. Je m'avançai, ne m'arrêtant qu'à mi-chemin entre mes alliés et le trône. Le silence se fit dans la clairière. Quand on n'entendit plus que le crépitement des torches, Richard baissa les yeux vers moi. À présent, je pouvais soutenir son regard.

— Jacob a raison, dis-je en m'assurant que ma voix porte jusqu'à la lisière des arbres.

Sylvie eut l'air surprise. Jacob aussi. Et je sentis des gens sursauter derrière moi.

— Je n'ai pas été une bonne lupa pour le clan de Thronnos Rokke, mais je ne savais pas que j'étais censée l'être. De mon point de vue, je n'étais que la petite amie de l'Ulfric. J'avais déjà beaucoup à faire avec les léopards, et je faisais confiance à Richard pour prendre soin des loups. Les léopards n'avaient personne d'autre que moi. (Je pivotai et fis face à la foule.) J'étais humaine, incapable d'assumer correctement les responsabilités d'une lupa ou d'une Nimir-ra. (Cette fois, le murmure de la foule fut plus fort.)

» Je ne sais pas si vous êtes tous au courant, mais un accident s'est produit durant la bataille pour délivrer les panaches. Je serai peut-être Nimir-ra pour de bon dans deux semaines. Nous n'en sommes pas encore certains, mais ça semble probable. (À présent, les métamorphes se taisaient et me fixaient avec leurs yeux d'humain, de loup, de rat ou de léopard. Mais chacun de leurs visages exprimait de l'intelligence et une intense concentration.) Je ne peux rien y faire. Il ne me reste qu'à attendre et à voir. Mais mon léopard ne m'a pas blessée à dessein. Je mettrais mon honneur en jeu sur ce point. Vous accusez Gregory d'avoir tué votre lupa. (J'écartai les mains de mon corps.) Je suis ici, vivante et indemne. Si vous me perdez en tant que lupa, ce ne sera pas parce que Gregory m'aura enlevée à vous, mais parce que vous aurez choisi de me laisser partir.

» Si c'est ce que vous souhaitez, très bien. Je peux le comprendre. Il y a quelques minutes encore, je pensais ne pas faire un très bon boulot en tant que Nimir-ra, et encore moins en tant que lupa humaine. Maintenant, je me dis que je me trompais peut-être. Peut-être que si j'étais restée, les choses iraient mieux. Mais j'ai fait ce qui me semblait préférable à l'époque. Si vous ne voulez pas de moi comme lupa, c'est votre droit. Mais ne punissez pas un autre métamorphe pour un accident survenu durant une bataille pendant laquelle il a empêché un adversaire de m'arracher le cœur.

— Joli discours, commenta Jacob. Mais nous avons déjà voté, et votre léopard doit payer le prix, à moins que vous soyez suffisamment métamorphe pour le racheter.

Je ne lui jetai même pas un coup d'œil.

— Richard, s'il te plaît.

Il secoua la tête.

— Je ne peux pas annuler le vote, Anita. Je le ferais si je le pouvais.

Il semblait las.

Je soupirai.

— Très bien. Comment dois-je m'y prendre pour racheter Gregory ?

— Avant de pouvoir être Nimir-ra, elle doit cesser d'être lupa.

Cette remarque venait de Paris, qui bien que de nouveau perdue au milieu de la foule parvenait à faire résonner sa voix à travers la clairière.

— Je croyais que vous aviez déjà voté mon renvoi.

— En effet, acquiesça Richard. Mais pour officialiser ton départ selon nos règles, nous devons procéder à une cérémonie qui brisera tes liens avec la meute.

— Et elle est longue, cette cérémonie ?

— Elle peut l'être.

— Laissez-moi d'abord faire sortir Gregory. Ensuite, je me plierai à toutes les cérémonies que vous voudrez.

— Tu as le droit de refuser de t'en aller, intervint Sylvie.

J'interrogeai Richard du regard.

— C'est exact, dit-il sur un ton et avec une expression parfaitement neutres, de sorte que je ne pus dire si ça lui faisait plaisir ou non.

— Que se passera-t-il si je refuse ?

— Tu devras défendre ton droit à être lupa et prouver que tu es digne de conserver ta place. Pour cela, tu devras affronter en combat singulier toute dominante qui voudra ta place, ou bien…

Il laissa la fin de sa phrase en suspens.

Sylvie le fixa du regard, mais ce fut Jacob qui acheva :

— … ou bien oindre le trône.

Je haussai les épaules.

— « Oindre le trône » ? Qu'est-ce que ça signifie ?

— Baiser l'Ulfric sur le trône devant nous tous.

Il n'avait pas fini de parler que je secouais déjà la tête.

— Curieusement, je crois que Richard n'est pas plus motivé que moi pour s'envoyer en l'air en public.

—C'est un petit peu plus compliqué que ça, déclara Richard.

Il me dévisagea, et dans ses yeux, je vis tant de choses – de la colère, de la douleur – que ça me fit mal de soutenir son regard.

—Le sexe seul ne suffit pas. Il faudrait établir une connexion mystique entre nos bêtes. (Il se tut, et je crus qu'il avait terminé, mais je me trompais.) Comme tu l'as déjà fait avec ton Nimir-raj.

Il y eut un silence. Je ne voyais vraiment pas quoi répondre, mais je me sentais obligée de dire quelque chose.

—Je suis désolée, lâchai-je d'une voix douce, presque triste.

—Ne t'excuse pas.

—Pourquoi?

—Ce n'est pas ta faute : c'est la mienne.

J'écarquillai les yeux.

—Comment ça?

—J'aurais dû me douter que tu aurais ce genre de lien avec ton partenaire. En tant que simple humaine, tu étais déjà plus puissante que la plupart des véritables lupas.

Cela me fit froncer les sourcils.

—Que veux-tu dire, Richard? Que tu regrettes de ne pas avoir fait de moi l'une d'entre vous pendant que tu en avais la possibilité?

Il baissa les yeux comme s'il ne supportait plus que je puisse déchiffrer son expression. Je me rapprochai suffisamment pour le toucher, suffisamment pour que son énergie vibrante se déverse sur ma peau telle une colonne d'insectes. Je frissonnai. Mais je sentis quelque chose d'autre, quelque chose que je n'avais jamais éprouvé avant – du moins, pas avec Richard.

Ma bête jaillit de mon corps et se tendit tel un chaton joueur pour donner un coup de patte au pouvoir de Richard. Nos deux énergies crépitèrent l'une contre l'autre, et je pus presque voir le jeu des couleurs dans ma tête, comme si quelqu'un avait frotté de l'acier contre du silex, mais en Technicolor.

J'entendis Richard hoqueter doucement, et je vis ses yeux s'élargir. D'une voix rauque, presque étranglée, il me demanda :

—Tu l'as fait exprès ?

Je secouai la tête. Je ne me sentais pas capable de répondre. Les étincelles s'étaient évanouies, et j'avais l'impression de m'appuyer contre un mur de pouvoir – le sien et le mien combinés – quasi solide qui nous séparait physiquement. Lorsque je retrouvai l'usage de la parole, je ne parvins à produire qu'un murmure.

—Que se passe-t-il ?

—Ce doit être le mariage des marques, répondit Richard tout aussi bas.

J'avais affreusement envie de passer le bras à travers ce mur de pouvoir pour le toucher, pour voir si nos bêtes rouleraient l'une à travers l'autre comme l'avaient fait la mienne et celle de Micah. Je savais que c'était idiot : Richard était un loup, et apparemment, j'étais un léopard. Donc, nos bêtes ne pouvaient pas se reconnaître. Mais j'aimais Richard depuis si longtemps, nous étions liés l'un à l'autre par les marques de Jean-Claude, et je portais désormais un peu de sa bête en moi. Je devais essayer. Je devais savoir si je pouvais partager avec Richard ce que je partageais avec Micah.

Ma main plongea à travers son pouvoir, et ce fut comme si j'avais mis les doigts dans une prise électrique. Une énergie intense me mordit la peau. J'étais sur le point de toucher l'épaule de Richard – un endroit neutre, parfaitement approprié – quand il se jeta sur le côté. L'instant d'après, il était debout à gauche de son trône. Il avait bougé si vite que je n'avais même pas pu suivre le mouvement des yeux. J'avais vu le début et la fin, mais un battement de cils m'avait suffi pour louper le milieu.

—Non, Anita, protesta-t-il. Non. Si nous ne pouvons plus être ensemble, je ne veux pas sentir ta bête. Même si nous sommes deux animaux différents, ce serait plus intime que tout ce que nous avons jamais partagé. Je ne le supporterais pas.

Je laissai ma main retomber et reculai suffisamment pour lui permettre de se rasseoir. Il était hors de question que je m'excuse une deuxième fois, mais j'avais envie de le faire. Envie de pleurer sur nous deux – ou de hurler. L'univers a le sens de l'ironie, et de temps en temps, il vous rappelle à quel point il peut être sadique.

J'étais finalement obligée d'accepter la moitié poilue de Richard puisque j'allais bientôt développer la mienne. Après toutes ces années, je pouvais devenir la parfaite amante de Richard, à un détail près : nous ne devions plus jamais nous toucher.

CHAPITRE 24

Richard était de nouveau assis sur son trône, et je me tenais assez loin pour qu'il ne se sente pas menacé. Rafael, Micah et Reece m'avaient rejointe tous les trois et formaient un demi-cercle de rois dans mon dos. Ç'aurait dû me réconforter, mais ce n'était pas le cas.

Je me sentais fatiguée, terriblement fatiguée et terriblement triste. Malgré la présence de Micah, je ne pouvais m'empêcher de dévisager Richard en me demandant : « *Et si… ?* » Oh, certes, jamais je ne l'aurais volontairement autorisé à faire de moi une lukoi, mais une petite partie de moi s'interrogeait. Je lui ordonnai de la fermer et revins à mes moutons – ou plutôt, à mon léopard.

— Je veux récupérer Gregory indemne. Comment dois-je m'y prendre selon la loi de la meute ?

— Jacob, dit Richard sur un ton qui trahissait une lassitude aussi grande que la mienne.

Jacob s'avança, visiblement content de lui.

— Votre léopard se trouve ici sur notre territoire, et nous n'avons rien fait pour dissimuler son odeur. Si vous réussissez à le trouver, vous pourrez repartir avec lui.

Je haussai les sourcils.

— Vous voulez me faire suivre une piste comme un chien ?

— Si vous étiez vraiment une métamorphe, ça ne vous poserait aucun problème.

— C'est une épreuve injuste, protesta Rafael. Elle n'a pas encore subi sa première transformation. La plupart de nos pouvoirs secondaires ne se manifestent qu'après notre première pleine lune.

— Elle n'est pas obligée d'utiliser son odorat, intervint Richard. Mais elle doit procéder d'une façon dont seule une véritable métamorphe serait capable. Une métamorphe assez puissante pour devenir Nimir-ra ou lupa.

Il me dévisageait en parlant, et ses yeux essayaient de me dire quelque chose.

— Ça non plus, ce n'est pas très juste, déclara Micah.

Richard continua à me regarder comme s'il pouvait communiquer par la seule force de sa volonté. Je ne pigeais pas pourquoi il ne baissait pas tout simplement son bouclier pour me laisser voir dans son esprit.

Comme s'il avait lu dans mes pensées, il ajouta :

— Nul métamorphe, qu'il soit loup, rat ou léopard, ne peut t'aider dans tes recherches. Si quiconque s'en mêle, le test sera invalidé, et Gregory mourra.

— Même si l'aide que je reçois est de nature métaphysique ? demandai-je.

— Oui.

J'étudiai le visage de Richard, les sourcils froncés, et finis par secouer la tête. J'avais eu une vision de l'endroit où se trouvait Gregory et de la fâcheuse posture dans laquelle il était, mais ça ne m'aidait pas réellement. Tout ce que j'avais à faire, c'était découvrir un trou avec des os dans le fond. Mais je ne pouvais demander à aucune des personnes ici présentes de me l'indiquer.

Soudain, j'eus une idée.

— Puis-je utiliser mes propres capacités métaphysiques pour le localiser ?

Richard acquiesça. Je tournai mon attention vers Jacob, parce que si quelqu'un devait élever une objection, je savais que ce serait lui.

— Je ne crois pas que votre nécromancie puisse vous aider sur ce coup-là.

En fait, elle aurait pu. Si les ossements sur lesquels gisait Gregory étaient le plus gros site funéraire des environs, peut-être aurait-elle pu me conduire à eux. D'un autre côté, elle aurait aussi pu me faire passer le reste de la nuit à courir après des cimetières d'animaux ou de vieux tombeaux indiens. Je disposais d'un moyen plus rapide – pas nécessairement meilleur, mais plus rapide.

Je m'assis en tailleur sur le sol et posai le dos de mes mains sur mes genoux.

— Que faites-vous ? demanda Jacob.

— J'appelle les munins.

Il éclata d'un rire pareil à un braiement.

— Oh, ça risque d'être drôle.

Je fermai les yeux et ouvris cette partie de moi réglée sur la fréquence des morts. J'ai entendu Marianne et ses amis décrire ça comme l'ouverture d'une porte, mais ça fait tellement partie de moi que je comparerais plutôt ça au fait de desserrer le poing, de procéder à un ajustement physique aussi naturel que de tendre la main au-dessus d'une table pour prendre le sel. Cette description peut vous paraître bien terre à terre, mais en réalité, les phénomènes mystiques font partie du quotidien. Ils sont toujours là ; simplement, nous choisissons de les ignorer.

Les munins sont les esprits des morts, rangés dans une sorte de banque de données raciale à laquelle peuvent accéder les lukoi qui ont la capacité de communiquer avec eux. C'est un don assez rare ; à ma connaissance, personne dans la meute de Richard ne le possède. Mais moi, oui. Les munins ne sont jamais qu'un type de morts, et les morts sont mon domaine.

Dans le Tennessee, les munins de la meute de Verne et de Marianne avaient très vite répondu à mon appel. Ils s'étaient bousculés autour de moi comme de véritables fantômes, impatients de me parler. Ces derniers mois, je me suis entraînée pour pouvoir choisir et isoler ceux avec lesquels je désire converser. C'est si proche de ce que font les médiums que, d'après Marianne, je pourrais sans doute communiquer avec des spectres si je le désirais. Je ne le désire pas. Je déteste partager mon corps avec une autre créature, morte ou vivante. Ouais, parfaitement : ça me fout les jetons.

J'attendis de sentir la pression des munins se répandre autour de moi comme les cartes d'un jeu parmi lesquelles je pourrais ensuite faire ma sélection. Mais il ne se passa rien. Les esprits ne se manifestèrent pas. Ou plutôt, un seul d'entre eux se manifesta : celui qui vient toujours quand je l'appelle, et parfois même quand je ne l'appelle pas.

Raina est le seul munin de la meute de Richard qui m'accompagne en permanence. Même dans le Tennessee, lorsque j'étais entourée par les munins d'une autre meute, Raina était toujours là. Selon Marianne, nous avons un lien éthérique toutes les deux – même si elle ne sait pas exactement pourquoi. Il m'est arrivé de conjurer des munins vieux de plusieurs siècles, et Raina, morte très récemment, vient avec beaucoup plus de facilité.

En revanche, Marcus (l'Ulfric qui a précédé Richard) se montre assez fuyant. Je pensais réussir à l'appeler grâce à mon entraînement des derniers mois, mais il ne répondait pas. Il n'était pas là. Personne n'était là. Il n'y avait pas un seul esprit dans le lupanar. Et il aurait dû y en avoir. Cette clairière était l'endroit où les lukoi consommaient leurs morts, où chaque membre de la meute mangeait un peu de la chair des défunts pour s'approprier leurs souvenirs, leur courage ou leurs failles. Ils pouvaient choisir de ne pas le faire, mais c'était l'excommunication ultime. Raina était une telle salope de son vivant que je me demande parfois ce qu'il faut faire pour mériter l'excommunication. Personnellement, je l'aurais laissé filer. Mais elle était puissante. Peut-être est-ce pour ça qu'elle traîne toujours dans les parages.

D'un autre côté, « traîner dans les parages » implique qu'elle se conduit comme les esprits des défunts de la meute de Verne, ce qui n'est pas le cas. C'est même tout le contraire : quand je l'appelle, elle se déverse hors de mon corps au lieu de se déverser en lui depuis l'extérieur. Marianne ne peut toujours pas m'expliquer pourquoi notre lien fonctionne de cette façon. Ça fait partie des choses qu'il faut accepter sans chercher à les comprendre, parce que s'entêter reviendrait à se frapper la tête contre un mur. Ce n'est pas le mur qui cassera le premier.

Donc, Raina me remplit comme une main qui se glisse dans un gant. J'ai bossé dur pour être capable de la contrôler. Nous sommes arrivées à une sorte de *statu quo*. J'utilise ses souvenirs et ses pouvoirs ; en échange, je la laisse s'amuser un peu. Le problème, c'est que de son vivant, c'était une nympho doublée d'une sadique, et que la mort ne l'a pas beaucoup arrangée.

Je rouvris les yeux et sentis son sourire retrousser la commissure de mes lèvres, mes traits adopter son expression. Je me levai d'un mouvement fluide et gracieux. Même ma démarche était différente. Au début, je détestais ça. Maintenant, je considère que c'est le prix à payer pour les services de Raina.

Elle éclata d'un rire de gorge, le genre de rire qui fait se retourner les hommes dans les bars. Un rire de contralto plus grave que le mien, tout en séduction calculée.

Richard pâlit et agrippa les accoudoirs de son trône.

— Anita ?

— Perdu, mon loup de miel.

Le surnom le fit frémir. Sous sa forme animale, Richard a le poil légèrement roux, de la même teinte que le miel rouge. Je n'avais jamais fait le rapprochement, mais vous pouvez compter sur Raina pour penser à un truc épais et collant quand elle regarde un homme.

Ses mots sortirent de ma bouche.

— Je te trouve gonflée de m'insulter alors que tu m'as appelée à l'aide.

Je hochai la tête, et ce fut ma voix qui expliqua la situation à un Richard perplexe.

— Je viens d'avoir une pensée peu charitable pour elle. Ça ne lui a pas plu.

Jacob s'approcha de moi et s'arrêta net quand je le regardai avec l'expression de Raina.

— Vous ne pouvez pas avoir conjuré un munin. Vous n'êtes pas lukoi.

C'est bizarre, mais je n'avais même pas pensé que le fait d'être un léopard puisse m'empêcher d'appeler les munins. Ça expliquait peut-être pourquoi les autres ne m'avaient pas répondu.

— Vous avez dit que ma nécromancie ne m'aiderait pas, Jacob. Décidez-vous. Ou bien je suis suffisamment lukoi pour appeler les munins, ou bien je suis assez bonne nécromancienne pour me débrouiller seule.

Raina et moi nous dirigeâmes à grandes enjambées vers l'homme torse nu. Il plaisait à Raina. La plupart des mecs plaisent à Raina. Surtout ceux avec qui elle n'a jamais couché – et au sein de la meute, la liste est brève. Mais Jacob et plus d'une vingtaine d'autres loups étaient nouveaux. Elle balaya du regard les métamorphes assemblés dans la clairière, remarquant les visages qu'elle ne connaissait pas. Quand elle arriva à Paris, je perçus son hésitation. Une même meute ne peut pas compter trop de femelles alpha, sans quoi, elles passent leur temps à se bagarrer entre elles.

Je sentis quelque chose que je percevais pour la première fois chez Raina : de la méfiance. Elle n'aimait pas que Richard ait intégré autant de nouveaux lukoi à la meute en si peu de temps. Ça l'inquiétait. Alors, je compris que si Marcus la tolérait en tant que lupa, ce n'était pas seulement par amour. Raina était puissante, mais avant tout, à sa manière perverse, elle se souciait vraiment de la meute.

Elle et moi étions d'accord sur un point : Richard avait pris beaucoup trop de risques. Mais nous pensions toutes deux pouvoir y remédier. Je trouvais ça presque effrayant de partager l'avis de la méchante sorcière de l'Ouest. Ou bien j'étais plus corrompue que je le croyais, ou bien Raina ne l'était pas autant que je l'avais cru. J'ignore laquelle des deux idées me perturbait davantage.

Évidemment, Raina aurait voulu que nous séduisions Richard pour le persuader de nous laisser tuer quelques personnes bien choisies, et j'espérais réussir à le prendre par la raison plutôt que par le sexe. Elle me traita mentalement d'imbécile. Je n'étais pas loin de l'approuver. De plus en plus effrayant.

—Anita?

Richard m'appela de nouveau sur un ton hésitant, comme s'il n'était pas tout à fait sûr que je sois encore là.

Je pivotai en portant une main à mes cheveux pour les rejeter en arrière. C'était un geste de Raina, et je vis frémir non seulement Richard, mais aussi Sylvie et Jamil. Comme si, même morte, elle réussissait encore à leur foutre la trouille. Je humai leur peur, et Raina éclata d'un rire ravi. Elle adorait ça. Moi pas. Je n'aime pas faire flipper mes amis. Mes ennemis, oui, mais pas mes amis.

—Je suis là, Richard. Je suis là.

Il me fixa du regard.

—La dernière fois que je t'ai vue appeler le munin de Raina, tu n'arrivais pas à réfléchir tant qu'elle était en toi.

—Si je t'ai abandonné tout ce temps, ce n'est pas seulement parce que notre proximité grandissante m'effrayait. J'avais besoin de me ressaisir, et pour ça, il fallait entre autres choses que j'apprenne à contrôler les munins.

—*Me contrôler? Dans tes rêves!* s'esclaffa Raina dans ma tête. Il m'a fallu du temps pour me rendre compte qu'elle parle parfois avec ma bouche, et parfois non. C'est assez perturbant, mais on finit par s'y habituer.

—J'ai vu Gregory au fond d'un trou, nu, ligoté, allongé sur un lit d'ossements. Où est-ce? demandai-je tout haut.

Raina me le montra en images. Ce fut comme un film maté en avance rapide, et accompagné d'émotions qui m'assaillirent brutalement les unes après les autres.

Je vis une plaque métallique dans laquelle était ménagée une minuscule ouverture qui laissait entrer l'air et la lumière lorsque le soleil était assez haut dans le ciel. Une échelle de corde descendait dans les ténèbres, mais on la remontait quand elle ne servait pas. J'étais Raina agenouillée sur un lit d'ossements, un crâne humain reposant près de mon genou. Je tenais une seringue dont j'injectais le contenu à un homme brun enchaîné comme Gregory, les chevilles attachées aux poignets. Lui aussi avait la bouche et les yeux bâillonnés.

Quand l'aiguille s'enfonça dans sa chair, il gémit et se mit à pleurer. La drogue devait l'empêcher de se transformer. Je le fis basculer sur le flanc et découvris qu'un fragment d'os avait entaillé son entrejambe nu. Je me penchai vers l'odeur de sang tiède, de viande fraîche et l'entêtant parfum de terreur qu'exhalait cet homme. Non, pas un homme : un lukoi.

Je m'extirpai de ce souvenir avant que Raina puisse presser nos lèvres sur la plaie. Je le repoussai très loin de moi, mais continuai à sentir sa transpiration pleine de drogue et le savon avec lequel Raina l'avait lavé chaque jour avant le début des sévices. Je savais qu'il s'appelait Todd, et qu'il avait parlé des lukoi à un journaliste – qu'en échange d'une coquette somme, il l'avait aidé à poser une caméra pour filmer les siens une nuit de pleine lune. Peut-être avait-il mérité de mourir, mais pas comme ça. Personne ne mérite de mourir comme ça.

Lorsque je revins à moi, je gisais sur le sol devant le trône, le visage baigné de larmes. Jamil et Shang-Da s'interposaient entre moi et la petite foule qui s'était avancée pour m'aider. Claudia et Igor leur faisaient face ; Rafael tenait le bras de Micah pour l'empêcher de se frayer un chemin jusqu'à moi, par la force si nécessaire. Merle et Noah s'efforçaient de rejoindre Claudia et Igor. Ça n'allait pas tarder à dégénérer.

Je me redressai en appui sur mes bras tendus, et ce simple mouvement suffit à figer tout le monde.

— Je vais bien, articulai-je d'une voix rauque, mais redevenue mienne. Je vais bien.

Je ne pense pas qu'ils me crurent, mais la tension retomba immédiatement. Grand Dieu, j'avais déjà assez de problèmes sans que ça parte en baston générale.

Je levai les yeux vers Richard et n'éprouvai que de la colère.

— C'est comme ça que vous allez tuer Gregory ? En le laissant pourrir dans votre oubliette jusqu'à ce que mort s'ensuive ?

Je parlais doucement, parce que si je perdais le contrôle de ma voix, je risquais de perdre le contrôle tout court. Or, je connaissais Raina. Elle n'était pas partie. Elle avait fait son boulot. Je savais où se trouvait Gregory, et elle m'avait même montré comment m'y rendre. Maintenant, elle attendait sa « récompense ». Elle l'avait méritée, et je n'osais pas péter les plombs tant qu'elle se tapissait sous la surface ainsi qu'un requin.

— Je leur ai dit de garder Gregory quelque part loin de moi. Jamais je ne leur ai ordonné de le jeter là-dedans.

Je me redressai lentement, contrôlant jusqu'au moindre de mes gestes, les muscles raidis par l'adrénaline et l'envie de cogner.

— Mais tu l'y as laissé. À présent que tu n'as plus Raina pour faire le sale boulot, qui descend là-dedans pour lui injecter de la drogue et l'empêcher de se transformer ? Qui ? QUI ? hurlai-je à la figure de Richard.

Raina n'avait besoin que de cet accès de rage. Elle se déversa sur moi, et les derniers fragments de contrôle qui me restaient s'envolèrent parce que je voulais faire mal à Richard. J'en avais vraiment envie.

Je lui lançai mon poing à la figure, faisant pivoter mon corps, imprimant une rotation à mon poignet et jetant tout mon poids dans le mouvement comme on me l'avait appris en cours d'arts martiaux. Et conformément aux instructions de mes profs, « au cas où je serais agressée pour de vrai », je ne visais pas la bouche de Richard mais un point situé cinq centimètres à l'intérieur de sa tête.

J'avais repris une posture défensive avant que Jamil et Shang-Da aient le temps de réagir. Je les sentis s'avancer vers moi. Ils ne furent pas les seuls. J'avais réussi à provoquer la chose même que je cherchais à éviter depuis le début. Dans ma tête, Raina partit d'un grand rire moqueur.

CHAPITRE 25

Richard était penché par-dessus l'accoudoir de son trône, un rideau de cheveux dissimulant son visage, lorsque Sylvie m'empoigna. Je ne résistai pas. Ses doigts s'enfoncèrent dans mon bras, et je sus que j'aurais des bleus le lendemain. Ou pas : mon pouvoir de régénération les effacerait peut-être avant.

Jacob observait toute la scène, partagé entre stupéfaction et ravissement. Jetant un coup d'œil en arrière, je vis que les gardes du corps étaient en train de se battre. Les léopards et les rats se déployaient tandis que les loups resserraient le cercle autour d'eux. J'ouvris la bouche pour crier quelque chose, mais la voix de Richard tonna à travers la clairière.

— Assez !

Ce seul mot suffit à tous nous figer. Nous tournâmes vers lui des visages à l'expression choquée. Il se tenait devant son trône, une épaule et le haut de la poitrine maculés de sang. Un des côtés de sa bouche était une masse de chair éclatée et écarlate. Jamais auparavant je n'avais réussi à faire autant de dégâts à mains nues.

Richard cracha du sang et dit :

— Je ne suis pas blessé. Certains d'entre vous sont descendus dans l'oubliette. Et vous savez comment on traitait les prisonniers du temps de Raina. Il est bien normal que la Nimir-ra m'en veuille d'avoir jeté son léopard au fond de ce trou.

Je sentis la tension se relâcher comme les loups reculaient. Richard dut ordonner à Jamil et à Shang-Da de revenir près de lui. Ses deux exécuteurs, Claudia et Igor se poussèrent une dernière fois, à la façon des grosses brutes quand elles cherchent à prouver qui est le plus fort. Je ne m'étais pas rendu compte que Claudia faisait presque quinze centimètres de plus que Jamil, jusqu'à ce qu'ils s'écartent l'un de l'autre et que Jamil doive lever la tête pour la foudroyer du regard.

— Tu vas bien ? me chuchota Sylvie à l'oreille.

Je jetai un coup d'œil à Richard. Il saignait toujours.

— Je suis affreusement gênée, mais à part ça, ça va.

Elle me lâcha lentement, comme si elle n'était pas certaine que ce soit une bonne idée. Et elle resta à proximité, s'interposant entre moi et Richard, jusqu'à ce qu'il lui fasse signe de revenir.

Richard s'approcha de moi, et nous nous dévisageâmes. Un peu de sang coulait encore de sa bouche.

— Tu cognes drôlement dur maintenant, commenta-t-il.

Je hochai la tête.

— Si tu avais été humain, que se serait-il passé ?

— Tu m'aurais cassé la mâchoire… ou peut-être le cou.

— Je n'ai pas fait exprès.

— Ton Nimir-raj t'apprendra à jauger ta force. Tu ferais peut-être bien d'arrêter les arts martiaux jusqu'à ce que tu maîtrises le nouveau fonctionnement de ton corps.

— Sage conseil.

Richard porta la main à sa bouche et la retira couverte de sang. Je voulus lui prendre le poignet pour lécher ses doigts. Escalader son corps, écraser mes lèvres sur les siennes et le boire tout entier. Les images étaient si vivaces que je dus fermer les yeux pour ne plus le voir planté devant moi, ensanglanté et à moitié nu – comme si ça pouvait m'aider à ne plus le désirer. Ce ne fut pas le cas. Je sentais toujours l'odeur de sa peau, celle de son musc et du sang frais, pareille à la cerise sur un gâteau que je n'avais pas le droit de manger.

— Va chercher ton léopard, Anita.

Je rouvris les yeux.

— L'oubliette est l'une des choses que tu contestais avec le plus de véhémence sous le règne de Marcus. Tu disais que

433

c'était inhumain. Je ne comprends pas comment tu peux continuer à l'utiliser.

—Gregory y était déjà depuis vingt-quatre heures quand j'ai pensé à demander où on l'avait mis. C'est ma faute.

—Mais qui a eu l'idée de le jeter là-dedans?

Richard lança à Jacob un coup d'œil plus éloquent que mille mots.

Je me dirigeai vers son Geri.

—Vous ne m'avez jamais rappelée, Jacob.

—Vous allez récupérer votre léopard, alors, quelle importance?

—Si vous touchez encore à un des miens, je vous tuerai.

—Vous comptez lâcher vos chatons sur notre meute?

Je secouai la tête.

—Non, Jacob, c'est une affaire personnelle, entre vous et moi. Je connais les règles. J'en ferai un défi officiel, ce qui signifie que personne n'aura le droit de vous aider.

—Vous non plus.

Il me toisa, tentant d'utiliser sa haute taille pour m'intimider. Raté. J'ai l'habitude d'être plus petite que la plupart des gens. Je le fixai d'un regard mort jusqu'à ce que sa grimace s'évanouisse et qu'il recule instinctivement d'un pas. Il était irrité, je le sentais. Pourtant, il garda ses distances. Jacob serait peut-être capable de tuer Richard en combat singulier à la loyale, mais jamais il ne serait un véritable Ulfric. Je me rapprochai de lui, assez pour qu'une bonne insulte suffise à nous mettre en contact.

—Il y a quelque chose de faible en vous, Jacob. Je le sens, et eux aussi. Vous pouvez bien défier Richard. Même si vous gagnez, la meute ne vous acceptera jamais comme Ulfric. Vous ne réussirez qu'à diviser les lukoi et à déclencher une guerre civile.

Un éclair passa dans ses yeux.

—Ça ne vous effraie pas, compris-je. Vous vous en fichez.

Il fit un autre pas en arrière, détournant la tête et le regard.

—Vous avez entendu l'Ulfric. Allez chercher votre chaton avant que nous changions d'avis.

—Vous ne pourriez pas changer d'avis même avec une ampoule de cent watts toute neuve et une équipe entière d'électriciens.

Il fronça les sourcils. Mon humour est parfois un peu ésotérique. Ou peut-être pas drôle, tout simplement. En tout cas, il ne faisait pas marrer Jacob.

—Accompagne-la, Sylvie, ordonna Richard. Procure-lui tout ce dont elle aura besoin pour tirer son léopard de là et le ramener sain et sauf à sa voiture.

—Tu es sûr de vouloir que j'y aille ? demanda Sylvie.

—On reste avec lui, la tranquillisa Jamil.

Aucun d'eux ne se cacha de regarder Jacob en disant ça. Non seulement ils ne lui faisaient pas confiance, mais ils se fichaient bien qu'il sache qu'ils ne lui faisaient pas confiance. Comment l'ambiance avait-elle pu se dégrader à ce point au sein de la meute ? Que s'était-il donc passé que personne n'avait osé me raconter ? Des tas de choses, à en juger l'expression de tous les lukoi.

—Elle ne pourra s'en aller qu'après la cérémonie de rupture de ses liens avec la meute, objecta Jacob.

—Elle s'en ira quand je le dirai, répliqua Richard de cette voix basse et frémissante qu'il adopte juste avant de se mettre à gronder comme un animal.

—Les candidates se sont préparées avec soin pour te plaire, Ulfric.

—Elles n'auront qu'à se repréparer un autre soir.

—Tu déçois toute…

—Tu ne vas pas tarder à dépasser les bornes, Jacob.

Quelque chose dans la façon dont Richard l'avait dit fit capituler Jacob. Il se tut et s'inclina légèrement. Malgré la distance qui me séparait de lui, sa grimace moqueuse ne m'échappa pas. Il avait baissé les yeux en même temps que la tête – et c'est toujours une erreur de quitter l'adversaire du regard.

—Tant que la cérémonie n'a pas eu lieu, je suis toujours lupa, pas vrai ?

—Je suppose que oui, répondit Richard.

—Oui, affirma Sylvie.

Ils s'entre-regardèrent.

—Parfait.

Je lançai mon pied dans la figure de Jacob – mais pas aussi fort que j'avais frappé Richard quelques minutes plus tôt. Un coup de pied, ça fait toujours plus de dégâts.

J'observai qui dans la meute s'avança vers nous et qui ne bougea pas. Aucune des personnes se trouvant à proximité du trône ne fit le moindre geste pour m'arrêter ou pour aider Jacob.

Jacob se redressa en vacillant. Son nez avait éclaté comme un fruit trop mûr. Du sang dégoulinait sur le bas de son visage et sur ses mains comme de l'eau écarlate. D'une voix enrouée par le sang qui lui encombrait la gorge, il hurla :

—Vous m'avez cassé le nez !

J'avais adopté une posture défensive apprise pendant mon cours de kempo, juste au cas où, mais il ne tenta pas de riposter. Il devait se rendre compte qu'il était entouré par trop de gens qui ne cherchaient qu'une excuse pour lui tomber dessus. Jacob était faible, mais plus intelligent qu'il en avait l'air – et pas tout à fait aussi arrogant.

—Je suis lupa du clan de Thronnos Rokke. Peut-être plus pour longtemps, mais je le suis encore ce soir. Et Richard est votre Ulfric. Alors, traitez-le avec un peu plus de respect !

—De quel droit critiquez-vous le Geri de cette meute ? J'ai gagné ma place. Vous vous êtes contentée de coucher avec l'Ulfric.

J'éclatai d'un rire qui le surprit.

—Je connais la loi, Jacob. Peu importe comment j'ai décroché le poste. Tout ce qui compte, c'est que je suis lupa. Et ça signifie qu'à l'exception de l'Ulfric, j'ai autorité sur tout le monde ici.

Un premier frémissement apeuré transparut sur son visage, comme une odeur amère apportée par le vent.

—Vous serez destituée avant la fin de la nuit. Votre autorité ne vaut plus rien.

—C'est moi l'Ulfric, Jacob, pas toi, intervint Richard. C'est à moi de décider qui a autorité et qui ne l'a pas. Jusqu'à ce que nous procédions à la cérémonie de rupture de ses liens avec la meute, Anita reste notre lupa, et j'appuierai ses décisions.

—Moi aussi, dit Sylvie.

—Moi aussi, dit Jamil.

—Je soutiens mon Ulfric en toutes choses, renchérit Shang-Da.

—Dans ce cas, que diriez-vous d'un peu d'ironie? suggérai-je. Puisque c'est Jacob qui a eu l'idée de jeter Gregory dans l'oubliette, laissons-lui prendre sa place.

—Vous ne pouvez pas faire ça, protesta l'intéressé en s'efforçant toujours d'étancher le flot de sang qui coulait de son nez.

—Bien sûr que si, répliqua Richard avec une froideur que je n'avais jamais vue en lui auparavant.

Il n'aurait pas eu cette idée lui-même, mais elle lui plaisait. Et cela suffisait à me révéler l'ampleur de la frustration que lui inspirait Jacob.

—Génial. Marchons donc jusqu'à l'oubliette comme de bons garous civilisés, et allons sauver Gregory.

—Je ne descendrai pas volontairement dans ce trou, déclara Jacob.

Entre son nez cassé et sa gorge pleine de sang, sa voix était un peu bizarre, mais il semblait sûr de lui. Il n'aurait pas dû.

—Ton Ulfric et ta lupa ont tous deux décrété que tu le ferais, rétorqua Richard. Si tu désobéis, tu contestes leur autorité.

—Et si tu contestes leur autorité, tu seras déclaré hors-la-loi, compléta Jamil.

Jacob me foudroya du regard.

—J'obéirai à mon Ulfric, mais je n'accepte pas la Nimir-ra comme ma lupa.

—Si je dis qu'elle est lupa, prétendre le contraire revient à contester mon autorité, répliqua Richard.

Jacob lui jeta un coup d'œil.

—Nous avons voté son expulsion.

—Je vote sa réintégration, dit Richard d'une voix calme, mais assez forte pour porter à travers toute la clairière.

—D'accord, demandons l'avis de la meute, grogna Jacob en essayant toujours d'arrêter le flot de sang. Elle se prononcera de nouveau contre Anita.

—Non, Jacob, tu ne m'as pas bien compris. Je vote sa réintégration à moi tout seul. Je ne demande l'avis de personne, et surtout pas le tien.

Jacob écarquilla les yeux.

—Tu prêches la démocratie active depuis que j'ai rejoint ce clan. Reviens-tu sur toutes tes belles réformes ?

—Pas sur toutes. Mais nous n'avons jamais voté pour choisir le Freki, le Geri, le Sköll, le Hati – et à plus forte raison, l'Ulfric. Pourquoi devrions-nous voter pour choisir la lupa ?

—Elle baise le Nimir-raj. Cela seul devrait justifier son expulsion.

—C'est mon problème, pas le tien ni celui de la meute.

—Tu comptes la baiser aussi ? Tu crois que le Nimir-raj acceptera de partager ?

Richard ouvrit la bouche pour répondre, mais Micah le prit de vitesse. Flanqué de ses gardes du corps, il fit un pas en avant.

—Pourquoi ne posez-vous pas la question au principal intéressé ?

Richard me jeta un regard interrogateur. Je haussai les épaules.

—Demande-lui, Jacob, dit-il.

Sa bouche avait presque arrêté de saigner.

—Ça ne vous dérange pas que l'Ulfric baise votre Nimir-ra ?

Jacob, en revanche, continuait à saigner comme un porc. Sa poitrine, son ventre et le devant de son short en jean étaient couverts de sang.

—J'ai accepté tout arrangement à la convenance d'Anita, du moment qu'elle reste ma Nimir-ra et mon amante.

—Vous la partageriez avec un autre homme? s'exclama Jacob, incrédule.

—Avec deux autres hommes, corrigea Micah.

Tout le monde le regarda. Je lui jetai un coup d'œil, mais ce qui m'intéressait vraiment, c'était la réaction des autres – surtout celle de Richard. Sylvie, Jamil et Shang-Da avaient l'air choqués, mais Richard semblait pensif, comme si Micah venait enfin de faire quelque chose qui le lui rendait sympathique.

—Elle est la servante humaine du Maître de la Ville. Le fait qu'elle devienne ma Nimir-ra n'y a rien changé. J'ai senti les marques qui la lient à lui, et c'est une connexion qui ne se brisera pas – tout comme, apparemment, celle qu'elle partage avec l'Ulfric.

—Rien ne la lie à l'Ulfric sinon leur entêtement à tous les deux, contra Jacob.

—Vous croyez?

Jacob hésita. L'hémorragie commençait enfin à se tarir.

—Si vous pensez qu'il existe quelque chose de spécial entre eux, vous en avez vu plus que moi.

—Plus que n'importe lequel d'entre nous, lança Paris, qui s'était frayé un chemin jusqu'au premier rang de la foule.

—Je suis Nimir-raj. Il est normal que ma clairvoyance surpasse la vôtre, lâcha Micah comme si c'était logique, évident.

—Je suis Geri, troisième de la meute.

—Noah est le troisième de mon pard. Si vous lui posez la question, il vous répondra que lui non plus ne voit pas tout ce que je vois. Être troisième d'une meute ou d'un pard, ce n'est pas être Ulfric ou Nimir-raj.

Je dus me retenir de lancer à Micah le regard plein de gratitude qu'il méritait. Nous étions toujours en plein bluff, et pas encore tirés d'affaire, loin s'en fallait.

— Tu ne peux pas sérieusement envisager de partager ta lupa avec deux autres hommes, cracha Paris.

Elle vint se planter face à Richard et dos à moi. Ou bien elle m'insultait délibérément, ou bien elle était stupide. Peut-être les deux.

Richard la toisa d'un air qui n'avait rien d'amical. Quelque chose me disait que les chances de Paris d'accéder au statut de lupa étaient assez minces – du moins, tant que Richard resterait Ulfric.

— Ce que je fais ou non avec ma lupa ne te regarde pas.

Je vis le dos de Paris se raidir comme s'il l'avait frappée. Et peut-être l'avait-il bel et bien atteinte dans sa fierté. Elle pensait vraiment pouvoir le séduire et le pousser à la choisir. J'aurais pu lui dire que le sexe n'est pas la clé du cœur de Richard. Oh, il aime ça, mais ce n'est pas une de ses priorités. En tout cas, pas si ça interfère avec des choses plus importantes. Raina a commis la même erreur en son temps. Elle non plus ne comprenait pas Richard.

— Tu ne peux pas prendre une décision arbitraire, insista Jacob.

— Bien sûr que si.

— Après tous tes beaux discours libéraux, tu reviens finalement à une dictature.

— Disons que pour ce soir, Anita restera ma lupa et que ce n'est pas négociable. Nous discuterons du reste plus tard.

— Je suggère que nous votions pour savoir si la meute veut redevenir une dictature.

— Si vous ne vous faites pas redresser le nez par quelqu'un, il va se ressouder de travers, susurrai-je.

Jacob me foudroya du regard.

— Ne vous mêlez pas de ça.

Richard fit signe à un homme brun, aux cheveux courts et à la moustache coupée bien net. Celui-ci ôta son sac à dos et commença à en sortir des bandages.

— Soigne son nez, ordonna Richard. (Puis il reporta son attention sur Sylvie.) Quand il aura fini, choisis une escorte et emmenez Jacob à l'oubliette.

Un murmure parcourut la foule. Une voix que je n'avais pas entendue jusque-là s'éleva très clairement :

— Tu ne peux pas faire ça.

Richard leva les yeux et balaya la foule du regard. Le silence se fit. Son pouvoir se déversait de lui tel un brouillard invisible et brûlant, qui s'accrochait à votre peau et vous donnait du mal à respirer. Les lukoi évitèrent son regard. Certains se laissèrent tomber en position de soumission ; ils se recroquevillèrent sur le sol, se faisant aussi petits et vulnérables que possible pour implorer sa pitié.

— Je suis votre Ulfric. Si l'un de vous n'est pas d'accord avec moi, il est libre de défier son supérieur direct, et ainsi de suite jusqu'à ce qu'il devienne Freki. Alors, il pourra se déclarer Fenrir et me défier personnellement. S'il me tue, il deviendra Ulfric à ma place et pourra instaurer la politique de son choix. Jusque-là, vous la fermerez et vous suivrez mes putains d'ordres.

C'était sans doute la première fois que j'entendais Richard jurer. Le silence était si épais qu'on aurait pu le couper au couteau. Comme je m'en doutais, ce fut Jacob qui le rompit. D'un air irrité, il repoussa le docteur à moustache qui s'efforçait d'envelopper son nez avec de la gaze.

— Anita revient, et tes couilles avec. Est-ce qu'elle tue et torture pour toi comme Raina le faisait pour Marcus ?

Le poing de Richard fusa si vite que je ne le vis pas partir. Ce fut presque de la magie. L'instant d'avant, Jacob était debout, le menton fièrement levé ; l'instant d'après, il gisait sur le sol, les yeux révulsés.

Richard se tourna vers le reste de la meute, son torse nu couvert de sang séché, ses cheveux pleins de reflets couleur de bronze dans la lumière des torches. Ses yeux avaient viré à l'ambre, et ils semblaient plus dorés que d'habitude par contraste avec son bronzage estival.

—Je croyais que nous étions des humains et non des animaux. Je croyais que nous pouvions changer notre façon de faire et évoluer vers quelque chose de meilleur. Mais ce soir, nous avons tous senti Anita fusionner avec ses léopards. Nous avons tous senti le bien-être et le sentiment de sécurité qui émanaient d'eux. J'ai voulu me montrer juste et tempéré, et regardez où ça nous a menés. Jacob prétend qu'Anita me tient lieu de couilles. Non, mais elle a réussi là où j'ai échoué. Puisque la douceur ne marche pas, je vais essayer autre chose. (Il me regarda avec ses yeux de loup.) Allons chercher ton léopard. Il faut le sortir de l'oubliette avant que Jacob revienne à lui.

Il s'éloigna à grandes enjambées entre les arbres. Et sans nous poser de questions, nous lui emboîtâmes tous le pas. Nous le suivîmes dans la forêt. Nous suivîmes l'Ulfric parce qu'on suit toujours son roi s'il est digne de ce titre. Et pour la toute première fois, je pensai que Richard l'était peut-être – peut-être.

CHAPITRE 26

L'accès à l'oubliette était une plaque de métal ronde sertie dans le sol, au milieu d'une clairière entourée par de grands arbres au tronc élancé. Des buissons de chèvrefeuille la bordaient d'un côté, et le sol était recouvert d'un tapis de feuilles si épais que je ne l'aurais jamais trouvée si je n'avais pas su qu'elle était là.

Le terme « oubliette », d'origine française, désigne un endroit où on met les gens qu'on veut oublier – de manière moins poétique et beaucoup plus concrète, ceux qu'on n'a pas l'intention de laisser ressortir un jour. Traditionnellement, il s'agit donc d'un trou assez profond pour que les prisonniers ne puissent pas s'en extirper par leurs propres moyens. On les jette dedans ; ensuite, pas besoin de les nourrir, de leur donner à boire, de leur faire la conversation ni quoi que ce soit d'autre. Il suffit de s'en aller.

Un jour, durant des travaux de rénovation dans un château écossais, on a découvert une oubliette qui avait été murée et littéralement oubliée. Son sol était jonché d'os, parmi lesquels fut retrouvée une montre à gousset du XVIIIe siècle. L'oubliette était munie d'une ouverture qui donnait sur la salle à manger principale ; ainsi, les prisonniers pouvaient humer les odeurs de nourriture pendant qu'ils crevaient de faim. En apprenant ça, je me suis demandé si les convives pouvaient entendre les hurlements des malheureux pendant qu'ils dînaient. La plupart des oubliettes sont assez isolées pour qu'on n'ait plus à se soucier des gens qu'on y a jetés.

Deux lukoi sous leur forme humaine s'agenouillèrent près de la plaque et entreprirent de dévisser les deux gros boulons qui la fermaient. Il n'y avait même pas de clé. Merde alors. Ils soulevèrent la plaque et durent s'y mettre à deux pour la déplacer sur le côté. Elle était superlourde – probablement au cas où la drogue n'aurait pas suffi à réguler le flot d'adrénaline et à empêcher les prisonniers de se transformer. Mais même sous sa forme animale, un métamorphe aurait eu beaucoup de mal à pousser la plaque vissée par en dessous.

Je m'approchai du bord du trou, et une odeur de merde me prit à la gorge, me faisant reculer. Ça n'aurait pas dû me surprendre : Gregory était là-dedans depuis combien : trois, quatre jours ? Dans les films, quand quelqu'un meurt de faim, on vous montre le côté « romanesque » de la chose. Jamais on n'évoque les intestins qui se vident, ou le fait que quand ça veut sortir, il faut que ça sorte. Ce n'est pas cinégénique : juste humiliant.

Jamil apporta une échelle de corde et la fixa au bord du trou avec de gros crochets métalliques. L'échelle tomba et se déroula dans l'obscurité avec un frottement sec. Je me forçai à m'approcher de nouveau. Je m'étais blindée contre la puanteur, et en dessous de tous les effluves corporels concentrés dans un espace exigu, je perçus une odeur chaude et poussiéreuse – celle des os blanchis.

Gregory n'est pas la personne la plus solide que je connaisse. En fait, il ne figure même pas dans mon top cent. Qu'est-ce que ça avait bien pu lui faire de passer plusieurs jours dans le noir allongé parmi des squelettes et leur parfum de mort ? Ses bourreaux lui avaient-ils expliqué qu'ils comptaient le laisser mourir là ? À chacune de leurs visites, avant de sceller de nouveau la plaque, lui avaient-ils dit qu'ils ne reviendraient que pour le droguer encore ?

L'obscurité qui régnait dans le puits était totale, bien plus sombre que la nuit étoilée. Je n'avais rien vu d'aussi noir depuis longtemps. L'ouverture était juste assez large pour laisser passer les épaules musclées de Richard. Plus je la détaillais, plus elle me semblait rétrécir, telle une gueule béante s'apprêtant à m'avaler. Ai-je mentionné que je suis claustrophobe?

Richard me rejoignit et scruta le trou. Il tenait une lampe torche éteinte. Quelque chose dut passer sur mon visage, car il se sentit tenu de préciser:

—Même les lycanthropes ont besoin d'un minimum de lumière pour y voir.

Je tendis la main pour qu'il me donne la lampe. Il secoua la tête.

—C'est moi qui ai permis qu'on le jette là-dedans. C'est à moi de l'en sortir.

—Non. Gregory est à moi.

Richard s'agenouilla au bord du trou et dit tout bas:

—Je sens ta peur. Je sais que tu détestes les espaces confinés.

Je reportai mon attention sur le puits et m'autorisai à admettre combien j'avais peur. Si peur que je sentais un goût métallique sur ma langue. Si peur que mon pouls martelait ma gorge telle une créature prisonnière. Pourtant, ce fut d'une voix calme et normale que je parvins à articuler:

—Peu importe ma peur.

Je touchai la lampe torche, mais Richard ne voulut pas me la donner. Et à moins de la lui arracher – ce que je n'aurais probablement pas la force de faire, même en tenant compte de mes nouvelles capacités – je ne voyais pas comment réussir à la lui prendre.

—Pourquoi faut-il toujours que tu sois la plus costaud, la plus courageuse? Pour une fois, ne peux-tu pas me laisser te rendre service? Descendre dans ce trou ne m'effraie pas. Laisse-moi faire ça pour toi. S'il te plaît.

Sa voix était toujours douce, et il se trouvait assez près de moi pour que je puisse sentir l'odeur du sang séché sur sa poitrine et celle du sang frais dans sa bouche, comme s'il gardait une coupure qui ne s'était pas encore refermée.

Je secouai la tête.

—Il faut que je le fasse, Richard.

—Pourquoi? demanda-t-il avec une pointe de colère, qui me frappa telle une gifle brûlante.

—Justement parce que j'ai la trouille. J'ai besoin de savoir si j'en suis capable.

—Capable de quoi?

—De descendre dans cette foutue oubliette.

—Pourquoi? Pourquoi as-tu besoin de le savoir? Tout le monde ici sait combien tu es coriace. Tu n'as plus rien à nous prouver.

—À moi, si.

—Même si tu ne pouvais pas descendre dans ce trou puant, quelle importance? Cette situation ne se représentera plus jamais, Anita. Ne te force pas.

Je scrutai son visage: sa mine perplexe, ses yeux redevenus d'un brun chaud et parfaitement humain. Ça fait des années que j'essaie de lui expliquer comment je fonctionne. En cet instant, je pris enfin conscience qu'il ne comprendrait jamais et que j'en avais assez de devoir me justifier – envers lui, mais aussi envers tous les autres.

—Donne-moi la lampe, Richard.

Il s'y accrocha des deux mains.

—Pourquoi faut-il que tu le fasses? Tu as tellement peur que ta bouche est toute sèche; je le sens dans ton haleine.

—Et moi, je sens que tu saignes encore. Mais je dois le faire justement parce que j'ai peur.

Il secoua la tête.

—Ce n'est pas du courage, Anita: c'est de l'entêtement.

Je haussai les épaules.

—Possible, mais ça ne change rien.

Il agrippa la lampe plus fort.

—Pourquoi? répéta-t-il.

Mais cette fois, il me sembla que la question ne concernait pas seulement l'oubliette et la raison pour laquelle je tenais absolument à y descendre moi-même.

Je soupirai.

—Je suis de plus en plus difficile à impressionner, Richard. Alors, quand je tombe sur quelque chose qui me fout les jetons, je ne peux pas m'en empêcher. Il faut que j'affronte ma peur.

—Pourquoi?

Il étudiait mon visage comme s'il voulait en graver chaque détail dans sa mémoire.

—Pour voir si je peux la vaincre.

—Pourquoi?

Sa colère enflait progressivement. Je secouai la tête.

—Je ne me sens pas en concurrence avec toi, Richard, ni avec quiconque d'autre. Je me fiche de savoir qui est plus rapide, plus fort ou plus courageux.

—Alors, pourquoi tiens-tu tant à le faire?

—La seule personne avec qui je me sens en concurrence, c'est moi. Et je baisserais dans ma propre estime si je laissais quelqu'un d'autre y aller à ma place. Gregory est mon léopard, pas le tien, et je dois le sauver moi-même.

—Tu l'as déjà sauvé, Anita. Peu importe qui descend dans ce putain de trou.

Je faillis sourire. Ça n'avait pourtant rien de drôle.

—Donne-moi cette lampe, s'il te plaît, Richard. Je ne peux pas t'expliquer.

—Et ton Nimir-raj, il comprend, lui?

Sa colère me brûlait la peau comme une nuée de piqûres d'insectes. Je fronçai les sourcils.

—Tu n'as qu'à le lui demander. Maintenant, donne-moi cette foutue lampe.

Quand on me cherche, on ne met jamais très longtemps à me trouver.

—Je veux être ton Ulfric, Anita, ton mec, et peu importe ce que ça peut signifier. Pourquoi ne me laisses-tu pas être…?

Il s'interrompit et détourna les yeux.

—L'homme. C'est ça que tu allais dire? (Il reporta son attention sur moi et acquiesça.) Écoute, si on continue à sortir ensemble, à se fréquenter – appelle ça comme tu voudras –,

447

qu'une chose soit bien claire. Ton ego, ce n'est plus mon problème. Je ne te demande pas d'être l'homme dans notre relation, Richard : juste d'être mon partenaire. Tu n'as pas besoin d'être plus costaud ou plus courageux que moi. J'ai des tas d'amis mecs qui passent leur temps à essayer de me prouver qu'ils ont des couilles en titane. Je me passerai volontiers de ce genre de conneries venant de ta part.

— Et si j'ai besoin d'être plus courageux pour moi plutôt que pour toi ?

Je réfléchis une seconde ou deux.

— Tu n'as pas peur de descendre dans l'oubliette, pas vrai ?

— Je n'ai pas envie d'y aller, et encore moins de voir ce qu'ils ont fait à Gregory, mais je n'ai pas aussi peur que toi, non.

— Alors, le faire ne prouvera rien du tout, puisque ça ne te coûtera pas autant qu'à moi.

Il se pencha vers mon oreille et souffla sur ma peau un murmure à peine audible.

— Comme ça ne te coûterait pas autant qu'à moi de tuer Jacob. (Je me raidis et pivotai vers lui, tentant de ne pas montrer combien j'étais choquée.) J'ai su que tu y pensais à l'instant où tu as posé les yeux sur lui.

— Tu me laisserais faire ça ? demandai-je tout bas, mais pas autant que lui.

— Je ne sais pas encore. Mais si je suis ton raisonnement, ne t'en chargerais-tu pas en partant du principe que ça te coûterait moins qu'à moi ?

Nous nous dévisageâmes, et je fus bien obligée d'acquiescer.

Richard eut un sourire victorieux.

— Alors, laisse-moi descendre dans ce putain de trou.

— Depuis quand utilises-tu le mot « putain » ?

— Pendant ton absence, je me suis rendu compte que ça me manquait de l'entendre.

Il grimaça brusquement, et ses dents blanches brillèrent dans le noir.

Je fus forcée de lui rendre son sourire. J'étais toujours agenouillée près de cet horrible trou ; le goût de ma peur s'attardait sur ma langue, et la colère de Richard planait encore dans l'air entre nous. Pourtant, nous nous regardions en souriant.

— D'accord : je te laisse passer le premier, capitulai-je.

Son sourire s'élargit jusqu'à atteindre ses yeux, et dans la lumière des étoiles, je vis pétiller ses prunelles.

— Ça marche.

Je me penchai vers lui et lui donnai un baiser rapide. Trop rapide pour que nos pouvoirs jaillissent entre nous, trop rapide pour goûter le sang dans sa bouche, trop rapide pour découvrir si nos bêtes rouleraient l'une à travers l'autre. Je l'embrassai juste parce que j'en avais envie, parce que pour la première fois, il me semblait que nous étions tous les deux prêts à faire quelques concessions. Cela suffirait-il ? Qui pouvait le savoir ? Mais j'avais bon espoir. Ce qui ne m'était pas arrivé depuis très longtemps. Sans espoir, l'amour meurt et votre cœur se flétrit avec.

J'ignorais quelles répercussions cet espoir aurait sur ma relation avec Micah. Le Nimir-raj avait parlé ouvertement de me partager, mais je ne savais pas dans quelle mesure c'était pour calmer la galerie et dans quelle mesure c'était sincère. À cette seconde précise, franchement, je m'en tamponnais. Je serrai mon espoir contre moi et m'y accrochai de toutes mes forces. Plus tard, je me soucierais du reste. J'allais laisser Richard descendre le premier, mais je le suivrais, et je voulais sentir l'espoir blotti dans ma poitrine à côté de la peur.

CHAPITRE 27

Le poids de Richard sur l'échelle de corde tendait celle-ci sous moi. Il avait accroché la lampe à une lanière autour de son poignet. En regardant la tache de lumière jaune disparaître dans l'étroit puits de ténèbres, je me rendis compte que j'avais à peine descendu trois échelons et que ma tête était encore au-dessus du niveau du sol.

Micah était agenouillé au bord du trou.

— Ça va aller.

Je déglutis et le regardai, les yeux légèrement écarquillés par la peur.

— Je sais, soufflai-je.

— Tu n'es vraiment pas obligée de faire ça, dit-il d'une voix la plus douce et la plus neutre possible.

Je fronçai les sourcils.

— Tu ne vas pas t'y mettre aussi.

— Alors, dépêche-toi de rattraper ton Ulfric, me conseilla-t-il d'une voix un peu moins neutre, mais dont je ne pus analyser le ton.

Je me mis à descendre le long de l'échelle molle et rêche à la fois, avec des mouvements vifs et coléreux. Ce n'était pas à Micah que j'en voulais, mais à moi, et ma colère me propulsa sur plusieurs mètres de ténèbres, jusqu'à une profondeur où la lumière de la lampe paraissait très jaune et très crue contre les murs, en contrebas.

Je m'immobilisai une seconde ou deux, observant les parois de terre battue. Puis je levai lentement les yeux. Micah m'observait de si loin que je ne distinguais pas la couleur de ses yeux, ni même celle de ses cheveux. Seule la forme de son visage et le contour de ses épaules me disaient que c'était lui. Doux Jésus, jusqu'où descendait ce foutu puits ?

J'avais l'impression que les murs s'incurvaient vers moi pour se refermer comme un poing et me broyer. Je n'arrivais pas à inspirer suffisamment d'air pour remplir mes poumons. Fermant les yeux, je me forçai à lâcher l'échelle et à tendre une main vers la paroi. Celle-ci était plus loin que je l'avais cru, et quand je finis par la toucher, je sursautai.

La terre était étonnamment fraîche sous mes doigts. Je me rendis compte que malgré la chaleur estivale qui régnait en surface, il faisait bon dans le puits. Je rouvris les yeux. Le trou faisait toujours un mètre quatre-vingts de diamètre. Il ne se refermait pas sur moi ; c'était juste ma phobie qui m'en donnait l'impression.

Je me remis à descendre, et cette fois, je ne m'arrêtai pas avant de sentir l'échelle mollir sous moi. Soudain, elle commença à se balancer, m'indiquant que Richard était arrivé au fond. Si je n'avais pas été si butée, j'aurais pu lui demander de me la tenir le temps que je le rejoigne. Au lieu de ça, je m'accrochai désespérément à l'échelle et continuai à descendre. Je sais : c'est difficile de faire les deux à la fois, mais d'une façon ou d'une autre, j'y parvins.

Le monde se résuma au contact de la corde sous mes mains, au tâtonnement de mes pieds sur les barreaux – la simple action de descendre. Bientôt, je cessai de sursauter chaque fois que je heurtais le mur. Puis des mains se posèrent sur ma taille, et je poussai un glapissement – un cri de fifille typique. Je déteste quand je fais ça.

Évidemment, les mains étaient celles de Richard. Il me tint pendant que je descendais les derniers échelons et que mon cœur tentait de bondir hors de ma poitrine. Enfin, je touchai un sol jonché d'ossements qui craquaient et roulaient sous les pieds. Ils s'entassaient sur une telle épaisseur qu'on ne s'y enfonçait pas : on marchait dessus à la façon d'un saint sur de l'eau.

L'étroit conduit débouchait sur une minuscule cavité. Richard devait se plier en deux pour ne pas se cogner la tête. Moi, je pouvais me tenir debout à condition de faire gaffe : le haut de mon crâne effleurait le plafond. Du coup, je courbai quand même un peu le dos.

—Vous allez bien ? appela Micah très loin au-dessus de nous.

Je dus m'y reprendre à deux fois pour réussir à répondre :

—Oui, oui, ça va.

Micah se redressa, minuscule silhouette noire se découpant contre le ciel nocturne.

—Mon Dieu, à quelle profondeur sommes-nous ?

—Une vingtaine de mètres environ.

Quelque chose dans la voix de Richard me fit pivoter vers lui.

Il regardait sur le côté, secouant la tête et braquant sa lampe sur une masse recroquevillée par terre. Gregory.

Il gisait sur le ventre, les bras et les jambes tordus si loin dans le dos que je ne pouvais pas m'imaginer passant trois jours dans cette position. Il était nu ; un bandeau de tissu blanc était noué trop serré dans la masse emmêlée de ses cheveux, comme s'il n'était pas seulement destiné à l'aveugler, mais aussi à lui faire mal.

Tandis que le faisceau de la lampe balayait son corps, il émit de petits bruits pitoyables. À défaut d'autre chose, il voyait la lumière au travers de son bandeau. Je m'agenouillai près de lui. Les chaînes en argent avaient mordu dans ses poignets et ses chevilles. Les blessures qu'il s'était faites en tentant de se libérer étaient encore à vif et sanguinolentes.

—Les chaînes lui ont rongé la chair, dit doucement Richard.

—Il s'est débattu.

—Non, il n'est pas assez puissant pour supporter le contact d'une telle quantité d'argent sur sa peau. Elles lui ont rongé la chair.

Je regardai les plaies sans savoir quoi répondre. Je touchai l'épaule de Gregory, et il hurla à travers le bâillon que je n'avais pas encore vu, caché comme il l'était par ses cheveux. Mais quelqu'un lui avait bel et bien enfoncé un chiffon noir dans la bouche. Entre deux hurlements étouffés, il se tortilla pour tenter de m'échapper.

— Gregory, Gregory, c'est Anita.

Je le touchai le plus doucement possible, et il hurla encore. Je levai les yeux vers Richard.

— On dirait qu'il ne m'entend pas.

Richard s'agenouilla et souleva les cheveux emmêlés de Gregory. Celui-ci s'agita de plus belle, et Richard me tendit la lampe pour pouvoir lui prendre le visage de l'autre main. Gregory avait du coton dans l'oreille. Richard l'enleva. Dessous, il trouva un bouchon noir dans le conduit auditif. Le bouchon n'était pas conçu pour être enfoncé aussi loin, et quand Richard le retira doucement, du sang coula de l'oreille de Gregory.

Un instant, je regardai Gregory sans réagir. Mon esprit refusait de comprendre. Puis je m'entendis dire :

— Ils lui ont crevé les tympans. Pourquoi, pour l'amour de Dieu ? Le bandeau et le bâillon, ça ne faisait pas assez de privations sensorielles ?

Richard leva le bouchon dans la lumière. Je dus braquer la lampe dessus pour voir qu'il était muni d'une pointe en métal.

— Qu'est-ce que c'est ? demandai-je.

— De l'argent.

— Ne me dis pas qu'ils ont été conçus pour ça !

— Souviens-toi que Marcus était médecin. Il connaissait toutes sortes d'endroits où se fournir en matériel médical. Des endroits qui auraient pu lui fabriquer ça sur commande.

L'expression de Richard me dit qu'il était perdu dans ses souvenirs, et en proie à une émotion très sombre.

Je reportai mon attention sur les plaies des membres de Gregory.

— Doux Jésus, tu crois que l'argent a rongé ses canaux auditifs comme il a rongé sa peau ?

— Aucune idée. Mais c'est bon signe que ça saigne encore. Ça veut dire qu'il guérira probablement s'il se métamorphose bientôt, répondit Richard d'une voix enrouée.

Je n'avais pas envie de pleurer – j'étais trop horrifiée pour ça. Je voulais jeter Jacob dans ce trou, et avec lui, toutes les personnes qui l'avaient aidé. Parce que seul, on ne peut pas faire une chose pareille à un métamorphe.

Richard voulut défaire le bandeau de Gregory, mais celui-ci était si serré qu'il n'arriva pas à trouver de prise suffisante. Je lui rendis la lampe et sortis le couteau que je portais dans mon fourreau de poignet gauche.

— Tiens-le. La lame est aussi aiguisée qu'un rasoir ; je ne veux pas risquer de le couper s'il se débat.

Richard prit la tête de Gregory entre ses mains comme un étau, et Gregory lutta de plus belle, hurlant à travers son bâillon. Mais Richard le maintint immobile tandis que je glissais prudemment la pointe du couteau entre le tissu et ses cheveux. Un petit coup vers le bas, et le bandeau se détendit. Mais il était resté si longtemps incrusté dans la chair de Gregory que Richard dut littéralement le peler de sa figure.

Gregory cligna des yeux dans la lumière. Il vit Richard et hurla derechef. Alors, une lueur mourut dans les yeux de Richard, comme si le fait de terrifier quelqu'un à ce point tuait quelque chose en lui.

Je me penchai en avant, posant mes mains sur les piles d'os de chaque côté de la tête de Gregory pour lui permettre de me voir. Il cessa de hurler mais ne parut pas suffisamment soulagé à mon goût. J'ôtai le chiffon de sa bouche, et celui-ci emporta avec lui un peu de la peau de ses lèvres. Gregory remua sa mâchoire, et curieusement, cela me rappela la scène du *Magicien d'Oz* dans laquelle Dorothy met de l'huile sur la mâchoire rouillée de l'Homme en Fer-Blanc. L'image aurait dû me faire sourire, mais ce ne fut pas le cas.

Chacune de ses chaînes était munie d'un cadenas. Richard me contourna en rampant pour ne pas m'obliger à sortir de son champ de vision.

— Ça va aller, ça va aller, répétais-je en boucle.

Gregory ne pouvait pas m'entendre, mais je ne voyais pas quoi faire d'autre.

Richard brisa le cadenas d'un de ses poignets, et un éclair de douleur passa sur son visage comme si le moindre mouvement de son bras lui faisait mal. Richard libéra sa deuxième main, puis entreprit de dérouler lentement son corps torturé.

Gregory hurla – pas de peur, cette fois, mais de douleur. Je voulus le bercer. Nous dûmes nous y mettre à deux pour lui poser la tête sur mes genoux. Jamais il ne réussirait à monter l'échelle tout seul. Ni même avec l'aide de quelqu'un.

Le creux de ses bras était couvert de marques d'aiguille bien nettes.

— Les traces de piqûre – pourquoi n'ont-elles pas cicatrisé ? m'étonnai-je.

— Des aiguilles en argent, en contact direct avec le flux sanguin, répondit Richard. Un sédatif pour empêcher l'adrénaline de grimper jusqu'au point critique, mais sans la supprimer totalement – sinon, les prisonniers ne sentent plus rien, ne savent ni où ils sont ni ce qui leur arrive. C'est comme ça que Raina procédait.

— Et c'est exactement comme ça qu'elle attachait ses victimes. Comment Jacob peut-il le savoir ?

— Un des lukoi a dû le lui dire.

Plutôt que de se tenir debout plié en deux, Richard était resté à genoux. Son visage était calme, presque serein.

— Je veux qu'ils prennent la place de Gregory, crachai-je. Tous ceux qui ont aidé Jacob. Ceux qui lui ont fourni ces maudits bouchons. Je veux qu'ils prennent sa place.

Richard tourna son regard vers moi, et sous le calme, je perçus un frémissement de colère.

— Serais-tu capable de faire ça à quelqu'un ? De plonger ces choses dans ses oreilles ? Quoi qu'il ait pu faire pour le mériter ?

Je réfléchis. C'était une question difficile. J'étais horrifiée et folle de rage. Je voulais vraiment punir les responsables, mais…

— Non. Non. Je pourrais lui tirer dessus et le buter, mais pas lui faire ça.

— Moi non plus.

— Tu savais que Gregory était dans l'oubliette, mais pas ce qu'ils lui avaient fait, n'est-ce pas ?

Richard secoua la tête, à genoux sur les ossements, scrutant toujours le bouchon ensanglanté comme si celui-ci contenait les réponses à des questions trop douloureuses pour être posées tout haut.

— Jacob savait, lui.

— Tu es l'Ulfric, Richard. Tu es censé savoir ce que tes lieutenants font au nom de la meute.

Sa colère flamboya si vivement qu'elle emplit la petite caverne comme de l'eau sur le point de se mettre à bouillir. Gregory gémit et écarquilla des yeux effrayés.

— Je sais, Anita, je sais.

— Donc, tu ne vas pas jeter Jacob dans ce trou ?

— Si, mais je ne vais pas lui infliger ça. Il fera un petit séjour ici, mais je refuse de l'enchaîner ou de le torturer. (Richard promena un regard autour de lui.) Être ici, c'est déjà une torture suffisante.

Sur ce point, je ne pouvais pas le contredire.

— Et les gens qui l'ont aidé ?

— Je découvrirai qui ils sont, affirma Richard.

— Et ensuite ?

Il ferma les yeux. Quand il rouvrit sa main, je vis le sang dans sa paume et compris qu'il y avait enfoncé la pointe du bouchon. Il retira celui-ci et regarda la tache écarlate.

— Il faut toujours que tu insistes, pas vrai, Anita ?

— Les lukoi te connaissent bien, Richard. Ils savent que tu n'as jamais voulu qu'on jette quiconque ici, surtout pas en lui

456

infligeant le genre de sévices que Raina affectionnait. Donc, ceux qui ont fait ça ont sciemment défié ton autorité.

—J'en suis conscient.

—Je ne veux pas me disputer avec toi, Richard, mais tu dois les punir. Sinon, tu concéderas encore davantage de terrain à Jacob. Te contenter de le jeter dans ce trou ne suffira pas pour renverser la vapeur. Tous les lukoi impliqués dans cette horreur doivent payer.

—Tu n'es pas en colère, constata-t-il, perplexe. Je croyais que tu voulais venger Gregory, mais tu parles de tout ça si froidement…

—Oui, je veux venger Gregory. Mais tu as raison : je ne serais pas capable de faire ça à quelqu'un, et je n'ordonnerai pas qu'on fasse à ma place ce que je suis incapable de faire moi-même. C'est un de mes grands principes. Néanmoins… c'est le bordel dans la meute. Si tu veux stopper la dégringolade et empêcher qu'une guerre civile éclate d'ici peu, tu dois te montrer inflexible. Tu dois faire comprendre aux lukoi qu'un tel comportement n'est pas acceptable.

—Je n'ai pas l'intention de l'accepter.

—Il n'existe qu'un seul moyen de faire passer le message.

—Châtier les coupables, lâcha-t-il comme un juron.

—Oui.

—Ça fait des mois – non, des années – que je me bats pour tenter de sortir du système punitif. Et tu me demandes de saboter tout mon travail pour revenir à l'ancienne façon de gérer la meute.

Lentement, douloureusement, la main de Gregory se leva pour agripper faiblement mon bras. Je caressai ses cheveux emmêlés. Quand il parla, ce fut d'une voix rauque et éraillée, comme s'il avait passé des jours à hurler à travers son bâillon.

—Je veux… sortir d'ici. S'il te plaît.

Je hochai la tête de façon qu'il puisse me voir, et un soulagement indicible passa dans ses yeux.

Je reportai mon attention sur Richard.

— Si ton système fonctionnait mieux que l'ancien, je le soutiendrais. Mais ce n'est pas le cas. Je suis désolée que ça ne marche pas, Richard, mais il faut voir la réalité en face. Si tu poursuis cette… expérience d'une démocratie plus souple et plus tolérante, des gens vont mourir. Pas seulement toi, mais Sylvie, Jamil, Shang-Da et tous les lukoi qui sont avec toi.

» Et il y a pire. J'ai observé la meute ce soir. Elle est divisée pratiquement à cinquante-cinquante. Il y aura une guerre civile, et les lukoi s'entre-déchireront : d'un côté, les partisans de Jacob, et de l'autre, ceux qui refuseront de le suivre. L'affrontement fera des centaines de morts, et le clan de Thronnos Rokke périra peut-être avec eux. Regarde le trône sur lequel tu sièges en tant qu'Ulfric. Il est ancien, tu le sais. Ne laisse pas détruire tout ce qu'il représente.

Richard baissa les yeux vers la plaie de sa paume, qui continuait à saigner.

— Sortons Gregory d'ici.

— Tu vas punir Jacob, mais pas les autres, dis-je d'une voix lasse.

— Je vais d'abord découvrir qui ils sont. Ensuite, j'aviserai.

Je secouai la tête.

— Je t'aime, Richard.

— Je sens venir un « mais ».

— Mais j'accorde plus d'importance à mes responsabilités qu'à cet amour.

C'était affreux de le dire à voix haute. Ça me donnait l'air si dur, si froid… Pourtant, c'était la vérité.

— Ça en dit long sur la valeur de ton amour.

— Pitié, ne me prends pas de haut, Richard. Quand la meute a voté mon expulsion, tu m'as jetée comme une vieille chaussette. Tu aurais pu dire : « Tant pis pour le trône, c'est Anita que je veux », mais tu ne l'as pas fait.

— Crois-tu vraiment que Jacob m'aurait laissé partir ?

— Je ne sais pas, mais tu n'as même pas proposé de le faire. Ça ne t'a même pas traversé l'esprit, n'est-ce pas ?

Richard détourna la tête, puis me regarda de nouveau. Ses yeux étaient remplis d'une telle tristesse que je voulus retirer ce que j'avais dit. Bien entendu, ce n'était pas possible. Il fallait que nous ayons une petite discussion. Ça me faisait penser à cette vieille blague sur l'éléphant dans la pièce. Tout le monde fait semblant d'ignorer sa présence jusqu'à ce que la merde devienne si profonde qu'on ne peut plus marcher au travers. En baissant les yeux vers Gregory, je sus que la merde avait atteint un niveau critique. Il ne nous restait pas d'autre solution que la vérité, si brutale soit-elle.

— Si j'avais abdiqué, en supposant que Jacob m'ait laissé faire, il y aurait quand même eu une guerre civile. Il aurait quand même exécuté mes proches. Je ne pouvais pas les abandonner. Je préfère mourir plutôt que m'en aller en les plantant là et les laisser se faire massacrer.

— Si tu as vraiment l'intention de rester, j'ai un meilleur plan. Fais un exemple de Jacob et de ceux qui l'ont aidé.

— Ce n'est pas aussi simple, Anita. Ses partisans sont assez nombreux pour que ça risque de déclencher une guerre civile quand même.

— Pas si l'exemple est assez sanglant.

— Que veux-tu dire ?

— Apprends-leur à te craindre, Richard. Apprends-leur à te craindre. Machiavel le préconisait déjà il y a six cents ans, et c'est toujours valable. Tout dirigeant devrait essayer de se faire aimer de son peuple. Et s'il n'y parvient pas, il doit s'en faire craindre. L'amour est préférable, mais la peur convient aussi.

Richard déglutit péniblement, et je vis de la frayeur passer dans ses yeux.

— Je crois que je pourrais tuer Jacob, et peut-être même un ou deux des lukoi qui l'ont aidé, mais tu penses que ça ne suffira pas, n'est-ce pas ?

— Tout dépend de la façon dont tu les exécuteras.

— Que me demandes-tu de faire, Anita ?

Je soupirai et caressai la joue de Gregory.

—Je te demande de faire le nécessaire, Richard. Si tu veux préserver la meute et sauver des centaines de vies, je te donne le moyen d'y arriver en faisant couler le minimum de sang.

—Je peux tuer Jacob, mais pas faire ce que tu suggères : quelque chose de si terrible que tous les lukoi auraient peur de moi.

Il me regarda d'un air paniqué, comme une créature prise au piège qui vient juste de comprendre qu'il n'y a pas d'échappatoire.

Je sentis le calme se propager sur mon visage ainsi comme une flaque d'huile à la surface d'une mare tandis que je m'abîmais dans ce lieu où il ne restait que du bruit de fond et un vide réconfortant.

—Moi, je peux, affirmai-je doucement.

Richard se détourna de moi comme si je n'avais rien dit et, levant la tête vers le haut du puits, réclama qu'on fasse descendre le harnais. Nous l'enfilâmes à Gregory en parlant uniquement de la tâche en cours – plus de métaphysique ni de politique.

Un second harnais était fixé à la corde ; Richard me força à le mettre. Je devrais protéger Gregory avec mon corps pour ne pas qu'il se cogne partout pendant la remontée.

—Je n'ai encore jamais fait ça, protestai-je.

—J'ai les épaules trop larges pour porter Gregory moi-même ; nous ne passerions pas. Il faut que tu t'en charges. Et puis, je sais que tu réussiras à le protéger.

Son regard me donna envie de dire quelque chose, mais il tira sur la corde, et nous commençâmes à nous élever dans les airs. Il nous suivit des yeux, sa lampe torche projetant des ombres étranges dans la petite caverne où il était toujours agenouillé. Puis le bas du puits le dissimula à ma vue.

J'avais les mains pleines au propre comme au figuré. Empêcher Gregory de se cogner contre les murs n'était pas une mince affaire. Ses bras et ses jambes restaient presque inertes, et je ne savais pas si c'était dû à sa longue immobilisation ou à la drogue qu'on lui avait injectée. Sans doute un mélange des deux.

— Merci, merci, merci, soufflait-il en boucle.

Lorsque nous atteignîmes le sommet, des larmes séchaient sur mes joues. Quoi que Richard décide, quelqu'un allait payer.

Jacob était là-haut, déjà couvert de chaînes en argent, transporté comme un bagage récalcitrant par trois lukoi. Ils lui avaient laissé son short en jean effiloché. Les gentils n'imposent pas la nudité. Ça fait partie des choses qui vous permettent de savoir dans quel camp vous vous situez.

Cherry se mit aussitôt à examiner Gregory. Elle dut repousser les autres léopards, qui voulaient absolument le toucher.

Par-delà la clairière, j'observai Jacob. Son regard me suffit. Richard pouvait faire sa chochotte s'il le voulait, mais si je laissais passer ce que Gregory venait de subir, Jacob et ses partisans interpréteraient ça comme de la faiblesse. Et dès que Jacob aurait sécurisé sa base de pouvoir, ils se retourneraient contre nous pour nous éliminer.

Parce qu'il n'y avait qu'un seul moyen d'éviter la guerre civile : celui que j'exhortais Richard à employer. Si Jacob faisait quelque chose d'assez terrible pour que le reste de la meute ait peur de se soulever, il pourrait devenir Ulfric sans provoquer un bain de sang. Après avoir vu les sévices infligés à Gregory, mon petit doigt me disait qu'il n'hésiterait pas à faire le nécessaire. Il n'avait pas l'air étouffé par les scrupules, lui.

Richard s'extirpa du trou.

— Descendez-le, ordonna-t-il.

— Tu veux qu'on le drogue ? interrogea Sylvie.

Il opina de la tête.

— Et pour le bâillon et le reste ?

Il secoua la tête.

— Ce ne sera pas nécessaire.

Jacob recommença à se débattre.

— Vous ne pouvez pas faire ça !

Richard s'agenouilla devant lui, l'empoignant par les cheveux d'une manière qui me parut douloureuse.

— Qui t'a donné ça ?

Il tendit sa main ouverte, sur la paume de laquelle reposaient les bouchons à la pointe en argent.

—Oh mon Dieu, chuchota Sylvie.

—Qui, Jacob ? Qui t'a raconté nos secrets les plus vils ?

Jacob soutint son regard sans moufter.

—Je pourrais te les mettre, menaça Richard.

Jacob pâlit légèrement mais ne répondit pas. Sa mâchoire était tellement crispée que je voyais palpiter ses muscles faciaux, mais il ne donna pas le nom de ses complices. Il ne demanda même pas si des aveux lui épargneraient le séjour dans l'oubliette. J'étais obligée d'admirer son courage – mais pas d'aimer ça.

—Tu ne ferais pas ça.

C'était Paris, beaucoup moins sûre d'elle que devant le trône tout à l'heure. Voire carrément hésitante dans sa robe seconde peau.

Richard la dévisagea longuement, et quelque chose dans son regard poussa Paris à détourner les yeux.

—Tu as raison : je suis incapable d'utiliser ces atrocités sur Jacob ou sur quiconque. (Il pivota sur lui-même, balayant du regard les lukoi éparpillés dans la clairière et ceux qui attendaient dans la forêt au-delà.) Mais entendez-moi bien. S'il en reste d'autres, je veux qu'ils soient détruits immédiatement. Et quand Jacob ressortira de l'oubliette, nous la scellerons à jamais. Si un seul d'entre vous est capable d'avoir fait une chose pareille, c'est que je n'ai pas réussi à vous apprendre quoi que ce soit.

Il fit signe à Sylvie, qui s'avança avec une seringue.

Les trois lukoi durent plaquer Jacob sur le sol pour qu'elle puisse lui faire sa piqûre. Ils le maintinrent jusqu'à ce que ses membres mollissent et que ses paupières se ferment.

—Il se réveillera dans l'oubliette, dit Richard d'une voix qui n'était pas seulement lasse, mais vaincue. (Tandis que les trois lukoi portaient Jacob vers le trou, il se tourna vers moi.) Emmène tes léopards et tes alliés et rentre chez toi, Anita.

—Tu oublies que je suis ta lupa. Tu ne peux pas m'écarter de la gestion des affaires de la meute.

Il eut un sourire qui laissa ses yeux vides et fatigués.

—Tu es toujours ma lupa, mais ce soir, tu es avant tout la Nimir-ra de ton pard, et Gregory a besoin de toi. Prends bien soin de lui. Et pour ce que ça vaut, je suis désolé.

—Ça vaut quelque chose, mais ça ne change rien.

—Comme d'habitude.

Je n'arrivais pas à déchiffrer son humeur. Il n'était pas exactement triste ou inquiet. Le seul adjectif approprié qui me venait à l'esprit, c'était «vaincu». Comme s'il avait déjà perdu la bataille.

—Que vas-tu faire? demandai-je.

—Je vais découvrir qui a aidé Jacob.

—Comment?

Il sourit et secoua la tête.

—Rentre chez toi, Anita.

Je le regardai sans bouger pendant un ou deux battements de cœur. Puis je reportai mon attention sur les léopards. Gregory était allongé sur un brancard, porté par Zane et Noah. Cherry discutait avec le docteur lukoi qui avait soigné le nez de Jacob. Elle hochait beaucoup la tête. Il devait lui donner des instructions.

Un peu en retrait du groupe, Micah m'observait. Je croisai son regard. Aucun de nous deux ne sourit. Je jetai un coup d'œil par-dessus mon épaule, mais Richard s'éloignait déjà entre les arbres, suivi par Jamil et Shang-Da.

Je me dirigeai vers Micah, qui m'attendait avec une expression très neutre. Il n'y avait plus d'espoir en moi. J'aurais pu me la jouer cool, mais je n'en avais pas envie. J'étais fatiguée, si terriblement fatiguée… Mes fringues empestaient la merde, et ma peau aussi, probablement. Je voulais prendre une douche, enfiler des vêtements propres et faire disparaître l'expression éperdue de Gregory. La douche et les vêtements propres, ça ne devrait pas être bien difficile. En revanche, je ne voyais pas du tout comment m'y prendre pour apaiser la douleur de Gregory.

Je tendis la main à Micah, non pas à cause de mon énergie surnaturelle – apparemment mise en sourdine par mon accès de dépression – mais parce que j'avais besoin de réconfort… et de ne pas me prendre la tête. Je voulais juste que quelqu'un me tienne.

Micah écarquilla les yeux mais prit ma main et la pressa gentiment. Je l'entraînai vers les arbres, et les autres nous suivirent. Même le roi-cygne et les rats-garous. Anita Blake, joueuse de flûte surnaturelle. Cette idée aurait dû me faire sourire. Elle n'y parvint pas.

CHAPITRE 28

Deux heures plus tard, j'avais pris une douche et Gregory un bain, même si j'avais pu me laver seule et lui non. Il n'avait toujours pas complètement récupéré l'usage de ses bras et de ses jambes. Il ne me semblait pas indispensable que Cherry, Zane et Nathaniel se déshabillent pour grimper dans la baignoire avec lui, mais tant que personne ne me demandait de participer, de quoi me serais-je plainte ? Et puis, ça n'avait jamais été sexuel. On aurait plutôt dit que le contact de la chair nue de ses congénères permettait d'accélérer le processus de guérison.

J'étais assise à ma nouvelle table de cuisine. L'ancienne, conçue pour deux personnes, n'était pas assez grande pour que tout un pard puisse y manger ses bagels au fromage frais le matin. La nouvelle était en pin clair ; son vernis lui donnait un aspect brillant et légèrement doré. Il n'y avait toujours pas la place de caser l'ensemble de mes invités, mais nous étions moins serrés qu'avant. Pour que tout le monde puisse s'asseoir, il aurait fallu une table de banquet, et ma cuisine n'était pas assez longue pour l'accueillir. Si les seigneurs d'antan vivaient dans des châteaux immenses, ce n'était pas seulement par goût du luxe : il faut de la place pour nourrir et loger toute une Cour. Ou un pard.

La seule autre personne présente dans la pièce faiblement éclairée était le docteur Lillian. Elizabeth avait été transportée à l'hôpital secret des métamorphes de Saint Louis. Tous mes autres léopards s'occupaient de Gregory. Micah et les siens restaient en périphérie de l'agitation générale. Caleb avait voulu se joindre au bain collectif et s'était fait rembarrer. Les autres membres du pard de Micah semblaient nerveux et mal à l'aise. Ils ne savaient littéralement pas où se mettre. Ma priorité pour ce soir était claire : soigner Gregory. Tout le reste pouvait attendre. Un seul désastre à la fois, ou on perd son chemin – et sa raison.

Le docteur Lillian est une petite femme qui porte ses cheveux gris coupés au carré juste au-dessus de ses épaules. Elle les a laissé pousser depuis notre première rencontre ; ceci mis à part, elle n'a pas du tout changé. Je ne l'ai jamais vue maquillée, et elle a toujours un visage plaisant dans le genre quinquagénaire – même si j'ai découvert qu'elle a, en réalité, largement dépassé la soixantaine. Une chose est sûre : elle ne fait pas son âge.

— Il n'a pas encore évacué les drogues, dit-elle.

— « Les » ?

Elle acquiesça.

— Notre métabolisme est si rapide qu'il faut un sacré cocktail de saloperies chimiques pour nous assommer, fût-ce un petit moment.

— Gregory n'était pas assommé. Il semblait très conscient de ce qui se passait.

— Mais son cœur, sa respiration, ses réflexes fonctionnaient au ralenti. Sans une décharge d'adrénaline à pleine puissance, tu ne peux pas te métamorphoser.

— Pourquoi ?

Lillian haussa les épaules et but une petite gorgée de café.

— Nous l'ignorons. Mais quelque chose dans l'extrémité du combat ou de la fuite ouvre la porte à notre bête. Si tu court-circuites cette réaction chez un métamorphe, tu l'empêches de se transformer.

— Indéfiniment ?

— Non. La pleine lune provoquera une transformation, quelle que soit la quantité de drogues dans son sang.

— Combien de temps avant que Gregory récupère complètement ?

Elle baissa les yeux puis les releva. Ça ne me plaisait pas du tout qu'elle ait eu besoin de cette seconde pour maîtriser son regard, comme si elle s'apprêtait à m'annoncer une très mauvaise nouvelle.

— L'effet des drogues se dissipera probablement d'ici huit heures – peut-être un peu plus, peut-être un peu moins. Ça dépend de beaucoup de facteurs.

— Donc, Gregory reste ici jusqu'à ce qu'il ait éliminé ces saloperies, puis il se transforme, et tout redevient normal, n'est-ce pas ?

J'avais fait de ma phrase une question parce que la gravité de l'atmosphère me disait que ça risquait fort de ne pas être aussi simple.

— Je crains que non.

— Quel est le problème, doc ? Pourquoi tant de sérieux ?

Lillian eut un petit sourire.

— D'ici huit heures, les dégâts causés à ses conduits auditifs seront peut-être devenus permanents.

Je clignai des yeux.

— Vous voulez dire qu'il restera sourd ?

— Oui.

— Ce n'est pas acceptable.

Son sourire s'élargit.

— Tu dis ça comme si tu pouvais changer les choses par la simple force de ta volonté, Anita. Ça te donne l'air très jeune.

— Est-ce que ça signifie que nous ne pouvons rien faire pour le guérir ?

— Je n'ai pas dit ça.

— Alors, que pouvons-nous faire ? Dites-le-moi, je vous en prie.

— Si tu étais vraiment Nimir-ra, tu pourrais peut-être appeler la bête de Gregory et forcer la transformation malgré la présence des drogues dans son sang.

— Si quelqu'un peut m'expliquer comment procéder, je veux bien essayer.

—Donc, tu crois vraiment que tu deviendras Nimir-ra pour de bon à la prochaine pleine lune ? s'enquit Lillian.

Je haussai les épaules et sirotai mon café.

—Je n'en suis pas cent pour cent certaine, non, mais les indices s'accumulent.

—Et comment le prends-tu ?

—Je me donne beaucoup de mal pour ne pas trop y penser.

—Ignorer un problème ne le fait pas disparaître, Anita.

—Je sais. Mais se ronger les sangs n'y change rien non plus.

—C'est très commode, si tu y arrives.

—Si j'arrive à quoi ? À ne pas m'inquiéter ? (Elle acquiesça.) Bah, je me préoccupe d'un seul désastre à la fois, au fur et à mesure qu'ils me tombent dessus.

—Es-tu vraiment si douée pour compartimenter ?

—Comment pouvons-nous soigner Gregory ?

—J'interprète ça comme un « oui ».

Je souris.

—C'en est un.

—Comme je viens de te le dire, si tu étais en pleine possession de tes pouvoirs de Nimir-ra, tu pourrais peut-être appeler sa bête à travers les drogues.

—Mais comme je ne me suis pas encore transformée, je ne peux pas ?

—J'en doute. C'est un talent assez spécialisé, même chez les métamorphes accomplis.

—Rafael le possède-t-il ?

Lillian eut ce sourire que vous font la plupart des rats-garous quand vous les interrogez au sujet de leur roi : un sourire plein de chaleur et de fierté. Ils l'aiment et le respectent. Voilà ce qui arrive aux bons dirigeants.

—Non. (Ma surprise dut se lire sur mon visage.) Je t'ai prévenue que c'était un talent rare. Mais ton Ulfric le possède, lui.

Je la regardai.

—Vous parlez de Richard ?

—Tu as un autre Ulfric ? gloussa-t-elle.

Je faillis rire avec elle.

—Non, mais il nous faut une personne capable d'appeler les léopards, n'est-ce pas?

Elle acquiesça.

—Pourquoi pas Micah?

—Je lui ai déjà demandé. Ni lui ni Merle ne sont capables d'appeler la bête d'un autre. Micah a essayé de soigner Gregory en appelant sa chair, mais les blessures du pauvre bougre le dépassent.

—Quand a-t-il essayé de soigner Gregory?

—Pendant que tu te lavais.

—Je n'ai pris qu'une douche rapide.

—Il ne lui a pas fallu longtemps pour comprendre que son pouvoir ne suffirait pas.

—Vous n'insisteriez pas à ce point s'il n'y avait aucun espoir.

—Je peux utiliser d'autres drogues pour contrer les effets des premières.

—Mais…?

—Mais le mélange pourrait faire exploser le cœur de Gregory ou provoquer la rupture de suffisamment de vaisseaux sanguins dans d'autres organes majeurs pour le tuer.

Je gardai le silence quelques secondes.

—Quels sont les risques exacts?

—Ils sont assez grands pour que j'aie besoin de la permission de sa Nimir-ra avant d'essayer.

—Gregory est-il d'accord?

—Il est terrifié. Il ne veut pas rester sourd. Bien sûr qu'il veut que j'essaie, mais je ne suis pas certaine qu'il soit en possession de toutes ses facultés mentales.

—Donc, vous vous adressez à moi comme vous vous adresseriez à la mère d'un enfant blessé.

—J'ai besoin de l'accord d'une personne capable de réfléchir clairement et ayant à cœur les intérêts de Gregory.

—Il a un jumeau. (Soudain, je me rendis compte que je n'avais pas vu Stephen au lupanar. Je fronçai les sourcils.) À ce propos, où est-il ?

—J'ai entendu dire que l'Ulfric avait ordonné à Stephen de ne pas assister à la réunion de ce soir, sous prétexte que ce serait cruel de le forcer à être témoin de l'exécution de son propre frère. Vivian est partie le chercher.

—Comme c'est prévenant de la part de Richard…

—Tu as l'air amère.

—Vous trouvez ? raillai-je. (Je soupirai.) Je suis juste frustrée, Lillian. À cause de Richard, des gens auxquels je tiens vont se faire tuer. Et lui aussi, probablement.

—Ce qui te mettra en danger, ainsi que le Maître de la Ville.

Je fronçai les sourcils.

—Tout le monde est au courant, hein ?

—Je crois.

—C'est exact. Ses grands idéaux nous mettent tous en danger.

—Les idéaux valent quelques sacrifices, Anita.

—Peut-être, mais je n'en ai jamais eu un seul auquel je sois suffisamment attachée pour le préférer aux gens que j'aime. Les idéaux peuvent mourir, mais ils ne respirent pas, ils ne saignent pas, ils ne pleurent pas.

—Donc, tu serais prête à renoncer à tous tes idéaux pour les gens que tu aimes ?

—Je ne suis pas sûre qu'il m'en reste encore.

—Tu es toujours chrétienne, n'est-ce pas ?

—Ma religion n'est pas un idéal. Les idéaux sont des concepts abstraits qu'on ne peut ni voir ni toucher. Ma religion est très tangible, très réelle.

—Tu ne peux pas voir Dieu. Tu ne peux pas Le tenir dans ta main.

—Combien d'anges peuvent danser sur une tête d'épingle, hein ?

Lillian sourit.

—Quelque chose comme ça.

—J'ai tenu une croix pendant qu'elle flamboyait assez fort pour m'aveugler et changer le monde en un brasier blanc. J'ai vu un exemplaire du Talmud exploser en flammes dans les mains d'un vampire, et même après que le livre se fut entièrement consumé, le vampire a continué à brûler. Je me suis trouvée en présence d'un démon qui n'a pas pu me toucher parce que je récitais les Saintes Écritures. (Je secouai la tête.) La religion n'est pas une chose abstraite, docteur. C'est une chose qui vit, qui respire et qui grandit. Une chose organique.

—«Organique» est un terme wiccan plutôt que chrétien, non?

Je haussai les épaules.

—J'étudie avec une médium et ses amis wiccans depuis presque un an. C'est normal qu'ils déteignent un peu sur moi.

—Étudier la Wicca ne te place-t-il pas dans une position délicate?

—Vous voulez dire, parce que je suis monothéiste? (Lillian acquiesça.) Je possède des capacités qui m'ont été données par Dieu, et des connaissances insuffisantes pour les contrôler. La plupart des branches de l'Église voient les médiums d'un mauvais œil – à plus forte raison, les gens capables de relever les morts. J'avais besoin d'apprendre, alors j'ai trouvé des professeurs. Je considère le fait qu'ils ne soient pas chrétiens comme la faute de l'Église, pas la leur.

—Il existe des sorciers chrétiens.

—J'en ai rencontré. Ils se comportaient tous comme des fanatiques religieux, comme s'ils devaient être plus chrétiens que n'importe qui d'autre pour compenser. Je n'aime pas les fanatiques.

—Moi non plus.

Nous nous regardâmes dans la pénombre de la cuisine. Lillian leva son mug de café. Je lui avais donné celui avec le dessin d'un petit chevalier et d'un dragon et l'inscription : « Qui ne tente rien, n'a rien. »

—À bas les fanatiques, grimaça-t-elle.

Je levai mon propre mug – mon préféré, celui avec le bébé pingouin.

—À bas les fanatiques, répétai-je.

Nous bûmes. Puis Lillian reposa son mug sur le sous-verre et dit :

—Ai-je ta permission d'essayer les drogues sur Gregory ?

Je pris une grande inspiration et la relâchai lentement, puis opinai.

—S'il est d'accord, faites-le.

Elle repoussa sa chaise et se leva.

—Je vais tout préparer.

Je hochai la tête mais restai assise. J'étais en train de prier quand je sentis quelqu'un entrer dans la pièce. Sans rouvrir les yeux, je sus que c'était Micah.

—Je ne voulais pas t'interrompre, s'excusa-t-il.

—J'avais fini.

Il acquiesça et m'offrit ce sourire mélange d'amusement, de chagrin et d'autre chose que je ne parvenais toujours pas à identifier.

—Tu priais ? demanda-t-il.

—Oui.

Quelque changement de lumière fit briller ses yeux dans la pénombre, comme si une étincelle se dissimulait dans leur profondeur vert doré. L'illusion plongea la plus grande partie de son visage dans l'ombre, ne laissant subsister que cet éclat et lui donnant l'air étrangement plus réel que le reste de sa personne.

Mais je n'eus pas besoin de voir l'expression du Nimir-raj pour savoir qu'il était perturbé. Je le sentais comme une tension le long de ma colonne vertébrale.

—Qu'est-ce qui ne va pas ?

—Je ne me souviens pas de la dernière fois où j'ai prié.

—Des tas de gens ne le font jamais.

—Pourquoi suis-je surpris que tu n'en fasses pas partie?

Je haussai les épaules. Micah fit un pas en avant, et la lumière tomba de nouveau sur son visage, éclairant son sourire ambigu.

—Il faut que j'y aille.

—Qu'est-ce qui ne va pas? répétai-je.

—Pourquoi penses-tu que quelque chose ne va pas?

—À cause de la tension entre toi et tes félins. Que se passe-t-il, Micah?

Il appuya son pouce et son index sur ses yeux, les frottant comme s'il était fatigué. Puis il cligna des paupières et me fixa de ses yeux pareils à des joyaux.

—Il y a une urgence liée au pard. L'une des nôtres n'a pas pu venir ce soir, et elle s'est foutue dans la merde.

—Quel genre de merde?

—Violet est notre Nathaniel, la moins dominante de nous tous.

Micah n'ajouta rien, comme si c'était une explication suffisante. Ça ne l'était pas.

—Et…? le pressai-je.

—Et je dois aller l'aider.

—Je n'aime pas les secrets, Micah.

Il soupira. Passant les mains dans ses cheveux, il arracha l'élastique de sa queue-de-cheval, le jeta par terre et peigna ses boucles avec ses doigts, encore et encore, comme s'il en mourait d'envie depuis le début de la nuit. Le mouvement était brusque, chargé d'une tension presque frénétique.

Il me toisa, ses cheveux sombres en désordre autour de son visage, les yeux brillants. En quelques secondes, l'homme gentil et séduisant s'était mué en une créature surnaturelle et dangereuse. Et ce n'était pas juste ses cheveux ou ses yeux de chat qui donnaient cette impression. Sa chaleur bouillonnait contre ma peau comme de l'eau portée à cent degrés. J'avais déjà senti son pouvoir, mais jamais aussi brûlant.

Puis je pris conscience que je voyais cette chaleur – que je la *voyais*. Elle s'écoulait de lui, invisible mais pas tout à fait, tel un mouvement aperçu du coin de l'œil. Je distinguais presque une forme monstrueuse flottant autour de lui ainsi que des ondulations de chaleur montant du bitume en pleine canicule. Je fréquente des métamorphes depuis des années, et c'était la première fois que je voyais ça.

Merle apparut sur le seuil.

— Tout va bien, Nimir-raj ?

Micah pivota, et l'image fantôme suivit le mouvement.

— Pourquoi ça n'irait pas ? répliqua-t-il d'une voix basse, grondante.

Gina bouscula Merle.

— Il faut y aller, Micah.

Micah leva les mains, et une fois de plus, l'image fantôme l'imita. Je ne distinguais pas vraiment de griffes et de fourrure ; j'en apercevais juste l'impression flottant autour de lui. Il se couvrit les yeux, et je vis ces pattes spectrales traverser son visage. Cela me donna le tournis ; je dus baisser le nez vers la table pour me ressaisir.

J'avais entendu Marianne dire qu'elle voyait l'aura de pouvoir des humains et des lycanthropes, mais c'était une première pour moi.

Je sentis l'énergie de Micah se rétracter, les ondulations de chaleur se retirer comme l'océan d'un rivage à marée basse. Je levai la tête. L'image fantôme avait disparu, réabsorbée par son corps.

Il me dévisagea.

— On dirait que tu as vu un fantôme.

— Tu ne crois pas si bien dire.

— Elle a peur de ton pouvoir, dit Gina sur un ton méprisant.

Je reportai mon attention sur elle.

— J'ai vu son aura. Elle flottait autour de lui comme un spectre.

— Tu dis ça comme si c'était la première fois, fit remarquer Micah.

—Ça l'est. J'avais déjà perçu des auras, mais jamais encore la sensation ne s'était accompagnée d'un visuel.

Gina lui prit le bras, gentiment mais fermement, et tenta de l'entraîner vers la porte. Il se contenta de la regarder, et je sentis sa présence – sa personnalité, faute d'un terme plus juste – comme s'il s'agissait d'une chose tangible. Gina se laissa tomber à genoux, lui agrippa la main et frotta sa joue dessus.

—Je ne voulais pas t'offenser, Micah.

Il la toisa froidement. Son pouvoir se remit à filtrer hors de lui.

—Nimir-raj, intervint Merle. Si tu comptes y aller, il faut y aller maintenant. Si tu ne comptes pas y aller…

Il s'exprimait avec une prudence proche de la pitié, et je ne comprenais pas pourquoi.

Micah grogna. Puis, d'une voix redevenue humaine, il répliqua :

—Je connais mes devoirs de Nimir-raj, Merle.

Brusquement, il semblait de nouveau fatigué, comme si toute son énergie s'était envolée. Il aida Gina à se relever – d'un geste qui parut déséquilibré, vu qu'elle faisait une tête de plus que lui.

—Allons-y.

Ils se tournèrent tous vers la porte.

—J'espère que ton léopard est indemne, lançai-je.

Micah me jeta un coup d'œil par-dessus son épaule.

—Nathaniel le serait-il s'il avait appelé à l'aide ?

—Non.

Il hocha la tête et se détourna.

—Violet ne le sera pas non plus. (Il hésita et, sans me regarder, ajouta :) Je vais emmener Noah et Gina. Cela te dérange-t-il si je laisse Merle et Caleb ici ?

—Tu n'auras pas besoin d'eux ?

Cette fois, il me jeta un coup d'œil et sourit.

—Je dois juste aller chercher Violet. Je n'ai pas besoin de malabars pour ça. Toi, par contre, tu pourrais en avoir besoin.

— Tu veux dire, au cas où les partisans de Jacob viendraient nous chercher des noises ?

Son sourire s'élargit.

— Des noises, c'est ça. Au cas où ils viendraient vous chercher des noises.

Puis ses léopards et lui passèrent dans la pièce voisine, me laissant seule à la table.

Lillian revint, les yeux plissés.

— Quoi ? demandai-je.

Elle se contenta de secouer la tête.

— Ça ne me regarde pas.

— C'est exact.

— Mais si ça me regardait…

— Ce qui n'est pas le cas.

Elle sourit.

— Mais si ça me regardait, je dirais deux choses.

— Vous allez les dire quand même, pas vrai ?

— Oui.

Je lui fis signe de parler.

— D'abord, c'est agréable de te voir écouter ton cœur avec un nouveau venu. Ensuite, tu ne connais pas encore cet homme. Choisis soigneusement à qui tu donnes ton cœur, Anita.

— Pour l'instant, je n'ai donné mon cœur à personne.

— Pour l'instant.

Je fronçai les sourcils.

— Vous vous rendez compte que vous venez de me conseiller à la fois d'écouter mon cœur et de ne pas lui faire confiance. (Lillian acquiesça.) C'est un peu contradictoire, non ?

— J'en suis consciente.

— Alors, lequel des deux conseils dois-je suivre ?

— Les deux, bien sûr.

Je secouai la tête.

— Allons sauver Gregory. Nous nous préoccuperons de ma sordide vie amoureuse plus tard.

— Je ne peux pas te promettre que nous sauverons Gregory, Anita.

Je levai une main.

— Je n'ai pas oublié les risques, doc.

Je la suivis hors de la cuisine et dans le salon obscur en m'efforçant de croire très fort aux miracles.

CHAPITRE 29

Nous décidâmes de nous installer sur la terrasse de derrière, qui donne sur un hectare de forêt mature – pas de voisins, donc personne pour nous voir. De plus, elle fait deux fois la superficie de ma cuisine, la seule pièce de la maison où il n'y a pas de moquette. Si un métamorphe se transforme sur votre moquette, il ne vous reste plus qu'à dégotter un appareil à vapeur pour la raviver. Ce n'était pas moi qui avais pensé à ce détail, mais Nathaniel. Après tout, c'est généralement lui qui nettoie entre les visites de la femme de ménage. Moi, je ne suis même pas certaine de savoir où est rangé l'aspirateur.

Gregory était roulé en boule au milieu de la terrasse, la tête dans le giron de son frère, les bras autour de sa taille. Seuls des poils blonds bouclés, pâlis par le clair de lune, couvraient le torse de Stephen. Il avait enlevé son tee-shirt en prévision de la métamorphose : il comptait accompagner son frère dans les bois. En supposant que Gregory survive à sa transformation. Nous avions une chance sur deux, une probabilité pas si nulle quand on joue de l'argent. Mais quand il s'agit de la vie de quelqu'un, c'est soudain beaucoup plus flippant.

Stephen leva les yeux vers moi. Le clair de lune argentait ses iris du même bleu que les fleurs de maïs, lui donnant l'air pâle et éthéré. Une émotion brute se lisait sur son visage ; son regard trahissait une intelligence et une exigence dont il faisait rarement preuve. Stephen est un soumis, fragile dans tous les domaines de sa vie, mais à cet instant, il m'imposait sa volonté avec ses yeux, avec son expression, avec la douleur qui transparaissait dans la courbe de ses épaules et la façon protectrice dont il touchait son jumeau recroquevillé sur ses cuisses telle une boule de peau blanche et de boucles blondes. Gregory était nu dans la chaleur estivale, et, jusque-là, je ne l'avais même pas remarqué. Sa nudité n'évoquait rien de sexuel ; elle me rendait juste consciente de sa terrible vulnérabilité.

Stephen avait les yeux levés vers moi, et avec chaque ligne de son corps, avec tout le désespoir de son regard, il me demandait ce qu'il était trop soumis pour réclamer à voix haute. Pas besoin d'être télépathe pour deviner ce qu'il voulait. « Sauve-le, sauve mon frère », me hurlait-il avec ses yeux. Le dire eût été redondant.

Vivian, qui est tout aussi fragile et tout aussi soumise que son compagnon, le dit quand même.

— Je t'en supplie, essaie d'appeler sa bête. Essaie, au moins, avant qu'ils lui injectent la drogue.

Je la regardai, et quelque chose dans mon expression dut l'effrayer, car elle se laissa tomber à genoux et rampa vers moi. Rien à voir avec la démarche gracieuse des léopards : elle rampait comme une humaine, maladroitement, lentement, en roulant des yeux. Je détestais ça. Je détestais qu'elle éprouve le besoin de me montrer sa soumission, comme si j'étais une ogresse qu'il fallait amadouer. Pourtant, je la laissai faire. Richard m'avait montré ce qui arrive dans un groupe où le dominant refuse de dominer.

Vivian s'appuya contre mes jambes, tête baissée. D'habitude, les léopards me tournent autour comme de gros chats caressants, mais ce soir, Vivian se contentait de se presser contre moi tel un chien effrayé. Je me penchai vers elle pour lui toucher les cheveux et l'entendis murmurer tout bas :

— Pitié, pitié, pitié.

Il aurait fallu être bien plus froide que moi pour ignorer sa supplique.

— D'accord, Vivian, je vais essayer.

Elle frotta sa joue contre mon jean et leva la tête d'une façon qui m'évoqua de nouveau un chien effrayé. J'ai toujours intimidé Vivian, mais jamais elle n'avait paru avoir si peur de moi jusqu'à ce soir. Je ne pense pas que c'était à cause des sévices subis par

Gregory, mais plutôt parce que j'avais changé Elizabeth en passoire. Oui, ce devait être ça. Et je ne pouvais pas réduire à néant l'impact de la leçon en assurant à Vivian que jamais je ne lui tirerais dessus. Merle et Caleb écoutaient, et si Micah et moi devions vraiment combiner nos pards, ce n'était pas une mauvaise chose que ses dominants me craignent un peu.

Merle m'observait depuis l'autre côté de la terrasse. Il était toujours entièrement habillé : jean, bottes et blouson en jean porté à même la peau, sa cicatrice se détachant sur son ventre tel un éclair de lune. Nous nous dévisageâmes, et la force de son regard, le potentiel physique qui scintillait autour de lui, firent se dresser mes cheveux sur ma nuque. Je fréquente des monstres et des hommes dangereux depuis des années. Merle était les deux à la fois. Tant mieux si je pouvais l'impressionner.

Caleb, en revanche, avait commencé à se déshabiller en même temps que les autres. Seules mes protestations, auxquelles Merle avait ajouté les siennes, lui avaient fait garder son pantalon. Il marchait toujours pieds nus, le clair de lune faisant briller les anneaux de son mamelon et de son nombril. Je ne voyais luire celui de son sourcil que quand il me regardait en face. Pour l'heure, il tournait autour de Cherry, qui ne s'était pas rhabillée après son bain avec Gregory. Elle se tenait très droite, très à son aise, et elle l'ignorait complètement.

Le fait que Caleb prête ouvertement attention à sa nudité était un manquement au protocole métamorphe. Vous n'êtes censés prêter attention aux attributs sexuels de l'autre que s'il vous a invité à coucher avec lui. Le reste du temps, vous devez faire comme si tout le monde était aussi asexué qu'une poupée Barbie.

Zane s'interposa entre Cherry et Caleb en poussant un grondement sourd. Caleb éclata de rire et recula. Je n'avais vraiment pas besoin d'un chieur supplémentaire dans mon pard, et Caleb en était un de première.

Le docteur Lillian se tenait entre nous, une énorme seringue pleine à la main, prête à intervenir. Les deux gardes du corps rats-garous, Claudia et Igor, étaient juste derrière elle. Ils m'avaient surprise en s'équipant de flingues dans la voiture, pendant le trajet jusque chez moi. Les armes à feu ne sont pas autorisées dans le lupanar, mais partout ailleurs, c'est un accessoire plutôt utile pour des gardes du corps.

Claudia avait un Beretta 10 mm logé dans le creux des reins. Le fait qu'elle puisse s'en servir en disait long sur la taille de ses mains par rapport aux miennes. Igor portait un Glock 9 mm dans un holster. C'étaient deux bons flingues, et les rats-garous les manipulaient comme s'ils savaient ce qu'ils faisaient. Rafael avait insisté pour qu'ils restent au cas où les partisans de Jacob prendraient l'initiative d'une petite frappe de dissuasion.

Claudia et Igor avaient adopté une position de garde du corps typique, les mains croisées devant eux, la gauche tenant le poignet de la droite. D'habitude, seuls les mecs se tiennent comme ça, les machos qui aiment rouler des mécaniques, mais les gardes du corps le font aussi. Ça me donne toujours l'impression qu'ils tiennent leur propre main pour se rassurer. Tous deux arboraient une expression neutre. Ils étaient là pour me protéger. Ils se fichaient bien que Gregory vive ou meure – ou du moins, ils en avaient l'air.

Nathaniel était appuyé contre la balustrade, vêtu d'un short en jean, ses cheveux, encore mouillés du bain qu'il avait pris, pendant autour de lui tel un rideau sombre. Des cheveux si longs mettent toujours une éternité à sécher. Il affichait une sérénité proche du zen, comme s'il me faisait confiance pour tout arranger. De toutes les personnes qui m'entouraient à ce moment-là, c'était lui qui me perturbait le plus. J'ai l'habitude que les gens aient peur de moi, mais qu'ils me regardent avec autant d'adoration… je n'arrive pas à m'y faire.

Je reportai mon attention sur Vivian, toujours pressée contre mes jambes. Dans ses yeux, il y avait de la crainte, mais aussi de l'espoir. Je touchai sa joue et parvins à sourire.

—Je ferai mon possible.

Vivian me rendit un sourire radieux. Elle est toujours belle, mais quand elle sourit comme ça, j'entrevois en elle une fillette plus joyeuse et plus libre que la Vivian que je connais. Et ça m'est d'autant plus précieux que ça se produit très rarement.

Je fis les quelques mètres qui me séparaient des jumeaux. Stephen était toujours à genoux, son frère pelotonné dans ses bras. Il me regarda approcher d'un air réservé, avec une pointe d'appréhension. D'une main, il frottait le dos nu de Gregory en décrivant de petits cercles, comme on tente de rassurer un enfant malade qui a besoin de ce contact pour se persuader qu'il va guérir. Mais son regard disait que lui-même n'en était pas convaincu du tout. Il pensait que Gregory n'allait pas s'en remettre, et ça le terrifiait.

Je m'agenouillai près d'eux et me retrouvai pratiquement à la même hauteur que Stephen. Soutenant son regard pâle et implorant, je lui dis :

— Je vais essayer de le soigner.

Ce fut Caleb qui lança :

— Si Micah n'y est pas parvenu, qu'est-ce qui vous fait croire que vous y arriverez ?

Je ne pris même pas la peine de lever la tête vers lui.

— Ça ne coûte rien d'essayer.

— Vous n'avez pas encore passé votre première pleine lune, intervint Merle. Vous ne pouvez pas appeler sa chair pour le guérir – pas encore, et peut-être jamais. C'est un talent très rare.

Je le regardai.

— Je n'ai pas l'intention d'appeler sa chair. Je ne saurais même pas comment faire.

— Alors, de quelle façon comptez-vous le soigner ?

— Avec le munin.

— Comment le fantôme d'un loup-garou pourrait-il vous aider à soigner un léopard ?

Je secouai la tête.

— J'ai déjà soigné des léopards en utilisant le munin.

— Tu as soigné Nathaniel, rectifia Cherry. Deux fois. Mais personne d'autre.

— Si ça marche pour l'un d'entre vous, ça devrait marcher pour le reste du pard.

Cherry fronça les sourcils.

— Quel est le problème ?

— Tu utilises Raina, qui mettait du sexe partout. Et tu désires Nathaniel. Mais Gregory ne t'a jamais attirée – pas de cette façon.

Je haussai les épaules. Cherry ne faisait que formuler mes propres doutes à voix haute, mais cela les renforçait encore. Je me sentais de moins en moins convaincue de pouvoir le faire, et de plus en plus dévergondée parce que j'avais besoin d'attirance sexuelle pour y arriver. Mais je m'en remettrais. Un peu d'embarras était un bien faible prix à payer pour sauver la vie et l'ouïe de Gregory.

Je baissai les yeux vers le métamorphe toujours recroquevillé en position fœtale dans le giron de son frère. Il s'accrochait à lui comme si Stephen était la dernière chose solide de l'univers, comme s'il ne pouvait pas le lâcher sous peine de partir à la dérive et de se perdre à jamais.

Je touchai doucement ses cheveux, et il tourna la tête pour pouvoir me regarder à travers la masse emmêlée de ses boucles blondes. J'écartai ses cheveux de son visage, avec le même geste que s'il avait été un petit garçon. Autrefois, j'ai détesté Gregory à cause de choses qu'il avait faites du vivant de Gabriel et de Raina. Mais dès que les deux alphas sont morts et qu'il a compris qu'il avait le choix, il a arrêté la plupart d'entre elles. Avait-il fait exprès de me changer en Nimir-ra ?

Je scrutai ses grands yeux bleus. Non, je n'y croyais pas. Ce n'était pas de la naïveté de ma part : juste la certitude que Gregory n'était pas assez dominant pour prendre ce genre d'initiative – pour décider en une fraction de seconde de bouleverser la donne. Avant ça, il se serait longuement interrogé ; il aurait demandé des conseils ou la permission de quelqu'un, mais il n'aurait pas pris unilatéralement une décision si grave. Richard ne pouvait pas le savoir, mais moi, si.

Je touchai son visage, glissai ma main sous son menton et lui fis lever la tête pour qu'il puisse me regarder sans devoir rouler les yeux – une attitude qui m'énerve, parce que je la trouve beaucoup trop soumise. Je détaillai son beau visage, la cascade de ses boucles, la ligne de son dos, la courbe de sa hanche… et je n'éprouvai rien.

Bien sûr, je voyais sa beauté, mais j'essaie toujours de considérer mes léopards comme asexués. On peut être l'ami de quelqu'un et coucher avec lui. Mais il faut vouloir son bien-être physique et émotionnel plus qu'on ne veut le baiser. Si on franchit cette ligne et que le désir prend le pas sur le bonheur de l'autre, on n'est plus son ami. Son amant ou sa maîtresse, peut-être, mais pas son ami.

Mais ce n'était pas tout. Cherry avait raison. Gregory ne m'avait jamais fait cet effet-là. Je soupirai et retirai ma main.

— Quel est le problème ? s'enquit Stephen.

— Ton frère est très agréable à regarder, mais…

Stephen faillit sourire.

— Mais il en faut plus que ça pour te donner envie.

Je haussai les épaules.

— Oui. Pourtant, ma vie serait beaucoup plus simple si j'étais moins difficile.

— Je me souviens de la première fois où tu as soigné Nathaniel, dit-il doucement. J'ai dû t'encourager tout le long.

J'acquiesçai.

— Je m'en souviens aussi.

Gregory se redressa et nous scruta tour à tour. Je crois qu'il essayait de lire sur nos lèvres. La façon dont il tentait de nous comprendre avait quelque chose de désespéré. *Mon Dieu, permettez-moi de l'aider.* Il avait si peur…

— Sans vouloir te vexer, je considère Gregory presque comme un enfant.

— Tu te comportes en mère plutôt qu'en séductrice. Il n'y a vraiment pas de quoi t'excuser.

Cherry nous rejoignit et s'assit gracieusement sur ses talons.

—Au lupanar, tu as appelé Raina sans éprouver de désir, n'est-ce pas?

Je hochai la tête.

—Je peux toujours appeler son munin. Parfois même, elle se manifeste sans que je lui aie rien demandé. Mais elle exige systématiquement une récompense avant de se retirer.

—Tu n'as séduit personne tout à l'heure.

—Non, mais j'ai failli déclencher une bagarre générale en frappant Richard, et c'était la faute de Raina. Elle a adoré me faire perdre le contrôle et… elle s'inquiétait pour la meute. Elle n'aime pas du tout ce que Richard en a fait ces derniers mois. Je crois qu'elle ne s'est pas montrée trop exigeante à cause de ça.

—Mais nous ne sommes pas aussi importants pour elle que les loups.

—En effet.

—De quoi as-tu peur? demanda Stephen. De molester Gregory?

Je secouai la tête.

—Non, j'ai peur que Raina le fasse.

—Dans les bois, tu as soigné Nathaniel sans rien lui faire d'horrible, me rappela Cherry.

—Non, mais la présence de Richard et de la meute m'a aidée à me contenir, à contrôler le munin à travers les marques. Sans aide extérieure de ce côté, la «récompense» exigée par Raina risque d'être un peu extrême.

—Définis «extrême».

—Sexe, violence… (Je haussai les épaules.) Ce genre de choses.

—Tu es entourée par le pard. Tu peux t'appuyer sur nous.

La vérité, c'est que je n'étais pas sûre d'y arriver sans Micah. De la même façon que Richard était ma porte vers les loups, Micah était ma porte vers les léopards. Ou peut-être pas. Je traitais le Nimir-raj comme je traitais Jean-Claude et Richard:

comme si j'étais étrangère à tout ça et que j'avais besoin d'un contact se trouvant à l'intérieur pour intervenir à travers lui.

Mais peut-être étais-je réellement devenue la reine des léopards. Dans ce cas, je devrais y arriver sans Micah. Au moment où cette pensée me traversa l'esprit, je compris ce que signifiaient mes doutes : j'espérais encore ne pas virer poilue à la prochaine pleine lune. Malgré toutes les preuves du contraire, je n'y croyais toujours pas. Je ne voulais pas y croire. Mais je voulais soigner Gregory ; je le voulais vraiment.

Je balayai les léopards du regard et sus que Cherry avait raison. Si j'étais Nimir-ra, je disposais de toute l'aide nécessaire pour m'équilibrer et me contrôler. Si, au contraire, je n'étais pas Nimir-ra, ça ne fonctionnerait pas. Qu'avions-nous à perdre en essayant ? Je détaillai Stephen et Gregory, leurs visages identiques, leurs yeux effrayés, et je sus exactement ce que nous avions à perdre en n'essayant pas.

Je sortis de mon jean le holster secondaire d'oncle Mike et le Firestar niché dedans, puis regardai autour de moi. Si je devais faire appel aux léopards, je ne voulais pas qu'ils aient à s'inquiéter de mon flingue. Je fis signe à Claudia la rate-garou d'approcher. Comme j'étais à genoux, elle me surplombait de toute son immense hauteur – à peine cinq centimètres de moins que Dolph. Je reconnais que c'était d'autant plus impressionnant chez une femme.

Je lui tendis le flingue dans son holster. Claudia le prit.

— Faites en sorte qu'il ne blesse personne, lui recommandai-je.

Elle se rembrunit.

— Vous croyez que quelqu'un va tenter de s'en emparer ?

— Moi, peut-être.

Sa perplexité s'accentua.

— Je ne comprends pas.

— Raina adore la violence, expliquai-je. Je ne veux pas être armée au moment où j'invoquerai son munin.

Claudia haussa les sourcils.

—Vous pensez qu'elle pourrait vous pousser à tirer sur quelqu'un ?

—Oui.

—Elle a déjà essayé ?

J'acquiesçai.

—Dans le Tennessee, pendant que je m'entraînais à la contrôler.

Claudia secoua la tête.

—Vous ne sembliez pas si inquiète au lupanar.

—Si je l'appelle une seule fois, ça va encore. Mais si je le fais trop souvent et de manière trop rapprochée, on dirait qu'elle gagne en force. (J'hésitai.) Ou que je finis par me lasser de lui résister.

—C'était une salope de son vivant.

—La mort ne l'a pas beaucoup changée.

Claudia frissonna.

—Je suis bien contente qu'il n'y ait pas de munin ni rien qui y ressemble chez les rats-garous. L'idée d'être possédée par l'esprit d'un mort me fout les jetons.

—Moi aussi.

Elle me détailla pensivement.

—Je veillerai sur votre flingue. Igor et moi pouvons-nous faire quoi que ce soit d'autre pour vous aider ?

Je réfléchis, mais une seule chose me vint à l'esprit.

—Si les léopards ne parviennent pas à me contrôler, débrouillez-vous pour que je ne fasse de mal à personne.

—Vous pensez vraiment que ça risque de virer vilain ?

Je haussai les épaules.

—En temps normal, je ne m'inquiéterais pas autant. Mais la dernière fois que je l'ai invoquée, Raina n'a eu ni sexe ni violence en échange de son intervention. Même si elle était contente que j'aie frappé Richard. (J'essayai de m'expliquer.) Un jour, je l'ai appelée trois fois de suite pour m'entraîner, sans molester ni blesser personne. Mon professeur et moi avons pensé que c'était bon signe, que je commençais à la maîtriser. Mais la quatrième fois, ça a été pire que jamais. Avec Raina, ou bien on paie au coup par coup, ou bien on finit par lui devoir des intérêts infernaux.

—Dans ce cas, ne devriez-vous pas me remettre également vos couteaux ? suggéra Claudia.

Elle n'avait pas tort. Je retirai les fourreaux de poignet, repliai les lanières et lui tendis le tout.

—Je croyais que vous contrôliez cette merde.

Caleb se tenait un peu en retrait de Claudia, observant la grande femme comme s'il se demandait quelle serait sa réaction s'il tentait de l'escalader. J'avais presque envie qu'il essaie, parce que j'étais à peu près sûre de ce qui se passerait, et tout à fait certaine que ça me plairait beaucoup. Caleb avait besoin d'une bonne leçon.

—C'est le cas.

—Alors, pourquoi toutes ces précautions ?

J'aurais pu lui parler de la fois où le munin de Raina avait failli déclencher une émeute au sein de la meute de Verne pendant un jeu de chat violé, avec moi dans le rôle du chat. Mais je me contentai de répondre :

—Si vous n'avez pas l'intention de nous aider, écartez-vous et bouclez-la.

Caleb ouvrit la bouche pour protester, mais Merle dit :

—Caleb, obéis.

Sa voix était un doux grondement, sans rien d'agressif ou de menaçant. Pourtant, elle opéra sur Caleb comme un charme.

—D'accord, Merle. Comme tu voudras.

Il rejoignit Igor et le docteur Lillian sur un côté de la terrasse.

Je jetai un coup d'œil à Merle.

—Merci.

Il se contenta d'incliner la tête.

—Du coup, j'imagine que je dois attendre avant de lui faire sa piqûre, lança Lillian.

Je hochai la tête. Elle se détourna et rentra par la porte-fenêtre dans la maison obscure. Tous les autres restèrent là où ils étaient, me scrutant. Même Caleb, qui boudait contre la balustrade avec les bras croisés sur la poitrine, m'observait avec un intérêt non dissimulé.

J'ôtai mon haut et sentis plus que je ne vis les léopards réagir, comme une brise soufflant sur un champ de blé. Je ne me déshabille jamais en public à moins d'y être obligée. Mon soutien-gorge était plus couvrant que beaucoup de hauts de maillot de bain, mais se montrer en sous-vêtements fait toujours frémir les petites filles sages dans mon genre.

— De la dentelle noire. J'aime, commenta Caleb.

Je voulus riposter, mais Merle me prit de vitesse.

— Ferme-la, Caleb. Et ne m'oblige pas à te le répéter.

Caleb s'agita contre la balustrade avec une moue qui le fit paraître encore plus jeune qu'il ne l'était.

— Continuez, me dit Merle. Il ne vous interrompra plus.

Je le dévisageai. Ce n'était pas bon qu'il passe son temps à intervenir en ma faveur. Ça minait mon autorité. Comme je n'étais pas certaine d'avoir la moindre autorité sur Caleb, ça ne changeait probablement pas grand-chose. Mais quand même, ça m'énervait. Et je ne voyais pas bien quoi y faire.

— J'apprécie votre aide, mais si nos deux pards fusionnent réellement, Caleb va devoir apprendre à me respecter.

— Vous ne voulez pas je vous aide ?

— Ce soir, Gregory est ma priorité absolue. Mais à un moment ou à un autre, il faudra bien que Caleb et moi ayons une petite explication.

— Vous comptez lui tirer dessus, comme vous avez fait avec Elizabeth ?

Je tentai de déchiffrer l'expression de Merle et n'y parvins pas. Je ne percevais en lui qu'une vague hostilité.

— Vous pensez qu'il me faudra en arriver là ?

Il eut un tout petit sourire.

— Peut-être.

— Génial, soupirai-je. Il ne manquait que ça : un nouveau problème de discipline au sein de mon pard…

Son sourire s'évanouit comme si une main venait de l'effacer.

—Nous ne sommes pas vos félins, Anita. Pas encore.

Je haussai les épaules.

—Si vous le dites.

—Nous ne sommes pas à vous, s'obstina-t-il.

Dans la lumière blafarde de la lune, je vis quelque chose passer sur son visage.

—Vous n'aimez pas l'idée que je devienne responsable de vous, constatai-je. Pourquoi?

Il secoua la tête.

—Ce n'est pas l'idée que vous deveniez responsable de nous qui ne me plaît pas.

—Alors, qu'est-ce que c'est?

—L'idée que vous pourriez salement merder.

—Je ferai de mon mieux, Merle. C'est tout ce que je peux vous promettre.

—Je vous crois. Mais j'ai vu beaucoup de gens faire de leur mieux et merder quand même.

Je haussai les épaules et décidai de ne pas m'offusquer.

—Vous laisserez libre cours à votre pessimisme plus tard. Pour l'instant, nous avons surtout besoin d'espoir.

—Dans ce cas, je me tais, répliqua-t-il, sous-entendant que s'il ne pouvait pas se montrer négatif, il n'avait rien à dire.

Ce qui me convenait.

Je reportai mon attention sur Gregory et ses grands yeux effrayés. Je touchai son visage doucement pour effacer une partie de sa peur, mais à mon contact, il ne put s'empêcher de frémir. Si on vous maltraite assez souvent, vous finissez par croire qu'on ne tend la main vers vous que dans l'intention de vous frapper.

—Ça va aller, Gregory.

Étant donné qu'il ne pouvait pas m'entendre, j'avais dû le dire pour me rassurer, moi. En tout cas, ça ne parut pas lui faire le moindre effet.

Je tentai de le considérer comme un objet de désir, et je n'y arrivai pas. Je passai mes mains sur la peau satinée de son dos; j'empoignai ses boucles blondes; je plongeai mon regard dans le bleu de ses yeux, et je ne pus ressentir que de la pitié. Il était nu, vautré devant moi et aussi beau qu'humainement possible. Pourtant, je ne parvenais pas à le voir de cette façon. Faites-moi confiance pour transformer la vertu en handicap.

Je me tournai vers Stephen, toujours agenouillé près de nous.

—Je suis désolée. Il est très beau, mais j'ai juste envie de le protéger, pas de coucher avec lui. Et mon instinct maternel ne va pas suffire à invoquer Raina.

—Tu l'as fait venir sans problème au lupanar, fit remarquer Cherry. En quoi est-ce différent?

Je levai les yeux vers la métamorphe qui se tenait, nue et parfaitement à son aise, contre la balustrade. Zane la flanquait, habillé et tout aussi parfaitement à son aise.

—Je peux faire venir Raina, mais je ne peux pas garantir qu'elle m'aidera à soigner Gregory. En général, il faut du désir sexuel pour ça.

—Appelle-la, implora Stephen. Une fois qu'elle sera là, le reste suivra peut-être.

—Tu veux dire que même si je ne suis pas d'humeur, Raina le sera sûrement, c'est ça?

Il acquiesça solennellement.

—Tu connais ses goûts en matière de sexe, Stephen.

Il acquiesça de nouveau.

—Fais-moi confiance.

Et curieusement, j'obtempérai. Stephen n'est pas dominant; la plupart du temps, il écope du rôle de la victime. Mais il tient toujours ses promesses, quel qu'en soit le prix. Et aussi souvent qu'on le jette à terre, il y a en lui une obstination qui le pousse toujours à se relever.

—D'accord, je vais appeler le munin.

— Et nous, on va s'assurer que Raina voie Gregory comme elle doit le voir pour le soigner.

Nous nous dévisageâmes, et ce fut un moment de parfaite compréhension. Stephen ferait n'importe quoi pour sauver son jumeau, et j'étais prête à faire presque n'importe quoi pour l'y aider.

CHAPITRE 30

Je me rassis sur mes talons devant Gregory et m'ouvris au munin, abaissant la barrière qui le maintenait à distance le reste du temps.

Raina se déversa en moi tel un flot d'eau tiède s'engouffrant dans une canalisation, mue par une avidité que je n'avais pas perçue en elle au lupanar. Un frisson de peur me parcourut. Je savais que c'était mauvais signe, pourtant, je ne résistai pas. Je la laissai venir, la laissai me remplir, laissai son rire s'échapper de ma gorge.

Lorsqu'elle posa les yeux sur Gregory, elle n'eut aucun mal à le voir comme un objet sexuel. D'un autre côté, elle voit tous les gens comme des objets sexuels ; ce n'était donc pas une grosse surprise.

Je touchai le visage de Gregory et caressai sa mâchoire. Il écarquilla les yeux. En cet instant, je me rendis compte qu'il ne comprenait pas forcément ce que nous étions en train de faire. Même possédée par Raina, je parvenais à réfléchir de manière rationnelle. Dieu sait combien j'avais bataillé pour y parvenir. Aussi, je pus rester à distance tandis que ma main glissait le long de la poitrine nue de Gregory. Je pus m'arrêter arrivée à sa taille, sans que Raina puisse me forcer à descendre plus bas. Elle gronda dans ma tête et m'envoya une image d'elle sous sa forme de louve, faisant claquer ses crocs de façon menaçante. Mais ce n'était qu'une image, à peine plus qu'un rêve. Elle ne pouvait pas me faire de mal.

— *Ne crois pas m'avoir neutralisée*, Anita, dit-elle dans ma tête.

—Tu connais les règles, répliquai-je.

—Quoi ? s'étonna Stephen.

—Rien. Je parle à Raina.

—C'est flippant, commenta Zane.

J'étais bien d'accord avec lui, mais Raina avait recommencé à me parler, et je ne pus lui répondre.

—*Oui, je connais les règles, Anita. Et toi ?*

—*Aussi.*

—*Je fais ce que je veux…*

—*… Et j'essaie de t'arrêter*, finis-je à sa place.

—*Comme au bon vieux temps*, dit la voix dans ma tête.

De fait, ça ressemblait bien à la relation que nous avions eue de son vivant. Elle voulait embrasser Gregory, et je ne tentai pas de l'en empêcher. Elle le fit bouche ouverte mais avec douceur, rien qui soit susceptible de trop m'effrayer. À sa façon, Raina aussi apprenait à composer avec moi.

Je n'avais encore jamais embrassé Gregory. Je n'en avais jamais eu envie, et je n'en avais toujours pas envie. D'une certaine façon, c'est un acte plus intime que la pénétration. Quand je détachai mes lèvres des siennes, Raina fut tout aussi heureuse de l'embrasser dans le cou. La peau du métamorphe était tiède et sentait le savon. J'enfouis mon visage derrière son oreille, sous ses cheveux encore humides et embaumant le shampoing.

J'essayai d'invoquer le pouvoir guérisseur de Raina, mais elle résista.

—Non, pas avant que j'aie eu ma récompense.

J'avais dû m'écarter de Gregory et parler tout haut, parce que Stephen demanda :

—Quelle récompense ?

Je secouai la tête.

—Raina refuse de le soigner tant qu'elle n'aura pas été… nourrie.

Car il s'agissait bien de ça. À sa façon, le munin était comme l'ardeur – à ceci près que je n'avais besoin de le nourrir que lorsque je l'appelais. C'était la faim de Raina, pas la mienne.

—Que veux-tu ? lançai-je à voix haute, car tenir des conversations silencieuses dans ma tête me perturbait toujours.

Raina me répondit en m'envoyant des images dans lesquelles elle traçait une ligne de baisers le long de la poitrine de Gregory et le forçait à s'allonger.

Puis la première chose dont je me souviens, c'est d'avoir embrassé doucement le ventre de Gregory, près de son nombril. Couché sur le dos, le métamorphe blessé me regardait de ses yeux voilés. Il était cloué sous moi, mes seins presque nus pressés sur son entrejambe. Je ne me rappelais pas m'être mise dans cette position. Et merde.

Je roulai sur le côté, et Raina me saisit telle une vague de chaleur s'engouffrant à travers mon corps, attirant ma bouche vers la hanche de Gregory, léchant le petit creux entre sa taille et son bas-ventre. Le métamorphe se tordit sous ma caresse, et malgré moi, je ne pus m'empêcher de baisser les yeux vers son entrejambe.

Il était dur, prêt pour la suite. Le voir dans cet état me permit de repousser Raina et de prendre le contrôle : pas parce que j'étais gênée, mais parce que c'était la première fois que je le voyais en érection. Son sexe avait une drôle de forme, presque crochue au bout. Je ne savais pas qu'il en existait de si recourbés, et cela m'arrêta net.

Raina hurla dans ma tête, et une vague de souvenirs physiques me submergea. J'étais à quatre pattes et un homme me chevauchait par-derrière – ou plutôt, il chevauchait Raina. Je ne voyais pas qui c'était ; je ne pouvais que le sentir. Il avait trouvé ce point sensible du corps d'une femme, et l'explosion de l'orgasme était proche. Raina rejeta la tête en arrière, et comme le rideau de ses cheveux auburn s'écartait de son – de notre – visage, j'aperçus le reflet de Gregory dans un miroir.

—*Avec lui, c'est toujours comme ça en levrette, à cause de sa forme*, chuchota Raina dans ma tête.

Je m'arrachai au souvenir et me retrouvai à quatre pattes près de Gregory, une main sur son corps. Je me reculai vivement : je savais qu'un contact physique était nécessaire au partage de souvenirs. Puis je détournai la tête pour ne pas le voir ainsi nu et raide, parce que je conservais la sensation de lui en moi – en Raina.

Une main toucha mon bras nu, et cette fois, ce fut une lame de fond qui m'emporta.

Gregory remplissait ma bouche, ma gorge. À l'instant où il jouit, un liquide épais et chaud se répandit sur ma langue. Et pendant que tout son corps tremblait de plaisir, nos dents mordirent dans sa chair tendre pour le dévorer. Son sang jaillit vers le haut, et Raina se baigna dedans.

Je luttai pour me dégager en poussant un cri horrifié. Je ne fus pas la seule. Gregory hurla à pleins poumons. L'espace d'une affreuse seconde, j'ouvris les yeux, parce que les sensations étaient si fortes que j'avais du mal à distinguer le souvenir de la réalité. Mais lorsque je pus voir de nouveau, le métamorphe était indemne. Il rampait pour s'écarter de moi, du souvenir que nous venions de partager à cause d'un des dons de Raina.

Je sentais encore le poids de sa viande dans ma bouche, le goût de son sang et d'un fluide plus épais. Je me traînai jusqu'à la balustrade, me relevai et rendis tout ce que j'avais avalé ce jour-là.

Quelqu'un s'approcha derrière moi et instinctivement, je tendis un bras, toujours penchée par-dessus la balustrade.

— Ne me touchez pas.

— Anita, c'est Merle. Nathaniel a dit qu'aucun de ceux qui avaient partagé… l'intimité de l'ancienne lupa ne devait vous toucher. Je ne l'ai pas connue. Elle ne peut pas vous faire de mal à travers moi.

Je me pris la tête à deux mains. Il me semblait qu'elle allait exploser.

— Il a raison.

Ses mains se posèrent sur mes épaules, hésitantes. Je m'écartai de la balustrade, et le monde se mit à tanguer. Merle me rattrapa et me serra contre sa poitrine.

— Ça va aller.

— Je sens encore le goût de la viande et du sang et… Oh, mon Dieu! Oh, mon Dieu!

Je hurlai, et ça ne m'aida absolument pas. Merle continua à me serrer très fort contre lui, les bras plaqués contre mes flancs comme si j'avais essayé de me blesser. Il ne me semblait pas que ce soit le cas, mais je n'étais plus certaine de rien. Des mois d'entraînement, et Raina arrivait encore à me mettre dans un état pareil…

Je continuai à pousser des cris inintelligibles, comme si je pouvais expulser toute l'horreur en même temps que l'air de mes poumons. Chaque fois que je reprenais mon souffle, j'entendais Merle chuchoter :

— Tout va bien, Anita, tout va bien.

Mais tout n'allait pas bien. C'était impossible après ce que Raina venait de me montrer.

Merle m'entraîna vers la salle de bains, et je ne protestai pas. Caleb mouilla une serviette et la posa sur mon front sans même me taquiner. Ce qui était un petit miracle en soi – mais pas celui dont nous avions besoin.

Chapitre 31

Raina avait disparu ; elle s'était enfuie en riant, très satisfaite d'elle-même. Dieu que je déteste cette femme. Je l'ai déjà tuée ; ce n'est pas comme si je pouvais encore lui faire quelque chose, mais l'envie ne m'en manque pas. Sur ce coup-là, j'aurais voulu lui infliger des souffrances à la hauteur de celles dont je venais d'être témoin, mais il était un peu tard pour ça.

Le docteur Lillian braquait une petite lampe vers mes yeux et me demandait de suivre son doigt du regard. Je ne devais pas faire du très bon boulot, parce qu'elle n'avait pas l'air content.

— Tu es en état de choc, Anita, et Gregory aussi. Il n'était déjà pas dans une forme olympique avant que tu commences, mais là…

Je clignai des paupières et tentai de focaliser mon regard sur elle. Mes yeux n'arrivaient à se fixer sur rien, comme si le monde vibrait. Mais ça n'avait pas de sens. Peut-être était-ce moi qui tremblais violemment ? Je n'aurais pas su le dire. Je m'accrochais à la couverture dont ils m'avaient enveloppée, pelotonnée sur mon canapé blanc au milieu des coussins multicolores, incapable de me réchauffer.

— Qu'est-ce que ça veut dire, doc ?

— Que les chances de Gregory sont de moins d'une sur deux maintenant.

Je luttai pour me concentrer sur Lillian et pour réfléchir.

— Combien exactement ?

— Je dirais une sur trois, peut-être. Il est recroquevillé sur la terrasse, et il tremble encore plus fort que toi.

Je secouai la tête sans réussir à m'arrêter. Fermant les yeux, je me contraignis à l'immobilité l'espace d'une seconde, d'un battement de cœur.

—J'ai vu… Comment Gregory a-t-il guéri…? (Je ne pus finir ma phrase.) Comment a-t-il survécu à… ce qu'elle lui a fait?

—La tête mise à part, nous pouvons faire repousser n'importe quelle partie de notre corps à moins que nos plaies soient cautérisées avec du feu. Nous ne pouvons pas régénérer les brûlures tant que la chair endommagée n'a pas été amputée, laissant derrière elle une blessure fraîche.

Il y avait de l'amertume et de la férocité dans la voix de Lillian. Jamais je ne l'avais entendue aussi furieuse.

Je rouvris les yeux et l'observai.

—Qu'est-ce qui vous arrive?

Elle baissa le nez pour ne pas avoir à soutenir mon regard.

—C'est moi qui étais de garde la nuit où Raina a fait ça à Gregory. J'ai vu la réalité, pas juste un souvenir.

Je me remis à secouer frénétiquement la tête et dus caler mon menton sur mes genoux pour m'arrêter.

—Avec le munin, ce n'est pas un souvenir: c'est réel. C'est comme un film d'action dans lequel je jouerais.

Je serrai mes genoux repliés contre ma poitrine et tentai désespérément de ne pas réfléchir, de ne pas repenser à cette scène épouvantable. Et je ne me débrouillai pas trop mal dans le détachement absolu. J'avais fini par être confrontée à quelque chose de si terrible que même mon esprit ne pouvait le supporter. D'une certaine façon, je trouvais ça réconfortant. J'avais enfin découvert une ligne que j'étais incapable de franchir.

—Si j'essaie de forcer Gregory à se transformer maintenant, ça le tuera probablement, dit le docteur Lillian.

J'enfouis mon visage entre mes cuisses comme pour me cacher, et parlai la bouche plaquée contre l'épaisse couverture.

—Je ne peux pas réessayer.

—Personne ne te demande de rappeler cette chienne.

—Anita.

C'était Nathaniel.

Ce ne fut pas sa voix qui me fit lever la tête, mais l'odeur riche et amère du café. Il me tendait ma tasse bébé pingouin, pleine d'un breuvage très clair. Il avait dû ajouter beaucoup de sucre et de crème pour me réconforter.

Il m'aida à dégager mes mains de la couverture et referma mes doigts sur la tasse. Je serrai celle-ci si fort qu'il me fallut quelques secondes pour me rendre compte que j'étais en train de me brûler. Au lieu de paniquer, je rendis la tasse à Nathaniel. Il la prit, et j'observai mes paumes rose vif. J'avais des brûlures au premier degré, et je n'avais rien senti avant qu'il soit trop tard.

— Merde alors, dis-je doucement.

Lillian soupira.

— Je vais chercher de la glace.

Elle sortit, nous laissant seuls.

Nathaniel s'agenouilla devant moi, en prenant bien garde à ne pas renverser le café. Merle et Cherry entrèrent de leur pas glissant pendant que je fixais mes mains rougies. Cherry s'assit près de moi sur le canapé. Elle était encore nue, mais ça n'avait pas d'importance. Rien ne semblait plus avoir d'importance. Merle resta debout, et je n'essayai même pas de lever la tête vers lui. Je ne l'avais reconnu qu'au bout ferré de ses bottes.

— Nathaniel dit que tu as touché sa bête quand tu lui as marqué le dos, dit Cherry.

Je clignai des yeux et, scrutant ses grands yeux clairs, j'acquiesçai. Je me souvenais de ce moment étincelant où j'avais senti la bête de Nathaniel rouler au contact de mon pouvoir, et où j'avais eu la certitude de pouvoir appeler cette partie de lui, le pousser à se transformer pour moi. Prenant conscience que je continuais à hocher la tête, je me forçai à arrêter et dis :

— Effectivement.

Lillian revint de la cuisine et appliqua sur mes mains une poche de glace confectionnée à l'aide d'un torchon.

— Tâche de ne plus te faire mal pendant quelques minutes. Je vais voir où en est Gregory.

Elle me laissa avec les trois léopards-garous et mes mains brûlées.

— Si tu as touché la bête de Nathaniel, il y a des chances pour que tu puisses appeler celle de Gregory.

Je fis un signe de dénégation.

— Ça m'étonnerait.

Cherry m'agrippa le bras.

— Ne craque pas maintenant, Anita. Gregory a besoin de toi.

Une flamme de colère jaillit à travers le choc.

— Tu ne crois pas que j'ai déjà fait de mon mieux ?

Cherry me lâcha mais ne détourna pas les yeux.

— Anita, s'il te plaît. Merle pense que tu es peut-être assez forte pour appeler la bête de Gregory, même avant ta première pleine lune.

Je serrai le torchon rempli de glace contre ma poitrine. La brusque sensation de froid sur ma peau nue m'éclaircit les idées.

— Je croyais que ça n'était pas possible tant que je ne m'étais pas métamorphosée.

— Dans votre cas, intervint Merle, il serait idiot d'affirmer que vous pouvez ou ne pouvez pas faire telle chose.

Je laissai la poche retomber sur mes genoux et levai les yeux vers le colosse.

— Pourquoi ce revirement ? Je n'ai pas su aider Gregory tout à l'heure, sur la terrasse.

— Vous avez risqué votre vie pour un de vos félins. C'est la marque d'une grande Nimir-ra.

Je palpai le torchon. Un des coins était mouillé. Le sac en plastique utilisé par Lillian devait avoir un trou. Je retournai la poche improvisée pour que la glace fondue ne coule pas partout.

— Qu'attendez-vous de moi ? demandai-je d'une voix lasse.

Merle s'agenouilla devant moi, et je soutins son regard. Il y avait dans ses yeux quelque chose que je ne voulais pas voir : de la confiance. Je ne me sentais pas fiable ; je me sentais épuisée et effrayée.

—Appelez la bête de Gregory.

—Je ne sais pas comment faire. Quand j'ai marqué Nathaniel, c'était…

Je soupirai.

—C'était sexuel, acheva Cherry à ma place.

J'acquiesçai.

—Je ne veux plus viser ce genre d'ambiance avec Gregory ce soir. Ni lui ni moi ne le supporterions si ça tournait mal une nouvelle fois.

—Appeler la bête d'un métamorphe n'est pas nécessairement un acte sexuel, m'assura Merle.

Je scrutai ses yeux étrangement confiants. J'étais au-delà de la fatigue. Je n'avais plus rien à donner ce soir, ou en tout cas, pas à Gregory. Je ne voulais plus le toucher. Une partie de moi craignait que Raina fasse une apparition impromptue, même si je savais que ça lui était presque impossible désormais. Je la contrôlais trop bien. Néanmoins…

—Comment pourrais-je de nouveau toucher Gregory sans y penser ?

—Je ne sais pas, avoua Cherry. Mais je t'en prie, Anita, aide-le.

—Comment faire pour appeler sa bête sans que ce soit sexuel ?

—Vous devriez poser la question à quelqu'un qui est capable d'appeler la bête des siens, suggéra Merle.

Je lui jetai un coup d'œil.

—Vous pensez à quelqu'un en particulier ?

—Je me suis laissé dire que votre Ulfric était capable d'appeler la bête de ses loups.

—À ce qu'il paraît, oui.

—S'il le faisait devant vous, peut-être comprendriez-vous comment il procède.

—Vous pensez vraiment que ça pourrait marcher ?

—Je n'en sais rien, mais ça vaut la peine d'essayer, non ?

Je tendis à Merle la poche de glace qui fuyait.

— Bien sûr. S'il accepte de venir.

Cette fois, ce fut Nathaniel qui répondit.

— Richard se tient pour responsable des blessures de Gregory. Si nous lui offrons une chance de le soigner, il viendra.

Je dévisageai Nathaniel et vis briller son intelligence dans ses yeux couleur lilas. C'était l'une des choses les plus perspicaces que je l'aie jamais entendu dire. Et cela me donnait de l'espoir pour lui. Peut-être n'était-il pas totalement irrécupérable ; peut-être parviendrais-je à faire de lui quelqu'un d'autonome.

J'avais bien besoin d'espoir à ce moment-là ; néanmoins, ça me perturbait que Nathaniel connaisse si bien Richard, qu'il soit si observateur. Ça signifiait que je l'avais sous-estimé. Je continuais à confondre soumission et infériorité, alors qu'elles n'allaient pas forcément de pair. Certaines personnes choisissent de se laisser dominer ; ça ne signifie pas pour autant qu'elles soient plus bêtes que les autres — juste qu'elles ont des envies différentes.

En scrutant le visage de Nathaniel, je me demandai quels autres traits de sa personnalité m'avaient échappé, et quelles surprises il me réservait encore. Puisque la nuit était aux révélations, pourquoi ne pas demander à Richard de se joindre à nous ? Après tout, ça ne pouvait pas tellement empirer, non ?

… Merci de ne pas répondre à ma question.

Chapitre 32

Je me brossai les dents et m'assis à la table de la cuisine dans le noir, pour boire du café en attendant l'arrivée de Richard. Nathaniel faisait les cent pas, pieds nus, ses cheveux se balançant autour de sa poitrine et du short en jean qu'il avait enfilé.

—Comment va Gregory ? demandai-je.

—Le docteur Lillian lui a posé une perfusion – pour l'aider à surmonter le choc, dit-il.

Il s'arrêta près de la table, pas tout à fait en face de moi.

—Richard sera là dans moins de une heure. Si Lillian a fait ça quand même, c'est que…

Je n'achevai pas ma phrase, mais Nathaniel s'en chargea à ma place.

—Gregory est en très sale état.

Je levai les yeux vers lui dans la pénombre. Seule la petite lumière au-dessus de l'évier était allumée, et elle n'éclairait pas grand-chose.

—Tu ne parles pas des blessures que lui ont infligées les loups, n'est-ce pas ?

Nathaniel secoua la tête, et son abondante chevelure ondula autour de son corps. Une mèche épaisse glissa par-dessus son épaule ; il donna un petit coup de tête pour la rejeter en arrière. Jamais je n'avais fréquenté d'homme qui ait les cheveux si longs et qui les assume aussi bien.

—Il ne cesse pas de parler de Raina et de jurer entre ses dents, dit-il très bas, chuchotant presque.

Par-dessus ma tête, il regardait des choses que je ne pouvais pas voir – et que je n'avais sans doute aucune envie de voir.

Je lui touchai le bras.

—Tu vas bien ?

Il baissa les yeux vers moi et sourit, mais pas comme s'il était heureux. Puis il déplaça sa main pour prendre la mienne et me serra les doigts très fort.

—Parle-moi, Nathaniel.

—Je t'ai donné des copies de trois de mes films. (Avant que je puisse dire quoi que ce soit, il grimaça et enchaîna :) Je sais que tu ne les as pas regardés. Mais à l'époque, je croyais que tu étais comme Gabriel et Raina, que tu ne t'intéressais à nous que pour le sexe. Aujourd'hui, je sais que tu continueras à t'occuper de nous quoi qu'il arrive, pas parce que tu désires ou aimes l'un de nous, mais juste… parce que.

Il se mit à genoux en pressant ma main contre sa poitrine avec les deux siennes. Puis il posa sa tête sur mes cuisses, le visage tourné vers l'extérieur. J'écartai une épaisse mèche de cheveux de sa joue pour pouvoir admirer son profil.

Nous restâmes immobiles quelques instants. J'attendais qu'il continue, et il attendait peut-être que je l'y invite, mais le silence n'était pas tendu. L'un de nous finirait par le briser quand il serait prêt, et nous le savions tous les deux. Au bout d'un moment, Nathaniel soupira, une main pressant toujours la mienne contre sa poitrine, l'autre tenant mon mollet. Je sentais les battements de son cœur contre le dos de ma main.

—J'ai fait beaucoup d'autres films que ces trois-là. La plupart avec Raina. Gabriel ne voulait pas que je sois son amant ni même son esclave. Il devait savoir qu'elle finirait par me tuer, mais devant une caméra, les choses étaient sous contrôle…

Il se pressa contre moi.

—Que s'est-il passé ? demandai-je doucement.

—Elle a fait ça à Gregory toute seule, juste… pour s'amuser. Mais en voyant qu'il avait survécu, elle a voulu le refaire dans un film.

Je me figeai une seconde ou deux. Je crois que je retins mon souffle, parce que quand je finis par expirer, un tremblement me parcourut.

— Avec toi ?

Nathaniel acquiesça, la joue toujours posée sur mes cuisses.

— Avec moi.

Je lui caressai les cheveux et détaillai son visage si jeune. Nathaniel a six ans de moins que moi, presque sept, mais j'avais l'impression que plusieurs décennies nous séparaient. Il était tellement vulnérable !

— Gregory ne voulait pas recommencer. Il a dit qu'il préférerait se suicider. Et Gabriel a dû le croire.

Je continuai à lui caresser les cheveux parce que je ne savais pas quoi faire d'autre. Que dire quand quelqu'un vous chuchote des horreurs, quand il vous révèle ses secrets les plus intimes et les plus cauchemardesques ? Vous ne pouvez que l'écouter. Et lui donner la seule chose que vous avez à lui offrir : du silence et de l'attention.

La voix de Nathaniel se fit encore plus basse, et je dus me pencher vers lui pour l'entendre.

— Ils m'ont enchaîné. Je connaissais le scénario. Je savais ce qui allait se passer, et ça m'excitait. La peur rendait l'attente presque insupportable.

Je posai ma joue contre la sienne en un contact que j'espérais réconfortant, sentis sa bouche remuer comme il parlait et continuai à me taire.

— J'aime qu'on mette les dents, qu'on me morde et qu'on me fasse mal, chuchota-t-il. C'était génial jusqu'à ce que…

Il ferma les yeux et tourna la tête pour enfouir son visage dans mon jean, comme s'il ne pouvait affronter ce souvenir. J'avais relevé la tête au moment où il avait bougé. Je déposai un doux baiser à l'arrière de son crâne.

— Tout va bien, Nathaniel. Tout va bien.

Il dit quelque chose que je ne compris pas.

—Quoi?

Il tourna la tête juste assez pour que sa bouche ne soit plus collée contre ma cuisse.

—Ça m'a fait tellement mal… Elle me l'a arraché morceau par morceau. Elle voulait que ça dure plus longtemps qu'avec Gregory.

Un grand frisson parcourut tout son corps, et je passai ma main libre le long de son dos, écartant ses cheveux pour atteindre sa peau nue. En le caressant, je sentis toutes les petites traces de morsures que j'avais laissées dans sa chair. Jusque-là, je n'avais pas culpabilisé de l'avoir marqué. À présent, il me semblait l'avoir utilisé comme les autres.

Je me recroquevillai au-dessus de lui pour lui faire un abri de mon corps.

—Je suis désolée, Nathaniel. Je suis vraiment désolée.

—Tu n'as pas à l'être, Anita. Tu ne m'as jamais fait de mal.

—Bien sûr que si.

Il releva la tête pour me regarder. Il paraissait si jeune avec ses yeux écarquillés…

—J'ai aimé que tu me marques. Ne t'excuse surtout pas de l'avoir fait. (Il eut un petit sourire.) Si tu culpabilises, tu ne recommenceras pas, et j'ai envie que tu recommences. J'en ai très envie.

—Nathaniel… En me nourrissant de toi – que ce soit pour l'ardeur ou pour la chair –, je t'utilise. Je ne suis pas le genre de personne qui utilise les autres.

Il me serra la main à me la broyer.

—Ne me fais pas ça.

—Quoi donc?

—Ne me punis pas pour t'avoir raconté ce que m'a fait Raina.

—Je ne suis pas en train de te punir.

—Je te révèle ce truc horrible, et ça te donne des remords. Je te connais, Anita. Tu laisseras ta raison faire obstacle à ce dont nous avons besoin tous les deux.

—Et de quoi s'agit-il exactement?

Dans ma voix, j'entendis de l'impatience – de la colère, presque.

Parce que je m'étais redressée pour m'éloigner de lui, Nathaniel fit de même afin de mettre son visage au niveau du mien.

—Tu as besoin de nourrir l'ardeur, et j'ai besoin d'appartenir à quelqu'un.

—Tu seras le bienvenu chez moi aussi longtemps que tu voudras y habiter.

Il secoua la tête d'un mouvement qui rejeta ses cheveux en arrière. Puis il lâcha ma main et posa les siennes sur mes cuisses, rampant à moitié sous la table pour se retrouver à genoux entre mes jambes.

—Non, dit-il en levant les yeux vers moi. Tu tolères ma présence. Je fais le ménage et quelques courses, mais je ne me sens pas chez moi. Tu ne penses pas à moi pendant ta journée. Je suis près de toi mais je ne fais pas partie de ta vie – je le sais. Si je deviens ta pomme de sang, ça changera. Je t'appartiendrai enfin d'une façon acceptable pour nous deux.

Je secouai la tête.

—Non, Nathaniel, non.

Toujours à genoux, il saisit les pieds de la chaise sur laquelle j'étais assise, la souleva et la reposa un peu plus loin pour pouvoir se loger plus confortablement sous la table. Cela ne parut pas lui coûter le moindre effort. Puis il revint se coller contre moi, insinuant son bassin entre mes genoux.

—Et de qui d'autre vas-tu te nourrir au quotidien? Richard? Jean-Claude? Micah?

—L'ardeur ne sera peut-être que temporaire.

Il posa ses mains de chaque côté de ma taille.

—Si elle n'est que temporaire, nourris-toi de moi jusqu'à ce qu'elle disparaisse. Si elle est permanente…

—Je ne veux me nourrir de personne.

Ses mains glissèrent dans mon dos ; sa tête se posa sur mes genoux, et je compris qu'il pleurait.

— Je t'en supplie, Anita, ne fais pas ça. Je t'en supplie.

Je lui caressai les cheveux et la figure sans savoir quoi répondre. Qu'allais-je faire si l'ardeur se révélait permanente ? Richard ne laissait personne se nourrir de lui, sous aucun prétexte – sur ce point, nous étions d'accord. Jean-Claude serait mort pour le reste du monde au moment où l'ardeur me tenaillerait le plus cruellement. Micah restait un point d'interrogation. Mais d'une certaine façon, me nourrir de Nathaniel parce qu'il était le seul choix possible me paraissait encore pire.

Je pris son visage à deux mains et lui soulevai la tête. Des larmes brillaient sur ses joues dans la pénombre. J'embrassai son front et ses paupières closes comme je l'aurais fait avec un enfant.

— J'arrive juste à temps, ou je tombe mal ? lança une voix familière.

Richard se tenait sur le seuil de la cuisine. Comme d'habitude, il débarquait pile au mauvais moment.

CHAPITRE 33

Je me figeai, le visage de Nathaniel entre les mains, le métamorphe agenouillé entre mes jambes. Je venais juste de me redresser après l'avoir embrassé, et je savais de quoi nous devions avoir l'air. Je n'étais pas certaine de pouvoir fournir une explication satisfaisante à Richard. À ma connaissance, il n'était pas encore au courant pour mon ardeur, et je n'avais pas envie de lui en parler là tout de suite.

Je déposai un autre baiser très tendre sur le front de Nathaniel et m'écartai de lui. Je n'allais pas réagir comme si Richard m'avait prise en faute alors que je n'avais rien fait de mal. Nathaniel régla son attitude sur la mienne ; il reposa sa tête sur mes cuisses, et je compris qu'il était sans doute invisible depuis le seuil de la pièce, dissimulé par la table.

Richard s'engouffra dans la cuisine tel un vent coléreux, son pouvoir me mordant la peau. Il s'arrêta là où il pouvait voir Nathaniel agenouillé devant moi, les yeux levés vers l'Ulfric qui nous surplombait tous deux.

Jamil et Shang-Da étaient restés sur le seuil. Ce sont d'excellents gardes du corps, mais il existe des choses contre lesquelles personne ne peut vous protéger.

Je sentis mon visage prendre une expression neutre, vide et vaguement polie.

— Je réconfortais un de mes léopards ; ça te pose un problème ?

— C'est vrai qu'il a l'air très confortablement installé, répliqua Richard d'une voix presque normale – mais son pouvoir était brûlant comme si quelqu'un venait d'ouvrir la porte d'un four.

Je m'humectai les lèvres. Tôt ou tard, j'allais devoir lui expliquer l'ardeur, et puisque j'avais besoin de son aide pour soigner Gregory, il valait peut-être mieux le faire maintenant.

—Nathaniel et moi discutions d'un des effets secondaires du mariage des marques vampiriques.

—Tu fais allusion à l'ardeur.

Ce n'était pas une question.

Je fus surprise et ne cherchai même pas à m'en cacher.

—Qui t'a parlé de ça?

—Jean-Claude s'est dit que je devais le savoir. Il m'a encouragé à venir ici et à être là pour toi demain matin.

—Et que lui as-tu répondu? demandai-je sur un ton aussi détaché que possible, mais pas aussi détaché que je l'aurais souhaité.

—Je ne laisse personne se nourrir de moi: ni Jean-Claude, ni Asher ni aucun autre vampire. Je ne vois pas pourquoi je devrais enfreindre cette règle parce que c'est toi et parce qu'il s'agit de sexe plutôt que de sang.

—Jean-Claude t'a-t-il expliqué que si je ne me nourris pas de toi, ou de lui, il faudra quand même que je me nourrisse de quelqu'un?

—Tu as toujours ton Nimir-raj, lança-t-il avec un mépris si épais qu'on aurait pu marcher dessus.

—Micah a dû partir s'occuper des affaires de son pard.

—Tu crois vraiment qu'il ne sera pas rentré pour te baiser d'ici demain matin? Moi, je pense que si.

Je le regardai par-dessous, toujours assise face à son pouvoir brûlant et à sa présence physique. Richard est grand et costaud, mais il n'en a pas l'air tant qu'il ne se met pas en colère. Là, il m'apparaissait presque comme une montagne, et je n'étais pas impressionnée.

Je recommençai à caresser les cheveux de Nathaniel, qui se pressa contre mes jambes. Je sentis la tension quitter son corps.

—C'est toi qui m'as plaquée, tu te souviens?

— Tu as couché avec lui pour la première fois avant ou après que j'ai rompu ?

Je dus réfléchir une seconde ou deux.

— Après.

— Il t'a fallu quoi – une demi-seconde pour t'en remettre ?

Je sentis mon visage s'empourprer. J'étais à court de supériorité morale, et mettre ça sur le compte de l'ardeur ne constituerait pas une excuse suffisante pour Richard.

— On s'y est mis à trois pour foutre un bordel pareil. Tu serais gentil de ne pas l'aggraver.

— Tu ne veux pas plutôt dire quatre ? À moins que ce soit cinq, maintenant…

Je n'essayai même pas de dissimuler ma perplexité.

— Je ne vois pas de quoi tu parles.

Richard empoigna la table et la repoussa en arrière avec un crissement aigu de bois frottant contre du bois. Nathaniel resta lové contre mes jambes, se contentant de lever les yeux vers lui.

Je n'avais jamais demandé aux rats-garous de me rendre mon flingue. J'avais bien récupéré mes couteaux, mais je n'étais pas prête à découper Richard en morceaux – pas encore, et pas pour une bêtise pareille. Je ne pouvais pas jouer au bras de fer avec lui (ou en tout cas, pas jouer au bras de fer et gagner). Donc, il ne me restait qu'une seule option : garder un calme absolu et laisser mon expression lui dire qu'il était en train de se comporter comme un parfait connard.

Il repoussa de nouveau la table, arrachant un second hurlement au bois, puis se laissa tomber à genoux près de Nathaniel et écarta les longs cheveux de celui-ci. Je le vis scruter son dos nu et les traces de morsures qui le constellaient.

— C'est tout ? demanda-t-il férocement.

Son pouvoir était si intense que j'avais l'impression de baigner dans de l'eau bouillante qui m'arrivait déjà au menton et dont le niveau continuait à monter.

— Non, répondis-je.

Richard agrippa la ceinture du short de Nathaniel et tira si violemment que tout son corps vint avec. J'entendis le bouton rebondir sur le plancher avec un cliquetis. D'un geste brusque, Richard baissa le short du métamorphe et détailla les traces de morsures qui descendaient sur ses fesses. Il se pencha vers lui sans le toucher, mais sa présence était si impérieuse que je sentis Nathaniel trembler contre mes jambes.

—Elle t'a sucé? siffla Richard à son oreille. Elle est plutôt douée pour ça.

—Ça suffit, Richard!

—Non, répondit Nathaniel.

—Tu as tellement peur de moi que je suis incapable de dire si tu mens ou non.

Richard lui empoigna les cheveux et tira en arrière, m'arrachant le léopard-garou. L'instant d'après, un de mes couteaux se retrouva dans ma main sans que je me rappelle l'avoir tiré de son fourreau de poignet. Je pressai sa pointe contre la gorge de Richard, et la rapidité de mon mouvement me coupa le souffle. L'œil humain n'avait pas dû pouvoir le distinguer. J'avais bougé avec une vitesse surnaturelle.

Tout le monde se figea.

Jamil et Shang-Da firent un pas en avant. Je pressai la pointe du couteau un peu plus fort sur la gorge de Richard.

—Merci de ne pas intervenir, les garçons.

Ils s'arrêtèrent. Je soutins le regard de Richard et vis que ses yeux avaient viré à l'ambre.

—Lâche-le, Richard.

J'avais parlé tout bas, mais ma voix parut résonner dans la pièce.

—Tu ne me tuerais pas pour ça, répondit-il tout aussi bas, mais avec prudence.

—Te tuer? Non. Mais te faire saigner? Sans hésitation.

—Tu as besoin de moi pour t'aider à sauver Gregory.

Je sentais son pouls battre contre la pointe de mon couteau.

— Je ne te laisserai pas faire de mal à Nathaniel pour sauver Gregory.

Richard tira encore plus fort sur les cheveux de Nathaniel, et j'appuyai suffisamment pour faire couler la première goutte écarlate.

— Te mettrais-tu dans un état pareil pour quelqu'un d'autre que Nathaniel ? me demanda-t-il.

— Je ne te donnerai pas d'autre avertissement, Richard. Ne touche plus jamais à un de mes léopards.

— Sinon quoi ? Tu m'égorgeras ? Je ne pense pas que tu en sois capable.

Et à cet instant, je me rendis compte que si je n'étais pas prête à le faire, toutes mes menaces ne valaient rien. Or, je n'étais pas prête à le faire – pas pour si peu, pas encore.

Je retirai la lame du cou de Richard et le vis se détendre. Mais il ne lâcha pas Nathaniel pour autant. Je bougeai sans réfléchir, et assez rapidement pour que la lame de mon couteau lui entaille le bras avant qu'il puisse réagir. Il se redressa en sursaut et fit un pas en arrière, tenant son bras blessé contre lui. Parce que j'avais frappé précipitamment, la plaie était plus profonde que je ne l'aurais voulu. Du sang coulait entre ses doigts.

Jamil et Shang-Da s'approchèrent. Je me levai, entraînant Nathaniel qui en profita pour remonter son short, et reculai vers la porte-fenêtre qui se dressait derrière nous.

— Je t'interdis de lever la main sur mes léopards, à moins qu'ils t'aient attaqué les premiers. C'est également valable pour tous tes loups.

Jamil aida Richard à presser un torchon propre sur la plaie. Shang-Da s'en fut chercher le docteur Lillian.

— Si je partais en te laissant te débrouiller avec eux, ce serait bien fait pour toi.

— Tu laisserais Gregory mourir ou rester sourd à jamais parce que nous nous sommes disputés ? S'il est en danger, c'est parce que tu n'as réussi à maîtriser ni ton tempérament, ni ta meute.

— Bien entendu : tout est ma faute.

Je soutins son regard sans rien dire, Nathaniel derrière moi et le couteau ensanglanté à la main. Richard eut un rire amer.

— J'ai déçu tout le monde ce soir. (Sur son visage, je lisais quelque chose de féroce qui ne devait rien à sa bête et tout à ses propres émotions : de la colère et une douleur qui le torturait.) Je vais t'aider à sauver Gregory. Tu as raison : ce qui lui arrive est ma faute. Et je vais laisser passer ça… (Il leva son bras blessé, sur lequel Jamil appuyait toujours la compresse.)… parce que tu as encore raison en disant que je n'ai pas le droit de toucher tes léopards. Moi non plus, je ne t'aurais pas laissé maltraiter un de mes loups.

Le docteur Lillian entra, évalua la situation d'un coup d'œil et nous gronda comme si nous étions des gamins incapables de jouer sagement ensemble.

— Il faut lui faire des points de suture. Vous devriez avoir honte.

Richard m'observa par-dessus la tête de Lillian pendant qu'elle nettoyait la plaie. En fait, je crois que c'était surtout Nathaniel qu'il fusillait du regard. Il était jaloux, plus jaloux qu'il n'aurait dû l'être. Que lui avait donc raconté Jean-Claude au sujet de l'ardeur, de Nathaniel et de ce que nous avions fait tous les cinq au *Cirque des Damnés* ? Je savais qu'il n'aurait pas menti, mais qu'il était parfaitement capable de dépeindre la vérité sous un jour très fâcheux pour servir ses propres desseins. D'un autre côté, quel intérêt avait-il à rendre Richard jaloux de Nathaniel ? Il fallait que je lui pose la question. J'avais tout le temps de l'appeler pendant que Richard se faisait recoudre.

Chapitre 34

Jean-Claude affirma n'avoir dit que la stricte vérité. Mais, ajouta-t-il, si ça avait rendu M. Zeeman jaloux de Nathaniel, peut-être n'était-ce pas une si mauvaise chose.

—Il te partage avec moi parce qu'il n'a pas le choix, et il te partagera avec Micah parce qu'il n'aura pas le choix non plus, mais nous sommes tous deux des alphas, des dominants. Te partager avec quelqu'un comme Nathaniel, c'est différent.

—Vous avez changé quelque chose dans l'histoire pour donner l'impression que Nathaniel le menaçait, c'est bien ça?

—Non, ma petite. Je me suis contenté de lui raconter tout ce qui s'était passé sans rien omettre. Il n'est pas non plus très content de la participation de Jason.

—Jean-Claude, vous ne pouvez pas faire ça à Richard. Vous allez le rendre fou.

—Suffisamment fou, avec un peu de chance, pour qu'il admette qu'il ne peut pas vivre sans toi et qu'il finisse par accepter notre triumvirat.

—Vous le manipulez, espèce de salaud machiavélique.

—J'essaie juste de l'amener à faire le nécessaire pour notre survie. Si c'est machiavélique de ma part, qu'il en soit ainsi.

—Vous ne faites qu'aggraver la situation.

—Je ne crois pas, ma petite. À mon avis, tu ne comprends toujours rien aux hommes. Beaucoup d'entre eux sont prêts à renoncer à une femme si elle les rend malheureux. Mais qu'un autre homme tente de lui mettre le grappin dessus, et ils se rendent compte qu'ils sont toujours amoureux d'elle.

—Micah et vous, ça ne fait pas déjà assez de concurrence?

—Comme je viens de te l'expliquer, nous sommes ses égaux. Nathaniel lui est inférieur ; cela pique son orgueil.

—Je n'aurais jamais cru que Richard possède ce genre de fierté machiste et destructive.

—Il reste encore beaucoup de choses que tu ignores à son sujet.

—Mais que vous, vous connaissez ?

—Après tout, je suis un homme moi aussi. Je pense être mieux placé que toi pour comprendre la psychologie masculine, ma petite.

Je ne pouvais pas le contredire sur ce point.

—Soyez gentil de me prévenir la prochaine fois que vous tenterez une autre manœuvre du même genre. Un de nous aurait pu se faire tuer par votre faute.

Jean-Claude soupira.

—Je continue à sous-estimer votre entêtement à tous les deux. Toutes mes excuses.

J'appuyai mon front contre le mur de la cuisine.

—Jean-Claude…

—Oui, ma petite ?

Je fermai les yeux.

—Dites-moi exactement ce que Richard s'imagine au sujet de Nathaniel et de moi.

—Je lui ai raconté la stricte vérité, ma petite. Rien de moins, rien de plus.

Je pivotai, tournant le dos au mur, et balayai du regard la cuisine vide. Richard était dans la salle de bains du rez-de-chaussée, en train de se faire recoudre. Nathaniel avait rejoint les autres léopards. J'avais donné des ordres très stricts pour qu'on ne le laisse pas seul. Je n'étais pas en état de supporter qu'il se batte avec Richard. Ce serait trop… ridicule, ou pathétique.

—Et qu'est-ce que la stricte vérité, au juste ?

—Ça ne va pas te plaire.

—Ça ne me plaît déjà pas. Répondez à la question.

— Je lui ai raconté ce que l'ardeur avait provoqué, et j'ai dit, qu'à mon avis, la raison pour laquelle Nathaniel se trouve toujours dans les parages quand il y a du sexe dans l'air, c'est que tu le trouves attirant.

— Et ça n'a pas du tout poussé Richard à venir ici pour chercher la bagarre !

— Je me souviens d'avoir ajouté qu'après nous deux, tu appréciais peut-être la compagnie d'un mâle moins exigeant. Quelqu'un qui ne te demande rien et t'accepte telle que tu es.

— C'est aussi ce que vous faites.

— Je suis bien content que tu l'aies remarqué. Mais ce n'est pas moi qui vis avec toi depuis des mois et qui partage ton lit toutes les nuits – si j'en crois l'odeur que dégage Nathaniel quand il vient travailler.

— Tous les léopards-garous sont les bienvenus dans ma chambre. Nous dormons en tas comme une portée de chiots. Ça n'a rien de sexuel.

— Si tu le dis.

Sa voix était douce et moqueuse.

— Allez vous faire foutre, Jean-Claude ! Vous savez bien que je ne regarde pas Nathaniel de cette façon.

Il poussa un gros soupir.

— Ce n'est pas à moi que tu mens, ma petite : c'est à toi.

— Je ne suis pas amoureuse de Nathaniel.

— Ai-je jamais prétendu le contraire ?

— Alors, de quoi parlez-vous ?

Il émit un bruit exaspéré.

— Ma petite, tu crois encore que tu dois obligatoirement être amoureuse de tous les hommes avec lesquels tu as des relations physiques. Ce n'est pas le cas. Il est possible de prendre beaucoup de plaisir avec un simple ami.

Je secouai la tête, compris qu'il ne pouvait pas me voir et répondis :

— Je ne pratique pas le sexe juste pour le plaisir, Jean-Claude, vous le savez bien.

— Quoi que tu fasses avec Nathaniel, ma petite, ce n'est pas « juste pour le plaisir ».

— Je ne peux pas l'utiliser comme pomme de sang. Je ne peux pas.

— Tes valeurs morales pointent encore le bout de leur vilain museau. Ne les laisse pas te ridiculiser.

J'ouvris la bouche pour protester, puis la refermai et réfléchis quelques secondes à ce que Jean-Claude venait de dire. Est-ce que je trouvais Nathaniel séduisant ? Bien sûr que oui. Mais je trouve beaucoup d'hommes séduisants. Ça ne signifie pas que je dois coucher avec eux tous.

— Je t'entends respirer, ma petite. À quoi penses-tu ?

Sa question me fit prendre conscience d'une chose.

— Juste après le mariage des marques, je pouvais presque lire dans vos pensées, à moins que vous vous concentriez pour me bloquer. Ce n'est plus le cas à présent. L'ardeur sera peut-être temporaire, elle aussi.

— On peut toujours espérer.

— Si elle se révèle permanente, il faudra que j'aie des rapports sexuels tous les jours. N'est-ce pas ce que vous désiriez ?

— Je serais bien hypocrite de nier que ta chasteté me pesait, mais jamais je n'infligerais sciemment l'ardeur à qui que ce soit. C'est… une malédiction, ma petite. La soif de sang que j'éprouve peut être apaisée. Mon corps a une contenance limitée. Mais l'ardeur n'est jamais réellement satisfaite. Le besoin demeure toujours sous la surface. Comment aurais-je pu te condamner à un sort pareil ? D'un autre côté, si M. Zeeman acceptait de coopérer, ça pourrait être le moyen pour vous de parvenir à un arrangement à long terme.

— Vous voulez dire que nous devrions emménager ensemble ?

— Peut-être, répondit Jean-Claude très prudemment.

— À moins que nous soyons en train de faire l'amour, Richard et moi ne parvenons pas à rester dans la même pièce pendant une heure sans nous disputer. Je ne pense pas que ce soit la recette idéale du bonheur domestique.

Je perçus la première émotion que Jean-Claude voulut bien me laisser sentir depuis le début de notre conversation : du soulagement. Il avait craint que je me mette en ménage avec Richard.

—Je veux le meilleur pour nous trois, ma petite. Mais plus les choses se compliquent, moins je suis certain de ce que ça implique.

—Ne me dites pas que vos machinations ne comportaient pas de plan de secours pour parer à toute éventualité. Vous êtes le comploteur ultime ; je refuse de croire que vous ayez pu commettre la moindre négligence.

—J'ai vu Belle Morte remplir tes yeux de feu. Tu acquiers des pouvoirs comme si tu étais un maître vampire ou un lycanthrope alpha. Comment aurais-je pu préméditer tout cela ?

Un nœud de peur glaciale s'était formé dans mon ventre.

—Ainsi, vous admettez enfin que vous non plus, vous ne comprenez rien à ce qui se passe.

—Oui. Es-tu satisfaite, ma petite ? (Dans sa voix, j'entendis les premières traces de colère.) Je suis tout aussi perdu que toi. Personne n'a jamais essayé de forger une alliance semblable à la nôtre : une alliance, non entre un maître et deux de ses serviteurs, mais entre trois égaux. Je ne crois pas que tu aies conscience de la parcimonie avec laquelle j'use de mes pouvoirs. Je peux appeler les loups. À ma place, la plupart des maîtres vampires auraient annexé la meute locale.

—L'animal de Nikolaos, c'était le rat. Le temps que vous la remplaciez comme Maître de Saint Louis, les loups de Marcus et de Raina étaient trop nombreux pour que vous puissiez tous les soumettre. Jusqu'à ce que vous ayez remplacé les vampires que j'avais tués, la meute était sans doute plus puissante que vos cohortes.

—Insinuerais-tu que la seule raison pour laquelle je ne suis pas un tyran, c'est que je n'en ai pas les moyens physiques ?

Je réfléchis une seconde avant de répondre :

— Je n'insinue pas : j'affirme.

— As-tu une si piètre opinion de moi ?

— Je vous connaissais déjà il y a… presque trois ans. Je pense qu'à l'époque vous auriez consolidé votre base de pouvoir sans vous soucier de quiconque se serait dressé sur votre chemin.

— Donc, tu me trouves impitoyable.

— Disons, doté d'un grand sens pratique.

Ce fut son tour de garder le silence une seconde ou deux.

— C'est possible. Mais tu l'es aussi, ma petite.

— Je sais ce que je suis, Jean-Claude. C'est sur vous que je m'interroge.

— Jamais je ne te ferais du mal sciemment, ma petite.

— Je vous crois.

— Je ne suis pas certain que la réciproque soit vraie.

— Je ne veux pas vous faire de mal, et à Richard non plus. Mais je ne le laisserai pas toucher à mes léopards, et si vous prenez une initiative stupide, je ne serai pas responsable de ce qui arrivera ensuite.

— Je ne sous-estime pas l'ampleur de ton sens pratique, ma petite. Bien qu'on ne puisse probablement pas en dire autant de Richard.

— Il a décrété que je serais incapable de le tuer juste pour avoir bousculé Nathaniel.

— Et de quelle façon exactement a-t-il « bousculé » ce petit ?

— Ne parlez pas de lui comme si c'était un enfant, Jean-Claude. Et il l'a bousculé assez fort pour que je lui taillade le bras.

— La blessure est profonde ?

— Il se fait recoudre en ce moment même.

— Miséricorde.

Jean-Claude soupira, et cette fois, le son glissa sur ma peau. Je pris conscience qu'il avait fait attention, jusque-là, à ne pas utiliser le pouvoir de sa voix.

—Assez joué, Jean-Claude. Je vais vous passer Richard, et vous allez lui dire que vous avez fait exprès de lui raconter ça.

—Mais je ne peux pas prétendre que j'ai menti au sujet de Nathaniel, pas vrai?

—Débrouillez-vous pour tout arranger. Maintenant, ce soir. J'ai besoin que Richard m'apprenne à appeler la bête de Gregory. Je n'ai pas de temps à perdre avec ses bouderies.

—Que dois-je lui dire, ma petite? Comment pourrais-je lui jurer que tu ne seras pas dans les bras de Nathaniel demain matin? Mais, je pense pouvoir le convaincre de passer la nuit chez toi, afin qu'il soit à tes côtés quand l'ardeur t'assaillira.

—Richard a déjà clairement exprimé sa position sur le sujet. Il ne laisse personne se nourrir de lui – ni vous, ni Asher. Il ne voit pas pourquoi il enfreindrait sa propre règle parce que c'est moi, et du sexe plutôt que du sang.

—Il a dit ça? s'étonna Jean-Claude.

—Oui, presque mot pour mot.

Il poussa un soupir las.

—Que vais-je faire de vous deux?

—Ne me posez pas la question. Je bosse ici, c'est tout.

—Et qu'est-ce que ça signifie exactement, ma petite?

—Ça signifie qu'il n'y a personne au-dessus de nous – pas de patron à qui rendre des comptes. C'est génial d'être égaux tous les trois – si nous le sommes réellement –, mais aucun de nous ne sait ce qui se passe, et ça n'est pas bon du tout. Nous avons affaire à des choses très sérieuses, métaphysiquement, émotionnellement ou juste physiquement. Il nous faut un mode d'emploi.

—Et à qui pouvons-nous le demander, ma petite? Si n'importe lequel des membres du Conseil venait à soupçonner que je ne vous ai pas encore fait la quatrième marque, ils nous détruiraient tous les trois, de peur que la quatrième marque nous confère un pouvoir encore plus grand.

—J'ai parlé à Marianne et à ses amis. Ce sont des sorciers, des Wiccans.

— Que suggères-tu donc : que nous trouvions un chapitre local pour lui demander conseil ? lança-t-il avec un paternalisme qui me déplut fortement.

— Ne prenez pas ce ton avec moi, Jean-Claude, surtout si vous n'avez rien à proposer. On ne critique pas à moins de pouvoir faire mieux.

— C'est tout à fait vrai, ma petite. Mes plus plates et plus sincères excuses. Tu as parfaitement raison. Je ne vois pas à qui nous pourrions nous adresser. Je vais réfléchir à ton idée de trouver un sorcier bien disposé envers nous pour nous aider.

— J'en connais déjà un, ou plutôt, une. Il se peut simplement qu'elle ait besoin de nous voir tous les trois pour comprendre notre fonctionnement.

— Tu veux parler de ta Marianne ?

— Oui.

— Je croyais qu'elle était plus médium que sorcière.

— Il n'y a pas tant de différence que ça.

— N'ayant eu que très peu de contact avec l'une et l'autre catégorie, je vais te croire sur parole.

Je me rappelai que j'avais l'intention d'appeler Marianne depuis que je m'étais réveillée prise en sandwich entre Micah et Caleb. C'est drôle comme ça m'était sorti de l'esprit…

— Pouvez-vous dire quoi que ce soit à Richard pour aplanir un peu les choses de ce côté ?

— Voudrais-tu que je lui mente ?

— Putain, Jean-Claude…

— Je peux faire valoir que s'il refuse de satisfaire ton ardeur, quelqu'un d'autre devra s'en charger à sa place.

— Je le lui ai déjà dit. Il m'a accusée d'avoir… (Je ne parvins pas à répéter ses paroles.) Il m'a accusée d'avoir fait pire avec Nathaniel que ce que j'ai fait, et en des termes plutôt grossiers. Je ne suis pas certaine de vouloir coucher avec lui là tout de suite.

— Tu es furieuse contre lui.

— Et comment !

— Assez furieuse pour lui refuser l'accès à ton lit s'il le demandait ?

Je faillis répondre « oui », puis me ravisai. J'étais fatiguée. Fatiguée de cette situation – fatiguée de Jean-Claude et de Richard, en vérité. Je ne pouvais vivre ni avec eux, ni sans eux. Je désirais Richard si fort que ça me faisait mal au cœur, mais il pouvait être horrible quand il le voulait, et c'était le cas ce soir. Je n'avais pas envie de coucher avec lui dans ces conditions. Je n'avais même pas envie de me trouver près de lui.

— Je n'en sais rien.

— Une réponse franche, mais qui ne présage rien de bon, commenta Jean-Claude. Si tu refuses de coucher avec Richard comme avec Nathaniel, et si ton Nimir-raj ne revient pas avant demain matin, que feras-tu, ma petite ? Réfléchis bien. Je te supplie de choisir le moindre mal, quelque forme qu'il puisse revêtir, au lieu d'attendre jusqu'à ce que la faim oblitère ta raison ou même ton instinct de survie.

— Que voulez-vous dire ?

— Uniquement ce que je t'ai déjà dit : en résistant à l'ardeur, tu ne feras que l'aggraver. Si tu t'obstines trop longtemps, elle finira par ronger tout ce que tu es ou croyais être. J'ai survécu à ce que j'ai fait pendant les premières semaines sous son emprise, mais ma dégradation morale était déjà consommée des années avant ma mort. Je te le répète, ma petite : tu ne le vivras pas aussi bien que moi. Je pense que ça détruira ton estime de toi.

— Alors que baiser Nathaniel ne me posera aucun problème, raillai-je.

Jean-Claude soupira.

— Je comprends ton point de vue. Mais ne serait-ce pas pire si tu couchais avec un étranger ?

— Jamais je ne ferais une chose pareille.

— Ne l'as-tu pas déjà fait avec le Nimir-raj ? répliqua-t-il d'une voix très douce, en prenant bien garde à laisser de côté toute accusation.

J'aurais voulu protester, mais je déteste perdre une joute verbale, et je ne pouvais pas gagner celle-ci.

—D'accord, je tiendrai compte de votre avis.

—Je l'espère, Anita. Je l'espère vraiment.

Jean-Claude ne m'appelle jamais par mon prénom à moins que quelque chose cloche sérieusement. Et merde.

—Une fois de temps en temps, ce serait bien d'avoir des problèmes normaux, grommelai-je.

—Et qu'est-ce, exactement, qu'un problème normal, ma petite ?

Encore un point pour lui.

—Je n'en sais plus rien.

—Tu sembles fatiguée.

—Il ne reste que quelques heures avant l'aube. Je suis restée debout toute la nuit. Donc, oui, je suis fatiguée.

Le simple fait de l'admettre tout haut parut renforcer mon épuisement. Je me frottai les yeux et retirai mes doigts couverts de fard à paupière. J'avais dû complètement saloper mon maquillage. Mais j'en porte si rarement que je l'avais oublié.

Richard revint dans la cuisine, flanqué de ses gardes du corps et suivi des rats-garous. Il me jeta un regard qui n'avait rien d'amical.

—Il faut que j'y aille, dis-je à Jean-Claude.

—Veux-tu que je parle à Richard ?

—Non, je pense que vous avez fait assez de dégâts pour une seule nuit.

—Je voulais juste t'aider.

—Je n'en doute pas.

—Ma petite…

—Oui ?

—Sois prudente, et souviens-toi de ce que je t'ai dit au sujet de l'ardeur. Il n'y a pas de honte à lui céder.

—Vous n'y croyez pas vous-même.

—Touché. Mais mieux vaut quand même te nourrir immédiatement sur une personne de ton choix. Si tu résistes, tu finiras par te nourrir d'une personne que tu n'as pas choisie, dans un endroit que tu n'as pas choisi. Je ne crois pas que ça te plairait !

Là encore, il avait raison.

—On se parle demain à votre réveil. Je n'ai pas oublié Damian, vous savez.

—Le contraire m'aurait étonné. J'attendrai ta visite.

Je raccrochai sans dire au revoir, essentiellement parce que j'étais furieuse et effrayée. Non seulement je devais encore affronter Richard et sauver Gregory avant de pouvoir me coucher, mais le lendemain matin à mon réveil, l'ardeur serait là, tapie en embuscade.

Il y avait une petite chance pour que ça ne soit pas le cas, pour que l'épisode d'aujourd'hui ne se reproduise jamais, mais je ne pouvais pas compter là-dessus. Je devais me préparer au pire. Et le pire, ce serait que je me réveille le lendemain matin et que j'aie besoin de me nourrir de la même façon. Toute la question était de savoir de qui je me nourrirais, et comment je le supporterais ensuite.

CHAPITRE 35

J e déteste être encore debout à 3 heures du matin. C'est le plus
noir de la nuit, le moment où le corps et le cerveau ralentissent
et où vous n'avez plus qu'une envie : dormir. Mais j'avais des
promesses à tenir et des kilomètres à parcourir avant de pouvoir
me coucher. Ou au moins, deux miracles à accomplir.

Le docteur Lillian avait ôté la perfusion de Gregory, mais
celui-ci était toujours emmitouflé dans sa couverture, assis sur
la table de pique-nique entre Zane et Cherry qui le berçaient.
Lillian ne cessait de le toucher pour prendre son pouls ou jauger
la moiteur de sa peau. Elle fronçait les sourcils et n'avait pas l'air
content. Nathaniel se tenait près d'eux, maintenant la table entre
Richard et lui. Richard ne l'avait pas agressé depuis l'incident
dans la cuisine ; en fait, il l'ignorait soigneusement.

Les autres léopards s'étaient regroupés près de la porte-
fenêtre. Les deux gardes du corps rats-garous, Claudia et Igor,
se placèrent sur ma droite tandis que je m'adossai à la balustrade.
Ils avaient commencé à me suivre partout quand Richard était
réapparu avec son bras bandé et ses propres gardes du corps.

Le pouvoir de Richard vibrait dans l'obscurité estivale
comme un orage imminent, rendant la nuit moite encore plus
étouffante. Sans doute étaient-ce la pression de son pouvoir,
le tranchant de sa colère, qui poussaient Claudia et Igor à me
coller aux basques. J'avais bien essayé de leur dire que Richard
ne me ferait pas de mal, mais Claudia avait haussé les épaules
et répliqué :

— Rafael nous a demandé de veiller sur vous, et c'est ce que
nous allons faire.

—Même si je vous garantis l'absence de menace?

Nouveau haussement d'épaules.

—Je pense que vous êtes un peu trop proche de l'Ulfric pour porter un jugement lucide sur lui.

J'avais jeté un coup d'œil à Igor.

—Vous partagez son avis?

—Jamais je ne contredis une dame, surtout si elle peut me battre au bras de fer.

Sa logique était difficile à contester. Mais ça m'irritait de me trimballer avec deux grandes ombres musclées. Malheureusement pour moi, Claudia et Igor se fichaient bien que ça me plaise ou non. Ils suivaient les ordres de Rafael, point.

Donc, Richard et ses gardes du corps d'une part, moi et mes gardes du corps d'autre part, nous tenions sur la terrasse face à Stephen qui s'était déshabillé en prévision de la métamorphose. Si vous vous changez en animal tout habillé, vous bousillez vos fringues. Du coup, les lycanthropes fréquentent beaucoup les friperies en quête de vieilles frusques à porter les nuits de pleine lune. Ou bien, ils se baladent à poil.

Nous nous tenions tous là dans le cercle du pouvoir de Richard. L'énergie enflait autour de nous comme l'électricité d'une foudre invisible. Elle crépitait littéralement, hérissant les poils de nos bras et les petits cheveux sur notre nuque.

—Richard…, commença Jamil.

Mais un coup d'œil de son Ulfric l'empêcha de continuer. Le pouvoir monta encore d'un cran, se refermant sur nous ainsi qu'une main géante.

—Que se passe-t-il, Richard? lançai-je. Pourquoi cette petite démonstration?

Il se tourna vers moi avec une expression si coléreuse que je faillis reculer. Je réussis à rester où j'étais, mais cela me coûta un effort.

—Veux-tu sauver ton léopard? demanda-t-il, la voix enrouée par l'émotion qui se lisait sur son visage et crépitait dans son pouvoir.

—Oui, répondis-je dans un chuchotement.

—Alors, regarde.

Il écarta les mains devant Stephen, gardant une distance d'environ vingt centimètres entre ses paumes et les épaules du loup-garou. L'énergie enfla jusqu'à ce que je doive déglutir, comme pendant un atterrissage en avion. Mais ce n'était pas le même genre de pression, et cela ne me soulagea pas.

Les mains de Richard se crispèrent comme si ses doigts s'enfonçaient dans quelque chose d'invisible juste devant Stephen. Celui-ci fit un pas titubant vers lui, et je l'entendis pousser un gémissement de douleur. Richard serra les poings, et quelque chose scintilla entre eux, pareil à des ondulations de chaleur prisonnières de la nuit estivale. La pression était si forte que j'avais mal aux os du visage, l'air si épais que j'avais du mal à respirer.

Richard fit un geste brusque, et la pression éclata tel un orage. Un instant, je crus que le liquide transparent qui s'abattit sur nous était de la pluie, mais il était aussi chaud que du sang, et il ne tombait pas du ciel. Il avait jailli du corps de Stephen.

J'avais déjà vu des dizaines de lycanthropes se transformer, mais jamais de cette façon. On aurait dit que le corps de Stephen explosait dans une nuée de fluides épais et de petits bouts de chair. D'habitude, la bête s'extirpe du corps humain qu'elle possède comme un papillon d'une chrysalide – mais pas cette fois. Le corps de Stephen se volatilisa, cédant la place à sa forme intermédiaire. Haletant et frissonnant, il tomba à quatre pattes.

Je restai debout, retenant mon souffle, couverte de choses répugnantes qui refroidissaient à toute allure. Lorsque je pus de nouveau respirer, je hoquetai :

—Doux Jésus !

La fourrure de Stephen a la couleur sombre et dorée du miel. Tremblant de tout son corps, il s'accroupit aux pieds de Richard. La métamorphose peut être un processus douloureux, mais une fois qu'elle est terminée, les lycanthropes se redressent et vaquent à leurs occupations comme si de rien n'était. Là, Stephen semblait désorienté et souffrant. Que diable se passait-il ?

Il s'aplatit sur le sol, posa son museau sur les baskets de son Ulfric et se recroquevilla autour de ses jambes en une position quasi fœtale. C'était une attitude de soumission extrême, qui me plongea dans une grande perplexité. Stephen n'avait rien fait de mal ; de quoi tentait-il de s'excuser ?

Je levai les yeux vers Richard. Des fluides plus ou moins sombres plaquaient son tee-shirt blanc sur son torse. Il tourna la tête vers moi, et la lueur des étoiles se refléta en scintillant sur son visage mouillé. Un morceau de quelque chose glissa le long de sa joue tandis qu'il me foudroyait du regard. Il avait une expression de défi, comme s'il s'attendait à ce que je sois furieuse contre lui.

Je levai une main tremblante pour essuyer le plus gros des saletés sur ma figure, et les jetai sur la terrasse où elles s'écrasèrent avec un bruit humide. Je reportai mon attention sur les gardes du corps. Eux aussi avaient été éclaboussés, mais pas autant que Richard et moi, parce qu'ils ne se tenaient pas aussi près. Tous quatre fixaient Richard du regard avec un mélange de stupéfaction, d'horreur et de rage. Ce qui m'indiqua que quelque chose clochait très fortement.

Je dus m'y reprendre à deux fois avant de réussir à dire d'une voix essoufflée :

— J'ai vu beaucoup de lycanthropes se transformer, mais jamais de cette façon. Était-ce différent parce que c'est toi, et non Stephen, qui as appelé sa bête ?

— Non, répondit Richard.

J'attendis la suite, mais elle ne vint pas. Il ne semblait pas décidé à ajouter quoi que ce soit. Pourtant, son « non » ne me suffisait pas. Je me tournai vers les autres.

— Quelqu'un voudrait bien m'expliquer ce qui vient de se passer ?

Jamil ouvrit la bouche, puis s'arrêta et jeta un coup d'œil à Richard.

—Avec la permission de mon Ulfric…

Ses paroles étaient polies, mais de la colère et du défi vibraient dans sa voix.

Richard le jaugea. Je ne voyais pas son visage, mais son regard fit frémir Jamil. Celui-ci mit un genou en terre dans la flaque de liquide qui s'élargissait sur la terrasse. Il inclina la tête.

—Je ne voulais pas t'offenser.

—Tu mens, répliqua Richard d'une voix plus basse que la normale, à peine un ton ou deux au-dessus d'un grondement.

Jamil lui jeta un coup d'œil, puis baissa de nouveau la tête.

—J'ignore ce que tu veux que je dise. Ordonne, et j'obéirai.

Richard pivota vers moi, laissant son garde du corps agenouillé derrière lui.

—Je n'ai pas seulement appelé la bête de Stephen : je l'ai arrachée à son corps.

Je jetai un coup d'œil à Stephen, toujours roulé en boule à ses pieds.

—Pourquoi ?

—Quand on procède de cette façon, c'est généralement pour punir quelqu'un.

—Quelle faute Stephen a-t-il commise ?

—Aucune.

La voix de Richard était presque aussi dure que son expression.

—Alors, pourquoi le punir ?

—Parce que je le peux, répondit-il en levant le menton.

—Putain, Richard, c'est quoi ton problème ?

Il éclata de rire – un son si inapproprié que ça me fit sursauter. Son rire était trop fort, trop blessant.

—Cela ne t'a-t-il pas montré comment appeler la bête de Gregory ?

—Tout ce que j'ai appris, c'est que tu es d'une humeur de dogue et que tu passes tes nerfs sur les autres.

—Tu veux savoir ce qui ne va pas? Tu veux vraiment le savoir?

—Oui.

—Écarte-toi, Stephen, dit-il.

Et immédiatement, le métamorphe rampa sur le côté pour ne plus s'interposer entre nous.

Nous restâmes face à face, séparés par à peine plus de cinquante centimètres. Ce qu'il venait de faire à Stephen semblait avoir émoussé le tranchant de son pouvoir, mais celui-ci était toujours là, pareil à une énorme bête somnolant sous la surface.

—Ouvre les marques, Anita. Ressens ce que je ressens.

—Je les ai déjà ouvertes. J'ai pensé que c'était nécessaire pour comprendre comment faire.

—Donc, il n'y a que mon bouclier entre nous?

J'acquiesçai.

—Je sens que tu es furieux, Richard. Simplement, j'ignore pourquoi.

—Que mon bouclier entre nous et…, murmura-t-il.

Il secoua la tête en souriant presque et dissipa son bouclier.

Une force presque physique me percuta et me fit reculer d'un pas. Une colère si intense qu'elle remplit ma gorge de bile; une haine de soi si profonde qu'elle m'arracha des larmes. Pendant une minute, je restai plantée là à éprouver la douleur de Richard, et j'en suffoquai presque.

Les joues ruisselantes, je levai les yeux vers lui.

—Richard, oh mon Dieu…

—Surtout ne me prends pas en pitié. Je ne le supporterai pas. Ne me prends pas en pitié!

Il m'agrippa les bras, et à l'instant où nous nous touchâmes, nos bêtes jaillirent de nous pour se répandre sur notre peau en une danse de pouvoir brûlant. Sa bête s'engouffra en moi, ses griffes métaphysiques me déchirant comme pour se frayer un chemin à travers mon corps. Je criai et jetai ma bête à la tête de la sienne.

Je sentis de la chair se déchirer. Il n'y avait rien à voir pour l'œil humain, mais je percevais de la fourrure, des muscles, la pression de la viande sous des crocs. Je hurlai, non pas seulement à cause de la douleur, mais parce que je sentais ma bête lacérer Richard. Il me faisait du mal et je voulais qu'il souffre en retour. Il n'y avait plus de raison, plus de pensée – juste des réactions.

Nos bêtes roulaient ensemble, se déchiquetant à coups de griffes et de crocs. Nous nous effondrâmes sur la terrasse en vociférant. J'avais vaguement conscience des mains de Richard crispées sur mes bras, comme s'il ne pouvait pas me lâcher.

Je perçus du mouvement autour de nous. Des gens nous entouraient, mais personne n'intervenait, personne n'osait nous toucher. Des voix crièrent par-dessus nos hurlements :

— Que se passe-t-il ? Anita, Anita ! Richard, contrôlez-vous !

Soudain, son énergie s'immobilisa en moi tel un poids mort. Mais elle ne me faisait plus mal. Nos deux bêtes se calmèrent et se couchèrent l'une à côté de l'autre, sans se mélanger, juste flanc contre flanc. Je sentais presque la pression de celle de Richard contre quelque chose en moi qui avait de la fourrure et qui n'était pas moi. Je n'entendais rien d'autre que le grondement du sang dans mes propres tempes.

Richard s'écroula sur moi. Je baissai les yeux. Sa tête reposait sur ma poitrine. Je percevais les battements désordonnés de son cœur, son pouls frénétique contre la peau de mon ventre. J'étais de nouveau couverte des fluides du corps de Stephen, désormais froids. Premièrement parce que je gisais dans la flaque de la terrasse, deuxièmement parce que Richard n'avait même pas tenté de se nettoyer et qu'il était vautré sur moi. J'allais devoir prendre une douche avant de me mettre au lit. Et j'avais mal partout, comme si on m'avait rossée. Avant même de bouger, je savais déjà que j'étais pleine de courbatures.

Les autres avaient formé un cercle autour de nous, et ils nous regardaient.

— Pousse-toi, parvins-je à articuler d'une voix rauque mais claire.

Richard leva lentement la tête, comme si lui aussi avait mal.

—Je suis désolé.

—Tu es toujours désolé, Richard. Maintenant, pousse-toi.

Il ne bougea pas. Au contraire, il se fit plus lourd, et ses mains se posèrent sur ma taille.

—Tu veux toujours aider Gregory ?

—C'est pour ça que je supporte tout ce bordel.

—Alors, recommençons.

Je me raidis et essayai de me dégager. Ses mains me serrèrent plus fort.

—Du calme, Anita. Ça ne fera pas mal. Enfin, je ne crois pas.

—Ça, c'est ce que tu racontes. Ça vient de me faire un mal de chien. Lâche-moi, Richard.

De la colère et de la peur perçaient dans ma voix. J'aimais bien la première, mais j'aurais pu me passer de la seconde.

—Nous nous sommes battus, et nous avons fait match nul. C'est terminé.

Je cessai de me tortiller et l'observai.

—De quoi parles-tu ?

—Nous ne sommes pas le même genre d'animal, Anita. Ils devaient découvrir lequel de nous deux est le plus fort.

La tête levée et le cou douloureux, je scrutai ses grands yeux bruns.

—Tu veux dire que c'était une bataille de domination ?

—Pas tout à fait.

Curieusement, ce fut Merle qui répondit.

—Quand deux animaux différents se rencontrent, et qu'ils sont tous deux extrêmement dominants – comme dans le cas d'une Nimir-ra et d'un Ulfric – ils doivent s'affronter pour voir lequel des deux parviendra à dompter l'autre. J'ai déjà vu ça.

Je levai les yeux vers le colosse.

—Personne n'a dompté personne.

Merle s'agenouilla près de nous.

—Je crois que vous avez raison. C'est, comme l'a dit l'Ulfric, un match nul. Il aurait pu continuer à se battre jusqu'à ce que l'un de vous gagne ou perde, mais il a choisi d'en rester là.

Je me rappelai que quelqu'un avait dit à Richard de se contrôler. Je reportai mon attention sur lui.

—Tu t'es arrêté, n'est-ce pas?

—Peu m'importe lequel de nous est le plus dominant, Anita. Ces petits jeux ne m'ont jamais intéressé, à moins qu'on me force à y jouer.

—Tu as parlé d'aider Gregory. Que voulais-tu dire?

Il remonta un peu, faisant glisser son corps le long du mien. Je sentis les fluides collés à son tee-shirt recouvrir mon ventre et ma poitrine presque nue. Mon dégoût dut se lire sur mon visage, car il me demanda:

—Qu'est-ce qui ne va pas?

—Ton tee-shirt est dégueu, et je suis allongée dans une flaque gluante. Si je t'ai demandé de te pousser, ce n'était pas juste pour me débarrasser de toi.

Il se dressa sur les genoux, à califourchon sur moi. Je sentais nos bêtes allongées entre nous, et il me semblait que chacune avait la tête enfouie dans la poitrine de l'autre. Richard me tendit une main. Je levai les yeux vers lui.

—Je sais que tu n'as pas besoin d'aide, Anita. Mais nos bêtes se touchent en ce moment. C'est un lien très intime, que le contact physique nous permettra de maintenir jusqu'à ce que nous en ayons terminé avec Gregory.

Les marques étaient encore ouvertes entre nous. Je n'eus pas besoin de la sincérité qu'exprimait son visage pour savoir qu'il disait la vérité. Je pris sa main, et il me redressa. Le mouvement fut douloureux; il dut le sentir ou le voir à mon expression.

—Je t'ai fait mal, dit-il doucement.

—Nous nous sommes fait mal tous les deux.

Je sentais qu'il était raide, endolori, mais il se mouvait toujours avec la même grâce fluide, tandis que j'affichais une gaucherie tout humaine.

Sans lâcher ma main, il souleva le bas de son tee-shirt.

—Touche-moi.

Je fronçai les sourcils, et il éclata de rire.

—Contente-toi de maintenir le contact physique, Anita. Je n'ai aucune intention louche derrière la tête ; j'ai juste besoin de mes deux mains.

Avec beaucoup d'hésitation, je posai une main sur son flanc. Il secoua la tête.

—Je vais enlever mon tee-shirt.

Quand les mains, les bras et la poitrine de la personne que vous devez toucher sont momentanément indisponibles, ce n'est pas facile de trouver un autre endroit qui ne soit pas équivoque. Je dus me résoudre à glisser ma main sous son tee-shirt mouillé, contre son flanc ferme et lisse. Le tissu y était resté plaqué plusieurs minutes, et même sa peau était humide et légèrement collante.

Richard retira son tee-shirt. Je ne me trouvais qu'à quelques centimètres de lui quand il révéla les plaines dorées de son ventre, le renflement musclé de ses pectoraux, et arqua le dos pour passer le tee-shirt par-dessus sa tête. Alors, le désir qui m'assaille chaque fois que je le vois nu poussa ma bête vers la sienne. Je sentis des flancs poilus se frotter l'un contre l'autre et rouler ensemble. Ce fut comme une caresse de pouvoir veloutée dans mon intimité la plus profonde.

Richard hoqueta. Je me concentrai pour interrompre le mouvement, mais le fait de l'avoir provoqué sans y penser fit monter une chaleur brûlante à mes joues. Je baissai les yeux. Ma main était toujours sagement posée sur le flanc de Richard, au-dessus de la ceinture de son jean, mais ce contact me paraissait soudain très intime.

Je voulus laisser retomber ma main, mais avant que je puisse le faire, Richard la recouvrit de la sienne. Il la pressa contre son flanc, fermement mais sans brutalité. Puis il me toucha le menton et me fit lever la tête vers lui.

—Ça va, Anita. J'adore te faire autant d'effet.

La rougeur qui avait commencé à s'estomper flamboya de plus belle. Richard partit d'un petit rire doux, plein de sous-entendus.

— Tu m'as manqué, Anita.

— Toi aussi, avouai-je.

Sa bête s'engouffra en moi telle une vague de pouvoir et de sensations qui me fit hoqueter. Et je ne pus empêcher ma bête de réagir. Ou peut-être ne le voulais-je pas. Ces deux formes pareilles à des ombres roulèrent ensemble et l'une à travers l'autre, à travers nous, jusqu'à ce que je ne puisse plus ni respirer ni réfléchir. Ce fut Richard qui s'écarta le premier et dit :

— Doux Jésus, jamais je n'aurais pensé…

Je sentis l'effort que cela lui coûtait d'arrêter, de se retirer de moi. Il avait l'air sérieux et maître de lui, mais je sentais trembler beaucoup de choses à l'intérieur.

— Je vais appeler la bête de Jamil de la façon habituelle, dit-il sur un ton vif. Observe bien la façon dont je procède, dont j'utilise ma bête pour faire sortir la sienne.

— Puis je m'occuperai de Gregory, dis-je d'une voix un peu essoufflée.

Il acquiesça.

— Ou j'appellerai la bête de Shang-Da, si tu as besoin de voir comment on fait une deuxième fois.

— D'accord.

Il passa un bras autour de ma taille et m'attira vers lui. Le geste ne me parut pas aussi intime que la culbute de nos bêtes en nous.

Jamil se tenait face à nous. Il avait ôté son tee-shirt et ses chaussures mais gardé son pantalon. Je me rendis compte que je ne l'avais encore jamais vu nu, excepté quand il était blessé et aux portes de la mort. Jamil ne pratique pas la nudité comme un loisir. C'est l'un des rares métamorphes pudiques que je connaisse.

— Je suis prêt, Ulfric.

Après ce que Richard venait de faire à Stephen, je trouvais ça extrêmement confiant de sa part. D'un autre côté, tout le monde fait confiance à Richard – et à juste titre. Il est très fiable. Son problème se situe ailleurs.

— Je n'ai pas besoin de toucher physiquement Jamil, mais c'est plus facile si je le fais, expliqua Richard. Donc, je vais le toucher pour que tu comprennes mieux comment ça fonctionne.

Je hochai la tête, enveloppée dans le cercle de ses bras et pressée contre la fermeté de son corps. La caresse veloutée de nos bêtes était pareille à un bras supplémentaire qui nous reliait l'un à l'autre.

Richard toucha l'épaule nue de Jamil, et je sentis son pouvoir se déverser de lui tel un vent tiède, caressant la peau de son Sköll. Sa bête s'écoula avec son pouvoir, entraînant la mienne à sa suite. Son énergie parcourut Jamil, enjôleuse et pleine de promesses, me faisant penser à quelqu'un qui essaie de faire redescendre un chat d'un arbre en lui promettant des câlins et des friandises.

Mais la bête de Jamil ne sauta pas à bas de son perchoir : elle s'exhala du centre de son être tel un brouillard doré, quasiment une forme. L'espace d'un instant, je vis sa bête comme j'avais vu celle de Micah un peu plus tôt, dans la cuisine. Puis Jamil s'effondra sur la terrasse, et son dos nu se mit à onduler comme la surface de la mer par grand vent.

Le loup émergea en une longue ligne humide, et son corps parut se dissoudre dans cette forme sombre et poilue. Il me sembla qu'on avait retourné une pièce : pile, Jamil l'humain, face, Jamil le loup. Mais ça restait toujours Jamil. Je percevais une sorte de justesse, d'harmonie entre les deux côtés de son être. Jamil acceptait ce qu'il était. Il n'y avait pas de conflit entre lui et sa bête. Je ne l'avais encore jamais vu sous sa forme de loup. Sous sa forme intermédiaire, mi-homme mi-loup, oui. Mais c'était la première fois que je contemplais cette créature noire haute comme un poney, issue des pires cauchemars du *Petit Chaperon rouge*.

Le loup s'ébroua, et je compris que sa fourrure était sèche. Une gelée claire toute fraîche recouvrait la terrasse, mais il en restait très peu accroché à Jamil. Encore un mystère métaphysique : comment les lycanthropes parviennent-ils à ne pas se dégueulasser en se transformant ?

Je pivotai sans un mot. Entraînant Richard avec moi, je me dirigeai vers Gregory qui était toujours assis sur la table de pique-nique. Seules Cherry et le docteur Lillian demeuraient près de lui ; Zane était venu voir ce qui se passait pendant que Richard et moi roulions par terre en hurlant.

Gregory leva vers moi ses yeux bleu argenté par le clair de lune. Je souris et posai ma main sur sa joue. Puis je tendis vers sa bête, non pas ma main, mais cette ombre qui tourbillonnait en Richard et en moi. Je la projetai frissonnante sur la peau de Gregory, et celui-ci se redressa, laissant la couverture glisser le long de son torse nu. Cherry s'écarta juste assez pour qu'ils ne se touchent plus, comme si elle redoutait un contact avec lui.

Je tentai d'appâter la bête de Gregory, de l'attirer hors de son corps humain par la douceur et la persuasion, mais elle demeura obstinément sous la surface, emprisonnée par les drogues et à demi assommée par le choc. Je savais cependant qu'il était possible de recourir à la méthode forte. Je n'avais pas « accompagné » Richard quand il avait arraché sa bête à Stephen, mais j'avais vu le résultat, et je m'y connaissais suffisamment en matière de pouvoir pour deviner comment il s'y était pris.

— Je vais tâcher de ne pas te faire mal, dis-je.

Puis je projetai mon pouvoir à l'intérieur de Gregory. Je le sentis percuter la poitrine du métamorphe blessé et le transpercer ainsi qu'une énorme lame de chair et de poils.

Gregory hoqueta et arqua le dos.

Je trouvai sa bête roulée en boule comme un chat, mi-somnolente mi-hébétée. Je la saisis dans ma main, y enfonçai mes griffes et la soulevai dans les airs. Je l'arrachai à lui, et Gregory se transforma comme Stephen l'avait fait : dans une explosion de sang, de chair et de fluides. J'en reçus une telle quantité en pleine figure que je dus m'essuyer les yeux pour recommencer à y voir. Et ce que je vis, ce fut un homme-léopard tacheté jaune et noir, accroupi sur la table de pique-nique.

Stephen s'approcha pour renifler son corps frissonnant.

— Gregory, Gregory, tu m'entends ? demandai-je plus doucement que je n'en avais eu l'intention.

Gregory cligna de ses yeux félins, et une voix grondante sortit de sa gorge poilue.

— Je t'entends.

Stephen rejeta la tête en arrière et poussa un hurlement. Jamil se joignit à lui, et bientôt, la nuit résonna du triomphe des métamorphes.

CHAPITRE 36

L'aube s'insinuait entre les arbres – torrent de lumière blanche qui découpait les troncs contre le ciel ainsi que des silhouettes de papier noir – lorsque je tirai les rideaux, plongeant ma chambre dans une pénombre crépusculaire. Du temps où Jean-Claude venait souvent me rendre visite, j'avais fait installer des rideaux superépais pour qu'il puisse dormir là. Après l'éclat du soleil levant, la lampe de ma table de chevet ne semblait diffuser qu'une bien maigre lueur.

Nathaniel était assis au bord du lit. Il portait un short de pyjama en soie lavande, assorti à ses yeux. C'était une couleur un peu trop délicate pour un vêtement masculin, et je pense qu'à l'origine, il avait dû être conçu pour une femme. Mais bon, un short reste un short.

La lumière de la lampe parait de reflets roux ses cheveux auburn qui formaient un rideau brillant le long de son corps, une masse tiède et vivante presque distincte de lui. Curieusement, sous sa forme féline, Nathaniel est une panthère noire. Dès qu'il abandonne sa forme humaine, ses cheveux disparaissent.

Il était le seul des léopards-garous qui ne se soit pas métamorphosé – et du coup, le seul que j'autorisais à partager mon lit. Les autres devraient dormir ailleurs. D'habitude, quand ils conservent leur forme humaine, nous nous entassons sur mon lit comme une portée de chiots. C'est vrai que nous sommes un peu à l'étroit, mais bizarrement, je savais que j'allais me sentir beaucoup moins à l'aise seule avec Nathaniel. Peut-être parce que son mamelon droit portait encore la trace de mes dents.

— Les marques ne devraient pas avoir disparu, depuis le temps ? demandai-je.

— Je régénère plus lentement que la moyenne, répondit doucement Nathaniel. Et les marques faites par un vampire ou un autre métamorphe mettent plus longtemps à guérir.

— Pourquoi donc ?

Il haussa les épaules.

— Pourquoi l'argent nous tue-t-il, et pas l'acier ?

— Bonne question.

Je passai une main dans mes cheveux encore mouillés. J'avais pris une douche et enfilé un vrai pyjama, pas un des maxi tee-shirts avec lesquels je dors d'habitude. Même si *pyjama* était peut-être un mot trop long pour décrire mon caraco et mon microshort émeraude. Je portais un peignoir assorti par-dessus, donc, tout était couvert, mais Nathaniel savait que je n'avais pas fait tant d'efforts vestimentaires pour lui. Ou du moins, je l'espérais.

Il me regarda faire les cent pas en observant un silence prudent. Nous avions franchi une ligne, lui et moi, comme la marque sur sa poitrine ne cessait de me le rappeler. Je ne pensais pas que Richard accepte que Nathaniel et moi dormions seuls tous les deux. Et je ne m'attendais pas non plus qu'il vienne se joindre à nous. En fait, je ne savais pas trop à quoi m'attendre. J'avais cru qu'il me rejoindrait après s'être douché, mais il ne l'avait pas fait. À présent, l'aube se levait, et j'étais crevée.

Quelqu'un toqua fermement à la porte.

— Entrez ! lançai-je, le cœur battant un peu plus vite.

Mais ce n'était que Merle. J'espère que ma déception ne transparut pas sur mon visage. Merle lui-même demeura impassible, et je ne pus deviner ce qu'il avait vu ou non en moi.

— L'Ulfric est dans la cuisine, annonça-t-il avec un soupçon de gêne. Il pleure.

J'écarquillai les yeux.

— Je vous demande pardon ?

Merle baissa les yeux puis les releva avec une expression proche du défi.

—Il a fait sortir ses gardes du corps, et il pleure. J'ignore pourquoi.

Je soupirai. Malgré toute ma fatigue, j'étais excitée par la présence de Richard – par la perspective de coucher avec lui, peut-être. Et au lieu de m'envoyer en l'air, j'allais avoir le droit de lui tenir la main et de lui prêter mon épaule pour qu'il sanglote dessus. Misère.

Je sentis mon dos se courber et me forçai à me redresser. Je n'eus pas besoin de demander à Merle pourquoi il était venu me dire ça. Qui d'autre dans cette maison pouvait bien réconforter Richard ? Je n'étais même pas certaine d'y arriver.

Je me dirigeai vers la porte. Merle me la tint ouverte, et je passai sous son bras sans avoir besoin de me baisser.

—Merci de m'avoir prévenue, marmonnai-je en sortant dans le salon obscur.

Shang-Da était adossé au mur près de la porte sans battant qui donnait sur la cuisine. Jamais je ne l'avais vu si embarrassé. Il refusa de soutenir mon regard. Que se passait-il donc ?

Caleb s'était installé sur le canapé avec une couverture et un oreiller. Lorsque j'entrai, il s'assit, et la couverture tomba sur ses cuisses. Il était torse nu – sans doute complètement à poil si personne ne lui avait ordonné d'enfiler un pyjama. Il me regarda traverser la pièce, et même dans la faible lumière en provenance de la cuisine, je n'aimai pas la façon dont il me suivit des yeux.

—Joli peignoir, commenta-t-il.

Je l'ignorai et passai dans la cuisine.

Richard était assis à la table. Ses cheveux mi-longs récemment séchés formaient une masse floue et soyeuse autour de sa tête. Je n'essaie jamais de me faire de brushing sous peine de transformer mes épaisses boucles noires en nid pour les écureuils, mais Richard n'a pas ce problème. Il avait ouvert tous les rideaux, de sorte que la douce lumière de l'aube emplissait la pièce, faisant paraître ses cheveux plus dorés qu'ils ne le sont réellement. Quand il leva les yeux vers moi, le soleil levant forma comme un halo autour de sa tête, assombrissant par contraste sa peau déjà naturellement brune.

Je n'eus qu'un instant pour apercevoir l'humidité brillante de ses larmes sur son visage. Puis il baissa la tête et pivota sur sa chaise comme pour se cacher. Le mouvement plaça le reste de son corps dans la lumière dorée, faisant disparaître l'illusion de halo et d'ombres.

Je m'approchai de la table et m'arrêtai assez près pour toucher son épaule nue – mais n'osai pas le faire.

— Richard, que se passe-t-il ?

Il secoua la tête sans me regarder.

Je tendis une main hésitante et la posai sur la peau si douce de son épaule. Il ne me dit pas de lui ficher la paix, et il ne se déroba pas. Bien. Du bout des doigts, j'effleurai sa joue la plus proche de moi et essuyai ses larmes. Cela me rappela la façon dont j'avais réconforté Nathaniel un peu plus tôt.

Je pris le menton de Richard, tournai sa tête vers moi et essuyai les larmes de son autre joue avec la manche de mon peignoir.

— Parle-moi, Richard, s'il te plaît.

Il sourit – peut-être à cause du « s'il te plaît ». Ce n'est pas une expression que j'emploie souvent.

— C'est neuf ? demanda-t-il en touchant la manche de mon peignoir. Je ne t'avais encore jamais vue avec.

Je n'allais pas me laisser distraire, pas même par le fait qu'il avait remarqué la tenue enfilée spécialement à son intention.

— Tu dois être aussi crevé que moi, Richard. Qu'est-ce qui t'empêche d'aller dormir ?

Il baissa les yeux puis les releva, et dans ses prunelles sombres, je vis un tel chagrin que je faillis lui dire : « Non, inutile de répondre. » Mais il avait besoin de parler.

— Louisa est en prison, et Guy est mort.

Je fronçai les sourcils.

— Ces noms ne me disent rien.

—Louisa est une de nos recrues les plus récentes. (De nouveau, il baissa les yeux comme s'il était incapable de soutenir mon regard.) Et Guy est son fiancé – son mari. Il *était* son mari.

Il se couvrit le visage de ses mains et secoua la tête comme s'il ne pouvait plus s'arrêter. Je lui pris les poignets et le forçai à baisser les bras pour voir ses yeux.

—Richard, parle-moi.

Ses poignets pivotèrent entre mes doigts, et ses mains agrippèrent les miennes. Je le laissai faire tandis que la douleur de ses yeux se déversait par sa bouche.

—Louisa a tué Guy pendant leur lune de miel, hier. On m'a appelé pour m'en informer juste avant que je vienne ici.

—Je ne comprends toujours pas. C'est une histoire tragique, mais…

—J'étais son parrain. Je lui ai appris à contrôler sa bête, et elle a perdu ce contrôle pendant sa lune de miel, alors que…

Richard baissa la tête et leva mes mains pour appuyer son front contre leur dos.

—Alors qu'elle faisait l'amour avec son mari, achevai-je à sa place.

Il acquiesça.

—C'était sa première fois, ajouta-t-il d'une voix basse, étouffée.

—Sa première fois ? Tu veux dire qu'elle était vierge ?

Il laissa retomber mes mains sur ses cuisses, et je remarquai qu'il portait une serviette nouée autour des hanches.

—Oui.

—Donc, elle n'avait jamais essayé de contrôler sa bête pendant un rapport sexuel ?

Il secoua la tête.

—Guy et Louisa étaient fiancés depuis plus de deux ans quand elle a été agressée et est devenue l'une d'entre nous. Ils souhaitaient tous les deux attendre leur nuit de noces.

—Une intention louable, acquiesçai-je. Et d'une certaine façon, tous les orgasmes se ressemblent. Si Louisa pouvait se contrôler pendant la masturbation, elle aurait également dû pouvoir se contrôler pendant la pénétration. (Je touchai de nouveau l'épaule de Richard.) Tu as fait tout ce que tu pouvais pour elle.

Il sursauta comme si je l'avais brûlé, puis se redressa si brusquement que sa chaise se renversa. Je sentis plus que je ne vis des gens apparaître sur le seuil.

—Ça va, leur lançai-je.

Pivotant, j'aperçus Shang-Da, Merle et les deux gardes du corps rats-garous qui hésitaient à l'entrée de la cuisine.

—Tout va bien. Nous n'avons pas besoin de vous.

Ils battirent en retraite, mais je savais qu'ils n'iraient pas loin et que la suite de cette conversation aurait au moins quatre témoins.

Richard se tenait au milieu de ma cuisine, et il ne portait rien d'autre qu'une serviette de bain et les premières lueurs dorées de l'aube. En temps normal, ça m'aurait fait oublier toute pensée raisonnable, mais pas ce matin. Pour l'instant, la douleur qui se lisait sur son visage était plus importante que son corps. Et à le voir si blessé, si plein de défi, une idée affreuse me traversa l'esprit.

—Ne me dis pas qu'elle a refusé tout contact sexuel avant sa nuit de noces?

Richard avait levé le menton et tentait de se draper dans son arrogance. Mais c'était un masque, et désormais, je voyais au travers. En dessous, il se sentait horrifié et coupable.

—Je lui ai appris à contrôler sa bête quand elle était triste ou en colère, quand elle avait peur ou mal, quand elle éprouvait n'importe quelle émotion extrême. Mais pas quand elle jouissait. Je respectais ses convictions.

Je le dévisageai. C'était du Richard tout craché. Et en théorie, j'approuvais son comportement. Mais la théorie et la pratique sont deux choses bien distinctes. Dans la pratique, c'était une très mauvaise idée, et Richard aurait dû le savoir mieux que moi.

Je sentis toute expression déserter mon visage. Sur ce point, j'aurais fait un bon flic. Je ne voulais pas que mes traits trahissent la moindre de mes pensées.

—Donc, cette Louisa s'est transformée pendant l'amour. Elle a tué son mari, et la police l'a arrêtée.

Je me gardai bien d'ajouter que j'étais surprise qu'on ne l'ait pas abattue sans sommation. Une grande méchante louve surprise en train de dévorer un gentil petit humain… Il y avait de quoi pousser n'importe qui à tirer en visant un organe vital.

—Louisa s'est livrée d'elle-même. Si elle ne pensait pas que le suicide est un péché, je crois qu'elle se serait tuée.

Richard se dirigea vers la porte-fenêtre et appuya son front sur la vitre comme s'il n'en pouvait plus de fatigue.

J'aurais voulu lui dire que ça n'était pas sa faute, mais je ne pouvais pas lui mentir. En tant que parrain de Louisa, il était censé lui apprendre les ficelles de la lycanthropie. À force de traîner avec mes léopards, la meute de Richard et celle de Verne dans le Tennessee, j'ai découvert que l'orgasme (quelle que soit la façon dont on l'atteint) constitue le meilleur test de la maîtrise de soi d'un métamorphe. À la base, la jouissance est censée être une libération, mais renoncer à tout contrôle signifie se transformer – le pire cauchemar quand on couche avec un humain.

Du temps où nous sortions ensemble, Richard m'a suffisamment répété qu'il ne se faisait pas confiance la nuit de la pleine lune, ni même la veille de la pleine lune. Oh, il n'avait pas peur de perdre le contrôle et de me tuer : juste de perdre le contrôle et de me foutre une trouille mortelle. Ou plus honnêtement, de me dégoûter de lui à jamais.

Il s'est effectivement transformé sur moi une fois, et ça n'avait rien de sexuel. Je suis partie me réfugier en courant dans les bras de Jean-Claude. À ma décharge, après s'être transformé sur moi, Richard avait bouffé quelqu'un sous mes yeux. On perdrait les pédales à moins.

Je ne savais pas quoi dire. Je savais juste que je devais dire quelque chose, que le silence était presque pire que toutes les accusations.

Richard parla sans se retourner.

— Vas-y, Anita, traite-moi d'imbécile. Dis-moi que je les ai sacrifiés tous les deux sur l'autel de mes idéaux.

Sa voix était si amère, si pleine de douleur que l'entendre m'étranglait presque.

— Louisa et son mari voulaient rester fidèles à eux-mêmes. Tu as voulu les y aider. C'est tout à fait toi.

Ma voix était neutre ; du moins ne contenait-elle pas de reproche. Je ne pouvais pas faire mieux. Parce que c'était vraiment du gâchis. Deux vies foutues parce que Richard, cette fille et son fiancé s'étaient davantage préoccupés des apparences que de la réalité. Ou peut-être étais-je trop cynique – et tellement fatiguée…

Comme toute bonne tragédie, celle-ci reposait entièrement sur la personnalité de ses protagonistes. Si Richard avait eu moins d'idéaux et plus de sens pratique ; si Louisa et feu son mari avaient été moins croyants et moins vertueux ; voire, si Guy avait été moins doué et n'avait pas réussi à faire jouir une vierge… Tellement de choses s'étaient goupillées pour faire virer de bonnes intentions au drame !

— Oui, c'est tout à fait moi. Et c'est stupide. Au minimum, j'aurais dû la forcer à coucher pour la première fois avec Guy sous la surveillance de la meute. Ainsi, nous aurions pu intervenir et le sauver. Mais Louisa était si… pudique. Je n'ai pas eu le cœur d'insister, pas eu le cœur de la faire déshabiller devant des inconnus et de leur jeter en pâture ce moment intime entre tous.

Je ne savais vraiment pas quoi dire. Alors, je fis la seule chose qui me vint à l'esprit pour le réconforter. Je m'approchai de lui, passai mes bras autour de sa taille, posai ma joue sur son dos lisse et ferme et me serrai contre lui.

— Je suis vraiment désolée, Richard.

Il se mit à trembler, et je me rendis compte qu'il pleurait de nouveau – en silence. Son corps était secoué par de gros sanglots, mais le seul son qu'il s'autorisait à émettre était un hoquet étranglé quand il tentait d'inspirer suffisamment d'air.

Il glissa lentement à genoux, ses mains grinçant le long de la vitre de la porte-fenêtre comme s'il s'arrachait la peau des paumes au passage. Je restai debout, penchée sur lui, serrant sa tête contre moi, mes mains agrippant ses épaules et sa poitrine.

Soudain, il bascula en arrière. Je ne pus soutenir tout son poids. Je trébuchai sur le bas de mon peignoir, et nous nous retrouvâmes tous deux en tas sur le sol, sa tête et ses épaules dans mon giron tandis que je luttais pour m'asseoir. Le nœud de sa serviette s'était desserré, révélant la ligne de son corps depuis sa taille jusqu'à son pied. La serviette tenait encore, mais elle était en train de perdre la bataille.

La bouche de Richard s'ouvrit sur un cri muet. Puis, comme si quelqu'un avait rallumé le son, il poussa un cri hoquetant, étranglé de larmes, et cela parut libérer quelque chose en lui. Il se mit à pleurer tout haut, ses sanglots entrecoupés d'affreux petits gémissements de douleur, tout en m'agrippant les bras assez fort pour me faire des bleus. Et je ne pus que lui rendre son étreinte, le toucher, le bercer jusqu'à ce qu'il se calme.

Il finit par s'immobiliser sur le flanc, le haut du corps lové sur mes cuisses et les jambes repliées en position fœtale. La serviette formait un petit tas par terre, et je ne l'avais même pas vue tomber. J'en étais plutôt fière : d'habitude, dès que Richard se fout à poil devant moi, je perds environ quarante points de quotient intellectuel et toutes mes facultés de raisonnement. Mais là, sa douleur était si vive qu'elle prenait le pas sur tout le reste. Il avait besoin de réconfort, pas de sexe.

Peu à peu, il s'apaisa entre mes bras. Son souffle ralentit et redevint presque normal. Ses paupières s'étaient fermées, et un instant, je crus qu'il dormait. Puis il parla sans rouvrir les yeux.

—J'ai nommé un Éros et une Éranthe pour la meute.

Sa voix était encore rauque d'avoir tant pleuré.

Éros est le dieu grec de l'amour, et Éranthe la muse de la poésie érotique. Dans la tradition des lukoi, ces noms désignent les substituts sexuels mâle et femelle : un homme et une femme qui font le nécessaire quand le parrain d'un nouveau lycanthrope y répugne. La meute de Verne possède un Éros et une Éranthe, parce que la lupa de Verne est très jalouse et que parfois, mieux vaut faire appel à quelqu'un qui n'est pas sentimentalement impliqué.

— C'est bien, Richard. Ça facilitera les choses.

Il rouvrit les yeux, et son regard était si lugubre que mon cœur se serra.

— Je pourrais procéder à d'autres nominations qui facilite-raient un tas de choses, dit-il tout bas.

Je me raidis. Je ne pus m'en empêcher, parce que je savais qu'il existait chez les lukoi des titres qui permettraient de résoudre tous les problèmes que Richard avait créés. Des titres équivalant à ceux de bourreau, d'exécuteur. Les lukoi ont une longue histoire, et ils ont traversé maintes périodes sombres. Très peu de meutes remplissent encore ces positions de nos jours, parce qu'elles n'en voient pas la nécessité. D'un autre côté, la plupart des Ulfric sont de bons petits tyrans : ils n'ont pas besoin de déléguer le sale boulot.

— Connais-tu la signification du titre de Bolverk ? demanda Richard d'une voix douce.

— C'est l'un des noms d'Odin. Ça signifie : « Exécuteur des basses œuvres », répondis-je presque aussi bas.

— Tu n'as pas appris ça en un semestre de religion compa-rative à la fac.

— Non, admis-je.

Mon pouls avait accéléré. Le Bolverk était, traditionnelle-ment, celui qui se salissait les mains à la place de l'Ulfric. Celui qui dupait, mentait et tuait pour lui.

— Tu as interrogé Verne à ce sujet, n'est-ce pas ?

— Oui.

Je chuchotais comme si j'avais peur de parler trop fort, peur qu'il s'interrompe. Je croyais savoir où il voulait en venir, et j'avais très envie que nous y arrivions.

—Jacob va défier Sylvie, dit Richard un peu plus fort. Et il la tuera. Elle est bonne, mais j'ai vu Jacob se battre. Elle ne peut pas gagner.

—Je n'ai pas vu Jacob se battre, mais je crois que tu as raison.

—Si je te nommais Bolverk…

Il n'acheva pas sa phrase. Je voulus lui hurler de continuer, mais je n'osai pas. Je me contentai de rester assise sans parler, sans bouger, sans rien faire qui puisse le pousser à changer d'avis.

—Si je te nommais Bolverk, recommença-t-il, que ferais-tu ?

Il avait murmuré la fin de sa question, comme s'il n'arrivait pas à croire qu'il me demandait une chose pareille.

Je relâchai le souffle que je n'avais pas eu conscience de retenir et tentai de réfléchir. Je devais formuler soigneusement ma réponse, parce que je n'aurais pas d'autre chance. Je connaissais Richard ; s'il n'approuvait pas ce que je disais, il retirerait son offre – et ne me demanderait probablement plus jamais mon aide. Jamais je n'avais eu si envie et si peur de parler en même temps. Je priai pour faire preuve de sagesse et de diplomatie.

—D'abord, tu devrais annoncer ma nomination à la meute. Puis je choisirais des aides. J'ai le droit d'en prendre trois : Baugi, Suttung et Guunlod.

—Les deux géants auxquels Bolverk soutira le nectar de la poésie, et Guunlod, la fille de Suttung qu'il séduisit pour l'obtenir.

—Oui.

Richard tourna le haut de son corps vers moi pour pouvoir me regarder.

—Ces six derniers mois, tu as passé presque tous tes week-ends dans le Tennessee. Je croyais que tu te contentais de travailler avec Marianne, d'apprendre à utiliser tes pouvoirs, mais tu étudiais aussi les lukoi, pas vrai ?

Très prudemment, je répondis :

— La meute de Verne fonctionne harmonieusement. Il m'a aidée à faire l'unité dans mon pard.

— Tu n'avais pas besoin d'un Bolverk ou d'une Guunlod pour ça.

Le regard de Richard était très direct. Je ne pouvais pas lui mentir.

— J'étais toujours ta lupa, mais pas une métamorphe. Le moins que je pouvais faire, c'était me renseigner sur votre culture.

Alors, il eut un sourire qui monta jusqu'à ses yeux et chassa en partie son air paumé.

— Tu te fiches complètement de notre culture.

Ce qui eut le don de m'énerver.

— Pas du tout.

Le sourire de Richard s'élargit, et ses yeux se remplirent de lumière comme le ciel lorsque le soleil s'élève au-dessus de l'horizon chaque matin.

— D'accord, tu t'intéresses à notre culture. Mais ce n'est pas pour ça que tu t'es renseignée sur Bolverk, l'exécuteur des basses œuvres.

Légèrement embarrassée, je baissai les yeux.

— Peut-être pas.

Richard me toucha doucement le visage et le tourna de nouveau vers lui afin que je soutienne son regard.

— Tu as dit que tu n'avais jamais entendu parler de Jacob avant de l'avoir au téléphone, l'autre soir.

— C'est exact.

— Alors, pourquoi as-tu interrogé Verne au sujet de Bolverk ?

Je fixai mon regard dans ses yeux bruns si sincères et répondis la vérité.

— Parce que tu es juste, bon et tempéré : des traits de caractère louables chez un roi. Mais le monde n'est ni juste, ni bon, ni tempéré. La raison pour laquelle la meute de Verne fonctionne harmonieusement – et mon pard aussi –, c'est parce que Verne et moi n'hésitons pas à nous montrer impitoyables en cas de besoin. Je ne sais pas si tu en serais capable, mais je sais que même si tu y arrivais, ça te briserait.

—Te laisser être impitoyable à ma place brisera aussi quelque chose en moi, Anita. Quelque chose d'important.

Je caressai ses cheveux si épais, si doux.

—Mais pas d'aussi important que si c'était toi qui le faisais.

Il acquiesça lentement.

—Je sais. Et je me déteste à cause de ça.

Je me penchai et déposai un baiser très tendre sur son front.

—Richard, dis-je, les lèvres contre sa peau, le vrai bonheur, c'est de savoir qui tu es – ce que tu es – et de l'accepter.

Un de ses bras m'entoura et me serra contre lui.

—Et toi ? Tu acceptes ce que tu es ? demanda-t-il, la bouche dans le creux de ma gorge.

—J'y travaille.

Il m'embrassa le cou.

—Moi aussi.

Je m'écartai pour voir son visage, et sa main remonta brusquement au travers de mes cheveux pour incliner ma tête vers lui. Nous nous embrassâmes, d'abord doucement, puis avec plus de fougue. Je pris son visage entre mes mains et écrasai mes lèvres sur les siennes.

Quand je me redressai légèrement, le souffle court, je vis qu'il avait roulé sur le dos. Mon expression le fit éclater de rire, et il m'attira de nouveau vers lui. Je perdis instantanément mes fameux quarante points de QI et toutes mes facultés de raisonnement tandis qu'il défaisait la ceinture de mon peignoir et que je laissai mes mains courir le long de son corps nu.

Il me restait juste assez de présence d'esprit pour dire :

—Pas ici. Nous avons un public au salon.

La main de Richard se glissa sous le satin vert de mon caraco et se posa dans mon dos pour m'attirer vers lui.

—Il n'y a aucun endroit dans cette maison où ils ne nous entendront et ne nous sentiront pas.

Je m'écartai de lui avant qu'il puisse m'embrasser.

—Merci de me le rappeler, je me sens beaucoup mieux!

Il se redressa en appui sur un bras et me dévisagea.

—On peut aller dans ta chambre si tu veux, mais ça ne trompera personne.

Cette idée ne me plaisait pas, et ça dut se voir sur ma figure, car Richard retira sa main de dessous mon caraco et demanda:

—Tu veux qu'on arrête?

Nous n'avions pas vraiment commencé, mais je voyais ce qu'il voulait dire.

Je scrutai le brun chaud de ses prunelles, suivis du regard le contour de sa mâchoire bien dessinée, le renflement de ses lèvres pleines, la courbe de sa gorge, la largeur de ses solides épaules, la cascade de ses cheveux que le soleil levant parait de reflets dorés et cuivrés, le bombé de sa poitrine aux mamelons sombres et déjà durcis, le plat de son ventre et cette ligne de poils sombres qui descendait depuis son nombril jusqu'à… Ici, sa peau était plus foncée, et je humais presque le sang qui le gorgeait, lui donnant l'air d'un fruit mûr à éclater. J'avais envie de le toucher, de le presser délicatement entre mes mains. Mais je restai assise les bras ballants et le pouls dans la gorge.

—Non, je ne veux pas qu'on arrête, chuchotai-je.

Les yeux de Richard se remplirent de cette chaleur sombre qui gagne le visage d'un homme quand il est presque certain de ce qui va suivre. L'excitation fit baisser sa voix d'un ton.

—Ici, ou dans ta chambre?

Je m'arrachai à la contemplation de son corps nu pour jeter un coup d'œil vers le salon. Il n'y avait pas de porte, et j'avais besoin d'un minimum d'intimité. Même si les métamorphes pouvaient nous entendre et nous sentir, ils ne pourraient pas nous voir à partir du moment où nous nous enfermerions dans ma chambre. Ce n'était peut-être qu'une illusion d'intimité, mais faute de mieux…

Je reportai mon attention sur Richard.

—Dans ma chambre.

—Très bon choix, approuva-t-il.

Il se dressa sur les genoux en prenant ma main de sorte que quand il se mit debout, il m'entraîna à moitié avec lui. Le mouvement me déséquilibra, et je tombai contre lui. La différence de taille était assez importante pour que ma main se retrouve posée sur sa hanche, non loin du centre névralgique de l'action.

L'intensité de mon désir m'embarrassait. Je brûlais de le toucher, de le serrer contre moi. J'étais à deux doigts de perdre toute pudeur et de commencer à le tripoter au beau milieu de ma cuisine. Je m'écartai de lui. Si je commençais comme ça, nous n'arriverions jamais jusqu'à ma chambre. Et je voulais vraiment qu'il y ait une porte fermée entre nous et les autres.

Richard me prit par la taille et me souleva jusqu'à ce que nos visages soient au même niveau et que je ne sache pas quoi faire de mes jambes. Si j'avais été certaine que nous ne baiserions pas sur la table de la cuisine, je les aurais passées autour de ses hanches, mais je n'avais aucune confiance en nous sur ce point. Il cala ses mains sous mes fesses, et je me retrouvai assise contre lui comme sur une balançoire, ma tête légèrement plus haute que la sienne. Je le sentais dur et ferme contre moi, mais dans cette position, je maintenais un semblant de dignité.

Richard se dirigea vers le salon en me portant ainsi. Il était si occupé à me dévisager qu'il faillit se prendre les pieds dans une chaise. Cela me fit rire jusqu'à ce qu'il plonge de nouveau ses yeux dans les miens. Son regard débordait d'un besoin si impérieux qu'il me priva de l'usage de la parole. Je ne pus que le scruter en retour tandis qu'il me portait vers ma chambre.

CHAPITRE 37

M a chambre était vide lorsque Richard referma la porte derrière nous d'un coup de pied. Je ne savais pas s'il restait du monde dans le salon. De la cuisine jusqu'à la chambre, je n'avais vu que les yeux de Richard. La maison aurait aussi bien pu être vide.

À peine entrés, nous commençâmes à nous embrasser. J'empoignai l'épaisse chevelure de Richard, palpai la fermeté tiède de son cou, explorai son visage avec ma bouche. Il s'écarta de moi juste assez pour dire :

— Si on ne s'assoit pas, je vais m'écrouler. Mes genoux ne me portent plus.

J'éclatai de rire.

— Alors, pose-moi.

Il tituba jusqu'au lit, m'allongea dessus et tomba à genoux. Puis, riant lui aussi, il rampa jusqu'à moi. Il s'allongea sur le dos, les jambes pendant par-dessus le bord du lit. Enfin, vu qu'il était assez grand pour que ses pieds touchent le sol dans cette position, « pendant » n'était peut-être pas le terme exact. Un moment, nous restâmes immobiles, riant tout bas sans nous toucher.

Nous tournâmes la tête l'un vers l'autre à la même seconde. Les yeux de Richard pétillaient ; tout son visage en était comme illuminé. Je tendis une main pour caresser les lignes que le rire avait creusées autour de sa bouche. Dès que je le touchai, il redevint très sérieux. Quelque chose de plus sombre, de plus grave mais de non moins précieux emplit ses yeux. Il bascula sur le flanc, et ce mouvement fit glisser ma main sur son visage. Il frotta sa joue contre ma paume, les yeux clos, les lèvres entrouvertes.

Je roulai sur le ventre et me rapprochai de lui sans détacher ma main de son visage. Il rouvrit les yeux et me regarda ramper vers lui. Prenant appui sur ma main libre, je me redressai sur les genoux et le regardai fixement tout en me penchant vers sa bouche. Dans ses prunelles, je lisais une vive excitation, mais aussi quelque chose d'autre – quelque chose de fragile. Avais-je aussi ce regard mi-avide, mi-craintif, mélange de désir et de peur de désirer ?

Ma bouche s'arrêta au-dessus de la sienne, nos lèvres se touchant aussi délicatement que des ailes de papillons agitées par un vent chaud. Puis la main de Richard me saisit la nuque et appuya, pressant ma bouche sur la sienne avec une fermeté proche de la brusquerie. De la langue, il força un passage entre mes lèvres. Je cédai très vite, et chacun de nous se mit à explorer la bouche de l'autre.

Richard se dressa sur les genoux sans lâcher ma nuque ni interrompre notre baiser. Puis il s'écarta de moi et rampa à reculons vers la tête du lit, me laissant seule au milieu de celui-ci. Passant une main sous les couvertures, il en sortit les oreillers qu'il cala derrière son dos. Cette position, sa façon de me regarder avaient quelque chose de presque décadent.

Je restai à genoux, troublée. Je n'arrivais ni à me concentrer, ni à réfléchir. Enfin, je réussis à demander :

— Qu'est-ce qui ne va pas ?

— Rien, répondit Richard d'une voix plus basse que la normale. (Ce n'était pas le grondement d'un animal, mais un son particulièrement viril.) Je veux te passer ma bête au travers, Anita.

L'espace d'une seconde, je crus que c'était juste une façon de parler, une expression imagée et un peu crue. Puis je compris que non.

— Je ne sais pas trop, Richard.

— Je sais que tu n'aimes pas mélanger le sexe et les trucs surnaturels, mais… (Il se laissa aller contre les oreillers d'un

mouvement fluide qui me rappela qu'il n'était pas humain.)
J'ai senti ta bête. Elle a roulé en moi.

L'entendre dire ça à voix haute ternit quelque peu mon
excitation. Je m'affaissai sur mes talons, les bras pendant
mollement à mes côtés.

— Richard, je n'ai pas eu le temps de réfléchir à tout ça. Je
ne sais pas encore ce que je dois en penser.

— Ce n'est pas entièrement négatif, Anita. Ça peut même
être merveilleux.

… Dit l'homme qui haïssait sa bête depuis que je le connaissais. Mais je me gardai bien de le lui rappeler et me contentai
de le fixer du regard en silence.

Il sourit.

— Je sais que ça doit te paraître étrange venant de moi.

Mon regard se durcit.

Richard éclata de rire et s'avachit dans les oreillers jusqu'à
ce qu'il soit presque allongé devant moi, une jambe repliée
pour ne pas me toucher. Sa propre nudité ne l'avait jamais
embarrassé, mais cette fois, il semblait encore plus à son aise
que d'habitude. Au lupanar, j'avais compris qu'il avait accepté
sa bête. Là, je prenais conscience qu'il avait fait bien plus que
ça : il s'était accepté, lui.

— Que veux-tu de moi, Richard ?

Je lui tendais la perche pour entamer une conversation
sérieuse, réclamer que je devienne moins chatouilleuse de la
gâchette ou une demi-douzaine d'autres choses impossibles.
Mais il ne la prit pas.

— Ça, dit-il.

Et j'eus à peine le temps de sentir son pouvoir me picoter la
peau avant qu'il me traverse tel un fantôme tiède.

Je frissonnai.

— Je ne sais pas trop, Richard. Je ne crois pas que ce soit
une bonne idée.

Mon objection aurait sans doute eu plus de poids si ma voix
n'avait pas tremblé.

Je m'attendais que Richard proteste, m'interroge ou tente de me raisonner, mais non. Le souffle de son pouvoir me frôla, et la seconde d'après, il s'engouffra en moi.

J'eus un instant pour paniquer, un instant pour me demander si sa bête et la mienne allaient me déchiqueter. Puis le pouvoir de Richard me traversa ainsi qu'un gant de velours. Ma bête jaillit des profondeurs tièdes et humides pour monter à la rencontre de son énergie brûlante.

Quelque chose d'énorme et de soyeux m'arracha un cri. Il me semblait que la bête de Richard s'était introduite en moi, qu'elle s'était insinuée dans les tréfonds de mon être pour y caresser, de l'intérieur, des choses que ses mains n'auraient jamais pu toucher.

Mon pouvoir était moins impérieux que le sien, plus hésitant, moins solide. Il s'éleva autour des muscles et de la fourrure de sa bête telle une brume veloutée qui tourbillonna à travers le pouvoir de Richard. J'eus l'impression que quelque chose d'énorme enflait en moi, quelque chose que je n'avais jamais senti auparavant. Quelque chose de plus gros que mon corps, quelque chose que je ne pouvais pas contenir. J'étais une coupe remplie à ras bord de liquide bouillant, et celui-ci continuait à se déverser en moi.

Je m'efforçai de le contenir, mais il finit par déborder, par se répandre hors de moi en un rugissement de pouvoir qui fit ralentir le monde, me mit à genoux, arqua mon dos, changea mes mains en griffes qui labourèrent l'air comme pour tenter de s'accrocher à quelque chose – n'importe quoi – pendant que mon corps se décomposait et se recomposait sur le lit.

L'espace de quelques battements de cœur laborieux, je crus que Richard avait provoqué la métamorphose, que je m'étais réellement débarrassée de ma peau. Mais ce n'était pas ça. J'avais l'impression de flotter dans les airs. Mes sensations physiques ne me revinrent que petit à petit. J'étais allongée sur le dos, les genoux repliés, les bras pendant mollement sur le matelas, aussi détendue que si j'avais été droguée.

Le lit remua sous moi, et Richard apparut dans mon champ de vision. À quatre pattes, il me détaillait, et j'avais du mal à focaliser mon regard sur lui. Il se mit à genoux pour prendre mon visage entre ses mains.

—Anita, tu vas bien?

J'éclatai d'un rire paresseux.

—Aide-moi à déplier les genoux, et ça devrait aller.

Il m'aida à étendre mes jambes, mais même alors, je ne pus que rester allongée là sans bouger.

—Que m'as-tu fait?

Richard se coucha près de moi, en appui sur un coude.

—Je t'ai fait jouir en utilisant nos bêtes.

Je clignai des yeux et m'humectai les lèvres en essayant de formuler une question intelligente. Je finis par capituler et par demander ce que je voulais vraiment savoir:

—C'est toujours comme ça entre lycanthropes?

—Non, répondit Richard en se penchant vers moi jusqu'à ce que son visage emplisse mon champ de vision. Non. Seule une véritable lupa, ou une véritable Nimir-ra, peut réagir à mon Ulfric comme tu viens de le faire.

Je posai une main sur sa poitrine pour le maintenir à une distance qui ne m'obligeait pas à loucher.

—Tu avais déjà fait ça avec quelqu'un d'autre?

Ses cheveux glissèrent en avant. Je les repoussai en arrière pour pouvoir contempler son profil parfait.

—Qui? demandai-je comme il ne répondait pas.

Son cou et son visage s'empourprèrent. Je ne croyais pas l'avoir déjà vu rougir.

—C'était Raina, n'est-ce pas? devinai-je.

Il acquiesça.

—Oui.

Je laissai ses cheveux retomber devant sa figure et réfléchis quelques secondes. Puis je me mis à rire sans pouvoir m'arrêter.

—Anita? lança-t-il, les yeux plissés.

Mon rire s'estompa à la vue de son inquiétude.

— Quand tu as forcé Raina à renoncer à toi, il y a si longtemps, savais-tu qu'elle était la seule capable de faire ça avec toi?

Il hocha gravement la tête.

— Raina a bien souligné ce que je perdrais en n'étant plus son chouchou.

Je pris sa main et la glissai le long de mon short de pyjama. Ses doigts trouvèrent l'humidité qui avait traversé le satin, et je n'eus pas besoin de le guider davantage. Sa main se plaqua sur mon sexe à travers le tissu trempé. Puis, du bout des doigts, il caressa l'intérieur de mes cuisses. Ma peau était mouillée jusqu'à mes genoux.

— Comment as-tu pu renoncer à ça? chuchotai-je.

Sa main remonta vers le creux de mon entrejambe. Il se pencha pour m'embrasser tandis que son majeur s'insinuait lentement – très lentement – sous le satin plaqué à ma peau. Sa bouche resta en suspens au-dessus de la mienne, si près qu'une inspiration un peu vive aurait suffi pour qu'elles se touchent.

— Aucun plaisir au monde ne valait le prix qu'elle réclamait, dit-il, son souffle tiède caressant ma peau tandis que son doigt frôlait le bord de mes autres lèvres.

Alors, deux choses se produisirent simultanément : il m'embrassa, et son majeur glissa à l'intérieur de moi. Je hurlai contre sa bouche, arquai le dos et lui plantai mes ongles dans l'épaule tandis que son doigt trouvait mon clitoris et le frottait jusqu'à ce que je jouisse de nouveau. Le monde avait des bords blancs et flous, comme si je le voyais à travers un voile de gaze.

Je sentis le lit bouger, mais je n'arrivais pas à me concentrer, ni même à me soucier de ce qui se passait. Des mains saisirent mon short. Clignant des yeux, je vis Richard penché au-dessus de moi. Il fit glisser mon bas de pyjama le long de mes jambes, écarta celles-ci et s'agenouilla entre elles. Puis il souleva mon caraco en satin, dénudant ma poitrine. Il passa les mains sur mes seins, et je me tordis de plaisir. Ses mains descendirent le long de mon corps, agrippèrent mes cuisses et me tirèrent vers lui d'une secousse un peu brusque.

À l'instant où son membre frotta contre mon entrejambe, je sentis la texture caoutchouteuse d'un préservatif. Je levai les yeux vers lui et demandai :

—Comment as-tu su ?

Il s'allongea à demi sur moi, le bas du corps pressé entre mes jambes, soutenant le poids de son torse sur ses bras tendus comme s'il était en train de faire des pompes.

—Crois-tu vraiment que Jean-Claude m'aurait prévenu au sujet de l'ardeur sans ajouter que tu ne prenais plus la pilule ?

—Bonne remarque.

—La suite va être encore meilleure, promit-il.

Je sentis bouger ses hanches. La seconde d'après, il me pénétra d'un mouvement puissant qui m'arracha un cri.

Richard baissa la tête pour voir mon visage. Je gisais sous lui, haletante, mais mon expression dut le rassurer car il arqua le dos, fixant un point dans le lointain droit devant lui, et se retira lentement, centimètre par centimètre, jusqu'à ce que je pousse de petits gémissements de frustration. Lorsqu'il fut presque sorti de moi, il marqua une pause. Je baissai les yeux vers son membre raide et tendu.

Richard a toujours fait très attention quand nous couchions ensemble, parce que la nature l'a plutôt gâté côté service trois pièces. Jamais auparavant il ne s'était autorisé à me pénétrer avec autant de force. Comme Micah, il me remplissait complètement, jusqu'à ce point à la frontière du plaisir et de la douleur. Je le vis pousser sur ses hanches, le regardai s'enfoncer en moi jusqu'à ce que mon dos se cambre, que ma tête parte en arrière et que je ne puisse plus rien voir parce que je me tordais sous lui, mes mains griffant le couvre-lit.

Il se retira de nouveau, et je l'arrêtai en lui posant une main sur le ventre.

—Attends, attends.

J'avais du mal à respirer.

— Je ne te fais pas mal, protesta-t-il. Je le vois sur ton visage, dans tes yeux. Je le sens dans tout ton corps.

Je déglutis, pris une inspiration tremblante et dis :

— Non, tu ne me fais pas mal, bien au contraire. Mais jusqu'ici, tu as toujours été hyperprudent, même quand je te demandais d'y aller plus fort. Pourquoi ce changement d'attitude ?

Allongé sur moi, il me dévisagea, ses cheveux encadrant son visage tel un rideau soyeux.

— Avant, j'avais toujours peur de te faire mal. Mais maintenant, j'ai senti ta bête.

— Je ne me suis pas encore transformée, Richard. Nous ne pouvons pas être sûrs.

— Anita, dit-il doucement.

Mais dans sa voix, j'entendis du reproche, comme si j'étais une gamine têtue qui s'obstinait à nier l'évidence.

— Pour l'instant, je suis toujours humaine, Richard, insistai-je.

Il se pencha sur moi, et ses cheveux me caressèrent le visage comme il déposait un doux baiser sur ma joue.

— Même avant la première pleine lune, nous pouvons encaisser plus de dommages. La métamorphose a déjà commencé, Anita.

Je redressai le buste jusqu'à ce qu'il soit obligé d'en faire autant pour continuer à me regarder.

— Jusqu'ici, tu t'es toujours retenu, n'est-ce pas ?

— Oui.

Je scrutai son visage, et dans ses yeux, je vis un tel besoin que je compris pourquoi il avait été aussi furieux contre Gregory. Il avait dit qu'il regrettait presque de ne pas avoir fait de moi une véritable lupa, maintenant que j'étais devenue Nimir-ra pour de bon, mais il y avait autre chose.

En regardant ses yeux d'un brun si chaud dans la lumière du soleil levant, je compris qu'il voulait depuis longtemps que je sois comme lui, même s'il détestait ce qu'il était. Qu'il avait réellement pensé à me transformer – et plus d'une fois – pendant que nous faisions l'amour et qu'il devait être si prudent. Je le lisais dans ses yeux, sur son visage. Il fit mine de détourner la tête comme s'il avait senti que je voyais en lui, mais se força à soutenir mon regard avec une expression proche du défi.

—À quel point étais-tu obligé de faire attention ? demandai-je.

Cette fois, il détourna la tête, utilisant ses cheveux pour se protéger. Je passai la main entre ses mèches épaisses pour toucher sa joue et ramener son regard vers moi.

—Richard, à quel point étais-tu obligé de faire attention ?

Dans ses yeux, je vis quelque chose qui ressemblait à de la douleur.

—Beaucoup, chuchota-t-il.

Je pris son visage entre mes mains.

—Tu n'as plus besoin de te retenir.

Une expression émerveillée passa sur ses traits. Il se pencha vers moi, et nous nous embrassâmes comme nous l'avions fait un peu plus tôt : longuement, chacun explorant à son tour la bouche de l'autre. Puis il s'écarta lentement, et je sentis le bout de son sexe toucher l'entrée du mien. Je baissai les yeux pour regarder son corps bouger au-dessus de moi. Cette fois, il me pénétra plus fort et plus vite, m'arrachant un cri silencieux.

—Anita…

J'ouvris les yeux. Je ne m'étais pas rendu compte que je les avais fermés. Je le regardai avidement.

—Ne te retiens plus, Richard. S'il te plaît, ne te retiens plus.

Il sourit et me donna un baiser rapide. Puis il se remit à aller et venir, et cette fois, il ne s'arrêta pas.

Il s'enfonçait en moi le plus loin qu'il pouvait, aussi vite et aussi fort qu'il le pouvait. Le martèlement humide de sa chair contre la mienne adopta un rythme constant. Je compris que si Richard avait fait attention jusque-là, ce n'était pas seulement à cause de sa grosseur, mais aussi à cause de sa force. Il aurait pu soulever mon lit en développé-couché, et sa puissance musculaire ne se cantonnait pas à ses bras : elle était aussi dans ses jambes, dans tout ce corps qu'il propulsait à l'intérieur du mien, encore et encore. Pour la première fois, je prenais sa mesure réelle.

J'avais déjà senti la force de ses mains et de ses bras quand il me tenait contre lui, mais ce n'était rien comparé à ça. Sous ses coups répétés, nos corps ne faisaient plus qu'un – une masse de chair dégoulinant de sueur. J'avais vaguement conscience que ça me meurtrissait, que je serai endolorie plus tard, et je m'en fichais.

Je criai son nom alors que mon bas-ventre se contractait autour de lui. Un spasme me saisit, et je retombai violemment sur le lit – terrassée, non par les coups de boutoir de Richard, mais par la puissance de mon orgasme. Des hurlements se déversèrent de ma gorge tandis que mon corps se tordait sous lui. C'était bon, meilleur que tout ou presque, mais c'était aussi violent, douloureux et presque effrayant.

Je me rendis vaguement compte que Richard jouissait aussi. Il cria mon nom mais resta où il était pendant que je continuais à me débattre. Il attendit que je me sois calmée pour s'autoriser à s'écrouler sur moi, légèrement de côté afin de ne pas écraser mon visage contre sa poitrine.

En nage et le souffle court, nous attendîmes que les battements frénétiques de nos cœurs ralentissent suffisamment pour nous permettre de parler. Richard fut le premier à recouvrer l'usage de sa voix.

— Merci, merci de m'avoir fait confiance.

J'éclatai de rire.

— C'est moi qui devrais te remercier. (Je portai sa main à ma bouche et embrassai sa paume, puis la posai sur ma joue.) Crois-moi, tout le plaisir était pour moi.

Il rit lui aussi, de ce rire de gorge purement masculin et sexuel.

— Il va falloir qu'on prenne une autre douche.

— Celui qui réussit à se lever le premier peut réquisitionner la salle de bains.

Il rit de nouveau et me serra contre lui. Je n'étais même pas sûre que mes jambes acceptent de me porter le temps d'une douche.

— Peut-être vaudrait-il mieux que je prenne un bain ?

CHAPITRE 38

J e me réveillai juste assez pour sentir le poids de quelqu'un contre mon dos. Je me pelotonnai dans sa chaleur et m'enveloppai de nouveau de mon sommeil. Un bras tomba par-dessus mon épaule ; je me tortillai pour m'installer confortablement dans le cercle qu'il formait.

Ce ne fut ni la chaleur, ni la pression de la chair qui acheva de me réveiller – les léopards-garous m'avaient habituée à ça. Ce fut l'odeur de sa peau. À elle seule, elle identifiait Richard. J'ouvris les yeux et me plaquai plus étroitement contre lui, serrant son bras bronzé et musclé autour de moi ainsi qu'une couverture douillette. Évidemment, aucune couverture n'avait la fermeté du corps de Richard, ni la douceur soyeuse de sa peau, et encore moins de mains pour me serrer plus fort.

Richard ajusta sa position de manière que, malgré notre différence de taille, sa poitrine, son ventre et ses hanches soient entièrement plaqués contre mon dos. Il bougea une dernière fois, et je sentis quelque chose de dur et de raide contre mes fesses. C'était le matin, Richard était un homme, mais pour une fois, il ne s'agissait pas d'un phénomène embarrassant que je me devais d'ignorer. Je pouvais y prêter autant ou aussi peu d'attention que je le voulais. Et je voulais beaucoup.

Je fis mine de me retourner dans l'étreinte de Richard et découvris que j'étais tout endolorie. Mon bas-ventre meurtri me faisait mal, mais ce n'était pas une sensation désagréable. Comme Richard ouvrait les bras pour me permettre de rouler sur le dos, je ris doucement.

—Qu'y a-t-il de si drôle ?

Je levai les yeux vers lui en continuant à rire – probablement pour m'empêcher de gémir.

—Je suis toute raide.

Il haussa les sourcils de façon suggestive.

—Moi aussi.

Je rougis, et il m'embrassa le nez, puis la bouche, mais d'une façon encore chaste, pas vraiment sexuelle. Cela me fit glousser. Oui, moi – glousser.

Le baiser suivant fut plus audacieux, et celui d'après me colla contre le lit. Richard glissa une jambe entre les miennes, et quand son genou toucha la zone meurtrie, je frémis. Il s'écarta légèrement.

—Si tu as trop mal, dis-le.

—Je suis prête à essayer, pour l'honneur, plaisantai-je. Mais honnêtement, je crois que oui.

Il resta en appui sur ses coudes, et ses doigts écartèrent une mèche de cheveux de ma joue.

—Ce que je t'ai fait hier soir aurait brisé deux ou trois os à une humaine ordinaire.

Je n'eus pas besoin de me regarder dans un miroir pour sentir mes yeux devenir glaciaux. J'essayais vraiment de ne pas y penser.

—Je suis désolé. Je ne voulais pas gâcher l'ambiance. (Richard sourit brusquement, et cela lui donna l'air plus jeune, plus détendu que je ne l'avais vu depuis longtemps.) Je suis juste content de ne pas avoir à m'inquiéter de te blesser.

Je fus forcée de lui rendre son sourire.

—Je ne suis pas blessée à proprement parler, mais il va peut-être falloir y aller plus doucement ce matin.

Sa bonne humeur s'estompa, et quelque chose d'autre emplit ses yeux comme il se penchait vers moi.

—Je crois que ça peut se faire.

Il m'embrassa sur la bouche, puis descendit le long de mon cou et de mes épaules. Arrivé à mes seins, il se laissa distraire et les couvrit de baisers. Il en prit un dans sa main en coupe,

568

et sa langue laissa une longue trace humide sur le mamelon. Ses lèvres glissèrent sur le renflement de mon sein tandis qu'il aspirait celui-ci. Quand il en eut presque la moitié dans la chaleur humide de sa bouche, l'ardeur jaillit brusquement de l'endroit de mon corps où elle s'était planquée jusque-là.

Richard releva la tête, tenant toujours mon sein dans sa main.

—C'était quoi, ça? demanda-t-il.

Je vis aux poils hérissés de ses bras qu'il avait la chair de poule.

—L'ardeur, répondis-je d'une voix douce.

Il s'humecta les lèvres, et je vis une peur non dissimulée dans ses yeux.

—Jean-Claude m'en a parlé; il m'a même laissé sentir la sienne. Mais je n'y ai pas vraiment cru. Je pense que je ne voulais pas y croire.

Ma bête s'était réveillée en même temps que l'ardeur, comme si une faim attisait l'autre. Je la sentis s'étirer en moi tel un grand félin au sortir d'une sieste. Elle roula sur elle-même pour se tendre vers Richard, dont la bête s'éveilla à son tour. Une de mes mains était posée sur la chaude fermeté de sa poitrine, mais je sentais quelque chose d'autre à l'intérieur, quelque chose qui s'agitait comme un prédateur prisonnier de sa cage thoracique.

Richard agrippa ma main et l'écarta de sa poitrine.

—Que fais-tu?

—L'ardeur appelle nos bêtes, expliquai-je.

Je me faufilai sous lui, ma main libre glissant le long de son ventre plat et de la courbe de sa hanche. Il me saisit le poignet juste avant que j'atteigne son érection. À présent, il tenait mes deux mains entre ses grandes pattes. Et ça ne m'embêtait pas, parce que je pouvais le toucher sans les mains – sans aucune partie de mon corps, même. Je me remémorai la sensation de sa bête s'engouffrant en moi, et je propulsai la mienne en lui dans un jaillissement d'énergie brûlante.

Richard se jeta en arrière, roula sur lui-même et se leva d'un bond, en un mouvement presque trop rapide pour que je puisse le suivre des yeux. Il s'immobilisa debout près du lit, haletant comme s'il venait de courir un marathon. Sa peur avait le goût du plus raffiné des champagnes. Mêlée aux effluves de sexe, elle me fit mettre à genoux et ramper hors des couvertures jusqu'au bord du lit. Je sentais la tiédeur du corps de Richard, l'odeur de sa peau et le léger parfum de l'eau de Cologne dont il s'était aspergé la veille.

Je laissai mon regard errer sur sa beauté. Ses cheveux ébouriffés par le sommeil pendaient en une masse lourde d'un côté de son visage. Il donna un petit coup de tête pour les rejeter en arrière, et ce simple mouvement me contracta le bas-ventre. Mais sous le désir sexuel perçait l'envie de sentir toute cette peau lisse et ferme céder sous mes dents. Je voulais marquer Richard comme j'avais marqué Nathaniel. Je voulais le mordre.

Dans un flash, je goûtai sa chair comme de la viande et vis son corps réagir, pas seulement au désir sexuel mais à la faim. Alors, je compris pourquoi les métamorphes prononçaient toujours le mot « faim » comme si celui-ci était en majuscules. Raina venait de pointer le bout de son nez libidineux. L'ardeur la surpassait, mais elle était là, tapie dessous, me fournissant des images et des sensations pour illustrer mes envies.

Je me levai du lit, et Richard recula. Je voyais son pouls palpiter dans son cou, se débattant tel un petit animal affolé. Sa bête aussi était prisonnière – prisonnière de son contrôle et de sa peur. Je la sentais faire les cent pas à l'intérieur de son corps tel un loup en cage dans un zoo, marchant de long en large sans aucun espoir de recouvrer sa liberté. Sa cage était peut-être vaste, mais elle restait une cage.

Raina m'envoya une image qui me fit tomber à genoux. Je vis Richard cloué sous mon poids, enchaîné à un lit, et au moment où il jouit en moi, il se métamorphosa. Car telle était la seule libération, le seul lâcher-prise possible pour un lycanthrope.

Richard s'agenouilla devant moi.

— Tu vas bien ?

Il me toucha le bras. Mauvaise idée. Ma bête fusa le long de nos peaux en rugissant et percuta la sienne avec tant de force que je sentis le choc jusque dans mes côtes et mon ventre, comme si j'avais reçu un coup de poing. Elle déséquilibra Richard et le fit basculer contre moi.

Un instant, nous nous accrochâmes l'un à l'autre. L'ardeur s'embrasa telle une flamme invisible dont nous aurions été la mèche. Je sentais le cœur de Richard battre contre mes bras pressés sur sa poitrine, comme si ma peau était un tambour et que son pouls résonnait en moi. Inversement, mon propre pouls s'était logé dans le corps de Richard. Chacun de nous était rempli du rythme de l'autre ; je ne savais plus quel cœur battait dans ma poitrine et quel sang coulait dans mes veines.

L'espace de quelques secondes tremblantes, nous restâmes pressés l'un contre l'autre, comme si nos peaux s'apprêtaient à céder, comme si la promesse des marques allait enfin s'accomplir – comme si nous n'allions plus faire qu'un corps, qu'un esprit, qu'un seul être.

Puis Richard commença à se débattre ainsi qu'un homme sur le point de se noyer. Le pouvoir se brisa autour de lui et, pareil à la surface d'un plan d'eau que des bras viennent de crever, se reforma aussitôt. Richard hurla, et je le sentis se jeter en arrière.

Ouvrant les yeux, je tentai de le retenir. Il avait presque dégagé sa main ; seuls ses doigts étaient encore prisonniers des miens quand l'ardeur s'abattit sur nous. Je savais que son contrôle était trop fragile pour m'empêcher de me nourrir. Je percevais sa confusion ; je le sentais lutter pour décider à quoi s'accrocher et sur quoi lâcher prise. Je me rendis compte que son bouclier était baissé depuis longtemps parce qu'il ne pouvait pas simultanément maintenir les marques fermées, garder sa forme humaine et m'empêcher de me nourrir.

Richard hurla de nouveau, et je le sentis se décider – faire consciemment le choix du moindre mal. Il repoussa brutalement sa bête au fond de lui et referma les marques entre nous comme s'il me claquait une porte au nez. Ce fut si soudain qu'il me sembla que le monde tremblait sur ses fondations. Un instant, la tête me tourna.

Puis l'ardeur déferla sur nous, à travers nous, tel un troupeau de bêtes affolées menaçant de nous piétiner jusqu'à ce qu'il ne reste de nous que de la chair, des os et du sang – de la viande et du désir. Je vis le dos de Richard s'arquer, sa tête partir en arrière, et je sentis la pression grandissante, son corps qui devenait trop petit.

La seconde d'après, ce fut la libération torrentielle et brûlante. Je lui tins la main pendant que le choc ébranlait son corps et que le plaisir me dressait sur les genoux, comme s'il me soulevait et me berçait. Et je me nourris ; je me nourris jusqu'à ce que nous nous écroulions tous deux sur le sol, couverts de sueur, haletants, nos doigts toujours entremêlés.

Richard se dégagea le premier. Il resta allongé par terre, le regard flou, le cœur dans la gorge et battant la chamade. Il déglutit avec difficulté. Je me sentais lourde et somnolente, comme un serpent après un gros repas.

Richard fut le premier à retrouver sa voix.

— Tu n'avais pas le droit de te nourrir de moi.

— Je croyais que tu étais resté pour ça.

Il s'assit lentement, comme si lui aussi était endolori à présent.

— En effet.

— Tu n'as jamais dit « non ».

Je roulai sur le flanc mais ne tentai pas de me relever.

Richard acquiesça.

— Je sais. Je ne t'accuse pas.

Bien sûr qu'il m'accusait. Mais au moins, il essayait de ne pas le faire.

— Tu aurais pu m'arrêter, Richard. Il te suffisait de laisser les marques ouvertes ou de libérer ta bête. Tu aurais pu maintenir l'ardeur à distance. Tu as choisi ce que tu voulais contrôler.

—Je le sais aussi.

Mais il refusait de me regarder en face.

Je me redressai en appui sur mes bras.

—Alors, quel est le problème ?

Richard secoua la tête et se mit debout. Il vacillait un peu ; pourtant, il se dirigea vers la porte.

—Je m'en vais, Anita.

—À t'entendre, ça a l'air terriblement définitif.

Il se retourna.

—Personne ne se nourrit de moi. Personne.

Il s'était si bien barricadé derrière son bouclier que je ne pouvais pas dire ce qu'il ressentait, mais je le voyais sur son visage. De la douleur. Il s'était retranché si profondément en lui-même que je ne pouvais pas deviner sa source. Je savais juste que ça lui faisait un mal de chien.

—Donc, tu ne seras pas là demain matin quand l'ardeur reviendra ? demandai-je sur un ton presque neutre.

Il secoua la tête, et ses cheveux épais glissèrent sur ses épaules. Sa main était posée sur la poignée de la porte, son corps tourné de façon à me dissimuler l'essentiel de lui.

—Je ne peux pas recommencer, Anita. Pour l'amour du ciel, tu suis la même règle. Personne ne se nourrit de toi non plus.

Je m'assis, entourant mes genoux de mes bras et serrant mes cuisses contre ma poitrine – sans doute pour couvrir ma nudité, moi aussi.

—Tu as senti l'ardeur, Richard. Si je ne peux pas me nourrir de toi, alors, de qui ? Avec qui veux-tu que je partage ça ?

—Jean-Claude…

Mais il ne finit pas sa phrase.

—Il est un peu plus de midi. À cette heure-ci, Jean-Claude est mort pour le reste du monde. Il ne se réveillera jamais à temps pour partager l'ardeur avec moi.

Sa main se crispa si fort sur la poignée de la porte que je vis saillir les muscles de son bras.

—Le Nimir-raj, alors. On m'a dit que tu t'étais déjà nourrie de lui, de toute façon.

—Je ne connais pas assez bien Micah. (Je pris une grande inspiration et dis :) Je ne suis pas amoureuse de lui, Richard. C'est toi que j'aime. Toi que je veux.

—Tu veux te nourrir de moi ? Tu veux que je sois ta vache ?

—Non. Non.

—Je suis l'Ulfric du clan de Thronnos Rokke, Anita. Pas une tête de bétail : le prédateur qui dévore le bétail.

—Si tu t'étais transformé, tu aurais pu bloquer l'ardeur et m'empêcher de me nourrir. Pourquoi ne l'as-tu pas fait ?

Il appuya son front contre le chambranle de la porte.

—Je ne sais pas.

—Sois honnête, Richard. Au moins avec toi-même.

Alors, il fit volte-face, et sa colère me cingla la peau comme un coup de fouet.

—Tu veux de l'honnêteté ? Eh bien, tu vas en avoir. Je déteste ce que je suis. Je veux une vie, Anita. Une vraie vie. Je veux être débarrassé de toutes ces conneries. Je ne veux pas être Ulfric. Je ne veux pas être un loup-garou. Je veux juste une vie.

—Tu en as une, Richard. Simplement, ce n'est pas la vie que tu imaginais.

—Et je ne veux pas non plus être amoureux de quelqu'un qui se sent plus à l'aise que moi parmi les monstres.

Je le fixai du regard, serrant mes genoux contre ma poitrine nue, mon dos pressé contre le lit. Je le regardai sans rien dire, parce que je ne savais pas quoi dire.

—Je suis désolé, Anita, mais je ne peux pas… je ne *veux* pas faire ça.

Richard ouvrit la porte et sortit. La porte se referma derrière lui avec un cliquetis doux mais ferme.

Pendant quelques secondes, je restai assise par terre sans bouger. Peut-être ne respirais-je même pas. Puis, lentement, les larmes se mirent à couler, et ma première inspiration fut un hoquet convulsif qui me blessa la gorge. Je basculai sur le flanc, roulée en une boule compacte, et pleurai jusqu'à ce que je frissonne de froid.

Ce fut dans cette position que Nathaniel me trouva. Il défit la couverture du lit et m'en enveloppa ; puis il me souleva et grimpa sur le lit en me tenant dans ses bras. Il me serra contre lui, dans le creux de son corps, sans que je puisse le sentir à travers l'épaisse couverture.

Tandis qu'il me caressait les cheveux, je sentis le lit bouger. J'ouvris les yeux. Cherry et Zane rampaient vers moi. Ils touchèrent mon visage, essuyèrent mes larmes du bout des doigts et se lovèrent contre moi du côté opposé à Nathaniel, me faisant un anneau de leur chaleur.

Gregory et Vivian furent les suivants. Ils grimpèrent sur le lit, venant former avec nous un nid de corps tièdes. Je ne tardai pas à avoir trop chaud. Dès que je repoussai la couverture, leurs mains se tendirent vers moi pour me toucher, me tenir. Je me rendis compte que j'étais toujours nue, et eux aussi. Aucun de mes léopards ne s'habille jamais à moins que je le lui ordonne. Mais ce contact n'avait rien de sexuel ; il était juste censé me réconforter.

Nous gisions entassés comme une portée de chiots, et chacun de ces « chiots » m'aimait à sa façon. Sa façon qui n'était peut-être pas celle dont je voulais être aimée – mais l'amour reste l'amour, et parfois, il me semble en avoir rejeté davantage que la plupart des gens ne s'en voient offrir dans toute leur vie. Depuis quelque temps, j'essaie d'en prendre soin un minimum.

Ils me bercèrent jusqu'à ce que je me rendorme, épuisée d'avoir tant pleuré. Ma peau était brûlante, mais au tréfonds de moi demeurait une boule glacée qu'ils ne pouvaient pas atteindre. Cette boule était l'amour que je portais à Richard depuis notre première rencontre, ou presque. Je l'ai toujours aimé. Mais il avait raison sur un point : nous ne pouvions pas continuer comme ça. Je ne pouvais pas continuer comme ça.

C'était fini. Il fallait que ce soit fini. Richard détestait ce qu'il était, et à présent, il détestait ce que j'étais aussi. Il disait qu'il voulait être avec quelqu'un qu'il ne craindrait pas de blesser – et il était sincère –, mais il voulait aussi être avec quelqu'un d'humain, d'ordinaire. Il ne pouvait pas avoir les deux… ce qui ne l'empêchait pas de vouloir les deux. Je ne pouvais pas être ordinaire ; je n'étais même pas sûre d'avoir été humaine un jour. Autrement dit, je ne pouvais pas être ce que Richard voulait que je sois, et il ne pouvait pas s'arrêter de le vouloir. Richard était une énigme sans solution, et j'en avais assez de jouer à un jeu que je ne pouvais pas gagner.

CHAPITRE 39

Je dormis comme si j'avais été droguée, d'un sommeil lourd, plein de rêves brutaux et fragmentés – ou de néant. J'ignore quand je me serais réveillée de moi-même, mais au bout d'un moment, quelqu'un me lécha la joue. S'il m'avait secouée ou appelée, peut-être aurais-je pu l'ignorer, mais il me léchait si langoureusement que cela me fut impossible.

J'ouvris les yeux et découvris le visage de Cherry si proche du mien que cela me fit loucher. La métamorphe recula juste assez pour que je puisse la voir clairement et dit :

— Tu étais en train de faire un cauchemar. J'ai pensé qu'il valait mieux te réveiller.

Sa voix était neutre, son visage impassible, son expression positive et détachée à la fois. C'était son masque d'infirmière, destiné à réconforter les patients sans rien leur révéler. Le fait qu'elle soit nue, allongée sur le côté et appuyée sur un coude de sorte que son corps formait une longue ligne ininterrompue, ne semblait pas entamer son professionnalisme. Jamais je n'aurais pu en faire autant. Quoi qu'il se passe autour de moi, si je suis à poil, je ne parviens pas à l'oublier.

— Je ne me souviens pas d'avoir rêvé, dis-je en levant une main pour essuyer l'humidité sur ma joue.

— Tu es toute salée d'avoir tant pleuré.

Le lit bougea, et Zane passa la tête par-dessus mon autre épaule.

— Je peux lécher ton autre joue ?

Cela me fit rire, et je lui en fus presque assez reconnaissante pour le laisser faire – presque.

Je m'assis et le regrettai aussitôt. Tout mon corps était raide et endolori, douloureux comme si j'avais reçu une raclée. En fait, je m'étais déjà sentie mieux après certaines des raclées reçues au fil des ans. Je serrai la couverture contre moi, moitié pour couvrir ma nudité, moitié parce que j'avais froid. Puis je m'adossai à la tête de lit, les sourcils froncés.

—Quelle heure est-il?

—Environ 17 heures, me répondit Cherry. Je t'aurais bien laissé dormir plus longtemps, mais tu gémissais dans ton sommeil.

Je serrai la couverture plus fort contre moi.

—Je ne m'en souviens pas, répétai-je.

Cherry s'assit et tapota mon genou à travers la couverture.

—Tu as faim?

Je secouai la tête.

Zane et elle échangèrent un de ces regards qui disent combien les gens se font de mouron pour vous. Cela m'irrita.

—Écoutez, je vais bien.

Ils m'observèrent tous deux. Je me rembrunis.

—Ça va aller, d'accord? insistai-je.

Ils n'eurent pas l'air convaincus.

—Il faut que je m'habille.

Ils restèrent allongés là, sans bouger.

—Traduction: sortez d'ici et laissez-moi respirer.

Ils échangèrent un nouveau coup d'œil, et mon irritation monta encore d'un cran. Mais sur un signe de tête de Cherry, ils se levèrent et se dirigèrent ensemble vers la porte.

—Et enfilez quelque chose, lançai-je.

—Si ça peut te réconforter, acquiesça Cherry.

—Je préférerais, oui.

Zane esquissa un salut militaire.

—Tes désirs sont des ordres.

C'était un peu trop proche de la vérité à mon goût, mais je laissai courir.

Dès qu'ils furent sortis, je choisis des fringues, des armes et gagnai la salle de bains sans avoir croisé personne. Cherry était bien capable d'avoir dégagé la voie pour moi. Les léopards prenaient soin de moi, mais ce matin – ou plutôt, cet après-midi –, ça ne m'agaçait pas suffisamment pour que je m'en plaigne.

Je passai aussi peu de temps que possible à la salle de bains. Curieusement, j'évitai de me regarder dans le miroir. J'essayais de ne pas réfléchir, et voir mes yeux pareils à ceux d'une victime de traumatisme récent, mon teint livide et mon air choqué ne me facilitaient pas la tâche.

J'enfilai mes sous-vêtements habituels, culotte noire et soutien-gorge assorti. À ce stade, je ne possédais même plus de lingerie blanche – la faute à Jean-Claude. Des chaussettes de sport noires, un jean noir, un polo noir, mon Browning Hi-Power dans son holster, mon Firestar dans un étui à la taille presque invisible sur tout ce noir. Je n'oubliai pas mes couteaux en argent dans leur fourreau de poignet. Certes, je n'avais pas besoin de tout cet arsenal pour me balader dans ma propre maison, surtout en présence d'autant de métamorphes, mais je me sentais ébranlée, comme si mon monde était moins solide que la veille.

J'avais toujours pensé que Richard et moi finirions par trouver une solution. Je ne savais pas laquelle, mais je pensais que nous trouverions. À présent, je n'y croyais plus. Ça ne marcherait jamais entre nous. Nous ne serions rien l'un pour l'autre, sinon le minimum syndical requis par les marques. Je n'étais même pas sûre que sa proposition de me nommer Bolverk tienne toujours. Je l'espérais. Je pouvais supporter de le perdre comme amant, mais je ne pouvais pas le laisser provoquer la destruction de la meute. S'il refusait de coopérer, je ne savais pas encore comment je l'arrêterais, mais je m'occuperais de ça un autre jour. Pour l'instant, mon seul objectif était de survivre à la journée en cours. Si j'avais été seule chez moi, ou juste avec Nathaniel, j'aurais pris Sigmund (mon pingouin en peluche préféré) pour le trimballer partout avec moi. Oui, je me sentais mal à ce point.

Il y eut bien un moment où je m'aperçus dans le miroir de ma chambre et où je fus forcée de m'arrêter et de sourire. J'avais le total look « assassin cool ». Je taquine souvent mes amis chasseurs de primes à ce sujet, mais je dois bien reconnaître que parfois, il est impossible d'échapper aux stéréotypes. Et puis, le noir me va bien. Par contraste, ma peau paraît translucide, presque lumineuse, et mes yeux semblent encore plus sombres. J'ai un petit côté éthéré, comme un ange sans ailes un mauvais jour. D'accord : un ange déchu, peut-être. Mais l'effet est quand même frappant.

J'ai appris depuis longtemps que lorsqu'on vient de se faire jeter par l'homme de sa vie, la meilleure vengeance, c'est d'avoir l'air canon. Si j'avais voulu pousser cette stratégie jusqu'au bout, je me serais maquillée, mais je n'en avais pas envie. J'étais toujours en vacances, et par principe, je ne me maquille jamais pendant mes vacances. Sauf si on m'y oblige, évidemment.

La cuisine était bondée. Tous les métamorphes avaient pris mes instructions à cœur et s'étaient habillés. Cherry portait un short en jean coupé et une chemise blanche d'homme aux manches arrachées, dont quelques fils pendouillaient sur ses épaules. Elle avait noué le bas pour dévoiler son ventre, et Zane la suivait du regard tandis qu'elle s'affairait dans la pièce. Je ne savais pas trop ce que Cherry pensait de lui, mais il se comportait de plus en plus comme un homme amoureux. Assis à la table dans le pantalon de cuir qu'il avait enlevé la veille, il observait Cherry en ignorant le café posé devant lui.

Caleb était adossé au comptoir. Il n'avait pas fermé le bouton du haut de son jean, et on voyait l'anneau de son nombril. Tout en sirotant son café, il regardait Zane regarder Cherry avec une drôle d'expression. Je n'arrivais pas à la déchiffrer, mais elle ne me disait rien qui vaille. Il me semblait que Caleb réfléchissait à un moyen de foutre la merde entre Cherry et Zane. Ç'aurait bien été son genre.

Nathaniel était assis à la table, ses longs cheveux tressés dans le dos, le torse nu, mais je n'eus pas besoin de vérifier pour savoir qu'il portait quelque chose en bas. Il me connaissait suffisamment bien pour ça.

Igor et Claudia se levèrent à mon entrée dans la pièce. Dans la lumière du jour, les tatouages du rat-garou étaient encore plus impressionnants. Ils recouvraient ses bras, ce que je pouvais voir de sa poitrine à travers son débardeur blanc et les côtés de son cou ainsi que des joyaux liquides et brillants. Même de loin, ils formaient un très beau contraste avec sa peau blanche. Je ne suis pas spécialement fan de tatouages, mais je n'imaginais pas Igor sans les siens. Ça lui allait bien, tout simplement. Il avait enfilé un holster dont les lanières devaient lui irriter la peau faute de manches, mais bon, c'était sa peau, pas la mienne. Le Glock était niché sous son aisselle, formant une tache noire contre tous ces dessins multicolores telle une imperfection sur un Picasso.

À côté de lui, Claudia semblait franchement quelconque – si tant est qu'une femme de près de deux mètres, plus musclée que la plupart des hommes, puisse avoir l'air quelconque. Le flingue glissé dans le creux de ses reins n'était pas aussi voyant que celui d'Igor. Ses cheveux noirs étaient toujours attachés en une queue-de-cheval sévère qui dégageait son visage nu et vide, yeux y compris. Claudia avait des yeux de flic ou de méchant, les yeux de quelqu'un qui ne vous laisse pas voir ce qu'il y a à l'intérieur. En dehors de la police, je n'ai pas rencontré beaucoup de femmes qui possèdent ces yeux-là. Avec un visage un tantinet plus doux, elle aurait été très belle. Mais le tracé de ses mâchoires, le pli de sa bouche charnue disaient « Bas les pattes ! ». Et cette inaccessibilité lui enlevait quelque chose.

Les deux rats-garous vinrent se poster de chaque côté de moi, un peu en retrait. J'aurais bien protesté, mais j'avais découvert la veille que ça ne servait pas à grand-chose. Ils recevaient leurs ordres de Rafael, pas de moi. Rafael leur avait dit de me protéger, et c'est ce qu'ils faisaient. J'étais trop… chamboulée pour gaspiller de l'énergie à leur dire de me foutre la paix. Ils pouvaient bien me suivre comme des toutous si ça leur chantait. Cet après-midi, je m'en foutais.

Merle se tenait dans le coin des placards, juste assez près de la machine à expressos pour qu'Igor envahisse son espace personnel pendant que je me servais. J'ignorais qui avait préparé du café, et ça n'avait pas d'importance : sa vue et son odeur suffisaient à me réconforter.

Merle portait les mêmes bottes de cow-boy, le même jean et le même blouson en jean sans rien dessous que la veille. Il buvait son café dans une des rares tasses unies que je possède. La cicatrice sur sa poitrine était très blanche, très déchiquetée, légèrement enfoncée à l'endroit où la plaie avait dû être la plus profonde. Je voulais lui demander comment il l'avait récoltée, mais la façon dont il surveillait la cuisine m'indiquait qu'il refuserait probablement de me le dire, et qu'il considérerait la question comme indiscrète. De toute façon, ça ne me regardait pas.

Les seules chaises encore libres autour de la table tournaient le dos à la porte-fenêtre et à la baie vitrée. Je déteste m'asseoir dos à une porte ou à une fenêtre – surtout à une porte. Nathaniel toucha le bras de Zane. Celui-ci me jeta un coup d'œil et se leva ; emportant sa tasse de café, il alla s'asseoir dans une des chaises vacantes. Cherry s'installa près de lui, dans la chaise libérée par Claudia. Celle-ci était orientée de manière que son occupante puisse surveiller les deux issues en même temps. Cherry la rapprocha de Zane, tournant le dos à la baie vitrée.

Il fut un temps où je n'étais pas aussi parano, surtout chez moi, mais aujourd'hui, je me sentais d'humeur méga prudente. L'insécurité, fût-elle émotionnelle, me fait toujours cet effet.

Claudia s'assit près de moi. Igor s'accouda au plan de travail derrière moi – pour garder un œil sur Merle, me sembla-t-il. Ils n'avaient pas l'air de s'apprécier tous les deux.

Je bus la première gorgée de café noir brûlant et laissai la chaleur se répandre en moi pendant quelques secondes avant de demander :

—Où est Gregory ?

—Stephen et Vivian l'ont ramené à leur appartement, répondit Cherry.

—Mais il va bien ?

Elle acquiesça avec ce sourire qui la fait paraître beaucoup plus jeune que nous le sommes toutes les deux.

—Il est guéri, Anita. Tu l'as guéri.

—Je ne l'ai pas guéri : j'ai appelé sa bête.

Elle haussa les épaules.

—C'est pareil.

Je secouai la tête.

—Non, je n'ai pas pu le guérir hier.

Cherry se rembrunit, et même les sourcils froncés, elle demeura ravissante. Elle rayonnait littéralement aujourd'hui. Je jetai un coup d'œil à Zane, qui la dévorait toujours des yeux. Peut-être était-ce un amour réciproque ? En tout cas, quelque chose faisait pétiller le regard de Cherry.

—Pour l'amour du ciel, Anita, tu l'as sauvé ! Qu'importe la manière dont tu t'y es prise ?

Ce fut mon tour de hausser les épaules.

—C'est juste que… Je n'aime pas le fait que le munin de Raina semble interférer de plus en plus quand j'essaie de guérir quelqu'un.

On sonna à la porte, et je sursautai comme si on venait de me tirer dessus. Nerveuse, moi ?

—J'ai commandé à bouffer, lança Nathaniel.

Je me tournai vers lui.

—Dis-moi que c'est du chinois.

Il acquiesça en souriant de mon expression ravie. Nous avions découvert que même si, en théorie, aucun traiteur n'acceptait de livrer aussi loin, la plupart d'entre eux voulaient bien faire une exception en échange d'un pourboire important. *Très* important, même. Nathaniel se leva, mais Caleb fut plus rapide que lui.

—J'y vais, dit-il en s'écartant du comptoir. Apparemment, je ne sers pas à grand-chose d'autre.

Il posa sa tasse sur le plan de travail et se fraya un chemin entre les autres avant de disparaître dans le salon.

— C'est quoi son problème, aujourd'hui ? demandai-je.

— Il a essayé de faire ami-ami avec Claudia, répondit Igor.

— Et avec moi, ajouta Cherry.

Mon regard passa du visage souriant de l'infirmière à celui, renfrogné, de la garde du corps.

— Et il est encore en état de marcher ?

— Il n'était pas nécessaire de le blesser, répliqua Claudia. Juste de se montrer très, très claire.

Le ton de sa voix et la froideur de son regard me firent automatiquement adopter mon expression impassible. Avant elle, je ne crois pas avoir rencontré de femme qui me fasse cet effet. C'est peut-être sexiste de dire que ça me perturbait d'autant plus qu'elle était une femme, mais c'est la vérité.

Ses narines frémirent, et je la vis humer l'air. Puis tous les métamorphes bougèrent en même temps, s'éparpillant à travers la pièce. Claudia se leva, me saisit le bras – celui avec lequel je tire – et m'attira vers le mur de l'autre côté de la cuisine. Elle tenait déjà son flingue dans la main droite. Je me dégageai d'une secousse tandis qu'Igor la rejoignait et que tous deux se plantaient devant moi, me bouchant la vue. Igor avait dégainé, lui aussi. J'allais leur demander ce qui se passait, bordel, quand je sentis l'odeur à mon tour. L'odeur âcre et si particulière des serpents.

Mon Browning était tenu à deux mains et pointé sur la porte quand le premier homme-serpent apparut sur le seuil de la cuisine, tenant Caleb devant lui et pressant le canon scié d'un fusil à pompe sous sa mâchoire.

— Si quelqu'un bouge, je lui fais sauter la cervelle.

CHAPITRE 40

Nous nous figeâmes tous comme si nous avions inspiré et retenu notre souffle ensemble.

— Il n'est pas nécessaire qu'il y ait des victimes, lança l'homme-serpent en me détaillant d'un gros œil cuivré.

La bande noire qui bordait ses yeux faisait l'effet d'un maquillage de théâtre. Celui-ci n'avait pas de cicatrices sur la figure ; il était plus petit et paraissait plus jeune que les autres. Son visage écailleux esquissa un sourire que ses mâchoires de reptile l'empêchèrent de mener jusqu'au bout. Ses yeux, en revanche, demeurèrent aussi vides et étranges que le reste de sa personne.

— Notre chef veut parler à Mlle Blake, c'est tout.

— Dites-lui de m'appeler pour prendre un putain de rendez-vous.

Je visais le long du Browning un point près du centre de sa poitrine, assez loin de la tête de Caleb pour ne pas craindre de blesser le léopard-garou, mais assez près de sa gorge pour avoir de bonnes chances de le décapiter, vu les munitions que j'utilisais. Mais pour ça, il faudrait d'abord qu'il éloigne son fusil à canon scié de la mâchoire de Caleb. À bout portant, une balle en argent tuerait certainement le léopard-garou. Et même si je ne l'aimais pas beaucoup, je ne pouvais pas laisser les méchants lui faire sauter la cervelle, pas vrai ?

— Il ne pensait pas que vous viendriez, répondit l'homme-serpent.

— Allez le voir, dites-lui de m'appeler, et je vous promets d'accorder à sa requête toute la considération qu'elle mérite.

Ma voix était calme parce que je m'efforçais de contrôler ma respiration, au cas où j'aurais une occasion de tirer.

L'homme-serpent enfonça son canon sous la mâchoire de Caleb jusqu'à lui arracher un petit gémissement de douleur.

—J'ai des balles en argent, mademoiselle Blake. À bout portant, une seule suffira à lui emporter la tête.

—S'il meurt, vous le suivrez la seconde d'après, promit Claudia d'une voix qui ne tremblait pas davantage que le bras tenant le flingue pointé sur la tête de l'homme-serpent.

Celui-ci émit un rire sifflant, et quelqu'un lui fit écho dans le salon. Plusieurs créatures se rapprochèrent de la cuisine. J'aperçus un éclair argenté – le métal d'une seconde arme à feu.

—Personne d'autre ne franchit le seuil de cette porte, ou je vous fais sauter la cervelle et je laisse Caleb se démerder, menaçai-je.

L'homme-serpent enfonça son canon un peu plus loin, forçant le léopard-garou à se dresser sur la pointe des pieds. Sur son visage apparurent les premières traces de panique.

—Je crois qu'elle ne t'aime pas beaucoup, siffla l'homme-serpent.

—Peu importe, répliquai-je. Je ne vous laisserai pas introduire d'autres flingues dans cette pièce.

—Vous promettez de ne pas faire de mal à Anita ?

C'était Merle. Comme il se tenait sur le côté, hors de mon champ de vision, je l'avais presque oublié.

—Nous ne toucherons pas à un seul cheveu de sa tête.

—Nous sentons que vous mentez, lâcha froidement Claudia.

L'homme-serpent inclina la tête sur le côté à la façon d'un oiseau.

—La plupart des métamorphes n'arrivent pas à sentir nos émotions sous la puanteur reptilienne.

—Anita, appela Cherry.

Je lui jetai un coup d'œil, et j'aperçus du mouvement dehors, de l'autre côté de la baie vitrée. Ils essayaient de nous prendre à revers.

— Ça bouge par ici, rapporta Igor.

Pour une fois, d'autres gens que moi avaient des flingues, et ils semblaient savoir ce qu'ils faisaient. Ça me changeait un peu. Je reportai mon attention sur l'homme-serpent juste à temps pour le voir désigner la porte-fenêtre avec le canon de son fusil.

— La maison est cernée. Il est inutile que vous mouriez tous.

Claudia tira une seconde avant moi. Sa balle l'atteignit en pleine figure ; la mienne le toucha à la jonction entre cou et poitrine. La tête de l'homme-serpent explosa dans une gerbe de sang et de fluides plus épais. Les deux détonations résonnant dans un espace aussi confiné firent bourdonner mes oreilles. Le corps de l'homme-serpent sursauta ; sa main se crispa sur la détente du fusil à pompe, et le coup partit. Caleb plongea à terre dans notre direction.

Deux autres hommes-serpents également armés de fusils à pompe firent irruption dans la cuisine épaule contre épaule.

— Gauche, dit Claudia.

Je tirai sur celui de droite pendant qu'elle se chargeait de celui de gauche. Nous avions bien visé toutes les deux ; les hommes-serpents s'écroulèrent. Un de leurs flingues heurta le sol avec fracas et glissa vers nous.

Une nouvelle détonation retentit sur notre gauche. Je pivotai vers sa source ; je ne pus m'en empêcher. La porte-fenêtre venait de se briser, et je n'avais pas entendu le verre tomber – juste le rugissement du fusil à pompe. Accroupi derrière le plan de travail central qu'il utilisait comme couverture, Igor logea deux balles dans la poitrine de l'intrus. Celui-ci tomba brusquement à genoux, comme une marionnette dont on vient de couper les fils.

— En approche, annonça Claudia.

Reportant mon attention sur l'entrée de la cuisine, j'aperçus le canon chromé et brillant d'un revolver. Claudia s'était plaquée contre les placards du mur le plus proche, presque hors de vue depuis le seuil de la pièce. Elle tira deux fois en direction du revolver, et un hurlement couvrit le bourdonnement de mes oreilles – un hurlement qui se poursuivit comme le cri d'un bébé lapin qui vient de se faire attraper par un chat. J'entendis quelqu'un aboyer :

— Ta gueule, Félix !

Des balles fusèrent à travers la cuisine depuis le côté de la porte du salon que ni Claudia ni moi ne pouvions atteindre en restant à couvert.

Quelqu'un me toucha le bras. Je fis volte-face et heurtai Nathaniel avec le canon du Browning. Il tendit un doigt. Igor gisait par terre, sur le flanc, et une tache écarlate s'élargissait sous lui. Zane et Cherry s'étaient recroquevillés sous la table. Un peu plus loin, j'aperçus Merle planqué dans l'angle des placards, probablement mieux caché que n'importe lequel d'entre nous. Que faire pendant une fusillade quand on n'a pas de flingue ? Un instant, je croisai le regard de Merle. Puis je reportai mon attention sur les dégâts.

Un homme enjamba les débris de la porte-fenêtre en armant son fusil à pompe. Je lui tirai dessus trois fois avant que ses genoux cèdent sous lui. Il n'avait qu'à recharger avant de se montrer.

Claudia arrosait la porte du salon. À mon avis, elle ne touchait plus personne, mais elle empêchait le reste des intrus de se ruer dans la pièce. Rien d'autre ne bougeait dans le jardin ; pourtant, je restai accroupie, tenant mon Browning à deux mains et visant l'ouverture de la porte-fenêtre.

Puis les intrus qui se trouvaient à l'intérieur de la maison ripostèrent, et Claudia et moi nous plaquâmes de plus belle contre les placards. Je m'efforçai de garder un œil sur la porte du salon, mais je ne pouvais pas viser et rester à couvert en même temps.

Une autre détonation de fusil à pompe résonna du côté de la petite fenêtre au-dessus de l'évier. La balle emporta un gros morceau du plan de travail central. J'étais pratiquement allongée par terre, le Browning toujours braqué vers les débris de la baie vitrée. L'assaut sur la petite fenêtre se répéta depuis l'extérieur tandis que les intrus postés dans le salon continuaient à nous canarder sans viser – juste pour nous empêcher de sortir. Je continuai à surveiller la porte-fenêtre. Ces gens-là tiraient pour couvrir quelque chose, et c'était la seule ouverture dégagée qui restait.

Ils furent trois à entrer par là, et ce fut comme si le monde ralentissait, comme si je le voyais nettement découpé à travers du cristal. J'eus tout le temps nécessaire pour détailler deux hommes-serpents et l'homme-lion Marco qui faisaient pourtant irruption dans la cuisine avec une rapidité surnaturelle. J'eus tout le temps de remarquer leurs fusils à pompe noirs et menaçants, dotés d'un canon démesuré, et les deux 9 mm que brandissait Marco – un dans chaque main. J'eus même le temps d'apercevoir de la fourrure blonde et dorée avant que ma première balle aille se loger dans le flanc de Marco et le fasse pivoter sur lui-même.

Claudia tira sur l'un de ses acolytes, qui s'écroula, mais l'autre fit parler son fusil à pompe, et je sentis la garde du corps vaciller au-dessus de moi. Je logeai deux balles dans la poitrine du dernier homme-serpent ; il s'effondra sur la table, et son arme tomba par terre sans faire de bruit.

Une balle toucha le placard à côté de moi, et je vis Marco accroupi me viser. Je braquai le Browning vers lui, mais je savais déjà que je n'aurais pas le temps de tirer. Je le regardai appuyer sur la détente. Je n'eus pas le temps d'avoir peur, juste celui de penser calmement qu'il allait me tuer et que je ne pouvais rien faire pour l'en empêcher.

Puis un éclair de fourrure noire lui bondit sur le dos, le faisant basculer en arrière, et la balle ricocha sur le sol devant moi. Un léopard-garou sous sa forme intermédiaire jeta Marco dans le jardin et disparut à sa suite.

Je continuai à surveiller la porte-fenêtre, mais plus rien ne bougeait. Quelque chose de tiède, presque chaud, goutta sur ma figure. Claudia se laissa glisser le long du placard et s'affaissa à côté de moi, les jambes étendues devant elle. Elle n'avait pas lâché son flingue, mais elle ne le tenait plus que mollement. Je m'accordai une seconde pour voir que son épaule et son bras droits n'étaient qu'une masse de chair sanguinolente, puis je reportai mon attention sur la baie vitrée. Si les intrus déboulaient depuis le salon, je pourrai en abattre quelques-uns. S'ils attaquaient par les deux côtés à la fois, c'était fini.

J'aperçus un mouvement dans le coin opposé de la cuisine. Merle se tenait là, un fusil à pompe dans une main et un homme-serpent dans l'autre. Il l'avait tiré à travers la petite fenêtre. D'un geste sec, il réarma le fusil tout en déchiquetant la gorge de son prisonnier avec les doigts. Je vis sa bouche remuer sans qu'aucun son n'en sorte, et je sus que je n'étais pas juste choquée, mais vraiment assourdie par trop de détonations dans un si petit espace. Il me sembla que Merle disait : « Je couvre cette porte. »

Obligée de lui faire confiance, je contournai Claudia afin de couvrir l'autre porte. Je vis les yeux de la rate-garou rouler dans ses orbites et ses lèvres remuer faiblement. Elle souleva sa main gauche et la tendit vers la droite, comme si cette dernière n'était plus capable de bouger. Tout en regardant la porte du salon, je la sentis transférer péniblement son flingue dans sa main gauche. Comme j'étais tout près d'elle, j'espérais qu'elle s'était entraînée à tirer avec les deux mains. J'aurais détesté me faire buter par accident, alors qu'il y avait tellement plus de chances que je me fasse buter à dessein.

Pendant ce qui me parut une éternité, il ne se passa rien. Un silence absolu régnait dans la maison. Mon ouïe me revint peu à peu. J'entendis Caleb marmonner :

— Enculé de fils de pute, enculé de fils de pute.

Il était recroquevillé contre les placards derrière moi, s'efforçant de présenter une cible la plus petite possible. Nathaniel avait ramassé le Glock d'Igor et le pointait vers la baie vitrée. Je lui avais appris les bases du maniement d'un flingue parce que je craignais qu'il se blesse avec les miens. Mais en le regardant adossé au plan de travail central au-dessus d'Igor, le Glock fermement tenu à deux mains et le bras gauche calé contre le bord du plan de travail, je sus qu'il n'hésiterait pas à tirer sur quiconque entrerait depuis le jardin. S'il devait commencer à participer aux fusillades, il allait falloir que je l'emmène avec moi au stand de tir.

Évidemment, je supposais que nous survivrions tous à cette journée, ce qui n'était pas encore gagné. Le silence s'étira jusqu'à ce que le soupir du vent dans les arbres, de l'autre côté des débris de la porte-fenêtre, me paraisse bruyant. Puis une voix nous parvint depuis la terrasse.

— C'est moi, c'est Micah.

Elle était si basse et si grondante que j'eus du mal à y croire.

— Tu as une drôle de voix, répondis-je tout fort, sur un ton soupçonneux.

— C'est parce que je ne suis pas sous ma forme humaine.

— Merle ? appelai-je.

— C'est bien Micah, confirma-t-il.

— Approche lentement.

Le léopard-garou noir que j'avais aperçu plus tôt entra, les griffes en l'air. Sa silhouette massive semblait remplir toute l'ouverture. Sous sa forme intermédiaire, Micah mesurait plus d'un mètre quatre-vingts ; il semblait plus large d'épaules et globalement plus costaud, comme s'il s'était fait pousser des muscles qu'il ne possédait pas sous sa forme humaine. Sa fourrure brillait comme l'ébène, et le soleil qui caressait son flanc faisait ressortir des rosettes noires sur noir, pareilles à des roses des sables changées en velours.

Sa peau pâle restait visible au niveau de sa poitrine, de son ventre et plus bas encore. Dans les films, les loups-garous sont toujours asexués, avec un entrejambe aussi lisse que celui d'une poupée Barbie. Dans la vraie vie, ils sont très, très virils.

D'une certaine façon, c'était plus facile de ne pas me sentir embarrassée par la nudité de Micah quand il était sous cette forme. Dès que la fourrure commence à poindre, je ne considère plus les métamorphes comme un objet de désir.

— Où est le type que tu as jeté dehors ? demandai-je.

— Il s'est enfui.

— Je n'entends plus personne dans le salon, intervint Merle.

— Ils ont tous dû sortir par la porte de devant, dit Zane.

Cherry et lui étaient toujours accroupis sous la table de la cuisine.

— Je vais jeter un coup d'œil dans le salon, offrit Micah.

— Fais gaffe : ils ont des balles en argent, l'informai-je.

Il acquiesça. Sa tête était pratiquement celle d'un léopard ; il ne lui restait pas grand-chose d'humain à part, curieusement, ses yeux vert-jaune. Sous sa forme humaine, ces yeux signalaient son étrangeté, mais sous cette forme poilue et musclée, ils le désignaient comme Micah. Excepté que leur couleur me paraissait plus riche. Sertis dans sa fourrure noire, ils étaient encore plus frappants.

Arrivé sur le seuil de la cuisine, Micah hésita, puis s'avança plié en deux pour diminuer la cible qu'il offrait. C'est assez rare de voir un lycanthrope prendre ce genre de précaution. La plupart d'entre eux semblent se considérer comme invulnérables – ce qui est souvent vrai. Mais pas aujourd'hui. Igor gisait toujours immobile, et l'épaule de Claudia n'était pas belle à voir. Affaissée contre le placard, la rate-garou tenait son flingue dans la main gauche, mais celle-ci reposait inerte sur le sol, comme si elle avait perdu l'usage de son bras.

En baissant les yeux, je vis que son Beretta était plus ou moins pointé en direction de la porte-fenêtre. Sa main tremblait suffisamment pour que je répugne à rester accroupie près d'elle, mais Claudia luttait contre la défaillance de son bras pour ne pas risquer de me tirer dessus. Le côté droit de son corps était trempé de sang, et elle avait du mal à focaliser son regard. Seule son obstination l'empêchait de s'évanouir.

Je jetai un coup d'œil vers Igor et les corps entassés devant les deux issues. Si le rat-garou respirait, je ne le voyais pas.

— Nathaniel, prends son pouls.

Nathaniel baissa les yeux vers le garde du corps et reporta son attention sur la baie vitrée en miettes.

— J'entendrais son cœur s'il battait encore. J'entendrais son sang circuler dans ses veines. Il est mort, dit-il sans me regarder.

Ce qui rendit sa déclaration encore pire, encore plus déstabilisante.

Micah réapparut sur le seuil de la cuisine.

— Il ne reste personne de vivant là-dedans.

Il enjamba les cadavres d'un mouvement gracieux, presque glissant, en équilibre parfait sur ses pieds mi-humains mi-animaux. Allais-je vraiment me transformer en léopard à la prochaine pleine lune ? Portais-je, moi aussi, cette ombre musclée et féline en moi ?

Je mis cette question de côté. Nous avions des problèmes plus urgents : nous occuper des blessés, par exemple. Je décidai de me concentrer là-dessus et d'oublier tout le reste. Après tout, c'est l'une de mes spécialités. Je posai deux doigts sur le cou de Claudia pour vérifier son pouls. La rate-garou haussa les épaules et se déplaça légèrement pour m'empêcher de le prendre.

— Je vais bien, dit-elle d'une voix dure. Je vais bien.

C'était un mensonge si flagrant que je ne la contredis même pas. Tant que je n'aurais pas personnellement inspecté toute la maison, je refuserais de croire que nous étions tirés d'affaire. Mais mon énorme trousse de premiers secours se trouvait dans le garde-manger, et je savais que les abords immédiats étaient sûrs.

— Cherry, sors de ce côté de la table et va chercher la trousse de premiers secours, ordonnai-je.

Je me levai et me déplaçai le long des placards de manière à pouvoir surveiller à la fois la baie vitrée et la porte du salon – sans parler de la fenêtre au-dessus du coin petit déjeuner.

Cherry jeta un coup d'œil à Zane, puis rampa hors de sa cachette entre les pieds des chaises. Elle resta accroupie jusqu'à ce qu'elle ait atteint le garde-manger. Pour l'ouvrir, elle dut pousser gentiment Caleb. Celui-ci se décida enfin à abandonner sa position fœtale pour ramper cinquante centimètres plus loin.

Munie de la trousse de premiers secours, Cherry se dirigea d'abord vers Igor. Son ouïe était aussi bonne que celle de Nathaniel, mais elle effectua consciencieusement toutes les vérifications d'usage avant de se tourner vers Claudia. La rate-garou tenta de la repousser avec sa main gauche, dans laquelle elle tenait toujours son flingue.

—Claudia, laissez Cherry vous soigner.

—Et merde! jura-t-elle.

Cherry prit ça pour un «oui» et commença à examiner son épaule. Claudia se laissa faire, ce dont je lui fus reconnaissante. Parfois, le choc vous inspire de drôles de réactions. Je n'avais aucune envie de faire un bras de fer avec la rate-garou, si diminuée soit-elle pour l'heure. Évidemment, Micah était là. Il aurait probablement gagné, lui – mais seulement parce que Claudia était blessée.

Je continuai à surveiller tous les accès avec ma vision périphérique. Mais le temps s'écoulait paisiblement; on n'entendait que le souffle du vent dans les arbres et le crincrin des sauterelles. Peu à peu, je me détendis. La tension qui crispe mes épaules pendant une bagarre et que je ne remarque jamais avant la fin m'indiquait que nous étions en sécurité pour le moment.

Puis quelque chose brisa le silence estival. Des sirènes. Des sirènes de police qui se rapprochaient en hurlant. Je n'ai pas de voisins proches. Et les détonations de fusil à pompe ne sont pas exceptionnelles à Jefferson County, alors, qui avait bien pu appeler les flics?

Micah tourna vers moi son étrange visage.

—Ils viennent ici?

Je haussai les épaules.

—Je n'en suis pas sûre, mais c'est probable.

Nous jetâmes tous deux un coup d'œil aux cadavres qui gisaient sur le sol, puis nous entre-regardâmes.

— Nous n'avons pas le temps de planquer les corps, dit Micah.

— Non, en effet.

Je me tournai vers les autres. Merle surveillait toujours la baie vitrée, son fusil à pompe d'emprunt dans les mains. Zane s'était extirpé de sa cachette pour jouer les aides-soignants et tendre à Cherry ce qu'elle lui réclamait. L'infirmière avait pansé le bras de Claudia. Elle leva les yeux vers moi.

— Elle pourrait se guérir partiellement si elle se transformait, mais elle aurait quand même besoin de soins médicaux.

— Les flics ont tendance à tirer sur les lycanthropes sous leur forme animale, lui rappelai-je.

— Je reste, dit Claudia, les dents serrées. Plus nous aurons de blessés dans notre camp, moins la police nous cherchera de noises.

Elle marquait un point. Je me tournai vers Micah. Les sirènes avaient presque atteint la maison.

— Tu ferais mieux d'y aller.

— Pourquoi ?

— Les flics ne vont pas tarder à faire irruption ici. Ils vont voir des tas de cadavres et une mare de sang. Si tu es là sous ta forme intermédiaire, il y a de grandes chances pour qu'ils te tirent dessus avant de poser la moindre question.

— Ce n'est pas un problème.

Sa fourrure se résorba ainsi que de l'eau se retirant d'un rivage. Et tandis que sa peau réapparaissait, ses os se rétractèrent comme s'ils fondaient. Jamais encore je n'avais vu un métamorphe se transformer si facilement, si rapidement. On aurait pu croire qu'il s'était contenté de changer de tenue – à l'exception du fluide transparent qui ruisselait le long de son corps, du craquement de ses os qui se reconfiguraient, du son de sa chair qui ondulait. Seuls ses yeux demeurèrent identiques, tels deux joyaux fixes au centre de l'univers. Et soudain, Micah fut de nouveau humain – trempé, mais humain. C'était la première fois que je voyais une métamorphose produire une telle quantité de liquide. En fait, je pataugeais dedans.

Puis Micah s'affaissa brusquement et tenta de se rattraper au plan de travail, mais je le gênais, et je dus lui passer mes bras autour de la taille pour l'empêcher de tomber.

—La métamorphose accélérée a un prix.

—Je n'avais jamais vu personne reprendre sa forme humaine aussi vite, commenta Cherry.

—Et il ne va même pas sombrer dans un sommeil comateux, ajouta Merle. Laissez-lui quelques minutes, et il sera comme neuf. Collant de partout, mais comme neuf.

Dans la voix du colosse, je perçus de l'admiration, mais aussi quelque chose qui ressemblait presque à de la jalousie.

Les sirènes s'arrêtèrent devant la maison, et le silence se fit.

—Que tout le monde pose son flingue. Vous ne voudriez surtout pas que les flics se méprennent sur vos intentions.

Nathaniel obtempéra instantanément. Je dus serrer Micah contre moi d'un seul bras pour pouvoir poser mon Browning sur le plan de travail. Je sentis le Nimir-raj frissonner. Je voulus lui demander s'il allait bien, mais son regard m'en dissuada. Ce n'était pas de la douleur que je lisais dans ses yeux. Je passai mon autre main autour de sa taille pour le tenir plus solidement. Sa peau était mouillée et glissante. Il réussit à s'appuyer d'une main sur le plan de travail derrière moi. Je scrutai ses yeux à quelques centimètres de distance, et j'y vis des mondes entiers – des besoins, des espoirs dans lesquels j'aurais pu me noyer.

Une voix d'homme hurla :

—Police !

—Ne tirez pas, les méchants sont partis ! glapis-je en retour. Il y a des blessés.

Je déplaçai Micah pour qu'il puisse se tenir tout seul contre le plan de travail, puis posai mes mains sur ma tête et m'avançai prudemment vers la porte. Je dus enjamber les cadavres qui encombraient le passage pour entrer dans la ligne de vision des deux agents accroupis dans l'entrée. Si j'avais été un gros malabar, ils auraient peut-être tiré – juste par réflexe, parce que ce n'est pas tous les jours qu'on découvre trois cadavres dans une maison de Jefferson County, Missouri. Mais j'étais une femme de petite taille, et sans mon flingue, j'avais l'air relativement inoffensif. Pour plus de sûreté, je continuai quand même à parler en m'approchant d'eux.

— Nous avons été attaqués. Il y a des blessés. Il faut appeler une ambulance. Dieu merci, vous êtes arrivés à temps. Les sirènes les ont fait fuir.

Je jacassai jusqu'à ce que je sois certaine qu'ils n'allaient pas me tirer dessus. Puis nous abordâmes la partie délicate de l'opération. Comment expliquez-vous la présence, dans votre cuisine, de cinq cadavres dont certains ne semblent même pas humains ? Si vous avez une idée, je suis preneuse.

Chapitre 41

Deux heures plus tard, j'étais assise sur mon canapé, en train de parler à Zerbrowski. Comme d'habitude, il semblait s'être habillé à la hâte et dans le noir – rien n'allait avec rien, et il avait attrapé une cravate tachée au lieu de celle qu'il avait probablement eu l'intention de mettre. Sa femme, Katie, est une personne très organisée et toujours tirée à quatre épingles. Je n'ai jamais compris comment elle pouvait le laisser sortir de chez eux attifé ainsi. Évidemment, peut-être a-t-elle lutté pendant des années avant de finir par renoncer en comprenant qu'elle ne gagnerait pas.

Caleb était assis à l'autre bout du canapé, drapé d'une couverture prise sur mon lit. Les ambulanciers qui avaient emmené Claudia avaient déclaré qu'il était en état de choc. À mon avis, c'était la première fois qu'il se retrouvait du mauvais côté d'un fusil à pompe. Seuls ses cheveux bouclés et ses yeux bruns dépassaient par-dessus le bord de la couverture. Pelotonné ainsi, il semblait avoir dix ans. Je l'aurais bien réconforté, mais Zerbrowski ne me laissait parler à personne.

Merle se tenait contre le mur au bout du canapé, observant toute la scène avec une expression indéchiffrable. Les flics qui s'agitaient dans la pièce ne cessaient de lui jeter de petits coups d'œil. Il les mettait mal à l'aise pour la même raison qu'il me mettait mal à l'aise : il portait sa violence potentielle comme un parfum coûteux.

Zerbrowski repoussa fermement ses lunettes vers le haut de son nez, fourra les mains dans les poches de son pantalon et me toisa. Comme il était debout et moi assise, ça ne lui était pas trop difficile malgré sa taille modeste.

—Si j'ai bien compris, ces types ont fait irruption ici sans crier gare, et tu ne sais absolument pas pourquoi.

—C'est ça.

Il me fixa. Je le jaugeai en retour. S'il pensait que j'allais craquer sous la pression de son regard d'acier, il se trompait lourdement. Le fait de ne réellement pas savoir de quoi il retournait m'aidait pas mal. Je restai assise. Il resta debout. Nous continuâmes à nous regarder. Caleb continua à frissonner à l'autre bout du canapé. Merle continua à observer les allées et venues dans le salon.

Des tas de gens s'affairaient derrière Zerbrowski, entrant et sortant de la cuisine telles d'énormes fourmis. Il y a toujours foule sur les scènes de crime, et personne ne reste inactif. On pourrait croire qu'on n'a pas besoin d'autant de flics, mais on ne sait jamais quelle paire d'yeux ou de mains finira par trouver un indice capital. Franchement, il me semble que toute cette main-d'œuvre surnuméraire a plus de risques de piétiner les preuves que de les dégotter, mais ça doit être parce que je ne suis pas du genre sociable.

Nous étions là, immobiles dans notre petit puits de silence, lorsque la porte de la chambre s'ouvrit derrière nous. Jetant un coup d'œil par-dessus mon épaule, je vis Micah sortir de la pièce. Il portait un de mes bas de jogging – que j'avais acheté au rayon homme de toute façon, et vu que nous faisons la même taille, il lui allait parfaitement. Jamais encore je n'avais eu de petit ami avec lequel je puisse échanger mes fringues. Il n'y a pas beaucoup d'hommes adultes qui ne dépassent pas le mètre soixante.

Les flics ne l'avaient pas laissé se doucher, si bien que ses cheveux longs formaient une masse poisseuse sur ses épaules. Le fluide transparent avait séché sur sa peau et commençait à se détacher par plaques. Ses yeux vert-jaune se posèrent brièvement sur moi mais demeurèrent inexpressifs.

Dolph apparut juste derrière lui, toisant Micah comme il me toisait. Ses yeux n'étaient pas inexpressifs, mais furieux. Il était en rogne depuis l'instant où il avait franchi le seuil de la maison. Il nous avait séparés et parqués dans des pièces différentes. En ce moment même, Nathaniel était interrogé par sa copine du commissariat, l'inspecteur Jessica Arnet, dans la chambre d'ami à l'étage. L'inspecteur Perry avait fini d'interroger Caleb et était passé à Zane. Dolph s'était chargé de Merle et de Micah. Zerbrowski ne m'avait pas tant interrogée qu'il n'était resté planté devant moi pour s'assurer que je ne parle pas aux autres. Mon petit doigt me disait que Dolph voulait s'occuper personnellement de moi.

En tout, il y avait cinq cadavres dont trois n'avaient pas repris leur forme humaine : les trois hommes-serpents. Les métamorphes se retransforment toujours une fois mort. D'où ma question : si ces types n'étaient pas des métamorphes, qu'étaient-ils exactement ?

—Anita, dit Dolph.

Un seul mot, et je sus ce qu'il voulait. Je me levai et me dirigeai vers la chambre. Micah effleura ma main du bout des doigts au moment où je le croisai. Dolph plissa les yeux, et je sus que ce geste ne lui avait pas échappé.

Il me tint la porte pendant que j'entrais dans ma chambre. Je lui en voulais de m'interroger dans ma propre maison, mais c'était toujours mieux que d'aller au commissariat. Aussi ne protestai-je pas. Dolph avait toutes les raisons de nous emmener en panier à salade. Nous avions cinq macchabées sur les bras, et je n'avais même pas l'intention de nier que je les avais tués. J'aurais essayé si ç'avait eu une chance de passer. Mais ce n'était pas le cas.

Dolph me désigna la chaise de cuisine qu'il avait fait apporter dans ma chambre. Lui-même resta debout, me surplombant de ses deux mètres de haut.

—Je t'écoute.

Je lui racontai ce qui s'était passé – la vérité, sans rien omettre. Évidemment, je n'en savais pas assez pour éprouver le besoin de mentir. Les ambulanciers avaient emporté le corps d'Igor, dont les tatouages colorés semblaient encore si vivants. Un mort et une blessée dans notre camp. Et nous étions dans ma maison. De toute évidence, il s'agissait d'un cas de légitime défense.

La seule différence avec les deux autres fois où j'avais dû tuer des gens chez moi, c'était le nombre de corps et le fait que certains d'entre eux n'étaient pas humains. Cela mis à part, j'avais déjà esquivé des questions bien plus embarrassantes. Alors, pourquoi Dolph prenait-il ce cas-là tellement au sérieux ? Je n'en avais pas la moindre idée.

Il me toisa. Son regard d'acier était beaucoup plus efficace que celui de Zerbrowski, mais je ne lui offris en retour qu'une expression calme et parfaitement neutre. Il ne m'était pas difficile de prendre un air innocent : pour une fois, je l'étais.

— Et tu ne sais vraiment pas pourquoi ils voulaient t'emmener ? demanda Dolph.

En fait, j'avais ma petite idée sur la question, mais je ne voulais pas lui en faire part. Les hommes-serpents voulaient peut-être se venger parce que j'avais pratiquement tué leur chef. Le problème quand on dissimule des choses à la police, c'est que par la suite, on ne peut pas toujours s'expliquer sans révéler qu'on a fait de la rétention d'informations.

Je n'avais pas parlé à Dolph de l'enlèvement de Nathaniel et de la bagarre qui avait suivi. J'aurais pu le faire maintenant, mais… mais ça m'aurait obligée à lui dévoiler trop de choses, et notamment le fait que j'allais peut-être me transformer en léopard-garou. Dolph déteste les monstres. Je n'étais pas prête à partager ça avec lui. Alors, je gardai mon air le plus innocent et répondis :

— Non.

— Pour débarquer chez toi avec une telle puissance de feu, ils devaient vraiment être décidés à t'emmener, Anita.

Je haussai les épaules.

— Je suppose que oui.

La colère pinça les lèvres de Dolph.

— Tu me mens.

J'écarquillai les yeux.

— Tu me crois capable d'une chose pareille ?

Il fit volte-face et frappa le dessus de ma coiffeuse, si fort que le miroir cogna le mur. Le verre trembla, et un instant, je craignis qu'il se brise. Il résista, mais la porte s'ouvrit et Zerbrowski passa la tête dans la pièce.

— Tout va bien là-dedans ?

Dolph le foudroya du regard, mais Zerbrowski ne cilla pas.

— Je devrais peut-être finir l'interrogatoire d'Anita.

Dolph secoua la tête.

— Sors d'ici.

Brave type qu'il était, Zerbrowski me consulta du regard.

— Tu es d'accord, Anita ?

Je hochai la tête, mais Dolph hurlait déjà :

— Sors d'ici, bordel !

Zerbrowski nous jeta un dernier coup d'œil et referma la porte en disant :

— Criez si vous avez besoin de quelque chose.

Dans le silence qui suivit, j'entendis la respiration lourde et laborieuse de Dolph. Je sentais l'odeur de sa transpiration – rien de déplaisant, mais un signe indubitable de son agitation. Que se passait-il ?

— Dolph ?

Il parla sans se retourner.

— Je me mouille sacrément pour toi, Anita.

— Pas sur ce coup-là, répliquai-je. Tous les cadavres que vous allez emporter à la morgue ne sont pas humains. La loi assimile peut-être les métamorphes à des humains, mais je sais comment ça fonctionne dans la réalité. Qu'importe un monstre de plus ou de moins ?

Alors, il se tourna vers moi, appuyant son corps massif contre la coiffeuse et croisant les bras sur sa poitrine.

— Je croyais que les métamorphes reprenaient leur forme humaine en mourant.

— C'est le cas.

— Les hommes-serpents sont restés tels quels.

— En effet.

Nous nous regardâmes.

— Veux-tu dire qu'ils n'étaient pas des métamorphes ?

— Non, je veux dire que je n'ai pas la moindre idée de ce qu'ils étaient. On trouve des hommes-serpents dans des tas de mythologies différentes : hindoue, vaudou… Ils pourraient n'avoir jamais été humains.

— Comme le naga que tu as sorti du fleuve il y a deux ans ?

— Le naga était immortel. Quoi que puissent être ces créatures, elles n'ont pas survécu à des balles en argent.

Dolph ferma les yeux une seconde, et quand il les rouvrit pour me regarder, je vis combien il était las. Sa lassitude n'avait rien de physique : elle venait du cœur, comme s'il charriait un lourd fardeau émotionnel depuis trop longtemps.

— Qu'est-ce qui ne va pas, Dolph ? Pourquoi es-tu tellement à cran ?

Il me fit un petit sourire.

— À cran, hein ?

Il secoua la tête et s'écarta de la coiffeuse. Comme il s'asseyait sur le bord du lit, je pivotai dans ma chaise, me plaçant à califourchon face au dossier pour mieux le voir.

— Tu m'as demandé quelle femme de mon entourage proche couchait avec un mort-vivant.

— Je n'aurais pas dû faire ça. Je suis désolée.

— Non, c'est moi qui me suis comporté comme un sale con. (Ses yeux flamboyèrent.) Je ne comprends pas comment tu peux laisser ce… cette chose te toucher.

Sa répulsion était si forte que je la sentais presque sur ma peau.

— Nous avons déjà eu cette conversation. Tu n'es pas mon père.

— Mais je suis celui de Darrin.

J'écarquillai les yeux, et cette fois, je n'eus pas à me forcer.

— Ton aîné, l'avocat ?

Dolph acquiesça.

Je scrutai son visage, tentant d'y découvrir un indice, craignant d'ajouter quoi que ce soit. Craignant d'avoir mal compris.

— Et quel est le problème avec Darrin ?

— Il vient de se fiancer.

Son expression était terriblement grave.

— Quelque chose me dit que les félicitations ne sont pas de rigueur.

— Sa chérie est une vampire, Anita. Une putain de vampire.

Je clignai des yeux. Je ne savais pas quoi répondre.

Dolph me foudroya du regard.

— Dis quelque chose.

— Que veux-tu que je te dise, Dolph ? Darrin est plus vieux que moi. C'est un grand garçon. Il a le droit d'épouser qui il veut.

— Cette fille est un cadavre ambulant, Anita.

Je hochai la tête.

— Oui.

Il se leva et se mit à faire les cent pas.

— Elle est morte, Anita, et les mortes ne peuvent pas avoir d'enfants.

Je faillis éclater de rire, mais mon instinct de préservation l'emporta.

— Je suis désolée, Dolph. Je… C'est vrai qu'à ma connaissance, les vampires femelles ne peuvent pas porter un bébé à terme. Mais ton cadet, Paul, l'ingénieur… Il est marié.

Dolph secoua la tête.

— Sa femme et lui ne peuvent pas avoir d'enfants.

Je le regardai arpenter la pièce à grandes enjambées furieuses.

— Je l'ignorais. Je suis désolée.

Il se rassit sur le lit, et ses épaules massives s'affaissèrent brusquement.

—Je n'aurai pas de petits-enfants, Anita.

Une fois de plus, je ne savais pas quoi répondre. Je ne me souvenais pas que Dolph ait jamais révélé autant de choses personnelles – à moi, ou à personne d'autre. J'étais à la fois flattée et légèrement paniquée. Je n'ai pas l'instinct de consolation, et je ne savais pas quoi faire. Si ç'avait été Nathaniel ou un des léopards-garous, voire un des loups de Richard, je l'aurais pris dans mes bras et je lui aurais tapoté le dos. Mais c'était Dolph, et je ne me voyais vraiment pas faire un truc pareil avec lui.

Il était assis au bord du lit, regardant fixement le plancher sans le voir, ses grandes mains pendant inertes entre ses cuisses, l'air tellement paumé… Je me levai de la chaise et m'approchai de lui. Il ne bougea pas. Je lui touchai l'épaule.

—Je suis désolée, Dolph, répétai-je.

Il acquiesça.

—Après que Darrin nous a annoncé la nouvelle, Lucille a pleuré jusqu'à ce qu'elle s'endorme.

—À cause de la vampire ou des petits-enfants?

—Elle dit qu'elle est trop jeune pour devenir grand-mère, mais…

Dolph leva brusquement la tête, et dans ses yeux, je vis une telle douleur que j'eus envie de me détourner. Je dus me forcer à soutenir son regard et à recevoir tout ce qu'il me donnait. Il me laissait voir plus profondément en lui que jamais auparavant, et je devais me montrer digne de cet honneur. S'il avait été une de mes copines, je l'aurais serré contre moi. S'il avait été la plupart de mes amis hommes, je l'aurais aussi serré contre moi. Mais c'était Dolph, et je n'osais pas.

Il finit par détourner la tête. Alors seulement, après qu'il m'a offert toute la douleur de son regard, je tentai de l'étreindre. Mais il ne me laissa pas faire. Il se leva et s'écarta de moi. Au moins, j'avais essayé.

Quand il pivota de nouveau vers moi, ses yeux étaient vides et il avait enfilé son masque de flic – cette neutralité qu'il arbore si souvent.

—Si tu me caches quelque chose, Anita, je te botterai le cul.

Je hochai la tête tandis que mon visage redevenait aussi inexpressif que le sien. Le moment de partage était terminé. Dolph se sentait mal à l'aise et préférait revenir en terrain familier. Soit. De toute façon, je n'avais pas su quoi lui répondre. Mais je me souviendrais qu'il m'avait laissé voir à l'intérieur de lui. Je m'en souviendrais, même si je ne voyais pas quel bien ça pourrait nous faire à tous les deux.

—Un groupe de métamorphes, ou de Dieu sait quoi, m'attaque dans ma propre maison, tue un de mes invités et en blesse une autre, et c'est à moi que tu veux botter le cul. Tu peux m'expliquer pourquoi ?

Il secoua la tête.

—Tu me caches quelque chose, Anita. Pour changer un peu. Parfois, j'ai l'impression que tu le fais par habitude ; parfois, il me semble que c'est pour ne pas faire mentir ta réputation de chieuse. Mais depuis quelque temps, tu ne me racontes plus rien.

Je haussai de nouveau les épaules.

—Je ne te dis pas que je te cache quoi que ce soit aujourd'hui, Dolph, mais je te raconte ce que je peux, quand je peux.

—Tu pourrais me parler de ton nouveau petit ami, celui qui a des yeux de chat.

—Hein ? Qui ça ?

—Micah Callahan. Je l'ai vu te toucher.

—Il a à peine effleuré ma main, Dolph.

—Tout était dans la façon dont il l'a fait, et dans celle dont ton visage s'est adouci quand il l'a fait.

Ce fut mon tour de baisser les yeux. Je ne les relevai que lorsque je fus certaine d'avoir retrouvé une expression neutre.

—Je ne dirais pas que Micah est mon petit ami.

—Comment l'appellerais-tu, alors ?

—J'apprécie que tu m'aies parlé de ta vie privée, Dolph. J'apprécie vraiment. Mais ça ne signifie pas que je doive te retourner cette faveur.

Son regard se durcit.

— Tu peux m'expliquer ce que tu trafiques avec les monstres ? Les simples humains comme nous ne sont pas assez bien pour toi ?

— Je sors avec qui je veux, Dolph. Ça ne te regarde pas. ·

— Peu m'importe avec qui tu sors, mais je ne comprends pas comment tu peux supporter qu'ils te touchent.

— Je sors avec qui je veux *et* je couche avec qui je veux.

— Tu couches avec Micah Callahan ?

Je lui rendis son regard furieux.

— Oui. Oui, je couche avec lui.

Dolph se mit à trembler et serra ses poings énormes le long de ses cuisses. L'espace d'un instant, je crus qu'il allait faire quelque chose de violent, quelque chose que nous regretterions tous les deux. Puis il me tourna le dos.

— Sors d'ici, Anita. Sors d'ici.

Je tendis une main vers lui pour le toucher, puis laissai retomber mon bras. Je voulais m'excuser, mais ça n'aurait fait qu'empirer la situation. Je m'en voulais d'avoir couché avec Micah, et ça me rendait susceptible. Dolph méritait mieux que ça. Je fis de mon mieux pour lui expliquer.

— Le cœur a ses raisons que la raison ne connaît pas, Dolph. Tu connais le proverbe. On ne décide pas de se compliquer la vie. Les choses arrivent sans qu'on le veuille. On ne le fait pas exprès, et on ne le fait sûrement pas pour blesser ses proches. Même si c'est parfois ce qui se produit.

Dolph hocha la tête. Il me tournait toujours le dos.

— Lucille voudrait t'appeler pour que tu lui parles des vampires un de ces quatre. Elle voudrait mieux les comprendre.

— Je répondrai très volontiers à toutes ses questions.

Dolph acquiesça de nouveau sans me regarder.

— Je lui dirai de te téléphoner.

— J'attendrai son appel.

Nous restâmes tous deux plantés là sans bouger. Le silence se prolongea entre nous, et il n'avait rien de confortable.

— L'interrogatoire est fini, Anita. Tu peux sortir.

Je m'arrêtai à la porte et regardai Dolph par-dessus mon épaule. Il me tournait toujours soigneusement le dos, et je me demandai s'il pleurait. J'aurais peut-être pu répondre à cette question en humant l'air et en utilisant mes nouvelles perceptions de léopard-garou, mais je ne le fis pas. Dolph s'était détourné pour que je ne voie pas, pour que je ne sache pas. Je respectais sa pudeur. J'ouvris la porte et la refermai doucement derrière moi, le laissant seul avec son chagrin et sa colère. Qu'il pleure ou non, ce n'étaient pas mes affaires.

CHAPITRE 42

Lorsque le dernier policier s'en fut allé, que la dernière ambulance eut disparu au bout de la route, le silence estival retomba sur la maison. La cuisine était en bordel : verre brisé incrusté dans le sol, taches de sang rouge-noir séchant sur le plancher en bois poli. Jamais je ne réussirais à le faire partir complètement… Il resterait là à jamais, me rappelant que la plus grande puissance de feu avait prévalu – mais à quel prix…

Il fallait que j'appelle Rafael pour l'informer qu'à cause de moi, un de ses rats-garous était mort et l'autre blessé. Finalement, j'étais contente qu'il m'ait imposé ces gardes du corps dont je ne voulais pas au départ. Les deux flingues supplémentaires avaient fait la différence. Si j'avais été la seule personne armée, les choses auraient sans doute tourné différemment. D'accord : je serais peut-être morte.

Entendant un bruit derrière moi, je fis volte-face. Nathaniel se tenait sur le seuil de la cuisine, armé d'un balai, d'une pelle à poussière et d'un petit seau.

— Je suis venu nettoyer les débris de verre.

Je hochai la tête. La boule dans ma gorge m'empêchait de parler. Je n'avais pas entendu Nathaniel approcher. D'accord, il se trouvait encore à plusieurs mètres de moi, mais s'il avait été un méchant, ça lui aurait suffi pour me descendre.

Pendant toute la bagarre, j'étais restée hypercalme. Je n'avais pas craqué tant que les flics étaient là, mais tout à coup, je me mis à trembler. Le contrecoup du choc, j'imagine.

Nathaniel posa la pelle et le seau sur la table, cala le balai contre une chaise et se dirigea lentement vers moi. Il me scruta de ses yeux violets pleins d'inquiétude.

—Ça va ?

J'ouvris la bouche pour mentir, mais un petit bruit s'en échappa – presque un gémissement. Je pinçai les lèvres pour retenir tous les sons à l'intérieur, et le tremblement empira. Quand vous êtes trop foutrement têtus pour vous autoriser à pleurer, votre corps trouve d'autres moyens d'exprimer sa détresse.

Nathaniel me toucha l'épaule d'un geste hésitant, comme s'il n'était pas certain que j'apprécie. Pour une raison que je ne m'expliquai pas, ma poitrine se comprima, et mes yeux me picotèrent. Je m'enveloppai de mes bras et me serrai très fort. Nathaniel s'avança comme pour me serrer contre lui. Je m'écartai parce que je savais que s'il faisait ça, je fondrais en larmes. J'avais déjà pleuré une fois aujourd'hui ; c'était tout ce que je m'autorisais. Si je me mettais à chialer chaque fois que quelqu'un essaie de me tuer, je me serais déjà noyée dans mes larmes depuis le temps.

Nathaniel soupira.

—Si c'est moi qui étais dans cet état, tu me prendrais dans tes bras pour me réconforter. Laisse-moi faire pareil pour toi.

—Je me suis déjà effondrée tout à l'heure, répliquai-je d'une voix étranglée. Une fois par jour, c'est bien suffisant.

Il me saisit le bras. De la part de n'importe qui d'autre, je m'y serais attendue – mais pas de la part de Nathaniel. Je le considérais comme entièrement passif. Pourtant, ses doigts s'enfoncèrent dans mon bras, pas assez pour me faire mal, mais suffisamment pour me faire comprendre qu'il était sérieux. Je cessai de trembler comme si quelqu'un venait d'appuyer sur un interrupteur. J'étais de nouveau concentrée et les yeux secs. Nathaniel me secoua, et je le foudroyai du regard.

—Puisque tu ne veux pas de câlin, dit-il en serrant mon bras un peu plus fort, c'est la seule manière dont je puisse t'aider.

—Lâche-moi, Nathaniel. Tout de suite, ordonnai-je d'une voix basse, pleine de colère contenue.

Jamais encore Nathaniel ne m'avait touchée d'une façon fût-ce vaguement violente. Sous ma colère perçait de la tristesse. Jusqu'ici, je l'avais considéré comme inoffensif, et ça n'était plus le cas. Il devenait une personne à part entière, pas juste un cas social, et je venais de prendre conscience que je n'aimerais peut-être pas le nouveau Nathaniel.

Je perçus un mouvement, comme si la direction de l'air avait changé. L'instant d'après, Micah entra. Ses cheveux étaient encore mouillés de la douche qu'il venait de prendre ; plaqués en arrière, ils me révélaient pour la première fois son visage tout entier, sans la distraction que constituaient ses boucles.

Ses traits étaient aussi délicats que le reste de sa personne. J'avais supposé que c'était un effet d'optique dû à sa crinière, mais pas du tout : ça venait de sa structure osseuse. En faisant abstraction de la largeur de ses épaules et du fait que ses hanches descendaient tout droit, on aurait presque pu le prendre pour une fille. Il ne faisait pas tellement plus efféminé que Jean-Claude, mais son ossature était plus fine, plus fragile. C'est toujours plus facile d'avoir l'air viril quand vous mesurez presque un mètre quatre-vingts que lorsque vous atteignez péniblement le mètre soixante.

Une seule chose gâchait la délicatesse de son visage. Son nez n'était pas tout à fait droit ; il avait dû être cassé autrefois, et l'os ne s'était pas ressoudé correctement. Ç'aurait pu bousiller la perfection de sa beauté, mais non. Comme ses yeux, ça ajoutait à sa personnalité – ça le rendait plus intéressant et non moins séduisant. Ou peut-être en avais-je ma claque des hommes soi-disant parfaits.

Par-dessus mon bas de jogging, il avait enfilé un maxi tee-shirt qui lui arrivait à mi-cuisses et qui cachait une grande partie de son corps. Mais même ainsi couvert, j'avais une conscience aiguë de lui – d'une façon dont, jusqu'ici, je n'avais eu conscience que de Richard et de Jean-Claude. J'avais toujours supposé que c'était un mélange d'amour et de désir, mais je ne connaissais pas encore assez bien Micah pour l'aimer. Donc, ou bien le désir pur ressemble salement à l'amour, ou bien il existe plusieurs sortes d'amour. Tout ça est trop compliqué pour moi.

—Il y a un problème? lança Micah.

Nathaniel retourna à son balai, à son seau et à sa pelle. Il s'en saisit et se mit à ramasser les débris de verre en nous ignorant.

—Pas du tout. Quoi de neuf?

Micah fronça les sourcils.

—Vous êtes à cran tous les deux.

Je haussai les épaules.

—On s'en remettra.

Il s'approcha, mais d'un mouvement trop brusque après la façon dont Nathaniel m'avait agrippé le bras. Je reculai. Micah s'arrêta et me dévisagea, perplexe.

—Que t'arrive-t-il? Tu avais l'air moins perturbé pendant la fusillade.

Je jetai un coup d'œil à Nathaniel, qui balayait en évitant soigneusement de me regarder.

—Nous nous sommes disputés.

Alors Nathaniel se raidit, tout son corps réagissant à ce que je venais de dire. Lentement, il pivota et leva vers moi ses yeux couleur de lilas.

—Ce n'est pas juste, Anita. Jamais je ne me suis disputé avec toi. Jamais.

Je soupirai, non parce qu'il avait raison, mais à cause de la peine que je lisais dans son regard. Je me dirigeai vers lui et m'accroupis sur mes talons parce que je n'osais pas me mettre à genoux parmi les débris de verre. Je touchai son épaule nue et sa joue.

—Je suis désolée, Nathaniel. Tu m'as prise par surprise, c'est tout.

—Pourquoi ne me laisses-tu pas entrer, Anita? Je sais que tu en as envie.

Je touchai son dos. Les traces de morsures avaient presque guéri; elles s'étaient réduites à de vagues cercles rougeâtres.

—Je ne laisse personne entrer sans me battre d'abord, Nathaniel. Tu devrais le savoir, depuis le temps.

—On n'est pas obligé de tout transformer en combat dans la vie, fit-il remarquer, les yeux écarquillés et brillants.

—Moi, je le suis.

Nathaniel secoua la tête et ferma les yeux. Des larmes coulèrent sur ses joues.

Je l'aidai à se redresser parce que je m'inquiétais toujours à propos du verre. Lorsque nous fûmes debout, je passai mes bras autour de lui jusqu'à ce que mon visage touche sa peau nue et que ma bouche soit pressée dans le creux de son épaule, à l'endroit où s'incurve la clavicule. Il passa aussi ses bras autour de moi et me tint contre lui. Sa peau était si douce, si tiède…

Je pris une grande inspiration tremblante. Nathaniel sentait la vanille, comme d'habitude. Je ne sais jamais si c'est à cause de son savon, de son shampoing, de son eau de Cologne ou si ça vient juste de lui. Mais dessous, je percevais une odeur plus âcre, une odeur qu'aucun fabricant de parfum au monde ne chercherait à mettre en bouteille. Quelque chose de meurtrier et de beaucoup trop réel. Une odeur de félin, de léopard.

Je sentis Micah derrière moi. J'éprouvai le contact de son corps ainsi qu'une ligne de chaleur avant même qu'il se plaque contre mon dos. Mais ce ne fut pas moi qu'il enlaça. Ses bras, ses mains imitèrent le mouvement des miens et vinrent se poser sur la taille de Nathaniel, qu'ils serrèrent contre nous.

Nathaniel lâcha une expiration tremblante. Un grondement sourd monta de la gorge de Micah, et il me fallut une seconde pour me rendre compte que c'était une expression de contentement – un ronronnement qui faisait vibrer tout son corps contre mon dos. Nathaniel se mit à pleurer, et je m'entendis dire :

—Nous sommes là, Nathaniel. Nous sommes là.

Pressée entre l'odeur de vanille de Nathaniel et la vibration du ronronnement de Micah, leurs deux corps si solides et si réels contre le mien, je me mis moi aussi à pleurer. Je tenais Nathaniel, Micah nous tenait tous les deux, nous pleurions, et c'était bon.

Chapitre 43

Quelqu'un se racla bruyamment la gorge sur le seuil de la cuisine. Je clignai des yeux pour en chasser mes larmes si douces et découvris Zane qui nous regardait.

— Navré de vous interrompre, mais il y a foule là-dehors.

— C'est-à-dire? s'enquit Micah.

— Le roi-cygne, ses panaches et au moins un représentant de chaque autre espèce de garou de la ville, à ce qu'il me semble.

Nathaniel et Micah s'écartèrent de moi. Nous nous frottâmes tous les trois le visage: Micah avait pleuré lui aussi. Je ne savais pas pourquoi. Peut-être était-il du genre émotif.

— Que veulent-ils?

— Te voir, Anita.

— Pourquoi?

Zane haussa les épaules.

— Le roi-cygne refuse de parler à tes sous-fifres. Il insiste pour voir Anita et son Nimir-raj, s'ils y consentent.

Micah et moi échangeâmes un regard. Il avait l'air aussi abasourdi que moi.

— Dis à Reece qu'il va me falloir plus d'infos avant de lui accorder une audience. Je suis un peu occupée en ce moment.

Zane eut un sourire grimaçant, assez large pour dévoiler ses deux rangées de dents pointues.

— On lui refuse l'entrée de la maison jusqu'à ce qu'il nous explique ce qu'il veut, à nous autres les gueux. J'adore. Mais ça risque de ne pas lui plaire.

Je soupirai.

— Je ne veux pas déclencher de bagarre pour une visite à l'improviste. Et merde.

Je voulus sortir, mais Micah m'attrapa la main au passage. Je pivotai vers lui.

— Ton Nimir-raj peut-il t'accompagner ?

Je souris, un peu parce qu'il avait eu la courtoisie de poser la question, et un peu parce que le simple fait de le voir me mettait de bonne humeur. Je pressai sa main ; ses doigts se refermèrent sur les miens et les pressèrent en retour. J'avais envie de dire : « J'en serais très heureuse », mais je me contentai d'un simple : « Bien sûr ».

Micah sourit, et pour la première fois, je ne lus dans son sourire aucune réserve, aucun mélange d'émotions. Il porta ma main à ses lèvres et pressa sa bouche sur mes jointures. Son geste me rappela Jean-Claude. Je n'avais pas hâte de me retrouver dans la même pièce que les deux hommes.

Micah se rembrunit.

— Tu as l'air contrarié tout à coup. J'ai fait quelque chose de mal ?

Je secouai la tête, pressai de nouveau sa main et voulus l'entraîner vers le salon. Mais il résista.

— Non, tu viens de penser à quelque chose de déplaisant. Qu'est-ce que c'est ?

Je soupirai.

— Tu veux la vérité ?

Il acquiesça.

— Toute la vérité, rien que la vérité.

— Je me disais que ça allait être drôlement gênant de nous retrouver tous les deux en présence de Jean-Claude.

Micah tira sur mon bras pour me faire revenir vers lui. Je posai une main sur sa poitrine pour empêcher nos corps de se toucher complètement et sentis les battements de son cœur sous ma paume. Même à travers le coton du maxi tee-shirt, je percevais ses pulsations comme si je le tenais dans ma main.

Je n'eus qu'à lever la tête d'une fraction de centimètres pour croiser le regard vert-jaune de Micah.

—Je te l'ai déjà dit, souffla-t-il : je veux être ton Nimir-raj, quels que soient les contraintes et le prix à payer.

—Même si tu dois me partager avec quelqu'un d'autre ? murmurai-je sur un ton tout aussi chamboulé.

—Je savais dès le départ que je ne serais pas le seul homme dans ta vie.

Je sentis un pli vertical se former entre mes yeux.

—Tu sais ce qu'on raconte au sujet des choses qui semblent trop belles pour être vraies ?

Il me toucha la joue et se pencha vers moi en disant tout doucement :

—Me trouves-tu trop beau pour être vrai, Anita ?

Il chuchota mon nom contre mes lèvres, et nous nous embrassâmes. Ce fut un baiser doux, tendre et humide. Son cœur battait si fort sous ma main que le mien remonta dans ma gorge et que j'en oubliai de respirer un moment.

Micah fut le premier à s'écarter. J'étais essoufflée et un peu désorientée. Il parut ravi de l'effet que ce baiser avait produit sur moi. Je dus m'y reprendre à deux fois pour articuler :

—Trop beau pour être vrai, oui, définitivement.

Il éclata de rire – un son que j'entendais pour la première fois, et qui me plut beaucoup.

—Je ne peux pas te dire ce que ça me fait quand tu me regardes de cette façon.

—De quelle façon ?

Il eut un de ces sourires typiquement masculins – très fier, très content de lui, et en même temps un peu embarrassé. Il posa une main sur ma joue.

—Je ne sais pas. Mais j'adore.

Je baissai les yeux et rougis – alors que je ne pensais à rien de sexuel. Micah éclata de nouveau d'un rire plein de surprise et de joie. Il riait comme rient les enfants avant d'apprendre à dissimuler ce qu'ils ressentent. Il me prit par la taille, me souleva et me fit faire un tour complet. Je lui aurais bien ordonné de me poser, mais je riais trop fort pour ça.

— Navré de vous interrompre, lança Donovan Reece depuis le seuil de la cuisine, mais je leur ai promis que vous nous aideriez.

Le roi-cygne nous regardait d'un air désapprobateur, mais sans qu'aucune ride marque sa peau si pâle, comme si celle-ci avait la consistance de l'eau sur laquelle nageait son *alter ego* animal. Visiblement, il n'était pas décidé à attendre mon bon vouloir.

Toujours en l'air dans les bras de Micah, je demandai :

— Vous aider à quoi ?

Reece haussa les épaules.

— Rien de très important : juste retrouver des alphas disparus et convaincre la Kadru des cobras-garous que son Kashyapa n'a pas été tué – qu'il a juste disparu avec les autres. Le problème étant que je crois qu'elle a raison, et qu'il est bel et bien mort.

Micah me laissa glisser à terre. Je me demandai si j'avais l'air aussi sombre que lui. Marianne ne cesse de me répéter que l'univers/la déesse m'aime et veut que je sois heureuse. Alors pourquoi, chaque fois qu'il m'arrive un truc agréable, une catastrophe me tombe-t-elle dessus dans la minute suivante ? Le message me semble clair, et il n'a rien d'affectueux.

CHAPITRE 44

Donovan Reece s'était pelotonné à une extrémité de mon canapé. Il portait un jean tellement délavé qu'il était plus blanc que bleu. Sa chemise rose pâle faisait ressortir la tonalité rose bleutée de sa peau presque translucide. Il était très beau, mais pas d'une façon humaine – beau à la façon d'une statue ou d'un tableau, comme s'il n'était pas tout à fait réel. Peut-être était-ce parce que je savais que sa poitrine était couverte de duvet, mais de toutes les personnes présentes dans la pièce, il me paraissait la plus surréaliste.

Une grande femme aux cheveux presque aussi blancs que les siens était assise près de lui sur l'accoudoir du canapé. Elle portait un pantalon de cuir noir et un chemisier ample d'un rose presque identique à celui de la chemise de Reece. Je ne l'aurais probablement pas reconnue sans les deux autres femmes agenouillées à ses pieds. La première avait des cheveux blonds très clairs, assortis à sa longue robe bain de soleil. La seconde était brune, et ses cheveux tombaient en rideau autour de sa robe bleu marine décorée de minuscules pâquerettes. Les panaches que nous avions sauvés au *Narcisse Enchaîné* me dévisageaient toutes trois avec de grands yeux presque effrayés.

Mis à part le roi-cygne et sa suite, je ne connaissais qu'une seule autre personne parmi la petite foule qui avait envahi mon salon. J'avais rencontré Christine au *Lunatic Café*, du temps où Raina en était toujours propriétaire et où Marcus, son Ulfric, essayait de prendre le contrôle de tous les lycanthropes de la ville pour régner sur eux en tant que commandant suprême, que cela leur plaise ou non. Ses cheveux blonds étaient toujours coupés court, sans aucune trace de fantaisie. Elle portait un tailleur bleu marine et un chemisier bleu poudré au col ouvert, comme si elle venait d'enlever une cravate. Perchée à l'autre bout du canapé, elle balançait dans le vide un pied chaussé d'un escarpin bleu marine tout aussi dénué de fantaisie que sa coiffure. Les autres métamorphes s'étaient mis à l'aise ; les chaussures de la plupart d'entre eux s'entassaient près de ma porte d'entrée.

— Salut Christine, la saluai-je. Ça fait un bail.

Elle leva vers moi un regard qui n'avait rien d'amical.

— Tu te souviens de mon nom. Je suis impressionnée.

— Les gens avec lesquels je partage des moments de stress ont tendance à imprimer ma mémoire mieux que les autres.

Cela lui arracha une esquisse de sourire.

— Il est vrai que nous nous rencontrons toujours dans des circonstances peu agréables.

Reece prit le relais pour me présenter l'homme et la femme assis entre Christine et lui. Tous deux avaient le teint très mat. Leur structure osseuse était typique du centre des États-Unis, mais leurs yeux étaient trop grands, trop sombres, et leurs cheveux vraiment noirs. Ils avaient quelque chose d'exotique qui ne pouvait pas leur venir de gènes purement européens. Et ils présentaient une ressemblance étonnante, comme la version mâle et femelle d'une même personne. Ils s'appelaient Ethan et Olivia MacNair.

L'homme qui avait pris place dans le fauteuil assorti à mon canapé blanc était massif – pas musclé ni gras, juste massif. Il avait la barbe la plus touffue que j'aie jamais vue ; ses poils épais dissimulaient le plus gros de son visage et de son cou. Il me fut présenté sous le nom de Boone, et à l'instant où il tourna ses petits yeux noirs vers moi, je sus que son *alter ego* animal me boufferait s'il le pouvait. Ce n'était ni un loup ni un félin, mais définitivement une bête à crocs et à griffes.

— Mademoiselle Blake, me salua-t-il d'une voix si basse et si grondante qu'elle me blessa presque les oreilles.

— Monsieur Boone.

Il secoua la tête, sa barbe noire frottant sur son tee-shirt blanc.

—Juste Boone.

—Boone, répétai-je.

Nathaniel, Zane et Cherry partirent chercher des chaises de cuisine pour les quatre derniers visiteurs – deux hommes et deux femmes. L'un des hommes était mince, avec des cheveux roux doré et des yeux verts étrangement obliques. Il s'était assis par terre, recroquevillé contre le canapé comme s'il essayait de se fondre dedans.

—Voici Gilbert, le présenta Reece.

—Gil, rectifia l'intéressé si doucement que je faillis ne pas l'entendre.

La première femme était grande, presque un mètre quatre-vingts, large d'épaules et apparemment robuste. Elle avait des cheveux bruns striés de gris attachés en une queue-de-cheval lâche, et elle ne portait pas de maquillage. Elle me donna une des meilleures poignées de main que j'aie jamais reçue d'une autre femme. Une profonde inquiétude voilait ses yeux marron.

—Je suis Janet Talbot. C'est très aimable à vous de nous recevoir sans rendez-vous.

—Je ne suis pas venue ici pour faire des ronds de jambe, intervint sèchement la seconde femme.

Elle se tenait au fond de la pièce, près de la baie vitrée. Elle regardait dehors à travers les sous-rideaux tirés, les bras croisés sur la poitrine, les mains agrippant ses coudes, son dos très droit vibrant de tension nerveuse. Quand elle pivota vers nous, je vis d'où Ethan et Olivia tenaient leur peau mate et leur aspect exotique.

Nilisha MacNair faisait à peu près la même taille que moi, mais elle était si délicate qu'elle semblait encore plus petite. Un homme aurait pu la qualifier de poupée avant de voir ses yeux sombres – et de se raviser. Ses yeux trahissaient le mensonge du reste de l'emballage. Cette femme était une harpie, et elle avait l'habitude d'obtenir ce qu'elle voulait.

Le dernier homme se tenait près d'elle, mais pas trop près. Il était aussi grand, aussi blond et aussi pâle qu'elle était petite, noire de cheveux et mate de peau. La nature seule n'avait pu lui fournir une telle quantité de muscles. Il était bâti comme une armoire à glace, avec des mains assez grandes pour tenir toute la tête de Nilisha dans son poing, et pourtant, il avait visiblement peur d'elle. Oh, son attitude relevait en partie de la déférence de mise chez un garde du corps, mais elle exprimait aussi une crainte bien réelle.

Merle était adossé au mur près du malabar, dans une posture décontractée. Je ne savais pas où se trouvait Caleb, et je m'en fichais.

— Je suis la Kadru, et le Kashyapa qui vient de mourir est mon mari. (Nilisha MacNair poussa une expiration tremblante, puis se ressaisit telle une montagne qui se contracte.) *Était* mon mari, corrigea-t-elle.

— Père n'est pas mort, protesta Olivia. Je ne te laisserai pas le tuer en abandonnant.

Son frère Ethan lui toucha le bras comme pour la calmer ou lui enjoindre de se taire. Elle l'ignora.

Mais le mal était fait, et la bagarre déclenchée.

— Comment oses-tu ? cracha Nilisha. Comment oses-tu dire que je serais responsable de sa mort ? Je ne fais qu'admettre la vérité.

Olivia se leva, faisant retomber la main de son frère.

— Tu ne supportes pas le fait qu'il était avec une autre femme quand ça s'est produit – c'est tout !

À partir de là, ça ne fit que dégénérer. Apparemment, Henry MacNair, patriarche du clan, était en train de quitter le domicile de sa maîtresse (elle aussi cobra-garou) quand quelqu'un l'avait enlevé. On n'avait pas retrouvé de corps, mais une grande quantité de sang et des traces de lutte : une voiture couchée sur le flanc, un arbre adulte déraciné… Quand les métamorphes résistent, ils ne font pas semblant.

La dispute d'Olivia et de sa mère m'apprit beaucoup de choses, mais quand les deux femmes ne firent plus que se hurler dessus à moins de cinquante centimètres de distance, et parfois pas même en anglais, je décidai que j'en avais assez entendu.

Je jetai un coup d'œil à Reece. Après tout, c'était lui qui les avait amenées chez moi. Il haussa les épaules. Lui non plus ne savait pas quoi faire.

Je me vis en train de leur verser un seau d'eau glacée sur la tête, mais décidai qu'il valait sans doute mieux me contenter de quitter la pièce. Je fis signe aux autres de me suivre dans la cuisine, et nous sortîmes en file indienne.

Ce fut alors que les cris cessèrent et que, après quelques secondes de silence interloqué, Nilisha demanda :

— Où allez-vous ?

— Dans un endroit où on pourra s'entendre parler, répondit Janet Talbot en notre nom à tous.

Je ne pouvais pas voir le visage des deux femmes, mais je humai presque leur embarras. Et mes prétendues perceptions de léopard-garou n'y étaient pour rien.

— Je vous en prie, dit Olivia. Je m'excuse. Revenez.

Tout le monde rebroussa chemin. Nilisha prit une chaise, et son garde du corps blond se plaça derrière elle.

— Nous sommes tous très inquiets pour mon mari.

— Inquiets, mère ? interrogea Olivia.

Sa mère sourit.

— Oui, inquiets.

— Il n'est pas mort.

— Si tu gardes espoir, moi aussi.

Les deux femmes se sourirent comme des miroirs étincelants, si semblables l'espace d'un instant. Ethan parut soulagé, mais il ne sourit pas.

— D'accord. Henry MacNair mis à part, qui a disparu ?

— Mon fils, Andy, répondit Janet Talbot.

Elle me tendit une photo d'un jeune homme qui avait ses cheveux bruns, mais des traits plus doux que les siens. Il était séduisant bien qu'un peu délicat.

— Il tient de son père, commenta Janet comme si on lui avait déjà fait remarquer qu'il ne lui ressemblait guère.

Personnellement, je n'aurais rien dit.

— Notre Ursa, lança Boone. Je n'ai pas pensé à apporter une photo.

— Ursa, ourse. Votre reine ?

Il hocha son énorme tête barbue, et je me demandai comment j'avais pu ne pas deviner.

— Elle est sortie faire quelques courses à l'épicerie et elle n'est jamais revenue. Pas de signes de lutte : elle a juste disparu.

Je tournai mon attention vers Gil aux yeux verts obliques.

— Et vous, qui avez-vous perdu ?

Il secoua la tête.

— Personne. J'ai peur, c'est tout.

— Et toi, Christine ?

— Je suis ici en tant que porte-parole des métamorphes isolés, les membres des espèces qui ne comptent qu'un ou deux représentants à Saint Louis. Je suis la seule tigresse-garou de la ville, donc, je n'ai perdu personne. Mais notre groupe a perdu un lion-garou.

— J'imagine qu'il ne s'appelait pas Marco ?

— Non, Joseph. Pourquoi ?

Ce fut Reece qui répondit :

— L'homme-lion dont je vous ai parlé s'appelait Marco.

— Oh.

— Et Joseph n'est pas capable d'adopter une forme si proche de l'humain. Je ne connais personne qui soit capable d'adopter une forme si proche de l'humain et de la maintenir sans se métamorphoser.

— La compagne de Joseph est enceinte, poursuivit Christine comme si je ne l'avais pas interrompue. (Elle n'est pas du genre à se laisser distraire de son objectif.) Ambre serait venue, mais elle doit garder le lit jusqu'à la naissance du bébé.

— Jusqu'à sa prochaine fausse couche, tu veux dire, grimaça Cherry.

Je lui jetai un coup d'œil.

— Elle en a déjà fait d'autres ?

— C'est sa troisième tentative.

— Je suis désolée de l'apprendre. Elle n'avait sûrement pas besoin du stress supplémentaire dû à la… disparition de son compagnon.

— Ce n'est rien de le dire, lâcha Christine.

— C'est stupide de continuer à essayer, déclara Cherry. Nous ne pouvons pas mener une grossesse à terme, c'est comme ça.

Je la dévisageai.

— Tu veux bien me la refaire ?

— La transformation est trop violente ; elle provoque des fausses couches, m'expliqua Cherry sur un ton désinvolte. (Puis je la vis se rendre compte, et elle chuchota :) Anita, je ne… Tu n'aurais pas dû l'apprendre ainsi. Je suis désolée.

Je haussai les épaules et secouai la tête.

— Mais les MacNair ont deux enfants. Je les ai sous le nez. Et Janet a un fils.

— Mon type de lycanthropie est génétique, révéla Janet. Il n'est pas lié à la lune. J'ai évité de me transformer jusqu'après la naissance d'Andy.

Je reportai mon attention sur Nilisha.

— Je suis un cobra-garou. Je peux choisir de me reproduire à la façon des mammifères ou des serpents.

— Vous avez pondu des œufs ? m'exclamai-je, stupéfaite.

Elle acquiesça.

— Je n'aurais pas pu les porter en moi. La métamorphose est trop rude. Par chance, j'avais une autre solution.

Le « contrairement à vous » qu'elle s'était gardée d'ajouter plana dans l'air quelques secondes. Mais ce n'était pas comme

si j'envisageais d'avoir des enfants. Avec la vie que je mène…
Il faut être réaliste.

— Un seul problème à la fois, décrétai-je. Qui a disparu le premier ?

Henry MacNair était la première victime et semblait s'être débattu le plus violemment. Puis il y avait eu le lion-garou, Joseph ; Andy Talbot, qui s'avéra être un chien-garou ; et enfin l'Ursa des ours-garous, Rebecca Morton.

La dernière fois qu'autant de métamorphes avaient disparu, c'était la faute de l'ancien roi-cygne qui les livrait comme proies à des chasseurs en mal de sensations fortes. Je jetai un coup d'œil à Donovan Reece. Ou bien il lut dans mon esprit, ou bien il avait anticipé mes soupçons.

— Je débarque en ville au moment même où les autres alphas disparaissent. C'est une coïncidence intéressante, n'est-ce pas ?

— J'allais le dire.

— Je vous jure que j'ignore tout de cette affaire.

— Je suis au courant de la trahison du précédent roi-cygne, intervint Nilisha. Mais je parierais la vie de mon mari sur le fait que Donovan est innocent de ce crime.

Je haussai les épaules.

— Nous verrons.

— Vous n'avez pas confiance dans mon jugement.

— Je n'ai confiance dans le jugement de personne, sinon le mien. Ça n'a rien de personnel.

Olivia toucha le bras de Nilisha.

— Mère.

Nilisha prit une grande inspiration et se calma. La journée allait en s'améliorant.

— La première chose que je vais suggérer, c'est d'appeler la police.

Mon idée ne plut à personne.

— Écoutez, ils disposent de ressources que je n'ai pas. Contrairement à moi, ils peuvent faire des recherches informatiques et des analyses techniques poussées.

— Non, contra Nilisha. Non. Nous devons résoudre le problème entre nous.

— Je sais que la règle veut que nous ne fassions pas intervenir les autorités humaines, mais quatre personnes ont disparu, et leurs ravisseurs ont déjà fait une tentative d'enlèvement sur les cygnes et les léopards.

— Vous pensez donc que les hommes-serpents et leur lion apprivoisé sont derrière tout cela ? interrogea Reece.

— Dans le cas contraire, la coïncidence serait trop grande.

— Je suis d'accord, lança Micah.

Jusque-là, il était resté soigneusement en retrait, prenant garde à ne pas se tenir trop près de moi comme s'il ne voulait pas tout mélanger. Il me laissait prendre la direction des opérations sans me coller aux basques.

— Très bien. La question est donc de savoir qui sont ces types, et ce qu'ils peuvent bien vouloir à un assortiment de métamorphes.

Nous en discutâmes pendant deux bonnes heures sans réussir à trouver d'explication satisfaisante. Les hommes-serpents étaient responsables des enlèvements, mais pourquoi faisaient-ils ça ? Pourquoi se préoccupaient-ils de métamorphes qui n'étaient pas de la même espèce qu'eux ? Si les cobras-garous avaient été les seuls visés, on aurait pu croire qu'il s'agissait d'une guerre de territoire reptilienne – même si, franchement, c'est rare que deux espèces de serpents se battent entre elles. La ville est assez grande pour tout le monde.

Je pensais que Nilisha MacNair avait raison et que son mari était mort. Quand des méchants enlèvent quelqu'un et ne réclament pas de rançon, généralement, ils veulent des choses bien pires : le faire saigner, le torturer et, au final, le tuer. Les disparus étaient sans doute déjà tous morts, et dans le cas contraire, nous aurions besoin de la police pour les garder en vie.

Il s'avéra que tous les proches des victimes avaient signalé la disparition de celles-ci, omettant juste de mentionner qu'il s'agissait de métamorphes.

— Mais ne comprenez-vous pas ? Un étudiant de vingt et un ans, un père de famille de quarante-cinq ans, une célibataire et un homme marié d'une trentaine d'années… Mis à part le fait qu'ils sont tous de type caucasien, il n'y a entre eux aucun dénominateur commun qui permette de relier leurs disparitions. Mais, si je révèle aux flics que ce sont des métamorphes… Vous habitez tous dans des quartiers différents ; donc, ce sont des sections différentes qui enquêtent sur chaque cas. Jamais elles ne feront le rapprochement si nous leur dissimulons cette information.

Janet Talbot fut la première à acquiescer.

— Andy est en prépa médecine. Si on découvre ce qu'il est, jamais il ne pourra devenir docteur. Mais je suis plus inquiète pour sa vie que pour sa carrière. Je suis d'accord pour tout raconter à la police.

— Je n'ai pas parlé de ça avec Ambre, mais je suis sûre qu'elle approuverait, déclara Christine.

— Je devrais d'abord en discuter avec les autres, mais au diable les formalités. Je veux qu'on retrouve Rebecca, même s'il faut appeler les flics pour ça, dit Boone.

Nous nous tournâmes tous vers Nilisha MacNair.

— Non. Si ça se sait, nous serons tous ruinés.

Olivia lui prit la main, et Ethan s'agenouilla devant elle.

— De toute façon, sans père, ça n'aurait plus de sens.

Je n'étais pas sûre que Nilisha approuve, vu que son mari la trompait. Mais elle hocha la tête et capitula. L'amour nous fait faire de drôles de choses parfois. Peu importe : exceptionnellement, j'allais pouvoir parler à Dolph sans avoir besoin de mentir.

CHAPITRE 45

D olph décrocha à la deuxième sonnerie.
—Dolph.
Jamais il ne dit «Brigade d'Investigations surnaturelles», ou
même «Police» : juste son nom. Pas même son nom de famille
ou son prénom entier, seulement «Dolph» ou «Ici Dolph».
Quelqu'un a-t-il déjà osé s'en plaindre? Ça m'étonnerait.

Dolph eut l'air aussi surpris qu'il en était capable à ma
connaissance.

—Anita, je ne m'attendais pas à avoir de tes nouvelles avant
que nous ayons fini les papiers pour ta dernière fournée de
cadavres – au minimum.

J'entendis une voix d'homme, mais ne pus comprendre ce
qu'elle disait. Dolph revint en ligne.

—Zerbrowski dit que si tu as encore tué quelqu'un, tu n'as qu'à
planquer le corps, parce qu'il ne recommencera pas son rapport.

—Je connais suffisamment les procédures pour savoir qu'il
devrait en commencer un autre de toute façon. Nouveau crime,
nouveau dossier, non?

—Tu as réellement un cadavre de plus sur les bras?
Dolph avait l'air las, mais pas vraiment étonné.

—Non.

—Alors, qu'est-ce qui nous vaut cet appel?

—Je détiens des informations au sujet de plusieurs crimes,
et j'ai la permission des personnes concernées de te dire toute
la vérité. Ça te change un peu, non?

Je l'entendis presque se redresser dans sa chaise à l'autre
bout du fil.

—Je suis flic. La vérité, c'est toujours rafraîchissant pour moi. Vas-y, éblouis-moi.

Je lui racontai tout. Comme je m'en doutais, Dolph et compagnie étaient déjà sur le coup pour Henry MacNair, mais ils n'avaient pas encore eu vent des autres disparitions.

—J'ai personnellement interrogé sa femme. Elle n'a pas cessé de répéter qu'elle ne comprenait pas pourquoi un monstre aurait attaqué son mari. Savoir que c'est un métamorphe aurait pu nous aider.

—Dolph, les MacNair tiennent un restaurant. Si on apprend qu'ils sont métamorphes, ils risquent de le perdre.

—Les services de l'hygiène ne peuvent pas les faire fermer pour ça.

—Non, mais la nouvelle se répandra, et les clients s'inquiéteront. Tu le sais aussi bien que moi.

—Personne ne l'apprendra par la faute de mon équipe. Je te donne ma parole.

—Et je te crois, mais combien d'autres départements vont être impliqués dans l'enquête ? Combien de gens extérieurs à la police sur chaque scène de crime – sans parler des administratifs ? Ça finira par se savoir, Dolph. D'une façon ou d'une autre.

—Je ferai de mon mieux, Anita, mais je ne peux me porter garant que de mes gars.

—Je sais, Dolph. Mais Andy Talbot veut devenir docteur. Si ça se sait, il ne sera jamais admis à l'école de médecine. Rebecca Morton est chiropraticienne. Si on découvre ce qu'elle est, on lui retirera sa licence.

—Pourquoi la plupart de ces gens optent-ils pour des carrières où leur lycanthropie va poser un problème ?

Je haussai les épaules, sachant pertinemment qu'il ne pouvait pas me voir.

—Je suppose que c'est le hasard.

—Moi, je crois que c'est de l'esprit de contradiction.

—C'est-à-dire ?

— Dis à quelqu'un qu'il ne peut pas faire quelque chose, et ça lui donne deux fois plus envie de le faire.

Là, il marquait un point.

— Tu as peut-être raison.

— En quoi ces disparitions sont-elles liées à l'attaque que ton domicile vient de subir ?

Et merde. J'avais dit « toute la vérité ». Je tenais une occasion de prouver que j'étais sincère. Je pris une grande inspiration et racontai à Dolph comment Gregory m'avait appelée à l'aide. Je n'eus pas besoin de révéler pourquoi il s'était adressé à moi : Dolph savait que j'étais compétente pour sauver les gens capturés par des monstres. Tout de même, il fit remarquer :

— Il aurait pu appeler la police.

— Il n'y a pas si longtemps, les flics abattaient les métamorphes à vue, Dolph. Tu ne peux pas leur en vouloir de se méfier de vous.

— Pourquoi ne m'as-tu pas raconté tout ça pendant ton interrogatoire ?

— Tu étais furieux contre moi, dis-je comme si ça expliquait tout.

Ce qui était plus ou moins le cas, même si ça me donnait l'air puéril.

— Que me caches-tu encore ?

— Je te dis la vérité, et tu doutes quand même de moi. Je suis blessée, Dolph.

— Pas autant que tu le seras si je découvre que tu m'as caché d'autres éléments dans cette affaire.

— Ce n'est pas ton genre de proférer des menaces.

— Je suis fatigué.

Je gardai le silence quelques secondes.

— Tu devrais te reposer, Dolph.

— Ouais, si tu peux t'abstenir de buter d'autres gens, j'arriverai peut-être à finir ma paperasse et à rentrer chez moi.

— Je ferai de mon mieux.

—C'est ça. (Je l'entendis prendre une grande inspiration.) C'est tout ce que tu as l'intention de me dire?

—Oui.

—D'accord. Je vais retourner là-bas et interroger les proches une deuxième fois. Tu te rends compte du surcroît de boulot qu'on va avoir, tout ça parce qu'ils nous ont menti la première fois?

—Ils ne voulaient pas te compliquer la vie, Dolph. Ils avaient juste peur.

—Comme tout le monde, non?

Et il raccrocha.

Je regardai fixement le téléphone dans ma main. Dolph était de très mauvais poil. Désormais, je savais pourquoi – et j'étais probablement l'une des seules personnes au courant, en dehors de sa famille. Je me demandai si son humeur allait encore empirer et si ça allait finir par affecter son boulot... si ce n'était pas déjà fait. Si sa haine envers les monstres le privait de toute objectivité, il ne serait plus bon à rien en tant que chef de la Brigade d'Investigations surnaturelles.

Et merde. Ce problème n'était pas à l'ordre du jour. Je n'avais qu'à l'ajouter à la liste des choses dont je me préoccuperai plus tard. À l'allure où elle s'allongeait, jamais je n'aurais le temps d'en venir à bout. Peut-être pourrais-je lancer une fléchette dessus chaque matin pour élire le «problème du jour». Ou peut-être pourrais-je les ignorer tous autant qu'ils étaient. Oui, les ignorer, ça me plaisait bien.

CHAPITRE 46

Les MacNair et leur garde du corps me promirent de filer directement au quartier général de la BIS pour faire leur déposition. Janet Talbot les accompagna. Christine ne savait pas grand-chose sur la disparition du lion-garou, aussi rentra-t-elle chez elle en promettant d'être prudente. Je lui avais proposé de rester chez moi jusqu'à ce que les méchants aient été capturés, mais elle avait refusé tout net.

—C'est une créature indépendante, commenta Donovan Reece.

Je ne pouvais que comprendre et admirer.

—J'espère juste qu'elle ne se fera pas tuer à cause de ça.

Le roi-cygne haussa les épaules et se leva. Je remarquai une bosse sous le devant de sa chemise rose.

—Vous êtes armé.

Il baissa les yeux vers le flingue qu'il avait vainement tenté de dissimuler.

—Je ne laisserai personne reprendre mes filles.

—Vous ne pouvez pas dire «mes gens», comme nous tous ? Il sourit.

—Ce sont toutes des femmes.

—Faites-moi plaisir.

Il inclina légèrement la tête.

—Si vous voulez : mes gens. Mais je ne laisserai plus personne les agresser.

—C'est également valable pour vous, Donovan. Souvenez-vous que tous les disparus étaient des chefs, pas des sous-fifres. Les hommes-serpents ont capturé Nathaniel parce qu'ils l'avaient pris pour vous. Vos panaches n'étaient que la cerise sur le gâteau.

Il soutint mon regard.

—Vous avez raison, dit-il très sérieusement. Comment avez-vous su que j'étais armé ?

—Si vous voulez vous balader avec un flingue glissé dans votre pantalon, portez une chemise foncée, et si possible une taille plus grande.

Il acquiesça.

—C'est la première fois que je porte une arme à feu.

—Vous savez vous en servir ?

—Je sais tirer. Simplement, d'habitude, je ne me promène pas avec une arme dissimulée.

—Vous avez un permis de port ?

Il cligna des yeux.

—J'imagine que ça signifie « non ».

—Non, confirma-t-il.

—Dans ce cas, si vous l'utilisez pour tuer quelqu'un, vous risquez d'avoir des ennuis avec la loi. Porter une arme dissimulée sans permis, c'est illégal. Selon le juge qui s'occupe de l'affaire, vous pourriez écoper d'une peine de prison ferme.

—Combien de temps faut-il pour obtenir ce fameux permis ?

—Plus longtemps que vous ne voudrez attendre. Mais renseignez-vous auprès de votre comté et lancez la procédure. Ou ne faites rien, et en cas d'arrestation, vous pourrez toujours prétendre que vous ignoriez la loi. Théoriquement, ce n'est pas une excuse valable, mais ça peut inciter le juge à se montrer indulgent. Je ne sais pas. À votre place, je réclamerais un permis et j'espérerais qu'on me l'accorde.

—Comment dois-je m'y prendre ?

—Ça varie d'un comté à l'autre. Voyez avec le commissariat de votre domicile. Ils vous diront à qui vous adresser.

Reece opina.

—Merci, Anita.

Je haussai les épaules.

—Je ne fais que mon boulot.

Il secoua la tête.

—Ce n'est pas votre boulot. Vous n'êtes l'alpha de personne ici. Vous auriez très bien pu refuser de nous aider.

—Et à quoi cela aurait-il servi ?

—La plupart des lycanthropes ne s'aident pas entre eux.

—De toutes les règles qu'observent les animaux à poils – et à plumes – c'est vraiment celle que je comprends le moins. Ce qui arrive à un groupe affecte aussi les autres, nous venons d'en avoir la preuve. Si vous aviez communiqué entre vous, vous auriez su qu'Henry MacNair avait disparu dans des circonstances violentes. Cela vous aurait peut-être mis sur vos gardes.

—Vous pensez que ç'aurait pu empêcher les enlèvements suivants ?

—Je ne sais pas. Les gens auraient été plus prudents. Ils auraient peut-être évité de sortir seuls. Au pire, nous aurions eu des témoins.

—Christine est venue nous voir après que vous avez délivré mes filles… mes gens. Elle savait que l'Ursa des ours avait disparu. C'est Ethan MacNair et non sa mère qui nous a informés de l'enlèvement de son père.

—Je vous parie qu'il a payé pour avoir enfreint les ordres de sa mère.

—Sans doute. Mais vous avez raison : si nous daignions communiquer entre nous, ça nous faciliterait la vie.

—Et pas seulement dans les cas d'urgence.

Reece plissa les yeux.

—Vous voulez parler d'une confédération de lycanthropes ?

Je haussai les épaules.

—Je ne voyais pas si grand, mais pourquoi pas ? Un système qui permette d'échanger des informations. Nous avons affaire à un lion qui bosse avec des hommes-serpents. Pourquoi les méchants coopéreraient-ils mieux que nous ?

—Chaque fois que l'un de nous parle d'une alliance, il sous-entend toujours qu'il en sera le chef. Voulez-vous devenir la Nimir-ra de tous les métamorphes de Saint Louis, Anita ?

—Je ne parle pas de centraliser l'autorité. Ça ne fonctionnera jamais sans une guerre. Je parle juste de communication et d'entraide. Si un léopard ou un loup est blessé, il dispose d'un endroit sûr où loger le temps de récupérer. Ce genre de choses.

—Il faudrait bien que quelqu'un en soit responsable, insista Reece.

J'eus envie de le saisir par le devant de sa chemise et de le secouer comme un prunier.

—Pourquoi, Donovan ? Pourquoi le faudrait-il ? Si quelque chose arrive à un de vos panaches, vous prenez votre téléphone et vous m'appelez. Moi, ou Ethan, ou Christine. Nous appelons quelqu'un d'autre. Nous tentons de trouver une solution. Nous n'avons pas besoin de hiérarchie pour ça, juste de bonne volonté.

Reece semblait soupçonneux, presque mécontent.

—Vous ne voulez pas être responsable.

Je secouai la tête.

—Donovan, je n'ai même pas envie d'être responsable de mon propre pard. Je n'ai aucune envie de me charger de toute une confédération de métamorphes.

Micah, qui jusque-là était resté adossé au mur – tellement silencieux et immobile que j'en avais presque oublié sa présence –, lança :

—Ce qu'elle vous offre, Donovan, c'est son amitié.

—Son amitié ? répéta Reece comme si le concept lui était étranger.

Micah acquiesça et s'écarta du mur pour venir me rejoindre.

—Quand il y a un problème et qu'on a besoin d'aide, on appelle ses amis.

Reece se rembrunit si fort qu'il réussit à creuser des plis dans sa peau immaculée.

—Les métamorphes ne sont pas amis avec les autres membres de leur groupe, à plus forte raison avec ceux des autres espèces.

—C'est faux, contrai-je. Le meilleur ami de Richard…

Je marquai une pause après son nom, comme si ça me faisait mal ou comme si je m'attendais que ça me fasse mal. Micah me toucha l'épaule ; je posai ma main sur la sienne et m'y accrochai.

—Le meilleur ami de Richard, recommençai-je, est l'un des rats de Rafael. Vivian, une de mes léopards, est amoureuse de Stephen, un des loups de Richard. Ils vivent ensemble.

—C'est différent.

—Pourquoi ?

—Parce que les loups et les rats sont liés par un traité, et que vous servez de lien entre les léopards et les loups.

Je secouai la tête.

—Vous chipotez, Donovan. Ou vous faites exprès de ne pas comprendre. Mettons-nous simplement d'accord pour nous entraider. Je n'ai pas d'idée derrière la tête, et je ne nourris aucune ambition secrète. J'essaie juste de limiter les dégâts.

—C'est vrai que rien ne vous obligeait à sauver mes filles. Et que ça vous a presque coûté la vie.

—Et vous n'étiez pas non plus obligé de m'accompagner au lupanar. Mais vous l'avez fait. C'est comme ça que ça fonctionne : avec de la coopération.

Reece réfléchit un moment, puis acquiesça.

—Entendu. Je vais essayer de convaincre les autres. Vous avez raison, évidemment. Si nous nous parlions, nous pourrions prévenir un tas de problèmes.

—Génial, dis-je.

Et je relâchai le souffle que je n'avais pas eu conscience de retenir. Je voulais vraiment que ça marche. Je voulais vraiment qu'ils s'entraident.

Quelqu'un se racla doucement la gorge. Nous nous tournâmes tous vers Gil. Il était toujours recroquevillé au pied du canapé. En fait, il n'avait pas bougé depuis son arrivée.

—Vous avez quelque chose à dire ? s'enquit Reece.

—Jusqu'où comptez-vous pousser ce nouvel esprit de coopération ? demanda Gil.

Ses yeux verts obliques étaient presque arrondis par l'anxiété. Il agrippait ses genoux si fort que ses mains en étaient toutes marbrées. Il mourait de peur. Je le sentais sur lui. Ça, et une odeur qui me hérissait le poil – figurativement parlant.

—Que voulez-vous dire ? interrogea Reece.

—C'est à Anita que je parle.

Je jetai un coup d'œil à Micah et reportai mon attention sur l'homme recroquevillé par terre.

—Que voulez-vous savoir ?

—Je suis le seul renard-garou en ville. Je n'ai ni alpha, ni famille.

Il s'interrompit et passa nerveusement sa langue sur ses lèvres.

—Et ? demandai-je.

—Jusqu'où êtes-vous prête à aller pour m'aider ?

—De quel genre d'aide avez-vous besoin ?

—Puis-je rester ici tant que vous n'aurez pas attrapé la chose qui fait ça ?

Je sentis mes yeux s'écarquiller. J'ouvris la bouche, la refermai et échangeai un regard avec Micah. Il haussa les épaules.

—À toi de décider. C'est ta maison.

Bien vu. Je me tournai de nouveau vers Gil.

—Je ne vous connais pas du tout. Si vous avez de mauvaises intentions et que vous faites du mal à mes gens, je vous tuerai. Mais si vous voulez juste vous cacher pendant quelques jours, vous pouvez rester.

Il parut rapetisser, se ratatiner encore davantage.

—Je ne ferai de mal à personne, promit-il. Je veux seulement me sentir en sécurité.

Je consultai Reece du regard.

—Que savez-vous de lui ?

— Il a peur de son ombre. Je ne lui ferais pas confiance pour filer un coup de main en cas d'urgence. Je pense qu'il commencerait par sauver sa propre peau.

Gil ne contesta pas cette évaluation ; il resta roulé en boule et tremblant de tout son corps.

— Si nous n'aidons que les plus forts, ça ne sert à rien, fis-je remarquer.

— Vous le recueilleriez sachant qu'en cas de combat, il ne vous aidera pas ? Qu'il prendra probablement ses jambes à son cou ?

Je scrutai les yeux terrifiés de Gil et y lus une supplique. « Pitié, aidez-moi. »

— Vous pouvez rester, et nous vous protégerons, déclarai-je. Mais si une urgence survient, je m'attends que vous fassiez de votre mieux. Vous n'êtes pas obligé de vous battre, mais vous ne devez pas nous gêner.

— Qu'est-ce que ça signifie ?

— Si quelqu'un dégaine, jetez-vous à terre et planquez-vous sous quelque chose. Ne jouez pas les cibles. Si un de mes gens est blessé et que vous avez la possibilité de le traîner à couvert mais que vous le laissez mourir, vous serez le prochain sur la liste.

— Je ne suis pas courageux, Anita. Même pas un petit peu.

— Je ne vous demande pas d'être courageux, Gil : juste d'obéir aux ordres et de faire votre possible, si limité soit-il. Vous devez comprendre les règles. Si une fusillade éclate, sortez-vous de la ligne de tir, parce que nous n'aurons pas le temps de nous occuper de vous. Aidez-nous si vous le pouvez, restez planqué si vous ne pouvez pas. C'est simple.

Il acquiesça, frottant son menton entre ses genoux comme s'il ne pouvait plus s'arrêter.

— Simple, chuchota-t-il. J'aimerais bien que la vie soit simple.

— La vie n'est pas simple. Mais les bagarres le sont.

Je m'agenouillai devant lui. Je détestais la faiblesse qu'il irradiait. Doux Jésus, la dernière chose dont j'avais besoin, c'était d'un handicapé émotionnel supplémentaire pour me coller aux basques. Mais je ne pouvais pas le jeter dehors. Anita le cœur d'artichaut. Qui l'eût cru ? Je fixai Gil jusqu'à ce qu'il soutienne mon regard de ses yeux effrayés.

— Une bagarre, c'est très simple. Vous vous protégez, vous protégez vos alliés, et vous tuez les méchants. Vous faites le nécessaire pour que tout le monde dans votre camp s'en sorte vivant.

— Comment savez-vous qui sont les méchants ? demanda-t-il à voix basse.

— Tous les gens dans la pièce qui ne sont pas des nôtres.

— Et vous les tuez juste comme ça ?

Je hochai la tête.

— Exactement.

— Je ne crois pas être capable de tuer quelqu'un.

— Alors, planquez-vous.

Il se remit à acquiescer en frottant son menton entre ses genoux, comme s'il se marquait avec sa propre odeur.

— Je peux me cacher. Ça, je sais le faire.

Je touchai son visage très doucement. Il frémit, puis se détendit un peu. Tous les métamorphes, quelle que soit leur espèce, aiment qu'on les touche.

— Je ne suis pas très douée pour me cacher. Vous pourriez peut-être m'apprendre.

— Pourquoi auriez-vous besoin de savoir vous cacher ?

— Parce qu'il existe toujours quelqu'un – ou quelque chose – de plus gros et de plus méchant que vous.

— Je peux vous apprendre à vous cacher, mais je ne crois pas pouvoir apprendre à tuer.

Où avais-je déjà entendu ça ? Ah oui : dans la bouche de Richard. Mais même lui avait fini par apprendre, au bout du compte.

— Vous seriez surpris par ce dont vous êtes capable si on vous pousse dans vos derniers retranchements, Gil.

Il s'enveloppa de nouveau de ses bras.

— Je ne crois pas vouloir apprendre à tuer des gens.

— Ça, c'est un tout autre problème.

—Je n'ai pas envie d'apprendre.

Je le toisai.

—Alors ne le faites pas, mais débrouillez-vous pour que vos scrupules ne fassent tuer aucun de mes gens.

—Il y a plus de risques pour qu'ils me tuent, moi.

—Exact, mais c'est votre choix. Faites-vous buter si ça vous chante, mais si l'un des miens est blessé par votre faute, ça bardera pour votre matricule.

—Vous seriez vraiment capable de me descendre ?

Je me rassis sur mes talons.

—Vous pouvez rester ici, et je vous protégerai ou je mourrai en essayant. Mais si vous merdez et provoquez la mort d'un de mes léopards ou de mes amis, oui, je vous tuerai. Ne venez pas pleurer plus tard en disant que vous ne saviez pas. Parce que si vous l'avez mérité, je vous abattrai pendant que vous me supplierez de vous épargner.

—Mais qui décide si je l'ai mérité ?

—Moi.

Il me scruta par en dessous, l'air de se demander s'il était plus en sécurité avec ou sans moi. Je le regardai réfléchir sans éprouver la moindre pitié. Parce que Gil le renard-garou était un boulet. En situation de combat, il ferait une victime toute désignée. J'étais assez civilisée pour lui accorder la protection qu'il réclamait, mais pas assez pour échanger le sang de mes proches contre le sien.

À cet instant, je compris que je n'étais pas une sociopathe : si je l'avais été, j'aurais jeté Gil dehors. Ou pire, je l'aurais descendu tout de suite pour abréger ses souffrances. Au lieu de ça, je lui tendis la main et l'aidai à se relever.

—Vous comprenez les règles ?

—Je comprends, chuchota-t-il.

—Vous êtes prêt à vivre selon elles ?

Il hocha brièvement la tête.

—Vous êtes prêt à mourir selon elles ?

Il prit une inspiration tremblante et acquiesça.

J'eus un sourire qui ne monta pas jusqu'à mes yeux.

—Alors, bienvenue au club. Tâchez de ne pas trop vous faire remarquer. Nous avons un problème à régler ce soir. Vous pouvez nous accompagner.

Et j'aurais été bien en peine de dire s'il s'agissait d'une invitation ou d'une menace.

CHAPITRE 47

Il restait encore un filet de lumière dans le ciel. Pareil à un mince ruban doré, il se détachait contre la pression de gros nuages sombres lorsque nous nous garâmes sur le parking derrière le *Cirque des Damnés* – celui qui est réservé aux employés. L'arrière du *Cirque* est sombre et dépourvu de toute ornementation, contrairement au devant qui ressemble à une attraction de foire. J'avais dépassé les lumières éblouissantes et les affiches dramatiques sans leur accorder un seul regard.

—J'ai des hallucinations ou ces clowns avaient vraiment des crocs? demanda Caleb.

Alors, je m'aperçus qu'aucun de mes compagnons n'était jamais venu au *Cirque*.

Je défis ma ceinture de sécurité et pivotai dans mon siège. Caleb était assis sur la banquette du milieu, pressé contre la portière par les larges épaules de Merle. Nathaniel se trouvait de l'autre côté du colosse. Cherry et Zane occupaient la banquette du fond en compagnie de Gil. Micah avait pris le siège passager à côté de moi. Jusqu'à ce que nous soyons certains que ma maison était sûre, nous resterions tous ensemble.

Rafael nous avait envoyé deux autres gardes du corps, mais ils étaient arrivés au moment où nous partions, et je n'avais voulu faire descendre aucun des occupants de la Jeep. Les rats-garous nous avaient suivis. Ils n'étaient pas contents, mais ils obéissaient. Tant mieux.

—Oui, les clowns qui tournent au-dessus de l'enseigne ont des crocs, dis-je en réponse à la question de Caleb.

— J'ai vu une publicité pour un numéro de relevage de zombies. Vous faites ça aussi ? s'enquit Merle.

Je secouai la tête.

— Je ne trouve pas que ce soit approprié d'utiliser un don de Dieu pour distraire les foules, répondis-je sèchement.

— Je ne voulais pas vous insulter.

— Désolée, je suis un peu susceptible sur la question. Je désapprouve beaucoup des choses que mes collègues réanimateurs acceptent de faire pour de l'argent.

— Vous aussi, vous relevez les morts pour de l'argent, fit remarquer Caleb.

— Oui, mais j'ai refusé plus de cas que je n'en ai accepté.

— Refusé ? Pourquoi ?

Je haussai les épaules.

— Une fortune locale voulait organiser sa soirée d'Halloween dans un cimetière pour que je fasse sortir des zombies de leur tombe à minuit. Un autre type m'a offert un million de dollars si je pouvais relever Marilyn Monroe et lui garantir qu'elle ferait tout ce qu'il demanderait pendant une nuit. (Je frissonnai.) Celui-là, je lui ai dit que si j'apprenais qu'il avait confié le boulot à quelqu'un d'autre, je le ferais jeter en prison.

Caleb écarquilla les yeux. Je crois que je l'avais choqué. Cela me fit plaisir de voir que j'en étais capable.

— Vous êtes quelqu'un de très moral, commenta Merle sur un ton surpris.

— Disons que je suis fidèle à mes propres règles.

— Vous les suivez en toutes circonstances ?

— La plupart du temps.

— Pour quelles raisons pourriez-vous les enfreindre ?

— Pour survivre. Pour venger le mal fait aux miens. Les trucs classiques.

Merle jeta un coup d'œil à Micah, si bref qu'il fut presque imperceptible. Si je n'avais pas été en train de le regarder en face, je ne l'aurais pas remarqué.

— Quoi ? demandai-je.

—Quand vous parlez ainsi, on dirait Micah.

—Et à vous entendre, c'est une mauvaise chose.

Il secoua la tête.

—Non. Non, pas une mauvaise chose… mais c'est inattendu.

—En tout cas, ça n'a pas l'air de vous réjouir outre mesure.

—Merle s'inquiète trop, intervint Micah.

Je lui jetai un coup d'œil, mais il observait le colosse. Il avait attaché ses cheveux alors qu'ils étaient encore mouillés, de sorte que jusqu'à l'élastique, ils étaient raides et plaqués sur son crâne, mais ensuite, ses boucles se déversaient en cascade mousseuse le long de son dos, pareilles à du velours brun contre le gris anthracite de sa chemise.

—Et à propos, de quoi s'inquiète-t-il? demandai-je.

—Il veut prendre soin de moi. Et de toi aussi, maintenant – je crois.

Je reportai mon attention sur Merle.

—C'est vrai?

—Quelque chose comme ça, répondit le colosse.

Il avait enfilé un tee-shirt blanc sous son blouson, mais cela mis à part, il portait toujours la même tenue. S'il avait remplacé le jean par du cuir, on aurait pu le prendre pour un motard vieillissant.

Micah se tourna vers moi avec un bruissement de soie contre le cuir des sièges. Sa chemise était gris foncé, avec des manches courtes et une coupe plutôt classe. La couleur faisait ressortir le vert doré de ses yeux et rendait sa peau encore plus sombre. Avec ça, il portait un jean noir, une ceinture noire à la boucle argentée, des chaussures noires souples et lacées.

Je compris qu'il s'était sapé comme pour un rencard. Était-ce Jean-Claude ou moi qu'il voulait impressionner? La rencontre d'un alpha et du Maître de la Ville est toujours une occasion semi-formelle – et d'autant plus quand l'alpha en question baise la servante humaine du Maître. Je ne savais pas trop comment aborder la situation. En théorie, Jean-Claude avait accepté la présence et le rôle de Micah dans ma vie. Mais comment réagirait-il en se trouvant confronté à lui en chair et en os ? Et comment Micah réagirait-il en découvrant Jean-Claude ? J'avais déjà bien assez de problèmes sans devoir me soucier de jongler avec les *ego* des mâles de ma vie.

— Tu fronces les sourcils, remarqua Micah.

Je secouai la tête.

— Ce n'est rien. Finissons-en.

— Tu n'as pas précisément l'air ravi.

J'avais déjà ouvert ma portière, et je dus me tordre le cou pour lui répondre :

— Nous sommes ici pour sauver Damian. J'ignore dans quel état nous allons le trouver. Il n'y a vraiment pas de quoi être ravie.

— Je sais que tu t'inquiètes pour ton ami, mais ce n'est pas la seule chose qui te préoccupe, si ?

— De quoi veux-tu parler ?

— Moi aussi, je suis nerveux à l'idée de rencontrer le Maître de la Ville.

C'était presque comme s'il avait lu dans mes pensées. Nous ne nous connaissions pas encore assez bien pour qu'il puisse me deviner vraiment, mais… Ou bien il était télépathe, ce que je ne croyais pas une seconde, ou bien il arrivait quand même à me deviner. Ce qui ne me faisait pas précisément sauter de joie.

Je soupirai et m'affaissai à demi dans mon siège.

— Oui, ça m'angoisse un peu de te présenter Jean-Claude. Il est resté très calme quand je lui ai parlé de toi, et même quand je lui ai dit qu'on avait couché ensemble, mais j'ignore comment il réagira en te rencontrant.

— Te sentirais-tu un peu mieux si je promettais de bien me tenir ?

— Peut-être, si tu penses pouvoir tenir parole.

— Bien sûr que je peux, dit-il d'une voix vibrante de sincérité, en plongeant son regard dans le mien.

—Ne le prends pas mal, Micah, mais ces derniers temps, les hommes de ma vie m'ont pas mal déçue. Du coup, j'ai un peu de mal à te faire confiance.

Il fit mine de me toucher et laissa retomber sa main comme s'il avait lu quelque chose d'hostile sur mon visage.

—Je ferai de mon mieux avec Jean-Claude, Anita. Je peux au moins te promettre ça.

Je soupirai.

—Je te crois.

—Mais…?

Je fus forcée de sourire.

—Tes intentions sont bonnes, mes intentions sont bonnes, et celles de Jean-Claude le sont sans doute aussi. (Je haussai les épaules.) Mais tu sais ce qu'on raconte au sujet des bonnes intentions.

—Faire de mon mieux, c'est tout ce que je peux t'offrir.

—Et c'est tout ce que je te demande, mais disons que je ne sais pas exactement de quelle manière aborder cette rencontre. Je venais juste d'arriver au stade où je pouvais gérer Jean-Claude et Richard en même temps, et voilà que tu viens te rajouter à l'équation.

—Je peux retourner chez toi, si tu préfères.

—Non, Jean-Claude a demandé à te rencontrer.

Micah me dévisagea.

—Et ça te rend nerveuse.

J'eus un petit rire étranglé.

—Oui.

—Pourquoi?

—Parce que si Jean-Claude couchait avec quelqu'un d'autre, je ne voudrais pas rencontrer cette personne.

Micah haussa les épaules.

—Tu crois qu'il me veut du mal?

—Non. Non, le problème n'est pas là.

Je tentai de définir ce que je ressentais et n'y parvins pas. Peut-être ne suis-je pas assez sophistiquée, mais je ne voyais vraiment pas comment présenter mon petit ami n° 3 à mon petit ami n° 1 qui, ces derniers temps, s'était montré si tolérant envers mon petit ami nº 2 – lequel venait de disparaître de la scène. Ou peut-être était-ce à cause de la façon dont Jean-Claude me l'avait demandé.

« —Amène ton Nimir-raj, ma petite. J'aimerais faire sa connaissance.

—Pourquoi ?

—N'ai-je pas le droit de rencontrer l'autre homme qui partage ton lit ? »

Ça m'avait fait rougir. Mais Micah et moi étions là, sur le parking du *Cirque*, et Jean-Claude nous attendait à l'intérieur. En fait, je m'inquiétais davantage de leur rencontre que de l'état de Damian. Si Jean-Claude n'essayait pas de tuer Micah, alors je m'inquiéterais vraiment pour Damian. J'étais sûre à quatre-vingt-dix-neuf pour cent que Jean-Claude ne déclencherait pas de bagarre. Mais le dernier pour cent me tordait les entrailles.

Nous descendîmes de voiture. Dehors, il faisait nuit noire. Les deux rats-garous me flanquèrent comme je me dirigeais vers la porte de derrière. C'était deux hommes de plus de un mètre quatre-vingt, qui irradiaient l'arrogance typique des gardes du corps. Ceci mis à part, tout les opposait. Cris avait dans les vingt-cinq ans, le teint doré, les yeux bleu pâle et ces cheveux châtain très clair que certains qualifient de blonds. Bobby Lee avait plus de quarante ans au compteur, des cheveux poivre et sel très courts (plus sel que poivre, d'ailleurs), des sourcils encore noirs au-dessus de ses yeux d'un bleu saisissant. Il arborait une barbe et une moustache soigneusement entretenues, noires elles aussi mais striées de fils gris et blancs. Cris n'avait pas d'accent, tandis que la voix traînante de Bobby Lee trahissait ses origines sudistes.

Nathaniel voulut me rejoindre, et Cris fit mine de le maintenir à distance.

—Il est avec moi, dis-je.

—Nous avons reçu l'ordre de vous protéger. Je ne le connais pas.

—Écoutez, vous deux, nous n'avons pas le temps de faire les présentations en détail. Mais Nathaniel est l'un de mes léopards-garous, tout comme Cherry et Zane – les deux blonds, là. Micah, le type à la queue-de-cheval, est le Nimir-raj des deux hommes qui l'accompagnent.

—Et le rouquin ? s'enquit Bobby Lee.

—Il s'appelle Gil, c'est un renard-garou, et il est sous ma protection lui aussi.

—Un beau paquet de cibles ambulantes, commenta Cris.

Je me rembrunis.

—La plupart de ces cibles ambulantes, comme vous les appelez, sont mes amis, ou plus encore. Si la situation dégénère et que vous me protégez à leurs dépens, vous les suivrez dans la tombe.

—Nos ordres sont de vous maintenir en vie, m'dame. Vous, et personne d'autre, dit Bobby Lee.

Je secouai la tête et attirai Nathaniel dans le creux de mon bras.

—Comment réagirait Rafael si vous le sauviez en faisant massacrer ses gens ?

Ils s'entre-regardèrent.

—Ça dépendrait de la situation, répondit Bobby Lee au bout de quelques secondes.

—Peut-être, mais je suis armée, et je peux me débrouiller seule dans la plupart des cas. J'ai besoin de renforts, pas d'interférences.

—On ne nous a pas demandé de vous servir de renforts.

—Je sais. Mais ce soir, il risque d'y avoir pas mal de fanfaronnades et de tentatives pour impressionner l'autre partie. Jean-Claude ne permettra pas qu'on me fasse du mal ; en revanche, il peut jouer avec certaines personnes de mon entourage – et même avec moi. Ne soyez pas trop chatouilleux de la gâchette, d'accord ?

—Vous nous empêchez de faire notre boulot, protesta Cris.

Je haussai les épaules et serrai Nathaniel contre moi.

— J'apprécie votre présence. Si Igor et Claudia n'avaient pas été là, je serais peut-être morte à l'heure actuelle. Mais je suis prête à risquer ma vie pour certaines personnes, et une partie d'entre elles est ici ce soir. Tout ce que je vous demande, c'est de rester cool et de ne pas jouer les cow-boys.

De nouveau, ils s'entre-regardèrent. Je soupirai.

Bobby Lee portait un blouson en jean sans manches sur son tee-shirt. Cris avait enfilé une chemisette à manches courtes par-dessus le débardeur noir trop grand qui pendouillait sur son pantalon en toile kaki. Il faisait trop chaud pour se balader avec une veste, mais moi aussi, j'avais opté pour un chemisier noir en soie ouvert sur un débardeur assorti. Mon débardeur était rentré dans mon jean, et le Firestar logé sur ma hanche gauche. Noir sur noir – la plupart des gens ne l'auraient pas remarqué de toute façon. Mais les manches longues de mon chemisier dissimulaient mes couteaux dans leur fourreau de poignet.

J'aurais parié que Bobby Lee planquait au moins un flingue sous son blouson, probablement dans le creux de ses reins, parce que je ne décelais aucun renflement sous ses aisselles. La bosse sous le bras gauche de Cris était assez discrète. Il avait choisi une chemisette avec un imprimé criard pour détourner l'attention, mais lorsqu'un souffle d'air chaud souleva un pan du tissu, j'aperçus son holster d'épaule. Je ne savais pas exactement ce que dissimulait son immense débardeur, mais je penchais pour au moins un flingue supplémentaire, porté sur la hanche opposée à la main avec laquelle il tirait – comme moi.

— Ce soir, vous ne tirez sur personne à moins que je vous en donne l'autorisation. C'est clair ?

— Nous avons reçu des ordres. Et ils ne venaient pas de vous, contra Bobby Lee.

— Dans ce cas, vous pouvez retourner auprès de Rafael et lui dire que j'ai refusé votre aide.

Les yeux de Cris s'écarquillèrent légèrement. Bobby Lee demeura impassible. Ses beaux yeux bleus étaient aussi inexpressifs que du verre.

— Pourquoi avez-vous si peur de nous emmener à l'intérieur ? demanda-t-il.

Je soupirai de nouveau et cherchai comment le leur expliquer de façon qu'ils puissent comprendre. Ne trouvant rien de mieux, j'optai pour la vérité toute crue.

— Je suis sur le point de présenter mon Nimir-raj au Maître de la Ville.

— Vous baisez avec les deux ? demanda Bobby Lee – et avec son accent à la Scarlett O'Hara, cette phrase sonna très bizarrement.

J'ouvris la bouche pour protester et me ravisai.

— Oui. Et je m'inquiète un peu de la façon dont va se dérouler la rencontre.

— Vous pensez que le Maître essaiera de tuer votre Nimir-raj ?

— Non, mais il peut avoir envie de jouer avec lui, et les vampires ont une conception du jeu assez particulière.

Bobby Lee éclata de rire.

— Particulière, hein ? (Il avait un rire grave et chaleureux, qui gagna ses yeux et leur donna l'air plus vivant.) Ce qu'elle essaie de dire, Cris, c'est que ce sera aussi divertissant que la rencontre entre les rats et les hyènes. Une démonstration de force probablement inconfortable, mais sans véritable danger.

Je hochai la tête.

— Comme il dit.

Cris acquiesça.

— Donc, ce soir, ça ne sera que de l'esbroufe. Rien de réel.

— Oh, ce sera réel. Mais pas suffisamment dangereux pour que vous ayez à me protéger.

— Nous sommes censés vous protéger contre tout, objecta-t-il.

Bobby Lee lui posa une main sur l'épaule.

— Nous ne pouvons pas la protéger contre sa propre vie privée. C'est son corps, pas son cœur, que nous devons garder indemne.

—Oh, dit Cris, et il parut soudain beaucoup plus jeune – vingt ans maximum.

Bobby Lee se tourna vers moi.

—Nous resterons en retrait… à moins que vous couriez un danger physique.

—Je suis contente que nous nous comprenions.

Son sourire ne flancha pas, mais ses yeux redevinrent vacants.

—Oh, nous ne nous comprenons pas du tout, m'dame. Je peux vous le garantir. Mais nous ferons ce qu'on nous a demandé de faire… jusqu'à ce que nous décidions le contraire.

Cela ne me plaisait pas beaucoup, mais son regard froid me dit que je n'obtiendrai rien de mieux.

CHAPITRE 48

L es marches qui s'enfoncent dans les entrailles du *Cirque* sont assez larges pour que trois personnes pas trop grosses puissent les emprunter de front, mais je les trouve étrangement longues, comme si à la base, l'escalier n'avait pas été conçu pour des bipèdes… ou du moins, pas des bipèdes de taille humaine.

Ernie nous précédait. La première fois que je l'ai rencontré, il avait une coiffure bizarre, cheveux rasés sur les côtés et longs partout ailleurs. Depuis, les côtés ont repoussé et il a égalisé le reste, ce qui lui fait une coupe à peu près standard, bien que légèrement plus longue sur le dessus. S'il fait tenir ses cheveux droits avec du gel, il ressemble à un homme d'affaires punk. Sa nouvelle coupe dévoile son cou, et ce soir-là, il arborait deux belles traces de crocs du côté droit.

Ernie ne nourrit pas Jean-Claude. Je ne crois pas que le Maître de la Ville boive encore de sang humain, pas alors qu'il peut avoir tout le sang de lycanthrope qu'il désire. Mais d'autres vampires habitent dans les sous-sols du *Cirque*, et eux aussi ont besoin de s'alimenter.

Micah marchait à côté de moi. Merle, Bobby Lee et Cris s'étaient disputés pour savoir où ils se mettraient. Finalement, ils avaient décidé que Cris nous précéderait avec Ernie, tandis que Merle et Bobby Lee nous suivraient de près. Les autres, Caleb y compris, fermaient la marche dans le désordre. Les rats-garous ne semblaient pas se soucier qu'ils vivent ou qu'ils meurent. J'étais à peu près sûre qu'ils n'allaient pas tarder à me courir sur le haricot, ces deux-là.

L'énorme porte métallique qui se dressait au bas de l'escalier était ouverte : autrement dit, on nous attendait. D'habitude, elle reste fermée et verrouillée pour des raisons de sécurité. Mon estomac était si contracté que ça me faisait mal. Je ne savais vraiment pas comment aborder cette fichue rencontre. Devais-je embrasser Jean-Claude pour le saluer ? Devais-je ou non toucher Micah devant lui ? Et merde.

—Tu as dit quelque chose ? demanda Micah.

—Pas consciemment.

Il me jeta un regard interrogateur, et la réponse m'apparut très clairement. J'allais me comporter comme d'habitude. Avec chacun d'eux, je ferais exactement ce que je ferais si l'autre n'était pas là. Sans ça, nous allions nous retrouver à marcher sur des œufs tous les trois. Et puis, j'ai fait hyperattention avec Jean-Claude et Richard, et regardez où ça nous a menés. Il était hors de question que je refasse la même erreur – pas quand je pouvais en commettre une nouvelle.

CHAPITRE 49

Des tentures argentées pendaient de l'autre côté de la porte. Ça, c'était nouveau. Ernie les écarta et nous fit entrer dans le salon de Jean-Claude. Autrefois, celui-ci était plus petit, entièrement décoré en noir et blanc. À présent, des rideaux de soie blanche semi-transparente délimitaient un couloir qui conduisait à un immense chapiteau de contes de fées.

Des kilomètres de tissu argenté et doré dissimulaient les murs et le plafond de pierre. On se serait cru au milieu d'une boîte à bijoux géante. La table basse avait été peinte en blanc et doré pour lui donner une apparence ancienne – ou peut-être s'agissait-il réellement d'une antiquité. Un vase en cristal en forme de bol reposait au milieu de la table. Il était plein d'œillets blancs et de gypsophiles.

Un monstrueux canapé blanc était disposé dos aux tentures du fond, recouvert d'une telle quantité de coussins argentés et dorés que certains étaient tombés sur la moquette blanche. Deux fauteuils rembourrés se dressaient dans des coins opposés, l'un argenté, l'autre doré, tous deux garnis de coussins blancs.

La cheminée avait l'air vraie, mais je savais qu'elle ne l'était pas : elle avait été rajoutée bien après la construction du bâtiment. Elle avait été peinte en blanc, et on venait de lui adjoindre un manteau de marbre tout neuf, blanc veiné d'argent et d'or – une pièce réalisée sur commande pour aller avec le reste de la déco.

Une seule chose n'avait pas changé : le portrait au-dessus de la cheminée. La première personne qu'on remarquait, c'était Julianna. Vêtue de blanc et d'argent, ses cheveux bruns soigneusement tortillés en anglaises, elle était assise et riait à demi. Asher se tenait derrière elle, tout en blanc et doré, le visage encore intact, ses anglaises blondes plus longues que celles de Julianna et sa barbe à la Vandyke deux teintes plus foncées que ses cheveux. Jean-Claude était assis sur le côté, un peu en retrait de Julianna. Lui seul ne souriait pas dans sa tenue noir et argent. Il avait repensé la décoration de toute la pièce en fonction de ce tableau.

— Ouah, dit Caleb, exprimant notre sentiment à tous.

J'ai déjà eu maintes occasions d'admirer le style flamboyant de Jean-Claude, mais de temps en temps, il réussit encore à m'éblouir.

Puis je le sentis venir vers nous. Je le sentis venir, et ce n'était pas une bonne chose. Je m'étais attendue à de la colère ou de la jalousie, et je ne percevais que du désir – un besoin avide. Jean-Claude était pourtant capable de dresser un bouclier autour de lui pour le dissimuler. Voulait-il me punir, me submerger avec son désir ? Si tel était le cas, il avait mal calculé son coup. Il n'allait réussir qu'à me foutre en rogne.

Il se faufila entre des tentures blanches et argentées, et un instant, je ne sus pas où finissait le tissu et où commençaient ses vêtements. Il portait une redingote argentée avec des liserés et des boutons blancs. Sa chemise était un bouillonnement de soie blanche, et le peu que je pouvais voir de son pantalon, sous les cuissardes en cuir blanc qui moulaient ses longues jambes, était blanc aussi. Le cuir avait l'air assez doux pour qu'on ait envie de le caresser ; il était maintenu en place par de petites boucles argentées qui remontaient depuis ses chevilles jusqu'en haut de ses cuisses.

Je le fixais du regard parce que je ne pouvais rien faire d'autre. Même s'il n'avait pas projeté autant de désir dans ma tête, il aurait rempli mon esprit de pensées sexuelles. Ses cheveux bouclés tombaient librement jusqu'à sa taille, glorieusement noirs sur tout ce blanc.

— Vous voilà beau comme une image, commenta Bobby Lee.

Jean-Claude ne lui accorda pas même un regard. Il n'avait d'yeux que pour moi, et je me dirigeai vers lui en foulant la moquette si douce. Je ne pensais qu'à une chose : il fallait que je le touche. Mais il ferma les yeux et tendit une main devant lui pour m'arrêter.

— Non, ma petite, n'approche pas davantage.

J'hésitai un instant, puis je me remis à marcher. Déjà, je sentais l'odeur douceâtre et épicée de son eau de Cologne. Je voulais passer mes mains dans ses cheveux, envelopper mes doigts de son parfum.

Il recula et faillit se prendre les pieds dans les draperies.

— Ma petite, dit-il avec une expression proche de la panique. Je pensais que je pourrais interposer mon bouclier entre toi et mon ardeur, mais je n'y parviens pas.

Cela m'arrêta net. Je fronçai les sourcils, incapable de réfléchir, et restai plantée là – presque assez près pour le toucher, mais pas tout à fait.

— Que se passe-t-il, Jean-Claude ?

— Je me suis nourri ce soir, mais je n'ai pas nourri l'ardeur.

— C'est donc ça que je sens…

— Oui. J'ai beau me concentrer aussi fort que possible sur mon bouclier, elle passe au travers. Ce n'était jamais arrivé avant.

— Peut-être parce que j'éprouve désormais ma propre ardeur ?

— Je ne vois pas d'autre explication.

— Vous n'allez pas être en état de nous aider avec Damian, n'est-ce pas ?

Il soupira et baissa les yeux.

— J'ai besoin de satisfaire tous mes appétits, ma petite. L'ardeur ne m'a pas posé autant de problèmes depuis des siècles. Le fait de la partager avec toi m'a affecté. Mais je ne m'en suis pas rendu compte avant que tu pénètres dans le bâtiment.

— Vous voulez dire que vous vous contrôlez mieux loin de moi?

Il acquiesça.

— C'est quoi, cette fameuse ardeur? s'enquit Bobby Lee.

Je lui jetai un coup d'œil par-dessus mon épaule.

— Quand nous aurons quelque chose à vous dire, je vous le ferai savoir.

Il haussa les sourcils, puis fit mine de repousser quelque chose d'invisible.

— C'est vous la patronne, m'dame. Pour le moment.

Je laissai filer et reportai mon attention sur Jean-Claude.

— Alors, qu'allons-nous faire?

— Nourris-le, suggéra Nathaniel.

Je le regardai, et mon expression ne devait pas être franchement amicale parce qu'il écarta les mains et se dirigea vers la cheminée. Tous les autres s'étaient assis dans le canapé ou les fauteuils à l'exception de Gil qui, recroquevillé par terre, serrait un coussin contre lui.

J'allais me tourner de nouveau vers Jean-Claude lorsque la voix de Micah arrêta mon mouvement.

— J'ai vu Anita… (Il parut hésiter.)… dans les griffes de l'ardeur, et ça n'y ressemble pas. Elle est beaucoup trop calme.

Le regard de Jean-Claude dériva par-dessus mon épaule et se posa sur Micah pour la première fois. Je le vis détailler le Nimir-raj de la tête aux pieds, comme s'il estimait sa valeur avant de l'acheter ou voulait se montrer délibérément insultant.

Micah ne dut pas l'interpréter ainsi, ou peut-être était-il immunisé contre les insultes. Quoi qu'il en soit, il se dirigea vers nous. Il se déplaçait enveloppé de son propre pouvoir comme si même ici, dans l'antre de Jean-Claude, il se sentait totalement confiant et à son aise. Il se mouvait avec la grâce et la puissance compacte d'un danseur. Sa seule vue contractait mon bas-ventre.

Jean-Claude émit un petit bruit. Je voulus pivoter vers lui, mais trop tard. Son bouclier vola en éclats, et son ardeur s'abattit sur moi telle une lame de fond, me coupant le souffle, me donnant des bouffées de chaleur et changeant ma vision en rubans colorés. Son besoin se déversa sur et à travers moi. Il hurla dans ma tête, dansa le long de mes nerfs et s'engouffra dans mes veines. En cet instant, il aurait pu me demander n'importe quoi – n'importe quoi – et j'aurais accepté.

Puis ma vision s'éclaircit et je découvris Jean-Claude affaissé sur le sol, à moitié enfoui parmi le nid blanc et argenté des tentures qu'il avait entraînées dans sa chute. Le besoin figeait son visage et changeait ses yeux en torrents de flammes bleues.

J'étais à genoux, et je ne me souvenais pas être tombée. Micah me prit le bras, sans doute pour m'aider à me relever. Mais à l'instant où il me toucha, l'ardeur lui bondit dessus, et il s'écroula près de moi comme si quelqu'un l'avait frappé entre les deux yeux avec un marteau. Ses jambes cessèrent tout simplement de le porter.

—Oh, mon Dieu, chuchota-t-il.

Merle et les deux rats-garous s'avancèrent, et je dus hurler :

—Non !

Quelque chose dans ma voix les fit s'arrêter.

—Que personne ne nous touche ! Personne ! ordonnai-je d'une voix aiguë, au bord de l'hystérie.

Il existait un risque réel que l'ardeur se propage à tous les occupants de la pièce, et nous avions déjà bien assez de problèmes comme ça.

Micah avait lâché mon bras, et ses mains pendaient mollement sur ses cuisses. Mais le lien avait été établi, et la rupture du contact physique ne suffisait pas à le briser.

Lentement, Jean-Claude rampa hors de son nid de tissu scintillant tel un prédateur aussi gracieux que redoutable. Jamais il n'avait eu l'air plus dangereux.

—Jean-Claude, chuchotai-je. Ne faites pas ça.

Mais je ne pouvais pas bouger. Je le regardai approcher tel un oiseau minuscule fasciné par le serpent qui glisse vers lui, tiraillé entre la terreur et l'émerveillement.

Soudain, Asher apparut dans l'espace laissé vacant par les tentures. Jean-Claude se figea, mais rien à voir avec cette immobilité surnaturelle qui s'empare parfois des très vieux vampires. Il continuait à vibrer d'énergie, comme un félin sur le point de bondir plutôt que comme une créature froide et reptilienne.

— Jean-Claude, tu dois te contrôler mieux que ça.

Asher s'enveloppa de ses bras comme si lui aussi avait perçu l'ardeur de Jean-Claude. Il avait remarqué que le salon était plein de têtes nouvelles, et avait rapidement secoué la tête pour déployer ses cheveux dorés devant la moitié ravagée de son visage.

— Je n'y arrive pas, répondit Jean-Claude d'une voix basse et dure.

Ma peur se mua en terreur. Je levai les yeux vers Asher et le vis comme à travers le film de toutes les fois où nous l'avions touché, de toute cette beauté que je percevais encore en lui.

— Fais quelque chose, chuchotai-je.

Il secoua la tête.

— Si je suis pris dedans, ça n'aidera personne.

— Asher, je t'en prie !

— Tout ira bien une fois l'ardeur rassasiée. Tu n'as qu'à le laisser se nourrir.

Je fis un signe de dénégation.

— Pas ici, pas comme ça.

— Si ça peut tout arranger, pourquoi pas ? intervint Micah.

Je lui jetai un coup d'œil. Sa simple vision étrangla mon souffle dans ma gorge et entrouvrit mes lèvres. C'était comme si l'ardeur se souvenait de lui, comme s'il était un mets délicieux dont elle voulait se repaître de nouveau.

Je dus m'y reprendre à deux fois pour articuler :

— Tu ne comprends pas.

— Anita ne laisse pas Jean-Claude se nourrir d'elle, expliqua Zane à ma place.

Cherry et lui étaient assis tout au bout du canapé, le plus loin possible de nous, et ils nous observaient avec des yeux écarquillés.

—Je croyais qu'elle était sa servante humaine, dit Micah.

—Elle l'est, souffla Jean-Claude.

Quelque chose dans ces trois mots me fit tourner la tête vers lui et scruter ses yeux bleus étincelants. Depuis que je suis devenue sa servante humaine, Jean-Claude ne peut plus m'hypnotiser avec son regard. Mais ce soir, ce regard exerçait quand même une attraction indéniable sur moi. J'avais envie de prendre son visage entre mes mains et de goûter ses lèvres pleines.

—Anita!

La voix d'Asher me fit sursauter. Je levai les yeux vers lui.

—Aide-moi.

—Il peut se nourrir de moi, dit Micah d'une voix douce.

Nous pivotâmes tous vers lui.

Il parut hésiter – sans doute à cause de ce qu'il avait lu sur notre figure. Pourtant, il réitéra son offre.

—Si un peu de sang suffit à résoudre le problème, je veux bien le lui donner.

—Il a déjà bu du sang ce soir, le détrompa Asher. Ce n'est pas de ça qu'il a besoin, mais de *voir les anges**.

—En anglais, Asher. Même moi, je ne connais pas cette expression.

Il agita les mains.

—Jean-Claude a besoin d'une libération, d'un…

Il ajouta quelques mots dans un français si rapide que je ne compris rien. Il devait vraiment être perturbé pour que son anglais l'abandonne.

—C'est son ardeur que Jean-Claude a besoin de satisfaire, tentai-je d'expliquer en prenant bien soin de ne pas regarder Micah.

—Il a besoin de sexe, pas de sang, clarifia Nathaniel.

---

* En français dans le texte. (*NdT*)

Sa voix était calme, mais en lui jetant un coup d'œil, je vis qu'il s'était replié à l'autre bout de la pièce. Je ne pouvais pas l'en blâmer.

— La première fois que tu t'es nourrie de moi, il n'y a pas eu de rapport sexuel, juste un contact, me rappela-t-il.

Je hochai la tête en m'efforçant de ne regarder aucun des hommes présents.

— Je m'en souviens.

— Un simple contact, ça ne me dérange pas, affirma Micah.

Cela me fit tourner la tête vers lui, et ma surprise fut si grande que l'espace d'une seconde, je faillis échapper à l'emprise de l'ardeur – recommencer à pouvoir réfléchir.

— Tu sais de quel genre de contact il est question ?

— D'un contact sexuel, bien sûr. (Son expression était très grave, presque solennelle, comme si lui aussi avait retrouvé ses facultés de raisonnement.) J'ai dit que je ferais n'importe quoi pour être ton Nimir-raj, Anita. Comment puis-je te prouver que j'étais sincère ?

— Que proposes-tu, Micah ?

— Ce dont tu as besoin. (Il regarda Jean-Claude par-dessus mon épaule.) Ce dont vous avez besoin tous les deux.

Je sentis l'attention du vampire s'affûter comme si j'avais reçu un coup physique, et l'ardeur revint à la charge, assez torrentielle pour que je me noie dedans. Mon souffle s'étrangla dans ma gorge, mon pouls frénétique m'empêchant de déglutir. La voix de Jean-Claude dut résonner dans ma tête, car je ne vis pas remuer ses lèvres.

— Prends garde à ce que tu offres, mon ami. Je me contrôle bien mal ce soir.

Comme s'il avait entendu Jean-Claude lui aussi, Micah répondit :

— Vous formiez un ménage à trois avec l'Ulfric. Il n'est plus là. Mais moi, j'y suis et j'y reste. Je serai le Nimir-raj d'Anita, quel que soit le prix à payer.

— Qui a dit que nous formions un ménage à trois ? parvins-je à articuler.

— Tout le monde.

J'aurais bien voulu savoir qui lui avait raconté ça. Certainement pas tout le monde.

Jean-Claude recommença à ramper vers nous avec une lenteur douloureuse, chacun de ses mouvements si plein d'énergie, de grâce et de violence potentielle que ça me faisait presque mal de le regarder. Mon pouls s'accéléra, mon souffle s'étrangla davantage, et mon entrejambe fut brusquement trempé. Merde, merde, merde.

— Jean-Claude, non.

Mais je n'avais réussi qu'à chuchoter.

Sa bouche hésita au-dessus de la mienne. Puis il tourna la tête vers Micah. Je les regardai se scruter à quelques centimètres de distance, et je sentis le pouvoir palpiter dans l'air entre eux. Jean-Claude se rapprocha comme au ralenti, et Micah le laissa faire sans bouger. Il n'alla pas à sa rencontre, mais il ne se déroba pas non plus.

Au début, je crus que les deux hommes s'étaient embrassés, puis un changement de lumière me permit de voir l'espace entre leurs bouches. Ils ne se touchaient pas, pas encore. Je les observais, et une partie de moi voulait qu'ils se touchent, mais Jean-Claude demeura parfaitement immobile jusqu'à ce que Micah ferme les yeux comme s'il ne pouvait supporter la vue de ces orbes flamboyants, pareils à deux soleils miniatures.

Et même lorsqu'il eut les paupières closes, Jean-Claude ne broncha pas. Il ne gomma pas la distance infime qui les séparait encore – la distance d'un souffle ou d'un petit coup de langue. Il resta là, touchant presque Micah mais pas tout à fait. La tension crût jusqu'à ce que j'aie envie de hurler.

Je compris que je m'étais avancée vers eux que lorsqu'ils tournèrent simultanément la tête vers moi. Mon regard passa de l'un à l'autre. À gauche, des yeux de flamme bleue ; à droite, des yeux pareils à des nuages d'un vert doré. Tandis que je les scrutais, ces derniers pâlirent et virèrent au vert tendre des jeunes pousses. Alors je sus, sans pouvoir l'expliquer, que c'était le regard avec lequel Micah chassait, cette concentration qui faisait presque disparaître sa pupille dans la couleur de ses iris.

Je compris que j'avais repoussé l'ardeur. J'étais toujours attirée par les deux hommes, mais je pouvais de nouveau réfléchir, éprouver quelque chose d'autre que la brûlure du désir. Je suppose que pratiquer un type de contrôle métaphysique donne des facilités pour exercer les autres. Le soulagement me vida de toutes mes forces. J'aurais pu me rouler en boule par terre et m'endormir. Nous n'allions pas nous jeter les uns sur les autres comme des monstres assoiffés de sexe. Youpi.

Je m'écartai des deux hommes et reculai en rampant. Jean-Claude me suivit des yeux mais ne fit pas un geste pour me toucher. Sa façon de se tenir à quatre pattes me disait que l'ardeur le chevauchait toujours. Mais si je pouvais m'empêcher de le toucher, tout irait bien. Il m'observait comme un mort de faim qui regarde s'éloigner son premier repas potentiel depuis des jours. Pourtant, il fut fair-play : il resta où il était et ne tenta pas de me retenir. Il connaissait les règles.

Contrairement à Micah.

Le Nimir-raj tendit la main vers moi, et je me jetai par terre à la vitesse de l'éclair. Mais Micah n'était pas humain lui non plus. Il m'imita d'un mouvement si rapide que je ne pus le suivre des yeux, et il se retrouva au-dessus de moi avant que mon esprit réalise qu'il avait bougé. On aurait dit de la magie.

Il était figé à mon aplomb, en équilibre sur ses pieds et ses mains comme s'il faisait des pompes. Je tendis un bras sur le côté et, prenant appui dessus, m'efforçai de me dégager sans toucher le Nimir-raj. J'eus le temps de dire :

— Non, ne fais pas ça.

Puis deux choses se produisirent simultanément. Micah se laissa tomber sur moi, et Jean-Claude prit ma main tendue.

Peut-être avait-il cru que je réclamais son aide, je ne sais pas. Mais à l'instant où nous nous touchâmes, la chaleur se propagea sur nous et en nous, oblitérant tout ce qui n'était pas le désir.

Chapitre 50

Nous nous embrassâmes, et j'eus l'impression de fondre à partir de la bouche. Mes mains glissèrent sur la chemise en soie de Micah. Comme ça ne me suffisait pas, je fis sauter les boutons et arrachai le tissu jusqu'à ce que mes doigts trouvent la fermeté lisse de sa poitrine, sa peau pareille à du satin. Son corps me clouait au sol ; je ne pensais pas qu'il était aussi lourd.

Ouvrant les yeux, je vis Jean-Claude penché sur nous, ajoutant son poids à celui de Micah. J'eus un instant pour soutenir son regard et percevoir la rage au milieu des flammes bleues. Puis ses bras entourèrent Micah, qu'il tira violemment en arrière.

Je m'assis et regardai les deux hommes rouler sur le sol, luttant l'un contre l'autre. La colère, la frustration et le simple épuisement m'envahirent, ne laissant plus de place à l'ardeur. J'en avais assez de me battre et qu'on se batte autour de moi ; j'en avais vraiment assez.

L'odeur du sang me transperça tel un tisonnier brûlant. Elle était presque sexuelle, et ce fut la goutte d'eau qui fit déborder le vase. Je dégainai mon Browning et balayai la pièce avec. L'espace d'une seconde, j'eus les deux hommes dans ma ligne de mire. Et l'espace d'une seconde, une idée affreuse me traversa l'esprit. Puis je poursuivis mon mouvement et compris qu'il ne restait plus personne au salon à part nous. C'était aussi bien que nous n'ayons pas de public.

Je visai le canapé blanc et tirai. L'impact projeta dans les airs un des petits coussins dorés et argentés. Dans la pièce aux murs de pierre, la détonation résonna comme un coup de tonnerre, comme si les tentures retenaient le son et nous le renvoyaient.

Les deux hommes se figèrent. Les mains de Micah étaient des griffes qui lacéraient le dos de Jean-Claude – parce que c'était tout ce qu'elles pouvaient atteindre. Le visage de Jean-Claude était enfoui dans le cou de Micah, son corps plaqué contre celui du Nimir-raj de façon à protéger tous ses organes vitaux pendant qu'il lui arrachait la gorge.

Je les visai.

—Arrêtez ça tout de suite, ou la prochaine balle est pour l'un de vous. Par Dieu, je vous jure que je n'hésiterai pas à tirer.

Jean-Claude redressa la tête. Sa bouche, son menton et le devant de son cou étaient écarlates, couverts d'une telle quantité de sang que j'eus peur de regarder le cou de Micah. Le Nimir-raj garda les griffes plantées dans le dos du vampire, et je vis que ses muscles étaient tendus comme s'il se préparait à les enfoncer plus profondément.

—Il m'immobilise, ma petite. Je ne peux pas bouger.

—Micah, lâche-le!

Micah ne bougea pas. Je suppose que je ne pouvais pas l'en blâmer, mais… Je visai quand même sa tête, parce que c'était le seul endroit accessible où j'étais certaine de faire des dégâts. J'eus un instant de panique en m'apercevant que je serais peut-être obligée d'appuyer sur la détente. Puis le calme m'envahit, et je me retrouvai au centre d'un puits de silence et de bruit blanc, comme chaque fois que je m'apprête à tuer. Ici, il n'y avait pas de sentiments. Il n'y avait rien, ou presque.

—Micah, ou tu obéis, ou je te bute, dis-je en détachant bien les syllabes.

Lentement, il tourna la tête vers moi. Du sang dégoulinait du côté gauche de son cou, le long de son épaule et de sa poitrine. Il baignait presque dedans. Et je voyais qu'il continuait à se vider par à-coups, au rythme de son pouls. Merde.

—Micah, il a percé ta carotide. Lâche-le!

Il leva les yeux vers le vampire dans le dos duquel ses griffes étaient toujours plantées.

— Si je meurs, je veux l'emmener avec moi.

— Un Nimir-raj aussi puissant que toi ne devrait pas avoir de mal à refermer une si petite blessure, répliqua Jean-Claude, toujours pressé contre lui en une attitude très intime.

Micah rétracta ses griffes. Jean-Claude se redressa en appui sur ses bras tendus. Je vis Micah se raidir une seconde avant que son bras fuse à cette vitesse incroyable, inhumaine. La gorge de Jean-Claude n'avait même pas commencé à saigner que sa main était déjà de retour contre son flanc. Puis une fontaine de sang se déversa sur lui.

— Refermez ça ! cracha-t-il.

Je restai assise par terre, les regardant tous deux se vider de leur sang. Sales fils de pute.

CHAPITRE 51

J ean-Claude s'écarta maladroitement de Micah, trébuchant à demi sur le côté. Son sang continua à tomber en une pluie écarlate tandis qu'il toussait comme s'il essayait de s'éclaircir la voix – et accélérait l'hémorragie du même coup.

Je poussai un hurlement d'abord inarticulé. Puis je trouvai quelque chose d'intelligent à crier.

— Asher !

Déjà, le corps de Micah se couvrait de fourrure noire ; ses os se reconfiguraient ; ses muscles roulaient sous sa peau. Il allait se métamorphoser et régénérer, mais Jean-Claude n'en était pas capable. Je saisis le bras du vampire, et à l'instant où je le touchai, nos marques s'embrasèrent.

Mon propre sang m'étranglait ; je me noyais dedans. Des mains puissantes me saisirent ; des doigts pareils à de la pierre glacée s'enfoncèrent dans ma chair. Clignant des yeux, je découvris le visage de Jean-Claude qui luisait comme de l'albâtre sculpté, éclairé de l'intérieur par une lumière blanche. Le sang qui maculait sa bouche et son menton ressemblait à une nuée de rubis répandus sur du diamant. Ses yeux étaient deux puits de saphir flamboyants et glaciaux à la fois.

Un vent jaillit de son corps, de *nos* corps : le froid de la tombe. Il voleta autour de nous, soulevant nos cheveux. Nous le projetâmes vers l'extérieur en quête de Richard, et comme précédemment, la réponse se manifesta sur notre peau.

Jason était agenouillé près de nous. Je n'eus pas le temps de m'émerveiller qu'il soit déjà guéri. Il nous toucha, et la marque de Richard embrasa son corps, générant une chaleur qui vint danser avec le froid de la tombe. Derrière moi, je sentais Micah à genoux sous sa forme intermédiaire. Je le sentais comme je sentais Jason, comme s'il était lié à nous.

Puis il se rejeta en arrière en hurlant :

— Nooooon !

Le lien était rompu. Un instant, je vacillai comme si un de mes piliers de soutien venait de disparaître. Puis Nathaniel prit la place de Micah, et le monde redevint solide sous moi.

Nous étions à genoux, liés par la chair, la magie et le sang. Je regardai la plaie de Jean-Claude se refermer, la chair de sa gorge se reconstituer jusqu'à redevenir blanche et parfaite sous le sang encore humide. Il avait guéri si vite que ça n'avait pas eu le temps de sécher.

Je humais une odeur de roses – pas le vague parfum d'un pot-pourri, mais celui, épais et entêtant, des massifs en fleurs dans un jardin. Je me noyais dans cette fragrance douceâtre et écœurante comme dans un bassin de miel empoisonné.

Du miel. Des yeux couleur de miel brun. Les yeux de Belle Morte.

— Vous sentez les roses ? demandai-je.

Jean-Claude tourna vers moi son regard de flamme bleue.

— Quelles roses ? Je ne sens que ton parfum et l'odeur de ta peau. (Il renifla.) Et le sang, ajouta-t-il.

Nathaniel et Jason s'étaient abandonnés à l'extase du torrent de pouvoir. Ils n'entendaient et ne voyaient rien. Personne ne sentait de roses à part moi. Je me souvins qu'une fois, j'avais senti du parfum quand une certaine maîtresse vampire avait utilisé sa magie. Mon ami et collègue réanimateur, Larry Kirkland, l'avait senti aussi, mais de toutes les personnes qui m'entouraient alors, il avait été le seul.

Je scrutai les yeux de Jean-Claude, non pas avec mon regard, mais avec ma magie. Et j'y découvris quelque chose qui ne lui appartenait pas. C'était très subtil. Ce que Belle Morte m'avait fait la veille avait ressemblé à un coup de massue entre les deux yeux. Ça, c'était plutôt la lame d'un stylet frappant dans l'obscurité.

Je trouvai le fil de son pouvoir lové à l'intérieur de Jean-Claude. Et à l'instant où ma nécromancie le toucha, ce pouvoir se déroula, s'ouvrit ainsi qu'une fenêtre. Je vis Belle Morte assise dans sa chambre, à la lumière d'un feu et de bougies comme si on n'avait pas inventé l'électricité. Elle portait un peignoir de dentelle blanche ; ses cheveux noirs cascadaient sur ses épaules, et un vase de roses roses reposait près de sa main pâle. Elle tourna vers moi ses yeux brun clair, et la surprise – le choc – s'inscrivit sur ses traits. Elle me voyait à genoux avec Jean-Claude et compagnie comme je la voyais assise devant sa coiffeuse avec son vase de roses.

Je refermai la fenêtre et la chassai de Jean-Claude comme je l'avais expulsée de moi précédemment. Ce fut plus facile cette fois, parce qu'elle n'avait pas essayé de le posséder : juste de s'immiscer, de susurrer à son oreille des choses qui le feraient basculer dans le vide.

Jean-Claude s'affaissa brusquement, comme étourdi. Il leva vers moi ses yeux redevenus normaux, de leur bleu marine sublime mais naturel. Il y avait de la peur sur son visage, et il ne cherchait même pas à la dissimuler.

— J'ai cru voir Belle assise devant son miroir.

Je hochai la tête.

— Vous n'avez pas rêvé.

Il me dévisagea, et je pense que seules nos mains posées sur lui l'empêchèrent de s'écrouler.

— Elle a affaibli mon contrôle sur l'ardeur.

— Et sur votre tempérament.

— Que s'est-il passé ? demanda Asher.

Levant les yeux, je découvris que tout le monde était revenu au salon.

— Une partie de ce sang est à vous, m'dame ? s'enquit Bobby Lee.

Je fis un signe de dénégation.

— Pas une seule goutte.

— Dans ce cas, je suppose que nous ne nous ferons pas jeter du syndicat des gardes du corps pour vous avoir laissée seule avec un vampire et un métamorphe afin qu'ils puissent se battre pour vous. (Il secoua la tête.) Je vous préviens : la prochaine fois que vous nous demanderez de vous laisser seule parce que c'est de votre vie privée qu'il s'agit, nous ne vous écouterons pas.

— Nous en discuterons plus tard.

— Non, m'dame. Ça ne servirait à rien.

Je laissai courir. Nous aurions toujours le temps de nous disputer après être ressortis du *Cirque*. Et puis, Bobby Lee n'avait pas vraiment tort. Si je m'étais interposée entre Jean-Claude et Micah au mauvais moment, qui sait quel genre d'accident aurait pu se produire ?

Jean-Claude parlait avec Asher tout bas et sur un ton pressant – mais en français, si bien que je ne captais qu'un mot par-ci par-là. À plusieurs reprises, j'entendis le nom de Belle.

— Tu te souviens de Marcel ? finit par demander Asher en anglais.

— Oui. Une nuit, il est devenu fou et il a massacré toute sa maisonnée.

— Y compris sa servante humaine, et c'est ce qui l'a tué.

Les deux vampires s'observèrent.

— Personne n'a jamais compris quelle mouche l'avait piqué, dit Jean-Claude.

— Mais c'est bien tombé : à peine deux nuits avant le soir où il devait défier Belle pour son siège au Conseil, insinua Asher.

Jean-Claude prit la main que lui tendait l'autre vampire et le laissa l'aider à se relever. Asher dut lui mettre une main sous le coude pour le stabiliser.

— Si bien tombé, poursuivit-il, que beaucoup ont tenté de prouver qu'elle l'avait empoisonné, ou quelque chose dans le genre.

671

Jean-Claude acquiesça et se passa une main sur le visage comme s'il était encore étourdi. Je ne sentais rien. Peut-être ma nécromancie me protégeait-elle contre ce que Belle lui avait fait.

—Le Conseil lui-même a essayé de démontrer sa culpabilité – en vain.

—Ont-ils engagé un sorcier pour explorer la piste de la magie? demandai-je.

Je tenais debout sans problème. Nathaniel et Jason se relevèrent comme si de rien n'était – à ceci près que Jason arborait cette grimace béate qu'il a toujours après s'être gorgé de pouvoir.

Les deux vampires me dévisagèrent.

—Non, répondit Asher. Personne n'y a pensé.

—Pourquoi donc?

—Parce que, ma petite, Belle ne devrait pas être capable de faire ce qu'elle a fait à un Maître de la Ville, fût-il un de ses propres descendants. Qu'elle ait pu le faire à un Maître de la Ville qui n'appartenait même pas à sa lignée serait absolument impensable.

—Impossible, renchérit Asher.

—Très possible, au contraire, puisque je l'ai surprise la main dans le sac, répliquai-je. Si on peut dire.

—Qui est Belle? s'enquit Micah de sa voix grondante de léopard.

Je pivotai lentement vers lui, et quelque chose dans mon expression poussa Merle à se placer devant son Nimir-raj. Aussitôt, les deux gardes du corps rats-garous se rapprochèrent de moi. J'ignore ce que j'aurais dit – probablement un truc furibard – si Micah ne m'avait pas prise de vitesse.

—Il a percé ma veine jugulaire, Anita. J'ai le droit de me défendre quand quelqu'un essaie de m'arracher la gorge.

—Souviens-toi que je suis sa servante humaine. S'il meurt, il y a de fortes chances que j'y passe aussi.

Micah contourna Merle d'un pas glissant sur ses pieds de félin.

—Donc, j'aurais dû le laisser me tuer sans réagir?

672

—Non. Ta blessure n'était pas mortelle. Tu viens de le prouver. Il n'en reste pas même une égratignure.

—J'ai pu la refermer, c'est vrai, mais tous les métamorphes n'en auraient pas été capables. Les plaies infligées par des vampires sont un peu comme l'argent : elles peuvent tuer, et la plupart d'entre nous les régénèrent comme si nous étions de simples humains.

Il se tenait tout près de moi, ses yeux vert doré étincelant de colère.

—Il avait l'intention de me tuer, Anita. Ne t'imagine surtout pas le contraire.

—Il a raison, ma petite, intervint Jean-Claude. S'il ne m'avait pas retenu, je lui aurais arraché la gorge.

Je me tournai de nouveau vers le vampire.

—Que voulez-vous dire ?

—Je l'ai vu couché sur toi, et la jalousie m'a submergé. Je lui voulais vraiment du mal, ma petite. Il n'a fait que se défendre.

—Il n'était pas obligé de vous frapper à la gorge. La bagarre était finie.

Par-dessus mon épaule, Jean-Claude regarda Micah – et sur son visage, je crus voir du respect.

—S'il m'avait fait ce que je lui ai fait, je n'aurais pas eu d'autre choix que de riposter d'une manière… (Il parut chercher le mot le plus juste.)… vigoureuse.

—Vigoureuse ? Il a failli vous trancher la gorge !

—Après que je lui ai fait exactement la même chose.

Je secouai la tête.

—Non, je ne…

—Veux-tu dire, ma petite, que si quelqu'un avait essayé de te tuer, tu ne lui aurais pas tiré dessus ?

J'ouvris la bouche pour protester, la refermai, la rouvris et me ravisai. Je fixai Jean-Claude du regard, puis Micah, puis de nouveau Jean-Claude.

—Merde alors.

—Le message du Nimir-raj est très clair. Il est prêt à se montrer accommodant jusqu'à un certain point. Au-delà, il n'y aura pas de compromis.

Micah acquiesça, et le mouvement parut peu naturel pour son corps poilu.

—C'est ça.

—Tu observes la même règle, ma petite, et moi aussi. Chacun de nous trois place sa limite à un endroit différent. Mais nous en avons tous une.

—Comment pouvez-vous en discuter aussi calmement ? Vous avez failli vous entre-tuer il n'y a pas cinq minutes !

Les deux hommes échangèrent un regard de part et d'autre de moi, et quelque chose passa entre eux. Quelque chose de très masculin qui m'excluait totalement, comme s'ils ne pouvaient pas m'expliquer parce que j'étais une fille. Ce qui, paradoxalement, suffit à éclairer ma lanterne.

—Génial. Vraiment génial, grinçai-je. Vous avez failli vous entre-tuer, et du coup, vous pouvez devenir potes.

Jean-Claude eut ce haussement d'épaules nonchalant, si typiquement français. Le bas de son visage était toujours couvert du sang de Micah.

—Disons que nous nous comprenons.

Micah opina. Je n'en croyais pas mes oreilles.

—Doux Jésus. Il n'y a que des hommes pour fonder une amitié sur des bases pareilles.

—Tu es amie avec monsieur Edward, fit remarquer Jean-Claude. N'avez-vous pas commencé par essayer de vous tuer l'un l'autre ?

—Ce n'est pas la même chose.

—Pourquoi ?

Je voulus répondre et me ravisai pour ne pas avoir l'air d'une idiote.

—D'accord, d'accord. Et maintenant, on fait quoi ? Vous vous embrassez et vous vous réconciliez ?

De nouveau, ils se fixèrent d'un regard étrange. Mais pas tout à fait étrange comme la fois précédente.

— Merde, lâchai-je.

— Je crois qu'il serait bon de commencer par des excuses, dit Jean-Claude. Je suis désolé d'avoir perdu le contrôle.

— Moi aussi. Et je suis désolé d'avoir dû essayer de vous tuer.

Micah avait formulé sa phrase d'une manière intéressante. Il aurait pu dire «Désolé d'avoir essayé de vous tuer», mais ça n'aurait pas été tout à fait la même chose. Pour la première fois, j'entrevoyais son côté brutalement pratique, impitoyable. Il n'était pas forcément plus développé que le mien, mais cela suffit à me perturber. Même si j'aurais été bien en peine d'expliquer pourquoi.

Comme je ne savais pas quoi faire, je décidai de passer à autre chose.

— Vous vous sentez assez bien pour nous aider à sortir Damian de son cercueil?

— Je crains d'avoir épuisé toutes mes réserves, ma petite. Il va d'abord falloir que je me nourrisse de nouveau. (Jean-Claude leva une main.) Pas de sexe, juste de sang.

«Juste», qu'il disait…

— Tout à l'heure, je vous ai offert de boire le mien. Ma proposition tient toujours.

— Non, Micah, protesta Merle.

Le Nimir-raj toucha le bras de son second.

— Tout va bien.

— Tu n'as pas peur que j'essaie encore de t'arracher la gorge? À ta place, j'écouterais ton garde du corps.

— Vous avez dit que nous nous comprenions.

— C'est exact.

Ils se dévisageaient, et je sentais presque monter le niveau de testostérone.

Micah sourit – ou du moins, il essaya. Dans sa forme intermédiaire, mi-humaine mi-léopard, ça ne donna qu'un rictus qui dévoila des crocs blancs au milieu de sa fourrure noire.

— Et puis, la prochaine fois que vous me mordrez ainsi, il vaudra mieux pour vous que ce soit des préliminaires.

— Ton plaisir sera le mien, dit Jean-Claude.

Et il partit de ce rire palpable qui caresse ma peau et me fait frissonner chaque fois. Micah écarquilla les yeux. C'était la première fois qu'il entendait rire Jean-Claude. Et s'il trouvait ça impressionnant… Le meilleur restait encore à venir.

— Je te remercie pour cette offre si généreuse, dit Jean-Claude, mais je préfère ma nourriture sans poils.

— Pas de problème.

Micah lâcha le bras de Merle et de nouveau, se transforma avec cette rapidité presque magique. Sa peau bronzée parut absorber sa fourrure. En un clin d'œil, il se retrouva devant nous, nu et parfait, sa peau satinée dépourvue de la moindre séquelle de sa bagarre avec Jean-Claude.

Ni ses vêtements ni son élastique n'avaient survécu à sa métamorphose. Mais curieusement, ses cheveux tombaient droits autour de son visage, comme s'ils étaient affectés par le fait que Micah les ait tirés en arrière pendant qu'ils étaient encore mouillés. Ils étaient toujours aussi épais, mais raidis de la sorte, ils encadraient mieux son visage, détournaient moins l'attention de sa délicate structure osseuse et de ses yeux sublimes.

J'entendis un hoquet de surprise et d'émerveillement. Ce n'était pas moi qui l'avais poussé. Je ne pensais pas que ce soit Jean-Claude, mais je n'en étais pas certaine. Peu importe : je ne voulais pas savoir.

— Tu n'es même pas étourdi, pas vrai ? demanda Jean-Claude.

Micah secoua la tête.

Jean-Claude haussa les sourcils, baissa les yeux et lutta pour contrôler son expression jusqu'à ce que celle-ci redevienne parfaitement neutre. Mais cela lui prit quelques secondes.

— Je vais me nettoyer… (D'un geste vague, il désigna ses vêtements maculés de sang.)… avant de savourer ce festin, si ça ne te dérange pas.

Micah hocha brièvement la tête.

— Il est hors de question que vous preniez un bain, protestai-je.

— Je ferai vite, ma petite.

— Vous n'avez jamais pris un bain de moins de une heure dans toute votre vie.

Asher éclata d'un rire qu'il tenta d'étouffer – avec un succès très relatif. Il écarta les mains.

— Elle a raison, mon cher.

— Veux-tu que je touche pour la première fois un mets si succulent dans un état de crasse pareille?

Asher redevint instantanément sérieux, comme si quelqu'un avait appuyé sur un interrupteur. Il tourna un visage impassible vers Micah. Celui-ci lui rendit son regard scrutateur sans broncher. S'il était mal à l'aise, il n'en laissait rien paraître.

Asher soupira.

— Je suppose que non.

— Et que sommes-nous censés faire pendant l'heure où vous marinerez dans votre bain? demandai-je.

— Je ferai vite, ma petite. Je t'en donne ma parole.

Je croisai les bras sur mon ventre.

— Je le croirai quand je vous verrai reparaître.

— Ma petite, je viens de te donner ma parole.

— Et s'il s'agissait de quelque chose d'important, je ne la mettrais pas en doute. Mais dès qu'il s'agit de vous pomponner, vous perdez toute notion du temps.

— Je croyais que c'était la réplique de l'homme, fit remarquer Bobby Lee.

Je lui jetai un coup d'œil avant de reporter mon attention sur le vampire.

— Alors, je dois être un très mauvais exemple.

Bobby Lee s'esclaffa. Il fut bien le seul.

CHAPITRE 52

J'étais assise sur le canapé blanc dans lequel ma balle avait laissé un trou. Micah s'était installé près de moi, et comme il était toujours nu, je trouvais ça… intéressant. À la fois gênant et excitant. Il s'obstinait à essayer d'avoir une conversation avec moi, mais j'avais du mal à maintenir un contact visuel, et c'était embarrassant.

Bobby Lee et Cris restaient près de nous, un peu en retrait sur le côté parce que je leur avais ordonné de ne pas se tenir directement derrière moi. Je n'aime pas avoir des gens armés dans le dos – à moins de les connaître vraiment bien. Les deux rats-garous étaient là pour me protéger, et je pensais qu'ils le feraient parce que leurs ordres venaient de Rafael. Mais je ne voulais quand même pas d'eux derrière moi.

Merle s'était adossé à la cheminée pour garder un œil sur Micah et sur les autres gardes du corps. Gil s'était pelotonné dans un coin ; le reste du groupe allait et venait dans la pièce… à l'exception d'Asher.

Assis dans un fauteuil face au canapé, le vampire nous observait. Il avait rabattu ses cheveux dorés devant son visage pour ne montrer que la moitié intacte de celui-ci, de sorte qu'un seul œil bleu pâle nous détaillait. Ses traits n'exprimaient rien, mais son regard pesait sur moi comme une main. Il nous surveillait beaucoup trop attentivement.

Je lui aurais peut-être demandé pourquoi si Jean-Claude n'était pas apparu dans l'ouverture des draperies. La surprise me poussa à consulter ma montre. Vingt minutes seulement s'étaient écoulées. Je sors avec lui (par intermittence) depuis presque trois ans, et je peux vous dire que c'était un record. Un miracle, presque. Évidemment, ses cheveux noirs étaient toujours gorgés d'eau ; il n'avait pas pris le temps de les sécher.

Il portait une de mes robes de chambre préférées, la noire bordée de fourrure assortie. Les revers encadraient un triangle de poitrine pâle et parfaite. Les deux bords étaient suffisamment ouverts pour révéler sa cicatrice en forme de croix et, comme Jean-Claude entrait d'un pas glissant, pour laisser apercevoir le haut de son ventre. D'habitude, il noue sa ceinture beaucoup plus serré.

Son sourire disait qu'il avait conscience de sa beauté et de l'effet qu'elle produisait sur moi. Puis son regard glissa vers Micah. J'étais assez près du Nimir-raj pour voir son pouls s'accélérer et la veine de son cou tressaillir. Il tenta de soutenir le regard de Jean-Claude, mais finit par baisser les yeux et par rougir.

Sa réaction fit accélérer mon propre pouls. Je reportai mon attention sur Jean-Claude qui s'approchait de nous, l'ourlet de sa robe de chambre ne masquant pas tout à fait ses pieds pâles qui foulaient la moquette blanche. Son expression était entièrement consacrée à Micah. Du coup, je me dressai sur un genou, les fesses calées contre l'accoudoir du canapé. Je me sentais bizarrement possessive, presque jalouse, comme si je devais défendre l'honneur de mon Nimir-raj.

Jamais Jean-Claude n'aurait regardé Richard de cette façon – parce que Richard s'en serait offusqué et lui aurait fait du mal. Micah avait presque tué Jean-Claude pour une insulte que Richard aurait laissé passer, et pourtant, il restait assis à côté de moi, rougissant et pas le moins du monde en pétard.

Jean-Claude s'immobilisa devant nous, si près que l'ourlet bordé de fourrure de sa robe de chambre effleura la jambe nue de Micah.

—Aurais-tu changé d'avis, mon minet ?

Micah secoua la tête, puis la leva vers le vampire. Son regard était plein de vulnérabilité et de défi à la fois.

—Non, je n'ai pas changé d'avis.

—Bien. (Jean-Claude s'agenouilla devant lui.) Tu es très puissant dans ton genre, et tu n'es pas l'animal que je peux appeler. Je ne parviendrai peut-être pas à embrumer ton esprit de sorte que cette expérience t'apporte du plaisir. Il se peut que tu parviennes à m'interdire l'entrée de ton esprit.

Micah acquiesça, et ses cheveux épais glissèrent vers l'avant.

—Je comprends.

—As-tu une préférence quant à l'endroit?

—Dans le cou, ça fait moins mal.

Jean-Claude haussa un sourcil.

—Tu as déjà fait ça?

Micah eut un sourire qui n'avait rien de joyeux.

—J'ai déjà fait beaucoup de choses.

Jean-Claude haussa les deux sourcils et me jeta un coup d'œil. Je haussai les épaules.

—Très bien, mon minet.

Il se releva d'un mouvement gracieux. Sa robe de chambre se balança autour de ses jambes, nous laissant entrevoir ses mollets nus comme il contournait le canapé. Il s'arrêta derrière Micah et lui mit les mains sur les épaules. Il ne le caressa ni ne le palpa, se contentant de laisser reposer ses mains sur cette chair tiède et lisse pendant quelques secondes.

—Finissez-en, s'impatienta Merle.

Micah tourna la tête vers l'autre léopard-garou.

—Merle.

Ce seul mot suffit. Le colosse se radossa à la cheminée, les bras croisés sur la poitrine et la mine boudeuse. Il n'était pas content du tout, mais il ne discuta pas.

Jean-Claude glissa un bras autour des épaules de Micah, en travers du haut de sa poitrine nue. De sa main libre, il lissa les cheveux du Nimir-raj en arrière afin d'exposer un côté de son visage et la longue ligne pure de sa gorge. Micah tourna légèrement la tête pour lui fournir un meilleur angle. Ce petit mouvement me fit penser à celui d'une femme qui se dresse sur la pointe des pieds pour recevoir un baiser de son amoureux – et épargner à celui-ci la peine de trop se baisser.

— On pourrait peut-être avoir un peu d'intimité ? réclamai-je.

Les deux hommes me regardèrent.

— Comme tu voudras, ma petite.

Tout le monde sortit à l'exception de Merle, de Bobby Lee et d'Asher : le minimum nécessaire pour nous empêcher de nous entre-tuer. Après ce qui venait de se passer, je savais que je ne parviendrais pas à les convaincre de nous laisser seuls.

Quand le calme fut revenu, Jean-Claude reporta son attention sur Micah. Ses doigts caressèrent les cheveux du Nimir-raj et les rabattirent derrière son oreille. Puis il pressa l'arrière de la tête de Micah contre sa poitrine, étirant encore son cou dénudé. Micah se laissa faire. Il était totalement passif, les yeux clos, l'expression sereine. Seules les palpitations affolées de la veine dans son cou trahissaient son calme apparent.

Jean-Claude se pencha vers lui, la bouche ouverte, les lèvres retroussées. Mais même si je me trouvais tout près de lui, ce fut à peine si j'entrevis ses canines.

La morsure fut aiguë et soudaine. Micah hoqueta, et son souffle s'étrangla dans sa gorge. Jean-Claude raffermit sa prise sur la tête et les épaules du Nimir-raj, le pressant de plus belle contre sa poitrine. Je vis les muscles de ses mâchoires remuer, sa gorge déglutir convulsivement. Un des deux hommes poussait de petits gémissements, et je ne savais pas lequel.

Puis Jean-Claude se redressa, entraînant Micah avec lui et le soulevant à demi par-dessus le dossier du canapé. Micah cria ; ses mains agrippèrent le bras de Jean-Claude et s'y accrochèrent tandis que le vampire le tirait en arrière. Jean-Claude lâcha la tête de Micah et fit descendre sa main jusqu'à la taille de celui-ci, comme s'il savait que l'autre homme ne bougerait plus désormais. Il plaqua son dos contre lui et se pencha en arrière, étirant tout le corps du Nimir-raj comme il avait étiré son cou un peu plus tôt.

Je restai à genoux sur le canapé, suivant du regard la ligne du corps nu de Micah. Ce que je vis ne me laissa pas le moindre doute sur le plaisir physique qu'il ressentait. Tout son visage en était flasque. Ses mains se crispèrent sur le bras de Jean-Claude, et il hurla :

— Oh, mon Dieu !

Lentement, Jean-Claude le laissa de nouveau glisser dans le canapé. Il détacha sa bouche du cou de Micah. Ses yeux étaient deux lacs bleus dans lesquels on aurait pu se noyer – dépourvus de pupilles, inhumains –, et ses lèvres étaient rouges, non pas de sang, mais comme celles de quelqu'un qui a trop embrassé. Lorsque Micah toucha l'assise du canapé, il le lâcha.

Le léopard-garou s'affaissa sur le côté. Sa tête tomba sur ma cuisse, et je sursautai. Il la redressa avec difficulté, comme si elle pesait infiniment lourd tout à coup. Puis il se cala sur un bras et leva vers moi un regard flou. Ses pupilles étaient énormes ; elles avaient presque oblitéré le cercle de ses iris vert-jaune. Je les vis se rétracter jusqu'à ce que la couleur les engloutisse presque, comme s'il avait des yeux de vampire. Je sentais le poids de son regard. Lentement, il se tendit vers moi, les lèvres entrouvertes.

Je restai où j'étais, figée, ne sachant pas quoi faire. Il n'était pas moins séduisant que tout à l'heure, mais… Et merde, je ne savais pas quoi faire. Je ne savais même pas ce que j'avais envie de faire.

— Tu n'étais pas censée sortir Damian de son cercueil ? lança sèchement Asher.

Je m'écartai de Micah. Jean-Claude montra les crocs à l'autre vampire d'une façon qui le fit paraître plus monstrueux que pendant qu'il se nourrissait. Asher se leva d'un mouvement fluide, telle une marionnette actionnée par ses fils.

— Comme vous voudrez. Mais si vous avez l'intention de baiser ensemble, rien ne m'oblige à regarder.

Je me levai, et les mains de Micah glissèrent le long de mon corps comme je m'éloignais du canapé. Je fis face à Asher.

—Écoute, je suis tellement loin de ma zone de confort que je n'arrive même pas à réfléchir, mais je vais te dire une chose. Je n'ai pas d'attention à consacrer à ton *ego* de mâle alors que la petite voix dans ma tête continue à hurler : « Va-t'en ! Fuis ! ». Alors, mets-la en veilleuse, Asher. Je ne peux pas m'occuper de toi pour le moment.

Les yeux pareils à deux lacs de glace, le vampire se mit à vibrer de colère.

—Je suis vraiment désolé de t'irriter avec ma répugnance.

—Va te faire foutre, Asher.

Il se pencha vers moi si vite que le mouvement m'apparut comme une traînée floue. Je me rejetai en arrière et tombai contre le canapé. Si Micah ne m'avait pas rattrapée, je me serais écroulée. J'avais le temps de dégainer un flingue ou un couteau, mais je ne le fis pas. Asher ne voulait pas me blesser – du moins, pas physiquement. Le buste incliné, il nous surplombait, Micah et moi. Il posa une main de chaque côté de nous et approcha son visage du mien au point que je dus reculer la tête pour ne pas loucher.

—N'offre pas des choses que tu n'as pas l'intention de donner, ma chérie. C'est parfaitement agaçant.

Puis il se releva brusquement et sortit du salon.

—C'était quoi, ça ? demanda Micah d'une voix douce.

Ses mains étaient toujours posées sur mes bras en un geste protecteur.

Je secouai la tête.

—Demande à Jean-Claude. (Je me mis debout.) Je vais chercher Damian.

—Je t'accompagne, ma petite.

—Si vous voulez.

Je sentis les deux hommes m'emboîter le pas, je les sentis tous les deux derrière moi. Je faillis me retourner pour voir s'ils se tenaient la main, mais si tel était le cas, je n'étais pas prête pour ce spectacle.

Bobby Lee nous suivit sans un mot. Petit malin.

CHAPITRE 53

L a pièce avait des murs de pierre nus et aucun semblant de confort. C'était la version vampirique d'une prison, et ça y ressemblait. Une demi-douzaine de cercueils reposaient sur de petites plates-formes, entourés de chaînes en argent. Celles-ci attendaient qu'on les rassemble sur le couvercle et qu'on les verrouille avec des croix. Les seuls crucifix en vue se trouvaient sur les deux cercueils fermés. Deux ? Oui, deux cercueils enveloppés de chaînes. Damian en occupait un, mais qui était enfermé dans l'autre ?

—Votre gars est dans lequel ? s'enquit Bobby Lee.

Je secouai la tête.

—Aucune idée.

—Je croyais que vous étiez sa maîtresse.

—En théorie.

—Dans ce cas, ne devriez-vous pas être capable de le localiser ?

Je jetai un coup d'œil au rat-garou et acquiesçai.

—Exact.

Je regardai derrière moi, mais personne d'autre n'était entré dans la pièce. Je me demandais où étaient passés Micah et Jean-Claude, et je faisais de gros efforts pour ne pas me demander ce qui pouvait bien les ralentir.

Je me concentrai sur les cercueils – en vain. Il fut un temps où je sentais Damian avant même qu'il s'éveille, mais là, tout ce que je pouvais dire, c'est que ces cercueils abritaient un vampire chacun.

Je me dirigeai vers le plus proche. Son bois était pâle et lisse. Pas le plus cher qui existe, mais pas bon marché non plus. Il semblait lourd, avec de belles finitions. Je passai mes mains dessus, éprouvai la fraîcheur des chaînes qui l'entouraient.

Quelque chose frappa contre le couvercle. Je sursautai, et Bobby Lee éclata de rire. Je le foudroyai du regard avant de reporter mon attention sur le cercueil. Cette fois, je pris garde à ne pas le toucher. Je savais que ça n'était pas possible avec un crucifix plaqué sur le couvercle, mais j'avais eu une vision d'un bras passant au travers du bois pour me saisir à la gorge. Damian était censé être fou à lier. Et je préférais l'excès de prudence à la mort.

Je mis mes mains au-dessus du cercueil sans le toucher tout à fait. Puis je conjurai ma nécromancie comme on prend une inspiration et je l'expulsai, la soufflai à travers tout mon corps. Ce pouvoir fait partie de moi ; il contribue à définir ma nature. Je voulus le pousser à l'intérieur du cercueil, mais je n'en eus pas besoin. Il s'y déversa tout seul, ainsi que de l'eau dans un trou. L'eau s'écoule parce que la gravité l'attire vers le bas, et il est impossible de l'arrêter. C'est un phénomène naturel, automatique. De la même façon, ma nécromancie s'écoula à l'intérieur du cercueil et de son occupant.

Je vis Damian allongé dans le noir, sur un mince capitonnage de satin. Je vis son regard braqué sur moi par en dessous, et je sentis quelque chose s'embraser en lui, quelque chose qui reconnaissait mon pouvoir. Mais lui, je ne le sentis pas. Je savais que c'était lui, mais son esprit n'abritait aucune pensée et son corps aucune étincelle à l'exception de celle, très faible, que je venais de percevoir. Je tentai de faire coller ce que j'éprouvais avec mes souvenirs, mais c'était comme si Damian était devenu quelqu'un d'autre.

Je récitai mentalement une petite prière – et, non, ça ne me parut pas bizarre de solliciter Dieu au nom d'un vampire. J'ai dû renoncer à mes idées préconçues sur Dieu depuis un petit moment déjà. Et aussi, à aller à l'église et à tout ce qui m'était cher dans ma religion. Si Dieu tolère la nécromancie, je ne peux faire autrement que de la tolérer aussi.

— Où sont les autres ? demandai-je à voix haute.

— Je ne sais pas, répondit Bobby Lee, mais on peut aller les chercher si vous venez avec moi.

Je secouai la tête en détaillant l'autre cercueil. Qui était allongé là dans le noir ? Je devais le découvrir – et, si possible, le délivrer. Je n'approuve pas la torture, et être enfermé sans pouvoir mourir de faim ou de soif mais en étant perpétuellement affamé et assoiffé, dans une boîte si étroite que vous ne pouvez même pas vous tourner sur le côté, c'est une assez bonne définition de la torture selon mon dictionnaire personnel.

J'apprécie la plupart des vampires de Jean-Claude, et jamais je ne les abandonnerais à ce sort horrible. J'allais persuader leur maître que celui-ci avait été suffisamment puni. Je suis assez têtue sur ce genre de choses, et Jean-Claude voulait me faire plaisir en ce moment. Donc, je pourrais probablement obtenir la libération du prisonnier. En tout cas, je ferais de mon mieux. Mais qui était-ce ? Je reconnais qu'il y a des vampires – comme des gens – que je me décarcasserais davantage à sauver.

Je m'approchai du second cercueil et y déversai ma magie. Cette fois, ce ne fut pas comme avec Damian : je dus pousser. L'occupant de cette boîte ne m'accueillait pas à bras métaphysiques ouverts. Je n'avais pas de connexion avec lui. Je sentais que c'était un mort-vivant, mais ça ne ressemblait pas à un vampire. Il était plus… vide que ça. Dehors, la nuit était tombée. J'aurais dû sentir du mouvement et une sorte de vie, mais il n'y avait rien.

Je poussai un peu plus fort, un peu plus loin, et je finis par capter un pouls ténu. Comme si l'occupant du cercueil était beaucoup plus mort que vivant, mais pas tout à fait mort.

Un son me fit pivoter vers la porte. Jean-Claude entra de son pas glissant, sa robe de chambre ceinturée bien serré à présent, comme un signe qu'il était prêt à passer aux choses sérieuses. Il était seul.

— Où est Micah ? demandai-je.

— Jason l'a emmené choisir des vêtements. Ils devraient trouver quelque chose à sa taille.

— Qui est dans ce cercueil ?

J'avais failli dire « Qu'y a-t-il », mais j'étais prête à parier qu'il s'agissait d'un vampire, même s'il ne ressemblait pas à ceux que j'avais déjà sentis.

L'expression de Jean-Claude demeura soigneusement neutre.

— Je pense, ma petite, que tu as déjà assez à faire avec Damian, non ?

— Nous savons tous les deux que je ne bougerai pas avant que vous m'ayez dit qui se trouve là-dedans.

Il soupira.

— En effet, je le sais.

Il baissa les yeux comme s'il était fatigué, et parce que son visage n'exprimait aucune émotion, son geste parut aussi artificiel que celui d'un mauvais acteur. Mais le fait que son corps le trahisse alors qu'il se donnait tant de mal pour le contrôler disait à quel point il était contrarié. En d'autres termes : la réponse n'allait pas me plaire. Elle n'allait pas me plaire du tout.

— Qui, Jean-Claude ?

— Gretchen, répondit-il finalement en levant les yeux vers moi.

Son expression était toujours neutre et sa voix atone.

Gretchen est une femelle vampire qui, il y a un bail, a essayé de me tuer parce qu'elle voulait Jean-Claude pour elle toute seule.

— Quand est-elle revenue en ville ?

— Revenue ? demanda Jean-Claude, et seul le fait que sa voix soit montée à la fin du mot me communiqua sa perplexité.

— Ne jouez pas l'innocent avec moi. Elle est revenue en ville bien décidée à avoir ma peau cette fois, et vous l'avez fourrée là-dedans pour l'en empêcher, c'est ça ?

Son visage se changea en sculpture plus inanimée encore que de la pierre. Il me dissimulait tout ce qu'il pouvait, et son bouclier était aussi impénétrable qu'une armure.

—Gretchen n'est jamais partie.

—Qu'est-ce que ça veut dire?

Jean-Claude me dévisagea, les traits parfaitement immobiles et indéchiffrables.

—Ça veut dire que depuis le moment où tu m'as vu la mettre dans ce cercueil, au *Plaisirs Coupables*, elle a toujours été là.

Je clignai des yeux, fronçai les sourcils, ouvris la bouche, la refermai et la rouvris sans qu'aucun son n'en sorte. Je devais ressembler à un poisson échoué sur la berge, parce que je ne voyais absolument pas quoi dire. Et Jean-Claude gardait le silence, ce qui ne m'aidait pas du tout.

Je finis par retrouver l'usage de ma voix.

—Ça signifie que Gretchen est là-dedans depuis deux… non, trois ans? soufflai-je.

Jean-Claude me fixa du regard sans répondre. Il avait cessé de respirer. Aucune impression de mouvement n'émanait de lui, et il me semblait que si je détournais les yeux une seule fraction de seconde, il disparaîtrait – qu'il deviendrait invisible.

—Répondez-moi, bordel! Elle est dans ce cercueil depuis trois ans, oui ou non?

Jean-Claude eut un hochement de tête presque imperceptible.

—Doux Jésus. Doux Jésus.

Je me mis à faire les cent pas. Il fallait que j'occupe mon corps pour ne pas me mettre à le frapper ou à hurler. Je finis par me planter devant lui, les poings sur les hanches.

—Espèce de salaud.

Ma voix n'était qu'un murmure rauque, péniblement arraché à ma gorge. Si je l'avais poussée davantage, je lui aurais dit des horreurs.

— Elle a tenté de tuer ma servante humaine, dont j'étais amoureux par-dessus le marché. La plupart des maîtres l'auraient tout simplement exécutée, fit valoir Jean-Claude.

— Ça aurait été plus miséricordieux, sifflai-je.

— Je doute que Gretchen soit d'accord avec toi.

— Ouvrons le cercueil et demandons-le-lui.

Jean-Claude secoua la tête.

— Pas ce soir, ma petite. Je savais que tu réagirais ainsi, et nous pourrons tenter de la relâcher – même si je n'ai pas beaucoup d'espoir.

— Qu'est-ce que c'est censé signifier ?

— Mentalement, Gretchen n'était déjà pas la plus stable des femmes à la base. Cette épreuve n'aura pas amélioré sa prise sur la réalité.

— Comment avez-vous pu lui faire une chose pareille ?

— Je te l'ai déjà dit, ma petite. Elle méritait d'être enfermée.

— Pas trois ans.

Ma voix redevenait peu à peu normale. Je n'allais pas tuer Jean-Claude, en fin de compte. Génial.

— Trois ans pour avoir failli te tuer. Je pourrais la laisser dans ce cercueil trois ans de plus, et la punition resterait insuffisante.

— Je ne vais pas débattre avec vous pour savoir si c'était justifié, excessif ou quoi que ce soit d'autre. Je vais juste vous demander de la libérer. Je ne la laisserai pas passer une nuit de plus là-dedans. Il ne reste déjà presque plus rien d'elle.

Jean-Claude jeta un coup d'œil au cercueil.

— Tu ne l'as pas ouvert, comment peux-tu savoir ce qu'il y a à l'intérieur ?

— Je voulais voir comment allait Damian. J'ai utilisé ma magie pour sonder le contenu des deux cercueils.

— Et qu'as-tu découvert ?

— Que ma nécromancie reconnaît Damian. Et qu'il n'est pas vraiment là. C'est comme si sa personnalité avait disparu. Ce qui fait qu'il manque à l'appel.

Jean-Claude acquiesça.

— Dans le cas des vampires qui ne sont pas des maîtres et ne le deviendront jamais, c'est souvent leur créateur ou leur Maître de la Ville qui leur permet d'exister en tant que présence vivace. Coupés de son pouvoir, ils s'estompent progressivement.

Il avait utilisé le verbe « s'estomper » comme s'il parlait de la couleur de rideaux trop longtemps exposés au soleil plutôt que d'un être vivant. Enfin, vivant d'une certaine façon.

— Gretchen a passé le stade de l'estompage. Il ne reste presque plus rien d'elle. Si nous la laissons dans ce cercueil encore une seule nuit, nous ne trouverons peut-être plus personne demain soir.

— Elle ne peut pas mourir.

— Peut-être, mais les dégâts… (Je secouai la tête.) Il faut la sortir de là maintenant, ce soir. Sinon, autant lui tirer une balle dans le cœur.

— Si tu laisses Damian dans son cercueil encore une nuit, j'accepterai de libérer Gretchen.

— Non. Damian est pareil à ces vampires sauvages. Plus longtemps il restera là-dedans, plus grands seront les risques qu'il ne redevienne jamais comme avant.

— Penses-tu vraiment qu'une nuit de plus puisse l'endommager de façon irrémédiable ?

— Je l'ignore. Mais je sais que si j'attends demain soir pour le libérer et qu'il a franchi le point de non-retour, je passerai le reste de ma vie à me demander si cette nuit supplémentaire n'a pas fait la différence.

— Dans ce cas, nous avons un problème, ma petite. On est en train de préparer un bain chaud pour un vampire fraîchement libéré. Ici, au *Cirque*, il n'y a qu'un seul endroit équipé pour une telle récupération.

— Pourquoi un bain ? m'étonnai-je.

— Pour le ramener progressivement à la vie et à la chaleur. Il faut procéder avec soin, sans quoi, on risque de provoquer sa mort véritable.

—Attendez une minute. Un vampire peut rester enfermé dans un cercueil pendant une éternité sans mourir, mais en sortir peut le tuer? Ça n'a pas de sens!

—Son corps s'habitue aux conditions de son emprisonnement. Si elle survient au bout d'un laps de temps trop long, la libération peut causer un choc systémique fatal. J'ai vu des vampires y succomber.

Je savais que Jean-Claude ne me mentait pas. Il était trop contrarié d'avoir à me raconter tout ça.

—Dans ce cas, nous n'avons qu'à les jeter tous les deux dans la même baignoire. Je ne vois pas où est le problème.

—Le problème, ma petite, c'est que l'attention et le pouvoir nécessaires pour ramener un de ces vampires à la raison ne doivent pas être divisés. Je vais devoir mobiliser tout mon savoir-faire pour m'occuper d'eux l'un après l'autre. Je ne peux pas me charger des deux à la fois sans compromettre la réussite de l'opération, et leur survie même.

—Je sais que vous êtes le créateur de Gretchen, mais vous n'êtes pas celui de Damian. Et les liens qui l'unissaient à vous en tant que Maître de la Ville se sont brisés quand il est devenu mien. Vous n'êtes plus son maître d'aucune façon. C'est moi qui remplis ce rôle désormais.

—Oui.

—Donc, n'est-ce pas à moi d'utiliser ma connexion mystique avec Damian pour le ramener?

—Si tu étais un vampire, en effet. Mais malgré tous tes talents, tu restes une humaine. Il est certaines choses que tu ne peux pas faire pour lui, et il en est beaucoup plus encore que tu ne sauras pas faire.

—Lesquelles?

Jean-Claude secoua la tête.

—C'est un processus complexe, qui nécessite des compétences spéciales.

—Des compétences que vous possédez.

—N'aie pas l'air si sceptique, ma petite. Je faisais partie de l'équipe de… d'ambulanciers de notre maîtresse. Elle punissait les autres, et c'est nous qui devions faire le ménage derrière elle.

—« Nous » ?

—Asher et moi.

—Donc, Asher aussi sait comment faire.

—Oui, mais il n'est pas non plus le maître de Damian.

—Mais moi si. Si Damian a encore un maître, c'est moi. Autrement dit : vous vous occupez de Gretchen, vous me prêtez Asher, et il me guide pour ramener Damian.

—Après son petit numéro de tout à l'heure, tu lui ferais confiance ?

—Je lui confierais ma vie, et vous aussi.

—Mais pas nos cœurs, grimaça Jean-Claude.

—Pourquoi cela l'a-t-il tellement perturbé de vous voir mordre Micah ? Ce n'est guère pire que ce qu'il vous a vu faire avec Richard et avec moi.

—Tu es ma servante humaine et Richard l'animal que je peux appeler. Chacun de vous m'appartient donc de droit. Vous pouvez être considérés comme mes possessions. De plus, vous étiez déjà en place quand Asher est arrivé à Saint Louis. Micah n'est pas mon animal ; il n'a pas de lien direct avec moi. Il est ton Nimir-raj, mais pour moi, il n'est rien.

—Et… ?

—Asher était prêt à me partager avec Richard et avec toi parce que vous êtes miens. Mais ce Nimir-raj n'est qu'un homme sorti de nulle part qui jouit de mes faveurs alors qu'Asher ne les a plus.

—Micah ne jouit pas encore de vos faveurs. Pas exactement.

Jean-Claude eut un petit sourire.

—C'est vrai, mais Asher le voit sous un autre angle.

—Sans mes… réticences sociales, vous coucheriez avec Asher en ce moment ?

Il éclata d'un rire abrupt qui ne dansa pas le long de ma peau, mais qui remplit son visage de l'hilarité la plus sincère que j'aie jamais vue chez lui.

—Tes « réticences sociales ». Ah, ma petite, tu es impayable.

Je fronçai les sourcils.

—Répondez à la question, s'il vous plaît.

Son rire s'estompa comme celui d'une personne normale au lieu de s'interrompre abruptement comme il le faisait d'habitude.

—Si je ne craignais pas de te perdre, Asher et moi aurions probablement trouvé un accord, oui.

—« Trouvé un accord ». Vous vous exprimez par ellipses maintenant ?

Il eut ce haussement d'épaules si français qui voulait tout dire et rien dire à la fois.

—La vérité toute nue te répugnerait, ma petite.

—Soit. Si j'avais pu l'accepter, auriez-vous repris Asher comme amant ?

Il réfléchit quelques instants avant de dire :

—Je l'ignore, ma petite.

—Je sais que vous l'aimez.

—Oui, mais ça ne signifie pas que nous pourrions reprendre le cours de notre histoire. C'est avec Julianna que nous avons été le plus heureux. Tu supporterais peut-être de nous savoir en train de coucher ensemble hors de ta vue, à condition que nous ne nous comportions pas comme des amants devant toi. Je ne pense pas que tu apprécierais de nous voir nous tenir par la main.

Vu sous cet angle, il avait raison.

—Que voulez-vous dire ?

—Je veux dire qu'Asher mérite mieux qu'une relation cachée dans le cadre de laquelle il ne pourrait jamais me manifester son affection de peur de te blesser. Je préfère le céder complètement à quelqu'un d'autre, homme ou femme, plutôt que de le faire toujours passer en second après toi.

J'ouvris la bouche pour dire que j'appréciais Asher – que je l'aimais, même, d'une certaine façon –, mais je me ravisai parce que je ne voulais pas soulever la possibilité d'un vrai ménage à trois. La scène à laquelle j'avais assisté entre Jean-Claude et Micah m'avait déjà assez perturbée. Je ne pouvais pas gérer une relation avec deux hommes. Je sais, je suis prisonnière du système de valeurs de la classe moyenne américaine, mais c'est à travers ce prisme que je vois le monde. Je ne peux rien y changer. Et même si je le pouvais, le voudrais-je ?

Franchement, je n'en savais rien. Le fait que cette simple perspective ne me fasse pas prendre mes jambes à mon cou m'inquiétait un peu, mais pas autant que ç'aurait dû.

CHAPITRE 54

Jean-Claude donna à Jason les clés des cadenas qui fermaient les chaînes en argent. Il venait de passer une heure à expliquer son boulot à chacun d'entre nous.

Jason serait le hors-d'œuvre, pardon, le premier calice de Gretchen. Ce rôle ne pouvait pas être tenu par un humain, car la première fois qu'un vampire fraîchement libéré se nourrit peut être, je cite Jean-Claude, « assez traumatisante ». En gros, Jason se retrouvait en première ligne et devrait encaisser le plus gros des dommages.

Puis ce serait le tour de Jean-Claude de faire don de son sang. Cela lui permettrait de renouveler les liens qui l'unissaient à Gretchen en tant que Maître de la Ville, membre de sa lignée et créateur de la femelle vampire. Une seule de ces connexions aurait suffi, mais trois, c'était beaucoup mieux. Ça augmentait d'autant les chances de Jean-Claude de remédier aux dégâts subis par Gretchen.

En revanche, ça m'inquiétait beaucoup pour Damian. Je n'étais ni sa créatrice, ni membre de sa lignée, et encore moins son Maître de la Ville. Je ne savais même pas ce que j'étais pour lui, exactement. À cette question, Jean-Claude avait répondu :

« — Tu es sa maîtresse, ma petite. Quoi que cela puisse signifier pour une nécromancienne, c'est ce que tu es pour lui. Si ton sang ne suffit pas à le ramener, Asher fera un essai. S'il échoue aussi, on viendra me chercher. Damian doit renouer ses liens avec l'un d'entre nous, ou il est perdu.

— Définissez "perdu", avais-je réclamé.

— Sa folie pourrait rester permanente.

— Et merde.

 — Comme tu dis. »

Mais nous devions commencer par nous occuper de Gretchen pour que je voie faire Jean-Claude et comprenne bien le processus.

Jason défit les chaînes. Celles-ci glissèrent le long du cercueil et tintèrent sèchement contre le bois de la plate-forme. Cela me fit sursauter. Gretchen avait essayé de me tuer quand elle me soupçonnait seulement de sortir avec Jean-Claude. Elle risquait de se relever avec une seule idée en tête : se venger de moi. Pourtant, je m'étais fait son avocate ; j'avais exigé que Jean-Claude la relâche.

À présent que Jason défaisait les serrures du couvercle même, un étau me comprimait la poitrine, et j'avais des fourmis dans les mains à force de me retenir de dégainer mon flingue. Ce serait vraiment idiot — et sacrément ironique — que je doive tuer Gretchen à l'instant où elle se relèverait. J'entendais déjà le commentaire sarcastique de Jean-Claude : « Parce que tu trouves que c'est une amélioration, ma petite ? ». Je récitai une petite prière pour qu'on n'en arrive pas là. Je ne voulais pas buter Gretchen : je voulais la sauver. Ça ne signifiait pas que je ne la buterais pas en fin de compte, mais je ferais tout pour l'éviter.

Jason souleva le couvercle très lentement. Pas parce que celui-ci était lourd, mais parce que je crois qu'il avait peur lui aussi. L'idée d'être le premier repas de Gretchen après un si long emprisonnement l'avait d'abord fait marrer — de ce rire un peu excité qui tient à moitié de l'homme adulte et à moitié du petit garçon. Le rire que les mecs réservent aux choses qui combinent le sexe et le sport, les bagnoles, la haute technologie ou le danger, selon les spécimens. Je suis sûre qu'il existe des hommes qui se réjouiraient de la sorte à l'idée de faire du jardinage ou d'écrire de la poésie, mais je n'en ai pas encore rencontré. Ce serait une nouveauté rafraîchissante.

Le couvercle bascula à demi en arrière et s'arrêta. Rien ne bougeait à l'intérieur du cercueil. Je ne voyais que Jason debout dans son short en jean coupé, tournant le dos au reste de la pièce. Gretchen ne jaillit pas de sa prison pour bouffer quelqu'un tout cru, et je relâchai le souffle que je n'avais pas eu conscience de retenir.

Jason resta planté là, le regard rivé sur le contenu du cercueil, immobile, les mains crispées sur le couvercle. Puis il se tourna vers nous. Jamais je n'avais vu cette expression sur son visage, ce mélange d'horreur et de pitié. Ses yeux bleu clair étaient écarquillés, et je crus y voir briller des larmes. Gretchen et lui n'étaient pas proches. Donc, sa réaction n'avait rien de personnel. Qu'est-ce qui avait bien pu lui inspirer cette expression ?

Je m'avançai sans réfléchir.

—Ma petite, n'approche pas davantage.

Je jetai un coup d'œil à Jean-Claude.

—Quel est le problème avec Gretchen ? Pourquoi Jason a-t-il l'air si… consterné ?

Ce fut le métamorphe qui répondit.

—Je n'avais jamais rien vu de pareil.

À présent, je *devais* voir moi aussi. Je continuai à me diriger vers le cercueil. Jean-Claude vint à ma rencontre et me barra le chemin.

—S'il te plaît, ma petite, n'approche pas davantage.

—Je suis censée observer le processus, pas vrai ? Tôt ou tard, il faudra que je voie à quoi elle ressemble, Jean-Claude. Autant que ce soit tôt.

Il étudia mon visage comme s'il voulait le graver dans sa mémoire.

—Je ne m'attendais pas à ce qu'elle soit si… (Il secoua la tête.) Tu ne me sauteras pas au cou après l'avoir vue.

—Vous ne savez pas non plus à quoi elle ressemble.

—Non, mais la réaction de Jason m'apprend beaucoup de choses que j'aurais préféré ignorer.

—Qu'est-ce que c'est censé signifier ?

Il fit un pas sur le côté.

—Contemple-la, ma petite. Et quand tu m'auras pardonné, reviens vers moi.

« Pardonné » ? Je n'aimais pas du tout la façon dont il avait tourné sa phrase. J'avais eu peur que Gretchen jaillisse de sa boîte tel un croque-mitaine pour essayer de me tuer. À présent, j'avais encore plus peur de la regarder, de découvrir l'horreur qui m'attendait dans ce cercueil. Mon cœur essayait de s'échapper de ma gorge, et il m'empêchait de respirer. La tête de Jason, le chagrin de Jean-Claude et l'absence totale de mouvement à l'intérieur du cercueil m'effrayaient au point que j'en avais la bouche toute sèche.

Jason fit un pas sur le côté, appuya ses fesses sur le bord du cercueil et s'enveloppa de ses bras comme pour se réconforter. Il était blême et semblait au bord de la nausée. Je me demandai s'il avait changé d'avis quant au fait de servir de premier repas à Gretchen.

Je me tenais juste assez loin pour que le bord du cercueil me dissimule son contenu. Je ne voulais pas voir cette chose tellement horrible qu'elle avait effacé toute couleur du visage de Jason. Je ne voulais pas, mais je devais. Je m'avançai comme un joueur de base-ball s'avance vers sa base, sachant que la balle qui lui fonce dessus file à plus de 160 kilomètres à l'heure et qu'il n'a aucune chance de la renvoyer.

Au début, mes yeux ne comprirent pas ce qu'ils voyaient. Mon esprit refusait tout simplement de comprendre. C'est un verrou de sécurité dont nous sommes tous équipés. Quand vous contemplez quelque chose de trop affreux, parfois, votre cerveau dit : « Non, je ne vais pas voir ça ; non, je ne vais pas l'imprimer. Non, ça me briserait. » Mais si vous continuez à le fixer assez longtemps, votre cerveau réalise : « Et merde, on est toujours en train de regarder », et vous finissez par voir, et une fois que vous avez vu, vous ne pouvez plus jamais oublier.

La créature gisait sur du satin blanc qui soulignait doulou-reusement sa couleur brun flétri. Elle ressemblait à un de ces corps qu'on retrouve de temps en temps dans le désert où la sécheresse fabrique des momies naturelles. Sa peau s'était plaquée sur ses os ; dessous, il ne restait ni muscles ni chair. Sa bouche était grande ouverte, comme si l'articulation de sa mâchoire s'était brisée. Ses crocs étaient blancs comme un squelette. De sa tête, il ne restait qu'un crâne recouvert par une fine couche de peau brunie, à laquelle s'accrochaient encore quelques touffes de cheveux platine. Leur couleur brillante rendait cette vision plus obscène encore.

Puis ses yeux s'ouvrirent. Je sursautai, mais les globes oculaires qui braquèrent leur regard vers moi étaient bruns et racornis, pareils à de gros raisins secs. Ils clignèrent lentement des paupières, et un son pareil au soupir du vent s'échappa de la bouche de la créature.

Je titubai en arrière, trébuchai et tombai à genoux. Jason me prit le bras pour me relever. Je me dégageai et me dirigeai vers Jean-Claude. Celui-ci me regarda venir, patient et impassible.

Je le frappai sans même ralentir. Peut-être s'attendait-il à ce que je m'arrête pour armer mon bras, mais je lui lançai mon poing dans la figure comme si c'était une continuation du mouvement de mon corps. Je projetai tout mon élan, tout mon poids dans le coup, et soudain, Jean-Claude se retrouva étalé par terre, les yeux levés vers moi et le visage plein de sang.

CHAPITRE 55

—E spèce de salaud! Vous vous êtes nourri de son énergie pendant qu'elle était enfermée là-dedans!
Je dus m'éloigner de lui pour ne pas le bourrer de coups de pied. Il est des choses qui ne se font pas, des frontières qu'on ne doit pas franchir.

Jean-Claude porta le dos de sa main à sa bouche.

—Et si je n'y étais pour rien?

—Pour rien? m'exclamai-je en revenant le toiser. Pour rien? Vous voulez vraiment me faire gober que vous ne vous êtes pas nourri d'elle?

Je tendis un doigt accusateur vers le cercueil, et je dus machinalement lui jeter un coup d'œil car la seconde d'après, les bras de Jean-Claude se refermaient sur mes jambes. Je me sentis tomber et je giflai les dalles comme j'avais appris à le faire en cours de judo. Cela absorba une partie de l'impact et empêcha ma tête de heurter le sol, mais mobilisa ma concentration. Le temps que mon corps s'affaisse, Jean-Claude était déjà à califourchon sur moi, clouant mes bras au sol avec ses mains.

—Poussez-vous de là.

—Non, ma petite, pas avant que tu m'aies écouté.

Je tentai de lever les bras, non parce que je me croyais plus costaud que lui, mais parce qu'il fallait que j'essaie. Savoir que je ne gagnerai pas ne m'a jamais empêchée de me débattre.

Je réussis à soulever mes bras de quelques millimètres – pas assez pour me dégager, mais assez pour écarquiller les yeux de Jean-Claude et l'obliger à peser plus fort sur moi. C'était bon de savoir que les marques me conféraient des avantages utiles, comme une force physique accrue, et pas seulement des appétits à la con.

Le sang de Jean-Claude se détachait sur sa peau blanche telle une surprise écarlate. Il coulait d'une coupure sur sa lèvre.

—Comment peux-tu savoir que tous les vampires ne se retrouvent pas dans cet état après des années d'emprisonnement?

Faute de pouvoir faire autre chose, je le foudroyai du regard.

—Menteur!

—Comment peux-tu en être si certaine? insista-t-il. (Il se plaqua plus étroitement contre moi, et cette fois, son attitude n'avait rien d'équivoque. C'était la colère et non le désir qui faisait vibrer tout son corps.) Comment le peux-tu, Anita?

Il avait utilisé mon vrai prénom.

—Souvenez-vous: je suis une nécromancienne.

Son expression me dit clairement qu'il ne pensait pas que la raison soit si simple. Il voyait juste. Je me souvins de mon séjour au Nouveau-Mexique et de ce que j'avais appris là-bas.

Un monstre se dressant au-dessus du bar, dans un club d'Albuquerque. D'abord, une fine ligne de chair pâle, semblable à un croissant de lune. Puis un visage apparut – un visage de femme. Un de ses yeux était desséché comme celui d'une momie.

D'autres visages émergèrent à sa suite, tous bruns et flétris, pareils à un collier de perles abominables reliées entre elles par des morceaux de corps: des bras, des jambes et de gros points d'épais fil noir qui maintenaient le tout ensemble, emprisonnant la magie à l'intérieur. La créature continua à se dresser jusqu'à ce qu'elle atteigne le plafond et se courbe tel un serpent géant pour me toiser. J'estimai le nombre de ses têtes à quarante avant de perdre le compte, ou le courage de compter.

Dans cette ville, il y avait un autre club pis encore sous certains aspects, parce que la torture y faisait partie du divertissement. Des rides se formèrent sur la peau de l'homme. Sous sa peau, ses muscles commencèrent à se ratatiner comme s'il souffrait d'une maladie dégénérative, mais que celle-ci opérait en secondes plutôt qu'en mois ou en années. Si consentante que soit la victime, ça faisait quand même mal. L'homme se mit à hurler aussi vite que l'air dans ses poumons le lui permettait. Il avait plus de voix que la première victime, et il respirait si vite que son hurlement était presque continu.

Sa peau fonçait en se flétrissant, et sa chair fondait comme si quelqu'un l'aspirait de l'intérieur. On aurait dit un ballon en train de se dégonfler. À ceci près que ce ballon avait des muscles et de la chair, et qu'une fois ses muscles et sa chair disparus, il ne resta que de la peau desséchée sur ses os. Pourtant, il continua à hurler.

Mais la dernière insulte – l'ultime horreur – était le pouvoir du Maître de la Ville d'Albuquerque. Il m'assaillait tels des battements d'ailes frénétiques, des oiseaux glapissant qu'on les avait enfermés dehors dans le noir et qu'ils voulaient rentrer pour profiter eux aussi de la chaleur et de la lumière. Comment pouvais-je les laisser se lamenter quand je n'avais qu'à m'ouvrir pour leur offrir un asile ?

Je résistai autant que possible, mais au final, les oiseaux se déversèrent en moi ainsi qu'un torrent de plumes. Mon corps parut s'ouvrir physiquement, même si je savais que c'était impossible. Et les créatures ailées, à peine entraperçues, s'engouffrèrent dans la brèche.

Le pouvoir coula en moi et à travers moi avant de ressortir. Je faisais partie d'un énorme réseau ; je percevais la connexion du Maître de la Ville avec chaque vampire qu'elle avait jamais touché. Je me sentais comme un courant qui se mêlait à eux, et réciproquement. À nous tous, nous formions quelque chose de plus large. Puis je me retrouvai flottant dans des ténèbres apaisantes. Au loin, des étoiles scintillaient.

Des images se succédèrent avec autant de force que si elles m'avaient percutée physiquement. Je vis le Maître de la Ville debout au sommet d'un temple pyramidal entouré par la jungle. Je humai l'odeur luxuriante de la végétation et entendis l'appel nocturne d'un singe, le cri d'un jaguar. Le serviteur humain du Maître de la Ville s'agenouilla devant elle et but le sang qui coulait d'une plaie sur sa poitrine. Ainsi acquit-il de nombreux pouvoirs. L'un d'eux

était cette abomination : la capacité de dérober les forces vitales de
quelqu'un et de s'en repaître sans le tuer.

Durant ce terrible numéro, je compris de quelle façon le
serviteur humain s'était approprié l'essence de sa victime. Je
compris le fonctionnement du processus et la façon de l'inverser. Je
compris comment « défaire » la créature du bar, séparer les corps qui
avaient été cousus ensemble comme dans un cauchemar du docteur
Frankenstein – même si cela risquait de les tuer. Je n'avais pas besoin
du nécromancien responsable de cette horreur pour annuler son
sort ; je pouvais le faire moi-même.

Les souvenirs étaient si vivaces que j'avais l'impression de
revivre toute la scène. Je revins au présent avec un sursaut et
scrutai les yeux de Jean-Claude. J'étais toujours allongée sous
lui, toujours dans la prison du *Cirque* à des milliers de kilomètres
de *Papillon d'Obsidienne* et de sa petite armée. Mais ce fut son
expression qui étrangla mon souffle dans ma gorge. Ses yeux
étaient écarquillés, et je compris aussitôt qu'il avait vu mes
souvenirs, qu'il les avait partagés comme je partage parfois les
siens. Merde alors.

— Ma petite, dit-il d'une voix que j'avais rarement entendu
trembler à ce point, tu n'as pas chômé pendant que tu étais
loin de nous.

— Vous avez vu la même chose que moi. Vous savez ce que
je pense de ce que vous avez fait à Gretchen.

Ses mains se crispèrent sur mes bras, et ses doigts s'enfoncèrent légèrement dans ma chair.

— Oui, je sais ce que tu en penses, ma petite. Mais je
n'accepterai pas ce blâme sans me défendre. À moins qu'un
vampire soit lui-même un maître, sa force vitale provient de la
lignée qui l'a engendré, et ce, jusqu'à ce qu'il prête un serment de
sang envers un Maître de la Ville. À partir de là, c'est ce maître
qui fait battre son cœur. Je suis le Maître de Saint Louis. Mes
vampires existent à travers moi. Si je tombe à court de pouvoir,
certains d'entre eux ne se réveilleront pas le soir suivant, ou

ils deviendront des revenants, des animaux qui devront être détruits. Comme Damian.

Je me tortillai sous lui.

—Je ne…

—Chut, ma petite. Je ne te laisserai pas me condamner sans m'avoir entendu – pas cette fois. Tu peux peut-être sauver Damian, mais il a plus de mille ans. Même s'il n'est pas un maître, il a eu tout le temps d'accumuler assez de pouvoir pour survivre. En revanche, des vampires comme Willie ou Hannah, qui ne sont pas des maîtres et qui ont récemment rejoint nos rangs… Ils s'estomperaient ou deviendraient fous, et il serait impossible de les ramener.

Il me secoua, enfonçant ses doigts dans mes bras et levant ses coudes de sorte que j'aurais pu tenter de dégainer une arme si je l'avais voulu. Mais je me contentai de l'observer et de l'écouter.

—C'est ça que tu veux, Anita ? Lequel d'entre eux sacrifierais-tu pour sauver Gretchen ? Gretchen que tu détestes. J'ai pris son pouvoir parce que tu me refusais le tien.

—Ne rejetez pas la faute sur moi.

Toujours à califourchon sur moi, Jean-Claude se redressa sur ses genoux, m'entraînant avec lui de sorte que je me retrouvai assise sous et face à lui.

—Ce système de maître et de serviteurs fonctionne bien depuis des millénaires, mais tu ne cesses de le combattre et de me forcer à faire des choses que je ne souhaite pas.

Il m'attira vers lui, et je regardai ses yeux se changer en bassins de flamme bleue à quelques centimètres des miens. Il me secoua une deuxième fois, presque assez fort pour me faire peur.

—Si j'avais pu nourrir l'ardeur de la façon dont je suis censé la nourrir, cela n'aurait pas été nécessaire. Si j'avais pu la nourrir à travers ma servante humaine, cela n'aurait pas été nécessaire. Si j'avais pu la nourrir à travers mon animal, cela n'aurait pas été nécessaire. Mais Richard et toi m'avez enchaîné avec vos règles.

Vous m'estropiez avec votre moralité, et vous me forcez à faire des choses que je m'étais juré de ne jamais faire.

» J'ai été dans cette boîte, j'ai servi de nourriture, et c'est la pire chose que j'aie jamais endurée. Et à présent, parce que Richard et toi voulez préserver votre précieuse pureté, je suis obligé de faire preuve de plus de sens pratique que je n'ai jamais voulu en avoir.

Il me lâcha si brusquement que je retombai en arrière et me cognai le coude sur une dalle. Puis il se redressa et me toisa, furieux. Pour une fois, je n'avais pas de colère à lui renvoyer.

— Je ne savais pas, lâchai-je finalement.

— Ça commence à devenir une excuse éculée. (Jean-Claude se dirigea vers le cercueil et regarda ce qu'il y avait à l'intérieur.) Jadis, je lui ai accordé ma protection. (Il pivota et me foudroya du regard.) Je fais ce que je dois faire, ma petite, mais je n'en retire aucun plaisir, et cette nécessité me lasse à la longue. Si tu acceptais ne serait-ce que de faire la moitié du chemin vers moi, nous nous épargnerions beaucoup de souffrance.

Je m'assis en résistant à l'envie de me frotter le coude.

— Vous voulez que je vous présente mes excuses ? Je suis désolée. Mais j'imagine que ça ne suffit pas. Vous voulez ma permission de vous nourrir de moi, c'est ça ?

— Pour l'ardeur, oui. Mais en vérité, si tu es dans le bon état d'esprit, le simple fait d'ouvrir nos marques appariées m'apporte déjà beaucoup.

Il tendit la main à Jason, et celui-ci hésita avant de la prendre – chose qui lui arrive très rarement. Jean-Claude ne lui accorda pas même un coup d'œil, comme si son obéissance était une chose acquise, aussi irréfutable que la gravité.

— Si elle était plus forte, la nourrir serait dangereux. Mais elle est faible. Il n'y a rien à craindre.

Ses paroles étaient réconfortantes ; pourtant, il s'obstina à ne pas regarder Jason tandis qu'il tendait le poignet de celui-ci vers l'occupante du cercueil.

Je me mis debout en observant l'expression de Jason. Il était pâle, les yeux écarquillés, le souffle trop court et trop superficiel. En temps normal, laisser les vampires boire son sang ne lui pose pas de problème, mais je comprenais son appréhension. La créature qui gisait dans le cercueil était tout droit sortie d'un cauchemar. La plupart du temps, les vampires qui ressemblent à un tas de brindilles desséchées sont morts pour de bon.

Jason tira sur son bras afin de rester juste hors de portée de Gretchen. Jean-Claude se tourna vers lui, mais sans colère. Continuant à tenir son bras d'une main, il lui caressa doucement la joue de l'autre.

— Veux-tu que je possède ton esprit avant qu'elle frappe ?

Jason acquiesça en silence.

Jean-Claude appuya sa main sur la joue du métamorphe. Ils se fixèrent dans les yeux un long moment, comme des amants, à ceci près que je sentis le moment où l'esprit de Jason s'éteignit et où sa volonté s'évapora. Ses traits devinrent flasques ; sa bouche s'entrouvrit ; ses paupières papillotèrent. Jean-Claude laissa sa main sur le visage de Jason et, de l'autre, guida son poignet vers le cercueil.

Le corps du métamorphe se raidit, et je sus que Gretchen l'avait mordu. Pourtant, ses paupières restèrent closes et son visage inexpressif. Sans avoir consciemment décidé de m'en approcher, je me retrouvai près du cercueil. Les mains squelettiques de la vampire agrippaient le bras de Jason et le pressaient contre sa bouche. Jean-Claude tira sur le poignet du métamorphe. Du sang coula sur la peau flétrie de Gretchen et sur son oreiller de satin blanc, mais sa bouche dépourvue de lèvres continua à se nourrir.

Soudain, la pièce me parut trop chaude, l'atmosphère presque suffocante. Je me détournai et vis que Micah m'observait. Je ne pus déchiffrer son expression. Je n'étais même pas certaine de le vouloir. Incapable de soutenir son regard, je baissai les yeux.

Je m'étais battue si fort et si longtemps pour ne pas devenir ce que j'étais ! Pour ne pas être la servante humaine de Jean-Claude, pour ne pas être la lupa de Richard, pour n'être définie par mes liens avec personne. Et tout le monde payait le prix de mon entêtement, semblait-il. Je détestais ça. Je détestais que d'autres gens souffrent par ma faute et règlent l'addition de mes problèmes. Ça allait à l'encontre de tous mes principes.

La voix de Jean-Claude ramena mon attention vers le cercueil.

— Bois, Gretchen. Bois mon sang. Je t'ai déjà donné la vie une fois, et je te la redonne aujourd'hui.

Jason s'était affaissé, serrant son poignet ensanglanté contre lui avec une expression béate. La créature momifiée s'assit avec l'aide de Jean-Claude, qui avait passé un bras dans son dos. Elle avait l'air… moins affreuse, mais pas encore vivante – même pas vraiment réelle. Jean-Claude offrit la chair blanche de son poignet à cette bouche dépourvue de lèvres, encore rouge du sang de Jason, et elle mordit dedans. J'entendis Jean-Claude soupirer, mais rien d'autre n'indiqua qu'il souffrait.

— Du sang au sang, de la chair à la chair, récita-t-il comme une incantation.

Et à chacun de ses mots, à chacune des aspirations de la créature, je sentais le pouvoir grandir, se lover dans mon ventre et étrangler mon souffle.

Le corps de Gretchen commença à s'étirer et à se reconstituer. Ses cheveux s'épaissirent et cascadèrent autour d'elle. Ses yeux gonflèrent et prirent une teinte bleutée. Quand Jean-Claude écarta son poignet de sa bouche, je vis que ses lèvres étaient de nouveau pleines. Elle était encore très maigre, et ses os saillaient sous la pâleur presque translucide de sa peau. Ses yeux flamboyaient d'une façon qui n'avait rien d'humain. Ses doigts étaient encore squelettiques, ses membres fragiles, mais elle ressemblait presque à la vampire qui avait essayé de me tuer des années plus tôt.

Jean-Claude la souleva dans ses bras. Son corps ne remplissait pas ses vêtements, qui pendouillaient de manière pitoyable.

— Souffle à souffle, dit-il en se penchant vers elle.

Ils s'embrassèrent, et je sentis le pouvoir circuler entre eux. Ce baiser aurait pu aspirer toute vie de Gretchen, mais ce ne fut pas le cas. Quand Jean-Claude releva la tête, le visage de la vampire était de nouveau rond, ravissant et humain. On aurait dit la Belle au Bois Dormant après que le prince charmant l'a réveillée. Mais quand les yeux de cette Belle se posèrent sur moi, une haine brûlante les embrasa.

Je soupirai. Certaines personnes n'apprennent jamais rien. Je soutins ce regard flamboyant et dis :

— Gretchen, je te promets deux choses. Un, tu ne retourneras jamais dans cette boîte. Deux, si tu essaies encore de me faire mal ou de faire du mal à mes proches, je te tuerai. Et ce serait vraiment dommage, parce que c'est moi qui ai persuadé Jean-Claude de te sortir de là.

Elle continua à me fixer des yeux comme les tigres des parcs zoologiques fixent les visiteurs entre les barreaux de leur cage – en prenant leur mal en patience. Jean-Claude la serra contre lui.

— Si tu t'attaques de nouveau à ma servante humaine, je te détruirai, Gretal.

D'après ce que j'avais entendu, Gretal était son nom originel.

— J'ai compris, Jean-Claude.

Sa voix était rauque, comme si le temps passé dans sa prison avait endommagé ses cordes vocales.

— Viens, Jason, il faut la réchauffer.

Jason se redressa tel un chiot obéissant, le poignet toujours en sang et l'air toujours béat.

Jean-Claude s'arrêta sur le seuil de la pièce.

— Je dois l'emmener au bain, dit-il en regardant, non pas moi, mais Asher. Sinon, nous aurons fait tout ça pour rien. Mais Damian est un revenant à présent.

Asher leva la main qui avait été, jusqu'ici, dissimulée le long de son corps. Il tenait un flingue : un Browning 10 mm, le grand frère du mien.

—Je ferai le nécessaire.

—Nous ne tuerons pas Damian, protestai-je.

Alors, Jean-Claude me jeta un coup d'œil. Puis il balaya du regard Micah, Nathaniel, Gil, les autres léopards-garous et même les gardes du corps avant de reporter son attention sur moi.

—Je te le redemande, ma petite : qui es-tu prête à sacrifier pour tes grands idéaux ?

—Vous pensez qu'on ne peut plus le sauver, c'est ça ?

—Je sais qu'une fois que la folie s'est emparée d'un vampire, même le maître qui l'a créé ne peut pas toujours le ramener à la raison.

—Puis-je faire quoi que ce soit pour l'aider ?

—Laisse-le se nourrir, veille à ce qu'il ne tue pas son calice, et prie pour qu'il recouvre ses esprits en buvant ton sang. Si ça ne suffit pas à le rassasier, Asher tentera de lui donner le sien. Si ça ne marche toujours pas…

Il eut ce haussement d'épaules qui voulait tout dire et rien dire, et même avec Gretchen dans ses bras, ce fut un mouvement gracieux.

—Je ne veux pas que Damian meure à cause de moi.

—S'il meurt, ma petite, ce sera parce qu'il a essayé de tuer un des occupants de cette pièce.

Sur ce, Jean-Claude sortit, Jason sur ses talons.

Peut-être avais-je épuisé sa patience, ou peut-être avait-il été choqué de voir ce qu'il avait fait à Gretchen. Quelle qu'en soit la raison, il me planta là, au milieu de tous les autres qui me dévisageaient en attendant que je leur dise quoi faire. Sauf que je n'en avais pas la moindre idée. Qui étais-je prête à poster près du cercueil ? De qui étais-je prête à risquer la vie ?

Chapitre 56

É videmment, la réponse était « personne ». Mais nous finîmes par désigner la première victime. Je ne servis pas à grand-chose pendant cette discussion, parce que bien entendu je me serais portée volontaire. Ne jamais demander à autrui ce qu'on n'est pas prêt à faire soi-même : c'est l'un de mes principes de base. Mais Asher me fit remarquer que je ne pouvais pas être la première à nourrir Damian s'il y avait la moindre chance que je sois réellement son maître. Aussi les autres décidèrent-ils entre eux – et ce fut Zane qui se retrouva debout près du cercueil.

Tout le monde à part moi avait un flingue à la main avec une balle déjà chambrée. Je devais garder les mains libres pour pouvoir offrir un truc à grignoter à Damian. À bien y réfléchir, ça ne me plaisait pas davantage. Pas parce que je regardais le dos pâle de Zane pendant qu'il défaisait les chaînes en argent, mais parce que je regardais Cherry le regarder. Quand vous craignez autant pour la sécurité de quelqu'un, quand vous vous souciez de lui à ce point, c'est forcément de l'amour. Les sentiments de Zane étaient donc réciproques. Mes deux léopards-garous étaient amoureux, et l'un d'eux était sur le point de lâcher les charognards pour qu'ils se nourrissent de lui.

Le couvercle du cercueil n'était encore qu'à moitié ouvert quand Zane fut tiré en avant d'une secousse. Des mains blanches apparurent dans son dos, le maintenant en place. Du sang éclaboussa le satin blanc du capitonnage et gicla sur les épaules du léopard-garou. Mais la seule chose que nous pouvions voir de Damian, c'était ses bras verrouillés autour de Zane. Nous n'avions pas d'endroit où le viser.

Quelqu'un hurla. Cherry, sans doute. Je dégainai mon flingue, mais je ne pouvais pas tirer sans risquer de tuer Zane. Micah et Merle s'étaient rués vers le cercueil pour tenter de dégager le léopard-garou. Celui-ci retomba en arrière, le cou barré par une plaie béante, tandis qu'une créature toute en crocs ensanglantés et cheveux roux désordonnés empoignait Merle pour lui déchiqueter la gorge. Asher et les rats-garous demeurèrent où ils étaient, guettant une occasion de tirer. Mais je savais qu'il n'y en aurait pas – pas avant que quelqu'un d'autre y laisse la vie.

Je me frayai un chemin jusqu'au cercueil, tentant d'écarter Micah tout en pressant mon Browning sur la figure de Damian. Mais Micah s'efforçait d'arracher Merle au vampire, et je ne parvenais pas à caler mon flingue. Le canon glissait sur le sang qui maculait le visage de Damian.

Soudain, des yeux verts braquèrent leur regard sur moi – un regard qui ne contenait rien d'autre que de la faim. Damian était déjà mort ; simplement, je n'avais pas encore appuyé sur la détente.

Puis il fut sur moi, plus rapide que toutes les créatures que j'avais rencontrées. Je me retrouvai pressée contre le satin du capitonnage, mes hanches et mes jambes dépassant hors du cercueil. Au lieu de viser mon cou, Damian enfouit son visage dans le haut de ma poitrine. Je hurlai de douleur et pressai le canon du Browning sur sa tempe.

—Ne tirez pas ! s'époumonait Asher. Vous allez toucher Anita !

Je hurlai de nouveau et dus ajuster l'angle de mon flingue, parce que si j'avais tiré à ce moment-là, la balle aurait traversé la tête de Damian et fini dans ma cage thoracique. Alors, je déplaçai légèrement le Browning pendant que le vampire me massacrait.

Mon index allait se crisper sur la détente quand il leva les yeux vers moi. Je vis ses prunelles vertes s'emplir de souvenirs, d'intelligence – de personnalité. Il écarta sa bouche de ma poitrine.

—Anita, que se passe-t-il ? (Il parut voir ma poitrine ensanglantée pour la première fois, et ses yeux s'écarquillèrent.) Que m'arrive-t-il ?

À l'instant où il parla, à l'instant où son corps fut animé par autre chose que la folie et un appétit dévorant, je sentis notre connexion se rétablir et vibrer comme la corde d'une harpe parfaitement accordée. Le pouvoir s'écoula entre nous comme de l'eau tiède, nous remplissant tous les deux, et j'attirai contre moi le vampire à la bouche encore maculée de mon sang.

J'entendis Asher dire aux autres :

—Restez là. Tout va bien. Laissez-la finir.

Et comme Damian se penchait vers moi, je chuchotai :

—Sang de mon sang, chair de ma chair, souffle à souffle, mon cœur pour le tien.

Et juste avant que nos lèvres se touchent et que son sort soit scellé, il chuchota :

—Oui, oh oui.

CHAPITRE 57

J e baignais jusqu'aux épaules dans une eau si chaude qu'elle faisait rosir ma peau. La tête m'en tournait presque – parce que j'étais toujours intégralement habillée, flingues y compris. Damian était vautré sur moi, mes bras autour de son torse nu, son corps replié contre le mien.

Comment avais-je écopé du rôle de gardienne de la baignoire après que nous soyons rentrés chez moi ? Damian avait été saisi de convulsions, et seul le fait que je le touche semblait le calmer.

Nous l'avions conduit chez moi, Nathaniel le berçant contre lui sur la banquette arrière. Les garçons avaient rempli la baignoire d'eau brûlante, et j'avais chargé Asher de veiller sur Damian. J'avais ramené le vampire à lui ; j'avais fait ma part. Le bandage au-dessus de mon sein gauche prouvait que j'avais fait don de ma livre de chair pour la soirée. Zane et Merle étaient partis à l'hôpital lycanthrope sous la supervision de Micah et de Cherry. Tous les autres m'avaient raccompagnée, et un moment, j'avais cru que les ennuis étaient terminés. Jusqu'à ce que des hurlements dans la salle de bains me fassent accourir.

Damian se tordait sur le carrelage, se cognant la tête par terre, vomissant du sang et convulsant avec une telle violence qu'on aurait pu croire qu'il allait se disloquer. Asher et Nathaniel luttaient pour l'immobiliser et l'empêcher de se faire mal, mais sans grand succès. Je m'étais agenouillée près d'eux pour les aider, et à l'instant où j'avais touché Damian, il s'était calmé. J'avais retiré ma main, et son dos s'était arc-bouté violemment tandis que ses doigts griffaient le carrelage sous lui. J'avais touché son épaule, et il s'était de nouveau calmé.

Nous avions essayé de le nourrir avec le sang de Caleb, mais dès que je rompais le contact avec lui, son corps rejetait le sang et tout le reste. La dernière fois que j'avais retiré ma main, il s'était figé, et j'avais senti qu'il commençait à s'estomper – à mourir. Nous l'avions traîné dans la baignoire pleine d'eau fumante. Il avait fini par récupérer, mais seulement parce que je le tenais contre moi avec mes vêtements plaqués au corps.

—C'est quoi son problème? avais-je demandé.

—Je n'ai observé ce genre de réaction qu'entre maître et serviteur, avait répondu Asher.

—Je suis la maîtresse de Damian, et alors? Je ne devrais pas lui faire cet effet.

—Non, ma chérie. Tu n'es pas juste sa maîtresse. Nous parlons de la relation entre un maître vampire et son serviteur humain.

—Damian n'est pas mon maître, avais-je objecté.

—Damian n'est le maître de personne, avait dit Asher tout bas en nous regardant par-dessus le bord de la baignoire.

Il était assis dans une flaque du sang qu'avait vomi Damian.

—Je ne comprends pas où tu veux en venir.

—Tu as fait de lui ton serviteur.

—Damian ne peut pas être un serviteur humain: c'est un vampire!

—Je n'ai pas dit «serviteur humain».

—Alors, de quoi parles-tu?

—Du… serviteur vampire d'une maîtresse nécromancienne, je crois.

—Tu crois?

—Nous avons affaire à des légendes, ma chérie, des choses qui ne devraient pas être possibles. Je ne peux qu'avancer des suppositions.

—Des suppositions?

Asher avait soupiré.

—Si j'affirmais être certain de ce qui se passe, ce serait un mensonge. Jamais je ne mentirais sciemment.

J'avais protesté et rouspété, mais rien de ce que je pouvais dire ou faire ne changeait la réalité. J'avais un serviteur vampire, et c'était impossible. Mais impossible ou pas, Damian gisait vautré sur moi, s'accrochant à moi comme si j'étais son dernier espoir.

Asher rentra dans la salle de bains d'un pas glissant, enveloppé d'un drap de bain qui était assez grand pour le recouvrir depuis les épaules jusqu'à mi-cuisses, dissimulant ses cicatrices.

— Mes vêtements sont couverts de sang. J'espère que ça ne te dérange pas.

Moi aussi, je déteste porter des fringues poisseuses, donc…

— Pas de problème. Contente que tu aies trouvé une serviette qui te plaise.

Il baissa les yeux vers le drap de bain multicolore.

— Je ne rentre pas dans ton peignoir.

J'étais désolée qu'Asher se sente tenu de se cacher, mais j'avais d'autres préoccupations.

— Si la température ne baisse pas très vite, je vais vomir ou m'évanouir.

Il s'agenouilla près de la baignoire, rabattant le drap de bain sous ses genoux d'un geste qu'on ne voit pas souvent chez un homme. Doucement, il toucha mon visage.

— Tu es brûlante. (Puis il toucha Damian.) Mais sa peau est toujours plus froide qu'elle le devrait. (Il fronça les sourcils.) Il faut que tu enlèves tes vêtements. Surtout le jean.

En principe, je me donne beaucoup de mal pour ne jamais me retrouver à poil devant les garçons, mais pour une fois, j'étais prête à faire une exception.

— Comment je fais pour me déshabiller sans le lâcher ?

— Je pense qu'un de nous pourrait le tenir contre toi.

— Tu crois vraiment qu'il se remettrait à convulser ?

— Tu n'as qu'à le lâcher pour vérifier, suggéra Asher.

Je secouai la tête.

— J'en ai marre de nettoyer du sang. Aide-moi juste à le tenir.

Asher écarquilla les yeux.

—Je vais appeler Nathaniel.

La chaleur me donnait une migraine atroce.

—Dépêche-toi de grimper là-dedans, Asher.

Il se recroquevilla près de la baignoire, dissimulant tout ce qu'il pouvait sous son drap de bain.

—Si je laisse tomber la serviette, tu me jures que tu ne regarderas pas ?

Sa question m'arrêta net. J'ouvris la bouche, la refermai et tentai de réfléchir à travers la chaleur, la migraine et la nausée grandissante. Finalement, je répondis la vérité.

—Je n'en aurai pas l'intention, mais… si tu es nu, je ne pourrai probablement pas m'en empêcher.

—Comme quelqu'un qui ne peut s'empêcher de regarder un accident de voiture, dit-il amèrement.

Je levai les yeux et vis qu'il avait détourné la tête, dissimulant le côté droit de son visage avec une cascade de cheveux dorés. Et merde. Je n'avais pas le temps de tenir la main de tout le monde.

—Asher, s'il te plaît. Ce n'est pas ce que j'ai voulu dire.

Il continua à me présenter obstinément son profil. J'extirpai un bras de dessous Damian, qui se lova contre l'autre tel un enfant endormi se recroquevillant autour de son nounours.

—Oui, je regarderai par simple curiosité, dis-je en saisissant le bras d'Asher à travers la serviette. Comment pourrais-je ne pas le faire ? Tu nous as tellement dit et répété combien tes cicatrices étaient horribles… Tu as créé un tel suspens que je ne pourrais pas faire autrement.

Il me regarda de nouveau avec ses yeux pâles et inexpressifs. J'enfonçai mes doigts dans son bras.

—Mais si tu ne sais pas, depuis tout ce temps, que j'ai juste envie de te voir nu, tu n'es pas très perspicace.

Son visage continua à ne rien me dire, affichant cette indifférence polie dont Jean-Claude et lui se sont fait une spécialité.

—Maintenant, aide-moi à enlever ces fringues avant que je fonde.

716

Il émit un petit gloussement qui dansa sur ma peau et fit remonter mon cœur dans la gorge. J'avais beaucoup trop chaud pour avoir la chair de poule.

—Tu proposes de te déshabiller sans qu'aucune magie t'y oblige. Je crois que c'est une première.

Je ne pus que rire. Asher avait raison. Mais mon rire me força à fermer les yeux, parce que les palpitations de ma migraine menaçaient d'expulser mes yeux de leur orbite. Je lâchai le bras du vampire et pressai ma main contre mon front pour empêcher mon crâne de se disloquer.

—S'il te plaît, Asher. Je vais vomir.

J'entendis l'eau clapoter, la sentis m'éclabousser alors que quelqu'un entrait dans la baignoire. Lentement, je rouvris les yeux en tentant de contenir la migraine et découvris Nathaniel agenouillé dans l'eau. Ses cheveux étaient toujours attachés en une longue tresse qui flottait derrière lui, s'enroulant et se déroulant telle une créature autonome. Son mouvement me fit baisser les yeux, et j'eus l'impression que Nathaniel n'était pas en train de mouiller ses fringues pour la bonne raison qu'il n'en portait pas. Mais peu m'importait. Ma migraine était telle que si je ne faisais pas baisser ma température très vite, j'allais me mettre à gerber.

Nathaniel répondit à la question que je n'avais pas posée.

—Asher veut que Damian essaie encore de boire du sang, pour voir s'il le gardera.

Le vampire était toujours enveloppé de son drap de bain et perché sur le bord de la baignoire.

—Damian doit réussir à garder du sang, sans quoi, il dépérira. Je pense que si tu maintiens le contact avec lui pendant qu'il se nourrit, ça devrait être possible.

—Pour maintenir le contact avec lui, je dois d'abord me déshabiller.

—Nathaniel va t'aider.

Je levai les yeux vers Asher, et même dans la maigre lumière de la veilleuse, cela me fit mal.

—D'accord.

Damian remua faiblement en signe de protestation comme Nathaniel me soulageait d'une partie de son poids. Nous finîmes par l'adosser au bord de la baignoire, Asher aidant Nathaniel à le soutenir tout en laissant Damian garder mon bras pressé contre sa poitrine.

Nathaniel défit ma ceinture et m'aida à ôter une des bandoulières de mon holster d'épaule, mais j'avais besoin de dégager mon autre bras pour enlever la seconde. Damian s'y accrocha obstinément, ainsi qu'un somnambule. C'était un vampire vieux de mille ans ; il aurait pu se frayer un chemin à travers les murs de ma salle de bains à mains nues. S'il ne voulait pas lâcher mon bras, nous ne pouvions pas l'y forcer, pas à moins d'être prêts à lui casser les doigts un par un. Et bien entendu, nous ne voulions pas en arriver là.

—Qu'allons-nous faire ? s'enquit Nathaniel.

—Je n'en peux plus de cette chaleur. On ne pourrait pas faire couler de l'eau froide dans la baignoire ?

—Non, répondit Asher. Il faut maintenir Damian à une température la plus élevée possible jusqu'à ce qu'il ait avalé et digéré un peu de sang. Je n'ose pas laisser son corps redevenir glacé.

—Alors, enlevez-moi ces fringues.

Je sentis plus que je ne vis le vampire et le métamorphe échanger un regard.

—Comment veux-tu qu'on procède ? demanda Nathaniel.

Je posai ma joue sur le sommet du crâne de Damian. Sa peau était la chose la plus froide dans la baignoire. J'avais si chaud que je n'allais pas tarder à vomir ; pourtant, la peau de Damian restait désespérément fraîche.

Puis la migraine me submergea et se déversa par ma bouche. Je fis de mon mieux pour me pencher par-dessus le bord de la baignoire avant de dégueuler. Damian avait réussi à éviter l'eau chaque fois qu'il avait rendu le sang avalé ; je ne pouvais décemment pas faire moins. Mais il s'accrochait à moi, et seule la main d'Asher sur mon bras me maintint à une hauteur suffisante pour viser hors de la baignoire.

Ma tête hurlait. La douleur était si forte que des explosions de couleurs oblitéraient ma vision. Asher alla me chercher un chiffon imbibé d'eau froide et m'essuya la bouche. Il en posa un autre sur mon front. Puis Nathaniel saisit le dos de mon tee-shirt et tira. Le tissu se déchira, et il me débarrassa des lambeaux. De son côté, Asher drapa sur mes épaules une serviette de toilette mouillée, si froide que je chuchotai :

—Merde.

Asher et Nathaniel nous soulevèrent, Damian et moi, et nous déplacèrent vers le bord opposé de la baignoire tandis que Gil entrait et commençait à nettoyer le sol. Il avait déjà nettoyé des litres de vomi ce soir, et pas une seule fois il ne s'était plaint. Il sursauta légèrement à la vue des lambeaux de mon tee-shirt qui flottaient dans l'eau brûlante, mais ne fit pas de commentaire. C'était un bon sous-fifre : il exécutait les ordres sans poser de questions.

Nathaniel tenta d'arracher mon jean. Il parvint à déchirer le haut, mais le poids de Damian ne cessait de m'entraîner sous l'eau, et il n'arrivait pas à prendre assez d'appui. Asher resserra sa serviette et enjamba prudemment le bord de la baignoire. Il s'agenouilla, passa ses bras autour de Damian et de moi et se redressa en nous mettant debout. Mes pieds touchaient encore le fond, mais Asher soutenait notre poids à tous les deux parce que mes jambes ne fonctionnaient plus bien. Ça ne semblait pas lui coûter le moindre effort.

Nathaniel empoigna mon jean des deux côtés et tira. Le tissu épais et trempé céda avec un bruit pareil à celui de la chair qui se déchire, mais en plus mouillé. Une secousse parcourut mon corps ; seule la force d'Asher m'empêcha de m'écrouler.

Je sentis l'air sur ma peau nue et m'aperçus que Nathaniel avait emporté ma culotte avec mon jean. Mais je m'en fichais. L'air aussi était insupportablement chaud. La dernière chose dont je me souvins, c'est d'avoir pensé : « Je vais m'évanouir ». Puis plus rien.

CHAPITRE 58

J e m'éveillai allongée sur le bord de la baignoire. Je n'avais plus qu'un seul bras dans l'eau, et j'étais couverte de serviettes froides de la tête aux pieds. Quelqu'un souleva celle qui pesait sur mon visage, et j'aperçus Nathaniel dans la baignoire, soutenant Damian. Je clignai des yeux derrière mes cheveux mouillés tandis qu'Asher étendait une nouvelle serviette froide sur le bas de mon visage, prenant garde à laisser le haut exposé pour que je puisse le regarder de biais.

—Comment te sens-tu ?

Je dus réfléchir avant de répondre.

—Mieux.

Il rajusta les autres serviettes le long de mon corps, et je me rendis compte que j'étais complètement nue. Le contact de l'éponge froide me fit frissonner. Mais je m'en fichais. Je n'étais plus en train de bouillir, c'était tout ce qui comptait.

—Combien de temps suis-je restée dans les pommes ?

—Pas très longtemps, répondit Asher en lissant une serviette pour la mouler à mes jambes.

Je reportai mon attention sur Nathaniel qui, à genoux dans l'eau, maintenait Damian contre le bord de la baignoire pour que le vampire continue à s'accrocher à moi.

—Je n'avais encore jamais vu un métamorphe s'évanouir à cause de la chaleur, dit-il.

—Il y a toujours une première fois.

Lentement, Damian tourna la tête vers moi. Ses yeux étaient brillants, de nouveau pleins de vie. Ils avaient la couleur des émeraudes, et pas à cause de ses pouvoirs vampiriques.

C'était leur teinte naturelle, comme si la mère de Damian avait couché avec un félin pour tomber enceinte. En principe, les humains n'ont pas des yeux d'un vert pareil.

Je souris.

—Tu as l'air d'aller mieux.

—Je me suis nourri.

Je jetai un coup d'œil à Nathaniel. Il tourna la tête sur le côté pour que je puisse voir les traces de crocs bien nettes dans son cou.

—Je crois pouvoir me tenir seul, ajouta Damian.

Nathaniel lança un regard interrogateur à Asher, qui dut acquiescer, car le métamorphe recula. Damian s'appuya sur moi, tenant toujours mon bras contre sa poitrine, mais beaucoup plus doucement. De sa main libre, il le caressa.

—Il paraît que tu es ma maîtresse.

Je scrutai ses yeux si calmes.

—Ça n'a pas l'air de te perturber.

Il frotta son menton et sa joue contre mon bras, à la façon d'un chat ou d'un amant. J'étudiai son visage, sondai les profondeurs de ses iris émeraude. Puis je pris conscience que je n'avais pas besoin de déchiffrer son expression. Une simple pensée me suffisait pour savoir que la sérénité ne se cantonnait pas à son regard, qu'elle occupait tout son être. Damian était habité par un grand calme intérieur, une impression de justesse, comme si sa place se trouvait là contre moi. La sérénité et le calme intérieur, c'était tout le contraire de mes propres sentiments chaque fois que Jean-Claude m'avait liée plus étroitement à lui.

J'éprouvais ce que Damian éprouvait; je connaissais son cœur presque mieux que le mien, mais je ne le comprenais pas. Sa réaction m'échappait totalement. À sa place, je me serais enfuie en courant; je me serais débattue comme un beau diable; j'aurais juré et haï le monde entier. Je n'aurais accepté paisiblement aucune forme de servitude, si bienveillant que soit mon nouveau maître.

Et en vérité, je n'étais pas à cent pour cent sûre d'être une maîtresse bienveillante. C'est très facile de s'entendre avec moi quand on fait ce que je veux. Mais qu'on me contrarie, et je deviens infernale. Je suis une des personnes les plus impitoyables que je connaisse, et je ne fréquente pas beaucoup d'enfants de chœur. Ces derniers temps, j'essaie d'être plus douce, plus coulante, mais essayer et y arriver, ce n'est pas tout à fait pareil. Je scrutais les yeux de Damian, et je savais que si j'avais été à sa place, j'aurais eu une trouille de tous les diables.

Damian pivota dans l'eau et se plaqua contre le bord de la baignoire. Puis il se pencha vers moi et déposa un doux baiser sur mon front.

—Tu m'as sauvé une fois de plus.

Il avait raison, mais alors que ses lèvres touchaient ma peau, je me demandai combien de temps durerait sa reconnaissance, et à quel moment il comprendrait qu'on était tous les deux dans la merde. Bien profond.

Chapitre 59

Asher emmena Damian à la cave pour la journée. Ils eurent juste le temps de s'installer avant le lever du soleil.

Micah avait appelé pour nous informer que Zane et Merle survivraient tous les deux. Cherry resterait à l'hôpital avec eux, tandis que Micah irait retrouver le reste de son pard. Je lui avais proposé d'amener ses léopards chez moi, et il m'avait répondu qu'il leur transmettrait ma proposition. Nous avions raccroché sans nous dire « Je t'aime », ce qui m'avait perturbée. Je n'ai pas l'habitude de coucher avec des gens que je n'aime pas et auxquels je ne dis pas que je les aime. Mais j'étais trop crevée pour me prendre la tête, aussi rangeai-je cela dans un coin de mon esprit avec toutes les autres choses auxquelles je ne voulais pas penser. Ça commence à être drôlement encombré là-dedans.

Nathaniel m'aida à enfiler ma tenue de nuit la plus légère : une nuisette à fines bretelles qui serait indécente si je n'étais pas si petite. Puis il se roula en boule contre moi, vêtu d'un short de jogging. Gil s'était barricadé dans la chambre d'ami. Les deux rats-garous avaient décidé que l'un d'eux monterait la garde sur le canapé pendant que l'autre dormirait devant la porte de ma chambre. Autrement dit, si j'avais besoin d'aller aux toilettes après que tout le monde fut couché, je devrais enjamber un garde du corps.

« Tant mieux, avait dit Bobby Lee quand je le lui avais fait remarquer. Ça nous réveillera. On ne veut pas que vous vous promeniez seule. »

Je ne pus les persuader que je n'avais pas besoin d'une protection si rapprochée. Et j'étais tellement crevée que je n'insistai pas beaucoup. Nous nous installâmes tous pour une longue sieste estivale. Nathaniel avait tiré les épais rideaux, si bien que ma chambre était plongée dans une pénombre grisâtre. Je m'allongeai dans le silence à peine troublé par le souffle de la climatisation tandis que Nathaniel se lovait contre moi. Presque aussitôt, je sombrai dans un sommeil profond et sans rêves.

Quand le téléphone se mit à sonner sur ma table de chevet, je sus aussitôt qui appelait, mais il me fallut plusieurs secondes pour m'arracher à ma torpeur, et Nathaniel fut plus rapide. Tendant le bras au-dessus de moi, il décrocha.

—Résidence Blake, l'entendis-je dire avant d'ouvrir les yeux.

Il garda le silence un moment, et son expression ensommeillée se fit grave. Puis il posa une main sur le combiné et me dit :

—C'est Ulysse, le garde du corps de Narcisse. Il veut te parler.

Toujours allongée sur le dos, je pris le combiné.

—Ici Anita. Que voulez-vous ?

—Mon Oba souhaite vous voir.

Je tournai la tête vers la pendule et grognai. J'avais à peine dormi deux heures. Une heure de sieste me suffit parfois pour recharger mes batteries. À défaut, je peux tenir assez longtemps sans dormir. Mais deux ou trois heures de sommeil, ça me casse complètement.

—Je bosse de nuit, Ulysse. Quoi que veuille Narcisse, ça devra attendre plus tard dans la journée.

—On nous a dit hier que toute information au sujet des lycanthropes disparus devait vous être communiquée en priorité.

Cela contribua à me sortir de ma torpeur. Je clignai des yeux et tentai de me réveiller tout à fait.

—Quelle information ?

—Narcisse ne vous parlera qu'en personne.

—Alors, passez-le-moi. Je suis tout ouïe.

—Il insiste pour que vous veniez au club, maintenant.

—Ulysse, j'ai dormi moins de deux heures. Je ne vais pas me traîner jusqu'à l'autre rive du fleuve au petit matin. Si Narcisse détient des renseignements qui peuvent nous aider à sauver la vie de métamorphes, donnez-les-moi, et je veillerai à ce qu'il en soit fait bon usage.

—Mon Oba est formel : si vous ne venez pas immédiatement, il ne vous dira rien du tout.

Je m'assis et m'adossai à la tête de lit en fermant les yeux.

—Pourquoi maintenant ?

—Il ne m'appartient pas de questionner les ordres.

—Vous devriez peut-être revoir votre position.

Silence à l'autre bout de la ligne. Je ne savais pas si Ulysse était perplexe parce qu'il n'avait pas compris ou si, au contraire, j'avais frappé là où ça faisait mal. Finalement, il dit tout bas :

—Le Rex des lions est encore vivant. Ça ne sera peut-être plus le cas dans quelques heures.

Ce qui eut pour effet de dissiper les derniers lambeaux de mon sommeil. Je redressai les épaules et écarquillai les yeux.

—Comment le savez-vous ?

—Mon Oba sait beaucoup de choses.

—Narcisse laisserait vraiment mourir le Rex des lions, juste parce que je refuse d'accourir à une heure indue ?

—Il tient beaucoup à ce que vous veniez.

—Et merde, soufflai-je avec conviction. Dites-lui que la prochaine fois qu'il aura des ennuis, il se pourrait bien que personne ne le secoure, lui non plus.

—C'est plus d'aide que mon maître n'en a jamais accordé à un animal d'une autre espèce.

Quelque chose dans la voix d'Ulysse me dit qu'il mentait. Je ne savais pas si c'était dû aux pouvoirs de Jean-Claude, à ceux de Richard ou aux miens. Mais la véritable question, c'était *pourquoi* il mentait au sujet de l'intérêt des hyènes-garous pour le reste de la communauté lycanthrope.

—Foutaises. Il arrive à Narcisse d'aider d'autres métamorphes, devinai-je. Mais il ne veut pas que ça se sache, n'est-ce pas ?

—Qu'est-ce qui vous fait dire ça ?

Dans la voix d'Ulysse, je perçus des traces de peur – de panique, presque. Au lieu de répondre, j'insistai :

—Quel mal y aurait-il à ce que le reste de la communauté lycanthrope soit au courant ?

Ulysse poussa un long soupir.

—Narcisse pense que… (Il hésita.)… que ce serait mauvais pour les affaires.

—S'il s'inquiète à ce point pour Joseph, pourquoi ne me communique-t-il pas ses informations au téléphone ?

Il éclata d'un rire brusque, amusé.

—Narcisse ne donne jamais rien pour rien. Avec lui, il y a toujours un prix à payer.

—Et ce prix, c'est de me traîner jusqu'à son club en n'ayant presque pas dormi ?

—Quelque chose dans ce genre.

—Je peux venir avec mon entourage ?

—Mon maître sera ravi de rencontrer tous les gens que vous voudrez amener.

La tournure de sa phrase ne me plut guère.

—C'est bien urbain de sa part.

—Quand pensez-vous arriver ?

—Qu'est-ce qui vous fait croire que je vais venir ?

—Si vous refusez, Narcisse considérera cela comme une insulte. Il est assez égotiste pour ne pas vous communiquer les informations qu'il détient – à titre de représailles. Il serait capable de laisser mourir le Rex des lions parce que ce n'est pas le même animal que nous. Et vous le savez.

—Ces histoires de clans sont stupides, Ulysse. Nous devons apprendre à nous entraider, dans notre intérêt à tous.

—Il ne m'appartient pas de changer le système, Anita, dit-il tristement. J'essaie juste d'y survivre.

— Je ne voulais pas m'en prendre au messager, Ulysse. Mais franchement, le système commence à me gonfler.

De nouveau, il eut un rire dénué de joie.

— Le système commence à *vous* gonfler, hein ? Doux Jésus, si vous saviez... Alors, quand pensez-vous arriver ?

— D'ici une heure. Moins, si possible. Je veux que Joseph vive pour connaître son bébé.

— Sa compagne le perdra probablement, comme tous les autres.

— Je croyais que les hyènes ne parlaient ni aux lions, ni aux autres animaux. Comment êtes-vous au courant des problèmes reproductifs de Joseph ?

— Narcisse s'intéresse à ces choses-là.

— Qu'est-ce que ça peut bien lui faire ?

— Il veut un bébé, lui aussi.

Je haussai les sourcils.

— Je ne l'imaginais pas du genre paternel.

— Essayez plutôt maternel.

— Quoi ?

— Dans une heure, Anita. Ne le faites pas attendre. Il déteste qu'on le fasse attendre.

Et dans la voix d'Ulysse, je perçus un chagrin très vif – de la douleur, presque. Je faillis lui demander ce qui n'allait pas, mais il avait déjà raccroché. Que lui avait donc fait Narcisse pour qu'il adopte ce ton-là ? Avais-je vraiment envie de le savoir ? Probablement pas. Pas à moins que je puisse y remédier, et ça n'était pas le cas.

Si je déclarais la guerre à tous les maîtres lycanthropes qui dirigent leurs gens d'une poigne de fer, je devrais les massacrer jusqu'au dernier. Ou plutôt, jusqu'à l'avant-dernier. Richard n'était pas trop sévère – et ça allait sans doute le tuer sans que j'aie besoin d'intervenir. En gros, je trouvais Narcisse trop dur et Richard trop mou. Jamais contente, moi ?

Je raccrochai et rapportai la conversation à Nathaniel tout en m'habillant. Il enfila un débardeur pour compléter le short de jogging avec lequel il avait dormi, plus des baskets sans chaussettes. Il ne tentait aucun effort vestimentaire parce qu'il savait que défaire sa tresse et démêler ses cheveux lui prendrait tout le temps que le reste des occupants de cette maison mettrait à s'habiller.

Je me trompais. Nathaniel était loin d'avoir fini de se peigner quand les autres métamorphes se déclarèrent prêts à partir. Bobby Lee et Cris s'étaient contentés de remettre leur tee-shirt et leurs godasses, de se passer les doigts dans les cheveux et de ceindre leurs holsters. Gil était descendu en chemise, en jean et en baskets. Sa chemise semblait toute neuve, mais il ne nous avait pas fait attendre. Caleb considérait apparemment qu'un jean suffisait à le rendre présentable. Je ne le détrompai pas. Ça m'aurait beaucoup étonnée que Narcisse refuse de nous servir sous prétexte que l'un d'entre nous n'avait ni chemise ni chaussures.

En fait, ce fut moi qui mis le plus longtemps à m'habiller. Un jean noir, un polo rouge, des Nike noires, tous les couteaux en ma possession – y compris celui que je porte le long de ma colonne vertébrale, dans un fourreau sur mesure. Mon premier fourreau avait été découpé par des infirmiers qui essayaient de me sauver la vie. J'emportai également mes deux flingues, même si je n'étais pas sûre de pouvoir les introduire dans le club. Mais je les pris quand même, juste au cas où, et j'informai Cris et Bobby Lee de la politique de la maison. Ils me laissèrent entrevoir leur propre assortiment de lames (environ trois par personne), et nous nous mîmes en route.

J'envisageai d'appeler Christine la tigresse-garou. Mais il n'était pas encore 7 heures. Autant que l'une d'entre nous réussisse à finir sa nuit. Et puis, je ne savais rien du tout pour le moment. Quand j'aurais quelque chose à partager, je le partagerais.

J'étais déjà à mi-chemin du club quand je compris que l'ardeur ne s'était pas manifestée. Le soleil brillait dans le ciel, j'étais réveillée, et je n'éprouvais pas le moindre frémissement de désir sexuel. L'espoir m'envahit telle une vague tiède et pétillante.

L'ardeur ne serait peut-être qu'un phénomène temporaire. Merci, mon Dieu. Je récitai une brève prière et continuai à guetter les premiers signes d'excitation.

Lorsque nous arrivâmes au *Narcisse Enchaîné*, j'étais encore un peu grognon à cause du manque de sommeil, mais pas le moins du monde en chaleur. La journée commençait bien.

CHAPITRE 60

Cette fois, je pus me garer juste devant le club. Non seulement il n'y avait pas de queue à 8 heures du matin, mais la rue était carrément déserte. Le large trottoir semblait presque doré dans la lumière matinale. Si j'avais eu le temps de boire un café, j'aurais presque pu trouver ça joli. Mais mon taux de caféine était dangereusement bas, et le soleil me blessait juste les yeux. Quelques semaines plus tôt, j'avais fini par craquer et par acheter des lunettes noires. Je les mis sur mon nez en regrettant amèrement mon lit.

J'étais tellement crevée que j'en avais la tête cotonneuse. D'habitude, le manque de sommeil ne me gêne pas trop. J'imputai cette sensation désagréable à l'épuisement provoqué par la chaleur du bain, la veille. Il me faudrait sans doute plus de trois heures pour m'en remettre. Et encore, j'avais des pouvoirs surnaturels pour m'aider à récupérer. Dans quel état aurais-je été sans eux ? Un humain ordinaire peut mourir d'un coup de chaleur…

Nathaniel se tenait à côté de moi ; Bobby Lee et Cris, un pas en arrière sur ma droite et ma gauche. Gil et Caleb fermaient la marche.

La porte s'ouvrit avant que nous puissions frapper, et Ulysse nous invita à entrer dans le club obscur. Le grand Black séduisant portait toujours son harnais de cuir et de métal, dont l'odeur me poussa à me demander si c'était le même que cinq ou six jours plus tôt. Mais ce matin, ses yeux étaient cernés, et ses mains puissantes agrippaient ses coudes tandis qu'il se serrait dans ses propres bras. La main qu'il tendit pour nous faire signe d'entrer tremblait. Que diable se passait-il ?

Une demi-douzaine d'autres malabars de race et de taille différentes se tenaient dans l'ombre, attendant les instructions d'Ulysse. La tension dans la pièce était si épaisse qu'elle en devenait presque suffocante. Cris lâcha une inspiration sifflante dans mon dos. Je ne pouvais pas lui en vouloir. Je décidai sur-le-champ qu'à moins qu'on nous fournisse de sacrément bonnes explications, nous ne nous séparerions pas de nos flingues. Les hyènes-garous avaient l'air désespéré, comme s'il venait de se produire une chose vraiment terrible.

La porte se referma derrière nous, mais nous ne nous tenions qu'à quelques pas d'elle, et personne ne nous barrait la retraite. Je voulais sauver le lion Joseph, mais pas suffisamment pour risquer ma vie et celle de mes gens. S'il fallait choisir, le choix serait vite fait. Après tout, je n'avais jamais rencontré Joseph. Je ne le connaissais pas ; il n'était pour moi qu'un concept abstrait, contrairement aux gens qui m'entouraient.

Ulysse dut voir ou sentir quelque chose sur nous, car il expliqua :

— Notre maître a jugé bon de nous punir.

— Pourquoi ? demandai-je.

Il secoua la tête.

— C'est personnel.

— Très bien. Allons parler à Narcisse, puis vous pourrez recommencer à vous flageller.

— Nous ne nous flagellons pas, protesta Ulysse.

Je haussai les épaules.

— Écoutez, jamais je ne laisserais quelqu'un me commander de la sorte, mais c'est votre problème, pas le mien. Alors, filez-moi ces informations, qu'on puisse se casser d'ici.

Quelque chose passa sur le visage d'Ulysse, une émotion que je ne pus déchiffrer.

— Pas de flingues à l'intérieur du club, c'est la règle.

— Je préfère qu'on les garde, déclara Bobby Lee.

Je lui jetai un coup d'œil. Il se tut mais me sourit.

— En fait, je suis d'accord avec lui, dis-je en reportant mon attention sur Ulysse. Aujourd'hui, nous ne vous donnerons pas nos flingues.

Ulysse secoua la tête.

— Je ne peux pas désobéir à mon maître sur ce point, Anita. Vous n'avez aucune idée de ce qu'il nous ferait si nous vous laissions entrer avec des armes à feu.

Je balayai du regard les hyènes-garous qui se tenaient debout autour de la pièce. Des vagues de peur émanaient de leur corps raidi par la tension. Jamais je n'avais vu une telle quantité d'hommes si soumis. Ils feraient exactement ce que Narcisse leur avait ordonné de faire parce qu'ils étaient trop terrorisés pour s'abstenir. On m'avait dit qu'un bon dominant était soucieux du bien-être de son partenaire. En fin de compte, Narcisse ne devait pas être un si bon dominant que ça.

— Je suis vraiment désolée, Ulysse. Sincèrement. Je ne veux pas vous faire souffrir, mais si Narcisse est devenu assez cinglé pour vous flanquer une trouille pareille, il est hors de question que nous nous séparions de nos flingues.

— Je vous en prie, Anita. Je vous en prie.

Quelque chose dans mon expression dut lui dire que je ne céderais pas, car il tomba à genoux devant moi. Il s'enveloppait toujours de ses bras et ne chercha même pas à amortir sa chute. Le bruit de ses genoux heurtant le sol fut assez sec et fort pour me faire frémir.

— Je vous en supplie, Anita.

Sans détacher mon regard de ses yeux hantés, je secouai la tête.

Des larmes scintillèrent le long de ses joues.

— Pitié, Anita. Pitié. Vous ne savez pas ce qu'il fera à nos amants si nous lui désobéissons.

— Vos amants ?

Il dut s'y reprendre à deux fois pour expliquer :

—Je suis avec Ajax. Ça fait déjà quatre ans. S'il vous plaît, Anita. Je n'ai pas le droit de vous demander ça, mais s'il vous plaît, donnez-nous vos armes à feu.

Je secouai de nouveau la tête.

—Je suis vraiment désolée, Ulysse, répétai-je. Mais plus je vous écoute, plus j'ai envie de les garder.

Il bougea si vite que je n'eus pas le temps de réagir. Cris et Bobby Lee dégainèrent tous les deux, mais Ulysse ne m'attaquait pas. Il passa ses bras autour de moi, enfouit sa tête dans ma poitrine et me supplia en sanglotant. Il empestait la peur, le sang et des choses encore plus terribles.

—Levez vos flingues, les garçons. Il ne me veut pas de mal.

Les deux rats-garous obtempérèrent, mais ils n'avaient pas l'air content. Moi non plus, sans doute. Je touchai la tête d'Ulysse, qui continua à répéter en boucle :

—Pitié, pitié, pitié…

—Rien ne vous oblige à rester ici. Accompagnez-nous quand nous partirons, suggérai-je.

—Ce n'est pas une bonne idée, chuchota Bobby Lee.

—Je m'en fiche. Personne ne mérite d'être traité de la sorte.

—Vous comptez faire quoi : recueillir toutes les hyènes-garous de la ville ? Nous n'avons pas apporté tant de flingues.

—Je ne suis pas venue pour vous faire tuer, mais si c'est possible, on emmène ceux qui veulent partir. Et on laisse ici ceux qui refusent de nous suivre.

Bobby Lee secoua la tête.

—Vous avez un don pour vous compliquer la vie.

—Il paraît, oui.

Ulysse s'accrochait toujours à moi, pleurant et suppliant. Je dus lui prendre le visage à deux mains et le forcer à lever la tête. Son regard était si trouble qu'il lui fallut presque une minute pour me voir.

—Vous pouvez venir avec nous, Ulysse, tous autant que vous êtes.

Il secoua la tête.

—Ils tiennent nos amants. Vous ne savez pas ce qu'ils leur feront; vous ne pouvez pas savoir.

—«Ils»?

Il y eut une détonation quelque part dans la pièce. J'avais à moitié sorti mon Browning de son holster quand Cris tituba en arrière. Du sang jaillit de son dos, éclaboussant Caleb et Gil. Le renard-garou se mit à hurler. Je me détournai avant que Cris touche le sol.

—Trois sur la passerelle avec des fusils, lança Bobby Lee. Et merde, fillette, on est tombés dans une embuscade.

Je suivis la direction de son regard, et ce fut à peine si je pus distinguer les silhouettes de nos agresseurs. Si j'étais vraiment un léopard-garou, pourquoi un rat avait-il une meilleure vision nocturne que moi?

—Je suis désolé, je suis désolé, je suis désolé, chuchotait Ulysse.

Je collai le canon de mon flingue sur sa tempe.

—À la prochaine attaque, c'est toi qui y passes.

Une voix d'homme émergea de l'obscurité. Elle était relayée par les enceintes du club.

—Si vous appuyez sur la détente, nous tuerons votre deuxième garde du corps. Nos fusils sont chargés avec des balles en argent, mademoiselle Blake. Et je vous assure que mes gens sont de très bons tireurs. Maintenant, posez vos flingues que nous puissions parler.

Je gardai mon Browning et ordonnai à Ulysse:

—Écartez-vous de moi, tout de suite!

Il obéit en continuant à pleurer.

Je visai la silhouette de mon côté de la passerelle. Bobby Lee braquait déjà son flingue sur celle du côté opposé. Ce qui signifiait que l'homme du milieu avait les mains libres. À cette distance et étant donné qu'il se trouvait au-dessus de nous, nous ne pouvions pas nous permettre la moindre erreur. Nous devions absolument abattre nos cibles du premier coup et espérer que nous aurions le temps de nous occuper de lui avant qu'il s'occupe de nous.

— Qui diable êtes-vous ? demandai-je.

— Lâchez vos flingues, mademoiselle Blake, et je vous le dirai.

— On garde les flingues, fillette, dit Bobby Lee. Il compte nous descendre de toute façon.

J'étais d'accord avec lui.

— Nous ne souhaitons pas votre mort, mademoiselle Blake, mais nous nous fichons de vos amis comme d'une guigne. Ne nous obligez pas à les abattre un par un jusqu'à ce que vous changiez d'avis.

Je vins me placer devant mes compagnons pour bloquer la ligne de tir du type du milieu. Je ne pouvais pas les protéger complètement, mais c'était toujours mieux que rien.

— Tout le monde à terre, ordonnai-je.

Bobby Lee hésita.

— Ils ne veulent pas me tuer, et j'ai besoin de votre flingue.

Le rat-garou me jeta un coup d'œil et mit un genou en terre, se servant de moi comme bouclier humain. Il avait pigé mon plan. Tous les autres s'étaient couchés à plat ventre. Il n'y avait pas de couverture, et la porte était proche mais pas assez pour des gens sur lesquels on braque trois fusils.

— Que faites-vous, mademoiselle Blake ? s'enquit la voix.

— Je teste une théorie.

— Ne faites pas l'idiote.

— Bobby Lee ?

— Oui, m'dame ?

— Vous êtes vraiment bon ?

— Vous n'avez qu'à dire « feu », et nous le découvrirons.

Je sentis un calme absolu s'emparer de mon corps tandis que le monde se réduisait au bout de mon canon et à la silhouette accroupie sur la passerelle. Dix mètres nous séparaient, j'avais déjà touché des cibles plus éloignées que ça. Mais c'était au stand.

Jamais je n'avais essayé d'abattre un homme avec une arme de poing à une distance pareille.

J'expulsai ce qui restait d'air dans mes poumons pour n'être plus que ce calme absolu et la visée de mon flingue. Puis, à peine plus fort qu'un souffle, je chuchotai :

— Feu.

Les coups partirent presque simultanément. Je ne me contentai pas d'en tirer un ; je continuai à appuyer sur la détente aussi vite que je pouvais viser. Ma cible tressaillit, esquissa un geste et bascula lentement dans le vide. Avant qu'elle touche le sol, je tournai mon Browning vers la silhouette du milieu, qui était en train de se relever. Je vis l'ombre de son fusil. Puis j'entendis la voix hurler par-dessus les détonations :

— Ne lui tirez pas dessus, je vous le défends !

Deux balles ricochèrent sur le sol à quelques centimètres de mes pieds, tentant de me forcer à m'écarter pour découvrir Bobby Lee. Mais je tins ma position et ripostai. Le rat-garou en fit autant. L'ombre sursauta, vacilla et s'affaissa en avant. Son fusil tomba de la passerelle et heurta le sol près des corps des deux autres tireurs.

— Ne me décevez pas, les garçons, dit la voix.

Les hyènes-garous se ruèrent sur nous. Bobby Lee et moi fîmes feu. Nous nous divisâmes les cibles sans rien dire et sans croiser nos tirs – chacun son côté de la pièce. J'en abattis deux et lui une, je crois, avant que nos percuteurs cliquettent dans le vide.

Je dégainai mon Firestar de la main gauche, ce qui me prit environ deux secondes de plus que si je l'avais fait de la main droite, mais fut quand même plus rapide que d'éjecter et de remplacer le chargeur du Browning. Probablement. Si je survivais, j'aurais tout le temps de vérifier laquelle des deux manœuvres prenait le moins de temps.

Ulysse était presque sur moi, pareil à l'ombre noire de l'apocalypse. Une détonation résonna derrière moi, et la hyène-garou s'écroula. Pivotant, je vis que Nathaniel avait ramassé le flingue de Cris et qu'il le tenait devant lui, les lèvres entrouvertes et l'air stupéfait.

Un mouvement me fit reporter mon attention sur la bagarre. J'aperçus un éclair métallique comme Bobby Lee se jetait sur les deux dernières hyènes-garous. La mêlée était trop désordonnée, je ne pouvais pas viser dans le tas.

Puis les portes du fond s'ouvrirent, et des hommes se déversèrent dans la pièce. Je contournai rapidement Bobby Lee et ses deux adversaires et tirai presque à bout portant dans le dos du premier. L'homme frissonna et s'écroula, me laissant face à face avec Bobby Lee. Celui-ci avait été surpris par mon intervention, et je dus tirer par-dessus son épaule dans la dernière hyène-garou.

De mon Firestar, je désignai les métamorphes qui se ruaient vers nous. Je leur vidai mon chargeur dessus tandis que nous reculions tous vers la sortie. De la main gauche, je ne vise pas aussi bien. Je crois que je ne tuai personne, mais chacune de mes balles blessait une hyène-garou et ralentissait les autres en les faisant hésiter.

Gil, Caleb et Nathaniel avaient déjà atteint la porte. Ils l'ouvrirent, et la lumière du jour se déversa à l'intérieur. Parce que mes lunettes de soleil étaient toujours accrochées dans le col de mon polo, je fus éblouie l'espace d'un instant. Je lâchai le Firestar, éjectai le chargeur vide du Browning et enclenchai son petit frère avant d'atteindre le trottoir. J'étais trop assourdie par toutes les détonations pour entendre le cliquetis signifiant que mon nouveau chargeur était bien en place, mais je vis Bobby Lee faire la même chose avec son flingue, et je sus qu'il était de nouveau prêt à tirer lui aussi.

—Nathaniel! hurlai-je. La Jeep! Démarre!

Il savait où se trouvait la clé de rechange. Je me souvenais d'avoir entendu Narcisse dire que les hyènes-garous étaient cinq cents. Nous devions ficher le camp d'ici avant qu'elles décident de nous mitrailler ou que leur simple nombre nous submerge. Leur tirer dessus les ralentissait, mais qui que soit le propriétaire de la voix, il les terrifiait visiblement. Je pouvais les buter, mais ça s'arrêtait là. Autrement dit, le fait qu'elles nous suivent dans la rue ou non dépendrait de ce qu'elles craignaient le plus : la mort ou ce mystérieux inconnu.

Jetant un coup d'œil par-dessus mon épaule, je vis que Nathaniel était monté dans la Jeep, et que Caleb et Gil se faufilaient sur la banquette arrière. Le moteur s'éveilla en rugissant. Bobby Lee et moi voulûmes nous diriger vers la voiture. Ce fut alors que les hyènes-garous déboulèrent dans la lumière du jour – trop nombreuses pour que je les compte, et presque trop nombreuses pour que je puisse les regarder en face. Je tirai dans le tas en hurlant :

—Courez !

Bobby Lee et moi nous élançâmes vers la Jeep en continuant à vider nos chargeurs. Nos tirs n'étaient pas très précis, mais nos poursuivants formaient une masse si compacte que chacune de nos balles en touchait un quand même. Les blessés s'écroulaient. Nous entendions des hurlements, des bruits étranges, un rire grinçant qui hérissa mes cheveux sur ma nuque. Puis ils se relevaient sous leur forme intermédiaire : des hommes-hyènes musclés, à la fourrure claire et tachetée, au museau garni de crocs et aux griffes pareilles à des couteaux noirs. Au lieu d'éclaircir leurs rangs, nous leur fournissions de meilleures armes à utiliser contre nous.

—Montez ! glapit Nathaniel.

Je tournai la tête vers la Jeep. La portière de devant et celle du milieu étaient grandes ouvertes. Bobby Lee se glissa sur le siège passager tandis que je me jetais sur la banquette derrière lui. Les portières furent fermées et verrouillées. Nathaniel s'éloignait du trottoir quand nos poursuivants nous rejoignirent. Ils recouvrirent littéralement la Jeep. Nathaniel enfonça l'accélérateur, et la voiture bondit en avant.

Des bruits de verre brisé se succédèrent. Un bras passa au travers de la vitre la plus proche de moi. Je tirai sur son propriétaire, qui s'écroula. Pendant ce temps, Bobby Lee descendit l'homme-hyène qui tentait de s'introduire par le trou du pare-brise.

Mais trois autres assaillants au moins s'acharnaient sur les fenêtres. Je tirai avec mon Browning sur celui qui rampait par la vitre opposée à la mienne. Je dus m'y reprendre à quatre fois pour le déloger. Le chargeur de mon Browning devait être presque vide ; j'avais perdu le compte.

Les deux derniers hommes-hyènes avaient presque réussi à entrer. L'un d'eux se reçut dans le fond de la Jeep. Il se jeta sur moi, et je lui tirai deux balles dans la poitrine à bout portant, ou presque. Il tomba à mes genoux, apparemment mort. J'avais rampé par-dessus le dossier de la banquette du milieu pour me porter à sa rencontre, et je ne m'en souvenais même pas.

Le dernier homme-hyène avait du mal à franchir la fenêtre. Il avait dû s'accrocher sur un tesson de verre, à un endroit suffisamment douloureux pour que ça le gêne. Je dégainai le long couteau que je portais dans le dos. J'avais le genou droit à terre et le gauche plié devant moi : une posture d'escrimeur qui ne peut pas se relever mais veut quand même conserver son équilibre.

Je frappai comme l'éclair, éprouvant la force de mon corps comme jamais auparavant. L'homme-hyène leva les yeux une fraction de seconde avant que la lame morde dans le côté de son visage et lui ouvre la tête en deux. Du sang m'éclaboussa la figure et les bras. Le corps s'affaissa en avant, ses jambes pendant encore à l'extérieur de la voiture. Au-dessus de sa mâchoire, sa tête avait disparu. Les débris de sa boîte crânienne et de sa cervelle imprégnaient le tapis de sol et la jambe droite de mon jean.

J'eus un battement de cœur pour penser : « Putain de bordel ». Puis j'entendis les coups sur le toit.

— C'est qu'ils sont têtus, les salauds, commenta Bobby Lee.

Je ne répondis pas, me contentant de m'agenouiller près du passage de roue de l'autre côté des corps. Edward, assassin de morts-vivants et la seule personne de ma connaissance qui ait tué plus de monstres que moi, m'avait convaincue de laisser un de ses amis customiser ma Jeep. Le passage de roue recelait un compartiment secret qui contenait un Browning Hi-Power supplémentaire, deux chargeurs de rechange et un mini-Uzi avec un chargeur champignon. Celui-ci tenait à peine dans sa cachette, mais il triplait presque la quantité de munitions disponibles. Donc, ça valait le coup de tasser un peu.

Des griffes lacérèrent le toit de la Jeep et se mirent à l'ouvrir comme le couvercle d'une boîte de conserve. Je me jetai sur le dos en tirant vers le haut. Il y eut un hurlement animal, et je vis un corps dégringoler de l'autre côté de la vitre brisée. Mais l'autre homme-hyène demeura sur son perchoir, un bras enfoncé à travers le métal. Je me dressai sur les genoux et tirai dans ce bras. L'homme-hyène roula en arrière et rebondit sur la chaussée. Son bras resta coincé dans le trou du toit.

Quand le bourdonnement de mes oreilles se fut suffisamment calmé pour que j'entende autre chose que le tonnerre de mon propre pouls, je me rendis compte que Caleb répétait « Merde, merde, merde » en boucle. Gil était recroquevillé près de lui sur le plancher. Les mains plaquées sur les oreilles, les yeux fermés, il poussait un hurlement aigu, hideux. Je me penchai par-dessus la banquette mais n'essayai pas de l'escalader pour regagner ma place. Mon dos était couvert de sang et de fluides encore plus dégueus.

— Gil, Gil ! aboyai-je.

Mais il continua à s'égosiller. Je tapai le sommet de son crâne avec le canon du Browning. Cela lui fit rouvrir les yeux. Pendant qu'il me fixait, je pointai mon flingue vers le haut.

— Arrêtez de hurler.

Il acquiesça. Lentement, il baissa les mains – et continua à acquiescer. Caleb avait cessé de jurer entre ses dents. Il respirait si vite que je craignais qu'il hyperventile, mais j'avais d'autres soucis plus importants.

— C'est quoi, le chargeur sur votre Uzi ? demanda Bobby Lee.

—On appelle ça un chargeur champignon. Presque trois fois plus de balles qu'un chargeur normal.

Il secoua la tête.

—Putain, fillette, vous menez quel genre de vie pour avoir besoin d'une puissance de feu pareille ?

—Bienvenue dans mon quotidien. (Je baissai les yeux vers Gil.) La prochaine fois que je vous conseillerai de rester à la maison, vous m'écouterez.

—Oui, madame, chuchota-t-il.

—Ralentis, mon garçon, lança Bobby Lee à Nathaniel. Mieux vaut qu'on ne se fasse pas arrêter par les flics avec des cadavres plein la bagnole.

—Les dégâts risquent de leur mettre la puce à l'oreille, fis-je remarquer.

Le bras accroché aux lambeaux du toit avait repris sa forme humaine. Il se balança mollement comme Nathaniel prenait un virage. Je détournai les yeux, et mon regard se posa sur le métamorphe à la tête coupée en deux. Des morceaux de cervelle continuaient à couler de sa boîte crânienne saccagée.

J'eus brusquement très chaud, et la tête me tourna. Je ne me souvenais pas de ce que j'avais fait du grand couteau. J'avais dû le laisser tomber quelque part, mais où ? Je me rencognai contre une portière, l'Uzi pointé vers le toit, le corps calé dans l'angle formé par la banquette pour me donner l'impression physique que quelqu'un me tenait. Je fermai les yeux pour ne pas voir ce que je venais de faire. Mais l'odeur était toujours là : sang frais, chair déchiquetée, et cette puanteur de chiottes qui m'informait que les boyaux d'une de nos victimes s'étaient vidés.

Je commençai à m'étrangler. Au même moment, la Jeep quitta la route. Cela me fit lever la tête et me donna quelque chose sur quoi me concentrer.

Nathaniel s'était engagé sur un chemin de gravier au milieu de nulle part. J'aperçus des arbres, une zone inondable, de l'herbe et, au-delà, le scintillement du fleuve. C'était un endroit paisible.

Nathaniel roula jusqu'à ce qu'on ne puisse plus nous voir depuis la route, puis il s'arrêta.

— Que se passe-t-il? demandai-je.

Ce fut Bobby Lee qui répondit.

— Je pense que si on se promène en ville avec des jambes qui dépassent d'une fenêtre, quelqu'un risque de prévenir la police.

J'acquiesçai. Bonne remarque.

— J'aurais dû y penser.

— C'est bon, vous avez fait votre part pour aujourd'hui. Laissez-moi cogiter à votre place jusqu'à ce que vos idées s'éclaircissent.

— Mes idées sont parfaitement claires.

Bobby Lee descendit de voiture et, tout en se dirigeant vers la paire de jambes, me lança à travers une vitre brisée :

— Je sais reconnaître une attaque de remords quand j'en vois une, fillette.

— Cessez de m'appeler « fillette ».

Il grimaça.

— Oui, m'dame.

Puis il empoigna les jambes du métamorphe et le poussa à l'intérieur de la Jeep. Le corps atterrit sur le premier avec un son mou. Un sifflement s'échappa du dessous de la pile. (Est-ce que deux cadavres suffisent pour faire une pile ? D'accord, on s'en fout.) Ça pouvait être l'air résiduel qui s'échappait des poumons du cadavre, mais peut-être que…

J'étais à genoux, mon Uzi pointé sur les corps.

— Tâchez de ne pas percer le réservoir, m'dame, me conseilla Bobby Lee. Nous n'avons pas envie de sauter.

Il avait ressorti son flingue.

Je modifiai ma position pour tirer, le cas échéant, dans la tête brune du dessous. Quelque chose effleura mes cheveux. Je levai brusquement mon Uzi et découvris qu'il ne s'agissait que des doigts du bras accroché au plafond. Petit à petit, il glissait le long des lambeaux de métal. Super.

J'appuyai le canon de l'Uzi sur la tête du métamorphe.

— Si vous êtes vivant, ne bougez pas. Si vous êtes mort, faites ce que vous voulez.

Bobby Lee ouvrit le hayon arrière et pointa son flingue sur le « cadavre ».

— Si je lui tire dans la tête, les balles risquent de vous faucher les jambes, fis-je remarquer.

Il se déplaça sur le côté sans modifier la direction de son flingue.

— Mes plus plates excuses, m'dame. C'est une erreur de débutant.

J'enfonçai le canon de mon Uzi dans la tempe du métamorphe et, très lentement, tendis une main vers son cou à peine visible sous le corps du haut – qui, lui, était on ne peut plus mort.

— Je suis vivant.

Je sursautai et faillis appuyer sur la détente.

— Et merde.

— Pourquoi vous ne m'achevez pas ? demanda l'homme d'une voix rauque de douleur, mais pas humide.

Je n'avais touché ni son cœur ni ses poumons. Quelle négligence…

— Parce que ce n'était pas Narcisse qui nous a parlé au club tout à l'heure. Parce qu'Ulysse a dit qu'ils tenaient vos amants, et que nous ne savions pas ce qu'ils leur feraient si vous les déceviez. Qui était le type au micro ? Qui sont ces gens qui retiennent vos amants prisonniers ? Où diable est Narcisse ? Pourquoi les hyènes-garous se sont-elles laissé capturer ainsi ?

— Vous n'allez pas me tuer ?

— Répondez à mes questions, et je vous donne ma parole que non.

— Je peux bouger ?

— Si vous y arrivez.

Le blessé roula prudemment, péniblement sur le flanc. Il avait des cheveux bruns bouclés coupés très court et le teint pâle. Il se tordit le cou pour voir mon visage, et l'effort le fit trembler. Ses lèvres étaient bleues. Peut-être n'avions-nous pas beaucoup de temps pour l'interroger. Peut-être l'avions-nous déjà tué – juste un peu moins vite que nous le pensions.

Ses yeux étaient étrangement dorés.

— Je m'appelle Bacchus.

— Ravie de faire votre connaissance. Je suis Anita, et voici Bobby Lee. Maintenant, mettez-vous à table.

— Demandez-moi ce que vous voudrez.

Je posai des questions. Bacchus y répondit. Il ne mourut pas. Le temps que nous traversions le pont pour regagner le Missouri, ses lèvres étaient redevenues roses, et le voile de douleur sur ses yeux s'était dissipé. Il fallait vraiment que je me procure des munitions plus efficaces.

CHAPITRE 61

E n fait, Bacchus ne savait pas grand-chose. Narcisse avait présenté à ses hyènes son nouveau chéri, un dénommé Chimère avec lequel il semblait prendre beaucoup de bon temps. Ce n'était pas forcément l'Amour avec un grand A, mais ensemble, ils pouvaient s'adonner aux passe-temps sado-maso qu'ils affectionnaient tous les deux.

Puis Narcisse était entré dans une chambre, et il n'en était jamais ressorti. Pendant les vingt-quatre heures suivantes, ses hyènes avaient supposé qu'il s'agissait d'un nouveau jeu sexuel. Après ça, elles avaient cessé de croire Chimère quand celui-ci leur disait que leur maître allait très bien. Ajax avait réussi à forcer le passage, et c'est alors que les choses avaient dégénéré.

—Ajax nous a dit que Chimère torturait Narcisse, qu'il le torturait pour de bon.

—Pourquoi ne l'avez-vous pas délivré?

—Chimère a débarqué en ville avec ses propres gardes du corps. Ils ont… (Bacchus dut s'interrompre et prendre une grande inspiration comme si quelque chose à l'intérieur de lui le faisait souffrir.) Vous ne savez pas ce qu'ils ont fait aux nôtres. Vous ne savez pas ce qu'ils ont menacé de faire si nous ne leur obéissions pas.

—Mais si vous nous le dites, nous le saurons, répliquai-je.

—Vous connaissez Ajax?

Je hochai la tête.

—Ils lui ont coupé les bras et les jambes, et ils ont brûlé les moignons pour qu'il ne puisse pas régénérer. Chimère dit qu'ils l'ont mis dans une boîte en métal et qu'ils ne l'en sortent que dans des occasions spéciales.

Bacchus s'étrangla, et je ne sus pas si c'était à cause de ses blessures ou parce qu'il était horrifié.

— Il est suffisamment bouleversé pour que je ne puisse pas sentir s'il ment ou non. Mais je pense qu'il dit la vérité, déclara Bobby Lee.

Sa voix était un peu rauque, comme s'il voyait dans sa tête des images que je me donnais beaucoup de mal pour bloquer. Ces derniers temps, j'ai développé une certaine faculté à freiner mon imagination. Peut-être parce que je suis une sociopathe. Ou peut-être parce que je bascule peu à peu dans la démence. Quoi qu'il en soit, je restai assise dans la Jeep sans qu'aucune image vienne parasiter mon esprit. Bobby Lee, en revanche, semblait sur le point de vomir.

— Combien de gardes du corps possède ce Chimère ? demandai-je.

— Il en avait dans les vingt-cinq avant que vous commenciez à les buter.

— Je croyais qu'il y avait cinq cents hyènes-garous à Saint Louis. Comment avez-vous pu vous laisser soumettre par deux douzaines de métamorphes ?

Bacchus me dévisagea d'un air affligé.

— Si quelqu'un détenait votre Ulfric et le taillait en pièces – s'il le mutilait définitivement –, vous ne feriez pas n'importe quoi pour le sauver ?

Je gardai le silence et réfléchis avant de donner la réponse la plus sincère dont j'étais capable.

— Je ne sais pas. Ça dépendrait de ce que recouvre le « n'importe quoi ». Je vois ce que vous voulez dire, mais vous auriez pu les submerger rien que par le nombre.

Bacchus se cala contre la portière de la Jeep. Nathaniel prit un virage un peu trop vite, et Bacchus chercha quelque chose auquel se rattraper pour ne pas glisser. Je lui pris la main pour le retenir. Il parut à la fois reconnaissant et hésitant. Gardant ma main dans la sienne, il me regarda bien en face.

—Nous n'avions pas d'alpha. Ajax et Ulysse étaient les suivants dans la hiérarchie, et une fois qu'ils ont commencé à découper Ajax, Ulysse nous a dit de leur obéir. (Bacchus pressa ma main.) La plupart d'entre nous ne sont pas des dominants, Anita. Nos alphas nous ordonnaient de coopérer avec Chimère. Nous avons obéi, c'est tout. Ce qu'il nous faut, c'est un autre alpha pour nous diriger.

J'écarquillai les yeux.

—Où voulez-vous en venir ?

Bacchus m'attira vers lui.

—Il reste environ cent cinquante hyènes-garous valides. Dieu sait ce qu'ils vont faire aux prisonniers maintenant que nous avons échoué dans notre mission.

—Pourquoi veulent-ils Mlle Blake ? interrogea Bobby Lee.

—Chimère veut en faire sa compagne.

Je haussai les sourcils.

—Je vous demande pardon ?

—Il bande vraiment pour vous. Désolé, c'est un peu cru, mais c'est la vérité.

Je tentai de dégager ma main, mais Bacchus ne voulut pas la lâcher.

—Il a essayé de me tuer au moins deux fois. Ce n'est pas ce que j'appellerais un comportement affectueux.

—Il voulait votre mort, mais il a changé d'avis. Je ne sais pas pourquoi. Chimère est fou. Il n'a pas besoin de raison pour justifier ses actions. (Bacchus leva les yeux vers moi en agrippant toujours ma main.) Je vous en prie, aidez-nous.

—Pouvez-vous nous garantir que les autres hyènes-garous suivront Mlle Blake ? lança Bobby Lee.

Bacchus baissa les yeux. Je sentis sa poigne se relâcher, puis se raffermir, et il leva de nouveau les yeux.

— Je sais que si nous avions eu des alphas pour nous diriger, nous aurions déjà éliminé ces types. Mais Ulysse aime Ajax, il l'aime vraiment. Il ne savait pas quoi faire.

— Et Narcisse? demandai-je. Ne me dites pas qu'il a encore le béguin pour Chimère après tout ça?

— Je ne crois pas, mais la seule fois où nous avons été autorisés à le voir, il était bâillonné.

— Narcisse a la réputation d'être un dur-à-cuire, déclara Bobby Lee. Je ne pense pas qu'il aurait capitulé si facilement.

Bacchus haussa les épaules, et je dégageai enfin ma main.

— Tout ce que je sais, c'est qu'il ne pouvait pas nous dire de les attaquer. Si ça se trouve, Chimère lui a coupé la langue. C'est ce qu'il a fait à Dionysos, mon… mon amant. (Il s'enveloppa de ses bras, ferma les yeux et baissa la tête.) Il m'a fait cadeau de sa langue dans une petite boîte enrubannée.

Un jour, on m'a donné une boîte qui contenait des morceaux de gens auxquels j'étais attachée. J'ai tué les responsables jusqu'au dernier. Mais ça n'a pas réparé les dommages infligés à mes amis. Je n'ai rien pu faire pour eux, parce qu'ils étaient humains et incapables de régénérer.

Bacchus avait les yeux fermés et ne bougeait plus, comme s'il craignait de perdre le contrôle au premier mouvement. Je ne savais pas quoi dire face à tant de douleur. Quelques minutes plus tôt, je voulais tuer cet homme et, à présent, j'avais pitié de lui. Peut-être parce que je suis une fille, ou peut-être parce qu'on m'a trop répété d'être gentille quand j'étais enfant. Quelle qu'en soit la raison, j'avais envie de l'aider – mais je ne voulais pas mettre mon entourage en danger. Cris gisait mort sur le sol du *Narcisse Enchaîné*. Sa perte ne m'affligeait pas énormément parce que j'avais à peine eu le temps de le connaître. Mais si je retournais là-bas en force, je risquerais la vie de gens auxquels je tenais vraiment.

Tout de même…

— Vous pourriez me dessiner un plan du club, m'indiquer où sont détenus tous les prisonniers?

Bacchus rouvrit les yeux, l'air surpris. Du coup, les larmes qu'il s'était efforcé de retenir jusque-là coulèrent librement sur ses joues.

—Vous allez nous aider?

Je haussai les épaules, gênée par le soulagement presque frénétique dans ses yeux.

—Je n'en suis pas encore certaine, mais ça n'engage à rien d'évaluer la situation.

Bacchus me reprit la main et la pressa contre sa joue. Je crus d'abord qu'il allait me faire le coup du salut à la mode des hyènes-garous, mais il se contenta de m'embrasser la main avant de la lâcher.

—Merci.

—Ne me remerciez pas encore, Bacchus. Ne me remerciez pas encore.

Je n'ajoutai pas que si le club semblait trop difficile à prendre, si l'opération risquait de coûter trop de vies, je n'interviendrais pas. Je gardai ça pour moi, parce que je ne voulais pas que Bacchus mente pour faire paraître l'assaut plus facile qu'il ne serait en réalité. Chimère torturait l'homme qu'il aimait. Les gens sont prêts à faire beaucoup de choses par amour – y compris des choses stupides.

Chapitre 62

Bobby Lee insista pour appeler Rafael avant toute autre chose. Nathaniel et Caleb m'aidèrent à installer Bacchus dans la cuisine. Il marchait toujours comme s'il avait mal quelque part. Gil fila aussitôt se pelotonner à un bout du canapé. Il n'avait pas pipé mot depuis que je lui avais dit d'arrêter de hurler. En temps normal, je lui aurais demandé ce qui n'allait pas, mais merde, je n'avais pas le temps de faire du baby-sitting.

La cuisine était plongée dans une pénombre déprimante avec ses fenêtres et sa baie vitrée recouvertes de contreplaqué. Nous dûmes allumer toutes les lumières. Ma jolie cuisine ensoleillée avait été changée en cave.

Une heure plus tard, nous disposions d'une carte passablement détaillée de l'intérieur du club. Bacchus connaissait le planning des gardes de Narcisse, mais pas celui des hommes de Chimère.

— Il en change, parfois tous les jours, et au minimum tous les trois jours, nous prévint-il. Une fois, il a même modifié ses instructions toutes les heures. C'était bizarre ; je veux dire, encore plus bizarre que d'habitude pour Chimère.

— Jusqu'où va son instabilité, exactement ? interrogea Bobby Lee.

Bacchus parut réfléchir une seconde ou deux. J'avais cru que c'était une question rhétorique. Apparemment, je m'étais trompée.

— Parfois, il a l'air normal. Parfois, il est tellement dingue qu'il me fait peur. Je crois qu'il flanque la trouille à ses propres gens. (Le métamorphe fronça les sourcils.) Je les ai entendus dire qu'il devenait de plus en plus fou et qu'eux aussi avaient les chocottes.

Quelqu'un sonna à la porte. Je sursautai. Nathaniel sauta à bas du comptoir sur lequel il s'était perché.

—J'y vais.

—Regarde qui c'est avant d'ouvrir, ordonnai-je.

Il me jeta un coup d'œil par-dessus son épaule, et son expression me dit clairement qu'il y aurait pensé tout seul. Après tout, ça faisait des mois qu'il vivait avec moi.

—Avant, tu ouvrais sans te méfier, me défendis-je.

—Mais j'ai bien retenu la leçon, répliqua-t-il.

Et il disparut dans le salon.

Il revint presque aussitôt.

—C'est un loup-garou du *Narcisse Enchaîné*, celui qui s'appelle Zeke, annonça-t-il, très pâle.

La seconde d'après, Bobby Lee et moi avions nos flingues à la main, et je ne me souvenais pas d'avoir dégainé le mien. Je jetai un coup d'œil aux fenêtres masquées par des planches. Le bois offrait une protection légèrement supérieure à celle du verre, mais nous ne pouvions pas voir au travers. Donc les méchants pouvaient plus facilement nous surprendre.

—Il est seul ? demandai-je.

—Il n'y a que lui sous le porche. Mais ça ne signifie pas qu'il soit seul. (Les narines de Nathaniel frémirent légèrement.) Je ne sens ni serpents ni lions.

Je vis palpiter la veine dans son cou.

—Ça va aller, Nathaniel, dis-je.

Il hocha la tête d'un air peu convaincu.

Gil nous rejoignit dans la cuisine.

—Qu'est-ce que c'est ?

—Des méchants, répondis-je.

—Encore ? gémit-il.

—Vous auriez probablement été plus en sécurité seul.

Il acquiesça.

—C'est ce que je commence à comprendre.

Ses yeux étaient tellement écarquillés que ça avait l'air douloureux.

J'avais apporté le mini-Uzi et l'avais rechargé avec des munitions prises dans le coffre-fort de l'étage. Je le saisis sur le plan de travail et hésitai : ça ou le Browning ?

On sonna de nouveau. Cette fois, je ne sursautai pas. J'enfilai la bandoulière de l'Uzi et calai le Browning dans ma paume. L'Uzi était une arme d'urgence. Le fait que j'aie pensé à le prendre pour aller ouvrir ma porte d'entrée était sans doute mauvais signe. Si j'avais besoin de plus d'un 9 mm pour accueillir mes visiteurs, mieux valait probablement que je quitte la ville.

Je jetai un œil à travers le salon et ne vis rien d'autre que la porte d'entrée, fermée. J'allais devoir regarder par la fenêtre pour vérifier qui attendait sous le porche. Je m'approchai en tenant mon Browning à deux mains et en rasant le mur, au cas où quelqu'un se serait mis à tirer à travers le battant. Évidemment, la fois précédente, les intrus avaient aussi tiré à travers les fenêtres, mais les rideaux étaient fermés, et niveau sécurité, je ne pouvais pas faire mieux.

Je m'agenouillai près de la fenêtre parce que la plupart des gens visent la tête ou la poitrine, et que je suis beaucoup plus petite dans cette position. J'écartai légèrement le rideau, et quelque chose gifla la vitre. Je sursautai et levai mon flingue, mais rien ne se produisit. Une image de ce que je venais d'entrevoir s'attardait dans mon cerveau – et ce n'était pas une arme à feu. On aurait plutôt dit une photo.

Je rabattis légèrement le rideau. Je ne m'étais pas trompée. Il s'agissait d'un Polaroïd représentant un homme enchaîné à un mur. Il était nu, couvert d'égratignures et d'une telle quantité de sang que j'eus du mal à voir qui c'était. Puis je reconnus Micah.

Je tombai lourdement assise par terre. Ma main gauche agrippait toujours le rideau. Par contre, la droite semblait avoir totalement oublié mon flingue, qui pointait vaguement vers le haut.

Un bâillon barrait la bouche large de Micah, son visage délicat aux chairs tuméfiées et ensanglantées. Ses longs cheveux se massaient sur un côté, comme s'ils étaient tellement poisseux qu'ils formaient un bloc compact. Il avait les yeux fermés et, l'espace d'une seconde qui dura une éternité, je me demandai s'il était mort. Mais quelque chose dans la façon dont il pendait au bout de ses chaînes me persuada du contraire. Même en photo, les morts ont une immobilité que les vivants ne peuvent pas imiter. Ou peut-être avais-je vu suffisamment de cadavres pour faire la différence.

Bobby Lee m'avait rejointe.

—Qu'y a-t-il ? Qu'est-ce qui ne va pas ? (Puis il vit la photo, et je l'entendis prendre une inspiration sifflante.) C'est votre Nimir-raj, n'est-ce pas ?

Je hochai la tête parce que j'avais arrêté de respirer, ce qui me rendait la parole quelque peu difficile. Je fermai les yeux un instant, me forçai à prendre une grande inspiration purificatrice et expirai lentement. Tout mon corps trembla sur le passage de l'air. Je jurai en silence.

—Ressaisis-toi, Anita. Tu peux faire mieux que ça.

—Quoi ?

Je me rendis compte que j'avais parlé tout haut et secouai la tête, laissant retomber le rideau. Puis je me relevai.

—Laissons-le entrer et écoutons ce qu'il a à dire.

Bobby Lee me regardait bizarrement.

—Vous ne pouvez pas le buter avant que nous sachions de quoi il retourne.

—Je sais.

Il me toucha l'épaule et me fit pivoter vers lui.

—Si vous vous voyiez, fillette… Vous êtes plus sinistre qu'un matin d'hiver. Des gens tuent d'autres gens en faisant cette tête. Je ne veux pas que vous laissiez vos émotions prendre le pas sur votre jugement.

Quelque chose qui ressemblait à un sourire m'effleura les lèvres.

— Ne vous en faites pas, Bobby Lee, je ne laisse jamais rien prendre le pas sur mon jugement.

Sa main retomba lentement.

— Fillette, maintenant, c'est votre regard qui m'effraie.

— Vous n'avez qu'à tourner la tête. Et ne m'appelez plus « fillette ».

Il acquiesça.

— Oui, m'dame.

— Maintenant, ouvrez cette putain de porte et finissons-en.

Bobby Lee ne discuta pas. Il se dirigea vers la porte et laissa entrer le grand méchant loup.

CHAPITRE 63

Lorsque nous ouvrîmes la porte, Zeke tenait une photo de Cherry devant sa poitrine. En guise d'entrée en matière, il lança :

— Si vous me butez, ils sont pires que morts.

Aussi le laissai-je s'asseoir sur mon canapé blanc et continuer à respirer. Mais j'avais bien l'intention de remédier à ce fâcheux état de fait s'il disait un seul mot de travers.

— Que voulez-vous ? demandai-je.

— Je suis venu vous chercher pour vous conduire à mon maître.

— Et pour quelle raison souhaite-t-il me voir ?

J'étais assise sur la table basse devant lui. Bobby Lee se tenait derrière le canapé et lui pressait son flingue sur la nuque. Je ne connais aucun métamorphe (alphas compris) qui puisse survivre à une balle en argent tirée à bout portant dans la colonne vertébrale. Et croyez-moi, j'en ai rencontré quelques-uns.

— Il veut faire de vous sa compagne.

Je secouai la tête.

— C'est ce que j'ai entendu dire. Pourtant, il a essayé de me tuer deux fois, non ?

Zeke opina.

— Si.

— Et tout d'un coup, il veut que je sois sa chérie.

Nouveau hochement de tête de Zeke. Comme il était dans sa forme intermédiaire, le geste me parut aussi bizarre que celui d'un golden retriever qui aurait acquiescé d'un air entendu.

— Pourquoi ce revirement ?

Le fait que je puisse interroger Zeke calmement avec les Polaroid de Micah et de Cherry posés près de moi sur la table basse attestait à la fois de ma patience et de la perte de ma raison. Si j'avais vraiment eu toute ma tête, je n'aurais pas pu rester aussi impassible, mais j'avais appuyé sur cet interrupteur en moi qui me permet de continuer à réfléchir dans les situations les plus horribles. Le même interrupteur qui me laisse tuer sans m'accabler de remords (ou pas trop).

Réussir à me distancier de mes émotions m'empêchait de tirer dans les bras et les jambes de Zeke jusqu'à ce qu'il avoue où se trouvaient Micah et Cherry. Et puis, il y avait toujours une chance que je puisse le faire plus tard. D'abord, on tente de négocier. Si ça échoue, on passe à la torture. C'est une question d'économie d'énergie.

— Quelqu'un a dit à Chimère que vous seriez une polygarou, comme lui.

Je haussai un sourcil.

— Une polygarou ? C'est quoi, ça ?

— Une lycanthrope capable de prendre plus d'une forme animale.

— Impossible, décrétai-je.

— Chimère peut prendre plus d'une forme, lança Bacchus depuis le seuil de la cuisine – aussi loin de Zeke qu'il le pouvait tout en se trouvant dans la même pièce que lui. Je l'ai vu.

— D'accord, Chimère est un polygarou. Pourquoi lui aurait-on raconté que j'en suis une aussi ?

— Avant de répondre à cette question, dit Zeke, je voudrais que vous parliez à une personne qui attend dehors, dans une voiture garée non loin d'ici.

— Qui ça ?

Un instant, j'espérai qu'il parlait de Cherry. Mais non, bien sûr que non.

— Gina.

— La Gina de Micah ?

Zeke acquiesça.

Je levai les yeux vers Bobby Lee.

—Allons-nous lui faire assez confiance pour sortir et revenir sans renforts ?

Le rat-garou secoua la tête. Je fis de même.

—Désolé, Zeke, mais nous ne vous faisons pas confiance.

—Alors, envoyez Caleb.

Zeke jeta un coup d'œil au léopard-garou qui, contrairement à son habitude, était resté très discret pendant toute la scène. Il s'était assis dans un coin de la pièce, à l'écart de notre visiteur – un peu comme Bacchus, à bien y réfléchir. Gil s'était pelotonné dans un autre coin. J'avais cru que j'étais entourée de poules mouillées, ou disons, d'une hyène et d'un renard mouillés, mais à présent…

—Comment connaissez-vous son nom ? demandai-je.

—Je sais beaucoup de choses sur Caleb.

—Expliquez-vous.

On sonna à la porte. Cette fois encore, je ne sursautai pas. Je me trouvais dans cet endroit lointain où rien ne me rendait nerveuse, même si je pointais quand même mon Browning vers la porte. Ce n'était pas de la nervosité, mais de la simple prudence.

Je me levai pour aller ouvrir, et Bobby Lee continua à appuyer le canon de son flingue dans la nuque de Zeke.

—J'espère pour toi que ce n'est pas un ennemi, dit-il avec son accent traînant.

Les larges narines de Zeke frémirent comme il humait l'air.

—C'est Gina.

Traitez-moi de parano si ça vous chante, mais je n'avais pas confiance en lui. Je jetai un coup d'œil par la fenêtre. Pas de mauvaise surprise cette fois : juste Gina debout sous le porche, serrant contre elle un épais châle gris drapé autour de ses épaules. Un châle en laine, alors qu'il faisait plus de trente degrés ? Je soufflai bruyamment. Ça pouvait dissimuler tout un tas de choses pas belles à voir. Et merde.

—Qu'y a-t-il sous ce châle ? lançai-je d'une voix forte.

—Disons un message de Chimère, répondit Zeke derrière moi.

Je tournai la tête vers lui.

—Ce n'est pas comme ça que vous allez me faire ouvrir la porte.

Zeke remua légèrement, et Bobby Lee dut enfoncer le canon de son flingue plus fort dans la nuque du loup-garou, parce que celui-ci se figea.

—Gina a été torturée. Chimère l'a envoyée ici avec moi pour vous montrer ce qui arrivera à votre léopard si vous refusez de m'accompagner.

—Mais pourquoi le châle?

Zeke ferma les yeux comme s'il voulait détourner le regard mais craignait que Bobby Lee le prenne mal.

—C'est pour couvrir sa nudité, Anita. Rien de plus. (Il semblait las – pas juste fatigué, mais las.) S'il vous plaît, laissez-la entrer. Elle souffre beaucoup.

—À l'odeur, il dit la vérité, déclara Bobby Lee.

Je soupirai. C'était probablement la meilleure garantie que j'obtiendrais.

J'ouvris la porte, flingue brandi, planquée derrière le battant pour rester hors de vue de quelqu'un qui guetterait éventuellement depuis le jardin. Du coup, je ne vis Gina que lorsqu'elle eut fait plusieurs pas à l'intérieur. Je refermai la porte; la métamorphe sursauta et hoqueta comme si ce mouvement brusque lui avait fait mal. Quand elle se tourna vers moi, j'eus beaucoup de mal à retenir une exclamation.

Je crus d'abord qu'elle avait deux yeux au beurre noir, puis compris que c'était juste des cernes si marqués qu'ils ressemblaient à des ecchymoses. Sa peau était livide avec un sous-ton grisâtre et, pour la première fois, je compris vraiment ce qu'était un teint cendreux. On aurait dit que son corps était couvert de quelque chose de plus fin et de plus délicat que de la peau. À voir sa grande silhouette voûtée, je devinai que se tenir droite devait la faire souffrir.

Elle avait les lèvres presque exsangues, mais ce furent ses yeux qui me choquèrent le plus. Ils débordaient d'horreur, comme si elle continuait à revoir ce qu'on lui avait fait, comme si ce film atroce devait passer en boucle dans sa tête jusqu'à la fin de ses jours.

—Je m'inquiétais, dit-elle d'une voix atone, dépourvue d'espoir.

Je n'eus pas besoin de voir sous le châle pour croire qu'elle avait été torturée. Il me suffisait de regarder ses yeux.

—Elle peut s'asseoir avant de s'écrouler? demanda Zeke.

Réalisant que j'étais en train de dévisager Gina d'une manière très impolie, je hochai la tête avec empressement.

—Bien sûr. Asseyez-vous.

Gina jeta un coup d'œil à Bobby Lee, toujours debout derrière Zeke.

—Tu leur as dit?

—Je voulais que tu sois là pour confirmer mon histoire.

Elle acquiesça avec raideur et s'installa près de lui sur le canapé – si près de lui qu'elle le touchait presque. Si le loup-garou avait participé aux mauvais traitements qu'on lui avait infligés, elle aurait voulu mettre plus de distance entre eux. Là, j'étais presque certaine que non seulement elle n'avait pas peur de lui, mais qu'elle le connaissait bien. Autrement dit, pas juste depuis l'affaire Chimère. Comment une des panthères de Micah pouvait-elle être copine avec le messager de son bourreau?

Je posai la question.

—Vous avez l'air de vous connaître.

D'accord, ce n'était pas exactement une question, mais ça ferait l'affaire.

Les deux métamorphes échangèrent un regard. Puis Zeke se tourna vers moi. Je regrettai qu'il ne soit pas sous sa forme humaine. J'ai encore du mal à déchiffrer l'expression des lycanthropes sous leur forme intermédiaire. Le fait que ses yeux soient toujours humains m'aidait un peu, mais l'expressivité du regard ne vient pas tant des yeux mêmes que des mouvements du visage autour. Et c'est le genre de chose qu'on ne comprend que le jour où elle fait défaut.

— Pour commencer, laissez-moi vous dire que Chimère vous veut saine, sauve et en sa garde d'ici moins de deux heures. Sans quoi, il infligera des dommages permanents à Micah et à votre léopard.

Je sentis mon regard se faire un tout petit peu mort.

— Dans ce cas, il n'y a pas de temps à perdre. Parlez plus vite.

— Voici la version la plus courte dont je dispose. Chimère a toujours été un maître sévère, mais jamais sadique… jusqu'à ces dernières semaines. Il est devenu extrêmement instable. Je pense qu'il est en train de sombrer dans la folie, et qu'il finira par tous nous tuer si nous le laissons au pouvoir.

— C'est la version courte, ça? demanda Bobby Lee.

— Il a raison. Venez-en au fait.

— Je voudrais que vous m'aidiez à organiser une révolution, mademoiselle Blake. C'est assez bref pour vous?

— Peut-être un petit peu trop. Pourquoi voulez-vous vous soulever, et pourquoi avez-vous besoin de mon aide?

— Je viens de vous le dire : je crains que Chimère provoque notre perte à tous. Le seul moyen de l'en empêcher, c'est de le tuer.

Une méthode certes radicale, mais d'une efficacité irréprochable.

— Et pourquoi vous adresser à moi?

— Vous avez la réputation de ne pas répugner à employer une force meurtrière en cas de besoin.

— Vous parlez comme un prof d'anglais ou un avocat à plusieurs centaines de dollars de l'heure. Pourquoi ne pas le tuer vous-même?

— Ses autres fidèles le craignent. Ils ne voudront jamais croire qu'à moi seul, je puisse leur garantir sa mort.

— Mais moi, je le pourrais?

— Vous et vos gens, oui.

—Mes léopards ne m'accompagneront pas.

—Anita…, intervint Nathaniel.

Je secouai la tête.

—Non, je ne mettrai pas en danger tout le pard pour sauver un seul de ses membres.

—Quel genre de pard serions-nous si nous autorisions notre Nimir-ra à affronter le danger seule ?

—Un pard qui obéit aux ordres.

Nathaniel se radossa au mur, mais quelque chose de buté dans son expression me dit que le maniement des armes n'était pas la seule chose qu'il avait apprise à mon contact. L'obstination est-elle contagieuse ?

—Je ne parlais pas de vos léopards, mais des loups et des rats.

—Je ne commande pas aux rats.

Et je ne suis plus la lupa de la meute, songeai-je.

—Rafael est déjà en route. Il arrive avec une partie du rodere, annonça Bobby Lee.

Je fronçai les sourcils.

—C'est gentil à vous de le mentionner.

Il haussa les épaules. Si son bras commençait à fatiguer à force de tenir son flingue dans la nuque de Zeke, ça ne se voyait pas.

—Mon alpha, c'est Rafael. Pas vous, m'dame.

—Je comprends. Mais si vous voulez qu'on continue à bien s'entendre, il va falloir me tenir informée. J'ai déjà eu mon compte de surprises pour la journée.

—Amen, acquiesça-t-il.

—Où Micah et Cherry sont-ils détenus ? demandai-je.

Zeke secoua sa grosse tête de loup.

—Non, pas avant que vous ayez accepté de nous aider.

—Chimère me fait du chantage pour que je devienne sa chérie ; vous me faites du chantage pour que je vous aide à le tuer. Je ne vois pas beaucoup de différence entre vous.

—L'unique façon d'arrêter Chimère et ceux qui lui sont encore loyaux, c'est de les éliminer. À cette fin et dans notre intérêt mutuel, je suggère seulement que nous mettions nos ressources en commun.

—Vous parlez drôlement bien pour un sous-fifre.

—Je suis son sous-fifre parce que, lorsqu'il a pris le contrôle de ma petite meute, il m'a forcé à prendre cette forme et à la garder. Quand il m'a enfin autorisé à tenter de reprendre ma forme humaine, je n'ai pas pu faire mieux que ça.

—Juste les yeux, dis-je en scrutant ses yeux si humains.

—Juste les yeux.

En général, les yeux sont l'une des premières choses qui se figent si vous restez trop longtemps sous votre forme animale. Donc, c'était étrange que ce soit l'inverse chez Zeke. Mais je ne lui demandai pas d'explication parce que nous manquions de temps et que ma priorité, c'était de récupérer Micah et Cherry.

—Sous cette forme, je ne peux être rien d'autre qu'un exécuteur, dit amèrement Zeke. Je ne peux pas être humain.

J'aurais pu protester, mais je laissai courir.

—Allons droit au but. Bobby Lee, pensez-vous que Rafael acceptera de nous aider ?

—Je crois. En tout cas, il vient avec assez de gros bras pour impressionner l'adversaire.

Je jetai un coup d'œil à Bacchus.

—Les hyènes-garous seront-elles capables de s'allier avec leurs… quoi, leurs oppresseurs ? Aiderez-vous Zeke et les siens ?

Bacchus acquiesça.

—Zeke a toujours essayé de nous protéger. Il a toujours tenté de modérer les ardeurs de Chimère. Je crois que les autres accepteront de collaborer avec lui, mais je ne peux pas vous garantir qu'ils seront d'accord pour épargner qui que ce soit à la fin.

—Si nous vous aidons à le détruire et que vous vous retournez contre nous à la fin, à quoi bon ? grimaça Zeke.

Pendant que je les écoutais, mon regard se posa sur les photos. Je n'avais pas pensé à elles depuis quelques minutes. J'avais réussi à me concentrer sur d'autres choses, mais un simple coup d'œil suffit à abattre les barrières qui m'empêchent habituellement d'agir sans réfléchir. Je me levai si brusquement que tout le monde tourna la tête vers moi.

— Vous tueriez Zeke ? demandai-je.

— Non. Mais Marco doit mourir, dit Bacchus.

— Pourquoi ?

— Lui et les hommes-serpents doivent mourir, c'est tout.

— Entendu, acquiesça Zeke. (Il leva les yeux vers moi.) Et je connais un moyen d'impliquer les loups.

— Je vous écoute.

— Chimère est un loup, une hyène, un léopard, un lion, un ours et un serpent.

— Il est responsable de la disparition des autres alphas, devinai-je.

Zeke opina.

— Ils sont toujours en vie ?

— Le lion et le chien, oui. Chimère n'a pas encore pu les forcer à se transformer. Il ne tue jamais personne qu'il n'a pas d'abord brisé.

— Et Narcisse ? demanda Bacchus.

— Toujours vivant, lui aussi. Pour la même raison.

— En quoi cela serait-il susceptible d'intéresser les loups ? m'enquis-je.

J'étais allée m'appuyer au chambranle de la porte de la cuisine, du côté opposé à celui de Bacchus. De là, je ne pouvais plus voir les photos.

— Chimère n'a jamais trouvé de groupe dominant de métamorphes assez faible pour que des gens venus de l'extérieur puissent en prendre le contrôle. Jusqu'à ce qu'il entende parler de la meute locale.

Je me redressai et m'écartai du mur.

— Que voulez-vous dire ?

—Jacob, Paris et quelques autres sont les survivants de ma meute. Chimère n'a pas pu m'envoyer à votre Ulfric avec eux, parce que mon état aurait suscité des interrogations.

—Dès que Jacob sera Ulfric, il livrera la meute à Chimère, c'est bien ça ?

—C'était le plan, à la base.

—Et maintenant ?

—Maintenant, ou bien Jacob et les autres acceptent de ficher la paix à votre meute, ou bien ils meurent.

—Vous tueriez ce qui reste de votre propre meute, aussi facilement que ça ?

—Ils ont cessé d'être ma meute depuis longtemps.

—Voyons si j'ai bien compris, intervint Bobby Lee. Vous voulez que les rats, les loups et les léopards s'allient avec les hyènes et ceux des vôtres qui voudront bien se joindre à vous pour détruire les autres.

—C'est ça, acquiesça Zeke.

—Et si nous refusons ?

—Vous parlez comme si vous aviez le choix. Ce n'est pas le cas. (Le loup-garou se tourna vers moi.) Chimère fera bien pire que de tuer vos léopards. Ce qu'il a permis qu'on fasse aux hyènes… C'est de la pure barbarie. Sa raison est en train de le quitter, et faute d'un maître pour leur poser des limites, certains de ses gens sont capables de commettre des atrocités.

—Il faut du temps pour organiser une offensive de ce genre, objecta Bobby Lee.

—Je ne vois pas de pendule ici, mais le temps presse. Anita doit être en présence de Chimère dans moins de deux heures, ou Micah et le léopard le paieront très cher.

—Vous n'arrêtez pas de répéter le nom de Micah comme si vous le connaissiez, fis-je remarquer. (Une pensée affreuse me traversa l'esprit. Comme j'avais été stupide de ne pas le comprendre plus tôt !) Jacob était censé procurer les loups à Chimère, et Micah était censé lui procurer les léopards, articulai-je d'une voix blanche.

Mon corps me semblait creux et vide, comme si j'étais en train de dégringoler à l'intérieur de moi-même, de me noyer dans ce silence qui me permet de tuer sans réfléchir.

—Nous pensions que leur alpha était mort et qu'ils feraient des proies faciles. (Zeke me dévisagea.) Nous n'avions pas entendu parler de vous, ou plutôt, nous ignorions ce que vous étiez.

Gina prit la parole.

—Après vous avoir rencontrée, Micah a compris que ça ne marcherait jamais. Il a tenté de convaincre Chimère de vous laisser en paix, vous et votre pard. Mais à partir du moment où vous avez affronté Jacob, Chimère vous a considérée comme une menace. Il a ordonné qu'on vous tue. Micah ne l'a appris qu'après que ses hommes se sont lancés à vos trousses. Il est venu vous sauver.

Je la fixai du regard sans rien dire. Mon esprit essayait de digérer le fait que Micah me mentait depuis que je le connaissais.

—Micah a dit à Chimère que vous alliez devenir une polygarou comme lui, que c'était à cause de ça que vous pouviez contrôler aussi bien les loups que les léopards, et que Chimère ne trouverait peut-être plus jamais d'autre compagne semblable à lui.

Je clignai des yeux.

—Je suppose que ça tient debout, dis-je d'une voix distante.

—Ne comprenez-vous pas, Anita ? À mon avis, Micah n'y croyait pas lui-même, mais c'était le seul moyen qu'il avait trouvé pour vous maintenir en vie tous les deux et pour éviter que le reste du pard se fasse torturer.

Gina se leva, et un éclair de douleur passa sur son visage. Zeke l'aida à reprendre son équilibre. Elle redressa le dos et laissa tomber son châle.

Des brûlures constellaient ses épaules blanches. Le reste de sa poitrine était nu, ravissant et indemne, mais comme elle pivotait, Gil hoqueta. Son dos aussi était couvert de brûlures – non, de marques au fer rouge. Quelqu'un l'avait marquée répétitivement. Certaines traces étaient rouge vif, d'autres noircies comme si on n'avait pas appliqué la même pression chaque fois. D'autres encore semblaient floues sur les bords, comme si Gina s'était débattue.

Elle me fit de nouveau face, les yeux brillants de larmes.

—Chaque fois que Chimère envoyait Micah en mission, il gardait Violet ou moi près de lui. Si Micah ne faisait pas ce qu'il lui disait, il se vengeait sur nous.

Elle se dirigea vers moi, les bras croisés sur sa poitrine comme si elle se tenait elle-même pour s'empêcher de vaciller. Mais chaque pas lui causait une douleur qui faisait frémir le contour de ses yeux.

—Que seriez-vous prête à faire pour empêcher qu'on torture Nathaniel ?

Je soutins son regard avec difficulté.

—Beaucoup de choses. Mais je ne trahirais personne.

Les larmes commencèrent à couler lentement sur ses joues, comme si elle luttait pour ne pas pleurer.

—Chimère a torturé Micah parce qu'il refusait de vous attirer dans une embuscade. Il va le tuer parce qu'il dit que Micah n'est plus son félin, que les charmes d'une femme lui ont ravi sa loyauté.

Elle se mit à sangloter, et cela dut être douloureux car elle se plia en deux, le corps secoué de spasmes. Je la saisis par les bras pour l'empêcher de tomber.

—Oh mon Dieu, chuchota-t-elle. Ça fait si mal…

La gorge nouée, je lui tins les coudes jusqu'à ce qu'elle puisse se redresser.

—Je suis le message de Chimère pour vous, Anita. Il m'a chargée de vous dire que si vous ne veniez pas avec nous, il ferait la même chose à votre léopard.

—Vous ne retournerez pas là-bas.

—Il tient encore Micah et votre Cherry. Si je n'y retourne pas, il lui fera la même chose qu'à moi. Je ne crois pas qu'elle y survivrait.

Je compris ce que Gina voulait dire. Elle ne parlait pas du corps de Cherry, mais de son esprit.

Lentement, elle commença à s'affaisser, et j'accompagnai sa chute du mieux que je pus.

— Micah savait ce qui lui arriverait quand il a refusé d'aider Chimère à vous capturer. Mais il l'a fait quand même. (Elle était à genoux à présent, ses mains agrippant mes bras si fort qu'elle me meurtrissait.) Moi, j'aurais menti et fait n'importe quoi pour empêcher qu'on me torture ainsi.

Elle se remit à sangloter, et je continuai à la tenir pour l'empêcher de tomber à la renverse sur le sol. Je continuai à la tenir pendant que la douleur secouait tout son corps. Quand elle fut calmée, elle dit d'une voix à peine compréhensible à travers ses larmes :

— J'aurais trahi n'importe qui. Mais Chimère n'attendait rien de moi. Il a promis à Micah que lui seul paierait pour son refus. Puis, une fois que Micah a été enchaîné et dans l'incapacité de s'enfuir, ils m'ont amenée devant lui et ils l'ont forcé à regarder. (Elle me dévisagea, les yeux écarquillés et pleins d'atrocités.) Chimère voulait obliger l'une de nous – Cherry ou moi – à se transformer. Il a dit qu'il n'avait encore jamais possédé de bête femelle avant.

— C'est ainsi qu'il appelle ceux d'entre nous qui sont prisonniers entre deux formes, expliqua Zeke.

Les doigts de Gina s'enfoncèrent encore dans mes bras.

— Micah a pris notre place. Il est assez puissant pour avoir conservé sa forme humaine. Mais pour nous, il a pris le risque de la perdre à jamais. Avant, Merle était notre Nimir-raj, mais il n'était pas prêt à sacrifier son humanité. Micah a pris sa place – notre place, répéta-t-elle. Aujourd'hui, il est notre Nimir-raj parce qu'il nous aime, tous autant que nous sommes. Il a offert de vous trahir pour les empêcher de me torturer, mais Chimère a dit qu'il sentait que Micah mentait, et qu'il en profiterait pour vous avertir. C'est pour ça qu'il m'a envoyée à vous avec Zeke – parce qu'il a confiance en Zeke.

Je regardai le loup-garou par-dessus sa tête tandis qu'elle s'affaissait lentement et que je tentai de la retenir sans lui faire mal. Mais tout son corps était douloureux. Elle poussa de petits gémissements comme je l'aidais à s'asseoir par terre. Dans les yeux humains de Zeke, je vis quelque chose que je compris sans que son visage exprime quoi que ce soit.

— Il faut arrêter Chimère, dit-il doucement. Il faut l'arrêter.

— Oui, acquiesçai-je en tenant toujours les mains de Gina. Il faut l'arrêter.

— L'arrêter, mon cul, grinça Bobby Lee. Il faut buter ce fils de pute.

Je hochai la tête.

— Aussi.

CHAPITRE 64

Nous arrivâmes au club avec un peu d'avance. Les rats-garous avaient débarqué chez moi en force, et j'avais nommé Rafael responsable du sauvetage – parce que c'était bien de cela qu'il s'agissait. J'allais laisser Zeke m'emmener désarmée dans l'antre des méchants. Zeke aurait mes flingues sur lui, et théoriquement il me les rendrait si j'en avais besoin. Mais la théorie et la pratique ne collent pas toujours.

J'étais censée mettre ma vie entre les mains de Zeke. Ça paraissait une mauvaise idée. Pourtant, j'allais le faire quand même. Si nous avions eu un peu plus de temps, nous aurions peut-être accouché d'un meilleur plan. Mais nous n'en avions pas. Pas si nous voulions sauver Cherry et Micah.

Parfois, il me semble que j'ai passé les quatre dernières années à arriver trop tard. Trop tard pour sauver les gens, trop tard pour maintenir les monstres à distance. Je suis l'équipe de nettoyage, celle qui arrive lorsque le sol est jonché de corps et qui lave le sang à grande eau. Certes, je finis généralement par tuer les monstres, mais seulement après qu'ils ont commis des atrocités.

Chimère avait massacré et torturé des tas de gens, et même si je ne pouvais pas l'avouer à quiconque, en mon for intérieur, je me rendais compte qu'une petite partie de moi s'en foutait. Oui, j'étais désolée que Gina souffre, désolée de ce qui était arrivé à Ajax et à l'amant de Bacchus, mais pour moi, c'était des personnes abstraites. Cherry et Micah, en revanche, étaient réels. L'importance que Micah avait prise dans ma vie en si peu de temps m'effrayait pas mal, mais en me forçant à ne pas y penser, j'arrivais à avancer, à raisonner correctement et à respirer normalement. Si je réfléchissais trop, mon souffle s'accélérait, et je ne parvenais plus à me concentrer.

Le rez-de-chaussée du club était noir et vide. La petite sauterie avait lieu à l'étage, dans la chambre au bout du grand couloir blanc où nous avions récupéré Nathaniel et Gregory quelques jours plus tôt. Chimère attendait devant la porte, le visage dissimulé par une cagoule noire dont les fentes ouvertes laissaient apercevoir des yeux gris pâle. Pour le reste, il portait un costume ordinaire, avec une chemise blanche et une cravate assez stricte qui contrastait bizarrement avec le cuir de sa cagoule. Il se tenait les mains dans le dos, dans une posture qui se voulait nonchalante. Mais il était nerveux, et je n'eus pas besoin de pouvoirs lycanthropiques pour m'en apercevoir.

Gina avait eu besoin de l'aide de deux hyènes-garous pour monter l'escalier. Zeke et moi aurions pu la soutenir, mais Zeke faisait semblant de me surveiller, et Gina cachait sous son châle un petit mot à glisser aux hyènes-garous. Signé Bacchus, le message demandait à l'un de ses congénères de le faire entrer par la porte secrète. Chimère n'avait jamais pensé à demander si le club en possédait une, et personne ne lui avait spontanément donné l'information.

Je vis le regard de Chimère se poser sur quelqu'un derrière moi.

—Gina… (Il secoua la tête.) Emmenez-la se faire soigner.

Sans discuter, les deux hyènes tournèrent les talons et rebroussèrent chemin. L'homme-serpent qui les accompagnait resta là, sans jamais quitter Chimère de ses yeux fendus verts et noirs. J'aurais bien dit qu'il se tenait au garde-à-vous comme un bon petit soldat, mais ça allait encore au-delà. À en juger son expression ravie, attendre les ordres de Chimère était pour lui la chose la plus merveilleuse du monde. Son adoration sans mélange me foutait les chocottes, et je commençai à comprendre pourquoi Bacchus avait dit que les hommes-serpents devaient mourir. Pas à cause de ce qu'ils avaient fait aux hyènes, mais parce que les gens qui vénèrent leur roi comme un dieu ne participent généralement pas aux révolutions.

—Je n'étais pas certain que vous viendriez, mademoiselle Blake, lança Chimère.

Sa voix m'était vaguement familière, mais je ne parvenais pas à la replacer.

—Vous ne m'avez pas laissé beaucoup le choix.

—Et j'en suis désolé.

—Assez désolé pour me laisser emmener mes léopards et rentrer chez moi ?

Il secoua la tête.

—Micah n'est pas votre léopard, mademoiselle Blake. C'est le mien.

Où diable avais-je déjà entendu cette voix ?

Je haussai les épaules.

—Vous m'avez attirée ici avec la promesse que Cherry et Micah seraient libérés indemnes. J'en déduis qu'ils m'appartiennent tous les deux.

Chimère secoua de nouveau la tête.

—Renoncer à Micah serait renoncer à tous mes léopards. Ce que je ne souhaite pas faire.

—Donc, vous avez menti.

—Non, mademoiselle Blake. (Il ramena ses mains sur le devant. Il portait des gants de cuir noir.) Unissez plutôt votre pard au nôtre. Ainsi, nous deviendrons plus forts les uns comme les autres.

Je fis un signe de dénégation.

—Je suis venue pour libérer mes gens, pas pour m'inscrire à votre club.

Chimère jeta un coup d'œil à Zeke.

—Tu ne lui as pas expliqué ce que je voulais ?

Zeke se dandina près de moi.

—Vous m'avez dit que si elle venait ici sans armes, vous libéreriez Micah et l'autre léopard-garou. C'est tout.

Je devinai que Chimère fronçait les sourcils derrière sa cagoule. Il se frotta le visage à travers le cuir comme si quelque chose lui faisait mal.

— Je me souviens très bien t'avoir dit que je voulais qu'elle se joigne à nous.

— Vous avez dit beaucoup de choses ces dernières semaines, répliqua prudemment Zeke.

— Depuis combien de temps êtes-vous la Nimir-ra des léopards-garous ? interrogea Chimère d'une voix normale, même s'il continuait à se frotter le visage.

— Environ un an.

— Donc, vous devez être consciente comme moi de la nécessité d'une union entre les différentes espèces de métamorphes. Jusqu'ici, la seule chose qui nous a permis d'aller de ville en ville en prenant le contrôle des groupes les plus petits, c'est le fait que les groupes plus importants refusaient de les aider. Ils sont comme ces gens qui, dans les grandes villes, ne se décident à appeler la police que lorsque c'est eux qu'on cambriole. Ils se fichent totalement de ce qui arrive à leurs voisins.

— Je suis d'accord sur le fait qu'un peu de coopération ne ferait pas de mal à la communauté lycanthrope. Mais je ne suis pas sûre que la torture et le chantage soient le meilleur moyen d'y parvenir.

Chimère plaqua les mains sur ses yeux et arqua le dos comme s'il souffrait intensément. L'homme-serpent le toucha avec ses petites mains brunes. Chimère frémit puis se redressa tandis que l'homme-serpent maintenait le contact – pour le réconforter, me sembla-t-il.

Il planta son regard dans le mien. Puis, saisissant sa cagoule en cuir à deux mains, il la tira lentement par-dessus sa tête. Ses cheveux noirs dressés sur son crâne et trempés de sueur auraient eu bien besoin d'un coup de peigne. Ses tempes grisonnantes n'avaient plus rien de distingué ; elles lui donnaient l'air d'un savant fou, comme s'il avait fait quelque chose d'horrible et que ses cheveux avaient changé de couleur en l'espace d'une nuit. À présent, je distinguais les cicatrices sur le côté de son cou.

Orlando King, alias Chimère, me toisait. Je lui rendis son regard, bouche bée. La surprise m'empêchait de réagir.

—Je vois que vous ne m'aviez pas reconnu, mademoiselle Blake.

Je secouai la tête et dus m'y reprendre à deux fois pour articuler :

—Je ne m'attendais pas à vous trouver ici.

C'était une réponse pitoyable. Mais ce que je voulais dire, c'est qu'Orlando King, chasseur de primes extraordinaire, n'aurait pas dû être le chef d'un groupe de métamorphes renégats. Ça n'aurait pas dû être possible.

—C'est pour ça que vous connaissiez tous les métamorphes de la ville, parce qu'ils venaient vous réclamer de l'aide.

Il opina.

—Depuis mon accident, je suis connu pour éliminer les lycanthropes renégats sans en informer les autorités. Il est inutile que quelques pommes pourries gâtent tout le panier.

Je le dévisageai et tentai de réfléchir.

—Les gens croyaient qu'être passé si près de la mort vous avait rendu plus tolérant. En fait, vous avez contracté la lycanthropie. C'est pour ça que vous avez cessé de jouer les chasseurs de primes.

—Ça me paraissait mal de pourchasser d'autres malheureux. Des gens encore moins responsables que moi de l'accident qui avait bouleversé leur vie. Moi, au moins, je traquais le loup-garou qui a failli me tuer. Je lui voulais du mal. La plupart des victimes qui survivent à une attaque sont totalement innocentes.

—Je sais, dis-je tout bas.

Parce que connaître l'identité de Chimère ne résolvait pas le mystère à mes yeux. Au contraire, ça ne faisait que l'épaissir. J'étais encore plus perplexe qu'à mon arrivée dans ce foutu club.

—Mais mon revirement s'est produit plus tard. La lycanthropie lupine est apparue dans mon sang moins de quarante-huit heures après l'accident. J'ai décidé d'éliminer autant de monstres que possible et de les laisser me tuer avant la pleine lune suivante.

Son regard s'était fait vague, perdu dans ses souvenirs.

— J'ai accepté les missions les plus dangereuses que j'ai pu trouver. Et j'ai fini par m'attaquer à une tribu entière de serpents-garous, dans les profondeurs du bassin amazonien.

Il jeta un coup d'œil au petit homme brun qui se tenait toujours près de lui.

— J'ai décidé que des dizaines de n'importe quelle espèce de métamorphe suffiraient sûrement à avoir raison de moi, et que dans le cas contraire, à la pleine lune suivante, je me trouverais dans une zone inhabitée, sauf par les gens que j'étais venu tuer.

— Logique, dis-je, parce qu'il me semblait qu'il fallait bien dire quelque chose.

King reporta son attention sur moi.

— J'avais planifié ma mort, mademoiselle Blake. Mais tous les animaux auxquels je m'attaquais finissaient par succomber devant moi. Lorsque la pleine lune arriva, j'avais été infecté par de multiples formes de lycanthropie prédatrice. Et durant cette première pleine lune, je me changeai en la même chose qu'Abuta et son peuple. Puis en loup, en ours, en léopard, en lion et ainsi de suite.

Il regardait Abuta, et un peu de la ferveur religieuse qu'irradiait le petit homme sembla se refléter sur son visage.

— Parce que je pouvais prendre de multiples formes, ils crurent que j'étais un dieu. Ils se prosternèrent devant moi, et ils dépêchèrent la moitié de leur tribu pour me ramener à la civilisation.

Alors, King éclata d'un rire brusque et déplaisant, un rire qui fit se dresser les poils sur mes bras.

— Mais vous les avez presque tous tués. Il n'en reste plus que trois, Anita. Je peux vous appeler Anita, n'est-ce pas ?

Je hochai la tête. J'avais presque peur de parler. Des émotions se succédaient sur le visage de King, des émotions sans rapport aucun avec ses paroles très calmes, comme s'il éprouvait des choses dont il n'avait pas conscience. C'était comme regarder un film mal doublé, à ceci près que la désynchronisation affectait son langage corporel plutôt que ses paroles.

Un torrent d'énergie picotante se déversa de lui telle une vague de chaleur, et ses yeux se transformèrent. L'un adopta le vert pâle des iris de léopard, l'autre devint ambré comme ceux des loups. Et ce n'était pas seulement la couleur qui différait, mais aussi la forme des pupilles et même celle de l'orbite. Ça s'était passé si vite que je n'avais pas vu sa structure osseuse se modifier.

Un sourire retroussa le coin de ses lèvres. Son expression, sa posture se modifièrent. Rien à voir avec une métamorphose : c'était juste comme si quelqu'un d'autre venait de prendre possession du corps d'Orlando King. La voix de Chimère était épaisse et melliflue, avec un léger accent du sud. C'était la voix que j'avais entendue par les haut-parleurs quand les hyènes-garous nous avaient tendu une embuscade au rez-de-chaussée du club.

— Pauvre Orlando, il n'arrive plus à tenir le coup. Il déteste ce qu'il est devenu.

Je crois que je cessai de respirer pendant quelques instants, ce qui me rendit l'inspiration suivante d'autant plus pénible. J'avais déjà eu affaire à des sociopathes, à des psychopathes, à des tueurs en série et des cinglés de tout poil, mais c'était mon premier cas de personnalités multiples.

Chimère tira sur sa cravate trop serrée, l'arracha, déboutonna le col de sa chemise, fit craquer son cou et sourit.

— C'est beaucoup mieux ainsi, vous ne trouvez pas ?

— C'est toujours bien de se sentir à l'aise, approuvai-je d'une voix essoufflée.

Il se rapprocha de moi. Je reculai et heurtai Zeke. Chimère s'avança jusqu'à me toucher presque et me renifla le visage.

Son pouvoir me picotait douloureusement, comme si des milliers de fourmis couraient sur ma peau en la mordant au passage.

—Vous sentez la peur, Anita. Je ne pensais pas qu'un petit roulement d'yeux suffirait à vous effrayer.

Je m'humectai les lèvres et scrutai ces yeux dépareillés que quelques centimètres à peine séparaient des miens.

—Ce ne sont pas les yeux qui me dérangent.

—Alors quoi ? demanda-t-il sans s'écarter.

Je continuai à m'humecter les lèvres sans trouver de réponse. Du moins, de réponse qui ne risque pas de provoquer sa fureur. J'avais bien quelques remarques sarcastiques sur le bout de la langue, mais quand vous êtes à la merci d'un dingue, il ne faut pas le contrarier. C'est la règle. Évidemment, une autre de mes règles stipule que je ne dois pas me mettre à la merci de tueurs en série sadiques, et schizophrènes de surcroît. J'espérais vivre assez longtemps pour regretter de l'avoir enfreinte. Les vrais fous sont imprévisibles ; c'est très difficile de négocier avec eux.

—J'attends, chantonna Chimère.

Faute de trouver un mensonge plausible, j'optai pour une vérité qui ne fâcherait pas trop.

—C'est le fait que j'étais en train de parler à Orlando King et que maintenant je ne le suis plus, alors que j'ai toujours le même corps devant moi.

Chimère éclata de rire et recula. Puis il se figea, comme s'il écoutait quelque chose que je ne pouvais pas entendre. La charge des sauveteurs, déjà ? Impossible. Il baissa les yeux vers moi, me fit un sourire déplaisant et passa les mains le long de son corps.

—J'en fais un meilleur usage qu'Orlando.

D'aaaaaccord. Ça ne s'améliorait pas vraiment. Je jetai un coup d'œil à Zeke, tentant de lui faire comprendre qu'il aurait dû me prévenir que Chimère était cinglé à ce point.

Chimère me saisit le poignet et me tira vers lui. J'étais si occupée à tenter de communiquer avec Zeke du regard que je ne l'avais même pas vu venir.

—J'ai toujours existé à l'intérieur d'Orlando. J'étais cette partie de lui qui lui permettait de massacrer d'autres êtres humains sans rien ressentir que de la haine. Il n'abattait que très rarement un métamorphe sous sa forme animale. C'était moins risqué d'attaquer ses proies sous leur forme humaine, et Orlando était un très grand adepte de la sécurité – du moins, de la sienne.

Utilisant mon poignet comme un levier, Chimère plaqua mon corps contre le sien. Il ne me faisait pas mal, pas encore, mais la force de sa main était pareille à une promesse, une menace. Il aurait pu me broyer les os, et nous le savions tous les deux.

—King avait la réputation d'accomplir ses missions coûte que coûte.

—Et ses missions consistaient à tuer d'autres gens – des femmes aussi bien que des hommes. Puis il leur coupait la tête et brûlait leur corps pour être certain qu'ils ne se relèveraient pas. J'étais la partie de lui qui aimait ça, et quand il est devenu ce qu'il haïssait le plus au monde, je l'ai protégé contre lui-même.

—Comment? demandai-je tout bas.

—En faisant les choses qu'il était trop faible pour faire lui-même, mais dont il voulait quand même qu'elles soient faites.

—Quoi, par exemple?

Les secours étaient en route. Je devais juste gagner du temps jusqu'à leur arrivée. Tel était le plan d'origine, et le fait que Chimère soit en réalité Orlando King, plus cinglé qu'un accro au crack, n'y changeait strictement rien. Il me suffisait de le faire parler. Tous les hommes adorent parler d'eux, y compris ceux qui sont dingues. La folie ne modifie pas cette caractéristique masculine fondamentale – en tout cas, pas d'après mon expérience.

La seule chose qui me perturbait, c'était le coup des personnalités multiples. Si je traitais Chimère comme n'importe quel autre maniaque homicide, nous devrions nous en sortir. Du moins était-ce ce que je me répétais en boucle. Mais mon pouls restait trop rapide, ma poitrine, comprimée et ma peur, aiguë. J'avais du mal à croire mes propres arguments.

— Vous voulez savoir comment j'ai aidé Orlando ? demanda Chimère.

— Oui.

— Vous voulez vraiment savoir ce que j'ai fait pour lui ?

Je hochai la tête, mais la façon dont il tournait ses phrases commençait à ne pas me plaire du tout.

Chimère eut un sourire qui, à lui seul, promettait une kyrielle de choses douloureuses et déplaisantes.

— Comme on dit, les paroles ne coûtent rien. Laissez-moi vous montrer, Anita. Laissez-moi vous montrer ce que j'ai fait.

Sur ce, il passa la main derrière lui, tourna la poignée de la porte et m'entraîna dans la pièce au-delà.

CHAPITRE 65

La chambre était plongée dans une obscurité si épaisse qu'elle ressemblait à une caverne souterraine – ou à une brusque cécité. Chimère me lâcha le bras. J'eus l'impression de partir à la dérive dans les ténèbres. Trébuchant, je tendis une main pour me rattraper et touchai quelque chose. Je l'empoignai instinctivement. Puis la chair céda sous ma main. Je me rendis compte qu'elle était humaine, et pas à la bonne hauteur. Un mollet n'avait aucune raison de se trouver au niveau de ma poitrine.

Je me rejetai en arrière, et quelque chose d'autre m'effleura le dos. Je poussai un petit glapissement. Les mains tendues devant moi, je titubai dans le noir et heurtai une masse qui se mit à se balancer. Elle devait être suspendue au plafond. Je m'en écartai vivement et percutai l'obstacle suivant tête la première. Le bruit de la chair giflant la chair m'apprit qu'il s'agissait d'un corps. Le hurlement m'apprit qu'il était toujours vivant. Je l'avais cogné assez fort pour qu'il revienne vers moi. Je voulus reculer pour l'éviter et en bousculai un autre. Celui-ci n'émit pas le moindre son.

Les mains toujours tendues devant moi, je tentai frénétiquement de me dégager, mais ma main ne cessait de toucher des bouts d'anatomie : des hanches, des cuisses, des parties génitales, des fesses… J'accélérai pour forcer le passage à travers cette forêt de corps suspendus, mais ceux-ci se balancèrent de plus belle autour de moi. Des cris retentirent dans l'obscurité, comme si j'avais déclenché une réaction en chaîne qui les faisait tous se rentrer dedans. À la tonalité des voix, je sus que c'était uniquement des hommes.

L'un des corps me frappa assez fort pour que je tombe, et ses pieds suspendus dans le vide me frôlèrent. Je voulus m'éloigner à quatre pattes, mais ils étaient partout. Ils me touchaient, m'effleuraient, gigotaient au-dessus de moi. Je m'aplatis et roulai sur le dos. Puis je rampai en arrière, agitant frénétiquement les pieds et les mains pour les repousser. Mais ils étaient tous suspendus à une hauteur différente, et je ne parvenais pas à les éviter.

Je sentis un hurlement enfler dans mon ventre et sus que si je criais une seule fois, je ne pourrais plus m'arrêter. Ma main atterrit dans quelque chose de tiède et de liquide. Je me figeai. Même dans l'obscurité, j'étais capable de reconnaître le contact du sang. À ce stade, la plupart des gens n'auraient sûrement pas pu s'empêcher de hurler, mais curieusement, cette découverte me calma. Je savais ce que c'était de saigner quelqu'un à mort. Je pressai ma main dans cette flaque encore tiède, et cela m'aida à me ressaisir.

Je me laissai aller sur le sol, la main dans le sang, la tête dans Dieu sait quoi d'autre, et je réappris à respirer normalement. Si je restais vraiment immobile, sans essayer de bouger, les pieds ne me touchaient pas. Rien ne me touchait. Alors, je fermai les yeux et mobilisai mes autres perceptions. J'ai une assez bonne vision nocturne, mais même un félin a besoin d'un peu de lumière, et l'obscurité était totale autour de moi.

Les chaînes grinçaient comme les corps continuaient à se balancer. Je sentais de petits courants d'air. Une goutte tiède s'écrasa sur ma joue. Tout ce mouvement avait rouvert les blessures de quelqu'un. Je gardai les yeux fermés et me forçai à prendre de grandes inspirations égales.

— Oh mon Dieu, oh mon Dieu, oh mon Dieu, criait un homme aussi vite qu'il parvenait à reprendre son souffle.

Il avait perdu la boule, et je ne pouvais pas l'en blâmer. J'avais failli le faire moi-même, et je n'étais pourtant pas suspendue à poil au plafond, en train de me vider de mon sang.

— La ferme! aboya Chimère dans les ténèbres. La ferme!

L'homme cessa aussitôt de crier mais continua à gémir à chacune de ses inspirations, comme s'il devait absolument faire du bruit.

—Anita. Anita, où êtes-vous ? appela Chimère.

Même un polygarou n'y voyait pas dans le noir complet, et apparemment, l'odeur du sang, de la chair et de la sueur masquait la mienne. Il ne savait pas où j'étais. Génial.

J'aurais bien voulu penser à un moyen d'exploiter cette information. Mais je restai bêtement allongée par terre, la main dans le sang qui refroidissait, une deuxième goutte coulant le long de ma joue, et je ne fis rien. Il me suffisait de gagner du temps jusqu'à l'arrivée de la cavalerie. J'avais essayé de parler à Chimère, et ça n'avait rien donné de bon. Du coup, j'allais essayer le silence.

—Anita. Anita, répondez-moi.

Je ne répondis pas. S'il voulait me trouver, il n'avait qu'à allumer une putain de lumière. Puis je songeai que je ne voulais probablement pas voir ce qui était suspendu au-dessus de moi. Ce serait peut-être une de ces abominations qui oblitère la raison, une de celles dont on ne se remet jamais. Tout de même, je voulais vraiment voir quelque chose. Pas n'importe quoi, mais presque. Je gisais dans le noir comme sous mes draps quand j'étais enfant, effrayée par l'obscurité et par ce qu'elle dissimulait.

—Répondez-moi, Anita !

Cette fois, Chimère avait crié d'une voix dure.

—Répondez-lui si vous pouvez, dit une voix d'homme au-dessus de moi. Vous n'avez pas envie qu'il se mette en colère contre vous.

Un autre homme émit un bruit pareil à un rire étranglé et humide – comme s'il y avait du sang dans sa gorge et dans sa bouche.

Soudain, les ténèbres se remplirent de voix qui répétaient :

—Répondez-lui, répondez-lui.

On aurait dit que le vent avait trouvé le moyen de parler et qu'il me donnait des instructions dans le noir.

Une autre goutte me tomba sur la joue et se mit à glisser lentement sur ma peau. Je ne l'essuyai pas. Je ne bougeai pas. Je craignais que le moindre mouvement permette à Chimère de me localiser.

— La ferme! s'égosilla-t-il.

Et je l'entendis s'avancer dans la pièce.

Les voix se turent. Mais je sentais toujours les corps suspendus tels des poids morts, pareils à un plafond de pierre qui pèserait sur moi. Je pris une grande inspiration et la relâchai lentement. Ma claustrophobie me hurlait que je ne pouvais pas respirer, mais c'était un mensonge. L'obscurité n'a pas de poids ; seule ma peur me donnait cette impression.

Si Chimère voulait que je reste allongée dans le noir pendant une heure jusqu'à l'arrivée des secours, pas de problème pour moi. Je ne paniquerais pas. Ça ne m'aiderait en rien de me mettre à ramper frénétiquement pendant que des pieds me frôleraient le dos. Si je faisais ça, je me mettrais à hurler, et je ne m'arrêterais pas avant un bon moment.

Le sang coula le long de mon cou et se perdit dans mes cheveux. Je gardai les yeux fermés et me concentrai pour respirer tout doucement, sans faire de bruit.

— Répondez-moi, Anita, ou je découpe les hommes suspendus au-dessus de vous, menaça Chimère.

Sa voix était plus proche, mais pas encore trop proche. Il se trouvait encore à l'extérieur de la forêt de corps.

Je ne répondis toujours pas.

— Vous ne me croyez pas? Laissez-moi vous prouver que je suis sérieux.

Un homme poussa un cri aigu, pitoyable.

— Ne faites pas ça, dis-je très vite.

— Ne faites pas quoi?

— Ne leur faites pas de mal.

— Ils ne sont rien pour vous. Pas vos amis, pas les animaux que vous pouvez appeler. Pourquoi vous souciez-vous d'eux?

— Orlando King connaît la réponse à votre question.

— C'est à vous que je la pose.

— Vous connaissez déjà la réponse.

— Non, non. C'est Orlando qui la connaît. Pas moi. Je ne comprends pas. Pourquoi vous souciez-vous de ce qui peut arriver à des inconnus ?

L'homme se remit à hurler.

— Arrêtez, Chimère.

— Sinon quoi ? Que ferez-vous si je refuse ? Que ferez-vous si je continue à découper des morceaux de cet homme dans le noir ? Comment m'arrêterez-vous ?

L'homme glapit :

— Non, non, pas ça, noooon !

Son cri s'interrompit brusquement, ce qui signifiait qu'il était mort ou tombé dans les pommes. J'espérais que la seconde hypothèse était la bonne, mais dans un cas comme dans l'autre, je ne pouvais pas y faire grand-chose.

— Vous sentez la peur, Anita ? Faites-la rouler sur votre langue comme l'épice délicieuse qu'elle est.

Pour l'instant, ma bouche était si sèche que je ne pouvais rien goûter du tout. Mais je percevais la terreur de ces hommes, je la humais. À présent, ils exsudaient tous une terreur renouvelée qui se déversait par chacun de leurs pores.

— C'est facile de terroriser les gens dans le noir, Chimère. Tout le monde a peur du noir.

— Même vous ?

J'ignorai la question.

— Je croyais que si je venais, vous relâcheriez Cherry et Micah.

— C'est bien ce que j'ai dit à Zeke.

Alors, je sus qu'il n'avait aucune intention de tenir sa promesse. Ça n'aurait pas dû me surprendre – et pourtant… M'étais-je vraiment attendue que ce psychopathe soit un homme de parole ? Peut-être. Quelque part, ça me choquait qu'il n'ait pas l'intention de faire ce qu'il avait dit. Ça signifiait qu'il n'y avait pas moyen de négocier avec lui. Par pur caprice, il pouvait tuer Cherry et Micah avant l'arrivée des secours.

Mon pouls recommença à s'accélérer, et je luttai pour contrôler ma respiration. J'ôtai ma main de la flaque de sang figé. Chimère finirait par me repérer à la voix. Autant bouger.

Je posai les mains sur mon ventre et réfléchis à ce que je pouvais faire, sans armes, contre un homme qui pesait cinquante kilos de plus que moi et qui était assez fort pour passer au travers de murs de brique. Aucune idée exploitable ne me vint à l'esprit. La violence n'était peut-être pas le bon moyen pour gagner du temps. Que me restait-il d'autre ? Le sexe ? La logique ? Le sens de la repartie ? Mon Dieu, j'aurais bien besoin d'un petit coup de main, là…

— Vous n'éprouvez pas le besoin de parler, n'est-ce pas ? demanda Chimère d'une voix redevenue plus « normale ».

— Pas à moins que j'aie quelque chose à dire.

— C'est très inhabituel chez une femme. La plupart d'entre elles ne supportent pas une seule seconde de silence. Elles parlent, et parlent, et parlent.

Il semblait calme à présent, comme si nous avions été en train de discuter à une table de restaurant pendant un premier rencard. Étant donné que nous nous trouvions dans une chambre de torture plongée dans le noir, au sol couvert de sang, sa voix m'effrayait encore plus que ses hurlements. Il était censé délirer, pas discuter rationnellement… Ça, ça me foutait vraiment la trouille.

D'un autre côté, bien que plus calme, sa voix n'était pas redevenue celle d'Orlando King. Peut-être émanait-elle d'une autre de ses personnalités ? Je n'en savais rien, et je m'en fichais. Tant que ça l'empêchait de découper des gens, ça me convenait.

— Vous voulez voir votre léopard ? demanda-t-il.

— Oui.

La lumière explosa en travers de ma vision, et son éclat me rendit aussi aveugle que je l'avais été dans le noir. Je mis une main devant mes yeux pour les protéger, puis la baissai lentement comme l'éblouissement se dissipait.

Au-dessus de moi se balançait une paire de jambes. Mon regard remonta le long du corps de leur propriétaire et découvrit des traces de griffes toutes fraîches sur ses cuisses et ses fesses. Une autre goutte de sang tomba de son pied nu et s'écrasa sur ma main.

Lentement, je déplaçai mon regard vers la paire de jambes suivante, et la suivante, et la suivante… Des dizaines d'hommes étaient suspendus là tels des ornements obscènes. Pour la première fois, je m'autorisai à me demander si Micah se trouvait parmi eux.

—Voulez-vous vous lever, ou appréciez-vous la vue d'en bas ? demanda une voix à moins de un mètre.

Je sursautai très fort. En me tordant le cou, je vis Chimère debout entre deux hommes suspendus, derrière moi.

—Je vais me lever, si ça ne vous fait rien.

—Laissez-moi vous aider.

Il écarta un des hommes comme on écarte un rideau, comme si les yeux bleu pâle du malheureux n'étaient pas ouverts et remplis de terreur, comme si tout son corps ne frissonnait pas au contact de son bourreau.

Je me mis debout en évitant soigneusement de bousculer l'homme le plus proche de moi avant que Chimère puisse en écarter un autre pour me tendre la main. Je ne voulais vraiment pas qu'il me touche.

Ses yeux étaient redevenus gris et humains. Il affichait une expression parfaitement neutre et ordinaire. Son sourire diabolique s'était évanoui ; pourtant, il ne s'agissait pas d'Orlando King, mais de quelqu'un d'autre. Toute la question était de savoir si cette nouvelle personnalité se révélerait plus accommodante ou plus dangereuse.

Chimère retint le corps sur le côté comme il aurait tenu une porte ouverte afin que je puisse sortir. Je le laissai faire mais gardai un œil sur lui, craignant qu'il tente de me saisir sans crier gare. Lorsque j'émergeai enfin dans un espace dégagé, je poussai un soupir de soulagement.

Chimère me rejoignit, et je fis un petit pas sur le côté. Un mouvement attira mon attention, mais ce n'étaient que les corps suspendus qui se balançaient lentement après que Chimère les eut lâchés. Tous portaient des marques : griffures, entailles, brûlures… L'un d'eux avait été amputé sous les genoux.

Je reportai mon attention sur Chimère. Je savais que j'étais blême, mais je ne pouvais rien y faire. Je n'avais pas hurlé. Je n'avais pas (trop) paniqué. Je ne pouvais pas contrôler mes réactions involontaires. J'avais déjà assez de mal avec les volontaires.

—Où sont mes léopards ? demandai-je d'une voix presque normale.

Un million de bons points pour moi.

—Votre léopard est ici, dit Chimère en se dirigeant vers un lourd rideau blanc qui masquait presque la totalité du mur le plus proche.

Il tira sur un cordon, et le rideau s'ouvrit, révélant une alcôve. À l'intérieur, Cherry était enchaînée au mur de pierre par les chevilles et les poignets, un bâillon-boule en cuir dans la bouche. Elle avait les yeux écarquillés, et le sang séché qui maculait son visage était strié par ses larmes. Elle semblait indemne ; pourtant, le sang devait bien venir de quelque part.

—Elle a régénéré tous les dégâts que nous lui avons infligés, dit Chimère.

Abuta l'homme-serpent apparut à ses côtés comme s'il venait de le conjurer. Chimère lui caressa la tête ainsi qu'à un fidèle toutou.

—Abuta est très doué pour ce genre de choses.

Je déglutis péniblement et tentai de ne pas me mettre en colère, parce que ça n'aurait aidé personne. Les secours étaient en route. Il fallait juste que je gagne du temps jusqu'à leur arrivée.

Des hommes étaient enchaînés aux murs tout autour de la pièce. Je ne reconnus aucun d'entre eux. Ils présentaient une certaine uniformité : tous jeunes (ou du moins, pas vieux), bien bâtis – certains minces, d'autres musclés –, de toutes les races et de toutes les couleurs, mais tous séduisants. Je me demandai combien il avait fallu de temps à Narcisse pour réunir une telle quantité de beaux gosses…

Micah ne se trouvait pas le long du mur. La pièce entrevue dans le Polaroid ressemblait plutôt à l'alcôve qu'occupait Cherry. Je jetai un coup d'œil à la partie encore tendue du rideau. Se trouvait-il derrière ?

Je m'étais rapprochée de Cherry sans m'en apercevoir, car lorsqu'elle remua dans ses chaînes, cela me fit sursauter. Reportant mon attention sur elle, je vis qu'elle n'avait d'yeux que pour Chimère. Celui-ci n'avait apparemment pas bougé, mais il avait dû faire quelque chose pour l'effrayer. Il ne me fallut pas longtemps pour voir que ses yeux étaient redevenus animaux et que cet étrange sourire flottait de nouveau sur ses lèvres. Mon petit doigt me disait que c'était cette personnalité-là qui faisait le sale boulot pour les deux autres.

— Détachez-la, dis-je comme si j'étais certaine qu'il obtempérerait.

Ce qui n'était franchement pas le cas.

Chimère tendit une main vers le visage de Cherry, et je lui saisis le poignet.

— Détachez-la.

Il eut une grimace déplaisante.

— Je détesterais perdre une des seules femmes dont nous disposons ici. Narcisse apprécie peut-être les deux sexes, mais il n'en accepte qu'un dans sa meute. Les véritables hyènes tachetées fonctionnent en matriarcat. Il ne veut pas introduire de femmes dans son groupe parce qu'il craint que l'instinct de ses gens prenne le dessus et qu'il ne soit pas assez féminin pour garder le contrôle.

— Je suis toujours ravie d'approfondir ma culture zoologique, mais commençons par détacher Cherry et par la faire sortir d'ici.

— Et votre amant ? Et Micah ?

Je soutins le regard de ces yeux animaux différents et luttai pour ne pas laisser transparaître ma peur.

— Je pensais que vous le gardiez pour la fin, une sorte de bouquet final.

Le ton de ma voix était passé de calme à blasé. À m'écouter, vous auriez pu croire que je me fichais du sort de Micah, mais cela n'empêchait pas mon cœur de battre la chamade.

Le sourire de Chimère s'élargit, et je vis une expression humaine passer dans ses yeux. Je crois qu'il se délectait par avance de ma douleur.

Lentement, il acheva d'ouvrir le rideau, révélant Micah enchaîné au mur par les poignets et les chevilles, comme Cherry. Mais contrairement à celles de Cherry, ses blessures n'avaient pas guéri. Le côté droit de son visage était salement amoché. Un de ses yeux, couvert de sang séché, était tellement gonflé qu'il s'était fermé tout seul. La courbe délicate de sa mâchoire était méconnaissable. La boursouflure déformait un côté de sa bouche, laissant apercevoir l'intérieur rose de ses lèvres et le blanc de ses dents.

J'entendis un gémissement qui venait de sortir de ma gorge. Il ressemblait à un sanglot, et je ne pouvais pas me permettre de pleurer. Si Chimère voyait à quel point ça me blessait, il ferait encore plus de mal à Micah.

Je ne pus m'empêcher de tendre la main vers le Nimir-ra. Il fallait que je le touche pour que tout ça devienne réel. Voir ne me suffit jamais pour croire. Du bout des doigts, j'effleurai le côté indemne de son visage. Son œil intact cligna et s'ouvrit. Il y eut une seconde de soulagement. Puis Micah aperçut Chimère, et son œil s'écarquilla. Il tenta de parler mais ne réussit pas à remuer les lèvres, juste à produire de petits sons douloureux.

Chimère toucha le côté boursouflé de son visage, rien de brutal, mais Micah frémit quand même. Je lui saisis le poignet comme je l'avais fait pour Cherry et m'interposai entre les deux hommes.

— Détachez-le.

—Je lui ai personnellement cassé la mâchoire pour m'avoir menti.

—Il ne vous a pas menti.

—Il m'a dit que vous alliez devenir une polygarou comme moi, mais c'est faux. (Chimère se pencha vers moi en me reniflant.) Si c'était vrai, je le sentirais. Vous sentez quelque chose, une odeur qui n'est pas humaine. Il y a du léopard et du loup en vous. (Il inspira profondément, le nez à quelques millimètres de mon visage.) Mais il y a aussi du vampire. Vous n'êtes pas comme moi, Anita. (Il jeta un coup d'œil à Micah.) Il essayait juste de m'empêcher de faire du mal à ses félins après vous avoir sauvée de mes gens, la fois où ils sont venus chez vous.

—D'accord, je ne suis pas une polygarou. Cela signifie-t-il que vous ne voulez pas de moi comme compagne ?

Il éclata de rire.

—Je ne sais pas. Un petit viol, c'est toujours plaisant. Ça ajoute du piquant.

Il me sembla qu'il disait ça juste pour me choquer, mais je ne pouvais pas en être sûre. Avait-il violé Cherry ? Je tentai de ne pas y penser, parce qu'y penser faisait monter en moi une vague de colère chauffée à blanc.

—Cette idée vous déplaît, n'est-ce pas ?

Chimère tenta de me toucher les cheveux, Je m'écartai de lui, sortant de l'alcôve pour avoir la place de manœuvrer. Les secours étaient en route, mais un coup d'œil à ma montre m'apprit qu'il restait encore vingt minutes avant l'heure prévue. La cavalerie pouvait débouler en avance ou pas. Je ne pouvais pas compter là-dessus.

Chimère ne tenta pas de me suivre.

—Je pourrais vous violer devant Micah. Je crois que vous n'apprécieriez ni l'un ni l'autre. Mais en vérité, je préférerais l'inverse. Orlando est homophobe ; je me demande pourquoi ?

Je m'éloignai lentement du rideau, tentant de l'entraîner à l'écart de Cherry et de Micah.

— Ce que nous haïssons le plus chez les autres est souvent ce que nous n'admettons pas chez nous.

— Bravo ! Comme je vous l'ai dit, je protège Orlando contre lui-même.

— Ce doit être difficile.

— Quoi donc ?

— Garder des secrets quand on partage le même corps.

Chimère se mit à me suivre le long du mur.

— Au début, il ne voulait pas savoir ce que nous faisions. Mais depuis quelque temps, il… n'est pas du tout content de nous. Si je ne l'en avais pas empêché, je pense qu'il aurait fini par se faire du mal. (Chimère désigna les hommes suspendus.) Il s'est réveillé dans le noir, au milieu de mes joujoux. Il a crié comme une fillette. (Il plaqua une main sur sa bouche.) Oups, excuse-moi, tu n'as pas crié du tout. Il a pleurniché comme un bébé jusqu'à ce que je vienne le chercher. Et il n'a même pas eu l'air reconnaissant. Comme s'il me tenait responsable.

Son expression se fit perplexe, et de nouveau, j'eus l'impression qu'il écoutait des choses que je n'entendais pas. Il me dévisagea.

— Vous entendez ?

J'écarquillai les yeux.

— Quoi ?

Il scruta l'autre bout de la pièce, par-delà la forêt d'hommes suspendus, et je cherchai une arme du regard. Avec tous ces gens découpés comme des pièces de boucherie, il devait bien y avoir une lame quelque part. Mais la pièce était vide et blanche à l'exception de ces atroces décorations. Je m'attendais à trouver des tisonniers, des pinces, des couteaux, n'importe quoi, bordel ! Quel genre de donjon était-ce, qui abritait des victimes mais aucun instrument de torture ?

Ce fut alors que j'entendis aussi. Des cris, des bruits de lutte. La bataille s'était engagée, mais elle demeurait encore lointaine. La bonne nouvelle, c'est que les secours arrivaient réellement. La mauvaise, c'est que Chimère s'en rendait compte et que j'étais seule avec lui. D'accord, pas seule, mais des gens enchaînés n'étaient pas vraiment en position de me filer un coup de main.

Chimère tourna vers moi un visage si plein de rage qu'il semblait bestial même sans s'être métamorphosé.

— Pourquoi avez-vous enlevé tous les alphas ? demandai-je.

J'essayais de le faire parler, parce que je ne voyais pas quoi faire d'autre.

— Pour prendre le contrôle de leurs groupes, gronda-t-il entre ses dents serrées.

— Vos serpents sont des anacondas. L'alpha que vous avez enlevé était un cobra. Vous ne pouvez pas régner sur un autre type de serpent que le vôtre.

— Pourquoi pas ? répliqua-t-il.

Et il s'avança vers moi, toujours sous sa forme humaine mais avec cette grâce et cette tension purement animales.

Je n'avais pas de bonne réponse à sa question.

— Les alphas sont-ils encore vivants ?

Chimère secoua la tête.

— J'entends des gens se battre, Anita. Qu'avez-vous fait ?

— Rien du tout.

— Vous mentez. Je le sens.

D'accord. Mieux valait peut-être dire la vérité.

— Le bruit que vous entendez, c'est la charge de la cavalerie.

— Qui ça ? gronda-t-il d'une voix à peine compréhensible.

Il continuait à marcher sur moi, et moi à reculer devant lui.

— Rafael et ses rats. Et probablement les loups.

— Il y a des centaines de hyènes-garous dans ce bâtiment. Votre cavalerie ne franchira pas leur barrage à temps pour vous sauver.

Je haussai les épaules. Je n'osais pas tout lui révéler de peur qu'il se venge sur ses prisonniers, et je n'osais pas mentir car il le sentirait. Alors, je continuai à reculer sans rien dire. Nous avions presque atteint la porte. Si j'arrivais à l'ouvrir, Chimère se lancerait peut-être à ma poursuite, et je pourrais essayer de l'attirer dans une embuscade.

Abuta se plaça devant la porte. Je l'avais oublié, et c'était imprudent de ma part. Pas fatalement imprudent, mais quand même.

Je pressai mon dos contre le mur pour pouvoir les surveiller tous les deux. Abuta resta près de la porte. Le message était clair : tant que je n'essaierai pas de sortir, je n'aurai pas à me soucier de lui. Chimère, en revanche, ne cessait de se rapprocher. J'étais coincée entre un homme-serpent et un polygarou. Pas tout à fait la peste et le choléra, mais pas loin.

Chimère coula dans son autre forme. Oui, coula. Ça fait des années que je vois des lycanthropes se métamorphoser ; c'est toujours un processus violent et salissant. Mais avec lui, c'était juste… stupéfiant. Des écailles le recouvrirent comme de l'eau. Il n'y eut pas de fluide transparent, pas de sang – rien d'autre que la transformation, comme s'il passait d'humain à serpent de la même façon que Clark Kent se change en Superman. Ce fut presque instantané. Il ne ralentit même pas. Ses vêtements s'ouvrirent et tombèrent sur le sol tels les pétales d'une fleur, et il en émergea sous la forme reptilienne de Coronus.

Alors, il s'arrêta, complètement immobile à la façon des serpents. Je me figeai en même temps que lui. Il tourna la tête pour me fixer d'un œil cuivré. Être obligé de faire ça devait bousiller complètement sa perception des profondeurs.

— Je me souviens de vous. Chimère nous a dit de vous tuer. (Il promena un regard à la ronde et demanda lentement :) Où sommes-nous ?

Puis il se plia en deux comme s'il souffrait et reprit une forme humaine – mais pas celle d'Orlando King. Il se changea en Boone, et avant que le voile de confusion se soit déchiré devant les yeux de l'ours-garou, il devint un homme-lion. Un instant, je faillis le prendre pour Marco. Puis je compris qu'il ne pouvait pas être à la fois Marco et Coronus. Même Chimère ne pouvait pas se dédoubler.

Sous cette forme, il avait un pelage fauve et doré ; il était musclé et viril, son visage semi-humain encadré par une crinière presque noire. Les griffes de ses mains ressemblaient à des dagues.

—Cette forme m'appartient réellement, gronda-t-il. Le serpent et l'ours sont comme Orlando ; ils croient encore en eux. Mais je suis la seule réalité véritable. Il n'y a rien d'autre que Chimère.

Il voulut se saisir de moi, et je pris mes jambes à mon cou. Je m'élançai en direction de la forêt d'hommes suspendus. Au dernier moment, je virai si vite que je tombai par terre et décampai en appui sur mes pieds et mes mains, comme un petit singe. Les hommes suspendus ralentiraient Chimère, mais il n'hésiterait pas à les découper pour m'atteindre. Je ne voulais pas d'un nouveau carnage par ma faute.

Il me rattrapa de l'autre côté de la pièce, dans le coin le plus éloigné de la porte et de Micah. À mon avis, il aurait pu le faire avant, mais il n'était pas pressé. J'ignore pourquoi. Les bruits de combat se rapprochaient, mais ils n'étaient pas encore assez près.

Chimère marcha sur moi telles la grâce et la violence incarnées, une montagne de muscles et de fourrure fauve qui luisait doucement. Il ouvrit la bouche et poussa un rugissement – un son que je n'avais jamais entendu à l'extérieur d'un zoo. Du coup, je redressai les épaules. Zeke et Bacchus avaient promis de nous faire sortir d'ici avant le début de la bataille. Ils avaient menti ou échoué, mais je ne tomberai pas sans me défendre, et je ne tomberai pas en hurlant.

Je regardai Chimère s'approcher de moi tel un cauchemar au ralenti, magnifique et terrible comme un ange bestial.

Soudain, l'ardeur jaillit en moi comme une vague tiède, se déversant sur ma peau et arrachant un hoquet à ma gorge. La dernière fois, c'était la proximité de Richard qui l'avait déclenchée. Cette fois... Peut-être était-il juste temps que je me nourrisse de nouveau. À l'instant où cette pensée me traversa l'esprit, je sus que Jean-Claude s'était réveillé dans les profondeurs du *Cirque* – et avec lui, l'ardeur.

Chimère s'arrêta et secoua sa grosse tête poilue.

— Qu'est-ce que c'est? gronda-t-il.

— L'ardeur, soufflai-je.

— La quoi?

— L'ardeur. Le feu, le besoin.

À chacun de mes mots, elle enflait telle une pression qui finit par réveiller ma bête. Celle-ci se dressa depuis l'endroit où elle demeurait comprimée au fond de moi, et les deux chaleurs distinctes cascadèrent le long de mon corps, me poussant vers Chimère.

Le polygarou ne m'effrayait plus parce que je sentais sa peur, et qu'il est inutile de craindre quelque chose qui a peur de vous. Une partie de moi savait que c'était faux, qu'un type terrorisé muni d'un flingue risque davantage de vous tirer dessus qu'un homme courageux, mais cette partie rationnelle s'évanouissait peu à peu, ne laissant derrière elle que la partie instinctive. Et la partie instinctive aimait l'odeur de la peur. Ça lui rappelait la nourriture et le sexe.

Chimère recula, et nous refîmes lentement le chemin à l'envers – sauf que cette fois, c'était moi qui marchais sur lui. Je le traquais comme il m'avait traquée, et je remarquai que je croisais les pieds à la façon d'un félin. Du coup, mes hanches se balançaient d'une manière étrangement gracieuse. Mon dos était très droit, mes épaules rejetées en arrière, mes bras presque immobiles à mes côtés, mais une tension habitait tout le haut de mon corps – l'anticipation de la violence à venir.

Jusque-là, l'ardeur avait toujours surpassé la faim de la bête, mais tandis que je poursuivais Chimère, regardant cette énorme créature musclée battre en retraite devant moi, je ne pensais qu'à sa viande. À la mordre, à la déchirer avec mes griffes et mes dents. Je pouvais presque goûter son sang – chaud, si chaud, coulant dans ma bouche et le long de ma gorge. Cette faim ne provenait pas uniquement de ma bête, mais de la soif de sang de Jean-Claude et de la faim de la bête de Richard. Elle était ces trois appétits combinés, plus l'ardeur sous-jacente, et toutes les quatre s'alimentaient mutuellement tel un serpent mordant sa propre queue, un Ouroboros de désirs.

Chimère cessa de fuir et se pressa contre le rideau blanc. Nous étions revenus du côté de Cherry et de Micah. Derrière le rideau, il n'y avait qu'un mur solide, impénétrable.

—Qu'êtes-vous ? demanda-t-il d'une voix étranglée, vibrant de la peur qui émanait de lui en vagues. (Il renifla l'air, et ses narines frémirent.) Même votre odeur a changé.

—Et je sens quoi, maintenant ?

Je lui touchai la poitrine du bout des doigts, ne sachant pas comment il réagirait. Mais il ne se déroba pas. Je pressai ma paume sur son pectoral gauche et sentis des battements puissants contre ma main. Il me semblait que j'aurais pu caresser son cœur comme la peau d'un tambour.

En cet instant, je sus ce que Chimère désirait plus que tout. Il voulait mourir. Qui que soit le noyau de son être, si peu qu'il puisse rester de sa personnalité originelle, Orlando King voulait que ça s'arrête. Il essayait de mettre fin à ses jours depuis le moment où il avait appris qu'il allait devenir un loup-garou. Jamais il n'avait changé d'avis. Simplement, il n'avait pas pu se résoudre à se suicider – ou du moins, pas directement.

Je me penchai vers lui, les mains sur sa poitrine et mon corps doucement pressé contre le sien.

—Je vais vous aider, chuchotai-je.

—M'aider à quoi ?

Mais sa voix était effrayée, comme s'il devinait ce qui allait suivre.

Une douleur me transperça la poitrine. Mes genoux cédèrent sous moi et Chimère me rattrapa prudemment avec ses pattes griffues. Je pense que c'était un geste automatique.

Un instant, je vis à travers les yeux de Richard une hyène-garou faire claquer ses mâchoires devant sa figure, je sentis ses griffes lui lacérer la poitrine. La douleur était aiguë. Des os se brisèrent ; puis l'engourdissement gagna Richard, qui n'essaya pas de lutter. Il se laissa submerger, et je sus que lui aussi voulait mourir – ou plutôt, qu'il ne voulait pas continuer à vivre comme ça. La douleur l'avait fait se projeter vers moi, mais ses mains étaient lentes, trop lentes. Jamais il n'admettrait qu'il voulait baisser les bras, mais c'est ce qu'il désirait, et cela l'empêchait de se défendre correctement. Et cela permettait à l'homme-hyène de lui découper la poitrine comme un vulgaire melon.

Puis Shang-Da saisit l'homme-hyène à bras-le-corps pour l'arracher à Richard, et je me retrouvai dans mon propre corps, en train de voler en arrière. Je m'écrasai dans le rideau et l'alcôve qu'il dissimulait. Mon corps était toujours mou et inerte à cause des derniers vestiges de l'engourdissement de Richard, aussi l'impact ne me fit-il pas trop mal.

Une seconde, je restai étourdie parmi les plis du tissu. Ma main tâtonna autour de moi et toucha du métal. Soulevant le bord du rideau, je découvris que l'alcôve était pleine d'armes. J'avais trouvé les lames dont les méchants s'étaient servis pour torturer Nathaniel et Gregory. Chimère m'avait projetée en plein milieu, et le choc de la blessure de Richard avait atténué l'ardeur.

Ma main se referma sur un couteau plus long que mon avant-bras. Je le brandis dans la lumière et reconnus de l'argent. L'ardeur s'était évanouie sans que je la nourrisse, et j'avais une arme. La vie était belle.

Puis j'entendis des griffes – ou des lames – lacérer de la chair, ce bruit de déchirure que produit quelque chose de tranchant en découpant de la chair. Quand on l'a entendu assez souvent, on finit par le reconnaître facilement. De là où je me trouvais, je voyais les hommes suspendus. Ils étaient tous indemnes. Un nœud glacial me tordit les entrailles, parce que je savais où se trouvait Chimère. Simplement, j'ignorais auquel des deux il s'en était pris.

Je repoussai le rideau et voulus me lever. Abuta apparut devant moi. Je lui jetai le rideau à la figure. Il fit ce que n'importe qui d'autre aurait fait par réflexe : il leva un bras pour se protéger.

Je lui plantai le couteau dans le ventre, la lame inclinée vers le haut pour viser le cœur.

Abuta hurla et tendit une main vers l'alcôve dans laquelle Chimère était en train de massacrer un des miens. Il dit quelque chose dans une langue que je ne compris pas. Comme il s'écroulait, je continuai à remuer le couteau pour tenter d'atteindre son putain de cœur, mais la lame plus large que celle de mes couteaux habituels s'était accrochée sur ses côtes. Elle refusait d'aller là où je voulais.

J'entrevis un éclair doré. Une fraction de seconde plus tard, Chimère me percuta de sa main tendue et m'envoya voler parmi la forêt de corps suspendus. Je heurtai quelqu'un, provoquant plusieurs cris de douleur. Puis je me retrouvai par terre, tentant de reprendre mon souffle. Chimère m'avait frappée à la clavicule, et l'impact avait engourdi tout mon bras.

Il s'agenouilla près de l'homme-serpent et le prit dans ses bras. Un mouvement attira mon regard vers Cherry et Micah. Le devant du corps de Cherry n'était plus que rubans de chair ensanglantés, comme si Chimère lui avait planté ses griffes des deux côtés le plus profondément possible et avait tiré vers le bas, histoire de faire un maximum de dégâts en un minimum de temps. Sa poitrine déchiquetée se soulevait et s'abaissait frénétiquement ; elle était toujours vivante.

Micah était éventré. Son corps ressemblait à un fruit mûr qu'on a jeté contre un mur et qui a éclaté sous l'impact. Ses intestins brillaient telle une créature vivante et séparée de lui. À l'intérieur de la cavité, j'apercevais des choses qui étaient censées ne jamais voir la lumière du jour. Micah convulsait, tirant sur ses chaînes.

Je poussai un hurlement, et ma panique rouvrit les marques, rétablissant la connexion avec Richard. Il gisait sur le sol au rez-de-chaussée, mourant. Je sentis que son renoncement avait affaibli les loups. Il était leur Ulfric, leur cœur et leur tête. La défaillance de sa volonté affectait toute la meute. Les hyènes et les semi-hommes qui servaient Chimère se battaient pour ceux qu'ils aimaient ou pour ce en quoi ils croyaient. Les loups n'avaient rien sinon l'accablement et le défaitisme de Richard.

Et en cet instant, je sus que s'il mourait dans ces conditions, Jean-Claude et moi ne serions pas les seuls qu'il entraînerait dans la tombe. Toute la meute périrait avec lui. Le plan de Zeke et de Bacchus avait terriblement mal tourné. Les hyènes et les semi-hommes allaient massacrer les loups – tous jusqu'au dernier.

Je hurlai de nouveau, et Chimère apparut devant moi. D'une main, il saisit le devant de mon polo, ses griffes m'entaillant superficiellement à travers le tissu. Puis il ramena son autre bras en arrière, et le temps parut ralentir. J'avais tout le temps du monde pour décider quoi faire, et pourtant, je n'avais pas de temps du tout. Je sentais le souffle de Richard trembler dans sa poitrine et menacer de s'éteindre. Le corps de Micah frissonna une dernière fois et s'immobilisa.

Avec un cri inarticulé, je tâtonnai en moi, cherchant quelque chose pour les sauver – n'importe quoi. Mon pouvoir répondit à mon appel, m'offrant l'unique recours dont je disposais. C'était l'une des pires choses que j'aie jamais contemplées, et je n'hésitai pas une seule seconde.

Je ne conjurai pas mon pouvoir : je n'avais pas le temps. Je *devins* mon pouvoir. Il jaillit instantanément en moi, se déversant dans mes mains. J'en posai une sur le bras poilu qui me tenait et simultanément, bloquai l'autre bras qui s'abattait sur moi. Puis je crochetai ma main libre par-dessus.

À l'instant où j'estimai le contact suffisant, je fis ce que j'avais appris au Nouveau-Mexique. Quand je relève un zombie, je projette de l'énergie dans son corps pour le ranimer. Là, c'était l'inverse. Je prenais de l'énergie ; je la pompais pour absorber la vie de l'homme-lion.

Sa fourrure se rétracta sous mes mains jusqu'à ce que je touche de la peau humaine. Ce fut le corps d'Orlando King qui tomba à genoux devant moi, les yeux gris d'Orlando King qui levèrent vers moi un regard horrifié et suppliant.

Mais jamais il ne me demanda d'arrêter, et honnêtement, je ne suis pas certaine que j'aurais su comment faire.

Il se mit à hurler juste avant que sa peau commence à se couvrir de fines rides. Ce fut comme si des décennies entières le rattrapaient en quelques secondes. Je me nourris de lui, de tout ce qu'il était. Son essence fila à travers mon corps, vibrant le long de ma peau, chantant dans la moelle de mes os, cascadant à l'intérieur de chaque fibre de mon être.

Je la sentis s'écouler vers Micah le long de ce lien qui me donnait envie de le toucher chaque fois qu'il était près de moi. Je la sentis trouver Richard et relancer sa respiration. Je la sentis se propager à tous les loups qui, soudain, ne furent plus seulement dépendants de la volonté brisée de leur Ulfric. Ma volonté remplaçait celle de Richard, et je voulais vivre. Je voulais que nous vivions tous, et je fis le nécessaire pour cela. J'utilisai l'essence et l'énergie d'Orlando King pour remplir de volonté mes léopards, mes loups et, de façon plus éloignée, mes vampires. La volonté de se battre et de survivre.

Et pendant tout ce temps, Orlando King hurla. Il hurla tandis que son corps se flétrissait entre mes mains. Lorsque je le lâchai enfin, sa peau ressemblait à un mouchoir en papier sale recouvrant un squelette de brindilles. Il s'affaissa sur le côté, son corps massif changé en une enveloppe plus légère que l'air, et il continua à hurler. C'était un son atroce, et qui ne m'inspirait aucune pitié. Tout ce que j'éprouvais, c'était le souffle du pouvoir, pareil à une nuée de battements d'ailes dans ma tête.

Micah se tenait près de moi sous sa forme d'homme-panthère à la fourrure noire. Son ventre était intact, guéri, et seulement en partie grâce à sa métamorphose. Un énorme léopard tacheté, de la taille d'un poney, tournait autour de nous en feulant sur ce qui restait d'Orlando King. Cherry était indemne ; pas la moindre goutte de sang ne souillait son poil.

J'avais dû rester là plus longtemps qu'il m'avait semblé, à aspirer la vie du polygarou. Assez longtemps pour que Micah et Cherry se transforment, brisent leurs chaînes et régénèrent. Les hommes suspendus étaient en train d'en faire autant ; ils se laissaient souplement tomber à terre sur leurs pattes tachetées et griffues. Ils vinrent renifler les restes d'Orlando King et poussèrent d'étranges aboiements tandis que la pitoyable créature continuait à hurler.

— Tes yeux ressemblent à un ciel nocturne rempli d'étoiles, fit remarquer Micah d'une voix rendue rauque par les cordes vocales de sa forme intermédiaire.

Je n'eus pas besoin de me regarder dans un miroir pour comprendre ce qu'il voulait dire. Mes yeux étaient devenus entièrement noirs et piquetés par le scintillement d'astres lointains. Papillon d'Obsidienne avait les mêmes, et quand elle m'avait touchée avec son pouvoir, les miens étaient brièvement devenus pareils.

La porte du fond s'ouvrit, et les loups se déversèrent dans la pièce. Shang-Da et Jamil soutenaient Richard entre eux. Il avait conservé sa forme humaine, refusant de se transformer pour laisser son pouvoir le guérir. Les loups – certains sous leur forme humaine, d'autres non – vinrent me toucher, me lécher et se prosterner devant moi. Ils grondèrent et firent claquer leurs mâchoires au nez de la chose desséchée qui hurlait toujours sur le sol.

Shang-Da et Jamil aidèrent Richard à se traîner jusqu'à Micah et moi. Alors, je vis que ses yeux aussi étaient noirs et piquetés d'étoiles. Je me demandai s'il en allait de même pour ceux de Jean-Claude, et une pensée m'apprit que oui. Le Maître de la Ville se vautrait dans le torrent de pouvoir. Pendant ce temps, Richard me scrutait comme si je venais de renverser sa mère en voiture. La douleur qui se lisait sur son visage ne devait rien à ses blessures en train de se refermer. Je venais de lui dérober encore un peu de son humanité, pensait-il.

Il baissa les yeux vers la créature hurlante à mes pieds et lâcha :

— Comment as-tu pu ?

— J'ai fait ce que j'avais à faire.

Il secoua la tête.

— Je ne voulais pas vivre à ce point.

— Moi, si, intervint Micah.

Les deux hommes se dévisagèrent, yeux vert doré d'un côté et noirs pleins d'étoiles de l'autre. Quelque chose parut passer entre eux, puis Richard reporta son attention sur moi.

— Il est mourant?

— Pas tout à fait.

Il ferma les yeux, et avant qu'il lève son bouclier, j'eus le temps de voir à l'intérieur de lui. Ce qui le démolissait, ce n'était pas l'horreur que lui inspirait mon geste, mais le plaisir qu'il avait ressenti quand le pouvoir s'était engouffré en lui. Jamais il n'avait rien éprouvé de meilleur. Puis son bouclier me dissimula ses sentiments, mais ses yeux restèrent pareils à un ciel nocturne.

— Faites-moi sortir d'ici, réclama-t-il.

— Transforme-toi, Richard. Régénère.

Il secoua obstinément la tête.

— Non.

— Putain, Richard!

Mais il se contenta de répéter « non ». Jamil et Shang-Da l'aidèrent à se diriger vers la porte. Je le regardai s'éloigner, et je ne le rappelai pas. Je fis de mon mieux pour l'ignorer tandis que je m'agenouillai près de la chose squelettique en laquelle j'avais changé Orlando King.

Je savais comment lui restituer son essence, son énergie, et cela aussi aurait été enivrant d'une certaine façon. Mais Orlando voulait mourir, et Chimère était trop dangereux pour que je le laisse vivre. Je fis ce que voulait Orlando : je jugeai Chimère et j'appliquai la sentence. Conjurant de nouveau ma magie, je la déversai dans cette chose hurlante qui se tordait à mes pieds, et je libérai l'âme qui s'y attardait encore. Elle s'envola sous mon nez tel un oiseau invisible, tandis que le corps poussait ce long soupir rauque qui est généralement son ultime son. Orlando King mourut, méconnaissable – à moins, peut-être, de consulter ses empreintes dentaires.

Micah m'aida à me redresser. Il avait repris sa forme humaine. Avant de rencontrer Chimère, la métamorphose de Micah était la plus fluide que j'aie jamais contemplée. Il m'attira dans ses bras ; je pressai mon visage contre la peau nue de son cou et l'ardeur jaillit de nouveau en moi, comme si elle n'avait attendu que cette occasion. Les poils de Micah se hérissèrent sur ses bras, et il eut un petit rire nerveux.

— Je ne sais pas si je serai d'attaque. J'ai eu une journée difficile.

Je lui passai mes bras autour du torse et appuyai ma joue contre sa poitrine pour entendre les battements forts et réguliers de son cœur. Et sans raison apparente, je me mis à pleurer.

L'ardeur fut emportée par le torrent de mes larmes et par un déluge de mains. Celles de Micah, mais aussi celles des loups, des hyènes et des léopards qui avaient enfreint mes ordres pour participer à la bataille ; celles, enfin, de Zeke et des semi-hommes qui s'étaient joints à lui. Tous me touchèrent et me marquèrent avec leur odeur. Nous pleurâmes et nous rîmes ; nous hurlâmes, rugîmes et fîmes tous les bruits que vous pouvez imaginer. Richard rata une putain de célébration de victoire.

ÉPILOGUE

Richard a bel et bien fait de moi son Bolverk. Mais nous ne sortons plus ensemble. Je ne suis pas sûre de le regretter. Il est libre de se trouver une autre lupa, même s'il n'est pas certain que la meute l'approuve. Les loups ont l'air de penser que je conviens très bien. En tant que Bolverk du clan de Thronnos Rokke, ma première mission a été d'exécuter Jacob. Richard a insisté pour que nous laissions vivre Paris. Je pense que c'est une erreur, mais bon. C'est lui l'Ulfric.

Je n'ai pas viré poilue à la pleine lune suivante. Apparemment, Jean-Claude avait vu juste : les léopards sont mes animaux, ceux que je peux appeler, tout comme Damian est mon serviteur vampire. Je suis en train d'acquérir des pouvoirs supplémentaires à la façon d'un maître vampire. Allez comprendre.

Les hommes-serpents et Marco sont morts pendant la bataille. Les autres fidèles de Chimère ont rejoint leurs groupes animaux respectifs. Nous avons formé une coalition métamorphe pour faciliter l'entente entre les différentes espèces. Je ne voulais pas en devenir la présidente, mais on m'a un peu forcé la main.

Micah et son pard sont restés à Saint Louis. Nous sortons toujours ensemble – enfin, disons qu'il partage ma maison et mon lit. Mais je n'ai pas quitté Jean-Claude. Je suis sa servante humaine, et je ne peux plus m'en cacher. Comme Micah, il n'a pas été horrifié par ce que j'ai fait à Orlando King. Au contraire, il était content. Content que nous ayons gagné et survécu. Jusqu'ici, Micah et lui ont l'air de bien s'entendre.

J'attends toujours que quelque chose merde et qu'un des deux déclare la guerre à l'autre, mais pour l'instant, tout va bien.

Nous avons libéré Joseph, le Rex des lions, et sa femme est toujours enceinte. Ça fait quatre mois maintenant : un record. Narcisse s'est révélé hermaphrodite. Lui aussi porte un bébé. Je ne suis pas certaine qu'il devrait se reproduire, surtout sachant qui est le père, mais ça ne dépend pas de moi. Le roi des cobras et Andy le chien-garou étaient morts tous les deux, tués après que Chimère a réussi à les briser.

Le matin, je me réveille entre Micah et Nathaniel. Vous ne pouvez pas nourrir l'ardeur avec la même personne chaque jour – pas même si cette personne est un lycanthrope. C'est pourquoi on racontait jadis que les succubes et les incubes tuaient leurs victimes. Oui, il est possible d'aimer quelqu'un à mort au sens littéral. Donc, je me nourris alternativement de Micah et de Nathaniel. Micah en tant que Nimir-raj, et Nathaniel en tant que pomme de sang. Non, je ne couche pas avec Nathaniel. Les deux hommes semblent satisfaits de cet arrangement, même si ça me perturbe encore un peu. Je continue à espérer que l'ardeur ne sera que temporaire.

Les gens de Belle Morte ont contacté Jean-Claude. Ils négocient pour que Musette, un des lieutenants de Belle, vienne nous rendre visite. La mention de son nom a fait blêmir Jean-Claude et Asher.

Ronnie est horrifiée que je sois passée à deux doigts de me faire tuer, mais ça ne l'a pas rendue plus compréhensive sur le sujet de ma vie amoureuse. Nous avons recommencé à ne pas nous voir beaucoup. Micah pourra peut-être devenir mon nouveau partenaire d'entraînement – et je ne parle pas de gym horizontale.

J'aime toujours Richard, mais ça n'a pas d'importance. Ça ne peut pas marcher entre nous. Il est incapable d'accepter ce qu'il est comme ce que je suis. Aucun de nous deux ne peut changer sa nature, et je n'ai même plus envie d'essayer. Micah me prend telle que je suis, totalement et sans condition. Il aime ma manie de collectionner les pingouins en peluche aussi bien que mon côté salope impitoyable. Les cadavres ne le dérangent pas, et Jean-Claude non plus. J'espère que Richard fera la paix avec lui-même un jour, mais ce n'est plus vraiment mon problème. Je veillerai sur la meute avec ou sans lui.

Pour le reste, si je me réveille dans des draps de soie, je sais que je suis dans la chambre de Jean-Claude. Si je me réveille dans des draps cent pour cent coton, c'est que je suis chez moi. Mais où que j'aie dormi, Micah est à mes côtés. Je m'endors contre sa peau lisse et tiède, en respirant son odeur douce comme du miel. Parfois, les draps sentent l'eau de Cologne de Jean-Claude, et parfois non. Parfois il y a deux traces de crocs bien nettes dans le cou de Micah, et je sens Jean-Claude s'installer dans son cercueil pour la journée, satisfait d'avoir couché avec moi et repu d'avoir bu le sang de Micah. La vie peut être belle, même quand vous êtes mort.

Découvrez un extrait de la suite des aventures
d'Anita Blake

PÉCHÉS CÉRULÉENS

Traduit de l'anglais (États-Unis) par Isabelle Troin

Disponible chez Milady

Chapitre premier

C'était début septembre, une période chargée dans le secteur de la relève de morts. On dirait que le coup de feu pré-Halloween débute un peu plus tôt chaque année. Tous mes collègues de chez Réanimateurs Inc. avaient un emploi du temps chargé jusqu'à la gueule. Je ne faisais pas exception à la règle ; en fait, on m'avait proposé plus de boulot que je pouvais en fournir, même en tenant compte de ma capacité à me passer de sommeil pendant plusieurs jours.

M. Léo Harlan aurait dû être reconnaissant d'avoir obtenu un rendez-vous. Or, il n'en avait pas l'air. En vérité, il n'avait pas l'air de grand-chose. Harlan était moyen en tout. Un mètre soixante-dix et des poussières, cheveux châtains, teint ni trop pâle ni trop bronzé. Yeux d'un marron très banal. En fait, la chose la plus remarquable en lui, c'est qu'il n'avait rien de remarquable. Même son costume était sombre et d'une coupe classique. Une tenue d'homme d'affaires à la mode depuis vingt ans, et qui le sera probablement encore dans vingt ans. Sa chemise était blanche, sa cravate correctement nouée, et ses mains ni trop grandes ni trop petites avaient l'air soignées mais pas manucurées.

En résumé, son apparence m'apprenait si peu de chose sur lui que ce fait en soi était intéressant, et vaguement perturbant.

Je bus une gorgée de café dans mon mug sur lequel on lisait : « Si tu me refiles du déca, je t'arrache la tête ». Je l'ai apporté au boulot quand Bert, notre patron, a mis du déca dans la machine à café sans nous prévenir, croyant que personne ne s'en apercevrait. Pendant une semaine, la moitié du personnel a cru avoir chopé la mononucléose, jusqu'à ce que la ruse sournoise de Bert soit éventée.

Le café que Mary, notre secrétaire, avait apporté à M. Harlan était posé sur le bord de mon bureau, dans un mug portant le logo de Réanimateurs Inc. Mon client en avait siroté une minuscule gorgée quand Mary le lui avait tendu. Il l'avait réclamé noir, mais il le buvait comme s'il n'en sentait pas le goût, ou plutôt, comme si le goût n'avait pas d'importance. Il l'avait accepté par politesse, pas parce qu'il en avait envie.

J'avalai le mien, plein de sucre et de crème, pour compenser le fait que j'avais bossé très tard la veille. Le café et le sucre sont mes deux groupes d'aliments basiques.

La voix de Harlan était, comme le reste de sa personne, si ordinaire qu'elle en devenait extraordinaire. Il parlait sans aucun accent permettant de deviner de quelle région ou de quel pays il était originaire.

— Je veux que vous releviez mon ancêtre, mademoiselle Blake.

— C'est ce que vous m'avez dit.

— Vous semblez en douter.

— Mettez ça sur le compte de mon scepticisme naturel.

— Pourquoi viendrais-je ici pour vous mentir ?

Je haussai les épaules.

— Ce n'est pas comme si ça n'était jamais arrivé.

— Je vous assure que je dis la vérité, mademoiselle Blake.

Le problème, c'était que je n'arrivais pas à le croire. Je suis peut-être parano. Mais sous ma jolie veste de tailleur bleu marine, mon bras gauche est couturé de cicatrices : depuis la brûlure en forme de croix à l'endroit où le serviteur d'un vampire m'a marquée jusqu'aux traces de griffes d'un sorcier métamorphe. Sans compter les coups de couteau, qui forment des lignes fines et nettes comparées au reste. Je n'ai qu'une seule cicatrice sur le bras droit ; autant dire rien du tout. Ma jupe bleu marine et mon chemisier bleu roi dissimulaient des tas d'autres traces de blessures plus ou moins anciennes. La soie se fiche de

glisser sur du tissu cicatriciel ou sur de la peau intacte. J'estime
donc avoir gagné le droit d'être parano.

— Lequel de vos ancêtres voulez-vous que je relève, et
pourquoi ?

Je l'avais demandé avec un sourire affable mais qui ne
montait pas jusqu'à mes yeux. Un défaut que j'allais devoir
apprendre à corriger.

Harlan me sourit aussi, et ses yeux ne firent pas plus écho
à son expression que les miens. Il se contentait d'imiter ma
mimique sans que cela signifie rien pour lui. Quand il tendit
la main pour reprendre son café, je remarquai une lourdeur
dans le pan gauche de sa veste. Il ne portait pas de holster
d'épaule – je m'en serais aperçue –, mais sa poche de poitrine
contenait quelque chose de plus lourd qu'un portefeuille. Ça
aurait pu être un tas de choses, mais la première qui me vint
à l'esprit fut : *un flingue*. Au fil du temps et des mésaventures,
j'ai appris à me fier à ma première impression. Si vous pensez
que les gens vous en veulent vraiment, ce n'est pas de la parano,
juste de la lucidité.

Mon propre flingue était niché sous mon aisselle gauche
dans un holster d'épaule. Ce qui égalisait les chances, mais je
voulais éviter que mon bureau se transforme en OK Corral.
Harlan avait un flingue… peut-être. Probablement. Pour ce
que j'en savais, ça aurait pu être une boîte à cigares plus lourde
que la moyenne. Mais j'aurais parié presque n'importe quoi
qu'il s'agissait d'une arme. Je pouvais rester là et tenter de me
convaincre du contraire, ou je pouvais réagir comme si j'étais
sûre d'avoir raison. Si je me trompais, je m'excuserais plus tard.
Si j'avais raison, je serais toujours vivante. Malpolie et vivante,
c'est toujours mieux que polie et morte.

J'interrompis son exposé sur son arbre généalogique, dont
je n'avais quasiment pas écouté un mot. J'étais trop obnubilée
par cette lourdeur dans la poche de sa veste. Jusqu'à ce que je
découvre de quoi il s'agissait, je ne pourrais m'intéresser à rien
d'autre. Je me forçai à sourire.

—Quel métier exercez-vous exactement, monsieur Harlan?

Il prit une inspiration un tout petit peu plus profonde et se tassa légèrement dans son siège. C'était le premier signe de tension qu'il manifestait depuis le début de notre entretien. Le premier mouvement humain. La plupart des gens passent leur temps à s'agiter. Harlan ne faisait que des gestes efficaces.

Le commun des mortels n'aime pas avoir affaire à un réanimateur. Ne me demandez pas pourquoi, mais nous rendons les gens nerveux. Harlan était assis face à moi, de l'autre côté de mon bureau, parfaitement immobile et détendu, avec un regard neutre que j'aurais presque qualifié de vide. J'étais quasi sûre qu'il mentait sur la raison de sa présence et qu'il portait un flingue dissimulé dans un endroit où il serait difficile à repérer.

En bref, ce type me plaisait de moins en moins.

Sans me départir de mon sourire, je posai doucement mon mug sur mon bureau. J'avais libéré mes mains, ce qui était l'étape numéro un. Dégainer serait l'étape numéro deux, et j'espérais ne pas devoir en arriver là.

—Je veux que vous releviez un de mes ancêtres, mademoiselle Blake. Je ne vois pas le rapport avec mon travail.

—Faites-moi plaisir, dis-je en continuant à sourire, mais en sentant mon expression affable fondre comme neige au soleil.

—Pourquoi?

—Parce que si vous refusez de me répondre, je refuserai de m'occuper de votre affaire.

—M. Vaughn, votre patron, a déjà accepté mon argent de votre part.

Je souris, et cette fois, je n'eus pas à me forcer.

—En fait, Bert n'est plus que le gérant de Réanimateurs Inc., désormais. Nous sommes ses partenaires pour la plupart d'entre nous, comme dans un cabinet d'avocats. Bert continue à s'occuper de l'administratif et de la compta, mais il n'est plus mon patron.

L'expression de Harlan se fit encore plus neutre, plus fermée, plus secrète. Je n'aurais pas cru que ce soit possible. Il ressemblait à un mauvais portrait : irréprochable sur le plan technique mais dénué d'âme. Les seuls humains de ma connaissance capables de faire cette tête-là me foutent tous les jetons.

— Je n'étais pas au courant de votre changement de statut, mademoiselle Blake.

Sa voix avait baissé d'une octave, mais elle restait aussi inexpressive que son visage.

Il faisait sonner toutes mes alarmes intérieures. Mes épaules étaient crispées par l'envie de dégainer la première. Sans que je m'en rende compte, mes mains glissèrent vers le bas. Je ne m'en aperçus que lorsqu'il posa les siennes sur les accoudoirs de son fauteuil. Nous avions tous les deux pris la meilleure position pour dégainer.

Soudain, une tension lourde et épaisse envahit la pièce comme de l'électricité. Aucun doute ne subsistait. Je le lisais dans ses yeux et dans son petit sourire… un vrai sourire qui n'avait rien d'hypocrite ou de forcé. Nous étions à quelques secondes de faire la chose la plus réelle qu'un être humain puisse faire à un autre. Nous étions sur le point de tenter de nous tuer mutuellement… et nous le savions tous les deux. Je surveillais, non pas les yeux de Harlan, mais son torse, attendant le mouvement qui le trahirait.

Dans cette tension si lourde, sa voix tomba comme une pierre dans un puits très profond. Et à elle seule, elle me fit presque dégainer.

— Je suis un assassin mercenaire, mais je n'ai pas de contrat sur votre tête, mademoiselle Blake.

La tension ne se relâcha pas, et je gardai le regard rivé sur son torse.

— Dans ce cas, pourquoi me le dire ? demandai-je d'une voix plus douce que la sienne, presque essoufflée.

— Parce que je ne suis pas venu à Saint Louis pour tuer qui que ce soit. Je veux vraiment faire relever mon ancêtre.

— Pourquoi ?

—Même les assassins ont des passe-temps, mademoiselle Blake.

Son ton était détendu, mais son corps demeurait parfaitement immobile. Soudain, je pris conscience qu'il faisait de son mieux pour ne pas m'effrayer.

Je laissai mon regard remonter vers son visage. Celui-ci était toujours dépourvu d'expression, presque surnaturellement vide. Pourtant, je crus y déceler une trace de… d'humour.

—Qu'y a-t-il de si drôle?

—J'ignorais qu'en venant vous voir je tentais le destin.

—Que voulez-vous dire?

J'essayai de m'accrocher à cette tension vibrante, mais je la sentis s'évanouir. Harlan semblait désormais trop réel pour que je songe sérieusement à dégainer et à lui tirer dessus dans mon bureau. L'idée me semblait tout à coup vaguement ridicule, et pourtant… Il me suffisait de scruter ses yeux morts pour savoir qu'elle ne l'était pas tant que ça.

—Il existe de par le monde des tas de gens qui aimeraient me voir mort, mademoiselle Blake. Certains ont dépensé des sommes et déployé des efforts considérables pour y parvenir, mais aucun d'eux ne s'est approché du résultat souhaité… Jusqu'à aujourd'hui.

Je secouai la tête.

—Je n'étais pas si près que ça.

—En temps normal, je serais d'accord avec vous. Mais je connais votre réputation. C'est pourquoi je n'ai pas porté mon arme de la même façon que d'habitude. Vous avez remarqué son poids la dernière fois que je me suis penché en avant, n'est-ce pas?

J'acquiesçai.

—Si nous avions vraiment dû dégainer, vous auriez eu quelques secondes d'avance sur moi. Ce holster de poitrine, c'est vraiment de la merde.

—Alors pourquoi le porter? m'étonnai-je.

—Je ne voulais pas vous rendre nerveuse en venant avec mon flingue, mais je ne vais jamais nulle part sans arme.

Alors, je me suis dit que j'allais le dissimuler et que vous ne vous en apercevriez pas.

— Ce qui a failli être le cas.

— Merci, mais nous savons tous les deux ce qu'il en est.

Je n'en étais pas si certaine. Néanmoins, je laissai filer : inutile de discuter quand on a l'avantage.

— Que voulez-vous réellement, monsieur Harlan... si tel est bien votre nom ?

Il sourit.

— Comme je vous l'ai dit et répété, je veux que vous releviez mon ancêtre d'entre les morts. Je n'ai pas menti à ce sujet. (Il parut réfléchir l'espace d'un instant.) En fait, c'est bizarre, mais je n'ai menti à aucun sujet. (Il secoua la tête d'un air perplexe.) Ça ne m'était pas arrivé depuis longtemps.

— Toutes mes condoléances.

Il fronça les sourcils.

— Pardon ?

— Ce doit être dur de ne jamais pouvoir dire la vérité. Personnellement, je trouverais ça épuisant.

Le coin de ses lèvres se releva imperceptiblement pour esquisser ce qui semblait être son vrai sourire.

— Je n'y ai pas réfléchi depuis une éternité. (Il haussa les épaules.) Je suppose qu'on finit par s'habituer.

— Peut-être. Lequel de vos ancêtres voulez-vous que je relève, et pourquoi ?

— Pourquoi quoi ?

— Pourquoi voulez-vous que je relève cette personne en particulier ?

— Ça a de l'importance ?

— Oui.

— Pourquoi ?

— Parce que je ne pense pas qu'il faille déranger les morts sans une bonne raison. (De nouveau, ce léger sourire.) Cette ville grouille de réanimateurs qui, chaque nuit, relèvent des zombies pour s'amuser.

J'opinai.

— N'hésitez donc pas à vous adresser à l'un d'eux. Ils feront à peu près n'importe quoi si vous les payez assez cher.

— Mais seraient-ils capables de relever un cadavre vieux de presque deux siècles ?

Je secouai la tête.

— Hors de leur portée.

— J'ai entendu dire qu'un réanimateur pouvait relever pratiquement n'importe qui s'il était disposé à faire un sacrifice humain, murmura Harlan.

De nouveau, je fis un signe de dénégation.

— Il ne faut pas croire tout ce qu'on raconte. *Certains* réanimateurs pourraient relever un cadavre vieux de plusieurs siècles en recourant à un sacrifice humain. Évidemment, ce serait un meurtre… et donc, illégal.

— La rumeur prétend que vous l'avez fait.

— La rumeur peut bien prétendre ce qu'elle veut, je ne donne pas dans le sacrifice humain.

— Donc, vous ne pouvez pas relever mon ancêtre.

C'était une affirmation.

— Je n'ai pas dit ça.

Il écarquilla les yeux : l'expression la plus surprise que je lui aie vue depuis le début de notre entretien.

— Vous pouvez relever un cadavre de presque deux siècles sans procéder à un sacrifice humain ?

J'acquiesçai.

— La rumeur le disait aussi, mais je ne l'ai pas crue.

— Donc, vous avez cru que je pratiquais les sacrifices humains, mais pas que je pouvais relever des morts vieux de plusieurs siècles grâce à mes seules capacités ?

Il haussa les épaules.

— J'ai l'habitude de voir des gens en tuer d'autres. En revanche, je n'ai jamais vu aucune de leurs victimes se relever.

— Petit veinard.

Il grimaça et son regard se fit légèrement moins froid.

— Alors, vous allez relever mon ancêtre?

— Si vous me fournissez une assez bonne raison de le faire.

— Vous ne vous laissez pas facilement distraire, n'est-ce pas, mademoiselle Blake?

— Je suis du genre tenace, concédai-je en souriant.

Peut-être ai-je passé trop de temps à fréquenter les méchants, mais à présent que je savais que Léo Harlan n'était pas là pour me tuer, ni pour tuer personne d'autre en ville, sa présence ne me posait pas de problème. Pourquoi le croyais-je? Pour la même raison que je ne l'avais pas cru au départ: l'instinct.

— J'ai remonté les archives généalogiques de ma famille aussi loin que possible, mais mon ancêtre originel ne figure sur aucun document officiel. Je pense qu'il a donné un faux nom dès le début. Et tant que je ne connaîtrai pas le vrai, je ne pourrai pas rechercher mes aïeux en Europe. Ce que je souhaite vivement pouvoir faire.

— Vous voulez que je le relève, que je lui demande son vrai nom, la raison pour laquelle il est venu aux États-Unis, et que je le remette dans sa tombe?

Harlan opina du chef.

— Exactement.

— Ça me paraît raisonnable.

— Donc, vous acceptez?

— Oui, mais ça va vous coûter bonbon. Je suis probablement la seule réanimatrice dans ce pays capable de relever un mort aussi ancien sans recourir à un sacrifice humain. Nous sommes dans un marché au plus offrant, si vous voyez ce que je veux dire.

— À ma façon, mademoiselle Blake, je suis aussi bon dans ma partie que vous l'êtes dans la vôtre. (Il tenta de prendre l'air humble et échoua. Il paraissait trop content de lui, jusqu'à ses yeux marron si banals et si effrayants.) N'ayez crainte, je peux payer.

Je citai un chiffre astronomique. Harlan ne frémit même pas. Il voulut glisser la main à l'intérieur de sa veste.

—Stop! ordonnai-je.

—Je voulais juste prendre ma carte de crédit, mademoiselle Blake. Rien de plus.

Il tendit ses mains devant lui, doigts écartés, pour que je puisse les voir clairement.

—Vous pourrez finir la paperasse et payer au secrétariat. J'ai d'autres rendez-vous.

Il faillit sourire.

—Bien sûr.

Il se leva, et je l'imitai. Aucun de nous n'offrit sa main à l'autre pour qu'il la serre.

Arrivé devant la porte, Harlan hésita. Je m'arrêtai plusieurs pas derrière lui. Je ne l'avais pas suivi d'aussi près que je le fais d'habitude en raccompagnant mes clients… histoire de garder la place de manœuvrer.

—Quand pouvez-vous vous en occuper?

—Mon agenda est déjà plein à craquer cette semaine. J'arriverai peut-être à vous trouver un créneau mercredi prochain. Ou jeudi.

—Que se passe-t-il le lundi et le mardi?

Je haussai les épaules.

—Je suis déjà prise.

—Vous avez dit, et je cite: «Mon agenda est déjà plein à craquer cette semaine.» Puis vous avez parlé de mercredi prochain.

De nouveau, je haussai les épaules. Il fut un temps où je n'étais pas douée pour mentir et, aujourd'hui encore, je ne ferais pas une bonne actrice… mais pas pour les mêmes raisons. Je sentis mon regard devenir neutre et froid tandis que je répondais:

—Je voulais dire que mon emploi du temps est déjà bouclé pour l'essentiel des deux semaines à venir.

Harlan me regarda assez intensément pour me donner envie de me tortiller devant lui. Mais je me retins et me contentai de lui offrir une expression vaguement aimable.

—Mardi prochain, c'est le soir de la pleine lune, dit-il tout bas.

Je clignai des yeux, luttant pour ne pas manifester ma surprise. Et si mon visage parvint à ne pas l'exprimer, mon corps, lui, échoua. Mes épaules se raidirent ; mes mains se crispèrent. La plupart des gens ne prêtent attention qu'au visage, mais Harlan était le genre de type à remarquer tout le reste. Et merde.

—Oui, et alors ? demandai-je sur le ton le plus désinvolte que je pus invoquer.

Harlan me fit son petit sourire.

—Vous n'êtes pas très douée pour feindre l'indifférence, mademoiselle Blake.

—Non, mais, puisque je ne feins rien du tout, ce n'est pas un problème.

—Mademoiselle Blake, insista-t-il d'une voix presque enjôleuse, je vous saurais gré de ne pas me prendre pour un imbécile.

Je me retins de répliquer : « Mais c'est si tentant ! » D'abord, parce que ça ne l'était pas vraiment ; ensuite, parce que je n'aimais pas beaucoup la tournure que prenait cette conversation. Mais il était hors de question que je l'aide en lui fournissant des informations. Moins on en dit, plus ça énerve les gens.

—Je ne vous prends pas pour un imbécile.

Il fronça les sourcils, et cette expression me parut aussi sincère que son petit sourire : une réaction du véritable Harlan.

—La rumeur dit que vous ne travaillez plus les soirs de pleine lune depuis quelques mois déjà.

Il semblait très sérieux tout à coup, mais pas d'une façon menaçante, plutôt comme si j'avais été impolie… comme si j'avais oublié mes bonnes manières à table et qu'il tentait de me corriger.

—Je suis peut-être wiccane. La pleine lune est un jour… ou plutôt, une nuit sacrée pour eux, vous savez.

—Êtes-vous wiccane, mademoiselle Blake ?

Je me lasse toujours très vite des joutes verbales.

—Non, monsieur Harlan, pas du tout.

—Dans ce cas, pourquoi ne travaillez-vous pas les soirs de pleine lune ?

Il étudiait mon visage, le scrutait comme si la réponse à sa question était plus importante qu'elle aurait dû l'être.

Je savais ce qu'il voulait me faire dire. Il voulait que j'avoue être une métamorphe d'une espèce ou d'une autre. Le problème, c'était que je ne pouvais rien avouer du tout puisque ce n'était pas vrai.

Je suis la première Nimir-Ra humaine de toute l'histoire, la reine d'un groupe de léopards-garous (ou « pard »). J'ai hérité d'eux quand j'ai été forcée de tuer leur ancien chef pour l'empêcher de me trucider. Par ailleurs, je suis le Bolverk de la meute de loups-garous locale. Un Bolverk est quelque part à mi-chemin entre le garde du corps et l'exécuteur. En gros, c'est quelqu'un qui fait les choses que l'Ulfric ne veut ou ne peut pas faire lui-même.

Richard Zeeman est l'Ulfric de Saint Louis. Je sors avec lui par intermittence depuis deux ou trois ans. Pour l'instant, nous ne sommes pas du tout, du tout ensemble. « Je ne veux pas être amoureux de quelqu'un qui se sent plus à l'aise que moi parmi les monstres », telle est la phrase par laquelle il m'a signifié notre rupture. Que voulez-vous répondre à ça ? Que pouvez-vous répondre ? Le diable m'emporte si je le sais. On dit que l'amour triomphe de tout. C'est un mensonge.

En tant que Nimir-Ra et que Bolverk, je suis responsable de certaines personnes. Si je ne travaille pas les soirs de pleine lune, c'est afin d'être disponible pour elles. C'est très simple, en fait, mais je n'avais aucune envie de raconter ça à Léo Harlan.

— Il m'arrive de prendre des jours de congé, monsieur Harlan. S'ils tombent en même temps que la pleine lune, je vous assure que c'est une coïncidence.

— La rumeur dit que vous avez été griffée par un métamorphe il y a quelques mois et que vous êtes l'une des leurs maintenant.

Sa voix était toujours aussi basse et calme, mais je m'attendais à celle-là. Mon visage et mon corps demeurèrent impassibles, parce qu'il se trompait.

—Je ne suis pas une métamorphe, monsieur Harlan.

Il plissa les yeux.

—Je ne vous crois pas, mademoiselle Blake.

Je soupirai.

—Peu m'importe. Le fait que je sois une lycanthrope ou non n'a aucune incidence sur mes performances de réanimatrice.

—La rumeur affirme que vous êtes la meilleure, mais vous ne cessez de me dire que la rumeur est fausse. Êtes-vous vraiment aussi douée qu'on le raconte ?

—Non. Je le suis encore plus.

—Il paraît que vous avez relevé des cimetières entiers.

Je haussai les épaules.

—Vous alors, vous savez faire tourner la tête des filles.

—Dois-je comprendre que c'est vrai ?

—Qu'est-ce que ça peut faire ? Je vous le répète, monsieur Harlan : je suis capable de relever votre ancêtre. Je suis l'une des rares, sinon la seule, réanimatrice de ce pays qui puisse le faire sans recourir à un sacrifice humain. (Et je lui adressai mon sourire le plus professionnel, celui qui est aussi brillant et dépourvu de signification qu'une ampoule de cent watts.) Mercredi ou jeudi prochain, ça vous va ?

Il hocha la tête.

—Je vais laisser mon numéro de portable au secrétariat. Vous pouvez me joindre vingt-quatre heures sur vingt-quatre.

—Vous êtes pressé ?

—Disons que je ne sais jamais à quel moment on peut me faire une offre irrésistible.

—Et vous ne parlez pas juste d'argent.

Une fois de plus, ce petit sourire.

—Non, en effet, mademoiselle Blake. De l'argent, j'en ai déjà assez. Mais un boulot qui présente un nouvel intérêt, un nouveau défi… je suis toujours preneur.

—Faites attention à ce que vous souhaitez, monsieur Harlan. On finit toujours par tomber sur plus gros et plus méchant que soi.

—Jusqu'ici, ça ne m'est jamais arrivé.

Je fus forcée de sourire.

—Ou vous êtes plus redoutable que vous en avez l'air, ou vous ne fréquentez pas les bonnes personnes.

Il me regarda pendant un long moment, jusqu'à ce que je sente mon sourire s'évanouir. Je soutins son regard mort avec le mien. Et à cet instant, je me sentis basculer dans ce puits de tranquillité, cet endroit paisible où je me rends quand je tue. Un lieu plein de bruit blanc où rien ne peut m'atteindre, où je n'éprouve rien.

En scrutant les yeux immobiles de Harlan, je me demandai si sa tête était aussi vide que la mienne. Je faillis lui poser la question, mais je m'abstins parce que, l'espace d'une seconde, je crus qu'il avait menti à propos de tout et qu'il allait tenter de dégainer. Ça aurait expliqué pourquoi il tenait tant à savoir si j'étais une métamorphe. Pendant un instant, je crus que j'allais être obligée de le tuer. Mais je n'étais plus ni effrayée ni nerveuse. J'étais juste prête. À lui de choisir : la vie ou la mort. Il ne restait rien d'autre que cette seconde infinie où les décisions se prennent et où les existences s'achèvent.

Puis Harlan se secoua, un peu comme un oiseau qui remet ses plumes en place.

—J'étais sur le point de vous rappeler que je suis quelqu'un d'effrayant, mais j'ai changé d'avis. Il serait stupide de jouer ainsi avec vous… à peu près aussi stupide que d'exciter un serpent à sonnette en le poussant avec un bâton.

Je continuai à le fixer de mon regard vide, toujours enveloppée par mon calme et mon silence intérieurs.

—J'espère que vous ne m'avez pas menti, aujourd'hui, monsieur Harlan, dis-je d'une voix aussi détendue que l'était mon corps.

Il eut de nouveau ce sourire crispant.

—Moi aussi, mademoiselle Blake. Moi aussi.

Sur cet étrange commentaire, il ouvrit prudemment la porte sans jamais me quitter des yeux. Puis il se détourna et sortit très vite, refermant derrière lui et me laissant seule avec l'adrénaline qui s'évacuait en formant une flaque invisible à mes pieds.

Ce n'était pas la peur qui me faisait mollir les jambes, mais l'adrénaline. Je gagne ma vie en relevant les morts et je suis une exécutrice de vampires patentée. N'est-ce pas suffisant ? Faut-il qu'en plus de ça j'attire des clients dangereux ?

Je savais que j'aurais dû refuser la demande de Harlan, mais je lui avais dit la vérité. Je pouvais relever son ancêtre, et personne d'autre dans le pays n'en était capable à moins de sacrifier un humain. J'étais à peu près sûre que si je refusais sa demande, Harlan s'adresserait à quelqu'un d'autre. Quelqu'un qui n'aurait ni mon pouvoir ni mes scrupules. Parfois, on traite avec le diable non parce qu'on en a envie, mais pour éviter que quelqu'un d'autre le fasse.

BRAGELONNE – MILADY,
C'EST AUSSI LE CLUB :

Pour recevoir le magazine *Neverland* annonçant les parutions de Bragelonne & Milady et participer à des concours et des rencontres exclusives avec les auteurs et les illustrateurs, rien de plus facile !

Faites-nous parvenir votre nom et vos coordonnées complètes (adresse postale indispensable), ainsi que votre date de naissance, à l'adresse suivante :

**Bragelonne
35, rue de la Bienfaisance
75008 Paris**

club@bragelonne.fr

Venez aussi visiter nos sites Internet :
**www.bragelonne.fr
www.milady.fr
graphics.milady.fr**

Vous y trouverez toutes les nouveautés, les couvertures, les biographies des auteurs et des illustrateurs, et même des textes inédits, des interviews, un forum, des blogs et bien d'autres surprises !

AUBIN IMPRIMEUR

Achevé d'imprimer en septembre 2010
N° d'impression L 73989
Dépôt légal, octobre 2010
Imprimé en France
81120404-1